KNAUR

Über die Autorinnen:
Claudia Beinert wurde am 4. Mai 1978 in Staßfurt geboren. Sie studierte Internationales Management in Magdeburg, arbeitete lange Zeit in der Unternehmensberatung und hat eine Professur für Finanzmanagement inne. Sie hat zahlreiche wissenschaftliche Aufsätze und Fachbücher verfasst und lebt und schreibt in Erfurt und Würzburg.
Nadja Beinert wurde ebenfalls am 4. Mai 1978 in Staßfurt geboren. Sie studierte Internationales Management in Magdeburg und ist seit mehreren Jahren in der Filmbranche tätig. Nadja Beinert lebt und arbeitet in Erfurt.
Besuchen Sie die Autorinnen unter:
www.beinertschwestern.de
www.facebook.com/beinertschwestern

Claudia & Nadja Beinert

Die Herrin der Kathedrale

Historischer Roman

Besuchen Sie uns im Internet:
www.knaur.de

Copyright © 2013 by Knaur Taschenbuch.
Ein Unternehmen der Droemerschen Verlagsanstalt
Th. Knaur Nachf. GmbH & Co. KG, München.
Alle Rechte vorbehalten. Das Werk darf – auch teilweise –
nur mit Genehmigung des Verlags wiedergegeben werden.
Redaktion: Dr. Heike Fischer
Umschlaggestaltung: ZERO Werbeagentur, München
Umschlagabbildung: © Richard Jenkins photography;
©FinePic®, München; ©akg/historic-maps
Abbildungen: Computerkartographie Carrle
Satz: Adobe InDesign im Verlag
Druck und Bindung: CPI books GmbH, Leck
ISBN 978-3-426-51404-7

2 4 5 3 1

Für Uta »Utschi« Beinert

Inhaltsverzeichnis

Personenverzeichnis 9

Teil I – Basis für die Standhaftigkeit
1. Die Schneerose 17
2. Die Welt da drinnen 65
3. Aus drei mach neun 103

Teil II – Stützen, die tragen und verbinden
4. Wiedersehen im Schnee 157
5. Der König 194
6. Eine Handbreit Abstand 255

Teil III – Das Herzstück
7. Plantillas Schleier 315
8. Mit Mut und Schürze 385
9. Der heilige Chor 446
10. Flucht und Nähe 501

Teil IV – Die Krone aller Anstrengung
11. Vollmond 575
12. Merseburger Entscheidungen 646
13. Gottes Urteil 696

Nachwort 757
Verzeichnis der zitierten Literatur
und Internetquellen 767

Personenverzeichnis

(Historische Persönlichkeiten sind mit einem Sternchen versehen.)

Uta von Ballenstedt*
Verstoßene Grafentochter mit der ungewöhnlichen Leidenschaft für Kuhhäute und Steine. Uta will Gerechtigkeit, sucht sich selbst und findet die Liebe.

Esiko von Ballenstedt*
Utas Bruder hat eine besondere Beziehung zu den Frauen seiner Familie. Er sieht sie am liebsten zu seinen Füßen.

Hazecha von Ballenstedt*
Utas jüngere Schwester mit einer besonderen Abneigung gegen Holzkisten. Sie ist mit Uta zwillingshaft verbunden und deren stärkste emotionale Stütze im Kampf um Gerechtigkeit.

Graf Adalbert von Ballenstedt*
Utas Vater, der eine deutliche Vorliebe für seinen Ältesten hat. Seine Forderung nach dem Reinigungseid löst erst Utas Schicksal und ihre weiteren Möglichkeiten aus.

Hidda von der Lausitz*, Ehefrau des Grafen Adalbert von Ballenstedt
Utas Mutter ist die mutige Beschützerin ihrer Töchter vor dem jähzornigen Gatten – auch über den Tod hinaus.

Hermann von Naumburg*, Markgraf von Meißen, Sohn von Ekkehard I.
Älterer Bruder von Ekkehard II. Zunächst lebt er Uta vor, was es heißt, seine Träume zu verwirklichen, bis sie ihn diesbezüglich belehrt – mit weniger als einer Handbreit Abstand.

Ekkehard II. von Naumburg*, der spätere Markgraf von Meißen
Die Herrgottsgnade sichert Uta eine gewisse Distanz zum jüngeren der Naumburger Brüder. Ekkehard besitzt etwas, das der ältere Bruder verzweifelt begehrt.

Erna
Utas einstiges Kammermädchen und Freundin aus Ballenstedt. Erna hat für jedermanns Sorge ein Ohr und einen Gatten, der sich bereitwillig auf Reisen mit ungewissem Ausgang begibt.

Katrina
Utas Kammermädchen in Naumburg, das einen besonderen Blick für Menschen und Situationen besitzt. Man(n) neigt dazu, das Mädchen zu unterschätzen.

Notburga von Hildesheim
Eine Geistliche, die der Ballenstedter Familie in heftiger Hass-Liebe verbunden ist.

Gisela von Schwaben*, in dritter Ehe verheiratet mit Konrad dem Älteren, Kaiserin des Heiligen Römischen Reiches
Gisela traut Uta mehr als nur den Hofdienst zu.

Konrad der Ältere*, später Konrad II., Kaiser des Heiligen Römischen Reiches
Gatte der Gisela von Schwaben. Konrad unterschätzt die Bedrohung an der Ostgrenze des Heiligen Römischen Reiches zunächst. Seine Haut kann nur dank einer Kathedrale und einer Kathedralherrin gerettet werden.

Aribo*, Erzbischof von Mainz
Der Luchs unter den höchsten geistlichen Würdenträgern, der alles dafür tut, die Vormachtstellung seines Erzbistums zu erhalten. Neben der Weltpolitik nimmt er sich auch ehelicher Verbindungen vermeintlich einsamer Hofdamen an.

Wipo*
Dichter und Historiograph Kaiser Heinrichs II. und Kaiser Konrads II. Auch entgegen den Anweisungen des ihm vorgesetzten Erzbischofs ist Wipo stets für eine anregende Diskussion zu haben.

Hathui Billung*, Äbtissin von Gernrode
Langjährige Äbtissin im Kloster Gernrode. Sie bringt Utas Stein ins Rollen.

Hildeward*, Bischof von Zeitz, später dann Bischof von Naumburg
Der Erste, der dem heiligen Schleier willenlos verfällt und bereit ist, dafür sogar eine Todsünde zu begehen.

SOWIE

Knappe Volkard aus dem Hardagau, der im Überschwang seiner pubertären Gefühle seinen Lenden anstatt seinem Herzen nachgibt.

Zwei Dutzend Quedlinburger und Gernroder **Sanctimonialen** mit und ohne Schleier.

Die militante **Äbtissin Adelheid*** und ihre warmherzige Vertreterin **Edda**.

Schwester Alwine, die begnadete Heilkundige und Lehrerin.

Ernas Ehemann **Arnold** mit den Füchsinnen **Luise und Selmina.**

Wigbert, Utas jüngerer Bruder, der sich wie diese anders entwickelt als vom Vater vorgesehen.

Eine Schar **Hofdamen, Schreiberlinge, Bücklinge** und sonstige **Fürsten,** die an den Höfen ihr Wesen und Unwesen treiben.

Humfried, geistlicher Vorsteher des aufsteigenden Erzbistums Magdeburg.

Ein polnischer Regent und Eindringling namens **Mieszko**, dem allein mit schmiedeeisernen Waffen nicht beizukommen ist.

Hunderte von **kaiserlichen Kämpfern (Gläubige und Ungläubige)** sowie **Kämpferherzen**.

Ein erfrischend progressiver **Werkmeister Tassilo.**

Einige **Gewerkmeister,** die nicht aufgeben wollen, und viele hundert **Arbeiter** und **Karrendienstler.**

Schwester **Margit,** die einzig wahre Äbtissin des Moritzklosters.

Falk von Xanten, Werkmeister mit einem allzu vertrauten Lächeln.

... und viele weitere, denen die Herrin der Kathedrale auf ihrem Weg begegnet.

BESONDERE ERWÄHNUNG VERDIENEN **außerdem:**

Ein Schleier mit himmlischer **Anziehung.**

Eine Krypta als Ort der **Verbundenheit.**

Eine Treppe der **Zärtlichkeit.**

Eine Kerze der **Erinnerung.**

Eine **beseelte** Naumburger Kathedrale.

Teil I – Basis für die Standhaftigkeit

Die Jahre 1018 bis 1019

1. Die Schneerose

Der Frühlingswind trug Blütenstaub von Hasel und Narzisse an Utas Nase heran. »Esiko, ich wünschte, diese Düfte zögen mit uns zur Burg, so dass die Mutter sie auch riechen könnte.« Genießerisch sog sie die Luft ein und streifte sich in Gedanken ein Gewand aus verwobenen Narzissen über. Sie spürte, dass heute ein ganz besonderer Tag werden würde. Gemeinsam mit Esiko, ihrem fünf Jahre älteren Bruder, durfte sie dem Mittagsmahl beiwohnen, zu dem der Meißener Markgraf geladen war. Mit Vorliebe lauschte sie bei solch seltenen Gelegenheiten den Erzählungen der Besucher, die stets von Königsaudienzen, Festen und anderen Geschehnissen aus fremden Gegenden berichteten.
»Schwesterlein, du träumst zu viel!«, scherzte Esiko und führte sein Ross neben ihres. »Aber ich könnte das Grünzeug köpfen, dann kannst du es mitnehmen.« Unter ihrem entsetzten Blick zerteilte er die Luft zwischen ihnen mit dem Kurzschwert.
»Tu ihnen keine Gewalt an«, bat Uta und schaute ihn herzerweichend an, während ihr der Wind durch das lose Haar fuhr. Sie merkte, dass er gereizt war, aber das würde sich während des Mahls sicherlich geben. Nur selten wurde auf dem Ballenstedter Burgberg so festlich getafelt.
»Wie ängstlich du bist, Schwesterlein.« Esiko hob das Kinn. »Viel zu ängstlich!«
Uta betrachtete den Bruder, wie er mit Harnisch und Beinschutz auf seinem Ross thronte, sein weizenblondes Haar und die festen Bartstoppeln.
»Wir müssen zurück zur Burg.« Auch Esiko betrachtete die Schwester eindringlich. »Die Gäste reiten bald ein.«

Uta begegnete dem Blick des Bruders mit einem Strahlen. »Wer zuerst an der Zugbrücke ist, einverstanden?«
Esiko ließ von ihrem Gesicht ab und prüfte, ob sich beide Beine seiner Schwester auf der linken Seite des Tieres befanden. »Aber gerne doch!«, bestätigte er dann.
»Dann los!« Uta presste sich fest an ihre Stute und preschte davon.
Derweil beugte sich Esiko seitlich hinab und schlug mit einem einzigen Hieb zwei Dutzend Narzissen die Köpfe ab. »So gefallt ihr mir schon besser!«, beschied er und gab seinem Hengst die Sporen.
Voller Freude atmete Uta tief durch. »Lauf Lisa, lauf!«, trieb sie die Stute an. Wie schön es doch war, durch die Frühlingswiesen zu reiten. Ein Vergnügen, das sie seit einiger Zeit immer seltener genießen durfte. Auch sonst hatte sich jüngst viel in ihrem Leben verändert. Denn war der Vater, Graf Adalbert von Ballenstedt, früher noch nach der Schneeschmelze zu den Schlachtfeldern aufgebrochen und erst bei einsetzendem Frost wieder heimgekehrt, war ihm dies aufgrund einer Kampfverletzung seit dem vergangenen Jahr verwehrt. In der Abwesenheit des Vaters hatte die Mutter ihr das Lesen und etwas Schreiben beigebracht und jede ihrer Fragen mit einer geduldigen Antwort befriedigt. Doch nun, seitdem der Vater ganzjährig auf der Burg weilte, musste Uta sich wesensmäßig das gesamte Jahr über zurücknehmen.
Der mächtige Klang der Doppelglocke, der weit über die umliegenden Felder und Wiesen der Burg hinaus zu hören war, holte Uta aus ihren Gedanken zurück. »Die Glocke vom elterlichen Bergfried!« Dreimaliges Läuten war das Zeichen dafür, dass die Gäste am Horizont in Sicht waren.
»Eil nur, Schwesterlein!« Esiko zog an ihr vorbei. »Mich holst du nie ein!«

»Lauf Lisa, schneller!«, trieb sie ihre Stute an. So leicht würde sie sich nicht geschlagen geben. Doch Esikos Vorsprung vergrößerte sich, und erst vor der Zugbrücke stoppte er seinen Hengst mit einem triumphalen Aufbäumen. »Ob du jemals richtig reiten lernen wirst?«, kommentierte er die spätere Ankunft seiner Schwester heftig atmend.

»Wenn ich doch nur breitbeinig reiten dürfte«, erwiderte Uta und schaute Esiko fragend an.

»Aber du bist doch ein Weib!«, entgegnete er und winkte ab. Esiko achtete stets darauf, dass sie – wie es sich für eine Frau geziemte – nur mit Satteldecke und beiden Beinen auf ein und derselben Seite ritt.

»Ich vermag vielleicht noch nicht so schnell zu reiten wie du, dafür kann ich aber Schriftzeichen lesen, die mit echter Tinte geschrieben sind.«

»Was ist schon Tinte«, entgegnete er abfällig und versetzte seinem Pferd einen Tritt in die Seite, um es zum Eintraben in den Hof der Burg zu bewegen. »Damit kann man keinen Kampf gewinnen!«

»Die Mutter sagt, dass Buchstaben mehr Macht haben als Schwerter.« Utas Augen leuchteten beim Gedanken an die funkelnden Minuskeln des Psalmenbüchleins, aus dem die Mutter ihr manchmal vorlas.

Mit einem kurzen Pfiff scheuchte Esiko eine Wäscherin beiseite. »Was die Mutter so sagt. Sie hat doch noch nie ein Schwert geführt. Kennt dessen Macht also gar nicht!«

Erschrocken schlug Uta die Hände vor den Mund. »Wie kannst du so über unsere Mutter reden?«

Anstatt einer Antwort kümmerte sich Esiko um die Versorgung der Pferde. »Stallbursche, hierher!« Trotz der regen Betriebsamkeit reichte seine Stimme mühelos bis zu den Stallungen hinüber. Im Hof herrschte ein aufgeregtes Durcheinan-

der. Mägde hasteten mit riesigen Krügen auf das Küchenhaus zu. Knechte trugen Hocker und Tafeln in Richtung des Wohnturms. Zwischen ihnen erblickte Uta Hazecha, ihre jüngere Schwester, die eifrig einer mit Wasser gefüllten Kuhblase hinterherlief, und ihren kleinen Bruder Wigbert auf den Armen seiner Amme.
Der junge Linhart bahnte sich etwas ungelenk seinen Weg zu den Geschwistern. Er war die linke Hand des Stallmeisters und eine unübersehbare Erscheinung auf dem Burgberg. Sein Körper war schon in die Höhe geschossen, als die mit ihm gleichaltrigen Knechte noch von den ersten Barthärchen geträumt hatten; zudem trug er sein Haupthaar ungewöhnlich lang.
»Kümmere dich um die Tiere und vergiss das Abreiben nicht«, wies Esiko ihn an.
Uta schenkte Linhart ein Lächeln. Sie wusste, dass er jedes Tier im Stall mit der gleichen Hingabe versorgte. Dann rutschte sie schwungvoll aus dem Sattel, erschrak jedoch, noch bevor sie festen Boden unter den Füßen spürte. »Oh, nein!« Ihre Finger glitten über einen Riss im Obergewand, der sich von ihrer Hüfte bis zum Knie hinabzog. »Ausgerechnet jetzt.«
»Schwesterlein«, begann Esiko und schwang sich, sich der bewundernden Blicke der Umstehenden versichernd, vom Rücken seines Rosses. »Bist selbst im Damensattel zu stürmisch«, dabei warf er Linhart, der mit offenem Mund auf Utas Gewand starrte, einen drohenden Blick zu.
Der Stallbursche wendete sich augenblicklich ab.
»Zu stürmisch?« Uta blickte vom Riss ihres Kleides zu Esiko auf, der sie beinahe um zwei Köpfe überragte.
»Ich muss jetzt zum Vater«, sagte er. »Er erwartet meine Unterstützung beim Empfang der Gäste.«

»Warte!«, bat sie eindringlich und griff nach seinem Arm. »Sage ihm nichts von meiner Unachtsamkeit.« Uta blickte zur Tür des Wohnturmes, aus welcher der Vater jeden Moment treten konnte. »Ich wechsele schnell noch mein Gewand.« Uta schaute ihn bittend an.

Esiko setzte einen strengen Blick auf. »Der Vater wird nicht akzeptieren, wenn du zu spät erscheinst!«

Uta nickte und erklomm – von Esikos Mahnung getrieben – die Treppen des Wohnturms. Da sie nicht mehr die Zeit hatte, ihr Kammermädchen Erna zu Hilfe zu rufen, trat sie vor ihre Bettstatt und streifte sich rasch das eingerissene Obergewand ab. Dabei blieb ihr Blick an ihren Brüsten hängen, die sich seit dem vergangenen Winter zu wölben begonnen hatten und sich nun leicht gegen das Untergewand hindurch abdrückten. Der Veränderung ihres Körpers hatte sie jedoch erst Aufmerksamkeit geschenkt, nachdem ihr vor wenigen Wochen gleich nach dem Osterfest auch ein schwarzer Haarflaum unter den Armen und zwischen den Beinen gewachsen war.

»Was ist das?« Uta schreckte zusammen. Ein roter walnussgroßer Fleck zeichnete sich in Höhe ihres Schoßes auf ihrem Unterkleid ab. Sie raffte den Stoff bis zur Taille, um nachzusehen, und bemerkte, dass die Innenseiten ihrer Oberschenkel mit einem Blutschleim überzogen waren. »Der Monatsfluss?« Utas Gesicht verdunkelte sich. Die Burgregeln ordneten an, dass sich unreine Frauen Tag und Nacht vom Rest der Burgbewohner getrennt halten mussten, damit sie ihre Blutspur nicht in der gesamten Burg hinterließen. Uta kniete nieder und faltete die Hände. »Lieber Herrgott im Himmel, lass das nicht den Monatsfluss sein!«

Als die Doppelglocke zweimal läutete, erhob sie sich wieder, sprang ans Fenster und schob das Leder beiseite. Sie vernahm, dass der Stallmeister seinen Knechten Anweisung gab, im

Hof Aufstellung zu nehmen. In der Ferne, weit hinter den Burgmauern, machte sie einen Tross von Berittenen aus, zog sich darauf hastig das befleckte Unterkleid über den Kopf und versteckte das blutige Gewand tief unten in der Gewandtruhe. Über das frische Unterkleid zog sie ein knöchellanges blaues Oberkleid. Jetzt musste sie nur noch die Haare binden. Mit ihrem vom Wind zerzausten Schopf ähnelte sie eher einer Wilden. Sie, eine Wilde? Uta lächelte und sah sich breitbeinig auf dem Rücken ihrer Stute durch die Felder galoppieren. Ein Klopfen riss Uta aus ihrer Träumerei. Sie blinzelte sich in die Realität zurück, dann öffnete sie die Tür.
»Wo bleibst du denn?«, erkundigte sich Erna atemlos. Das pausbäckige Mädchen mit den von der Haube kaum zu bändigenden hellen Locken schaute ihre Herrin sorgenvoll an.
»Das Gewand sitzt«, entgegnete Uta und schaute prüfend an sich hinunter.
»Dein Kopf«, deutete Erna, die sich ein Schmunzeln nicht verkneifen konnte, mit dem Zeigefinger. »Man könnte meinen, du hättest mit Lisa die Haare getauscht.«
Uta musste nun auch schmunzeln und fuhr sich mit den Fingern durch die langen Strähnen, um sie zu entwirren. Mit wenigen gekonnten Handgriffen flocht sie das Haar auf dem Rücken zu einem dicken Zopf. Sie ergriff die auf der Fensterbank liegende Spange und steckte damit eine widerspenstige Locke über dem Ohr fest. Das Schmuckstück mit den hellgrünen Vierkantsteinen war ein Geschenk ihrer Mutter. Vielleicht mochte sie es deswegen besonders gern. Dass es ihre Augen so wunderbar zum Leuchten brächte, sagte die Mutter stets, wenn sie das Schmückstück an Uta entdeckte, und strich ihr dabei liebevoll über die Wangen. Uta war stolz, die grünen Augen ihrer Mutter geerbt zu haben, zumal Esiko, der manchmal etwas eigen war, die gleiche Augenfarbe besaß. Auch die

zierliche Gestalt und die Konturen ihres Gesichts mit den geschwungenen Brauen, der schmalen Nase mit dem breiten Nasenrücken und den kleinen Mund mit den vollen Lippen hatte die Mutter ihr in die Wiege gelegt. Besonders stolz war Uta jedoch auf den kleinen braunen Fleck, einen Fingerbreit unter ihrem linken Auge. Den besaßen alle vier Geschwister an genau der gleichen Stelle, was sie mit der Mutter auf eine besondere Weise verband.
»Du siehst hübsch aus«, sagte Erna und richtete Uta die Spange. In diesem Moment erklang der letzte Schlag der Doppelglocke: Die Gäste waren also angekommen.
»Komm! Sonst schimpft der Vater.« Uta ergriff Ernas Hand und zog sie hinter sich aus der Kemenate.

Zur Begrüßung der hohen Besucher hatten die Burgbewohner in drei Reihen Aufstellung genommen. An der Spitze der Versammlung stand der Burgherr Graf Adalbert von Ballenstedt mit seinem Stammhalter Esiko. Adalberts einst blaue Augen waren vor Verbitterung über die Jahre hinweg verblasst. Als Graf war er ein Lehnsmann des Königs und als solcher zum Schutz seiner Untertanen verpflichtet. Die Untertanen brachten im Gegenzug dafür halbjährlich Naturalien und Brennholz auf die Burg. Mittlerweile erzielte er Einkünfte aus zahlreichen Lehnsdörfern im Schwaben- und im Harzgau, im Nordthüringengau und im Serimunt. Außerdem hatte er durch die Heirat mit Hidda, der Tochter des Markgrafen Gero aus der Ostmark, noch umfangreiches, freies Landeigentum hinzugewonnen. Nichtsdestotrotz konnte er dem König aufgrund seiner vergleichsweise immer noch kleinen Lehen nur geringe Kriegsdienste leisten. Die Markgrafen der östlichsten Reichsgebiete stellten dem König für den Krieg zwanzigmal so viele Krieger, Pferde und Waffen zur Verfü-

gung wie er und wurden deshalb auch in Angelegenheiten des Reiches von Kaiser Heinrich zur Beratung und Mitsprache herangezogen. Adalbert war ihnen an Macht und Einfluss deutlich unterlegen, aber das – so hatte er sich vorgenommen – würde er heute, so gut es ging, zu überspielen wissen. Keine leichte Aufgabe, wenn es um Gebietsstreitigkeiten mit dem Meißner Markgrafen Ekkehard dem Älteren ging. Adalbert richtete sein Wams und fixierte das Eingangstor, vor dem nun deutlich Pferdegetrappel zu vernehmen war.
Diesen Moment der Konzentration nutzte Uta und sprang am Küchenmeister vorbei an die Seite ihrer Mutter, die in der zweiten Reihe hinter dem Grafen Aufstellung genommen hatte. Erna trat zu den Mägden.
»Entschuldigt, Mutter«, flüsterte Uta und knickste. Gräfin Hidda, die dem besonderen Anlass entsprechend einen Schleier mit edler Borte angelegt hatte, ergriff unauffällig die Hand ihrer Tochter. Esiko, der neben dem Vater stand, wandte sich um und mahnte mit dem Finger auf dem Mund zur Ruhe. Als er sah, dass die Schwester liebevoll lächelnd von der Mutter zu ihm schaute, wandte er sich wieder dem Geschehen vor sich zu. Auf Schlachtrössern zogen an der Spitze des Zugs nun Markgraf Ekkehard und sein Sohn Hermann, gefolgt von einer Schar von Rittern, Knappen, Bannerträgern und Bläsern ein. Die Zugbrücke knarrte unter dem Gewicht des Gästezugs. Adalbert wandte sich dem Stallmeister zu, der sich zusammen mit dem Burggeistlichen, dem Küchenmeister nebst Mägden, dem Schmiedemeister und weiterem Gesinde hinter der Ballenstedter Familie versammelt hatte. »Versorgt die Tiere unserer Gäste. Sofort!«, befahl er.
Die Besucher saßen ab. »Vielen Dank für die Einladung«, grüßte der Markgraf, dem ein Fahnenträger folgte, auf dessen Banner ein Adler prangte.

Adalbert verbeugte sich und ging seinem Gegenüber einige Schritte entgegen. »Seid willkommen auf meiner Burg, Markgraf.«
Der nickte. »Ich bin zuversichtlich, unsere Meinungsverschiedenheiten ohne Kampfeshandlungen lösen zu können und damit unserer beider Kraft für Wichtigeres zu bewahren.«
Uta beobachtete, wie sich ihres Vaters Lippen zu einem weißen Strich verzogen, als er darauf nickte und nach weiteren Stallburschen winkte. Esiko hatte sie jüngst belehrt, dass sie froh darüber sein konnten, dass Markgraf Ekkehard ihre Burg nicht einfach belagert und ausgeräuchert hatte, um das strittige Waldstück in seinen Besitz zu bringen. Aber angeblich lag dem Vater dank des Heiratsguts der Mutter eine Urkunde vor, die das besagte Waldland eindeutig der Ballenstedter Familie zuschrieb.
»Meinen Erstgeborenen Hermann kennt Ihr bereits vom Kriegsdienst für den König«, fuhr Ekkehard fort und winkte den Sohn an seine Seite.
Damit trat ein hochgewachsener Mann in Utas Sichtfeld, der das hellbraune Haar kaum schulterlang und den Bart ungewohnt kurz geschoren trug.
Graf Adalbert deutete eine Verbeugung an und winkte seinerseits Esiko zu sich heran. »Mein Stammhalter weiß mit der Streitaxt und mit dem Kurzschwert bestens umzugehen«, sagte er und blickte stolz auf seinen Sohn, der als Zeichen für seine Zugehörigkeit zur Ritterschaft das Kettenhemd angelegt hatte.
»Beim nächsten Kriegszug bin ich im Heer unseres Königs.«
Esiko verbeugte sich mit auf die Brust gelegter Hand.
Markgraf Ekkehard nickte und begann, sein Gehänge abzubinden. »Dann werden unsere Söhne sicherlich gemeinsam kämpfen.«

Bei diesen Worten trat der Markgrafensohn hinter den Vater zurück und gab damit den Blick auf seinen Knappen und Schwertträger frei. Beim Anblick des jungen Knappen verfiel Uta ins Grübeln. Sein Gesicht war von Sommersprossen übersät, und sein Haar hatte die Farbe lodernder Glut. Nur ein einziges Mal war sie bislang jemandem mit solch ungewöhnlichem Aussehen begegnet. Das ist Volkard aus dem Hardagau, durchfuhr es Uta, mein einstiger Spielkamerad! Sie erinnerte sich, dass er ihr beim letzten Aufeinandertreffen vor zwei Jahren berichtet hatte, dass er als Knappe an die Ostgrenze des Reiches gehen wolle, weil sein alter Lehrmeister niedergemetzelt worden war. Vielleicht würde sie später mit der Erlaubnis des Vaters noch die Möglichkeit haben, sich mit Volkard auszutauschen.

»Sollten wir unsere Söhne nicht eine Kostprobe ihres Könnens geben lassen und sie auf die Jagd mitnehmen?«, schlug der Markgraf vor.

»Sehr wohl, Markgraf«, entgegnete Adalbert von Ballenstedt. Obwohl nicht ausreichend kampferprobt, war Esiko im zurückliegenden Winter deutlich früher als jeder andere begabte Junge zum Ritter geschlagen worden. »Doch erinnere ich mich, dass Ihr noch einen zweiten Sohn hattet. Geruhte er nicht mitzukommen?«

»Meinen Sohn Ekkehard erwarten wir erst im Herbst aus Kiew zurück, wo er dieser Tage meine jüngste Tochter Oda ihrem Gatten Boleslaw zuführt.«

»Kiew?«, fragte Adalbert von Ballenstedt.

»Herzog Boleslaw hat inzwischen die Herrschaft über Kiew erlangt und tritt nun – mit Kaiser Heinrichs Einverständnis – dem byzantinischen Kaiser Basileios entgegen. Die Ehe mit unserer Oda«, der Markgraf lächelte in Richtung seines Sohnes, »bindet ihn vielleicht mehr als jedes Vertragswerk an die

Interessen unseres Kaisers und den jüngst in Bautzen zwischen ihnen geschlossenen Frieden!«
»Der Herzog fordert den byzantinischen Kaiser heraus?«, fragte Esiko beeindruckt.
Markgraf Ekkehard nickte, wandte sich dann aber der Hausherrin zu. »Verehrte Gräfin von Ballenstedt, auch Euch danke ich für die Einladung und freue mich, Euch in bester Gesundheit vorzufinden.«
Gräfin Hidda löste ihre Hand aus Utas und knickste. »Seid willkommen, Markgraf. Wir hoffen, Euch und den Euren den Aufenthalt so angenehm wie möglich zu gestalten.«
»Unser letzter Besuch ist zwar schon einige Zeit her«, sagte der alte Markgraf und deutete ebenfalls eine Verbeugung vor der Hausherrin an, »ich erinnere mich aber noch gut an die hervorragende Bewirtung.«
Gräfin Hidda verneigte sich ergeben.
»Man hört derzeit viel aus den Grenzgebieten«, fuhr Markgraf Ekkehard fort. »Wo nun die Lausitzen meinem Schwiegersohn Boleslaw«, er schmunzelte bei diesem Wort, »als Lehen zugesprochen worden sind.«
Uta sah die Mutter tief einatmen. Sie ahnte, dass Hidda die Abtretung der Gebiete, die bisher im Besitz ihrer Familie gewesen waren, schmerzte.
Markgraf Ekkehard schaute sich weiter um. »Und wer ist diese erblühende Jungfer hier?«
Uta hielt den Blick gesenkt. Kein Wort mehr als der Vater sie zu sagen angewiesen hatte! Ihr Herz begann, heftig zu schlagen. »Her... her... herzlich willkommen auf Burg Ballenstedt, Markgraf«, sagte sie aufgeregt. Peinlich berührt schloss sie die Augen und schalt sich für ihr Stottern. Warum nur musste es sich ihrer ausgerechnet immer in solchen Situationen bemächtigen, in denen sie besonders gewandt auftreten wollte!

»Ist das Eure Zweitgeborene, Adalbert?« Der Markgraf tätschelte Uta den Kopf.
»Das ist sie!«, antwortete der. »Und mit ihren zwölf Jahren bald im gebärfähigen Alter.«
Unwillkürlich presste Uta die Oberschenkel zusammen. Konnte dem Vater der Blutschleim aufgefallen sein?
»Sie ist uns eine Freude.« Gräfin Hidda bedachte die Tochter mit einem liebevollen Blick.
»Das glaube ich, Gräfin«, bestätigte der Markgraf. »Die junge Dame ist äußerst ansehnlich. Ist sie schon versprochen?«
Adalbert von Ballenstedt hob aufmerksam die Brauen. »Noch nicht.«
»Dafür muss sie erst noch etwas wachsen!« Esiko bedachte die Schwester mit einem prüfenden Blick. »Wie Ihr seht, Markgraf, reicht sie einem Manne gerade einmal bis zur Brust.«
Uta fühlte sich plötzlich nackt und fröstelte.
»Das wird schon noch«, versicherte der Markgraf und zwinkerte Uta zu, die daraufhin zaghaft lächelte.
Graf Adalbert räusperte sich. »Wenn es Euch recht ist, möchte ich Euch jetzt zur Tafel bitten.« Er deutete zum Burgsaal hinüber und ging den Gästen dann voran.
Uta folgte hinter der Mutter. Dabei hörte sie Esiko vor sich in Richtung des Hardagauer Knappen zischen: »Rote Haare, Sommersprossen sind des Teufels Artgenossen!«

»Lasst noch eine zusätzliche Tafel und weitere Bänke bringen«, bat Gräfin Hidda den Tischmeister leise und folgte dem Gatten über die Schwelle in den Burgsaal. »Wir haben einige Gäste mehr als erwartet.«
Der Tischmeister verbeugte sich und hastete davon.
Mit zusammengekniffenen Augen überflog Adalbert die be-

reitgestellten Tische. Als er schon ansetzen wollte, seine Gattin für die im Raum herrschende Kälte zu tadeln, fiel ihm ein, dass er selbst den Befehl gegeben hatte, einen erheblichen Teil der Brennholzvorräte zur Verfüllung eines Loches in der Außenmauer des Brothauses zu verwenden. »Nehmt mit Eurer Familie an der Tafel uns gegenüber Platz, Markgraf«, sagte er daher nun und ließ sich selbst, gefolgt von seiner Gattin, mittig an der Außenseite der rechten Tafel vor dem Kamin nieder. Neben ihm saßen Esiko und der Burggeistliche, während sich Uta an der Seite der Mutter niederlassen durfte. Die weiteren Plätze wurden dem Rang entsprechend abwärts verteilt. An der dritten Tafel, die inzwischen an das Kopfende des Saales getragen worden war, ließ sich das untere Gefolge des Markgrafen nieder.

»Die Mahlzeiten stehen bereit, Graf«, meldete der Küchenmeister seinem Herrn.

»Dann reicht die Wasserschalen«, befahl Adalbert den Mägden, die an den Kopfenden der Tafeln standen. Nachdem sich die Gäste die Hände gereinigt und an den Tafeltüchern abgetrocknet hatten, begannen die Mägde, die Krüge vollzugießen.

»Auf gute Nachbarschaft«, prostete Markgraf Ekkehard.

»Auf gute Nachbarschaft«, erwiderte Adalbert und gab mit der freien Hand den beiden Burgmusikanten das Zeichen zum Aufspielen. Der Jüngere der beiden stimmte ruhige Töne mit der Harfe an, während der Schlaksige auf der Doppelflöte eine leichte Melodie blies. Die Küchenjungen trugen vollbeladene Tabletts in den Saal und knieten zum Zeichen des Friedens zwischen Gastgeber und Gast in der Mitte des Burgsaales nieder.

Fasziniert verfolgte Uta die Zeremonie und das Vorlegen der Speisen, welche die sonst auf Ballenstedt gereichten deutlich an Imposanz und Vielfalt übertrafen. So hatten sie im vergangenen Winter tagelang nur Brot und mehliges Wasser zu essen und zu trinken gehabt. Umso mehr genoss sie nun den Geruch von Schinken, Leberpastete und des herrlich nach Pflaumen und Birnen duftenden Muses. Der Tag, der mit dem betörenden Duft der Narzissen beim Ausritt begonnen hatte, schien eine geruchsintensive Fortsetzung zu erfahren. Im Sog einer fröhlichen Melodie streifte Utas Blick die dritte Tafel, an der Volkard aus dem Hardagau saß und gerade nach einer Hühnerkeule griff. Sie erinnerte sich noch gut an ihn, ihre beiden Familien hatten vor zwei Sommern das Auferstehungsfest des Herrn hier auf Burg Ballenstedt gemeinsam begangen. Der Junge mit dem ungewöhnlichen Haar, von dem Uta meinte, dass es die Leuchtkraft der brennenden Kienspäne an den Wänden des Burgsaales aufsog, zählte drei Jahre mehr als sie, erschien ihr körperlich aber unverändert gedrungen.

»Mmh. Was für ein guter Schinken!« Eine Silberschale schob sich in Utas Blickfeld. »Ein Edelfräulein sollte Fremde nicht so anstarren«, flüsterte Erna, die gewöhnlich für das Ankleiden, die Ordnung in der Kemenate und noch einige andere Wünsche der Grafenkinder zuständig war. Aufgrund des aufwendigen Mahles half sie dieser Tage jedoch auch in der Küche aus.

»Erna!« Uta lächelte und senkte den Blick. »Dir entgeht auch nichts!« Sie schaute sofort wieder auf, piekste mit dem Messer ein Stück vom Schinken auf und legte es auf eine Scheibe Brot.

»Hier, nimm gleich noch etwas.« Die Freundin hielt die Silberschale tiefer. »Bevor alles weg ist.«

»Ich möchte lieber vom Mus kosten. Kommst du nach dem Fest zu mir hinauf? Dann kann ich dir die Geschichten der Gäste erzählen.«

Voller Vorfreude nickte Erna und wurde im nächsten Augenblick von einem Hungrigen am Ärmel fortgezerrt, der sich darüber beklagte, dass die Platte vor ihm bereits leer sei. Inzwischen waren Tischgespräche über allerlei Bangloses in Gang gekommen. Esiko beschrieb seinen letzten Jagderfolg mit der Axt, die Ritter an der gegenüberliegenden Tafel redeten durcheinander.

»Was meint Ihr dazu, dass unsere kaiserliche Hoheit das Bündnis mit den Liutizen nach dem Friedensschluss mit Boleslaw in Bautzen aufgelöst hat?«, erhob Markgraf Ekkehard, nachdem er einen Fasanenschenkel vertilgt hatte, das Wort und brachte damit alle anderen Gespräche zum Verstummen. »Wird der Friede wirklich ein endgültiger sein?«

Uta horchte auf. Die Liutizen? Esiko hatte ihr vor einiger Zeit von diesem seltsamen Volk erzählt. Sie waren Slawen, die entlang der Elbe bis hinauf zur Ostsee lebten, in ihren Tempeln Gottheiten mit zehn Gesichtern verehrten und diesen sogar Menschenopfer darbrachten. Esiko hatte ihr einst bildhaft vorgeführt, wie sie ihre Opfer quer am Hals, schräg über dem Handgelenk und zwei Finger breit über dem Knie zerschnitten. Zuletzt wurde ihnen der Schädel gespalten.

»Der Kaiser hat das Bündnis mit diesen wilden, heidnischen Slawenvölkern aufgelöst?« Graf Adalbert war offensichtlich angewidert. »Was kann ein Stammesvolk, das sich nicht von Christus leiten lässt, schon gegen einen so übermächtigen Gegner wie Herzog Boleslaw ausrichten!« Er wusste, dass der Friedenschluss mit dem Polen nur durch Zugeständnisse Kaiser Heinrichs möglich geworden war. Und eines davon war die Kündigung des Bündnisses mit den Liutizen gewesen, die Heinrich nun nicht länger als Verbündete gegen Boleslaw zu benötigen glaubte.

»Auf dem Weg in den Harz streift der Kaiser dieser Tage nur knapp unsere Ländereien«, erklärte der Markgraf. »Er führt jene Geiseln aus dem Gefolge des polnischen Herzogs in seinem Zug mit, welche er in Bautzen beim Friedensschluss als Pfand übergeben bekam. Doch trotz dieses Umstands bin ich mir unsicher, was die Dauerhaftigkeit des Friedensabkommens angeht. Schließlich ist allgemein bekannt, dass Herzog Boleslaw einst die polnische Königskrone versprochen bekommen hat, dieses Versprechen von kaiserlicher Seite aber nie eingelöst wurde. Wegen des zu Jahresbeginn geschlossenen Friedens und seiner Ehe mit Oda wird Herzog Boleslaw vorerst vielleicht von weiteren Angriffen absehen, aber ob er endgültig von der Königskrone wird lassen können?«

Markgrafensohn Hermann nickte. »Ich bezweifele ebenfalls, dass Boleslaw die Krone aufgegeben hat. Bereits beim Friedensschluss wurde erzählt, dass er seinen Ältesten, Bezprym, enterbt und Mieszko, seinen zweiten Sohn, als Nachfolger erkoren hat. Und Mieszko scheint wenig mit unserem Kaiser Heinrich gemein zu haben, obwohl Mieszkos Schwester seit dem vergangenen Sommer meine Gemahlin ist.«

»Zwei Frauen Eurer Familie für die Sicherung des östlichen Vorfeldes unseres Reiches?«, fragte Adalbert aufmerksam und ließ seinen Blick zufrieden zu seiner Frau gleiten.

Uta hingegen erschauderte bei dem Gedanken an einen Vater, der seine Tochter als Kriegspfand einsetzte.

»Mieszko erscheint mir noch unberechenbarer als sein Vater«, grübelte der Markgraf an die Runde gewandt. Beim Anblick der kleinen Grafentochter mit den vor Spannung weit aufgerissenen Augen schaute er aber sofort wieder fürsorglich. »Deswegen hat Kaiser Heinrich nach dem Friedensschluss in Bautzen entlang der Elbe auch das halbe Heer zurückgelassen. Man kann ja nie wissen. Die Befehlsgewalt soll er seiner Gattin, Kaiserin Kunigunde, übertragen haben.«

»Pah!« Graf Adalbert schlug mit der Faust auf die Tafel und schüttelte verständnislos den Kopf.

Uta zuckte zusammen und griff unter dem Tisch nach der Hand der Mutter. Sie wusste aus Erfahrung, dass der Vater im Zorn gern seine körperliche Kraft zur Demonstration seines Willens einsetzte, wie damals, als die Neugier sie das Wort an einen königlichen Gesandten hatte richten lassen, noch bevor der Vater dazu gekommen war, diesen formal zu begrüßen. Hochschwanger hatte sich die Mutter schützend vor sie gestellt und war vom Vater wie eine Puppe zur Seite geschleudert worden. Durch den harten Aufprall an die Wand des Burgsaals hatte sich ihr ungeborenes Kind im Mutterleib gedreht. Bei der drei Tage dauernden nachfolgenden Geburt hatte die Wehmutter dann von einem Wunder gesprochen: Der kleine Wigbert war gesund geboren worden. Doch nach diesem Vorfall hatte Uta sich geschworen, ihre Mutter nie wieder in eine solche Situation zu bringen. Sie seufzte und dachte dann an ihre jüngeren Geschwister, die auf Anweisung des Vaters während der Tafel von ihrer Amme Gertrud in der mütterlichen Kemenate beaufsichtigt wurden, damit sie unter keinen Umständen das Fest störten.

»Kaiserin Kunigunde unterzeichnet inzwischen sogar als Mitregentin – als *consors regni*«, ergänzte der Markgrafensohn.

»Was ist eine Mitregentin?«, flüsterte Uta der Mutter ausgerechnet in dem Moment ins Ohr, in dem Graf Adalbert sich seiner Gattin zuwendete. Mit einem scharfen Blick quittierte er das Tun seiner Tochter und beugte sich zu ihr hinüber. »Du sprichst nur, wenn du ausdrücklich dazu aufgefordert wirst. Hast du verstanden?« Adalbert von Ballenstedts linkes Augenlid pochte, als er seine Gattin vorwurfsvoll anschaute. »Sie kann ja nicht einmal pünktlich erscheinen, wenn es von ihr verlangt wird!«

Traurig senkte Uta den Kopf. Sie hatte doch lediglich das

Wort an die Mutter gerichtet. Noch dazu im Flüsterton. Sollte ihr dies ab dem heutigen Tag etwa auch versagt sein?
»Eine Mitregentin«, begann Hermann von Naumburg an Gastgeber und Gastgeberin gerichtet zu erklären, »hat wichtige politische Pflichten zu erfüllen, will sie ihren königlichen Gatten tatkräftig unterstützen.«
Graf Adalbert ließ daraufhin von den Frauen seiner Familie ab und konzentrierte sich wieder auf die gegenüberliegende Tafel. Betreten senkte Uta den Kopf.
»Unsere Kaiserin Kunigunde hilft ihrem Gatten zum Beispiel nicht nur bei der Organisation des Heerlagers«, fuhr der Markgrafensohn mit seiner tiefen Stimme ruhig fort, »sie berät ihn sogar bei der Besetzung von Ämtern oder bei Landesschenkungen.«
Vor lauter Erstaunen über diese Worte hatte Uta Mühe, den Kopf gesenkt zu halten.
»Solche Kaiserinnen sind die Ausnahme«, belehrte Markgraf Ekkehard die Runde, als er die irritierten Gesichter beider Gefolge bemerkte. »Für solche Angelegenheiten hat der Kaiser in der Regel Berater wie mich.«
»Heinrich muss mit seiner Gattin ein besonders enges Vertrauensband haben, wenn er ihr diese Verantwortung überträgt«, sagte Markgrafensohn Hermann mehr zu sich selbst als an die Tischgesellschaft gewandt. »Er muss ihr mindestens genauso viel Verstand und Verhandlungsgeschick zubilligen wie uns, seinen Beratern.«
»Nicht so melancholisch. Du hast doch ein vernünftiges Weib«, sagte der Markgraf und stieß seinen Sohn in die Seite.
»Ja, ja. Die holde Weiblichkeit. Die hat ihre eigenen Waffen im Kampf um Einfluss und Macht«, fuhr er dann lauter und für alle vernehmbar fort.
Daraufhin erhob sich ein Ritter und griff sich zwischen die

Beine. »Unsere Waffen sind aber auch nicht zu verachten.«
Die Männer lachten grölend.

»Ich bezweifele«, versuchte Graf Adalbert das Gelächter zu übertönen, »dass ein Weib Kriegsführung und Politik tatsächlich so zu erlernen vermag, wie uns Gott dieses Vermögen von Geburt an mitgegeben hat.«

»Niemals«, mischte sich Esiko ein und klopfte dem Vater beipflichtend auf die Schulter. »Sonst würde die von Gott gewollte Ordnung ja auch vorsehen, dass Weiber lernfähig sind.« Er glaubte zwar daran, Frauen belehren zu müssen, aber die Fähigkeit aus diesen Belehrungen zu lernen, sprach Esiko ihnen kategorisch ab. »Auf die Politik des starken Geschlechts«, prostete er den Gästen zu.

Gräfin Hidda blickte ihren Sohn sorgenvoll an. Auch Uta war der Durst vergangen. »Frauen dürfen nicht lernen? Wie kann Esiko so etwas behaupten?«, wandte sie sich erneut an die Mutter, als der Vater durch einen anderen Gesprächspartner abgelenkt war.

»Später, Liebes«, bat die Gräfin.

»Aber Esiko muss sich irren!«, beharrte Uta und zupfte Hidda am Ärmel.

»Wir reden darüber, wenn die Gäste fort sind.«

Uta holte tief Luft und wollte abermals ansetzen, hielt aber inne, als sie die Hand ihrer Mutter auf dem Schoß spürte. Augenblicklich erinnerte sie sich wieder der quälenden Geburtsschreie und verharrte weiter stumm, während die Musikanten von Gast zu Gast gingen und dabei beschwingtere Stücke aufspielten.

»Habt so weit Dank für Eure Gastfreundlichkeit«, sagte Markgraf Ekkehard schließlich und griff nach einem Stück vom Gewürzkuchen, den die Mägde mit den letzten Naschereien herumtrugen.

»Nun dann!«, sagte Graf Adalbert und hob die Tafel auf. »Lasst uns zur Jagd aufbrechen. Die Treiber und Bläser sind bereits im Burghof versammelt.«

Erst als die Bediensteten die Tafeln aus dem Burgsaal trugen, vermochte Uta ihren Blick wieder zu heben. Sie stand auf und trat vor den Fensterschlitz. Die Behauptung, dass das Lernen gotteslästerlich sei, widersprach ihren bisherigen Erfahrungen. Obwohl sie ein Mädchen war, wusste sie Gewänder mit Blumenmotiven zu besticken und die Buchstaben des Alphabets allesamt hintereinander zu nennen. Zudem war sie imstande, die väterliche Linie der Askanier sowie die mütterlichen Vorfahren der Christiansippe aufzuzählen, während Esiko so manches Mal darüber ins Stocken geriet.
»Entschuldigt, Jungfer«, drang es von der Tür zu ihr herüber. Uta wandte sich um. »Volkard aus dem Hardagau?«
»Und Knappe Hermanns von Naumburg«, entgegnete der. »Ich wollte Euch nicht erschrecken.«
»So schnell vermag mich niemand zu ängstigen«, gab sie barscher als beabsichtigt zurück. Der Ärger über Esikos Behauptung schwang noch in ihrer Antwort mit. »Wisst Ihr, wenn das Spiel, und ein solches scheint es ja zu sein, *viele gegen einen* lautet, zeugt das nicht gerade von Gerechtigkeit.«
Volkard aus dem Hardagau schaute sie verwundert an und tat einen Schritt auf sie zu. »Findet Ihr Hetzjagden auch so langweilig? Mein Herr hat mich von der Jagd befreit. Stattdessen soll ich sein Schwert vom Schmied richten lassen.«
Uta sah auf einmal wieder das Gesicht des Markgrafensohns Hermann vor sich, als er von der Kaiserin gesprochen hatte, und lächelte bei dem Gedanken, mit welch ruhiger Stimme er ihrem zornigen Vater geantwortet hatte. »Schmied Jonas heizt in der Werkstatt neben dem Brothaus ein. Dort werdet Ihr

ihn finden«, antwortete sie schließlich und schaute wieder aus dem Fensterschlitz. Ob Esiko und der Vater von bestimmten Fähigkeiten zum Lernen gesprochen hatten?
Volkard aus dem Hardagau unterbrach Utas Grübelei erneut. »Erinnert Ihr Euch noch an das Spiel der Schneerose, das wir vor zwei Wintern begannen?«
Uta hob die Brauen und fixierte das Fensterpergament vor sich. »Die Schneerose?«, fragte sie. Eine Kräuterfrau, die wegen der Gicht des Grafen auf der Burg gewesen war, um diese zu behandeln, hatte ihr einst von diesem Brauch erzählt. »Die ausschließlich im Winter blühende Schneerose soll über Glück und Unglück im Leben entscheiden«, begann sie, die damaligen Worte der Kräuterfrau vorzutragen. »Doch dazu muss man im ersten Winter eine erblühte Schneerose entdecken und pflücken. Noch vor dem Ende der kalten Jahreszeit gehört das seltene Gewächs dann in ein Holzkistchen gepackt und fest verschlossen. Dieses Kistchen muss im Wald unter einer dicken Schneeschicht zwischen den Wurzeln einer großen Buche vergraben werden. In der Baumwurzel liegen die Ursprünge aller Dinge und allen Seins. Gräbt man das Holzkästchen nach frühestens einem weiteren Winter aus, und sind die Blätter nicht abgefallen, so deutet dies auf ein glückliches Leben auf Gottes Erde hin.« Uta hatte die Bilder von damals deutlich vor Augen, als sie sich vom Fenster abwandte und in Gedanken versunken an dem Knappen vorbeitrat. Erna, Volkard und sie waren damals unter der Aufsicht des älteren Bruders, der das Ganze als Unsinn abgetan hatte, den Anweisungen der Heilkundigen gefolgt. Drei nebeneinander stehende Buchen hatten sie ausgewählt und mit der Schaufel ein tiefes Loch gegraben, um ihr Kästchen jeweils zwischen die Baumwurzeln zu setzen. Anschließend hatten sie mit dem Messer noch ein Erkennungszeichen in die Rinde geritzt.

»Zwei Winter sind seitdem vergangen«, sagte der Knappe. »Wenn Ihr wünscht, reiten wir gemeinsam zur Schneerose.«
Die Aussicht, die Zukunft zu erfahren, hob Utas Laune. Sie nickte, zögerte aber mit dem nächsten Herzschlag. Vor ihrem inneren Auge sah sie die blutleeren Lippen des Vaters, der einen solchen Ausritt wahrscheinlich nicht erlauben würde. Aber der Knappe vor ihr war älter geworden, sein Haar leuchtete außergewöhnlich kraftvoll. Zur Not würde er sie vor wilden Tieren beschützen können.
»Die Jagdgesellschaft bricht jeden Moment nach Norden auf.« Der Knappe schien den Grund für Utas Zögern erraten zu haben. »Unsere Schneerosen haben wir außerdem im Südforst vergraben. Wir werden aus ihm zurück sein ...«
»... noch bevor die Jagdgesellschaft dem erstbesten Eber hinterherjagt«, beendete Uta seinen Satz. »Ich werde Euch auf dem kurzen Ausritt begleiten Volkard, und zudem wird Erna mit uns kommen. Sie wird sicherlich auch einen Blick auf ihre Schneerose werfen wollen«, wandte sich Uta im Gehen noch einmal um. Neben der Mutter war Erna der einzige Mensch auf der Burg, mit dem sie ein solch kostbares Geheimnis wie die Offenbarung der Zukunft zu teilen wagte. Sie eilte in den Stall, um Linhart um die Pferde für den Ausritt zu bitten.
Dabei klangen ihr erneut Esikos Schimpfworte in den Ohren: Rote Haare, Sommersprossen sind des Teufels Artgenossen!

Im Wald herrschte eine himmlische Ruhe.
Mit einem »Brrrr« brachte Volkard sein Ross zum Stehen, als sie den Rand des Südforstes erreichten. »Hinter der Lichtung, vor der sich die zwei schmalen Wege gabeln, müssten unsere Bäume stehen.« Er zeigte mit dem ausgestreckten Arm geradeaus. »Dort, seht Ihr?«

Utas Blick folgte der Richtung seines Arms, sie vermochte jedoch nichts zu erkennen.
»Lasst uns direkt auf die Lichtung reiten und die Bäume dort untersuchen«, schlug Volkard vor und trabte voraus. »Ich spüre, dass sich unsere Schneerosen dort befinden.«
Uta zögerte. Sie hatte Erna weder im Gesindehaus noch in der Küche finden können und schließlich die Burg von Neugier getrieben zusammen mit dem Knappen verlassen. Von der Ruhe des friedlichen Ortes angezogen, wischte sie ihre Bedenken beiseite und folgte ihm zur Lichtung.
Wildwuchs machte den Erdboden zwischen den Bäumen, die die Lichtung säumten, schwer zugänglich, so dass sie absitzen mussten. Uta band ihr Pferd an einer knospenlosen Buche fest und folgte dem Knappen durch dichtstehenden Farn. Sie trat vor einen besonders knorrigen Baum, an dessen Stamm Efeu emporrankte, der sich nur mühsam entfernen ließ. »Ich habe den Kreis gefunden, den Erna als Erkennungszeichen eingeritzt hat«, vermeldete Uta einen Augenblick später freudig.
Ihr Begleiter war inzwischen an den Nachbarbaum getreten und suchte dort nach einer Markierung. »Hier ist mein Kennzeichen!«, rief er. »Damit muss der Baum zu meiner Rechten Euer Zukunftsbaum sein.«
Uta kämpfte sich zum rechten der drei Baumriesen durch und trat um ihn herum. »Jetzt muss ich nur noch mein Zeichen finden.« Sie beugte sich zum Wurzelansatz hinab und tastete die Rinde des von Buschwindröschen umwachsenen Stammes ab. »Hier ist die Kerbung!« Erfreut richtete sie sich auf und flüsterte: »Lieber Herrgott, weise mir den Weg in eine gefällige Zukunft.« Ihr Blick glitt bedächtig den Stamm entlang bis zur Krone hinauf. »Volkard, wie gut, dass Ihr die Lichtung wiedererkannt habt!«

Als sie keine Antwort erhielt, schaute sie sich um und bemerkte, dass der Knappe verschwunden war. Dann fuhr sie zusammen. Zwei Hände hatten plötzlich von hinten nach ihren Handgelenken gegriffen. »Räuber!« Mit aller Kraft versuchte sie, sich aus dem festen Griff zu lösen. Da wurde sie herumgedreht und mit dem Rücken gegen den Baumstamm gedrückt.
Uta war entsetzt. »Volkard!«
Der Hardagauer starrte auf die zarte Wölbung ihrer Brüste.
»Lasst mich los«, forderte sie und setzte zu schreien an. Wenn es in diesem Wald Räuber und wilde Tiere gab, dann sollten ihr diese jetzt zu Hilfe eilen.
Doch der Wald zeigte sich auch dann noch von beeindruckender Stille, als der Knappe sie zu Boden warf und die Nestelbänder seiner Beinlinge zu lösen begann.
»Nein!« Beim Anblick ihres Peinigers erschrak sie und versuchte, sich mit den Beinen freizukämpfen. Wie in einem Traum nahm sie wahr, dass er ihre Gewänder hochschob und sich mit seinem ganzen Körper auf ihren Leib drückte. Tränen flossen ihr über die Wangen. Sie schrie auf, als sich etwas Hartes zwischen ihre Beine presste. Sie spürte etwas Feuchtes an der Innenseite ihrer Oberschenkel und meinte, saure Milch zu riechen.
»Uta!«, hallte es da auf der Lichtung. Adalbert von Ballenstedt näherte sich mitsamt der Jagdgesellschaft.
Volkard hielt inne.
Uta blickte erschrocken auf. »Herr Va... Va... Vater«, begann sie und schob das Unterkleid hastig über den Schoß. Der Knappe löste sich von ihr.
Graf Adalbert stieg vom seinem Pferd und schritt wütend auf seine Tochter zu. »Wie kannst du es wagen, dich dem jungen Edelmann so schamlos hinzugeben!«

»Ich …« Uta taumelte bei dem Versuch aufzustehen.
»Schweig! Wie eine Hure siehst du aus mit den dreckigen Kleidern und dem zerzausten Haar.«
Die Jagdgesellschaft verfolgte schweigend die Szene.
»Du bist eine Schande für die Familie. Dass du das ausgerechnet vor unseren markgräflichen Gästen beweisen musst!« An Esiko gewandt befahl Graf Adalbert: »Begleite Uta zurück zur Burg. Sie soll dort auf mich warten, um ihre Bestrafung entgegenzunehmen.« Er wandte sich ab und ging zu seinem Pferd zurück.
Sie, eine Schande? Uta war fassungslos. Sie musste dem Vater erklären, dass es Volkard gewesen war, der diese Situation herbeigeführt hatte. »Va… Vater, bitte hört mich an!«
Graf Adalbert hielt mitten im Aufsitzen inne und wandte den Kopf. »Schau dich doch nur an. Das Blut deiner Lust klebt dir sogar noch an den Gewändern. Und jetzt schweig endlich!«
Uta fühlte sich erbärmlich, als Esiko sie wie eine Aussätzige mit dem Stiel seiner Axt vor sich her zu ihrer Stute schob.
»Schwesterlein, wenn du nur auf meinen Rat gehört hättest: Rote Haare, Sommersprossen sind des Teufels Artgenossen!«
»Volkard!«, rief da die tiefe Stimme des Markgrafensohns und zog die Aufmerksamkeit aller Anwesenden auf sich. »Hast du etwas zu dem Vorfall zu sagen?«
Doch Volkard aus dem Hardagau, der die Bänder seiner Bruche in der Hand hielt, vermochte darauf nur, betroffen zu Boden zu schauen. Uta richtete ihren Blick auf den Sohn des Markgrafen.
»Verzeiht, Hermann von Naumburg«, fuhr Graf Adalbert dazwischen. »Aber es ist die Tochter meiner Gattin, die sich hier ganz offensichtlich schuldig gemacht hat. Bitte überlasst die Regelung des Vorfalls mir!«

Markgraf Ekkehard wandte sich an seinen Sohn. »Der Graf hat recht. Er muss entscheiden. Es geht um seine Familie.«
Uta löste den Blick von dem Markgrafensohn und saß, unfähig auch nur ein Wort zu ihrer Entschuldigung zu sagen, auf ihre Stute auf.

Die Verkündung von Strafen erfolgte stets im Burgsaal. Jenem Ort, an dem heute schon getafelt und gefeiert worden war. Adalbert von Ballenstedt zitierte seine Kinder immer dann dorthin, wenn eines von ihnen ein Unrecht begangen hatte. Esiko hatte bisher nur ein einziges Mal als Angeklagter vor dem väterlichen Tribunal erscheinen müssen. In jugendlichem Übermut hatte er auf fremdem Land gebrandschatzt und damit den Zorn des Besitzers auf die Ballenstedter Familie gelenkt. Selbst Utas jüngere Schwester Hazecha war mit ihren fünf Jahren nicht vom väterlichen Strafgericht verschont geblieben. Im vergangenen Herbst hatte der Graf der Kleinen zehn Tage lang die Hände auf dem Rücken zusammenbinden lassen, um sie zu lehren, zukünftig keine Naschereien mehr aus der Küche zu erbitten. Das Mädchen hatte sich vor den Augen aller Burgbewohner quälen müssen. Die am häufigsten Angeklagte war jedoch Uta. Bereits dreimal hatte der Graf im Burgsaal über sie Gericht gehalten. Nun drohte ihr die vierte Bestrafung.
Uta stand in der Mitte des leeren Saales und wartete auf die Ankunft des Vaters. Die Wärme und sämtliche Speisendünste hatten sich mit dem Abgang der Gäste in den Vorhof verflüchtigt. Wie eine breite, stumpfe Klinge fiel das Licht der heraufziehenden Abenddämmerung durch die Fensterschlitze auf sie. Sehnsüchtig folgte ihr Blick den letzten Strahlen der Sonne. Dabei erinnerte sie sich an ein Gespräch mit Erna, in dem diese ihr mit umständlichen Gesten erklärt hatte, dass

Kinder nur dann entstünden, wenn sich die Lenden von Mann und Frau tief miteinander vereinten. Volkard aus dem Hardagau war aber nicht tief zwischen ihre Lenden vorgedrungen. Die Jungfräulichkeit besaß sie demnach noch. Diese Botschaft würde den Vater sicher besänftigen. Uta war dennoch bange. Sie hätte den Knappen niemals alleine in den Wald begleiten dürfen. Beim Gedanken an ihn fühlte sie sich schmutzig; ihre brennenden Handgelenke schmerzten noch immer von seinem brutalen Zugriff.

Uta zog sich die grüne Spange aus dem zerzausten Haar und umschloss sie mit der Hand. Hoffentlich würde die Mutter gleich kommen, um sie vor dem Vater zu beschützen. Gemeinsam musste es ihnen einfach gelingen, den Vater von einer harten Bestrafung abzubringen, hatte sie mit ihrem Ausritt in den Wald doch lediglich das Geheimnis um die zukunftsweisende Schneerose lüften wollen.

»Wo bist du gewesen?« Hazecha war durch die Tür geschlüpft und rannte mit ausgebreiteten Armen auf die ältere Schwester zu. Ohne deren Frage zu beantworten, empfing Uta die Kleine mit einer Umarmung.

»Wollen wir mit Wilma spielen?«, fragte Hazecha gespannt, die es kaum abwarten konnte, die in die Jahre gekommene Stute aus dem gräflichen Stall über den Hof zu führen.

Uta strich der Schwester, deren dunkles Haar und zarte Gesichtszüge sie beinahe wie ihre Zwillingsschwester aussehen ließen, sanft über den Kopf. »Liebes, das machen wir später.«

Verunsichert griff Hazecha nach einem Zipfel von Utas zerrissenem Oberkleid »Wann ist später?«

»Wenn wir das Abendgebet gesprochen haben.« Schweren Herzens schob Uta die Jüngere von sich weg und schaute unruhig zur Tür. »Aber geh doch schon einmal voraus in den

Stall und schau, ob Wilma satt ist. Du weißt doch, woran du das erkennst.«
»Das weiß ich!« Hazechas Gesicht hellte sich auf, und sie machte sich sogleich an eine Vorführung: Zuerst zog sie ihre obere Lippe über die untere, legte dann ihre ausgestreckten Zeigefinger dicht an den Kopf als wären es Pferdeohren, um sie danach leicht nach unten zu senken, genauso wie sie es schon oft gemeinsam bei Wilma beobachtet hatten, wenn diese nach der Fütterung keinen Halm Heu mehr hatte fressen wollen.
Der Anblick der Schwester rang Uta ein Lächeln ab.
Da betrat Adalbert von Ballenstedt den Saal.
Instinktiv zog Uta Hazecha hinter sich.
»Lass uns alleine«, wies der Graf seine jüngere Tochter an und fixierte dabei das Paar Hände, das Utas Oberschenkel von hinten umklammerte.
Hazecha, deren Augen sich bereits mit Tränen füllten, krallte sich jedoch nur noch fester an die Schwester. Daraufhin zog Adalbert das Mädchen hinter Utas Rücken hervor und schob es zur Tür. Als Hazecha sich noch einmal erschrocken umwandte, versuchte Uta, ihr ein ermutigendes Lächeln zu schenken, bekam aber kaum mehr als eine Grimasse zustande. Adalbert von Ballenstedt legte den eisernen Riegel der Burgtür um und schritt ungewohnt still auf Uta zu. Sein Gang wurde vom kleinkindlichen Wimmern auf der anderen Seite der Tür getragen. Zwei Armlängen vor seiner Tochter versteifte er sich. Das Dämmerlicht beschien nun ihn.
Im Blick des Vaters meinte Uta weder Verachtung noch Hoffnung, sondern nur Ausdruckslosigkeit auszumachen. Sie holte tief Luft. »Herr Vater, ich kann Euch erklären …«
Da klopfte es.
Uta schöpfte Hoffnung. »Frau Mutter?«

Doch Adalbert von Ballenstedt wandte den Blick nicht von seiner Tochter ab, als er befahl: »Ich verlange, nicht gestört zu werden!«

Das Klopfen verstummte. Das Wimmern entfernte sich.

Zögerlich setzte Uta erneut an: »Ich kann Euch versichern, dass nicht ich …« Ein Schlag ins Gesicht ließ sie benommen in Richtung der Wand taumeln.

Graf Adalbert folgte seiner Tochter. »Nichts kannst du, Unwürdige, außer mich vor dem Markgrafen zu blamieren! Doch davon habe ich jetzt genug. Als ob meine Warnung an der Tafel nicht schon ausreichend gewesen wäre!«

Uta brummte der Kopf vom Schlag.

»Sprich den Reinigungseid!«, forderte er. »Gott allein weiß, ob du schuldig bist.«

»Aber …«, hob sie erneut an, verstummte dann jedoch, weil sie begriff, was er da von ihr verlangte.

»Leiste – den – Eid!«, wiederholte er.

»Den Eid leisten?« Uta wich zurück und presste den schmerzenden Rücken gegen die Wand. Der Eid war für so manchen Vasallen schon das Todesurteil gewesen! Nur wenn es dem Beschuldigten gelang, dessen Wortlaut fehlerfrei, ohne zu zögern oder sich zu verhaspeln, auszusprechen, bewies Gott damit die Unschuld des Angeklagten. Den Text des Eides, der für alle Anklagen identisch war, kannte Uta von den Gerichtstagen, an denen hier im Burgsaal Recht gesprochen worden war.

Der Vater zog sie an den Armen zu sich. »Sprich den Reinigungseid, oder ich muss dich sofort verstoßen!«

Uta erstarrte. Verstoßen? Ein Leben ohne die geliebte Mutter und die Geschwister? Sie war doch glücklich hier. Was sollte sie alleine, fern der heimatlichen Burg? Das konnte der Herrgott nicht zulassen. Die Finger des Vaters umfassten ihre zer-

kratzten Arme und schlossen sich dann wie eiserne Klammern um ihre Handgelenke.
Uta wollte sich aus dem schmerzenden Griff befreien, doch der Vater zog sie nur noch näher zu sich. »Die Verweigerung des Reinigungseides ist erst recht ein Gottesurteil. In diesem Fall bist du schuldiger, als es ein gewöhnlicher Sterblicher überhaupt sein kann.«
Uta nickte erschrocken. Satzfetzen wie *Gottes Gebote, Unschuld des Erdlings* und *irdischer Vertreter* schossen ihr durch den Kopf. Die übrige Erinnerung an den Wortlaut des Eids war lediglich ein Brei aus Buchstaben.
»Und?« Mit diesem Wort ließ der Graf die Handgelenke seiner Tochter los und verschränkte die Arme vor der Brust.
Uta drückte die Faust mit der grünen Spange zusammen und schloss die Augen. Sie sah die Mutter und die Geschwister vor sich, die ihr ermutigend zulächelten.
»Ich, Uta von Ballenstedt«, begann sie den Eid und öffnete die Augen. Der Saal im Hintergrund verschwamm; lediglich die Silhouette des Vaters zeichnete sich gestochen scharf davor ab. »Ich schwöre vor Gott und allen Heiligen, dass ich frei von Schuld bin.«
Damit war der erste der drei Eidsätze heraus. Begleitet von einem heftigen Pochen in ihren Schläfen fuhr sie fort. »Ich habe weder gegen die Gebote Gottes noch gegen die Gebote meines diesseitigen Herrn, seines irdischen Vertreters, gehandelt.«
Nun stand nur noch der letzte der drei Sätze aus. Uta blickte kurz auf die Spange in ihrer Hand. Dann begann sie den Satz, der dem ganzen Alptraum ein Ende bereiten sollte. »Der Allmächtige möge die U... U... U...«, Uta versuchte, das ersehnte Wort mit aller Macht aus sich herauszupressen. »Möge die U... Un...«

»Ich wusste«, spie Adalbert von Ballenstedt hervor, »dass du das Wort Unschuld niemals herausbringen würdest!«
Uta schaute fassungslos zu Boden. Der Reinigungseid war ihr misslungen. Kein Haspler, kein Zögern, keine Fehler lauteten die Bedingungen für Gottes Freispruch. Das Gesicht des Vaters verschwand hinter ihrem Tränenschleier.
»Gott hat Recht gesprochen. Beim nächsten Gerichtstag, zum Fest des heiligen Georg, wirst du verstoßen.« Graf Adalbert löste die verschränkten Arme vor seiner Brust und holte erneut aus. Wieder schleuderte sein Schlag Uta gegen die Wand und ließ sie an ihr hinab zu Boden gleiten. Die grüne Spange kullerte ihr aus der Hand.
»Mein Ansehen lasse ich mir von dir nicht zerstören! Eher verzichte ich auf eine Tochter als auf meinen guten Ruf!« Schnaubend verließ Adalbert von Ballenstedt den Burgsaal.

Vergebens suchte sie nach einem Anzeichen von Besserung. Doch die immer noch zugeschwollenen Lider begruben die Hoffnung, in Utas Augen den gewohnten grünen Glanz schnell wieder leuchten zu sehen. Utas alte Amme Gertrud, der das jahrelange Stillen die Brust unter dem grauen Obergewand auf den stattlichen Bauch hinabgedrückt hatte, beugte sich tiefer über die Bettstatt. »Fräulein Uta, könnt Ihr mich hören?« Besorgnis zeichnete sich auf dem Gesicht der Frau ab, die sich dem Wohl der ältesten Grafentochter besonders verschrieben hatte. Nicht nur, dass Gertrud dem Mädchen hin und wieder einen der rotbäckigen Äpfel zusteckte, die sie als Dank für Hilfstätigkeiten in der Backstube erhielt. Ebenso gern mühte sie sich auch, Utas beschmutzte Kleider zu säubern, bevor die Blicke des strengen Grafen diese erspähten.
Uta blinzelte.
»Kind?«, fragte Gertrud voller Hoffnung.

Utas Antwort erschöpfte sich in einem Stöhnen.
»Eure Mutter, die Gräfin, wies mich an, sie zu verständigen, sobald Ihr erwacht.« Gertrud biss sich vor Freude in die Faust und lief, so schnell es ihr möglich war, aus der Kemenate.
Uta hob den Kopf an und schaute sich um. Was sie an verschwommenen Details wahrnahm, verriet ihr, dass sie sich in ihrer Kemenate auf der elterlichen Burg befand. Als Nächstes versuchte sie sich aufzusetzen, doch der Schmerz, der daraufhin ihren Körper durchfuhr, ließ sie zurück aufs Strohlager sinken. Arme und Beine fühlten sich wie Holzklötze an, die man ihr an den Oberkörper genagelt hatte, und sie verspürte unsäglichen Durst.
»Uta, Liebes!« In Begleitung der Amme eilte Gräfin Hidda auf die Bettstatt zu. Der Blick in das Gesicht ihrer Tochter ließ ihre Züge versteinern. »Gertrud, bitte benachrichtige den Burgmedikus. Er soll unverzüglich Wasser bringen und mit der Behandlung beginnen.«
Die Angesprochene schob ihrer Herrin noch einen Stuhl ans Kopfende der Bettstatt und verließ dann mit einer Verbeugung die Kemenate.
Gräfin Hidda setzte sich fahrig auf die Stuhlkante. »Der Herr hat dich unter uns gelassen«, sagte sie und nahm vorsichtig Utas Hand. Sie zitterte leicht, als sie begann, jeden einzelnen fiebrigen Finger ihrer Tochter zu streicheln. »Um dieses Geschenk habe ich ihn während der vergangenen sieben Tage jeden Morgen und jeden Abend ersucht.«
Sieben Tage lang lag sie also schon danieder? Sieben Tage seitdem … Bilder des wollüstigen Knappen und des prügelnden Vaters erschienen wieder vor ihrem geistigen Auge. »Liebe Mutter«, sprach sie leise. Mehr gab ihre Kehle nicht her.
Hidda schaute sie liebevoll an und legte ihr den Finger auf die Lippen. »Schone deine Kräfte, Liebes.«

Uta stiegen Tränen in die Augen. »Der Vater will mich ...«, kraftlos unterbrach sie den Satz.

»Er unterrichtete mich, dass er den Reinigungseid von dir gefordert hat«, sagte Hidda, während ihr bislang zärtlicher Blick kühl wurde.

»Ich habe mich Volkard nicht hingegeben«, versicherte Uta, wurde aber von einem Hustenanfall unterbrochen. »Glaubt Ihr mir?«, fragte sie danach erschöpft mit schwacher Stimme.

Das Scheppern der aufgestoßenen Tür kam Hiddas Antwort zuvor.

Adalbert von Ballenstedt trat ein. »Das Kind benötigt keinen Medikus!«

Beim Anblick des Gatten versteifte Hidda sich und umklammerte die Hand der Tochter.

»Wir haben seit heute Morgen Verletzte auf der Burg«, erklärte der Graf, ohne einen Blick auf Uta zu werfen. »Begreift endlich, dass das Schicksal des Mädchens nicht in Euren, sondern in Gottes Händen liegt!«

Uta spürte, wie sich die Fingernägel der Mutter in ihre Handoberfläche bohrten.

»Ihre Schuld wurde durch den Eid bestätigt und wird am Tage des heiligen Georg durch das Gericht verkündet«, sagte er kühl. »Vielleicht erledigt aber zuvor das Fieber, was Gott sowieso als Strafe für sie vorgesehen hat. Und nun folgt mir!« Er zog seine Frau vom Stuhl und ging zur Tür.

»Aber Adalbert«, begehrte Hidda auf, »ohne Hilfe wird Uta sterben!«

Der Graf bedachte seine Gattin mit einem verständnislosen Blick. »Wie der Medikus habt auch Ihr wichtigere Aufgaben!« Mit diesen Worten zog er sie aus der Kemenate.

Utas Augenlider zitterten. »Esiko, bist du es?« Breitschultrig und großgewachsen war die Gestalt, die gerade vor ihr aufgetaucht war. Das Gesicht noch von Tränen gerötet, hatte sie die Zeit, seitdem die Mutter sie verlassen hatte, mal wach, mal dämmernd zugebracht. Vielleicht erledigt aber zuvor das Fieber, was Gott sowieso als Strafe für sie vorgesehen hat, gingen ihr die väterlichen Worte unaufhörlich durch den Kopf. Dann zuckte sie, spürte verhornte Handflächen auf ihren Armen.
»Esiko, was tust du da?«
Anstatt eine Antwort zu geben, zog sich die Gestalt die Kapuze ihres Umhangs noch tiefer ins Gesicht und richtete Uta im Bett auf. Dann machte sie sich daran, Uta ein nach Mist stinkendes Tuch auf den Mund zu legen und am Hinterkopf festzubinden. Uta stöhnte schmerzvoll auf, als die fremden Arme sie aufnahmen und aus der Kemenate trugen. Ein Wimmern mischte sich auf der zugigen Innentreppe des Wohnturms mit dem nächtlichen Rauschen des Windes.
»Hazecha!«, presste Uta unter dem Tuch hervor.
Ehe sie es sich versah, hatten sie den Burghof erreicht. Der lag in vollkommener Dunkelheit. Die Gestalt hielt schnurstracks auf die Stallungen zu. Dort trat eine kleinere, aber stämmige Person auf sie zu und legte Uta mit einer Hand einen Pelzumhang um, während sie mit der anderen zwei gesattelte Pferde an den Zügeln festhielt. Deren Hufe waren mit Lappen umwickelt. Als Nächstes wurde sie von der großen Gestalt auf eines der Pferde gehievt. Ihr Entführer saß hinter ihr auf.
»Immer in Richtung Dunkelheit, in Richtung Westen«, flüsterte die kleinere Gestalt nun und stieg ungelenk auf das zweite Tier. Sie hielten auf einen Pfad hinter den Stallungen zu, der durch ein kleines Tor in den nahen Forst führte.
Es musste bereits nach Mitternacht sein, denn der unverwechselbare Gesang der Eulen, die sich in den Wäldern um

Ballenstedt eingenistet hatten, war nicht mehr zu hören. Der dumpf klingende Hufschlag der Pferde auf dem feuchten Waldboden hielt Uta trotz ihrer Erschöpfung wach. Noch nie zuvor war sie weiter von der Burg entfernt gewesen als bis zum umgebenden Forst. Erschöpft stieß sie mehrere Schreie aus, die jedoch von dem Lappen, der ihr immer mehr die Luft zum Atmen nahm, erstickt wurden.

Während sie einen Berghang hinabritten, kam Uta eine furchtbare Erkenntnis: Die Entführung war kein Streich des Bruders. Stattdessen musste dem Vater ihre beginnende Heilung und erst recht ihr Überleben ungelegen gekommen sein! Deswegen ließ er sie zum Sterben wegschaffen! Der Gedanke, dass der Vater mit ihrer Verurteilung nicht einmal mehr bis zum nächsten Gerichtstag hatte warten können, schmerzte sie mehr als all ihre Gliedmaßen. Nie mehr würde sie die Mutter, die kleine Hazecha, ihre Brüder und die ihr liebgewordenen Burgbewohner wiedersehen. Uta sackte an der Brust ihres Hintermannes in sich zusammen. »Herrgott, beschere mir einen sanften Tod«, hauchte sie und schloss die Augen.

Uta kam wieder zu sich, als der Morgen graute. Noch immer umgab sie dichter Wald. Ihr Körper schmerzte nach wie vor und vermochte die Fieberhitze trotz des Pelzumhangs nicht zu halten. Ihr zierlicher und entkräfteter Leib drohte den fremden Armen immer wieder wie Wachs zu entgleiten. Die Zeit nach dem Sonnenaufgang kam ihr wie eine Ewigkeit vor. Dann endlich kam die Reisegruppe zum Stehen. Schemenhaft erkannte Uta ein Tor, das in eine hohe Steinmauer eingelassen war. Sie stöhnte vor Schmerzen, als die große Gestalt sie vom Pferd hob. Dennoch fühlte sie ihre Beine selbst dann noch nicht, als sie daraufgestellt und das inzwischen klamme Tuch von ihrem Mund gelöst wurde. Gierig sog sie die frische Luft ein und entschied, dass ihr jetzt nur noch Gott helfen könne.

Sie begann, ein Gebet zu murmeln. Da trat die kleinere Gestalt zögerlich vor sie hin und zog sich die Kapuze vom Kopf. Daraufhin unterbrach Uta ihr Gebet. Sie glaubte, ihren Augen nicht zu trauen. »Du?«
Die Gestalt griff nach ihr, doch Uta schüttelte die Hände ab, die ihr bisher nur Gutes getan hatten.
»Erna!« Uta war fassungslos. »Warum hilfst du dem Vater, mich zu töten?« Sie schaute das Kammermädchen eindringlich an und wandte sich dann entgeistert ihrem zweiten Entführer zu. Am beinahe hüftlangen Haar, das ihm beim Absitzen aus der Kapuze gefallen war, meinte sie Linhart, den Stallburschen, zu erkennen. Ihr Blick glitt zurück zu Erna. »Und du? Warum bringst du mich fort? Hat der Vater dir Münzen dafür geboten?«
»Münzen?«, fragte Erna erschrocken und holte tief Luft. »Der Graf weiß nicht, dass wir hier sind.«
Uta wankte. »Aber wer dann?«
»Die Gräfin.« Erna blickte unruhig zum Tor.
Uta war verwirrt. »Die Mutter hat veranlasst, dass ich von der Burg fortgebracht werde? Das glaube ich dir nicht!«
Ernas Hände zitterten. »Die Gräfin lässt dir sagen, dass du erst mal hierbleiben sollst.«
»Hier, fern von der Familie?« Bestürzt sank Uta zu Boden und vergrub ihr Gesicht in den Händen.
»Sie meinte, dass hier der sicherste Ort für dich wäre, und hat bereits einen Boten vorausgeschickt«, beteuerte Erna und erinnerte sich an das lange Gespräch, das sie mit Hidda am gestrigen Nachmittag geführt hatte. So aufgelöst hatte Erna die sonst stets gefasste Burgherrin noch nie erlebt wie in dem Moment, in dem ihr diese die Anweisung zur Entführung gegeben hatte. Uta klammerte sich an Ernas Umhang. »Bitte lass mich hier nicht allein zurück.«

Erna fiel es schwer, sich von ihrer Freundin abzuwenden. Doch sie erinnerte sich der Worte der Gräfin, die sie eindringlich gebeten hatte, Utas möglichem Flehen nicht nachzugeben. So zog sie ihren Umhang aus Utas Händen und schritt auf das Tor zu.

Der Stallbursche folgte ihr und betätigte den Klopfer.

Es dauerte eine Weile, bis geöffnet wurde. »Wer seid Ihr?«, fragte eine hohe Stimme.

»Wir bringen Uta von Ballenstedt.« Erna lag jedes Wort wie ein Stein auf der Zunge.

Eine Frau mit einem weißen Schleier öffnete das Tor einen Spalt weit. »Uta von Ballenstedt?« Sie schien kurz zu überlegen und blickte sich suchend um. »Sie möge eintreten.«

Uta saß noch immer zusammengekauert auf dem Boden und regte sich nicht.

»Vertrau deiner Mutter, Uta, bitte.« Erna trat wieder auf sie zu.

Zögerlich schaute Uta auf. »Glaubt sie auch nicht an meine Unschuld?«

»Davon hat sie nichts gesagt«, entgegnete Erna betroffen. »Aber bitte, glaube du ihren Worten und vertraue auf das, was sie tut.«

Der Gedanke, dass sie ihrer Familie hier und jetzt entsagen sollte, war unerträglich für Uta. Es war erst wenige Tage her, dass sie glücklich den Duft der Narzissen und des Waldes eingesogen hatte. Und nun sollte sie plötzlich ein völlig anderes Leben führen? Andererseits hatte die Mutter ihr immer geholfen, ihr stets weise Ratschläge erteilt und sie geliebt. Schließlich erhob sich Uta und setzte sich wie ein Geist in Bewegung. Dabei schaute sie Erna bittend, verletzt und gleichzeitig verloren an.

Den Blickkontakt der Freundinnen trennte erst die Klostertür.

»Ihr Bett ist leer?« Graf Adalbert saß von seinem Schlachtross ab und trat in den Gang des Stalles.
Esiko, der gerade erst in der Kemenate gewesen war, in welcher er die kränkelnde Schwester vermutet hatte, nickte. »Ihr Lager ist bereits erkaltet.«
Die Hände in die Hüften gestützt, trat Adalbert vor seinen Ältesten.
Esiko wich einen Schritt zurück.
»Lass die Burg durchsuchen. Sofort!«, befahl ihm Adalbert und stürmte aus dem Stall.
Mit einem Funkeln in den Augen schaute Esiko dem Vater hinterher.
»Hidda, Weib!«, zischte Adalbert von Ballenstedt und hielt auf die Außentreppe des Wohnturms zu.

Die Kammer der Burgherrin war kalt, der Kamin bereits seit einigen Tagen nicht mehr entzündet.
Hidda saß auf ihrer Gewandtruhe vor der Fensterbank und hatte den Blick teilnahmslos auf die umgebenden Wälder gerichtet. Sie zupfte die Saiten der Laute, deren Klänge sie schon in der Kindheit beruhigt hatten. Ihre Mutter Frederuna hatte ihr häufig darauf vorgespielt.
Die Tür der Kemenate wurde aufgeschlagen, und ihr Gatte trat ein. »Wo ist sie?«
Hidda hielt ihren Blick unverändert in die Ferne gerichtet. Statt einer Antwort spielte sie nur heftiger auf der Laute.
Empört riss Adalbert ihr das Instrument aus den Händen und warf es auf den Boden, wo es zerbarst. »Ihr habt mir Auskunft zu erteilen, Ihr seid mir angetraut worden!«
Ruhig wendete sich Hidda dem Gatten zu. »Wie könnt Ihr von unserer stotternden Tochter als Beweis ihrer Unschuld einen Eid fordern, der Zögern und Haspler verbietet?« Unter

seinem zornigen Blick erhob sie sich und trat vor ihn hin, obwohl sie die tiefe Falte zwischen seinen Augenbrauen nur allzu gut zu deuten wusste. Sie schwankte. »Ihr wollt Uta Gott überlassen? Dann tut es auch jetzt.« Ihre Stimme klang so fordernd, wie niemals zuvor gegenüber dem Grafen.
»Ihr seid genauso ungehorsam wie Eure Tochter!«, zischte Adalbert und schlug ihr mit der flachen Hand ins Gesicht.
Die Kraft seines Schlages schleuderte Hidda zu Boden.
»Eure Tochter wird in den Wäldern verenden«, sagte er und schaute auf sie hinab. »Wahrscheinlich aber schmort sie bereits in der Hölle!«
Mit aufgeplatzter Lippe richtete sich Hidda auf und blickte dem Gatten fest in die Augen. Daraufhin trat er so hart nach ihr, wie es die Kraft seines kampfgestärkten rechten Beines nur zuließ.
Mit einem Ausdruck, der weder Schmerz noch Hass, sondern lediglich Befriedigung offenbarte, sackte Hidda von der Lausitz zu Boden. »Sie wird uns beide überleben, Adalbert.«

Da war nichts außer Dunkelheit, aus der Heulen und Zähneklappern zu ihr drangen. Da rannten düster gewandete Jungfrauen umher, die von Wunden übersät waren. Wunden, die ihnen fleischfressende Vögel beigebracht hatten. Sie waren Kinder, die den Eltern nicht gehorsam gewesen waren. Andere, schon ältere, zerkauten panisch die eigene Zunge – das waren diejenigen, die ihrem Herrn den Gehorsam verweigert hatten. Niemals schlafendes Gewürm fraß sich durch ihre Eingeweide. Schreiend fuhr Uta aus ihrem Tagtraum hoch. Seit sie unmittelbar nach ihrer Ankunft in die Krankenkammer gebracht worden war, hatte sie kein Auge zugemacht. Sie schaute sich um. Fünf Betten standen neben dem ihren. Allesamt leer. Weiß getünchte Wände. Die Farbe der Reinheit, der

Unbefleckheit. Wenn sie darauf starrte, weil die Unruhe sie nicht schlafen ließ, das Fiebern, das Zittern nicht nachließen, erlebte sie die Ereignisse des gestrigen Tages immer wieder von neuem – glaubte Ernas traurigen Blick auf sich zu spüren. *Sie meinte, dass hier der sicherste Ort für dich wäre*, vernahm sie erneut die Worte der Freundin, ansonsten hörte sie nichts. Die Vorstellung, dass die Mutter ihr womöglich nicht glaubte, den Knappen nicht verführt zu haben, schmerzte sie noch heftiger als die Worte des Vaters. Schwindelnd setzte sich Uta im Bett auf. »Ich ertrage es nicht!« Der Gedanke, dass die Mutter sie für ein leichtes Mädchen hielt, das durch den misslungenen Reinigungseid der Wollust überführt worden war, war nicht auszuhalten. Ja, des unerlaubten Ausritts mochte sie schuldig sein, aber nicht der sündigen Annäherung.
»Ich muss sie von meiner Unschuld überzeugen. Sie muss mir zuhören. Mich in den Arm nehmen. Mir sagen, dass alles nur ein böser Traum war.« Uta schaute an sich hinab. Sie trug noch die Gewänder aus Ballenstedt: das helle, vom Überfall eingerissene Untergewand mit dem blauen Oberkleid. Lediglich mit einem dunklen Umhang hatte man sie hier im Kloster zusätzlich zu ihrem eigenen zugedeckt.
»Ich reite zurück nach Ballenstedt!«, sagte sie entschlossener und schob sich die dunklen Haarsträhnen hinter die Ohren. Sie musste einfach ungesehen in die Gemächer der Mutter gelangen und nochmals mit ihr sprechen. Uta legte sich ihren pelzernen Umhang um, stieg in ein Paar halbhoher Lederschuhe unweit ihrer Bettstatt und spähte aus der Tür. Der Gang war leer. In der Ferne hörte sie den Gesang mehrerer wasserklarer, hoher Stimmen. Auf der Suche nach den Stallungen hielt sie auf den Kreuzgang zu. Der Gesang wurde lauter, er musste demnach aus der kleinen Kirche am Ende des Gangs kommen.

Sie trat in einen Seitengang und gelangte auf den Hof, der einige Nebengebäude mit der Mauer und dem Tor verband. Nur wenige Schritte von einem zweistöckigen Bau entfernt vernahm sie das Schnauben von Pferden und eilte auf dessen Eingang zu. Fahrig schob sie den rostigen Riegel beiseite, trat ein und erblickte drei Pferde und einige Ochsen. Ohne zu zögern, ergriff sie das zunächst neben der Tür liegende Zaumzeug und strich dann einem Braunen über die Blesse. »Wir beide schaffen es bis nach Ballenstedt.« Sie legte dem Tier Zaumzeug und Zügel an und führte es aus dem Stall. Der erdige Boden verschluckte alle Geräusche. Als sie die Klosterpforte hinter sich zuzog, verstummte der Gesang.
Sie saß breitbeinig auf und erinnerte sich an Ernas und Linharts Worte. Immer in Richtung Westen reiten, hatten sie gesagt. Das bedeutete, dass sie nun auf ihrem Weg nach Ballenstedt dem Sonnenaufgang entgegenreiten musste. Die Helligkeit würde sie leiten. »Bring mich zur Mutter«, raunte sie dem Tier zu und straffte die Zügel.

Das Holz der Kiste vor ihnen schimmerte hell. Sie hatten sich zu fünft in der Kapelle versammelt. Der Geistliche sprach über die Heimkehr und Gottfindung und leuchtete dabei mit einer Feuerschale in ihre Gesichter. Ein kindliches Wimmern unterbrach die Stille, dem ein heftiges Schluchzen folgte.
Da betrat eine von ihnen den Burgberg. Den Hengst, der sie an diesen Ort gebracht hatte, band sie an einem Gebüsch nahe der Burgmauer fest. Niemand schien ihr Erscheinen zu bemerken. Sie ahnte nicht, dass sich alle Burgbewohner für einen Moment zurückgezogen hatten. Die einen in die Kapelle, die anderen, das Gesinde und die Wächter, in die Stallungen. Durch die kleine Seitentür, die ihr von der Entführung noch bekannt war, schob sie sich am Mauerwerk hinter den Stal-

lungen in Richtung des Burghofs entlang. Irritiert blickte sie zur mütterlichen Kemenate im Wohnturm hinauf. Dort war das Fensterleder vom Wind nach draußen gezerrt worden und peitschte nun ungeduldig gegen das Mauerwerk. Uta zog sich die Kapuze des Umhangs tief ins Gesicht, senkte den Kopf und eilte auf den Wohnturm zu.

Auf der Höhe der Kapelle, die sich im rechten Winkel ans Wohngebäude des Gesindes anschloss, zögerte sie: In dem kleinen Gotteshaus hörte sie liturgisches Gemurmel zu einer Zeit, die für das Morgengebet zu spät und für das Abendgebet noch zu früh war. Eine unsichtbare Hand zog Uta dorthin, vielleicht, weil die Mutter gerne darin gebetet hatte. Die Tür zur Kapelle war nur angelehnt und drohte, bei der nächsten Bewegung aus der Verankerung zu brechen. Vom hölzernen Dach stieg ein modriger Geruch auf. Uta drückte die Tür einen Spalt weit auf und konnte direkt zum Altar schauen, vor dem der Burggeistliche mit einem Büchlein in den Händen stand. Vor diesem, mit dem Rücken zur Tür, sah sie den Vater, daneben Esiko, dann Hazecha und schließlich Gertrud knien. Uta unterdrückte den Impuls, zu ihrer Familie zu eilen.

Der Geistliche verlas den Satz: »Der Zorn des Weltenrichters bringt seine Angeklagten, die da vor ihm stehen, zum Zittern.«

Hazechas Wimmern durchbrach die liturgische Eintönigkeit erneut. In Gedanken streichelte Uta der Schwester über die Wangen. Dann sah sie zwischen Vater und Bruder plötzlich eine Kiste auf dem Boden stehen. Eine unsichtbare Hand drückte ihr die Kehle zu, schnell wandte sie den Blick ab.

»Jeder Mensch muss Rechenschaft vor Gott ablegen. Alles Verborgene sieht der Allmächtige. Nichts wird ungerächt bleiben. Aus Angst vor dem Jüngsten Gericht erstarrt sogar

der Tod«, vernahm sie die Worte des Burggeistlichen und löste sich vom Türspalt. »Ich muss zu ihr hinauf.« Das Herz schlug ihr heftig in der Brust, und sie rannte los.
»Wartet!« Diese Aufforderung wurde von einer Hand begleitet, die sich auf Utas Schultern legte und sie daran hinderte, die ersten Stufen der Außentreppe zu erklimmen. Uta hielt die Luft an.
»Wollt Ihr vielleicht mit uns beten?«
Nun erkannte sie die Stimme und wagte auszuatmen. Es war Linhart, der sie mit Erna nach Gernrode ins Kloster geschafft hatte. Langsam drehte sie sich zu ihm um.
»Fräulein Uta?«, rief der Stallbursche verwundert aus, nachdem er unter ihre Kapuze gespäht hatte.
Uta presste den Zeigefinger auf die Lippen und zog den Stallburschen einige Schritte mit sich in die schützende Eingangsnische des Brothauses neben dem Wohnturm. »Niemand darf wissen, dass ich hier bin.«
Linhart nickte und starrte auf das Gesicht vor sich, das trotz der dunklen Augenringe nichts von seinem zarten Zauber eingebüßt hatte.
»Warum ist es so still hier?«, fragte sie.
Linhart schaute zu Boden. »Er hat uns verboten, ihrer Grablegung beizuwohnen.«
»I… i… ihrer Grablegung?«, stotterte Uta entsetzt.
»Aber im Stall haben wir uns alle versammelt. Denn auch wir wollen ihre Seele dem Allmächtigen empfehlen.«
Sofort dachte Uta an die Kiste zwischen dem Vater und dem Bruder und sackte daraufhin an der Tür des Brothauses in sich zusammen. Die Mutter ist tot, formten ihre Lippen die Worte, ohne sie laut auszusprechen. Sie würden sich nie wiedersehen, sich nie wieder umarmen können.
Linhart deutete mit dem Kinn zum Himmel. »Das da oben

sind alles Satansvögel. Sie setzen zum Sinkflug auf das Dach der Burgkapelle an.«
Wie betäubt schaute Uta zu der Rabenschar auf.
»Hoffentlich nehmen sie die Seele des Verbrechers bald mit sich in die Hölle«, stieß Linhart verbittert hervor.
Uta war verwirrt. »Des Verbrechers?«
Der Stallbursche nickte energisch, spähte aber im nächsten Moment vorsichtig um sich. »Der Graf«, flüsterte er. »Er hat sie ins Jenseits geschickt.«
»Der Vater?« Uta schreckte auf und schlug sich die Hand vor den Mund. »Wie kannst du das wissen?«
»Die Erna hat gestern gesehen, wie er zu ihr ging, er hat geschrien, und gekracht hat es auch. Danach lag die Gräfin krank im Bett. Als die Erna ihr daraufhin eine stärkende Brühe brachte, konnte sie schon nicht mehr schlucken. Noch am gleichen Abend haben sie ihren leblosen Körper über den Burghof getragen.«
Mit dem Rücken drängte Uta sich fester gegen die Tür. »Der Vater hat die Mutter umgebracht.«
»Es tut mir leid für Euch, Fräulein Uta. Und für uns alle hier.«
»Er hat sie totgeprügelt«, wiederholte Uta lethargisch. »Bitte sagt niemandem etwas von meinem Besuch hier.« Aus dem Augenwinkel nahm Uta Linharts Nicken wahr und erhob sich.
»Fräulein Uta, die schlechte Nachricht raubt Euch die Kraft. Ihr schafft das nicht alleine«, rief er ihr besorgt nach, als er sah, wie sie sich am Mauerwerk der Stallungen stützte.
Mit ausgestreckter Hand bedeutete Uta dem Stallburschen, auf Distanz zu bleiben, und schleppte sich zur Burgmauer, wo sie sich mit letzter Kraft auf den Rücken des Pferdes zog. »Zurück nach Gernrode, Brauner«, hauchte sie und hatte nicht einmal mehr die Kraft zu weinen. Auf der Wiese vor

dem Ballenstedter Südforst griff der Wind nach ihrem schützenden Umhang und gab ihren Körper dem einsetzenden Regen preis.

Direkt nach dem Morgengottesdienst eilte Schwester Alwine in die Krankenkammer, wie es ihr seit nunmehr drei Jahren in Gernrode jeden Morgen zur Pflicht geworden war. Die Kammer hielt sie stets entriegelt, damit sie zügig zu ihren Patienten gelangen konnte, wenn diese schrien, fluchten oder beim voreiligen Versuch, die Bettstatt zu verlassen, zusammenbrachen. Dem Neuankömmling aus Ballenstedt würde sie gleich einen Trank aus Linden- und Kamillenblüten zubereiten, um das Fieber zu senken. Pflichtbewusst überprüfte sie den Sitz ihres Schleiers, betrat die Krankenkammer und steuerte auf den Kräuterschrank in der Ecke des Raumes zu.
Von Schwäche gebeugt, betrat Uta in diesem Moment die Kammer. Die Schwester am Portal hatte sie und das Pferd wiedererkannt, fassungslos eingelassen und Utas Gang in Richtung der Stallungen mit dem Versprechen verfolgt, unverzüglich die Äbtissin zu informieren. Uta zitterte am ganzen Körper und hatte sich das Oberkleid wie einen Mantel fest über die Schultern gezogen.
Als ob ihr gerade der fleischgewordene heilige Cyriakus begegnete, blickte Alwine von dem Mädchen zur Tür und wieder zurück. »Wartet, ich helfe Euch«, sagte sie dann und bot Uta den Arm zur Stütze.
»Lasst mich«, wehrte Uta die Schwester ab und hievte sich auf ihr Lager. Daraufhin schlag Schwester Alwine eine Decke um sie.
»Sie ist weg«, murmelte Uta. »Für immer.«
»Wer ist weg?«
Statt einer Antwort klammerte sich Uta an der Decke fest.

Alwine ging zu einem kleinen Schränkchen und kam mit einem Becher verdünnten Weines wieder zurück, der das Gemüt des Mädchens beruhigen sollte. Sobald es schlief, würde sie etwas gegen sein Zittern unternehmen müssen. »Trinkt das«, sagte sie und reichte Uta den Becher. »Es wird Euch schlafen lassen.«
»Er wird dafür bezahlen. Auf seinem eigenen Gerichtstag.« Uta ignorierte das ihr gereichte Getränk. »Am Fest des heiligen Georg wird er gerichtet werden.«
»Ihr hättet nicht aufstehen dürfen!« Alwine griff nach zwei weiteren Decken und schlang diese um Utas Körper. »Ihr seid genauso erschöpft wie ein Kämpfer nach der Schlacht.«
Vor Kälte ganz starr, drehte Uta sich mit dem Gesicht zur Wand ihrer Bettstatt und zog die Knie vor die Brust. Erst dann rannen die Tränen.

Sie öffnete zögerlich die Augen. Die Umrisse eines weiblichen Wesens schälten sich aus einer Vielzahl verschwommener Grautöne über ihr heraus. »Mutter«, hauchte Uta und griff nach einer Hand, die sich fleischig und weich anfühlte. »Ihr habt mich doch nicht verlassen.« Endlich war dieser schreckliche Alptraum vorbei: Die Mutter lebte. Jetzt würde doch noch alles gut werden. Uta hob den Kopf an, wodurch das Gesicht der Frau über ihr immer mehr Falten um Augen und Mund herum gewann. Falten, die die Mutter nicht besessen hatte. Erschrocken zog sie die Hand zurück unter ihre Leinendecke.
»Ich bin Schwester Hathui, die Äbtissin von Gernrode«, sprach die faltige Frau und strich an der Stelle über die Decke, wo sie Utas Hand vermutete. »Es freut mich, dass Ihr aus Eurem Schlaf erwacht seid. Ihr weilt bereits einen halben Mondumlauf in unseren Mauern. Schwester Alwine wird Euch in

den kommenden Tagen gesund pflegen, so dass Ihr bald zur Gemeinschaft unserer Schwestern stoßen könnt.« Die Äbtissin bedachte Uta mit einem sanften Blick. »Seid Euch sicher, dass der Herrgott Euch beschützt.« Hathui war erleichtert, dass ihr Neuzugang seinen Ausflug hoch zu Ross lebend überstanden hatte.

Enttäuscht drehte sich Uta wieder mit dem Gesicht zur Wand. Dann war dies alles also doch kein Traum gewesen: die Rabenvögel, der Leichnam der Mutter, der Vater – ein Mörder. »Der Herrgott beschützt uns?«, fragte sie plötzlich und fixierte eine Fliege an der Wand. »Aber wie konnte er dann so etwas geschehen lassen?«

Äbtissin Hathui hielt inne. »Ihr wisst davon?« Sie schaute verwundert zu Alwine, die das Gespräch von der Tür aus verfolgte. Alwine hob nichtwissend die Schultern, worauf sich die Äbtissin wieder ihrer Patientin zuwandte. »Vertraut darauf, dass der Herr Eure Mutter gütig aufgenommen hat.«

Uta starrte weiterhin an die Wand. »Aber ihre Zeit war noch nicht gekommen.«

»Man erzählt sich, dass das Fleckfieber nun auch auf mehreren Burgen in den angrenzenden Grafschaften wütet. Aber seid versichert, dass sich der Herrgott ihrer Seele annehmen wird.«

»Das Fle... Fle... Fleckfieber?«, stotterte Uta und drehte sich nun zur Äbtissin um.

»Beruhigt Euch, Schwester«, sagte Hathui. »Es tut mir sehr leid, dass Eure Mutter zu Grabe getragen wurde.«

»Aber er muss dafür bestraft werden!« Uta setzte sich fahrig auf, klammerte sich am Holzgestell der Bettstatt fest und begann zurückzurechnen. Der nächste Gerichtstag hatte zum Fest des heiligen Georg abgehalten werden sollen. Wenn sie seit einem halben Mondumlauf hier im Kloster weilte, hatte er bereits vor sieben Tagen stattgefunden.

»Er wurde doch bestraft«, besänftigte sie die Äbtissin und schickte in Gedanken ein stummes Gebet für die leidende Seele hinterher. »Weil er derjenige war, der das Fleckfieber übertragen hat.«
Uta fuhr sich durch das schweißnasse Haar. »Der Vater hat das Fleckfieber eingeschleppt?«
Die Äbtissin schüttelte den Kopf. »Ein Berittener, der Ballenstedt passierte und in unseren Mauern in den Gästezellen eine Unterkunft fand, hat uns vom Fleckfieber auf der Burg berichtet, das wohl zuerst einen Stallburschen befallen hat, der es dann auf die Gräfin übertragen haben soll.«
Uta dachte sofort an Linhart und sog erschrocken die Luft ein. Er hatte das Fleckfieber ihr gegenüber mit keinem Wort erwähnt, und seine Haut hatte keinerlei Anzeichen aufgewiesen.
»Schwester Uta?«, fragte Äbtissin Hathui. »Ihr solltet Euch jetzt ausruhen. Wir schließen den Wunsch um Eure baldige Genesung in unser Gebet mit ein. Der Herrgott gibt Euch die Kraft dafür.« Die Äbtissin streichelte der regungslosen Uta zuversichtlich den Arm, sprach noch ein kurzes Gebet und verließ dann mit Alwine die Kammer.
Ein unbändiger Schmerz wallte in Uta auf. Unbeeindruckt vom Knacken ihrer Knochen stieg sie aus der Bettstatt. Die Kälte des Steinbodens kroch ihr sofort die Beine hinauf, doch Uta hob den Kopf. »Ich werde dafür sorgen, Mutter, dass Euch Gerechtigkeit widerfährt. Ich werde Euren Mörder seiner Strafe zuführen! Das schwör ich bei meinem Leben!«

2. Die Welt da drinnen

Das Wimmern der Kleinen erstarb, als der Schlummertrunk seine Wirkung entfaltete. Übersät mit tiefen Kratzern auf Stirn und Wangen, das Kinn blutend, mit offenen Wunden an Armen und Beinen, hatte ihr schutzloser, gepeinigter Körper nach Linderung geschrien. Zumindest hatte der Wolf ihr die Gliedmaßen nicht derart zerbissen, dass Schwester Alwine sie nicht wieder richten konnte und das junge Mädchen im Haus und auf dem Hof der Eltern schon bald wieder würde arbeiten können. Als Alwine, die für diese Gegend einen ungewöhnlich dunklen Teint besaß, die regelmäßige Atmung ihrer Patientin mit Namen Johanna vernahm, erhob sie sich von deren Lager und trat vor das Regal über ihrem Arbeitstisch. Dort griff sie nach einem Glasballon, drehte ihn und betrachtete eingehend seinen Inhalt. Die Mixtur aus Ringelblumentrocknung und Weindestillat hatte sie vor mehr als einem Mondumlauf angesetzt. Die mittlerweile bräunliche Farbe zeigte ihr, dass sie nun abgefiltert werden konnte. Sie legte ein hauchdünnes Scheibchen Pergament auf eine Schale und goss den Inhalt des Glasballons darüber aus. Dabei schaute sie ein ums andere Mal zu ihren Patientinnen hinüber. Neben der kleinen Johanna schnarchte eine ältere Frau, die an der Tür des Klosters um Hilfe gebeten hatte, weil sie wegen Schwindelanfällen immer wieder das Bewusstsein verlor.
Dahinter lag, unter einer Decke zusammengekauert, die neue Schwester, die gemäß dem Wunsch ihrer Mutter ein Leben als Sanctimoniale hier im Gernroder Stift führen sollte, bisher aber alle Gesprächsversuche ignoriert hatte. »Heute wird ein

wichtiger Tag für Euch, Schwester Uta«, sagte Alwine wie nebenbei und blickte wieder auf die Schale vor sich, auf die das Konzentrat durch den Pergamentfilter tropfte. Sie begann, den Inhalt des Schälchens in eine kleinere, dunkle Flasche zu füllen. Damit würde sie wieder genug Medizin haben, um auch die Wunden an den Beinen ihrer Wolfsbiss-Patientin zu versorgen.
Regungslos lag Uta mit dem Gesicht zur Wand. Alwines Worte waren lediglich als gedämpftes Geräusch zu ihr vorgedrungen.
»Guten Morgen Schwester Alwine.« Die Äbtissin betrat die Krankenkammer. »Der Herrgott möge Euch segnen.«
Alwine wandte sich von ihrem Arbeitstisch ab und grüßte.
»Der Pater bringt gerade einen Verhungerten in die Sterbekammer«, sagte die Äbtissin. »Würdet Ihr die Waschung vornehmen?«
Alwine nickte. »Natürlich, Schwester Hathui.« Sie räumte die Ringelblumentinktur auf das Regal und verließ die Krankenkammer.
Die Äbtissin schritt an den ersten Lagern vorbei und nickte zuversichtlich, als sie die beiden vorderen Patientinnen schlafen sah. Hathui Billung war dem Gernroder Stift in besonderer Weise verbunden. Sie war die verwitwete Schwiegertochter des Klostergründers Gero von der Ostmark, der ein bekannter Heerführer des großen Kaisers Otto gewesen war. Hathui wurde im Heiligen Römischen Reich nicht nur deswegen Gehör geschenkt, weil ihre Tante Mathilde vor beinahe einhundert Sommern durch ihre Hochzeit mit dem Liudolfinger Heinrich I. Königin von Ostfranken geworden war, sondern weil ihre Ratschläge voller Lebenserfahrung und Menschenkenntnis waren. Dieses Gehör führte die Äbtissin in die machtvollen Damenstifte des Reiches nach Quedlinburg, Gandersheim und

Essen. Doch noch vor dem Wohl des Stiftes und ihrer familiären Verpflichtung dem Reich gegenüber stand für sie das Wohl ihrer vierundzwanzig *Sanctimonialen*. Und ihr jüngster Neuzugang machte ihr dieser Tage besondere Sorgen. Sie trat vor Utas Lager. »Gelobt sei unser Herr, Schwester«, grüßte sie und betrachtete die zusammengekauerte Gestalt vor sich. »Es freut mich zu sehen, dass Eure Heilung fortschreitet.«
Zögerlich drehte sich Uta um. Wenn sie geheilt war, warum fühlte sich ihr Herz dann so wund an?
Die Äbtissin lächelte. »Stellt Euch doch einmal gerade vor mich hin, damit ich mich selbst davon überzeugen kann.«
Uta vermochte die Äbtissin nur verstört anzuschauen.
»Kommt Schwester, ich helfe Euch beim Aufsetzen.«
Vielleicht, weil die Stimme der Äbtissin die Ruhe des Alters besaß, schlug Uta die Decke zurück. Von den dünnen, aber kraftvollen Händen der Äbtissin gestützt, erhob sie sich und starrte auf das weiße Mauerwerk ihr gegenüber.
Die Äbtissin schob ihr Leinengewand nach oben und tastete Uta an den Oberschenkeln ab. »Die Beschaffenheit Eurer Haut und deren Farbe sagen mir, dass die Körpersäfte wieder im Gleichgewicht fließen.« Als Nächstes prüfte sie Knie und Armgelenke. »Das hat Schwester Alwine sehr gut gemacht. Der Herrgott hat ihre Hände und ihren Verstand bei Eurer Pflege geführt.« Schließlich ließ sie Utas Leinenhemd wieder sinken. »Versucht, Beine und Arme in den nächsten Tagen stetig, aber mit Bedacht zu bewegen.«
»Schwester?«, fragte die Äbtissin, als sie Utas Geistesabwesenheit bemerkte. »Bitte legte Euch Euren Umhang um, damit ich Euch ein Bett zuweisen und Euch dann in Eure Zelle führen kann.«
Uta gehorchte ihr teilnahmslos. In diesem Moment wäre sie auch der Einladung eines Henkers gefolgt.

»Ihr solltet wissen«, begann die Äbtissin im Kreuzgang und grüßte dabei zwei vorbeigehende Schwestern mit einem Nicken, »dass Gernrode kein Benediktinerinnenkloster wie die meisten anderen Klöster hierzulande ist, sondern der *Institutio Sanctimonialium* folgt. Unsere Lebensregel hat zwar die Benediktregel zum Vorbild, lässt jedoch einige Ausnahmen wie zum Beispiel Einzelzellen und den Verzicht auf Armut zu. Die Einzelzellen stehen jedoch lediglich für Ruhezeiten tagsüber zur Verfügung. Den größten Teil Eurer Zeit werdet Ihr mit Stundengebeten, Messen und Fürbitten für die Verstorbenen unserer Gedächtnisliste verbringen. Die Glocken werden Euch zu jeder unserer sieben Gebetszeiten rufen«, erklärte sie weiter. »Im Damenstift müssen die Sanctimonialen kein ewiges Gelübde als Braut Christi ablegen. Allein meine Wenigkeit und Pater Wolfhag, der die Messe liest, sind dem Allmächtigen auf Ewigkeit versprochen. Sofern Ihr das ewige Gelübde jedoch abzulegen wünscht, steht Euch diese Möglichkeit natürlich offen.«
Die Worte der Äbtissin rauschten in Utas Ohren.
Sie betraten den Schlafsaal, in dem vierundzwanzig Betten, jeweils vier in sechs Reihen, aufgestellt waren. »Die Stiftsdamen nächtigen nicht in ihren Einzelzellen, sondern in diesem Schlafsaal.« Die Äbtissin schritt durch die Reihen und überprüfte die Sauberkeit der Betttücher, die gefaltet auf den Wolldecken über den Holzgestellen lagen.
Utas matter Blick glitt flüchtig durch den Raum.
»Wir betrachten unser Zusammenleben hier als das einer Familie des heiligen Cyriakus, dem unser Kloster geweiht ist.« Hathui Billung begann, jedes der vierundzwanzig Leinen aufzuschlagen und zu überprüfen. »Zur *Familia Sancti Cyriaci* gehören natürlich zuallererst die Stiftsdamen, meine Wenigkeit und seit heute auch Ihr. Hinzu kommen der Vogt und

seine zwei Untervögte, die das Kloster verwalten. Nicht zu vergessen die Vasallen, Knechte und Mägde sowie die Bauern, die dem Kloster Dienste leisten, indem sie die Ernte auf den Klosterländereien einbringen.«

Die Äbtissin winkte Uta durch die Mittelreihe. »Ihr werdet von heute an hier nächtigen.« Sie deutete auf ein Holzgestell, dessen Leinen sie bei der Durchsicht aufgeschlagen gelassen hatte. »Alle Sanctimonialen sind aufgefordert, unmittelbar nach dem Gottesdienst zu Sonnenuntergang in den Schlafsaal zu gehen und keine Zeit mehr für Essen, Trinken oder überflüssiges Geplauder zu verschwenden.«

Uta nickte nur, während sie in ihren Erinnerungen versank. Sie sah Hazechas Gesicht vor sich, als sie mit leuchtenden Augen zwischen ihren beiden Bettstätten hin- und hergesprungen waren, sah Gertruds zunächst mahnenden, dann aber lächelnden Blick, wenn diese sie bei ihren wenig damenhaften Spielereien zur Ordnung gerufen hatte.

Die Äbtissin räusperte sich. »Und nun lasst uns noch zu den Privatzellen gehen, bevor ich Euch den anderen Stiftsdamen vorstelle. Sie werden für die kommenden Jahre Eure Schwestern sein.«

Meine Schwestern?, durchfuhr es Uta. Sie hatte doch schon eine, und die hieß Hazecha und war nun schutzlos dem gewalttätigen Vater ausgeliefert.

Die Uta zugewiesene Zelle lag direkt neben der Kammer der Äbtissin. In ihr befanden sich ein einfacher Tisch, an dem ein Holzstuhl lehnte, ein Teppich sowie ein filigran geschnitzter Schrank neben einer Liege.

»Hierher dürft Ihr Euch tagsüber aus dem Gemeinschaftsleben zurückziehen«, erklärte die Äbtissin. »Bitte legt nun den Schleier und das Klostergewand an. Alle der *Institutio Sanctimonialium* verpflichteten Damen tragen das gleiche Gewand, unab-

hängig davon, ob sie das Gelübde abgelegt haben oder nicht.«
Mit diesen Worten verließ die Äbtissin die Zelle, um draußen darauf zu warten, dass Uta die Schwesterntracht anzog.
Uta trat vor das Lager und befühlte den derben Lodenstoff des Unterkleides. Das ärmellose Übergewand war nicht minder grob und ebenfalls von schwarzer Farbe. Danach fiel ihr Blick auf den weißen Schleier, und sie hielt inne.
»Schwester, seid Ihr bereit für das Mahl?«, fragte die Äbtissin vom Kreuzgang aus.
Gleichgültig streifte Uta Umhang und Krankengewand ab und zog die Stiftskleidung über. Schließlich legte sie den Schleier an, der ihr schwer auf den Rücken fiel. Dann trat sie vor die Zelle.
Die Äbtissin begutachtete den Sitz der Gewänder und legte sogleich Hand an. »Der Schleier, so verlangt es die *Institutio Sanctimonialium,* darf den Haaransatz nicht freigeben.« Sie zog Uta den Schleier bis tief in die Stirn, genau so, wie sie ihn selbst trug. »Nun kommt zur Gemeinschaft.«
Mit jedem Schritt in Richtung Speisesaal fühlte Uta den groben Stoff des Untergewandes fester auf ihrer Haut scheuern.
»Jede Dame erhält pro Tag drei Pfund Brot und drei Krüge Wein, sofern die Nahrungsvorräte nicht durch schlechte Witterung geschmälert werden«, erklärte die Äbtissin an der Schwelle zum Speisesaal, der sich am Ende des Ganges im Erdgeschoss der Klosteranlage befand und von einer gewaltigen Holzbalkendecke überspannt war. »In diesem Saal finden auch die Unterweisungen statt. Weil er so groß und hell ist.« Die Äbtissin wies auf ein langgezogenes Regal unterhalb der Fensterreihe, in dem mehrere übereinandergestapelte Wachstafeln lagen.
Unbewegt ließ Uta ihren Blick über die Runde der verschleierten Sanctimonialen gleiten, die an hufeisenförmig zusammengestellten Tafeln saßen.

»Hier sitzt jede Schwester stets am selben Tisch und auf demselben Hocker. Zudem solltet Ihr wissen«, sprach die Äbtissin weiter und deutete dabei mit einem lobenden Blick auf die Runde, »dass wir uns bei den Mahlzeiten an das Schweigegebot des heiligen Benedikt halten. Bitte nehmt neben Schwester Alwine Platz«, bat sie schließlich und schob Uta sanft in die ihr gewiesene Richtung. Die Äbtissin selbst ließ sich in der Mitte der u-förmigen Tafel nieder.
Gemeinsam sprachen die Schwestern das Mittagsgebet. Dann trugen die Mägde des Klosters Brot, Wein und Frühlingsgemüse auf. Eine der Schwestern begann währenddessen, die Stiftsregeln aus der *Institutio Sanctimonialium* vorzulesen. Für alles Weitere verständigten sich die Schwarzgewandeten mit Handzeichen. Uta konnte nichts essen, ihr Blick haftete an der hölzernen Gottesmutter auf dem Fenstersims gegenüber, die lächelnd das Jesuskind in ihren Armen wog.
Nach dem Mahl bat die Äbtissin die Stiftsdamen in den Garten, wo sie sich Uta vorstellen sollten. Als die Sonne beinahe senkrecht am Himmel stand, hatte auch die letzte Dame Name, Herkunft und Vorlieben geäußert.
Uta hatte vernommen, dass bis auf Schwester Alwine, ein Waisenkind, alle Sanctimonialen adlig waren. Die meisten waren einige Jahre älter als Uta und bereits nach Gernrode gegeben worden, als sie selbst noch lange Jahre mit der Mutter auf den Wiesen um Ballenstedt herum Narzissenkränze geflochten hatte.
»Und nun möchten wir etwas über Euch erfahren, Schwester«, richtete die Äbtissin das Wort an Uta.
Zögerlich trat Uta einige Schritte vor. »Vom Burgberg in Ballenstedt schickte man mich hierher«, begann sie und wusste nicht recht, was sie den Sanctimonialen, die einander in ihrer schwarz-weißen Eintönigkeit alle glichen, mitteilen sollte.

»Ihr müsst lauter sprechen«, forderte ein hochgewachsenes Mädchen in schnippischem Ton. »Wir verstehen Euch nicht.« Irritiert blickte Uta zum ersten Mal bewusst einer der Sanctimonialen in die Augen. Es waren kalte Augen in einem Gesicht auf einem unendlich dürren Hals, an dem die Adern hervortraten.
»Das wird sie noch lernen, Schwester Notburga«, besänftigte die Äbtissin und warf dem Mädchen einen mahnenden Blick zu. Daraufhin grinste besagte Notburga das Mädchen hinter sich verschwörerisch an und senkte erst danach den Kopf.
»Ich bin Uta von Ballenstedt«, fuhr Uta etwas lauter fort. »Meine Mutter war ...« Sie zögerte. »Meine Mutter war ...« Sie spürte, wie der Boden unter ihren Füßen zu wanken begann. Der Name der toten Mutter wollte ihr nicht über die Lippen kommen. »Sie ist ... sie war«, setzte sie erneut an, wandte sich dann völlig aufgelöst um und rannte aus dem Garten.
In ihrer Zelle angekommen, riss sich Uta den Schleier vom Kopf und kauerte sich an die Wand neben der Liege. Sie ertrug das irdische Leben ohne die Wärme der Mutter und ihrer Geschwister nicht. Sie spürte eine tiefe Schwärze in sich, die ihr alle Kraft und allen Willen raubte.
Da klopfte es an der Zellentür.
»Ich will niemanden sehen«, schluchzte sie.
»Das braucht Ihr auch nicht.«
Uta erkannte die Stimme der Krankenschwester.
»Ich wollte Euch nur warnen.«
Uta tupfte sich die Augen mit dem Schleier trocken.
»Auf jeden Fall solltet Ihr Euch vor den Hildesheimer Geschwistern in Acht nehmen«, hörte sie Alwine auf der anderen Seite der Tür sagen. »Notburga und Bebette halten sich für edler und geistreicher als alle, die wir hier im Kloster zu-

sammen sind. In jeder Messe beten sie nur darum, die bestmöglichste Heiratspartie zu machen.«
Uta horchte auf. Hochgewachsen waren die beiden Mädchen gewesen und ungefähr in ihrem Alter, schätzte sie.
»Bitte kommt unbedingt zum Nachmittagsgebet. Sonst liefert Ihr ihnen nur Grund zum Spott.« Nach diesen Worten entfernte sich Alwine von der Zellentür.

Ein durchdringend blauer Himmel, der an die Altarwand gemalt war und dessen leuchtende goldene Sterne das Licht im Kircheninneren auffingen, stellte den beeindruckendsten Anblick in der Stiftskirche dar; seine nähere Betrachtung war jedoch ausschließlich den männlichen Geistlichen vorbehalten. Die Empore war hingegen jener Bereich, der ausschließlich den weiblichen Bewohnerinnen des Klosters für die Erfüllung ihrer Dienste an Gott zugestanden worden war. Die Steine des Geländers an beiden Seiten der Empore waren von der Hitze des Sommers gewärmt, obwohl an diesen fensterlosen Ort kaum Helligkeit drang.
Uta verharrte ganz außen in der hinteren der beiden Reihen, in der die Sanctimonialen Aufstellung genommen hatten. Der erste Mondumlauf war seit ihrer Ankunft inzwischen verstrichen. Jeden Tag verrichteten die Schwestern im Rahmen des Nachmittagsgebets gemeinsam die Memoria, die aus Gebeten für die Lebenden und Toten bestand und zum Ziel hatte, göttlichen Beistand und die Vergebung der Sünden zu bewirken. Schwester Radegunde, ein reiferes Mädchen mit wächsernem Teint, hatte gerade den Gesang zu Ende dirigiert und schlug nun das Gedächtnisbuch auf. »Schwestern des Stifts Gernrode, erbittet am heutigen Tage, dem Fest des heiligen Kilian, göttlichen Beistand für folgende Seelen«, begann sie und forderte dann ruhig: »Schwester Bebette, bitte konzentriert Euch auf die Memoria.«

Bebette löste ihren Blick vom fernen Chor, in dem Pater Wolfhag gerade für einige männliche Gäste des Klosters die Messe las, und fixierte die Schwester mit hochgezogenen Brauen. »Was habt Ihr uns schon vorzuschreiben?«, mischte sich auch schon Notburga ein. »Ihr seid nicht die Oberin hier!«
Radegunde schaute verunsichert, fuhr dann aber mit der Memoria fort. »Gott, Herr über Jenseits und Diesseits, beschütze die Seele von Graf Heinrich von Silberburg, eingetreten in Gottes Reich im Jahre 960 nach des Wortes Fleischwerdung.« Die Sanctimonialen wiederholten den Satz. Mit den Gedanken ganz woanders, sprach Uta das Gebet leise mit. So viele Tage weilte sie nun schon hinter den Klostermauern, und ihr Herz brannte nicht minder als am ersten. Selbst der Unterricht im Schreiben und in der geistlich-sittlichen Unterweisung, den die älteste Schwester Klara in Vertretung der abwesenden Äbtissin abhielt, vermochte den Schmerz nicht zu verdrängen.
Nach einigen weiteren Gebeten war Radegunde mit dem Finger im Totenbuch bei dem letzten Verstorbenen des Tagesdatums angelangt. »Gott, Herr über Jenseits und Diesseits, beschütze die Seele von Markgraf Kuno von Wandersleben, eingetreten in Gottes Reich im Jahre 999 nach des Wortes Fleischwerdung.« Schließlich bat sie Gott noch um den gemeinschaftlichen Segen für den Tag und entließ die Sanctimonialen bis zum Gottesdienst bei Sonnenuntergang.
Uta hielt auf ihre Zelle zu, als Alwine im Kreuzgang zu ihr aufschloss. »Kommt, ich möchte Euch etwas zeigen.« Unschlüssig und ohne ihren Schritt zu verlangsamen schaute Uta die Krankenschwester an.
Alwine blickte sich nach den anderen Schwestern um. Als ihr gewahr wurde, dass diese in sicherem Abstand hinter ihnen

gingen, fuhr sie fort. »Ich weiß ein Mittel gegen Heimweh.«
Alwine bewegte sich in dem Stiftsgewand, als ob reinste Lammwolle ihre Haut streichelte. »Ich hätte Zeit, es Euch zu zeigen. Erst morgen erwarte ich wieder Patienten. Die Krankenkammer ist leer.«
Uta zögerte noch, als Alwine sie bei der Hand nahm und in einen Nebenraum der Krankenstube zog, in dem zwischen Kräutertöpfen und Tiegeln ein Dutzend stämmiger Kerzen lag.
»Hier, nehmt das.« Alwine hielt Uta einen Dolch hin.
Uta ergriff ihn. »Aber Selbsttötung ist Sünde!« Diese Schmach durfte sie der Mutter nicht antun, auch wenn ihr die Aussicht, diesen unsäglichen Schmerz und diese Kraftlosigkeit endlich loszuwerden, nur allzu verlockend erschien.
»Selbsttötung?« Alwine nahm eine Kerze. »Nicht doch. Seht her! Das Wachs ist formbarer als ein Holzstück«, erklärte sie und begann, die Kerze in ihrer Hand im Bereich des Dochtes mit dem Messer einzukerben. »So könnt Ihr Euch ganz einfach das schnitzen, was Ihr gerne sehen möchtet. Den lieben Gott oder den heiligen Cyriakus zum Beispiel.«
Uta tat einen Schritt auf Alwine zu.
»Das Gesicht ritze ich am Schluss nur mit der Messerspitze ein«, fügte Alwine hinzu.
Uta folgte den flinken Schnitzbewegungen Alwines eine Weile, ohne ein Wort zu sagen, und nahm schließlich auf einem Hocker Platz.
»Vielleicht mögt Ihr das gelbfarbene Wachs«, sagte Alwine nach einiger Zeit. »Es leuchtet so schön.«
Uta griff nach einer der Kerzen. Mit groben Schnitzern begann sie, erste Flocken abzuhobeln – Hidda hatte eine schlanke Gestalt besessen. Als sich das Wachs in ihren Händen formte, sah sie sich vor dem Kamin wieder an die geliebte

Mutter geschmiegt; sie genoss deren Umarmung und zog auch Hazecha zu sich heran. Als die Glocken bei Sonnenuntergang läuteten, betrachtete Uta die honiggelbe Wachsfigur vor sich: Sie maß eine ganze Handlänge und besaß bis zu den Fußspitzen wallendes Haar. Auf der Höhe der Brust hatte sie ein Herz modelliert, das mit dem friedvollen Blick im Gesicht der Mutter eine Einheit bildete.

»Liebe Schwestern«, begann Äbtissin Hathui, während sie einer Sanctimonialen nach der anderen ins Gesicht schaute. »Heute möchte ich Euch an ein besonderes Werk heranführen.« Es war ungewöhnlich, dass die Äbtissin die Unterweisung, die an jedem dritten Tag stattfand, sofern dieser nicht auf den heiligen Tag des Herrn fiel, nicht mit dem Abfragen der lateinischen Psalmen begann. »Was ich hier in meinen Händen habe, ist die Abschrift des Leviticus-Kommentars.« Uta schaute von ihrem Psalter auf.
»Geschrieben wurde der Kommentar von dem Fuldaer Abt und späteren Erzbischof Hrabanus Maurus. Er hat Stichworte aus dem dritten Buch Mose aufgenommen und diese in unserer Sprache gedeutet. Der Kommentar behandelt lebensnahe Themen, von denen junge Damen vor der Ehe Kenntnis erlangen sollten«, fuhr die Äbtissin fort und schlug den Buchdeckel auf dem Stehpult vor sich auf. »Welche Themen könnten das sein?«
Bebette und Notburga kicherten unüberhörbar, während sich andere Sanctimonialen hinter vorgehaltenen Händen Vermutungen zuflüsterten. Hathuis Blick wanderte über ihre Schützlinge und blieb an einer der Schwestern hängen. »Was meint Ihr, Schwester, worüber hat der Abt nachgedacht?«
Uta schüttelte zur Antwort verneinend den Kopf und senkte dann den Blick.

»Überlegt doch einen Augenblick länger.« Zuversichtlich lächelnd trat sie vor Uta. »Was meint Ihr, worüber sollte eine Ehefrau Bescheid wissen?«
Uta dachte nach. Die einzige Ehe, die sie je beobachtet hatte, war die der Eltern. »Kö… könnte es die Führung des Burghaushalts sein?«, brachte sie stotternd hervor. »O… o… oder die Pferdepflege?«, fügte sie unsicher hinzu, während sich ihre Wangen röteten. Ersteres hatte die Mutter sie gelehrt, solange der Vater nicht auf der Burg weilte. Zweiteres hatte sie unter Linharts Beisein – wenn auch heimlich – stets gerne getan.
»Was für eine wunderbare Partie unsere Ballenstedter Schwester doch wäre«, flüsterte Notburga, die am Kopfende der Tafel saß, in die Runde und maß Uta mit einem abschätzigen Blick. »Gerade gut genug für den Stall! Eine richtige Pferdebraut!«
Betroffen sah Uta zu den Hildesheimer Schwestern hinüber. »Pferdebraut?«, fragte sie.
Ihr trauriger Blick stachelte Bebette erst richtig an. »Reiten in diesem Sinn wird dein Gatte im Ehebett sicherlich nicht zulassen. Oder planst du etwa tierische Nachkommen?« Mit einem breiten Grinsen legte sie ihre mächtigen Vorderzähne bis zum Zahnfleisch frei, während ihr dünner Hals sich über dem Gewandkragen in Falten legte. Einige der Sanctimonialen fielen in das Gekicher der Hildesheimer Geschwister mit ein, verstummten aber sofort, als die Äbtissin sich umwandte.
»Ruhe, meine Lieben! Ich wünsche nicht, dass getuschelt wird«, forderte sie und schritt zu ihrem Pult zurück.
Notburga nickte augenscheinlich ergeben und warf Bebette einen zufriedenen Seitenblick zu.
Uta senkte betreten den Kopf.
»Burgverwaltung und Pferdepflege sind sicherlich wichtige

Fähigkeiten«, begann Hathui den Unterricht fortzusetzen. Doch das dritte Buch Mose enthält Ausführungsbestimmungen für den heiligen Priester- und Opferdienst, die vom Volke Israel dem Herrn erbracht werden sollten. Darunter sind auch Anweisungen zur Vermeidung von Verunreinigung und Gebote gegen die Unzucht. Abt Hrabanus Maurus leitete daraus konkrete Strafbestimmungen für Unzucht mit Tieren, Inzest und Geschlechtsverkehr während des weiblichen Blutflusses ab. Bitte lest diese bis zur nächsten Unterweisung im achtzehnten Kapitel nach. Der Herrgott möge solche Sünden bei Euch verhindern.« Daraufhin stimmte die Äbtissin ein Gebet an, in das ihre Schützlinge mit einfielen.
Uta presste die Hände besonders fest zusammen und sprach ihr eigenes Gebet für die Seele der Mutter und dafür, dass Esiko die jüngere Hazecha vor dem Vater beschützen möge sowie die Hildesheimerinnen sie endlich in Ruhe lassen sollten.
»Die Einhaltung der Keuschheit und die Abschaffung inzestuöser Handlungen ist unverzichtbar. Leider existieren zur Ermittlung des Verwandtschaftsgrades und damit der Inzestsünde mehrere Zählweisen«, führte die Äbtissin so ruhig aus, als ob sie über die Zusammenstellung des Mittagsmahls sprechen würde. Die Sanctimonialen folgten ihren weiteren Ausführungen über die Keuschheit der Ehefrau und die Pflichten der Wöchnerinnen, über die Behandlung von Ausfluss und über die Blöße der Frau mit unverhohlener Neugier.
Die Äbtissin beendete die Unterweisung mit einem erneuten Gebet und der Aufforderung zum selbständigen Denken, als sie entdeckte, dass Uta nicht wie die anderen ihre Wachstafeln zurück in das Regal legte, sondern auf ihrem Platz verharrte und zur hölzernen Gottesmutter am Mittelfenster schaute.
»Ist Euch nicht gut, Schwester?«

Zögerlich wandte Uta den Blick von der Gottesmutter zu Hathui.
»Bitte bleibt doch noch kurz hier bei mir«, bat diese, als sich die anderen Sanctimonialen anschickten, den Saal zu verlassen.
Da trat Notburga neben Uta. »Unsere Pferdebraut bekommt Nachhilfe«, lästerte sie. »Ein Ackergaul ist wahrscheinlich noch die beste Partie für Euch«, ergänzte Bebette mit einem höhnischen Grinsen.
»Lasst sie in Ruhe!« Alwine war zu den Hildesheimerinnen getreten.
»Du?«, entgegnete Notburga spöttisch. »Eine stinkende Salbeibraut hat uns nun wirklich keine Vorschriften zu machen!«
»Utas Verstand übertrifft den Euren um Längen, gut messbar an der Umzäunung einer P-f-e-r-d-e-k-o-p-p-e-l!«, sagte die Krankenschwester und wandte sich zum Gehen.
Notburga warf ihr einen wütenden Blick zu und wollte gerade etwas erwidern, als die Äbtissin eingriff. »Schwester Uta, setzt Euch doch zu mir«, bat sie. »Und Ihr, Schwestern, studiert das dritte Buch Mose. Streit ist Sünde, vergesst das nicht. Notburga, Euch bitte ich vor dem Abendgebet in meine Kammer.« Trotz der eindringlichen Worte verrieten Hathuis Augen nie etwas anderes als Gutmütigkeit und Geduld.
Notburga fixierte Uta ein letztes Mal und folgte dann Bebette, die bereits auf den Gang mit den persönlichen Zellen zuhielt.
»Schwester«, sagte die Äbtissin mit sorgenvoller Stimme und trat vor Uta. »Sagt mir doch, was Eure Gedanken so fern unseres Gesprächs über die Keuschheit weilen ließ.«
»Verzeiht, Schwester Hathui, werte Äbtissin«, brachte Uta verlegen hervor und senkte schuldbewusst den Blick.
»Ich wünsche, dass Ihr ehrlich zu mir seid«, sagte die Äbtis-

sin, setzte sich auf einen Hocker neben Uta und ergriff deren Hand.
Uta ließ es geschehen. »Eure Frage war zu schwierig für mich.«
»Dann mögt Ihr also keine schwierigen Fragen?«
Uta hielt ihren Blick weiterhin gesenkt.
»Das verwundert mich.« Die Äbtissin lächelte. »Ich erinnere mich noch sehr gut an die Worte Eurer Mutter.«
Wie vom Blitz getroffen, blickte Uta auf.
»Sie hatte mich im vergangenen Jahr zu Beginn des Frühjahres hier aufgesucht. Dabei erzählte sie mir, wie aufgeweckt Ihr seid und dass Ihr beständig Fragen stellen würdet. Sie bat mich deshalb auch, im Unterricht genau diese Neigung besonders zu fördern. Ihr seid zwar ein knappes Jahr früher als abgesprochen gekommen, aber das sollte Euch nicht grämen. Eurer Mutter ist es wahrlich schwergefallen, sich von Euch zu trennen.«
Uta meinte, plötzlich den Geruch Hiddas, ein wenig Narzissenduft und etwas Milch, wahrzunehmen.
»Meine Frage vorhin in der Unterweisung hätte wohl keine der Schwestern richtig beantwortet. Da kann ich Euch beruhigen.« Hathui begann, Utas kalte Hände zu streicheln. »Ich bin mir sicher, dass Ihr eine gelehrige Schülerin wäret, wenn Ihr dem Unterricht nur aufmerksamer folgen würdet.«
»Mutter ...«, war das Einzige, was Uta zu ihrer Verteidigung hervorbrachte. »Ich vermisse sie so sehr«, brach es dann aus ihr heraus, während sich ihre Augen mit Tränen füllten. »Ich ertrage die Tage ohne sie nicht.«
Die Äbtissin nahm sie in den Arm. »Ich weiß, Kind«, meinte sie tröstend. »Aber Trauer gehört zum Leben dazu. Dieses Gefühl könnt Ihr nur dann vermeiden, wenn Ihr Euch der Nähe und der Liebe verschließt. Und das sollte niemand tun.«

Uta verharrte in Hathuis Armen.

»Einen geliebten Menschen zu Gott gehen zu lassen, ist immer schwer, denn wir wissen, dass dieser Mensch damit für immer aus unserem Leben verschwindet. Deswegen halten wir auch krampfhaft an ihm fest und wollen nicht Abschied nehmen. Aber Abschied nehmen ist wichtig, denn erst wenn wir unseren Verlust akzeptieren, beginnt der Heilungsprozess, und wir können in unser Leben zurückfinden.« Hathui streichelte Uta über den Rücken. »Gott sorgt für das Wohlergehen der Seele Eurer Mutter, und gleichzeitig wird diese immer über ihre Lieben wachen.«

Uta schluchzte. »Aber es schmerzt so schrecklich.«

»Seid beruhigt. Eure Gefühle sind ganz normal. Unsere erste Reaktion auf einen Verlust ist zunächst meist ein Lähmungszustand, in dem wir nicht wahrhaben wollen, was passiert ist. Dann, wenn etwas Zeit vergangen ist, begreifen wir, dass wir die Nähe und Liebe des geliebten Menschen nicht wiederbekommen werden. So verfallen wir in Trauer, Zorn, Einsamkeit und Verzweiflung. Auch ich glaubte einst, meine Trauer würde nie aufhören.« Sie seufzte bei diesen Worten. »Das Loch, in das ich durch den plötzlichen Tod meines angetrauten Siegfrieds gestoßen wurde, glich einer bodenlosen Grube.«

Uta löste sich von Hathuis Schulter und schaute auf. All diese Gefühle glichen den ihren haargenau. Zum ersten Mal betrachtete sie die Frau vor sich eindringlicher. Hathuis Gesicht war hager. Unzählige Falten umgaben Augen und Mund, doch nie wirkte sie müde oder kraftlos, und ihre Augen funkelten vor Leben.

»Aber glaubt mir, Kind, es ist möglich, wieder neuen Lebensmut zu finden. Fangt endlich an, mir und den Büchern die vielen Fragen zu stellen, von denen Eure Mutter mir berichte-

te. Wir werden nichts unversucht lassen, Antworten darauf zu finden.«
Antworten! ging es Uta durch den Kopf. Mit der Aussicht, Gerechtigkeit zu suchen und zu finden, hatte sie ihren neuen Lebensabschnitt in Gernrode begonnen und war dann vom Schmerz des Verlustes ins Reich der Gleichgültigkeit und Untätigkeit hineingezogen worden.
»Ich hätte da auch schon eine Aufgabe für Euch.«
Mit dem Schleier wischte sich Uta die Tränen fort.
Die Äbtissin lächelte zufrieden. »Findet Euch morgen nach dem Mittagsmahl im Hof ein.«

Die Kammer, die sich in einem Nebengebäude der Stallungen befand, war so niedrig, dass sie kaum darin zu stehen vermochten. Aus den grob verputzten, aufgeplatzten Wänden hing das Stroh büschelweise heraus und ließ die Kälte der letzten herbstlichen Nächte ins Innere der Kammer dringen. In einer Ecke des fensterlosen Raumes stand ein Tisch, von dem ein beißender Geruch ausging, daneben ein Pult, das ebenso ätzend roch. Vor den Wänden standen hohe, mit Tüchern abgedeckte Stapel mit kantigen Ecken.
»Dieser Raum hier soll wieder unsere Schreibstube werden, Schwestern«, verkündete Hathui und hielt den Arm mit dem Talglicht etwas weiter in die Mitte der Kammer. »Kommt doch näher.«
Radegunde, die allerlei Gerätschaften vor der Brust hielt, musste den Kopf einziehen, um sich nicht an dem Deckenbalken zu stoßen, der quer durch die Kammer lief. Uta, mit Pergamenten, Kielen und Tintenfass ausgerüstet, zog die Schultern vor Kälte zusammen und folgte Radegunde. Sie war froh, dieser Tage leinene Beinkleider tragen zu dürfen, die ihnen Schutz vor Kälte und Nässe boten.

»Leider konnte ich mich der hier verwahrten Bücher, Abschriften und Geschenke bisher nicht annehmen, weshalb ich sie erst einmal nur abgelegt und bedeckt habe.« Die Äbtissin reichte Uta das Talglicht und beugte sich zu einem Stapel hinab, um eines der Tücher anzuheben. »Hier arbeitet niemand mehr, seitdem unsere Schwester Siegrid vor vielen Jahren gestorben ist. Sie hatte eine wahre Freude daran, ihre Tinten selbst herzustellen und Abschriften anzufertigen.« Hathui wies auf einige Gefäße, von denen noch immer ein beißender Geruch aufstieg, und wandte sich dann wieder den Stapeln vor sich zu. Uta erkannte mehrere Bücher, die wackelig aufeinanderlagen.

»Euch, Schwester Radegunde, möchte ich bitten, zuerst mit der Säuberung der Pergamente zu beginnen.« Die Äbtissin wuchtete eines der Bücher auf den Arm und reichte es Radegunde. »Die Pergamente sind verstaubt, etwas verdreckt und teilweise feucht.« Hathui schaute sich prüfend in der Kammer um. »Auch werde ich die Knechte bitten, die Wände der Kammer wieder mit Stroh zu verfüllen und mit neuem Lehmputz zu verstärken, damit die Feuchtigkeit weicht.« Mit diesen Worten zog sie das wackelige Pult zu sich heran und bedeutete Radegunde, das Buch darauf abzulegen. »*Liber de cultura hortorum – Von der Pflege der Gärten* heißt diese Schrift für die Krankenpflege. Sie stammt von Abt Walahfrid von der Reichenau, einem Schüler des Abtes Hrabanus Maurus«, erklärte sie. »Kaiser Karl hatte zu seiner Zeit ein Gesetz erlassen, welches Klöstern das Anlegen von Kräutergärten und die in ihnen zu züchtenden vierundzwanzig Pflanzenarten vorschrieb.« Hathui Billung lächelte versonnen. Manchmal sah sie in ihren vierundzwanzig Sanctimonialen eben jene vierundzwanzig verschiedenen Kräutlein, die sie zu Blüte und Nützlichkeit bringen durfte. »Und von eben jenen Pflanzen«, fuhr sie fort, »hat Abt Walahfrid das Aussehen und die verschiedenen Anwendungsmöglichkeiten genau niedergeschrieben.«

»Schwester Hathui«, merkte Radegunde unsicher an. »Ich habe noch nie ein Buch gereinigt.«

»Aber Ihr habt gewiss die nötige Handfertigkeit dafür, Schwester«, entgegnete die Äbtissin, lächelte gewohnt zuversichtlich und beugte sich über den Deckel des Buches.

Uta trat näher und stellte das Talglicht auf dem Pult ab. Auf dem rechten Rand des braunen Ledereinbandes erkannte sie eine Pflanze, die aus winzigen, reinweißen Perlen herauswuchs. Ihr Stiel begann zart, wurde dann von einigen Blättern bis zur Blüte hinauf gesäumt, die aus fünf länglichen Blättern bestand und sich sanft, als würde sie vom Wind bewegt werden, auf dem Leder wiegte.

»Wichtig ist, dass die Pergamente trocken werden.« Die Äbtissin strich über den ledernen Deckel. »Frei von Feuchtigkeit wie dieses hier, dem Herrn sei Dank. Es ist nur eine Leihgabe, die ich dem Kloster in Vreden im gleichen Zustand zurückzugeben beabsichtige, in dem ich sie erhalten habe.« Die Äbtissin schlug die ersten Seiten auf. »Gebt mir zuerst den Pinsel«, wandte sie sich an Radegunde. Die Angesprochene griff nach dem gewünschten Utensil unter ihrem Arm und reichte es Hathui.

»Streicht mit dem Pinsel den Staub von den Seiten. Flecken entfernt Ihr vorsichtig mit einem feuchten Tuch«, erklärte sie. »Bei den besonders dünnen Pergamenten müsst Ihr sehr behutsam mit dem Messer vorgehen. Sie können leicht brechen. Zur Trocknung bringt sie in die Kammer neben der Küche, dort ist es immer warm. Ich werde die Knechte anweisen, mehrere Tafeln dort aufzustellen, damit Ihr die Pergamente darauf ablegen könnt. Habt Ihr alles verstanden?«

Radegunde nickte verunsichert.
»Schön«, die Äbtissin schlug das Buch vor sich zu. »Und nun zu Euch, Schwester Uta.«
Nur ungern löste Uta den Blick von der Perlenpflanze.
»Ich möchte, dass Ihr mir eine Liste aller Bücher schreibt, die in dieser Kammer lagern. Legt dazu auf einem Pergament drei Spalten an. Nennt Titel, Verfasser und Herkunftsort.« Hathui deutete in eine Ecke des Raumes. »Dort am Tisch könnt Ihr arbeiten. Und wenn Ihr fertig seid, helft Schwester Radegunde bei den Säuberungsarbeiten.«
Uta folgte der Äbtissin zu einem der Bücherstapel und ging in die Hocke.
»Löst ruhig die Tücher, Schwester«, forderte Hathui sie auf.
Wie einen Vorhang zog Uta eines der Leinentücher zur Seite. So viele Bücher hatte sie noch nie gesehen. Ihr Blick wanderte über hölzerne und lederne Einbände, gravierte Metallplättchen, die rötlich schimmerten, und lose Pergamentseiten. Hier und dort glitzerten vergoldete Treibarbeiten hervor.
»Das ist …«, begann sie, hielt mit dem nächsten Atemzug aber inne.
»Jede Menge Arbeit«, beschied Schwester Radegunde und biss sich sogleich für diese forsche Bemerkung auf die Lippen.
»In dieser Kammer müssen an die fünfzig Bücher abgelegt sein«, erklärte die Äbtissin an Uta gewandt. »Schreibt fein leserlich für meine abgenutzten Augen.«
Uta nickte beflissen und wandte sich gleich wieder dem Stapel vor sich zu.
»Ich möchte, dass wir diesen Raum wieder als Schreibstube nutzen. Schreiberinnen benötigen Konzentration und Einsamkeit, die sie im Speisesaal nicht finden können. Schwestern, führt Eure Arbeit hier an jedem zweiten Tag nach dem Morgengebet sorgfältig aus«, schloss die Äbtissin ihre Ein-

weisung ab. »Dann werden wir unsere einstige Schreibstube zum Auferstehungsfest des Herrn wieder zurück haben.«

»Schnell, bevor noch jemand kommt!« Bebette, die vor der Tür Wache schob, spähte den leeren Gang aufgeregt hinunter. Nervös begann sie, an den Fingernägeln zu kauen.
»Es ist gleich angerichtet«, drang es deutlich gelassener aus dem Inneren der Zelle. »Das riecht ja schrecklich! So, noch eine letzte Fuhre.« Notburga kicherte.
»Nicht so laut. Man wird uns hören!« Bebette trat nervös mit den Füßen auf der Stelle. »Achtung! Schritte!« Erneut blickte sie den Gang hinab, sah aber niemanden kommen. »Wenn uns die Äbtissin erwischt, sind wir dran«, flüsterte die jüngere der Hildesheimer Schwestern. Sie wusste, dass Hathui Billung für Zankereien unter den Sanctimonialen wenig Verständnis aufbrachte. Mit einem Ausschluss aus dem Stift hatte die Äbtissin Notburga einst gedroht, nachdem diese Klara geohrfeigt hatte, weil sie sich in einer Unterweisung übergangen fühlte. Wie aber, sorgte sich Bebette plötzlich, sollte eine aus dem Stift ausgeschlossene Dame – eine Dame ohne Ehre – jemals noch einen vornehmen Mann finden? »Einen edlen Herrn, in leuchtende Stoffe gewandet, mit einem Bart über der Oberlippe und dunklen Haaren, so sollte er sein«, flüsterte sie leise vor sich hin und ließ von ihren Nägeln ab. »Und eines Tages werde ich Burgherrin sein!« Ein Lächeln überzog Bebettes Gesicht, als sie die vielen glitzernden Gewänder sah, die sie dann tragen dürfte. Ihre Gedanken wanderten zu den wenigen glücklichen Tagen im Stift zurück, an denen sie und die Schwester während des Gottesdienstes, von der Empore aus, einige Blicke auf die Messteilnehmer von Pater Wolfhag hatten werfen können. Sie wollte so gerne einen der edel gewandeten Herren persönlich treffen. Einen Ausschluss aus dem

Kloster durfte sie deshalb nicht riskieren. Aber wer eine Burg mit vielen Mägden und großem Gesinde anweisen wollte, musste auch lernen, andere zu unterwerfen. Diese Erkenntnis würde das schwesterliche Vorhaben vielleicht auch in den Augen der Äbtissin rechtfertigen, wenn man sie erwischte.
»Fertig!«, Notburga war aus der Zelle getreten und machte einen Schritt um die Schwester herum. »Wir werden der Ziege schon zeigen, dass sie mit ihren Büchern nichts Besonderes ist«, zischte sie. Zorn auf die Mitschwester, die inzwischen immer öfter an der Seite der Äbtissin in der Kammer neben dem Stall verschwand, brodelte in ihr.
»Soll sie doch in ihrer Kriechhöhle da drüben ersticken«, gab Bebette zurück. Wie konnte sich ein Weib nur freiwillig außerhalb der Unterweisungen den Buchstaben hingeben! Nur Geschmeide, Stoffe und Duftwässerchen, da war sich Bebette sicher, bezeugten den wahren Wert einer Herrin.
»Komm, schließ die Tür. Ich halte den Gestank hier nicht länger aus«, wies Notburga die Jüngere an und eilte mit Babette zu ihrer Zelle.

»Und werdet Ihr es bis zum Auferstehungsfest des Herrn schaffen?«, fragte Alwine, die gerade in die Schreibstube getreten war und erst, nachdem sie sich geräuspert hatte, bemerkt worden war. Sie streckte ihren beiden Mitschwestern jeweils einen Becher warmen Weins entgegen. Radegunde erhob sich und griff nach der angebotenen Erfrischung.
»Wir sind auf der letzten Seite«, erklärte Uta und blickte nun ebenfalls auf.
Alwine trat ihr entgegen. »Ihr müsst Euch stärken, Schwestern.«
Uta nickte und spürte eine angenehme Wärme, als der Wein ihre Kehle hinabfloss. Vor wenigen Tagen hatte sich ein Ge-

fühl in ihr ausgebreitet, das sie schon lange nicht mehr gehabt hatte. Ein Hauch von Behagen darüber, die Aufgabe der Äbtissin zu deren Zufriedenheit erledigen zu können. Die Archivlisten hatte Uta bereits nach einem Mondumlauf fertiggestellt und danach Radegunde beim Säubern der Bücher geholfen. In zwei Tagen, so hatte die Äbtissin angekündigt, beabsichtige sie, den anderen Sanctimonialen die geordnete Schreibstube zu zeigen.
Äbtissin Hathui betrat die Kammer. »Schwestern?«
Die drei Sanctimonialen versteckten die Weinbecher hinter ihren Rücken und schauten sich unschlüssig an.
»Wie weit seid Ihr gekommen?«, fragte die Äbtissin und blickte sich in der Kammer um, die mit mehr Kerzen als sonst ausgeleuchtet war. »Schwester Alwine, Euch hoffte ich in der Krankenkammer bei den fiebernden Knechten und unserer erkrankten Schwester Klara vorzufinden.«
Alwine zögerte mit einer Antwort.
»Verzeiht, Schwester Hathui«, kam Uta ihr mit einer Erwiderung zuvor. »Schwester Alwine hat sich gerade nach unserem Wohlbefinden erkundigt. Damit wir das letzte Buch heute noch fertig säubern können. Weil es doch trotz des Frühjahrs so frisch hier drinnen ist.« Die Wände der Schreibkammer waren zwar mit Lehm und Stroh verstärkt worden, doch der Wind gab nicht auf, eisige Luft gegen das Gebäude zu peitschen. Zur Bekräftigung ihrer Worte begannen Uta und Radegunde wie verabredet, ihre freie Hand anzupusten, um sie zu wärmen.
Die Äbtissin vermochte ein Schmunzeln nicht zu verbergen. »Wird Schwester Radegunde die Reinigungsarbeiten ohne Euch beenden können, jetzt, wo Ihr gesehen habt, dass sie sich wohl befindet?«, fragte sie an Alwine gewandt.
»Aber ja«, bestätigte die Krankenschwester beflissen.

»Und, Schwester Alwine, schaut doch bei Gelegenheit auch nach Euren anderen Patienten. Unsere Klara soll rasch wieder genesen.«
»Natürlich«, bestätigte Alwine und ging zur Tür.
»Und …« Hathui hielt sich für einen kurzen Moment am Schreibpult fest, als sie sich noch einmal nach ihrer Krankenschwester umdrehte, »nehmt doch gleich noch die Becher Eurer Mitschwestern mit.«
Ertappt händigten Uta und Radegunde Alwine daraufhin das irdene Objekt hinter ihren Rücken aus.
Die lächelte und verabschiedete sich.
Äbtissin Hathui trat nun auf Radegunde und Uta zu und blätterte einige Seiten des aufgeschlagenen Buches um. »Eure Arbeit sieht gut aus, Schwestern. Ich bin sehr zufrieden.«
Uta zog sich den Schleier etwas tiefer über den Haaransatz. Ein zaghaftes Lächeln huschte über ihr Gesicht.
»Schwester Uta, was Eure Bücherlisten angeht«, fuhr die Äbtissin fort. »Ihr habt eine ruhige Hand an der Feder. Ich möchte Euch eine weitere Aufgabe übertragen. Während Schwester Radegunde zukünftig die Aufsicht über die Schreibstube übernehmen wird, sollt Ihr eine Abschrift fertigen.«
»Ein ganzes Buch kopieren?«, fragte Uta verwundert.
Die Äbtissin legte ihr die Hand auf die Schulter. »Schreiben können zwar einige, aber die Geduld für die gleichmäßige Schönheit der Formen fehlt vielen Schreibern.«
Radegunde stupste Uta aufmunternd an, die daraufhin mit einem Leuchten in den Augen meinte: »Ich will es versuchen, Schwester Hathui.«
»Reicht mir doch den *Hortulus* und dann tretet vor mich.«
»Den *Hortulus*?«
»Das Buch *Von der Pflege der Gärten* wird auch *Hortulus*

genannt«, erklärte Hathui. »Die Schwestern aus Vreden wünschen es zurückzubekommen. Ich möchte aber für unsere Bibliothek und auch für Schwester Alwine den Zugriff auf seinen Inhalt erhalten.«

Uta ergriff das Buch mit dem einzigartigen Perleneinband. Noch am selben Abend des Tages, an dem sie das Blumenmotiv vor beinahe einem halben Jahr zum ersten Mal gesehen hatte, hatte sie ihrem Wachspüppchen davon erzählt. Sie erinnerte sich, dieses Werk auf ihrer Archivliste an erster Stelle notiert zu haben, und legte es nun vor die Äbtissin auf das Pult.

»Beim Schreiben arbeitet der gesamte Körper«, erklärte Hathui. »Am besten schreibt Ihr im Stehen. So erhalten Eure Buchstaben geradlinigere Formen als in der eingeschränkten Sitzhaltung.« Die Äbtissin schob Uta zwischen sich und das Pult und prüfte hinter ihr die Haltung ihres Rückens. »So, jetzt stellt Euch den Kiel und das Tintenfass zurecht. Ihr müsst stets ungehinderten Zugriff darauf haben.« Als Nächstes zog sie zwei Lagen Pergament unter dem Gewand hervor und legte sie unter das zu kopierende Buch.

Uta schlug den Deckel auf und las: »*Von der Pflege der Gärten.*«

»Bevor Ihr mit der Abschrift beginnt, Schwester«, erklärte die Äbtissin und blätterte die erste Pergamentseite um, »begutachtet äußerst genau die Buchstaben des Wortes Salvia.« Ihre Finger schoben sich von hinten an Uta vorbei und zeigten auf die oberste Zeile.

Uta führte das Gesicht ganz nah vor das Pergament. Der Salbei war die erste Pflanze auf der Liste des Abtes, gefolgt von Weinraute, Eberraute und Wermutskraut.

»Seht Ihr, wie gleichförmig die Ober- und Unterlängen der Buchstaben geschrieben stehen? Und wie sauber sich das Wort von dem nachfolgenden absetzt?«

Uta nickte fasziniert. Durch den Kontrast, der sich durch eine feine und eine fettere Linienführung ergab, vermochte sie den ersten Vers fließend zu lesen und problemlos zu übersetzen: »Vorn an der Stirn des Gartens blüht leuchtend der Salbei, der süß duftet, bedeutende Kraft besitzt und heilsamen Trank gewährt.«[1]
»Eure Schrift wird noch lesbarer, wenn Ihr Euch streng an die vier Linien auf dem Pergament haltet.«
»Die Linien?« Utas Blick glitt unsicher über das anscheinend leere Pergament vor sich.
»Schaut etwas genauer hin, Schwester. Auf dem Pergament sind die Ober- und Unterlinien bereits vorgezogen. Sie geben Euch Orientierung.«
Uta schob die Talglampe näher an das Pergament. Und tatsächlich: Im Lichtschein schimmerten die farblosen, hauchdünn eingeritzten Zeichenhilfen wie Sonnenstrahlen zu viert in jeder Zeile.
»Am besten schreibt Ihr, ohne irgendwelche Schnörkel zu machen. Verzichtet auf jegliche Verzierung im Geschriebenen. So lässt es sich am einfachsten lesen.«
»Und das ist ja der Sinn von Büchern«, ergänzte Uta gelehrig. Sie löste ihren Blick von den Blindrillen und schaute zu Äbtissin Hathui auf.
»Nun versucht es selbst. Ich würde mir Eure erste Schriftprobe gerne schon morgen ansehen. Kommt nach dem Mittagsgebet in meine Kammer. Dort werde ich Euch sicherlich noch einige weitere Hinweise geben können.«
Uta ergriff den Kiel. »Danke, Schwester Hathui.«
Die wachen Augen der Äbtissin weilten einen Augenblick intensiv auf dem Gesicht ihrer verschlossensten Sanctimonia-

---

1 Zitat aus: Walahfrid Strabo: Liber de cultura hortorum/Über den Gartenbau, Hrsg.: Schönberger, Otto, erschienen 2002 im Reclam-Verlag, S. 11

len. »Und, Schwester Uta, vielleicht wollt Ihr dann auch mit dem Suchen beginnen, wenn Ihr schon einmal bei den Büchern seid.« Mit einem Segensspruch verließ sie die Kammer. Uta schaute der Äbtissin verwundert nach. Was wusste Hathui Billung von ihrer Suche nach Antworten, von dem Verbrechen innerhalb ihrer Familie und ihrem Schwur, das der Mutter angetane Unrecht zu bestrafen?
»Wonach sollt Ihr suchen?«, fragte Radegunde, als die Schritte der Äbtissin verklungen waren.
»Ich suche«, begann Uta ihre Antwort zögerlich. »Ich suche nach Gerechtigkeit.«
Radegunde wischte einige Dreckkrümel auf dem vor ihr liegenden Pergament beiseite. »Aber die Gerechtigkeit verkünden allein Gott, das königliche Gericht und dessen Sendboten.«
»Sendboten?« Uta wurde hellhörig.
»Das sind die Vögte und Grafen, die dem König unterstehen«, wusste Radegunde.
»Woher wisst Ihr das?«
»Ich las es in einem der Bücher hier.« Radegunde deutete auf den Tisch vor sich. »Auf den Erörterungen über die Verkündung von königlichen Gesetzen hatte sich Schimmel festgesetzt. Ich habe zwei ganze Tage dafür benötigt, ihn abzuschaben, ohne die Buchstaben dabei zu beschädigen.«
»Und welches Buch war das?«, fragte Uta ungeduldig. Obwohl sie sich oft in der Schreibstube aufhielt, hatte sie bisher keine Zeit gefunden, in die Bücher, die sie archivierte und säuberte, hineinzulesen.
Radegunde hob bedauernd die Schultern. »Ich habe so viele Flecken beseitigt. Inzwischen erscheint mir ein Buch wie das andere.«
Doch Utas Herz hatte längst beschlossen, was ihr der Verstand nun riet: Sie würde die Äbtissin um Rat fragen, sie bit-

ten, ihr das Buch über die Gerichtsbarkeit zu nennen, auch wenn sie sich ihr dafür offenbaren musste. Hathui Billung hatte ihr vertraut und ihr eine heilsame Aufgabe übertragen. Zunächst aber galt es, den eiligen Auftrag – die Abschrift – zu erstellen. Sie fühlte, wie das Blut in ihren Schläfen pulsierte und ihre Hände vor Aufregung feucht wurden. Uta ergriff den Kiel, nässte ihn im Tintenfass und begann, das leere Pergament zu beschreiben. Nach jedem Wort schaute sie erneut auf die Vorlage und prägte sich die Form des nachfolgenden wie ein Bild ein.

Am Ende der ersten zwei Zeilen angekommen, betrachtete sie ihr Gesamtwerk und erschrak. Ihre Buchstaben hatten so wenig mit denen der Vorlage gemein wie sie selbst mit den Hildesheimer Schwestern. Der Abstand der Unterlängen in der ersten Zeile von den Oberlängen der zweiten war so gut wie nicht mehr vorhanden. Uta setzte erneut an – das gleichmäßige Schreiben war bei weitem schwieriger, als sie gedacht hatte.

Nach der ersten Seite riefen die Glocken der Stiftskirche zum Abendmahl. Es war das Mahl vor Beginn der heiligen Woche, die mit dem Fest zur Auferstehung des Herrn ihren Höhepunkt fand.

»Schon Zeit zum Speisen?«, fuhr Uta erschrocken auf.

»Dann lasst uns die Arbeit beenden und in den Saal gehen«, schlug Radegunde vor und zog Uta hinter dem Schreibpult hervor.

Schwester Griseldis, die Jüngste der Gemeinschaft, stand auf dem Podest und schlug die *Institutio Sanctimonialium* auf. Notburga und Bebette saßen bereits an ihren Plätzen und grinsten sich an, als Uta und Radegunde im Speisesaal erschienen.

»Die ins Kloster eingetreten sind, sollen nicht träge sein und müßig gehen«, tonierte die Leserin zaghaft zwischen verhaltenem Tellergeklapper. »Sie sollen sich nicht dem vertraulichen Geschwätz und der üblen Nachrede hingeben, sondern Psalmen singen oder eifrig mit ihren Händen arbeiten oder in jedem Fall ihr Ohr der göttlichen Lesung widmen.«[2]
Uta kannte die Regeln der *Institutio* inzwischen auswendig, aus der zu jeder Mahlzeit eines der achtundzwanzig Kapitel verlesen wurde. Einige Schwestern fielen bedächtig in den Wortlaut mit ein, nachdem sie die Nahrungsaufnahme beendet hatten.
Alwine ging bereits zur Fleischration auf ihrem Teller über, als Uta noch immer geistesabwesend in ihrer Graupensuppe rührte. Sie dachte über Radegundes Äußerung nach und wie sie die Äbtissin um Rat fragen könnte, ohne das schreckliche Geheimnis ihrer Familie offenbaren zu müssen.
»Sie schaut die letzten Tage sehr müde aus«, flüsterte Alwine Uta zu und deutete mit dem Kinn zur Mitte des Tisches. Die Äbtissin, gewöhnlich mit dem Gehör einer Fledermaus ausgestattet, schaute schweigend in die Runde und bedachte jede ihrer Sanctimonialen mit einem liebevollen Blick. Alwine senkte glücklich den Kopf, als Hathui sie mit einem Lächeln bedachte.
»Ah!« Bebettes Aufschrei hallte durch die klösterlichen Mauern. Der Körper der Äbtissin war geräuschlos gegen ihre Schulter gekippt. Ihren Kopf hatte sie an den ihres Zöglings angelehnt, die Arme zu beiden Seiten des Tellers ordentlich abgelegt, um die Nahrungsaufnahme im nächsten Augenblick fortzusetzen.
Schwester Griseldis stellte die Lesung ein. Niemand rührte

---

2 Zitiert aus: Institutio Sanctimonialium, http://www.geldria-religiosa.de, Kapitel VI. – Aus der Schrift des heiligen Bischofs Athanasius an die Bräute Christi.

sich. Suppe tropfte von Löffeln, und die letzten Regentropfen eines Gewitters prasselten auf das Klosterdach.

Erschrocken sprang Uta auf: »Die Äbtissin braucht Hilfe!« Neben ihr schoss Alwine hoch und eilte zu Hathuis Tischplatz. Unter den unsicheren Blicken der anderen Sanctimonialen beugte sie sich über die Äbtissin. »Bewegt Euch nicht!«, bat sie die zitternde Bebette. Dann feuchtete sie die Hand an und hielt sie der Äbtissin vor den Mund. Sie spürte keinen Luftzug. »Schwester Uta, holt Pater Wolfhag!«

Uta erstarrte. »Den Pater?«

Geräuschlos erhoben sich die anderen Sanctimonialen und scharten sich um den Ort des Geschehens.

»Herrgott, was ist passiert?«, stieß Notburga mit ängstlichem Blick auf ihre Schwester aus.

»Uta!«, bat Alwine energischer. »Schnell!«

Daraufhin rannte Uta los und kam kurz darauf schwer atmend mit dem Pater des Stifts an ihrer Seite zurück.

»Ihr Körper ist noch warm«, sagte er, nachdem er mit ähnlichen Handgriffen wie Alwine die Atmung und den Herzschlag Hathuis überprüft hatte.

Blankes Entsetzen trat auf Utas Miene. »Noch warm? Aber warum soll er denn …?«

»Bitte haltet noch etwas aus, Schwester«, sagte der Pater an Bebette gewandt. »Wir müssen Schwester Hathui hinlegen.« Pater Wolfhag breitete sein Messgewand auf dem Boden aus und bettete den leblosen Körper darauf.

»War… wart… wartet«, sagte Uta und trat an Radegunde vorbei neben den Pater. »Ihre Lippen zucken. Seht Ihr nicht?«

Der Pater hob den Kopf der Äbtissin vorsichtig an.

Hathui blinzelte. »Herrgott vergib mir meine Sünden«, sagte sie kaum hörbar, öffnete dann die Augen und schaute Alwine

und Pater Wolfhag an. An alle Sanctimonialen gerichtet, begann sie darauf, Worte des Dankes zu flüstern, Worte der Segnung und äußerte zuletzt den Wunsch, endlich vor den Herrn treten zu dürfen. Jedes Wort strengte sie sichtlich an. Schließlich verweilten ihre müden Augen auf Uta. »Traut Euch, sie loszulassen und neue Wege zu gehen.«
Uta wusste, dass die Äbtissin von ihrer Mutter sprach. Sie war ergriffen und führte ihr Ohr ganz nah an den Mund der Sterbenden. »Die Bücher mögen Euch dabei helfen«, hauchte die Äbtissin und schloss die Augen.
Uta drückte die Hände der alten Frau und schaute hilfesuchend zu Alwine auf. »Bitte rettet sie!«
»Nicht wir erretten, Schwester«, erklärte Pater Wolfhag und schob sie zur Seite. »Sondern der Herrgott.« Er wandte sich an Alwine: »Holt das Öl und das Versehbesteck aus der Kapelle. Wir müssen den Versehgang durchführen.«
»Ver… Versehgang?« Utas Kehle fühlte sich plötzlich ganz trocken an. Sie hatte noch nicht einmal den Verlust der Mutter verarbeitet und sollte nun einen weiteren erfahren?
Alwine erhob sich, nickte Uta betreten zu und rannte aus dem Saal.
Hathuis Lippen bewegten sich kaum merklich. Die Sanctimonialen versammelten sich eng um die Stiftsoberin. Pater Wolfhag sprach ein Gebet, das die Mädchen mitsprachen.
Alwine erschien mit den geforderten Gegenständen. »Ich habe die Schale noch schnell reinigen können.«
»Die Buße hat sie gerade geleistet«, sagte der Pater. »Damit ist ihre Taufunschuld wiederhergestellt, wenn sie gleich vor den Herrn tritt.«
»Nein!«, rief Uta verzweifelt und kniete neben dem leblosen Körper der Äbtissin nieder. »Sie, sie da… da… darf noch nicht vor den Herrn treten.«

Notburga grinste und äffte Utas Stottern nach. »Da... da... das bestimmt sicherlich nicht Ihr!«

»Schwestern, beruhigt Eure Gemüter«, ermahnte sie der Pater. »Ich salbe jetzt ein letztes Mal ihre Sinne.« Daraufhin tauchte er seinen Zeige- und Mittelfinger in die irdene Schale mit Öl und strich dann das Kreuzzeichen auf Augen, Ohren, Nase und Schultern der Sterbenden. »Sie lächelt, als ob sie das Licht des Herrn schon leuchten sieht.« Der Geistliche tauchte die Hostie in dunklen Wein, bevor er das Weizenmehlgebäck mit den Fingern zerrieb. »Nehmt noch die Wegzehrung für das Jenseits«, wies er die Liegende an und drückte ihr die Krümel der Hostie zwischen die ausgetrockneten Lippen. Die Sterbende nahm die Bröckchen vom Leib Christi auf und lächelte. Dann kippte ihr Kopf kraftlos zur Seite. Hathui Billung entschlief friedlich im Kreise ihrer Zöglinge. Bis zu diesem Tag hatte der Herrgott ihrer Seele mehr als achtzig Sommer geschenkt.

Nach einer Weile vollkommener Stille schloss Pater Wolfhag der Verstorbenen Augen und Mund. »Öffnet die Fenster. Ihre Seele soll auf direktem Wege aufsteigen.« Zwei Schwestern leisteten seiner Anweisung Folge.

Benommen verfolgte Uta das Geschehen und ergriff Alwines Hand, die neben dem Pater stand und das leere Schälchen mit dem Öl aufgenommen hatte.

Pater Wolfhag erhob sich. »Schwester Alwine, bitte nehmt heute noch die Waschung und Einkleidung vor. Damit wir schon morgen die Totenmesse lesen können.«

Alwine bestätigte die Bitte mit einem Nicken.

Daraufhin trat Notburga vor. »Und was wird jetzt aus uns? Wir haben nun keine Oberin mehr!« Für die Sanctimonialen war dies eine neue Situation. Äbtissin Hathui hatte dem Stift mehr als fünfzig Jahre vorgestanden.

»Bis die neue Äbtissin eintrifft, übernimmt Schwester Alwine die Leitung des Klosters«, bestimmte Pater Wolfhag. »Die Älteste Eurer Gemeinschaft liegt noch geschwächt danieder!«
»Aber warum ausgerechnet ...«, begann Notburga aufzubegehren.
»Kein weiteres Wort, Schwester!«, unterbrach der Pater sie energisch. »Ich lasse noch heute eine Nachricht an unser Mutterstift in Quedlinburg schicken. Und jetzt wollen wir lieber für die Verstorbene beten, anstatt uns mit den Problemen der Lebenden zu befassen.«
Alwine blickte in die Runde. »Gott, gib uns Kraft für den Weg, der vor uns liegt.«
»Lasst die Glocken läuten«, forderte Pater Wolfhag Radegunde auf. »Drei Schläge mit einer langen Pause.«
Das Zeichen für einen Todesfall in der Pfarrei erklang nicht zum ersten Mal, seit Uta in Gernrode weilte, aber nie war ihr der Dreierschlag so sehr durch Mark und Bein gegangen wie diesmal. Von Alwine gestützt, schloss Uta die Augen.

Das Totenbett bestand aus grob gehobeltem Holz und war mit splittrigen Steintafeln eingerahmt. Alwine hatte das Büßertuch darauf ausgebreitet und Asche verstreut, bevor sie den leblosen Körper Hathui Billungs darauf bettete. Uta stand am Fußende des Totenbettes und sah zu, wie Alwine der Toten die Stiftskleidung auszog und die Schamgegend mit einem Leinenlappen bedeckte. Sie bemerkte am Geruch, dass der Salbei sich schon mit der Süße des Todes zu einer Einheit verbunden hatte.
»Seid Ihr sicher, dass Ihr dabei sein wollt?«, wandte sich Alwine an Uta, als sie das Unterkleid der Äbtissin zusammenfaltete und auf dem bereitgestellten Hocker ablegte.

»Ich möchte sie nicht gehen lassen, ohne mich von ihr zu verabschieden.« Uta ging langsam um das Totenbett herum. Hier lag nun der Mensch Hathui vor ihr, nicht die Äbtissin, nicht die Trösterin, nicht die Schwester. Mit ergrauten Augenbrauen, einem weit über der Stirn beginnenden Haaransatz und glattem weißem Haar, das über das Totenbett bis auf den steinernen Boden der Kammer hinabfiel. Uta zuckte zusammen, als der Unterkiefer der Toten mit einem Knacken herabsackte.

»Ich brauche ein Buch«, sagte Alwine und schaute sich suchend in der Kammer um.

Die Äbtissin mit dem nunmehr offen stehenden Mund und den dadurch verzogenen Gesichtszügen berührte Uta. Sie führte ihre Hand langsam an Hathuis Kinn und drückte es vorsichtig zurück an den Oberkiefer. In dieser Haltung verharrte sie.

»Hier, das Gebetsbüchlein.« Alwine legte das Buch zwischen Hals und Unterkiefer der Toten. »Damit der Mund geschlossen bleibt«, setzte sie hinzu und löste Utas Hand vom Kinn der Toten.

Uta blickte vom zweckentfremdeten Buch bis zu den Fußspitzen der Äbtissin hinab. Auf der Hautoberfläche erkannte sie fleckenförmige violette Verfärbungen, die farblich intensiver wurden und zusammenzufließen schienen, je länger sie darauf blickte. Noch nie war sie einem toten Menschen so nahe gewesen.

Alwine zog einen Zuber mit warmem Wasser heran und begann, die Arme der Toten mit einem Lappen zu waschen.

»Bitte geht vorsichtig mit ihr um«, bat Uta.

Alwine nickte, wrang den Lappen erneut aus und säuberte die Beine der Toten. »Ihre Seele ist bereits bei den Engeln. Sie entschwindet genau dann, wenn das Herz aufhört zu schla-

gen. Und das hat es, als sie den Leib Christi aufgenommen hatte.« Während sie sprach, fuhr sie routiniert mit der Waschung fort.
Uta ging um den Tisch, blieb auf Höhe des Schamtuchs stehen und betrachtete die Äbtissin. Ob der Körper der Mutter nach deren Dahinscheiden ähnlich ausgesehen hatte? Sie ergriff die Finger der Toten und drückte einen Kuss auf den Handrücken.
Unterdessen hatte Alwine der Toten ein paar lederne Schuhe angezogen. »Jetzt streife ich ihr das Leichenhemd über den Kopf«, sagte sie. »Helft Ihr mir mit den Armen?«
Statt einer Antwort starrte Uta die Tote nur an.
»Uta?«
»Ich helfe«, sagte sie schließlich.
Sie zogen der Äbtissin ein weißes Hemd über den Kopf und über die Arme und schlangen es schließlich um ihre Knöchel. Dann trat Uta zum Oberkörper der Toten zurück und begann, deren Handrücken zu streicheln. Dabei spürte sie, wie ihre Körperwärme auf die Tote überging.
Alwine zog einen Faden durch ein Nadelöhr und drückte Ober- und Unterlid der Verstorbenen zwischen Daumen und Zeigefinger zusammen.
Uta hielt in ihrer Bewegung inne. »Wozu?«, fragte sie irritiert ob Alwines Tun.
»Ich muss ihr die Lider zunähen, damit ihre Seele nicht in den Körper zurückfahren kann«, erklärte die Krankenschwester, zog die zusammengepressten Lider nach vorne und setzte mit der Nadel den ersten Stich. Als sie ihre Arbeit vollständig verrichtet hatte, bestrich sie Hathuis Gesicht mit Branntwein.
»Sie ist jetzt bereit.« Mit diesen Worten legte Alwine den Pinsel beiseite und schlug das Büßertuch über die Beine der Äbtissin.

Uta legte die Hand der Toten zurück auf deren Brust und ging ans Kopfende des Totenbettes.

Alwine trat neben sie und faltete die Hände. »Lieber Herrgott im Himmel, nimm Schwester Hathui in Dein seliges Reich auf. Versprich uns, sie zu beschützen, damit wir sie bei unserem Eintritt ins Jenseits so wiedertreffen, wie wir sie hergeben mussten. Amen.«

Uta fühlte sich bereit und ergänzte leise und zärtlich. »Lieber Herrgott, bitte beschütze auch meine Mutter, Gräfin Hidda von der Lausitz.« Sie sah das Bild der geliebten Mutter vor sich. »Schenke ihrer Seele ewige Ruhe und leuchte ihr mit Deinem ewigen Licht. Hier unten war sie stets das meinige.« Tränen liefen ihr die Wangen hinab, doch sie zwang sich, die so lange vermiedenen Worte endlich auszusprechen. Uta sank auf die Knie und schaute zum Himmel: »Liebste Mutter, ruht in Frieden.«

Unter der Führung Pater Wolfhags wurde der in das Büßertuch eingewickelte Leichnam in die Klosterkirche getragen. In der Mitte des Hauptschiffes hatte man die Bahre abgesetzt, Lichter darum herum entzündet und die Totenwache mit Gebeten, Gesängen und Gedichten abgehalten. Zwei Tage hatte Uta ununterbrochen – mit Ausnahme der Stundengebete – die Hand der Äbtissin gehalten und dabei Abschied von zwei Frauen genommen.

Am dritten Tag der heiligen Woche war sie heillos erschöpft, hatte sie doch seit Beginn der Totenwache nicht mehr geschlafen. Übermüdet erhob sie sich und machte sich auf den Weg in ihre Zelle. Dabei klangen ihr wieder die Worte der Äbtissin im Ohr: *Traut Euch, sie loszulassen und neue Wege zu gehen. Die Bücher mögen Euch dabei helfen.* In ihrem letzten Gebet an diesem Tag bat sie auf dem Gang darum, dass

die Nachfolgerin Hathuis, die sich für morgen zum Totenmahl angesagt hatte, ebenso verständnisvoll sein würde.
Als Uta die Tür ihrer Zelle öffnete, vernahm sie ein Tuscheln hinter sich.
»Für unsere Pferdebraut ein ganz besonderes Geschenk!« Den Worten folgte gehässiges Gelächter.
Flüchtig erinnerte Uta sich an eine ihrer ersten Unterweisungsstunden, in der die Hildesheimerinnen sie Pferdebraut geschimpft hatten, ignorierte die beiden Mädchen dann aber und betrat ihre Zelle. Beim Anblick ihrer Bettstatt erstarrte sie: Das obere Leinen war übersät mit stinkenden, großen Pferdeäpfeln, deren einst hellgelbe Farbe während der vergangenen Tage eine braune, krustige Patina angenommen hatte. Fliegen surrten um ihre Nase, und beim nächsten Atemzug bekam sie einen heftigen Hustenanfall. Mit spitzen Fingern hob sie das Bettleinen an und knotete es zu einem Bündel zusammen. »Bevor ich meine Antwort nicht gefunden habe, bekommt ihr mich nicht klein«, sagte sie gefasst und setzte sich gleich darauf vor die Bettstatt. Sie musste unbedingt die Bücher in der Schreibstube lesen, und davon, dessen war sich Uta sicher, vermochte sie weder der Hass noch der Neid ihrer Mitschwestern abzuhalten. Am Kopfende der Bettstatt zog sie unter dem Kissen ihre Wachspuppe hervor und drückte sie fest an ihre Brust. »Ich werde dafür sorgen, geliebte Mutter, dass Euch Gerechtigkeit widerfährt!«

3. Aus drei mach neun

Auf der Empore der Stiftskirche wurden an einer Tafel Fadennudeln mit Hühnerfleisch, dazu in zerlassener Butter gedünstete Petersilie und Schweinefleisch mit Walnüssen in Rotweinsoße gereicht. Die neue Äbtissin, die auf den Namen Adelheid getaufte Tochter des einstigen Kaisers Otto II., nahm am Kopfende der Tafel Platz. Ihre zweiundvierzig Lenze offenbarten sich in ihrer gelblich schlaffen Haut und den dünnen roten Haaren, die unter einem Schmucktuch hervorhingen. »Seit wenigen Jahren«, erklärte sie den schwarzgewandeten Damen an der Tafel ihre zukünftig zu erwartenden längeren Abwesenheitszeiten, »trage ich als Äbtissin auch noch die Verantwortung für die Stifte in Frose und Vreden.« Ihr Blick blieb kurz an Alwines dunkler Haut hängen, bevor sie fortfuhr, über die restlichen von Schleiern eingehüllten Gesichter zu schweifen: »Die wichtigste Pflicht wurde mir jedoch mit dem Quedlinburger Damenstift übertragen. Die Tage, die mir für Eure Ausbildung verbleiben, werden daher selten sein.« Sie umfasste ihr Szepter, einen schlanken hellen Holzstab, der mit Goldblechstreifen beschlagen war und in einer dreiblättrigen Lilie – das Zeichen königlicher Jungfräulichkeit – auslief.
Uta sah von ihrem Buttersud auf. Aus Vreden hatte Schwester Hathui einst das Buch *Von der Pflege der Gärten,* die Vorlage von Utas erster Abschrift, als Leihgabe erhalten. Dennoch beschlich sie beim Anblick der Äbtissin, die schnell und ohne eine zuvor abgehaltene Wahl eingesetzt worden war, ein mulmiges Gefühl. Die neue Äbtissin hatte nicht gezögert, die Tafel mit erlesenen Speisen zu bestücken, obwohl die Fastenzeit erst mit dem morgigen Tag endete.

Alwine, die sich als kurzzeitige Vorsteherin den Respekt der meisten Schwestern erworben hatte, erhob sich. »Verehrte Äbtissin, wir heißen Euch heute, am Nachmittag vor dem Auferstehungsfest Christi, herzlich willkommen und möchten die Gelegenheit dieser Totenfeier nutzen, uns noch einmal bei Schwester Hathui zu bedanken.« Die Sanctimonialen wandten sich gedanklich der Verstorbenen zu, deren Leichnam vor dem Heilig-Kreuz-Altar der Stiftskirche in den Boden gesenkt und danach mit einer steinernen Platte bedeckt worden war.

Das Amen der Sanctimonialen auf der Empore war noch nicht verklungen, da klopfte Adelheid mit ihrem Lilienszepter auf den Boden.

Die Sanctimonialen schauten sofort auf.

»Ich weiß, dass meine Vorgängerin unter der *Institutio Sanctimonialium* nur wenige Ausnahmen von der Benediktregel zuließ«, verkündete Adelheid. »Ich schätze hingegen das ungezwungene Leben auch hinter heiligen Mauern. In meinen Stiften ist es daher üblich, sich Dienerinnen zu nehmen und den Untergebenen im Haushalt zu befehlen. Schließlich werdet Ihr dies als Gattin eines einflussreichen Herrn später ebenso tun müssen.«

Radegunde und Klara schauten erschrocken auf. Uta und Alwine vermochten nur ungläubige Blicke untereinander auszutauschen.

»Deswegen gedenke ich, den Unterricht in der *Heiligen Schrift* durch Unterweisungen in höfischen Umgangsformen zu ersetzen«, sagte Adelheid weiter.

Stille herrschte auf der Empore. Uta meinte, das Knistern der Dochte der Bienenwachskerzen auf dem fernen Altar zu hören.

»Als Erstes erlaube ich Euch, den Schleier abzulegen. Wie ich bereits betonte, seid Ihr keine Bräute Christi, sondern weltliche Damen, die ihr Haar zum Gefallen aller in der Öffentlichkeit zeigen können.«

Notburga und Bebette lachten freudig auf, verstummten aber sofort wieder, als der strenge Blick der Äbtissin sie erfasste. Uta hingegen empörte sich im Stillen. Sie suchte keinen Gatten und musste ihr Haar deshalb auch nicht zur Schau stellen. Sie verstand das alles nicht! Warum wollte die neue Äbtissin die Ideale Hathuis abschaffen? Warum sollten die Unterweisungen in der *Heiligen Schrift* eingeschränkt werden? Ließen sich daraus nicht am trefflichsten die Tugenden einer Dame ableiten? Gedankenversunken glitt Uta das Messer aus der Hand und fiel klirrend auf den Steinboden der Empore. Sofort drehte sich die Äbtissin in ihre Richtung. Uta wagte keine Regung.

Da zog Notburga an der gegenüberliegenden Seite der Tafel die Aufmerksamkeit auf sich, indem sie sich ohne Aufforderung erhob. Das Erstaunen der Mitschwestern genießend, band sie sich den Schleier ab und hob stolz den Kopf. In dieser Haltung fuhr sie sich mit den Fingern durch das hüftlange Haar und schüttelte es, so dass es ihr wie ein Wasserfall den Rücken hinabfiel. Endlich durfte sie es zeigen.

»Was tut Ihr da, Schwester?«, empörte sich Alwine, während sich Pater Wolfhag bekreuzigte.

Anstatt zu antworten, blickte Notburga Bebette auffordernd an. Mit einem Lächeln erhob sich nun auch die jüngere Hildesheimerin und löste in gleichsam betörender Weise den Schleier. Wie ein widerwärtiges Insekt ließ Bebette den Schleier zu Boden fallen und ordnete anschließend ihr langes, blassblondes Haar mit den Fingern.

»Hört auf damit!«, schoss Uta hoch. »Schwester Hathui lehrte uns, gottesfürchtig zu leben, mit Schleier und ohne Wol-

lust. Der Herrgott verlangt …« Das Klopfen des Lilienstabs ließ sie mitten im Satz innehalten.
Die anderen Sanctimonialen blickten die neue Äbtissin angsterfüllt an.
»Niemand hat Euch erlaubt, das Wort zu ergreifen«, sagte die Äbtissin wütend und erhob sich ebenfalls. »Und niemals wieder erhebt sich jemand in diesen Mauern, solange ich sitze!«
Die Sanctimonialen senkten betroffen den Kopf. Bebette und Notburga sanken auf ihre Hocker zurück. Als Uta sich anschickte, ebenfalls wieder Platz zu nehmen, wandte sich die Äbtissin ihr zu. »Und Ihr«, fauchte sie mit hochrotem Kopf, »wie heißt Ihr überhaupt?«
Uta blickte zum Kopfende der Tafel. »Ich bin Schwester Uta.«
»Uta wer?«, verlangte die Äbtissin zu wissen.
»Meine Eltern sind Gräfin Hidda von der Lausitz und Graf Adalbert von Ballenstedt.« Utas Stimme klang fest, auch wenn ihr die Beine unter der Tafel zitterten.
»So, so, eine Grafentochter aus Ballenstedt«, sagte die Äbtissin abschätzig. »Mit Euren vorlauten Bemerkungen tretet Ihr auf wie die leibliche Tochter unseres erlauchten Königs.«
Mit einer kaum wahrnehmbaren Drehung des Oberkörpers wandte Uta sich Äbtissin Hathuis Grab zu. Eine Schmach war es, sich auf einer Feier, die dem Gedenken der Verstorbenen galt, zu streiten. Das hätte Hathui nicht gewollt. »Das war sicher nicht mein Ansinnen, Schwester Adelheid«, entgegnete sie äußerlich ruhig.
»Äbtissin Adelheid, bitte!«
»Äbtissin Adelheid«, wiederholte Uta.
»Uta von Ballenstedt«, die Äbtissin verschärfte ihren Tonfall. »Ihr solltet zukünftig erst überlegen, wen Ihr vor Euch habt, und dann gegebenenfalls reden. Das möchte ich Euch allen

hier ans Herz legen. Bisher scheint ja keine rechte Zucht in diesen Mauern geherrscht zu haben. Und nun setzt Euch wieder!«

An die gesamte Tafel gewandt verkündete Adelheid: »Ab morgen dürft Ihr den Schleier ablegen. Das Haar lasst Euch flechten oder tragt es gebunden. Daran ist ganz und gar nichts Wollüstiges!« Mit diesen Worten wandte sie sich wieder ihren Fadennudeln zu.

Die Sanctimonialen hielten die Blicke demütig gesenkt. Einzig Notburga und Bebette schauten immer wieder vorsichtig zum Platz der Äbtissin.

Sie aßen zögerlich weiter.

In Gedanken begann Uta, die Verse der *Institutio Sanctimonialium* zu sprechen.

Äbtissin Adelheid durchbrach die Stille, indem sie ihren mit Schweinefleisch gefüllten Teller beiseiteschob und sich erhob.

»Ihr«, sagte sie und zeigte mit ihrem Szepter bedrohlich auf Notburga, so dass Bebette gleichfalls zusammenzuckte, »zeigt mir die Kammer der Verstorbenen, damit ich mich dort einrichten kann.«

»Aber der Abschlusssegen für das Totenmahl steht noch aus, Äbtissin Adelheid«, erinnerte Klara höflich an die vorgeschriebene Liturgie.

»Das schafft Ihr auch ohne mich.« Die Kaisertochter erhob sich und schritt, begleitet vom Klopfen des Lilienszepters, zum Emporenabgang.

Notburga folgte ihr.

Die verbleibenden dreiundzwanzig Sanctimonialen verharrten in Andacht und im Gedenken an die Verstorbene, bis die Glocken zur Nacht läuteten. Die Nacht zum Auferstehungsfest verbrachten sie abwechselnd mit Gesängen und Fürbitten in der Stiftskirche.

Erst lange nach Sonnenaufgang betrat Uta den Kreuzgang. Schon von weitem erkannte sie, dass die Tür ihrer Zelle offen stand. »Nicht schon wieder!« Sie erinnerte sich an die Mühe, die sie gehabt hatte, um den Dreck der Pferdeäpfel, der das gesamte Bettstroh unbrauchbar gemacht hatte, zu entsorgen und die Leinen wieder zu reinigen.

Uta betrat die Zelle und schaute sich um: Nichts war mehr so, wie sie es an diesem Morgen vor dem Totenmahl zurückgelassen hatte: Bett, Schrank und Teppich waren verschwunden. In der rechten Ecke des Raumes, wo einst die Liege gestanden hatte, entdeckte sie ein hellgelbes Häuflein. Sie stürzte darauf zu und kniete nieder. Mit Tränen in den Augen nahm sie das Wachs liebevoll in beide Hände. Es war platt getreten und zeigte deutlich die Rillen von Klostersandalen. Uta schaute auf, als von der Wand zur Äbtissinnenkammer ein Hämmern zu ihr drang, das das Holzkreuz an der Wand erbeben ließ.

»Lieber Gott, du machst es mir nicht leicht. Aber ich werde weiterleben und über die Steine hinwegsteigen, die mir in den Weg gelegt werden. Liebe Mutter«, Uta blickte mit einem zärtlichen Lächeln auf das Wachs, »ich trage Euch fest in meinem Herzen. Gemeinsam werden wir dafür sorgen, dass Euch Gerechtigkeit widerfährt.«

»Mit wem redest du denn, Pferdebraut?« Notburga trat in den Türrahmen und schaute sich befriedigt im Raum um.

Uta erhob sich und versteckte den zertretenen Wachsklumpen hinter dem Rücken.

»Ihr zieht jetzt ans andere Ende des Flures, schön nahe beim Abtritt«, erklärte Notburga. »Unsere werte Äbtissin nimmt sich mit Eurer Zelle den Platz, der ihr zusteht! Und ich habe ihr beim Einzug geholfen. Das Ausräumen Eurer Sachen ging recht schnell. So viel besitzt Ihr ja nicht.«

Uta schloss die Hand um die wächsernen Überreste und trat

vor Notburga. »Macht es Euch nichts aus, Schwester Hathuis Regeln mit Füßen zu treten?«

»Hathui Billung ist tot!« Notburga fixierte Uta scharf. »Jetzt sind die Vorstellungen von Äbtissin Adelheid unsere neuen Ideale und das sind nicht die schlechtesten. Ganz im Gegenteil.« Notburga grinste anzüglich. »Aber Euch ist sowieso ein anderes Leben als mir bestimmt, deshalb werdet Ihr die neuen Lektionen der Äbtissin nicht benötigen!«

Mit diesen Worten verließ die Hildesheimerin die Zelle.

Uta trat auf den Gang und schaute Notburga nach, deren Zopf bei jedem Schritt von einer Schulter zur anderen pendelte. Sie fand, dass deren Hals ohne Schleier noch länger und damit noch bedrohlicher wirkte. Dann schaute Uta auf die Wachsreste in ihren Händen. Nach dem Tod der Mutter hatte sie dank Schwester Hathuis Fürsorge zum ersten Mal wieder Hoffnung gefasst. »Ich werde Hathuis Regeln nicht mit Füßen treten«, flüsterte sie. Sie legte den Wachsklumpen zurück in die Ecke, wo sie ihn gefunden hatte, atmete tief durch und machte sich auf den Weg in ihre neue Zelle.

Das gesamte vergangene Jahr über war Äbtissin Adelheid nur selten in Gernrode gewesen. Sofern sie einige Tage im Stift weilte, nutzte sie die Zeit, die Sanctimonialen mit Aufgaben zu versorgen sowie Pater Wolfhag für die Gottesdienste und die Memoria anzuweisen. Im Herbst hatte sie kaum zehn Tage am Stück in den Gernroder Mauern verbracht. Ihre angekündigten höfischen Unterweisungen beschränkten sich auf Ermahnungen bei Tisch, darauf, wie aufrecht der Rücken und wie gerade der Blick ihrer Schützlinge zu sein hatte, wann wem geduldig zu lauschen war und in welchen Situationen man lächeln musste. Vieles hatte sich geändert. Die Mahlzeiten waren üppiger geworden, die Gebetszeiten kürzer, die

junge Griseldis war der Atemnot erlegen, zwei Schwestern einem Ehemann zugeführt worden, fünf neue Schwestern, ungefähr in Utas Alter, zur Gemeinschaft dazugestoßen.
Uta seufzte und blickte aus dem Fenster der Schreibstube. Einige Stiftsdamen nutzten das aufstrebende Sommerwetter, um in Begleitung bewaffneter Schutzknechte im Wald außerhalb der Klostermauern spazieren zu gehen. Zuvor hatten sie sich von ihren Dienerinnen prächtige Frisuren flechten lassen. Diese waren in einem Nebenhaus untergebracht, aßen getrennt von den Sanctimonialen und hatten sofort zu ihnen zu eilen, sobald eines der Glöckchen erklang.
Uta selbst trug das Haar lose unter dem Schleier und verzichtete wie Klara, Alwine und Radegunde auf das Mitführen einer Glocke, genauso wie auf das Halten einer Dienerin. Das Glöckchengebimmel war aus den Klostermauern nicht mehr wegzudenken. Die Schreibkammer war einer der wenige Orte, wo es nicht zu hören war. Uta war froh, dass die Äbtissin diesem Ort kaum Beachtung schenkte und sie dort ungestört lesen und schreiben konnte. Die Abschrift des *Hortulus* hatte sie zwei Mondumläufe nach dem Tode Hathuis fertiggestellt und sie Alwine für ihre Arbeit in der Krankenkammer geschenkt. Uta war überzeugt, die Verstorbene wäre damit einverstanden gewesen, schließlich hatte Schwester Hathui sie einst auch zum Kopieren des Buches ermutigt. Danach hatte Uta entsprechend Radegundes Hinweis begonnen, die Bücher über die Rechtsprechung durch den König und seine Sendboten durchzulesen, war aber noch nicht fündig geworden. Uta erlebte die Bücher am intensivsten, wenn sie ungestört war. So war es ihr an diesem Tag nicht ganz ungelegen gekommen, dass Radegunde mit den Vorbereitungen für die anstehende Abreise der Äbtissin beauftragt worden war, auch wenn sie einander in der Schreibstube zu stummen, angenehmen Kameradinnen geworden waren.

Uta trat an den Tisch, zog den Hocker heran und konzentrierte sich. »*Über die Anwendung des salischen Rechts Kaiser Karls*«[3], las sie den Titel des Buches, das von allen in der Kammer vorhandenen am unscheinbarsten wirkte. Sie zog das Talglicht näher zu sich heran und schlug das Werk mit dem schmucklosen Einband vor sich auf. Die zweite Seite enthielt eine Einleitung. »Dreihundert Jahre nach der Niederschrift der salischen Gesetze durch den erlauchten König Chlodwig I. wurde von Kaiser Karl eine Überarbeitung der Gesetze vorgenommen.« Wie gewohnt las Uta nicht stumm in Gedanken, sondern im Flüsterton, denn die Wörter auszusprechen war eindringlicher. Auf diese Weise brannten sie sich fest in ihr Gedächtnis ein. »Kaiserliches Anliegen war es, die gültigen Rechtsbestimmungen zu erneuern und Widersprüche bei bestehenden Gesetzen zu entfernen.« Das musste die Handschrift sein, die Radegunde am Todestag der Äbtissin erwähnt hatte! Fasziniert zog Uta das Buch noch näher an ihre Brust heran. Sie erinnerte sich, ein Buch mit dem Titel *Über die Anwendung des salischen Rechts Kaiser Karls* in die Archivliste aufgenommen zu haben. Aber weder die roten Initialen noch die hauchdünnen, sicherlich mehr als zweihundert Pergamentseiten meinte sie, jemals zuvor in Händen gehalten zu haben. Sollte ihr die Anmut des Perleneinbandes vom *Hortulus*, dessen Rückgabe sie in Vertretung der Verstorbenen Äbtissin nach Vreden veranlasst hatte, den Blick für andere Inhalte versperrt haben? Uta las weiter. »Mit den Gesetzen bezweckte die Kaiserlichkeit, das Fehdeverhalten durch materielle Sühneleistungen zu ersetzen. Im Zuge der Reformierung wurden Kaiserboten durch das Reich geschickt, um etwaige Widersprüche im bisherigen Recht ausfindig zu ma-

---

3 Basierend auf: Lex Salica Karolina.

chen. Die Änderungen der vorliegenden Schrift wurden auf einer Versammlung in Aachen unter Mitwirkung der Herrschenden und unter Leitung Kaiser Karls erörtert, verabschiedet und anschließend im Reich verkündet.«
Sachte blätterte Uta mit der Fingerspitze zur nächsten Seite, die eine Übersicht der kommentierten siebzig Titel zeigte, darunter Verfahrensabläufe, Straftatbestände und als Wergeld bezeichnete, vom Richter festgesetzte Strafgeldzahlungen. Auf den folgenden Seiten las sie vom Schweinediebstahl, von der Ladung und vom Fehdewesen. Zielstrebig blätterte sie dann zum Kapitel über Ankläger und Angeklagte: »Die Höhe des für Tötung zu zahlenden Wergeldes bemesse sich unter Berücksichtigung der Stellung und der Ahnenlinie des Opfers. Es wird die Möglichkeit geschaffen, Werschulden in Naturalien zu begleichen.« War ein Getöteter denn wirklich weniger wert, nur weil er als Unfreier geboren worden war? Die nachfolgenden Zeilen ließen Utas Puls schneller schlagen. »Anzuklagen vermag, wem Unrecht widerfahren ist. Er soll vor seinen König treten und vorbringen, was geschah.« Uta schaute auf. Ihrer Mutter war Unrecht widerfahren, und ihre Aufgabe war es, Anklage zu erheben. Das bestätigten diese Zeilen. Aber wie sollte sie das nur bewerkstelligen? Konnte das Königsgericht ihr helfen? Hoffungsvoll richtete sie ihren Blick wieder auf das Pergament. »Das Recht zur Anklage stehe jedem freien Manne zu. Ein Weib erfahre durch die Anklage desjenigen Gerechtigkeit, dem die Muntgewalt über sie gebührt. Ein Weib alleine ist nicht rechtsfähig.« Uta schoss hoch, so dass das geöffnete Buch mit den Buchseiten zuunterst auf dem Boden landete. Gerade war sie einer Antwort auf ihre Frage so nahe gewesen, und jetzt sollte sie überhaupt nicht anklagen dürfen, nur weil sie mit einer schmalen Taille und Monatsfluss gesegnet war? Es durften nur Männer ankla-

gen? Vor ihr erschien das verbissene Gesicht des Vaters, der die Muntgewalt über sie besaß. Niemals würde sie den ihr per Gesetz vorgesehenen Fürsprecher von einer Anklage gegen sich selbst überzeugen können! Erschrocken blickte sie auf das Buch auf dem Boden, wollte es aufheben und einige umgeknickte Pergamentseiten wieder glätten, doch etwas hielt sie zurück.

Da betrat Klara die Schreibstube und erblickte Uta, deren Augen sich vor Entsetzen geweitet hatten. »Geht es Euch gut? Ihr seht so blass aus.«

Uta schwieg, war immer noch zwischen der Sorgfaltspflicht für das Buch und ihrem Entsetzen angesichts des ihr so widersinnig erscheinenden Gesetzes hin- und hergerissen.

»Die Äbtissin bat mich, Euch zu ihr zu schicken«, sagte Klara.

Uta nickte nur. Sie sah, dass einige Buchseiten unter dem Gewicht der schweren Buchdeckel zu brechen drohten.

»Schwester Uta?«

»Verzeiht Schwester, meine Gedanken waren bei …« Uta biss sich auf die Zunge und löste ihren Blick von dem Buch. Ihre Suche war ein Geheimnis, das sie niemandem anvertrauen wollte. Auch wenn dessen Lösung gerade in unendlich weite Ferne gerückt zu sein schien.

Klara deutete auf die Feder und das Tintenfass auf dem Pult und meinte: »Die Äbtissin wünscht, dass Ihr Schreibzeug mitbringt.«

Uta nickte. »Vorher brauche ich jedoch noch etwas frische Luft, entschuldigt mich kurz.«

»Ihr dürft jetzt gehen, Schwester Bebette. Ihr habt gute Fortschritte im Schreiben gemacht.« Äbtissin Adelheid nickte dem Mädchen zu.

»Es war mir ein Vergnügen, werte Äbtissin«, bestätigte Be-

bette und schritt naserümpfend an Uta vorbei, die in die Tür getreten war und nun auf eine Anweisung wartete.
»Kommt näher, Uta von Ballenstedt«, forderte die Äbtissin, die ein blaues Seidengewand trug, das mit einer goldenen Borte um den eckigen Halsausschnitt herum verziert war.
Uta trat vor den Schreibtisch. Ihr Herzschlag hatte sich wegen des gelesenen Gesetzeskommentars noch immer nicht beruhigt. *Ein Weib allein sei nicht rechtsfähig!*
»Ist das von Euch?« Die Äbtissin erhob sich hinter dem Schreibtisch und trat mit einem Pergament in der Hand vor Uta.
Die erkannte, dass das Pergament, das ihr Adelheid anklagend vors Gesicht hielt, mächtig gelitten hatte. »Ja, die Zeilen stammen aus dem *Hortulus*«, sagte sie. »*Von der Pflege der Gärten.*« Sie hatte sie zuletzt in Alwines Krankenkammer an der Wand gesehen. Alwine interessierte sich zunehmend mehr für ihr unbekannte Heilmethoden und neue Wundmittel, und sobald Uta beim Lesen diesbezüglich auf möglicherweise Neues stieß, berichtete sie Alwine davon.
»Ihr schreibt einigermaßen lesbar«, stellte die Äbtissin fest und ließ das Pergament sinken. »Und deswegen wünsche ich, dass Ihr einen Brief für mich schreibt. Mein Schreiber aus Quedlinburg kommt erst zum Fest der Verklärung Jesu wieder an diesen abgelegenen Ort. Ich benötige die Breve aber noch heute. Setzt Euch dorthin!«, befahl sie und wies auf ein niedriges Tischchen an der Wand, das einem Gebetsbänkchen glich.
Uta legte die Schreibutensilien auf dem Boden ab und kniete sich so vor dem Bänkchen nieder, dass es ihr möglich war zu schreiben. *Beim Schreiben arbeitet der gesamte Körper!*, hörte sie Hathuis Worte wieder in ihrem Kopf, und gleichzeitig fühlte sie sich in der früheren, nunmehr erweiterten Kammer der Verstorbenen nicht mehr wohl.

»Schreibt!«, sagte die Äbtissin und trat hinter ihren Tisch, um sich bequem auf ihrem Stuhl einzurichten. »Hochverehrte Äbtissin, hochverehrte Schwester Sophie.«
Mit schwitzenden Händen wölbte Uta das Pergament, damit es auf dem schmalen Bänkchen Platz fand. Sollte eine Frau wirklich nicht selbst für Gerechtigkeit eintreten dürfen?, ging ihr dabei wieder durch den Kopf. Nichts anderes hatte das Buch aber doch gesagt!
Die Äbtissin diktierte. »Ich danke Euch für die Information, dass der Kaiser gedenkt, auf unsere Unterstützung zu setzen.«
Uta wollte gerade die Feder nässen, als sie das Tintenfässchen mit dem Knie umstieß.
»Schreibt Ihr?«
Uta schaute zur Äbtissin hinüber. Schnell stellte sie das Fässchen wieder auf, schob die Beine über den Tintenfleck auf dem Boden und nässte den Kiel erneut. »Ja«, bestätigte sie und brachte die Tinte auf die Tierhaut.
»Schreibt weiter«, fuhr die Äbtissin fort. »Ich wünsche, dass Ihr zum Fest des heiligen Augustinus in mein Stift Quedlinburg reist und gemeinsam mit mir den Kaiser unterstützt.«
Des Weiteren setzte sie die Schwester in Gandersheim von ihren Reisen sowie über das letzte Hoffest und dessen Beschlüsse in Kenntnis. Nachdem Äbtissin Adelheid auch noch die salbungsvollen Schlussworte diktiert hatte, trat sie neben das Gebetsbänkchen und begutachtete mit einem Seitenblick das beschriebene Pergament und die kniende Sanctimoniale zu ihren Füßen. Sie überlegte kurz und sagte dann: »Ich wünsche, dass Ihr mich zu besagtem Treffen nach Quedlinburg begleitet. Ich gedenke, mich dort zu beraten, stellvertretend für alle anderen Äbtissinnen im Reich.«
Uta ließ den Federkiel sinken. Sie sollte mit nach Quedlin-

burg reisen? Ihre Gedanken wirbelten durcheinander. Einerseits wäre die ständige Gesellschaft der Äbtissin sicherlich keine Freude für sie, andererseits reizte sie die Welt außerhalb der Klostermauern.
»Ihr begleitet mich als eine der Schreiberinnen, die die Gespräche protokollieren.« Ein Gespräch, wie Adelheid es in Quedlinburg zu führen beabsichtigte, wäre ohne detailgetreue Wortmitschriften politisch nutzlos. »Wir werden in zwei Mondumläufen reisen. Sämtliches Schreibzeug, das Ihr benötigen werdet, findet Ihr vor Ort.«
Uta nickte und erhob sich von dem Gebetsbänkchen. Vielleicht konnte sie auf diese Weise ja noch mehr über das Gesetz Kaiser Karls erfahren und noch weitere Schriften dazu einsehen.
Äbtissin Adelheid folgte den Bewegungen ihrer Schutzbefohlenen und machte den Fleck auf dem neuen hölzernen Boden ihrer Zelle aus. »Davor erstellt Ihr mir aber auf jeden Fall noch einen neuen Psalter und eine Abschrift des Werkes, das Schwester Alwine nur unter Protest herzugeben bereit war.«
»Eine Abschrift des *Hortulus* und einhundertfünfzig Psalmen in nur zwei Mondumläufen? Das ist …«, erwiderte Uta, doch die Äbtissin bedeutete ihr zu schweigen.
»Dass Ihr immer das letzte Worte haben müsst.« Adelheids Blick glitt abfällig über Utas Schleier. »Damit macht Ihr Euch des Ungehorsams schuldig.«
Uta senkte den Kopf und begann zu rechnen. Sofern sie jeden heiligen siebten Tag und die Nächte durcharbeitete, wäre der Auftrag zu schaffen. Doch mit vereinten Kräften ging es immer noch am schnellsten. »Vielleicht könnte Schwester Radegunde mir helfen«, schlug sie deswegen vor.
»Wie kommt Ihr nur darauf, Uta von Ballenstedt? Schwester Radegundes Schrift gleicht einem Hühnerschiss!«
Uta wollte schon widersprechen, weil sie Radegundes Schrift

kannte, doch die Äbtissin kam ihr erneut zuvor. »Bitte geht nun und nehmt Euch Eurer Arbeit an. Oder habt Ihr etwa Zeit zu verschenken?«
»Nein, Äbtissin Adelheid.«
»Aber vorher, Schwester Uta«, Adelheid senkte ihren Blick auf den Boden vor dem Gebetsbänkchen, »entfernt Ihr noch den Tintenfleck dort unten.«
»Ja, Äbtissin Adelheid.« Uta nahm ihre Schreibutensilien und verließ die Kammer, um sich Wasser und einen Reinigungslappen geben zu lassen.

»Hier, trink das noch.« Alwine reichte Uta einen Becher mit gelblichem Inhalt. »Das gibt dir Kraft und vermag den Schlaf zumindest für die Zeit deiner Reise zu ersetzen.« Sie waren inzwischen zum vertrauten »Du« übergegangen.
Uta erhob sich, reckte die Glieder und nahm einen großen Schluck. Es war der Morgen vor dem Fest des heiligen Augustinus.
Alwine fuhr ihr mit kreisenden Bewegungen über die Schultern. »Hast du dein Bündel gepackt?«
»Ja«, bestätigte Uta, stellte den Becher auf den Tisch vor sich und ließ den Kopf genüsslich ob der kleinen Massage auf die Brust sinken. »Es befindet sich drüben in der Zelle. Ich muss es nur noch holen.«
»Und den Psalter hast du auch geschafft?«
Uta nickte. Schließlich hatte Äbtissin Adelheid verlangt, das Büchlein noch vor ihrer Abreise überreicht zu bekommen. »Gerade eben, als du in die Schreibstube gekommen bist, habe ich den letzten Buchstaben geschrieben.« Sie griff nach dem Büchlein auf dem Tisch und betrachtete es. Die schnörkellose hölzerne Schutzhülle, in dem es steckte, hatte ihr einer der Knechte geschnitzt. Uta lächelte zufrieden.

Alwine ließ die Hände von Utas Schulter sinken. »Du bist einfach unübertroffen. Und lass dir von niemandem etwas anderes einreden, hörst du?«
Uta ließ den Psalter unter dem Gewand verschwinden und nickte verlegen.
»Versprichst du mir, gut auf dich achtzugeben? Ich glaube, die Welt da draußen ist nicht ganz ungefährlich. Aber auch voller Wunder«, sprach Alwine sehnsüchtig.
»Ich gebe acht, versprochen!«
Alwine blickte Uta an. Das Gesicht des Mädchens vor ihr hatte sich während der Zeit im Kloster verändert. Es war auf eine unbeschreibbare Weise heller, strahlender geworden.
»Und ich werde schauen, dass ich in der Bibliothek in Quedlinburg nach Heilbüchern für dich suchen kann. Ein Stift, das ein goldenes Szepter an seine Äbtissin austeilt, muss einfach einen ebenso glänzenden Bücherbestand haben«, versprach Uta und schmunzelte. »Vielleicht kann ich die Äbtissin sogar überzeugen, einige Abschriften für unser Stift fertigen zu lassen.«
Alwine lächelte selig. Dann richteten sie einander gegenseitig den Schleier, nickten sich vertraut zu und verabschiedeten sich mit einer innigen Umarmung.

Die Morgenröte tauchte die Mauern in ein weiches Licht und ließ das Klostergelände friedlich aussehen. Beim Gang durch den Klostergarten hatte das feuchte Gras ihre Fesseln und Zehen in den Riemensandalen erfrischt. Und Alwines Trunk hatte begonnen, seine Wirkung zu entfalten. Uta betrat den Hof mit ihrem Bündel in der Hand.
Die Knechte des Klosterhofes führten die Pferde gerade vor, gaben ihnen noch eine Frühportion Hafer und legten ihnen dann das Sattelzeug an. Für die Reise nach Quedlinburg be-

stand Äbtissin Adelheids Gefolge aus zehn mit Hellebarden bewaffneten Schutzmannen sowie einigen Dienerinnen.
Ein Klosterknecht half Uta, auf eine gefleckte Stute aufzusitzen. Wenn auch etwas ungelenk, richtete sie sich mit einem angenehmen Gefühl auf dem Pferderücken auf. Ihr letzter Ritt war der von Ballenstedt zurück nach Gernrode gewesen, nachdem sie vom Tod der Mutter erfahren hatte. Dieser grausame Tag lag inzwischen eineinhalb Jahre zurück. Uta atmete tief durch und spürte kribbelnde Erwartung in sich aufsteigen.
Die Schutzmannen ergriffen die Hellebarden, als Äbtissin Adelheid den Hof betrat.
Uta seufzte still, als sie Notburga entdeckte, die hinter der Äbtissin herlief. Sofort empfing sie von ihrer Mitschwester einen abwertenden Blick, der sie dafür zu tadeln schien, Bebette den begehrten Platz als zweite Schreiberin weggenommen zu haben. Nur am Rande nahm Uta Notburgas aufwendige Flechtfrisur wahr, für die deren Dienerin sicherlich einen Großteil des Morgens hatte lassen müssen.
Äbtissin Adelheid brummte ein kurzes Morgengebet, welches ihrer Ansicht nach den üblichen Morgengottesdienst mehr als ausreichend ersetzte, umklammerte das Lilienszepter und gab dem Zugführer das Zeichen, seine Leute zu sammeln.
»Euer Psalmenbuch, Äbtissin Adelheid«, beugte Uta sich vom Pferderücken hinab und streckte der sichtlich Verschlafenen, der das rote Haar noch wirr in die Stirn hing, das Pergamentbündel entgegen.
Die Äbtissin hatte Mühe, ihre Überraschung zu verbergen. »Gebt es dem Knecht«, sagte sie nun etwas wacher. »Ich werde es nach meiner Rückkehr prüfen.«
Enttäuscht ließ Uta den Arm sinken und reichte dem Herbeieilenden das Werk einiger schlafloser Nächte.

Der Tagesritt nach Quedlinburg wurde bereits nach wenigen Schritten von warmem Nieselregen begleitet. Bis zu den Ellbogen schob Uta die Ärmel ihres Untergewandes hinauf, um die feinen Tropfen auf ihrer Haut zu spüren. Es fühlte sich wie Streicheleinheiten an. Ihre Gedanken verloren sich erneut in der sonderbaren Kommentierung der kaiserlichen Gesetze. Frauen waren nicht rechtsfähig, benötigten für eine Anklage denjenigen, der die Muntgewalt über sie ausübte! Der Vater kam als Ankläger nicht in Frage, so viel stand fest. Was für ein unsinniges Gesetz, wenn ausgerechnet der Inhaber der Muntgewalt derjenige war, der angeklagt werden sollte! Konnte sie die Muntgewalt nicht an jemand anders übertragen, der ihr zur Gerechtigkeit verhalf? Uta grübelte. Esiko, der Bruder, kam nicht in Frage, solange der Vater lebte. Nur falls der Vater stürbe und sie selbst unverheiratet bliebe, würde Esiko ihr Munt sein. Zu seinen Lebzeiten aber müsste der Vater, würde sie einmal heiraten, die Muntgewalt auf ihren Ehemann übertragen! Uta schauderte bei dem Gedanken, dass sie einen Gatten benötigen würde, damit der für ihr Anliegen vor dem Kaiser eintrat. Unschlüssig blickte sie dabei zu Notburga, die vor ihr ritt.

Als sie zur Mittagszeit die erste Rast einlegten, war sie sich sicher, dass eine Ehe und damit das Versprechen, einem Mann bis ans Lebensende zu dienen, nicht der einzige Weg zur Gerechtigkeit sein konnte. Diese musste auch noch auf andere Weise herzustellen sein.

Noch vor Einbruch der Dämmerung bot sich der Reisegesellschaft ein herrlicher Blick auf die Siedlung im Quedlinburger Tal. Uta schien der Stiftsberg mit seinen zwei Türmen und den Flachgebäuden in der Abendsonne wie ein Edelstein auf einer Krone zu glänzen. Die späte Sonne ließ den Sandsteinfelsen, der den Stiftsbau stützte, hell aufleuchten. Beeindruckt von diesem Bild vermochte sie den Blick nicht von der Siedlung zu lösen. Alleine dafür hatte sich die Reise gelohnt.

»Wir haben es nicht mehr weit, Schwestern. Vor Euch seht Ihr mein Stift«, erklärte die Äbtissin und zeigte auf die Erhebung, die Uta noch immer bestaunte. »Gleich daneben«, die Äbtissin deutete auf eine zweite, aber kleinere Erhebung im Tal, »seht Ihr das benachbarte Benediktinerinnenkloster, das genauso wie unser Stift an die kaiserliche Pfalzanlage grenzt.«

»Oh, ja«, bestätigte Notburga und begann an Uta gerichtet, die Regeln des heiligen Benedikt zu erläutern. Doch Adelheid unterbrach ihren Redeschwall kurz darauf. »Wegen der anbrechenden Dunkelheit ist es am besten, den Weg am Südhang zu nehmen. So erreichen wir das Stift am sichersten.«

Notburga schaute betroffen nach unten, hob den Kopf keinen Herzschlag später aber ruckartig wieder an, als sie Utas Blick auf sich spürte.

»Knechte, reitet voran und lasst die Pfalz für mich öffnen! Zündet Eure Späne an! Man soll erkennen, wer hier einreitet!«, befahl Adelheid und hielt auf die Mauer zu, die neben den Wirtschafts- und Wohnhäusern der kaiserlichen Hofanlage auch die Pfalzkapelle Sankt Wiperti umschloss. Eine solche Ansammlung von Gebäuden und Mauern überstieg alles, was Uta bisher gesehen hatte.

Der Aufgang zum Stift führte die Reisenden über Kopfsteinpflaster zu einem großen steinernen Torbogen, der rechts an einem Felsen endete und einige Fuß hoch vor ihnen aufstieg. Utas Blick wanderte den Sandsteinfelsen hinauf, der in eine Mauer überging, welche wiederum in luftiger Höhe ein Gebäude hervorbrachte, das dem Stift entweder als Lagerraum oder gar zu Wohnzwecken dienen musste. Wie geschmeidig die Mauer aus dem Felsen herauswächst, dachte sie, einer

Pflanze ähnlich, die seit Jahr und Tag mit dem Boden verwurzelt ist.

Am Ende des Torweges angekommen, befahl Äbtissin Adelheid abzusitzen. Das Tor zum Stiftshof wurde geöffnet, und die Schutzmannen zogen die Pferde hinein. Uta blickte sich neugierig um. Neben dem prächtigen Stift Quedlinburg erschien ihr Gernrode auf einmal klein und unscheinbar. Sie erkannte die Stiftskirche, die, anders als in Gernrode, den Westabschluss der U-förmig angeordneten Gebäude bildete. Neben der Kirche bot ihr die offene Seite der Anlage einen atemberaubenden Blick auf die umliegenden bewaldeten Hügel. Die flossen in die samtenen Farben der Dämmerung getaucht sanft ineinander über.

Da trat Notburga neben Uta und beäugte sie erst eine Weile von der Seite, bevor sie sagte: »Schwester Uta, Ihr schaut, als ob Ihr nicht wüsstet, dass in diesem Kloster bereits Kaiser, Könige und Bischöfe zu Gast waren!«

Uta trat einen Schritt von der Mitschwester weg. »Wenn Ihr es wünscht, Schwester Notburga, zähle ich Euch gerne die Kopien der ausgestellten Urkunden mit Datum, Zweck und Beurkundungszeugen auf, die von den hohen Besuchen zeugen.«

Zumindest einige davon hatten sich unter den Bücherstapeln in der Gernroder Schreibkammer befunden.

»Paahh!«, schnaubte Notburga. »Als ob Ihr etwas über Könige und Kaiser wüsstet!«

Schwester Jelenka, Äbtissin Adelheids Vertreterin in Quedlinburg, begrüßte die Gäste und bot ihnen eine Erfrischung an. Danach führte Adelheid ihre Gernroder Sanctimonialen in das Kellergewölbe unter den Wohngebäuden der Stiftsdamen. Dabei hatte Uta ihren Blick über jede der Quedlinburger Sanctimonialen gleiten lassen, die ihnen begegnet war. Die

Mädchen trugen die gleichen schwarz-weißen Doppelgewänder und verzichteten auf den Schleier, auch vernahm sie hin und wieder das bekannte Glöckchengeklingel.

Äbtissin Adelheid wies ihnen das hintere der drei Felsenzimmer zu, in dem zwei Betten standen. Utas Blick wanderte zuerst zum beeindruckenden Gewölbe hinauf. Sie sah, dass es im Deckenbereich von steinernen Säulen getragen wurde und dass die Fensternischen direkt aus dem Felsgestein herausgeschlagen waren. Das hatte es auf dem Ballenstedter Burgberg nicht gegeben.

»Ich erwarte, dass Ihr Euch meiner würdig erweist, während wir gemeinsam hier im Stift weilen, und mir keinerlei Schande bereitet.«

»Selbstverständlich, Äbtissin Adelheid«, versicherte Notburga mit einem breiten Lächeln.

Utas Antwort fiel authentischer aus. »Ja, Äbtissin Adelheid.«

»Ich gehe jetzt zu Bett.« Vom Aufsetzen des Lilienszepters begleitet, stieg die Äbtissin die Stufen aus dem Felsenkeller hinauf. »Morgen steht mir ein anstrengender Tag bevor.«

Mit einem erschöpften Stöhnen ließ sich Notburga auf die vordere Bettstatt fallen. »Dass Ihr mir ja nicht schnarcht, Schwester.«

Statt einer Antwort trat Uta vor die Felsenwand und streifte mit den Fingern über das sandige Gestein. Wenn es stimmte, was sie gelesen hatte, befand sich in der nahen Stiftskirche die Grablege des ersten sächsischen Königspaares: König Heinrichs I. und der heiligen Mathilde, der Tante von Äbtissin Hathui. Beim nächsten Gedanken, der der hiesigen Bibliothek und ihren möglichen Schätzen über Heilkunde und Königsgerichte galt, drangen bereits grunzende Atemgeräusche von Notburgas Bettstatt zu ihr herüber.

Nach dem Morgengebet und einer Schale Hirsebrei folgten die Gernroder Schreiberinnen der Äbtissin in die Arbeitskammer – einen Raum, in dem sich neben einem Kamin noch ein Schreibtisch und vier mit Leder bezogene Ebenholzstühle befanden. Adelheid winkte eine Quedlinburger Sanctimoniale heran, die ihr seit dem Frühmahl auf Schritt und Tritt folgte und eher Kammermädchen als Schwester zu sein schien.
»Wann schafft Ihr endlich die beiden angeforderten Pulte hier herein und entzündet den Kamin?«, herrschte Adelheid das offensichtlich verunsicherte Mädchen an, das daraufhin knickste und aus dem Raum lief.
»Vorsicht!«, schrie da eine Stimme im Flur vor der Kammer. »Du rennst mich ja um, Mädchen. Mach doch die Augen auf!«
Äbtissin Adelheid trat der Frau im Türrahmen entgegen und begrüßte sie mit einer Umarmung. »Sophie, Schwester!« Die mit Sophie Begrüßte schaute dabei immer noch mit hochgezogenen Brauen dem Mädchen hinterher.
»Ja, ja, während meiner Abwesenheit scheint hier der Müßiggang eingezogen zu sein! Nun tritt aber ein«, bat Adelheid und deutete ins Innere der Kammer.
Uta sah, dass das Haar der Fremden, an die sie den Brief nach Gandersheim geschrieben hatte, im gleichen Rotton wie der Haaransatz der Äbtissin schimmerte. Nur dass die Gandersheimerin das Haar unter dem eher einem Schmucktuch ähnelnden Schleier anscheinend zu einem kronenartigen Gebilde aufgesteckt hatte, so dass sich der Stoff einen halben Kopf über dem Haaransatz wölbte. Auch ihre Haut wies den gleichen Gelbstich wie den ihrer leiblichen Schwester auf.
Nun entdeckte Sophie Uta und Notburga, die mit ihren Schreibutensilien in den Händen in der Ecke der Kammer standen und auf Anweisungen warteten. Adelheid war dem

Blick der Schwester gefolgt. »Uta von Ballenstedt und Notburga von Hildesheim«, sagte sie und stellte mit dem nächsten Atemzug den wichtigsten Teil ihrer Familie vor: »Meine ältere Schwester Sophie, die allseits verehrte Äbtissin des Stifts in Gandersheim!«
Uta knickste höflich, Notburga demonstrierte mit einem strahlenden Lächeln ihre Freude über diese herausragende Begegnung.
»Die beiden sind unsere Protokollantinnen für heute«, ergänzte Adelheid und schaute wieder zu ihrer Schwester, die aufgrund ihrer straffen Haut mehrere Jahre jünger wirkte als sie. »Ich gedenke jedes Wort festzuhalten, damit wir es notfalls gegen sie verwenden können.«
Uta horchte auf. Gegen wen sollte etwas verwendet werden?
»Wir brauchen mehr Licht hier drinnen«, stellte Äbtissin Sophie fest. »Wir können eine Herzogin doch nicht im Dunkeln empfangen. Sonst glaubt sie noch, Schwester, dass es dir an genügend Wachs fehlt.«
Da kam die schüchterne Sanctimoniale mit einem hölzernen Pult auf dem Rücken in die Arbeitskammer zurück. Uta lächelte ihr aufmunternd zu und half ihr beim Absetzen des Möbels.
»Macht endlich den Kamin an, wir brauchen Helligkeit!«, herrschte Adelheid das Mädchen an und stellte ihr Szepter neben einen der Lederstühle, bevor sie sich auf ihm niederließ. »Und stellt das Pult dort vor die Wand. Wo bleibt denn nur das zweite?«
»Verzeiht, Äbtissin.« Das Mädchen wagte nicht, sich in der Kammer umzuschauen. »Der Alfred bringt alsgleich das zweite Pult, und Berta ist unterwegs wegen des Kamins, Äbtissin Adelheid.«
Nachdem die Pulte aufgestellt worden waren und das Feuer

im Kamin flackerte, nahm auch die Gandersheimer Äbtissin Platz.

»Notburga! Uta! Geht zu den Pulten und bereitet die Schreibutensilien vor.«

»Sehr wohl, Äbtissin Adelheid«, bestätigte Notburga und sprang, noch während sie redete, hinter das Pult, das vom Feuer im Kamin erhellt wurde.

Uta trat an den zweiten Schreibständer, der einige Schritte von der Feuerstelle entfernt im Dunkeln lag, und begann, Kiele, Tintenfässchen und eine Schale mit Sand bereitzulegen. Auch wenn sie beim Kopieren in der Schreibstube des Gernroder Klosters noch nie Löschsand benutzt hatte, würde er hier gute Dienste bei der schnellen Trocknung der Tinte leisten.

»Sophie«, sagte Äbtissin Adelheid in feierlich anmutendem Ton. »Wir sind heute zusammengekommen, um unseren Kaiser zu stärken.« Sie erhob sich, als ob sie zu einer ganzen Versammlung von Äbtissinnen spräche. »Die Einbindung der Kirche in das weltliche Herrschaftssystem unseres Reiches ist für den Kaiser die wichtigste Stütze.« Eine Politik, die Adelheid und den anderen Äbtissinnen im Reich Macht und Einfluss versprach. »Diesen Einfluss auf den Kaiser lassen wir uns von den Herzögen nicht nehmen!« Damit machte sie eine Anspielung auf die Bestrebungen der kaiserlichen Opposition – der auch Herzog Konrad und Gisela von Schwaben angehörten – in ihren Gebieten auch ohne die Zustimmung der Kirche, Entscheidungen fällen zu dürfen. Denn die Entscheidungsgewalt, die nicht die unmittelbare Verwaltung oder Finanzen der Herzöge, sondern weitere Gebiete betraf, hatte Kaiser Heinrich II. den geistlichen Fürsten übertragen.

»Um die Opposition zu schwächen, hat der Kaiser jüngst einen neuen Vorwurf erhoben.«

Die Worte Kaiser und Herzog hatten Notburgas Aufmerksamkeit erregt, die nun ebenfalls begann, der Unterhaltung zu folgen.

»Wie genau lautet der Vorwurf?«, fragte Äbtissin Sophie, deren Gewand, zumindest was die Farbigkeit anging, eher dem einer Geistlichen glich als das ihrer Schwester.

»Der Vorwurf besagt, dass das Herzogpaar eine kirchenrechtlich unzulässige Verbindung eingegangen ist«, sagte Adelheid und legte ihre Hand auf das Szepter.

Uta schaute auf und entsann sich sofort der niedergeschriebenen Worte des Abtes Hrabanus Maurus über Inzest, die Schwester Hathui sie in den Unterweisungen gelehrt hatte: *Wenn einer seine Schwester als Frau empfängt, die Tochter seines Vaters oder die Tochter seiner Mutter, und ihre Scham sieht, und jene die Scham des Bruders erblickt, dann begehen sie Unzucht: Sie werden im Anblick des Volkes sterben, dafür, dass sie gegenseitig ihre Scham entblößten, und werden ihre Sünde tragen.*[4]

»Der Kaiser hat seinem mächtigsten Opponenten Inzest vorgeworfen?«, ereiferte sich Äbtissin Sophie gespielt entsetzt.

»So ist es«, bestätigte ihr Adelheid. »Und nun braut sich bei den Herzögen etwas zusammen, das nicht gut fürs Kaiserreich ist.«

»Weshalb der Kaiser nun seine Äbtissinnen damit beauftragt hat, die Lage zu entschärfen«, fasste Äbtissin Sophie zusammen.

»Wie ich schon sagte, Schwester: Die Einbindung der Äbtissinnen in das weltliche Herrschaftssystem des Reiches ist für den Kaiser die wichtigste Stütze. Wenn wir es schaffen, Gisela

---

4 Zitiert aus: Hrabanus Maurus, Expositiones in Leviticum, Dessau, Anhaltische Landesbücherei, Wissenschaftliche Bibliothek und Sondersammlungen, Bruchstück 3 r, http://www.stift-gernrode.uni-goettingen.de/Lesen.htm.

von Schwaben zu beschwichtigen und damit auch ihren Gatten, wird uns der Kaiser sehr dankbar sein.«
Uta sah, wie sich die Äbtissinnen im Schein des lodernden Feuers einvernehmlich zunickten.
»Schwester Uta«, wandte sich Äbtissin Adelheid an sie. »Ihr schreibt jedes Wort mit, das ich und Herzogin Gisela sagen werden, ohne Ausnahme! Sowieso könnte die Herzogin endlich einmal erscheinen!«
Uta nickte, brachte sich in die aufrechte Schreiberhaltung und nahm den Federkiel zur Hand.
»Schwester Notburga, Ihr notiert dagegen alles, was Äbtissin Sophie sagt.«
»Natürlich«, bestätigte diese und reckte zum Zeichen ihrer Aufmerksamkeit den sehnigen Hals.
Da klopfte es an der Tür der Arbeitskammer.
»Tretet doch ein«, bat Äbtissin Adelheid und erhob sich gemeinsam mit ihrer Schwester.
Aus dem Dunkel der Kammertür trat eine hochgewachsene Frau mit goldblondem, offenem Haar, das ihr in natürlichen Wellen über die Schultern, die Brust und den Rücken hinab bis knapp über den Boden fiel.
Utas Augen weiteten sich vor Staunen. Sie legte den Federkiel ab und betrachtete die Herzogin genauer. Ihren Eheschleier hatte Gisela von Schwaben nicht wie allgemein üblich ab den Ohren um den Hals gewickelt. Das gelbgoldene Seidentuch war durch zwei funkelnde Goldklemmen so im Haar befestigt, dass es locker seitlich des Halses über den Rücken hinabglitt und dadurch die helle Haut an Hals und Dekolleté freigab. In ein weißgoldenes Kleid mit weiten Ärmeln gehüllt, schritt Herzogin Gisela mit einem einnehmenden Lächeln auf die beiden Äbtissinnen zu.
Adelheids Blick glitt unverhohlen über den stark gewölbten

Leib der Herzogin. »Seid willkommen in Quedlinburg, Hoheit.«
Gisela von Schwaben senkte den Kopf zur Begrüßung. »Im Namen Herzog Konrads darf ich mich für Eure Einladung nach Quedlinburg bedanken, Äbtissin.« Sie gab zwei Bewaffneten hinter sich das Zeichen, die Tür von außen zu schließen, und suchte darauf den Raum mit den Augen ab. »Wer hört unsere Gespräche mit?« Sie blickte zu den Pulten.
Äbtissin Adelheid wandte den Blick nicht von der Herzogin. »Zwei Gernroder Schreiberinnen. Notburga von Hildesheim und Uta von Ballenstedt. Sie werden unser Gespräch notieren.«
Der Blick der Herzogin ruhte zuerst auf der Hildesheimerin – die sie im Schein des Kaminlichts noch gut auszumachen vermochte. Danach erfasste sie Utas Umrisse, die gebannt von Giselas Erscheinung noch kein Wort aufs Pergament gebracht hatte. »Gut«, sagte sie und richtete ihren Blick wieder auf ihre Gesprächspartnerinnen.
»Wir hoffen, Ihr hattet eine wenig beschwerliche Anreise, Hoheit.« Eine Herrscherin, die kurz vor der Niederkunft steht und politische Gespräche fern der Heimat zu führen gedenkt, ging es Adelheid durch den Kopf, muss ernsthaft an der Annäherung beider Parteien interessiert sein. »Fühlt Euch wie zu Hause in unseren heiligen Mauern. Wir werden Euch jedwede erdenkliche Annehmlichkeit angedeihen lassen, um Euch die körperliche Anstrengung erträglich zu machen, Hoheit.«
Die Herzogin ließ sich galant auf dem angebotenen Lederstuhl nieder. »Äbtissin Adelheid, ich bin Eurer Einladung mit Neugier gefolgt. Und mit Neugier erwarte ich, auch im Namen meines Gatten, unsere Gespräche.«
Derweil drohten Utas Oberlängen auf dem blindrillenlosen Pergament zu weit nach oben auszubrechen – so sehr war sie

von der Herzogin fasziniert. Doch noch mehr als von ihrer Erscheinung war Uta über die Tatsache erstaunt, dass Gisela von Schwaben ohne ihren Gatten gekommen war und eigenständig politische Gespräche führte. Das hatte der Vater der Mutter nie zugestanden.
»Wir haben vernommen, dass Euer Gatte Herzog Konrad dem erlauchten Kaiser auf dem nächsten Hoftag entgegenzutreten wünscht«, eröffnete Äbtissin Adelheid das Gespräch. Die kaiserliche Opposition, zu deren Kern Konrad von Schwaben gehörte, hatte in einem Streit um das Herzogtum Schwaben neuen Aufwind erfahren. Über derartige Vorgänge war Adelheid genauestens informiert. Das Herzogtum Schwaben hatte Kaiser Heinrich II. einst nach dem Tode von Giselas zweitem Gatten, Herzog Ernst, auf Giselas älteren Sohn übertragen. Damit war die Herzogin burgundischer Abstammung noch einverstanden gewesen, schließlich hatte ihr neuer Gemahl Konrad darauf hoffen dürfen, die Verwaltung des Herzogtums während der Minderjährigkeit seines Stiefsohnes übertragen zu bekommen. Doch der Kaiser hatte alles versucht, um den konradinisch-salischen Einfluss zu unterbinden: Nach der Heirat von Konrad und Gisela hatte er die Vormundschaft über Giselas Sohn und damit auch die Herrschaft über das Herzogtum dem Bruder des verstorbenen Herzogs Ernst übertragen. Das Verhältnis zwischen dem Kaiser und den Saliern war seitdem ein äußerst gespanntes.
»Es entspricht der Wahrheit, dass mein Gatte ein Gespräch mit dem Kaiser wünscht«, bestätigte Gisela und legte ihre Hände zärtlich auf den gewölbten Leib. »Ein Hoftag wäre das geeignete Instrument, um einige wesentliche Punkte mit dem Kaiser zu erörtern.«
Eindringlich betrachtete Notburga den Schmuck der Herzogin, den diese an den Ohren, um die Handgelenke sowie als

Kettengehänge um den Hals trug und der im Schein der Spanlichter funkelte. Derweil ließ Uta den Federkiel über das Pergament fliegen und schaute zwischendurch immer wieder interessiert auf.

»Wir halten es für angebracht«, erwiderte Adelheid, »bereits vor dem Hoftag eine Klärung herbeizuführen, Hoheit.« Adelheid erwähnte nicht, dass der Kaiser innenpolitische Eskalationen vermeiden wollte, weil er in absehbarer Zeit mit einem geeinten Heer nach Byzanz zu ziehen gedachte – keine zwei Jahre nach dem Frieden von Bautzen, der sich bisher als stabil erwiesen hatte. Und auf Hoftagen vermochte sich eine aufrührerische Stimmung schneller zu verbreiten als ein Lauffeuer. Aufwiegler wurden besser getrennt voneinander angehört und besänftigt – diesbezüglich waren sich Äbtissin Adelheid und Kaiser Heinrich einig gewesen.

»Diesbezüglich sind wir einer Meinung«, entgegnete Gisela und begann, von einem zarten Klingeln ihrer Armreifen begleitet, sich mit der rechten Hand über den Leib zu streichen. Die beiden Äbtissinnen fixierten die Hand der Herzogin gleichermaßen. »Was genau sind denn dann die Bedenken des Herzogs, die es erforderlich machen, einen Hoftag einzuberufen?«

Gisela von Schwaben strich weiterhin über ihren Bauch. »Die Mehrheit der Herzöge im Sächsischen, Thüringischen und Schwäbischen denkt über die Wiederbelebung der alten Grafschaftsverfassung von Kaiser Karl nach.«

Uta schrieb eifrig mit, was jedoch ohne Blindrillen und mit wenig Licht um einiges anstrengender war als unter den gewohnten Gernroder Bedingungen. Immerhin vermochte sie wenigstens, den Rücken gerade durchzudrücken.

»Welche Punkte dieser veralteten Verfassung liegen in Eurem Begehr?«, wollte Äbtissin Sophie wissen.

Uta bemerkte, dass Notburga eine hektische Bewegung und ihr Federkiel ungewöhnlich laute Kratzgeräusche machte, die davon zeugten, dass sie ihr Schreibgerät zu fest aufs Pergament drückte.

Herzogin Gisela fuhr, an beide Äbtissinnen gewandt, fort: »Die Herzöge und Grafen erhalten durch diese Verfassung Wehrhoheit, Finanz- und Verwaltungshoheit sowie die Verantwortung über eine eigenständige Gerichtsbarkeit.«

Äbtissin Adelheid fuhr erregt über solch eine unverschämte Forderung auf. »Ihr sprecht von Aufgaben, die seit Jahren vom Klerus wahrgenommen werden, Hoheit.«

»Dessen sind wir uns durchaus bewusst«, bestätigte Herzogin Gisela in ruhigem Ton und strich sich weiter über den Leib. »Die Herzöge sehen in der derzeitigen Machtverteilung ein Ungleichgewicht. Wir sollten bedenken, dass sie in den königlichen Kämpfen die Mehrzahl der Berittenen stellen.«

Die Herzöge fühlen sich nicht wertgeschätzt, dachte Uta. Wie ruhig Gisela von Schwaben den beiden Schwestern doch entgegentrat. Es lag keine Spur von Nervosität in ihrer Stimme. Sie wirkte entspannt, obwohl das Ansinnen, das sie hier vortrug, die zukünftige Ordnung und Machtverteilung im gesamten Reich betraf. Uta verfolgte, wie Äbtissin Sophie ihre Schwester auf den Stuhl zurückzog und danach fragte: »Und was meint Ihr, wie wir die Herzöge vielleicht etwas pragmatischer besänftigen könnten, Hoheit?«

»Mein Gatte äußerte zuletzt die Vorstellung, ohne zwischengeschaltete Bischofsverwaltung zu regieren. Zumindest was die Wehrhoheit angeht.«

Äbtissin Adelheid schien angestrengt zu überlegen.

»Zudem möchten wir den Kaiser um die Rücknahme seiner Vorwürfe bitten«, fügte die Herzogin hinzu.

Äbtissin Sophie nickte. »Dieser Wunsch ist dem Kaiser wohl

bekannt. Denkt aber an die Regel des *Ad usque ad septimam generationem* und das gültige Kirchenrecht, demzufolge eine Ehe unter Verwandten *bis zum siebten Grad,* also bis zur siebten Generation nicht erlaubt ist!«
Als Schülerin Hathuis kannte Uta die Formulierung des *ad usque ad septimam generationem.* Eine einheitliche Auffassung, ob mit *generationem* ein Zeugungsschritt oder eine Generation gemeint war, ging aus den Quellen aber ebenso wenig hervor wie die Tatsache, ob bei der Zählung die Elterngeneration bereits als ein Verwandtschaftsgrad mit zu berücksichtigen war. Aus dem Augenwinkel sah Uta, wie Notburga mit dem Handrücken immer wieder über eine Stelle auf ihrem Pergament wischte und dabei leise vor sich hin fluchte.
»Der Kaiser hält sich damit nur an geltendes Recht, wenn er Eure Ehe im dritten Verwandtschaftsgrad für sündig erklärt«, legte Äbtissin Adelheid dar und versuchte sich an einem versöhnlichen Lächeln. Ganz als ob sie selbst für diesen Vorwurf nichts könne, sondern es einzig und allein das Recht wäre, das Gisela von Schwaben in die Schranken wies.
»Die *Heilige Schrift* spricht nur von Sünde bei einem unmittelbaren Verwandtschaftsgrad mit der Schwester oder der Tochter«, entgegnete die Herzogin. »Den Herzog und mich verbindet jedoch als erster gemeinsamer Vorfahre der ostfränkische König Heinrich I.«
»Das sieht unsere Durchlaucht Kaiser Heinrich II. anders«, konstatierte Äbtissin Sophie.
Uta verstand das alles nicht. Wie konnte die *Heilige Schrift* nur so unterschiedlich ausgelegt werden? Und wenn es tatsächlich mehrere Auslegungen gab, gab es dann etwa auch mehrere gültige Gesetze für einen einzigen Sachverhalt?
Herzogin Gisela setzte erneut an, sich über den Leib zu strei-

chen. Noch langsamer, noch beruhigender, als sie es bereits getan hatte. »Mein Gatte könnte sich durchaus vorstellen, die Opposition zu besänftigen«, sagte sie. »Sofern der Kaiser seine Vorwürfe gegen unsere Ehe zurücknimmt. Erst neulich trafen wir Hermann von Naumburg zu einem vertraulichen Gespräch. Ich denke mir, dass er sich nach dem Tode seines Vaters durch die Vergabe der Markgrafenwürde an seinen Onkel vom Kaiser übergangen fühlen könnte.«
Uta horchte auf. Der alte Meißener Markgraf war verstorben? Deutlich trat ihr das Bild des Grafen Ekkehard wieder vor Augen, der ihr damals beim Gastmahl des Vaters auf der Ballenstedter Burg begegnet war. Dann verwandelte sich sein Gesicht in das seines Sohnes, der ebenfalls als Gast gemeinsam mit der Jagdgesellschaft den Überfall des Knappen im Forst mitbekommen hatte. Hermann von Naumburg war der Einzige gewesen, der damals den tatsächlichen Hergang des Geschehens geahnt oder zumindest zu hinterfragen versucht hatte. Uta schluckte den bitteren Geschmack, den die Erinnerung an den wollüstigen Übergriff in ihr aufkommen ließ, hinunter und schrieb weiter.
»Ihr wisst, dass der erlauchte Kaiser dafür seine Gründe hatte«, verteidigte Äbtissin Adelheid nun in harscherem Ton ihren Auftraggeber. »Herzog Boleslaw hatte die Mark nach dem Tode Markgraf Ekkehards besetzt und forderte, dass niemand anders als Hermanns Onkel neuer Lehnsherr würde. Unserer kaiserlichen Hoheit waren die Hände gebunden.«
»Und das, obwohl Hermann von Naumburg mit seiner Mutter schon nach Meißen gezogen war, um das Erbe zu übernehmen?«, entgegnete die Herzogin höflich, aber bestimmt.
Adelheid begriff die Gefahr, die in der Verbindung der mächtigsten Markgrafenfamilie des Reiches mit der kaiserlichen Opposition lag. Bisher waren die Ekkehardiner dem Kaiser

treu ergeben gewesen und hatten für ihn die Ostgrenze gesichert. Eine Hinwendung der Familie zu den Gegnern des Kaisers vermochte diesen empfindlich zu treffen. Sicherlich wäre es nur eine Frage der Zeit, bis der übergangene Hermann von Naumburg sein Erbe einfordern würde. »Nun gut«, sagte sie dann. »Wir werden dem Kaiser Euren Wunsch zu bedenken geben, Hoheit.«
Herzogin Gisela lächelte einnehmend. »Dafür bin ich Euch zu tiefem Dank verpflichtet.«
»Dann erlaubt mir, Euch nun zu einem stärkenden Mahl einzuladen, Hoheit. Ich habe in meinen Privatgemächern auftragen lassen.« Adelheid erhob sich und ergriff ihr Lilienszepter. Äbtissin Sophie und Herzogin Gisela folgten ihr.
»Notburga, Uta!«, wandte sich Äbtissin Adelheid noch einmal um. »Ich wünsche Eure Protokolle am dritten Tag auf meinem Tisch. Und zwar lesbar. Fehler dulde ich nicht, nicht bei derart wichtigen Angelegenheiten!«
Notburga hatte sich gerade den Löschsand vom Obergewand geputzt und sah nun auf, um den Äbtissinnen und der Herzogin ein breites Lächeln zu schenken. Uta nickte nur.
»Esst Ihr mit den anderen Schwestern im Speisesaal!«, befahl Äbtissin Adelheid und wandte sich daraufhin wieder ihren beiden Gästen zu.

»Dass Ihr Euch nicht übermüdet, Schwester. Ich gehe jetzt zu Bett«, sagte Monika und trat vor Utas Lesetischchen. »Darf ich Euch etwas von meiner besonderen Tinte nach Gernrode mitgeben?«
Uta lächelte das Mädchen, das ungefähr in ihrem Alter sein musste, an. »Sehr gerne, das ist sehr freundlich von Euch.« Die Offenheit der Schwestern in der Schreibstube, die ihr sofort die Bücherkisten gezeigt hatten, tat ihr gut. Sie fand, dass

der zwischen den Sanctimonialen und auch ihr gegenüber herrschende freundliche Umgangston das Stift Quedlinburg zu einem wohltuenden Ort machte.
Hedwig kam hinzu. »Schwester Uta, Ihr solltet unbedingt Schwester Monikas rote Tinte probieren. Sie leuchtet wie die glühende Sonne«, bekräftigte die Schwester, die ihr Haar über den Ohren zu Schnecken geflochten hatte und im nächsten Moment ein Gähnen nicht zurückhalten konnte.
»Ruhe bitte!«, mahnte Schwester Jelenka aus der Ferne, die an diesem Abend die Aufsicht in der Schreibstube innehatte und Uta mit Pergamenten zur Heilkunde versorgt hatte.
»Ich wünsche Euch eine gute Nacht, Schwestern«, sagte Uta leise.
»Wir Euch auch.« Zwei Glöckchen klingelten und die Sanctimonialen verließen die Schreibkammer.
Uta hatte das zweite von insgesamt sieben Büchern einer Medizinsammlung vor sich liegen. »Die Asche der gebrannten Flusskrebse, in der Gabe von zwei Löffeln und einem Löffel Enzianwurzel mit Wein drei Tage hindurch getrunken, hilft kräftig den vom tollen Hunde Gebissenen«, flüsterte sie, um sich das Gelesene gut einzuprägen. Dabei versicherte sie sich mit einem Seitenblick, dass sie auch wirklich niemand mit ihren leisen Worten belästigte. »Mit gekochtem Honig heilt die Tinktur Risse an Füßen und Händen, Frostbeulen und Geschwüre. Roh zerrieben und mit Eselsmilch genommen, hilft sie bei Schlangen-, Spinnen- und Skorpionbissen.«[5] Uta blätterte zum Pergament mit dem Titel des Buches zurück. *Von der Materie der Medizin* hieß das Werk. Das Mutterstift hütet einen wahren Schatz an heilkundigem Wissen, befand

---

5 Zitiert aus: Dioskurides: De Materia Medica, in der Übersetzung von Julius Berendes, 1902, http://www.pharmawiki.ch/materiamedica/images/Dioskurides. pdf, S. 117.

sie. Dass so viele Tiere gute Heilmittel abgaben, würde für Alwine sicherlich neu sein. Das Buch enthielt mehr als zweihundert ungewöhnliche Rezepte und stellte einen wahren Fundus an Geheimnissen dar. Zurück in Gernrode würde sie Alwine das Gelesene haarklein wiedergeben.

Befriedigt nahm Uta ihre Mitschriften auf, die sie unter ihrem Hocker abgelegt hatte, und breitete sie vor sich aus, um deren Inhalt noch einmal zu überfliegen. Wie interessant das Gespräch doch gewesen ist!, ging es ihr durch den Kopf. Sie hatte einiges über Reichspolitik erfahren, darunter auch, dass der Markgrafensohn anscheinend um sein Recht gebracht worden war, und erlebt, wie selbstsicher und gleichzeitig doch feinfühlig die Herzogin ihre Interessen gegenüber den – der Herrgott mochte ihr diesen Ausdruck verzeihen – beiden bissigen Äbtissinnen vertreten hatte. Gisela von Schwaben war selbst dann noch ruhig geblieben, als die Äbtissinnen aufgefahren waren.

Es musste lange nach Mitternacht sein, als Uta sich erhob und die Tür der Schreibstube leise ins Schloss zog. Sie liebte die Ruhe der ersten Morgenstunden, in denen die meisten Menschen noch im Bett lagen und schliefen. Den Schlüssel legte sie, wie mit Schwester Jelenka besprochen, unter die lose Diele neben der Tür.

Uta betrat den Felsenkeller und entdeckte Notburga, die sich auf ihrem Bett über einen Stapel Pergamente beugte. »Ihr seid noch wach?«

»Ich habe zu arbeiten«, verkündete Notburga. »Schließlich erwarten die Äbtissinnen und die Herzogin mein Protokoll in bester Schrift.« Von der Aussicht auf die herzogliche Bewunderung beflügelt schoss Notburga hoch, so dass ihre Pergamente von der Bettstatt stoben. Den argwöhnischen Blick auf Uta gerichtet, stürzte sie sich auf das Durcheinander, als ob es einen Schatz zu hüten galt.

»Wartet, ich helfe Euch«, bot Uta an, bückte sich und griff nach den Bögen, die mit Klecksen und Streichungen übersät waren.

»Wagt nicht, meine Schriften anzufassen!« Notburga raffte ihre Pergamente eilig vor der Brust zusammen und drehte Uta dann abrupt den Rücken zu.

Zuerst zögerte Uta noch, doch schließlich wagte sie den Versuch. »Schwester Notburga?«

Überrascht drehte sich die Angesprochene zu ihr um. »Was ist denn noch?«

»Ich dachte mir«, begann Uta und schaute vom sehnigen Hals zum Gesicht des Mädchens, das sie um einen ganzen Kopf überragte, »ich dachte mir, dass Ihr eventuell Eure Mitschriften mit meinen Pergamenten abgleichen möchtet. Ich habe sämtliche Gesprächsinhalte des heutigen Tages notiert.« Tatsächlich hatte sie, als Notburga die ersten Seufzer ausgestoßen und den ersten Federkiel zerbrochen hatte, damit begonnen, nicht nur das, was sie musste, sondern auch alles andere, was gesprochen wurde, aufzuzeichnen. Das war kurz nach der Begrüßung der Herzogin gewesen.

Für die Dauer eines Herzschlages flackerte es in Notburgas Augen.

»Wieso sollte ich das?«, entgegnete sie scharf und vermochte dennoch nicht, ihren Blick von den ihr angebotenen Pergamenten abzuwenden.

Notburga wird sich nie ändern, nicht einmal in diesem mystisch berauschenden Quedlinburg, dachte Uta. Aber selbst in solch einer Situation hätte die Herzogin wahrscheinlich nicht so schnell aufgegeben.

Und so streckte Uta Notburga die Hand mit den Pergamenten weiterhin entgegen: »Natürlich nur zur Sicherheit.«

Notburga fixierte Uta und straffte sich schließlich. »Eine

Kontrolle meiner Protokollierung ist sicherlich nicht notwendig!«

»Ich weiß«, besänftigte Uta sie in jenem ruhigen Ton, den sie bei der Herzogin vernommen hatte, und versuchte sich an einem ermutigenden Lächeln.

Falten tauchten auf Notburgas Stirn auf. »Gut!«, sagte sie schließlich. »Schaden kann es jedenfalls nicht. Außerdem werde ich die Gelegenheit nutzen, Eure Mitschrift zu prüfen.« Daraufhin entriss sie Uta die Aufzeichnungen und begab sich zu Bett.

Auch Uta ließ sich erschöpft auf ihrem Lager nieder. »Die Herzogin wird meine Schrift bewundern«, sagte die Hildesheimerin noch und schloss die Augen, um sich endlich in die prächtigen Gewänder und den Goldschmuck einer Herrscherin hineinträumen zu können.

»Ich wünsche Euch eine gute Nacht, Schwester Notburga.« Uta blickte zufrieden zur Felsendecke hinauf. Es war noch nicht so glatt wie bei Gisela von Schwaben gelaufen, aber immerhin hatte Notburga ihr Angebot angenommen.

Auch den zweiten Tag verbrachten die Äbtissinnen mit der Herzogin in Gesprächen. Sie waren inzwischen bei den Einzelheiten möglicher Zugeständnisse an die weltlichen Fürsten des Reiches angelangt. Auch an diesem Tag war Uta in gleicher Weise mit der Gesamtprotokollierung und der Übergabe ihrer Mitschriften an Notburga verfahren. Für den dritten Tag, an dem die Schreiberinnen von ihrer Pflicht befreit worden waren, hatte sich die Herzogin einige Zeit der Ruhe erbeten.

»Die Äbtissinnen verlangen nach Euch, Schwester Uta.« Als Jelenka die Schreibstube betreten hatte, war Uta gerade in ein Buch über die Aufgaben der königlichen Sendboten vertieft gewesen. »Ich komme«, sagte sie nun.

»Die Äbtissin ist ungeduldig«, drängte die Quedlinburgerin. »Lasst uns eilen.« Jelenka begleitete Uta zur Arbeitskammer. Uta schwante nichts Gutes, als die beiden Äbtissinnen sie an der Seite von Notburga empfingen.

»Schwester Jelenka, Ihr könnt gehen«, sagte Adelheid und umfasste ihr Lilienszepter. Die Angesprochene knickste und verließ die Kammer.

»Wo seid Ihr so lange gewesen?«, forderte Äbtissin Adelheid zu wissen.

»In der Schreibstube«, entgegnete Uta, die sich keiner Schuld bewusst war. »Ich habe gelesen.« Ihr Blick glitt unsicher über die drei Gesichter vor ihr.

»Ich habe Euch nicht zu Eurem Vergnügen mit nach Quedlinburg genommen!«, sagte Äbtissin Adelheid.

Uta vermochte kein Unrecht zu erkennen, schließlich hatte die Äbtissin ihr für den gesprächsfreien Tag keine weiteren Aufgaben übertragen.

»Wir ließen Euch rufen, um Eure Mitschriften auszuwerten.« Uta atmete auf, denn die hatte sie zur Zufriedenheit der Stiftsoberin erledigt.

»Schwester Notburga hat ausgezeichnete Arbeit geleistet«, erklärte nun Äbtissin Sophie, zeigte auf mehrere Pergamente, die auf dem Schreibtisch hinter ihnen ausgebreitet waren, und ging zu ihnen hinüber. Uta folgte ihr dorthin. Die Kleckse und wirren Linien waren von den Pergamenten der Mitschwester verschwunden. Auf den ersten Blick schien Notburga ihre Mitschriften wortwörtlich abgeschrieben zu haben.

»Schwester Notburga hatte meine Mitschriften verwahrt«, sagte Uta an Äbtissin Adelheid gewandt.

»Eure Mitschriften?«, wunderte sich Notburga großspurig.

Uta hielte inne. »Aber, Ihr wolltet doch …«, begann sie, wurde jedoch unverzüglich von Notburga unterbrochen. »Warum sollte ich Eure Mitschriften für Euch verwahren?« Notburga schüttelte unschuldig den Kopf, während sie innerlich grinste – für Utas Mitschriften hatte sie schon längst einen besonderen Verwahrungsort gefunden. »Ich habe sie nicht einmal aus der Ferne zu Gesicht bekommen«, erklärte sie hochmütig.

Uta schaute Notburga entsetzt an, die sie ihrerseits mit dem Rücken zu den Stiftsoberinnen mit einem breiten Lächeln bedachte.

»Uta von Ballenstedt, Ihr scheint die Bedeutung der Gesprächsprotokolle zu verkennen.« Äbtissin Adelheid war so nah vor ihre Sanctimoniale getreten, dass Uta den Geruch von Zwiebeln und saurem Wein in Adelheids Atem ausmachen konnte. Sie wich zurück, doch die Äbtissin kam noch näher. »Ihr selbst seid für die Verwahrung der Pergamente zuständig, niemand sonst! Bis heute Abend wünsche ich Eure Mitschriften auf meinem Schreibtisch, ansonsten habt Ihr das letzte Mal eine Schreibstube von innen gesehen!«

Uta erstarrte. Die Äbtissin wollte ihr den Zugang zu den Büchern verbieten? Sie musste sich sofort hinsetzen, um das Gesagte der letzten Tage in ihr Gedächtnis zurückzurufen und nochmals niederzuschreiben. »Ihr werdet das Protokoll bekommen«, antwortete sie mit fester Stimme, verließ nach einem kurzen Knicks die Kammer und hielt eilig auf die Schreibstube zu. Dabei wirbelten ihr bereits die ersten Sätze des Protokolls durch den Kopf. *Wir haben vernommen, dass Euer Gatte Herzog Konrad dem erlauchten Kaiser auf dem nächsten Hoftag entgegenzutreten wünscht,* hatte Adelheid begonnen. Die herzogliche Antwort hatte gelautet: *Es entspricht der Wahrheit, dass mein Gatte ein Gespräch mit dem Kaiser wünscht.*

In der Schreibstube angekommen, reichte ihr Schwester Monika mit aufmunternden Worten die Schreibutensilien und bot ihr ein Pult am Fenster an. Sobald sie ihr Kreuz durchgestreckt hatte, Kiel, Tinte und Löschsand in Griffweite wusste, begann ihr ihre innere Stimme das Protokoll des ersten Tages zu diktieren. *Ein Hoftag wäre das geeignete Instrument, um einige wesentliche Punkte mit dem Kaiser zu erörtern.*
Uta schrieb den gesamten Nachmittag. Von den anderen Schwestern ließ sie sich für das Abendmahl entschuldigen. Ihre Mitschriften des zweiten Tages kamen ihr nicht weniger schnell in den Kopf, lag dieses Gespräch doch noch nicht einmal achtundvierzig Stunden zurück. Als Schwester Jelenka die Schreibstube für die Nachtruhe abschließen wollte, legte Uta den Kiel beiseite. »Habt Dank für Eure Geduld, Schwester Jelenka«, sagte sie und machte sich mit sieben beschriebenen Pergamenten auf den Weg zur Äbtissin. An deren Arbeitskammer angekommen, klopfte sie.
»Ja, bitte?«, fragte Adelheid.
Uta öffnete die Tür einen Spalt. »Ich versprach, Euch die Mitschrift noch an diesem Tag vorzulegen.«
»Zu dieser späten Stunde?« Missmutig schob die Äbtissin ein Silbertablett mit allerlei Gesottenem beiseite und bat sie einzutreten.
Unaufgefordert schritt Uta bis vor den Tisch und überreichte Adelheid die neu erstellte Mitschrift. Die Äbtissin las und schaute widerstrebend auf. Dann las sie weiter, um einen Augenblick später ihre Sanctimoniale erneut zu fixieren. »Das nächste Mal bitte gleich so!«, meinte sie schließlich.
Uta atmete erleichtert auf. Ein Dankeschön hatte sie sowieso nicht erwartet. »Werte Äbtissin, erlaubt mir, mich nun zu Bett zu begeben.«
Die Äbtissin nickte kaum merklich, ließ die Pergamente sin-

ken und starrte dem seltsamen Mädchen mit dem Schleier verdrossen hinterher.

Vom langen Schreiben schmerzte ihr der Nacken. Die Äbtissinnen mit einer Handbewegung aus ihren Gedanken verbannend, betrat Uta den Stiftshof. Sie reckte Arme und Beine und sog die kühle Herbstluft tief in ihre Lungen ein. Dann blickte sie in den dunkelblauen Abendhimmel und von dort aus weiter zu den Turmspitzen der Stiftskirche. »Das erste Kaiserpaar!«, flüsterte sie fasziniert.
Uta betrat die Stiftskirche. Dort war keine Menschenseele zu sehen. Lediglich auf dem Altar im hohen Chor brannten zwei Kerzen. Wie himmlisch ruhig es hier ist, dachte sie und trat vor den Chor, wo sie niederkniete und das Kreuzzeichen machte. Als sie die Augen wieder öffnete und sich umschaute, sah sie den Treppenzugang zur Krypta, aus der ein Geruch von Weihrauch und Minze zu ihr hinaufwehte. Sie erhob sich und stieg die Stufen hinab.
Das Gewölbe der Krypta wurde von kräftigen Pfeilern getragen. Nur ein Kienspan erhellte den heiligen Ort. Sofort steuerte Uta auf die Kaisergräber zu, zwei vor dem Altar eingelassene Steinsärge, auf denen ein gemeißeltes Kreuz prangte. »Die heilige Mathilde«, flüsterte Uta und übersetzte die Inschrift auf dem rechten Sarg. »In der zweiten Märzwoche starb Königin Mathilde, die hier ruht und deren Seele ewige Ruhe erhalten möge.«
Sie folgte dem Minzeduft, der sie vom Kryptaaltar wegführte. Mit jedem Schritt wuchs ihre innere Ruhe, und sie ließ Notburga, die Äbtissinnen und Sanctimonialen, Kiele und Glöckchen weit hinter sich. An der Nordwestecke der Krypta entdeckte sie einen weiteren Abgang. Etwas dort unten zog sie über die mit Schutt beladene Treppe weiter hinab.

»Ist das schön«, hauchte Uta, als sie in der Mitte eines kleinen, hufeisenförmig vertieften Raumes angelangt war. Das musste der Raum sein, von dem Äbtissin Adelheid während der letzten Mittagstafel berichtet hatte, dass er zugeschüttet werden sollte. Uta zählte an der in Hufeisenform gebogenen Wand acht mit Ornamenten verzierte Nischen, in denen jeweils ein Talglicht in einer flachen Tonschale und ein handgroßes Bronzegefäß mit schwelenden Minzeblättchen aufgestellt waren. Als Nächstes tastete sie das Gewölbe mit den Augen ab. Am anderen Ende des Raumes erkannte sie an der Decke den Unterboden der königlichen Steinsärge aus der oberen Krypta, deren rechteckige Form bis auf Kopfhöhe in den Raum hinabragte. Welch beeindruckender Ort des Gedenkens, dachte sie und ging auf die steinernen Särge zu, kniete unterhalb von ihnen auf dem sandigen Boden nieder und faltete die Hände. »Herrgott aller Gnade schütze meine Lieben. Lass den Seelen der Mutter und der Äbtissin Hathui Freude angedeihen. Auf dass sie im Himmel der Herrlichkeit nahe sind.« Von der Intimität des Ortes bewegt, zog sie sich den Schleier vom Kopf und genoss in dieser Haltung die Vorstellung, wie der Herrgott seine Hand schützend über die geliebten Menschen hielt und die Mutter ihr zulächelte.
»Euer Haar gleicht dem wunderschönen Braun meiner Stute«, erklang eine Stimme hinter ihr.
Noch benommen von der Intensität des Augenblicks, öffnete Uta die Augen.
»Es schimmert im Feuerschein wie dunkles Gold«, sagte die Stimme weiter.
Den Blick auf die Steinsärge geheftet, erhob sich Uta und drehte sich langsam in Richtung der Stimme. »Hoheit, ich wusste nicht, dass Ihr ...«, brachte sie zögerlich hervor und griff nach dem schützenden Schleier auf dem Boden.

»Der kleine Herzog«, Gisela von Schwaben zeigte auf ihren Bauch, »lässt mich keinen Schlaf finden. Er kämpft schon, bevor er überhaupt geboren ist. So sind wir beide einfach dem betörenden Duft nach unten gefolgt.« Die Herzogin lächelte. Während sie den Schleier band, betrachtete Uta die Frau vor sich, die wohl keine zehn Jahre älter war als sie selbst. Auch in dem schwachen Talglicht wurde ihre Gestalt von dem langen blonden Haar wie von einem Kleid aus Sonnenstrahlen gerahmt.

»Ihr seid die einzige Stiftsdame hier, die einen Schleier trägt«, sagte die Herzogin nach einer Weile.

Uta nickte bestätigend.

»Das finde ich bemerkenswert.«

Vielleicht war es die Magie dieses Ortes, vielleicht auch die Zuneigung, die Uta veranlasste, sich der Fremden ein Stück weit zu offenbaren. »Der Schleier hält meine Gedanken an Äbtissin Hathui wach. Sie stand mir sehr nahe.«

»Dann gehört Ihr dem Stift in Gernrode an.« Herzogin Gisela lächelte. »Ihr habt recht, Hathui Billung war eine bemerkenswerte Frau.«

»Ihr kanntet sie, Hoheit?«, fragte Uta verwundert.

Gisela legte die Hand auf ihren gewölbten Bauch. »Ich hatte vor vier Sommern auf einem Hoftag Kaiser Heinrichs die Ehre, sie kennenzulernen.«

Im Gedenken an die Verstorbene drehte Uta den Kopf zu den Steinsärgen. »Sie war sehr warmherzig und lehrte uns, aus Büchern zu lernen.«

»War sie es, die Euch beigebracht hat, so schnell zu schreiben? Ich habe noch keinen ähnlich lautlosen und zugleich so flinken Kiel wie den Euren erlebt.«

Uta nickte. Für einen Herzschlag lang stockte ihr der Atem. Das war der Herzogin aufgefallen?

Gisela von Schwaben schien ihr die Verwunderung im Gesicht abzulesen. »Dieser Ort scheint mir ein ganz besonderer zu sein. Gerade habe ich mich entschlossen, morgen vor meiner Abreise hier in aller Ruhe mein Frühgebet zu verrichten.«

Uta nickte zustimmend und entsann sich der Disputation des ersten Gesprächstags. »Hoheit?«, fragte sie vorsichtig.

Die Herzogin nickte ihr aufmunternd zu.

»Ihr erwähntet gegenüber den Äbtissinnen, dass Euer und Eures Gemahl erster gemeinsamer Vorfahre der ostfränkische König Heinrich I. war?«

»So ist es«, bestätigte Gisela.

Unter dem verwunderten Blick der Herzogin ging Uta in die Knie. Mit dem Finger begann sie, Heinrichs Namen in den sandigen Boden zu schreiben. »Würdet Ihr mir Eure weitere Ahnenreihe nennen?«

»Meine Ahnenlinie führt über die mütterliche Linie zurück zu König Heinrich I. Meine Mutter Geberga von Burgund ging aus der Ehe Mathildes und König Konrads von Burgund hervor. Meine Großmutter Mathilde war die Tochter einer weiteren Geberga aus dem Burgundischen, die wiederum aus der zweiten Ehe König Heinrichs stammte.«

Unter dem aufmerksamen Blick der Herzogin schrieb Uta die genannten Namen in den Sand und verband sie über senkrecht gezogene Striche miteinander. »Und die Eures Gatten, Hoheit?«

»Herzog Konrad ist der Sohn Heinrichs I., der wiederum der Sohn Ottos von Worms ist. Otto von Worms war über den Herzog von Lothringen der Enkel Ottos I. Und Letzterer war wiederum der Sohn des ostfränkischen Heinrich.«

Uta hatte zeitgleich die genannten Namen der Herzöge neben die Ahnenlinie der Herzogin notiert.

Die Herzogin beugte sich über das Sandgemälde. »*Ad usque ad septimam generationem.*«
Uta nickte und erklärte: »Die römische und von Abt Hrabanus Maurus bevorzugte Zählweise berechnet die Anzahl der Zeugungsschritte, der *generationem,* von einem Ehepartner zum gemeinsamen Vorfahren hinauf und von dort wieder zum anderen Ehepartner hinunter.« Uta deutete mit dem Finger auf jeden Namen. »Bei dieser Art der Zählung zähle ich für Euren Gatten fünf Zeugungsschritte bis zum gemeinsamen Vorfahren König Heinrich hinauf.«
Herzogin Gisela nickte.
»Wenn ich weitergehe, von König Heinrich bis zu Euch hinab, Hoheit«, Utas Zeigefinger war nun am rechten Ende des Stammbaumes angelangt, »zähle ich vier weitere, macht also insgesamt neun Zeugungsschritte.«

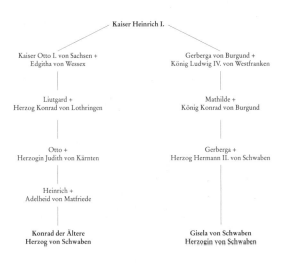

Quelle der Darstellung: Erkens, F-R.: *Konrad II.*, Verlag Friedrich Pustet, Regensburg

»Demnach sind der Herzog und ich lediglich im neunten Grade verwandt«, schlussfolgerte diese und sah Uta dabei nach wie vor unverwandt an.
»Versucht doch, Euch auf diese römische Zählweise zu berufen.« Uta erhob sich und hoffte, dass es auch ihr selbst bald nützen würde, dass mehrere Antworten auf ein und dieselbe Frage als gültig angesehen wurden. Es musste einfach einen Weg geben, wie sie ohne ihren Vater Gerechtigkeit einfordern konnte. »Die römische Zählweise wird in den Büchern, die ich dazu einsehen durfte, am häufigsten verwendet.«
»Aber warum hält Kaiser Heinrich II. an seiner Aussage dann so fest?«
»Es gibt leider noch andere Zählweisen, Hoheit. Die zweitstrengste Zählweise ist die kanonische Zählweise«, erklärte ihr Uta weiter. »Sie rechnet mit Generationen anstelle von Zeugungsschritten. Dabei wird der Generationenabstand lediglich zum gemeinsamen Vorfahren hinaufgezählt.« Uta zeigte erneut auf die Linie der Herzogin im Sand. »Somit würden Eure Hoheiten im vierten Grad miteinander verwandt sein. Bei einer unterschiedlichen Anzahl von Generationen zum gemeinsamen Vorfahren hinauf wird nämlich der kürzere Weg als maßgeblich betrachtet.«
»Die kanonische Zählweise verkürzt die Grade der Verwandtenehe dramatisch«, sagte Gisela.
Uta nickte gleich mehrmals hintereinander und sah die heimelige Gernroder Schreibstube wieder vor sich, die vielen Bücherstapel, darunter den Leviticus-Kommentar des Abtes Hrabanus Maurus über Inzest. »Kaiser Heinrich wandte die strengste der möglichen Zählweisen an, als er Eure Ehe mit dem dritten Verwandtschaftsgrad bezifferte. Die entspricht der alten germanischen Zählweise, in der Eltern und Kinder als Einheit und nicht voneinander getrennt gezählt werden,

Cousins und Cousinen demnach im ersten Grad miteinander verwandt sind.«
»Für den Herzog und mich bedeutet dies, dass wir im dritten Grad verwandt sind. Mit der ersten Zählweise allerdings lägen wir außerhalb des siebten Verwandtschaftsgrads.« Giselas Überlegungen folgte ein Lächeln. »Vielen Dank für Euren Hinweis. Ich werde ihn prüfen.«
Uta erwiderte das Lächeln vorsichtig.
»Und nun wünsche ich Euch eine angenehme Nachtruhe, Schwester. Der kleine Herzog verlangt nach Bewegung. Er wird wahrscheinlich einmal ein begeisterter Reiter werden.« Die Herzogin wandte sich zum Gehen.
Und Uta lächelte noch immer.
»Ach, sagt mir noch«, die Herzogin drehte sich noch einmal um. »Ihr seid Uta von Ballenstedt, nicht wahr?«
Uta nickte.
»Ich schließe Euch in meine Gebete ein, Uta von Ballenstedt«, sagte die Herzogin und stieg die Treppen zur Krypta scheinbar leichtfüßig hinauf.
»Vielen Dank, Hoheit.«
Den Rest der Nacht verwandte sie keinen einzigen Gedanken mehr an die Toten. Herzogin Gisela ging ihr nicht mehr aus dem Kopf. Zugleich war ihr bewusst, dass Äbtissin Adelheid ihren Vorstoß nicht für gut befinden würde, sollte sie jemals davon erfahren.

Notburga hob ihr Stiftsgewand und fuhr sich durch das Haar. Sie trug es an diesem Tag offen und über die Schultern hinabfließend, nicht aufwendig geflochten oder hochgesteckt. Sie hatte die Herzogin nie auf eine andere als auf diese besonders weibliche Art frisiert gesehen und fand, dass es auch ihr etwas von jenem Glanz verlieh, der sich seit Giselas von Schwaben

Anwesenheit bis in die letzte Ecke des Stiftgebäudes ausgebreitet hatte.
Sie schloss genießerisch die Augen, als das warme Rinnsal ihren Unterleib verließ, um seine Aufgabe zu verrichten. Mit einer an Wollust grenzenden Zufriedenheit presste sie es aus sich heraus und lauschte gespannt. Es knisterte und plätscherte aufregend, als es auf den ungewohnten und harten Widerstand stieß. Es dampfte. Als sie spürte, dass sich die Kraft ihres Strahles verlor, drückte sie fester, so dass ihr die Augen aus den Höhlen zu treten drohten. Im nächsten Moment blickte sie zwischen ihren Schenkeln hindurch in die Tiefe des Abtrittslochs. Sie grinste zufrieden, als sie die nassen Pergamente in der Schachtableitung zum Burggraben sah. Niemand würde je wiedersehen, auf was sie gerade uriniert hatte. Notburga von Hildesheim hielt in der Hocke inne. Um nichts in der Welt war sie heute bereit, auch nur einen Tropfen ihres dunkelgelben Morgenwassers zu verschenken. Nicht zu heftig bewegte sie ihren Unterleib über dem Loch des Abtritts.
Beinahe schon hingebungsvoll griff sie zum letzten Pergament, das eine gut lesbare Schrift zeigte – dass Uta schnell und noch dazu formvollendet schreiben konnte, musste sie der Rivalin immerhin zugestehen. Sie teilte es in zwei Hälften und wischte sich damit genüsslich die letzten Tropfen von der Innenseite der Schenkel, bevor sie die Pergamenthälften ebenfalls in den Abtrittschacht fallen ließ. Als kein weiterer Tropfen mehr aus ihr herauskam, erhob sie sich und richtete ihr Stiftsgewand. »Herzogin, ich bin für Euch bereit!« Sie ordnete ihr Haar über den Schultern und ging durch den Kreuzgang zum Versammlungssaal.
»Guten Morgen, Schwester«, grüßte Jelenka, die ebenfalls auf dem Weg in den Saal war, um die Herzogin zu verabschieden. Notburgas Blick glitt über das flache Gesicht der Mitschwes-

ter und über deren streng zurückgekämmtes Haar. Mit einem überheblichen Grinsen nickte Notburga und beschleunigte ihren Schritt.

Im Versammlungssaal herrschte andächtige Stille. Unter den bereits Anwesenden erblickte sie Uta, die sich gerade flüsternd mit einer der hiesigen Sanctimonialen unterhielt und ein Schälchen von ihr entgegennahm. Notburga stellte sich weit vor die Mädchen hin, den Blick auf die Tür gerichtet.

Äbtissin Adelheid und Äbtissin Sophie betraten den Saal gemeinsam. »Bitte Aufstellung, Schwestern!«, rief die Letztere und wies die Sanctimonialen an, zwei Reihen zu bilden. Sie befahl Notburga vor Uta ans Ende der hinteren Reihe. Der Vogt und der Stiftsgeistliche durften sich neben die Äbtissinnen stellen.

Die Anwesenden verbeugten sich, als die Herzogin, gefolgt von zwei Bewaffneten, in gewohnt engelsgleicher Weise den Saal betrat. Gisela von Schwaben trug ein dunkelgrünes Kleid mit weiten Ärmeln, dazu einen hellgrün schimmernden Schleier. Eine besondere Aura umgibt sie, dachte Uta. Inzwischen, es war keinen halben Tag her, kam ihr die Begegnung im Hufeisenraum seltsam unwirklich vor. Hatten sie tatsächlich miteinander gesprochen?

»Werte Äbtissin Adelheid, werte Äbtissin Sophie«, begann die Herzogin. »Ich bedanke mich aufrichtig für die freundliche Aufnahme in den Mauern von Quedlinburg und für die offen geführten Gespräche, die den Kaiser und die Opposition einander vielleicht anzunähern vermögen.« Die Verabschiedung wurde zügig mit der beidseitigen Versicherung vollzogen, die vereinbarten Maßnahmen mit dem Kaiser und den Herzögen wohlwollend zu besprechen. Beim Morgenmahl hatte Gisela von Schwaben eine rasche Abreise verkündet, weil sie noch in der vergangenen Nacht gespürt hatte, dass ihre Leibesfrucht alsbald auf die Welt drängte. Sofern Wettergebaren sie nicht behinderten, würde die Reise in den Speyergau in ihrem Zustand sicherlich fünfzehn Tage in Anspruch nehmen.

»Hoheit, wir wünschen Euch eine angenehme Reise zurück an Euren Hof«, sagte Äbtissin Adelheid zum Abschluss. Dabei konnte sie die Erleichterung nicht verbergen, die heiklen Gespräche nicht ganz erfolglos zu Ende gebracht zu haben und dies dem Kaiser auch so übermitteln zu können.

»Da ist noch eine Sache«, erklärte Gisela, als der Stiftsgeistliche bereits vorgetreten war, um die versammelte Gemeinschaft zu segnen.

»Was können wir noch für Euch tun, Hoheit?«, fragte Äbtissin Adelheid und tauschte für einen Herzschlag einen unruhigen Blick mit der Schwester.

»Ich benötige noch eine Hofdame, die des Schreibens mächtig ist«, erklärte Gisela von Schwaben, um ihrer Bitte höflichen Nachdruck zu verleihen. »Ich wünsche eine Eurer Damen mitzunehmen. Als Hofdame.«

Äbtissin Adelheid lächelte widerstrebend und ließ den Blick in Richtung ihrer Sanctimonialen gleiten.

Notburga von Hildesheim versank in einen tiefen Knicks. Sie war überzeugt, die zuverlässigste Schreiberin von allen zu sein – eine, die ihre Pergamente vollständig und zum vereinbarten Tag fertiggestellt hatte, wie sie meinte. Dies und die Tatsache, dass Uta von Ballenstedt ihre Mitschrift erst mitten in der Nacht nachgeliefert hatte, würde sicherlich auch die Herzogin bemerkt haben. Und schließlich waren nun alle Spuren ihres kleinen Kunstgriffs zusammen mit ihrer morgendlichen Erleichterung verschwunden.

»Auf wen ist Eure Wahl gefallen, Hoheit?«, wollte Äbtissin Sophie wissen.

Als Antwort ließ die Herzogin ihren Blick über die Doppelreihe der schwarz-weiß gekleideten Sanctimonialen gleiten. Sie sah glühende Gesichter, gesenkte wie auch hoffnungsvolle Blicke. Auf einem Mädchen in der hinteren Reihe, das feine, aufrichtige Gesichtszüge besaß und wie eine bunte Blume auf einer grünen Wiese unter all den Klosterdamen herausleuchtete, verharrte ihr Blick.
»Uta von Ballenstedt?«, entgegnete Äbtissin Sophie ungehalten, die wie ihre Schwester den herzoglichen Blick mit bitterer Miene verfolgt hatte.
Gisela nickte und streckte Uta an Notburga vorbei die Hand entgegen. »Ich bin mir sicher«, sagte sie, »dass es für Euch kein allzu großer Verlust ist, denn Ihr habt Damen mit ähnlicher Schreibfertigkeit weiterhin zu Eurer Verfügung«, dabei deutete sie auf Notburga von Hildesheim, die sich gerade verkrampft aus ihrer Verbeugung aufgerichtet hatte.
Äbtissin Adelheid schwieg, betrachtete erst die Herzogin und dann die Sanctimoniale, die Gegenstand der herzoglichen Bitte war. Natürlich besaß sie niemanden mit der gleichen Schreibfertigkeit. »Werdet Ihr diese ungewöhnliche Schenkung in den Gesprächen mit Eurem Gatten berücksichtigen?«, fragte sie nach längerem Zögern.
Gisela von Schwaben lächelte einnehmend. »Das werde ich sicherlich tun.«
Äbtissin Adelheid umfasste das Lilienszepter. »Ihr könnt sie gleich mitnehmen. Ihre Gernroder Pfründe fallen damit an Quedlinburg.«
»Ich danke Euch vielmals für Eure Großzügigkeit, werte Äbtissin«, sagte die Herzogin und nickte Uta zu, die mit einem schüchternen Lächeln neben sie getreten war. »Dann können wir jetzt aufbrechen.«
Uta konnte es kaum glauben. Die Herzogin wollte sie mit

sich nehmen. Auch wenn das bedeutete, dass sie Alwine erst einmal nicht wiedersehen würde, die Gernroder Schreibstube verlassen musste und von nun an weit entfernt von ihrer einstigen Heimat lebte. In diesem Moment konnte sie sich nichts Schöneres vorstellen, als an der Seite der verständnisvollen Herzogin schreiben zu dürfen – noch dazu mit roter Tinte ausgestattet. Uta drückte das Schälchen, das Schwester Monika ihr überreicht hatte, fest an die Taille. »Gerne, Erlaucht«, entgegnete sie.
Hasserfüllt schaute Notburga von der Herzogin zu Uta. »Diese Ballenstedterin kann nur mit dem Teufel im Bunde sein«, zischte sie und warf ihre Haare mit erhobenem Kopf zurück. Wie sollte sie dieses Unglück nur Bebette beibringen?

Teil II – Stützen, die tragen und verbinden

Die Jahre 1019 bis 1027

4. Wiedersehen im Schnee

Die lange Reise in der Kühle des Herbstes hatte der hochschwangeren Herzogin nichts anhaben können. Sie war selten aus dem Trab in den Schritt gefallen. Von Quedlinburg aus hatte die überschaubare herzogliche Reisegruppe den Unterharz durchritten und war dann über flaches Land vorbei an der Stadt Erfurt auf der Hohen Straße weiter vorangekommen. Als sie südlich von Frankfurt dem Oberrhein gefolgt und nur noch einen Tagesritt vom Speyergau entfernt waren, hatten die Wehen eingesetzt. Die unzähligen Rheinschleifen bis zur heimatlichen Burg waren sie in strengem Galopp geritten. Noch am Abend der Ankunft hatte Herzogin Gisela den ersehnten Erben Heinrich geboren. Drei Tage nach der Geburt war sie bereits wieder aus dem Wochenbett aufgestanden, um sich des herzoglichen Tagesgeschäfts, der Bittsteller und Verwalter anzunehmen. Den Nachmittag des vierten Tages hatte die Wöchnerin dafür auserkoren, ihre neue Hofdame standesgemäß einzukleiden.

»Ihr besitzt sehr helle Haut«, sagte sie, nachdem Uta die Klostergewänder hinter einem Wandschirm abgelegt hatte, in das neue Gewand geschlüpft war und nun wieder hinter dem Sichtschutz hervortrat.

»Das Grün kleidet Euch hervorragend«, meinte die Herzogin.

Uta lockerte ihren Schleier und schaute zweifelnd an sich hinab. Sie fand, dass sie mit ihren dreizehn Jahren in dem neuen Gewand viel älter wirkte. In das Oberkleid war am Ausschnitt, am Saum und an den kurzen Ärmeln eine kunstvolle Bordüre eingenäht, und es lag ungewohnt eng am Körper. Es

betonte die Taille und ließ selbst die Wölbungen ihrer zierlichen, festen Brüste erkennen; der Ausschnitt der neuen Tunika legte sogar ihre Schlüsselbeine frei.
Herzogin Gisela spreizte zur weiteren Begutachtung Utas Arme vom Körper ab. »Ein hinreißendes Grün, nicht wahr?«
Uta kreiste wegen der ungewohnten Enge des Gewandes mit den Schultern und schaute fragend zu den anderen Hofdamen, die nebeneinander vor der Fensterbank standen. Fünf Damen insgesamt mit fünf besonderen Fähigkeiten hatte die Herzogin in ihren Dienst genommen. Elisabeth von Köln musizierte mit Vorliebe auf der Harfe, vermochte darüber hinaus aber auch auf Instrumenten zu spielen, von denen Uta bislang noch nicht einmal gewusst hatte, dass es sie gab. Die bulgarische Grafentochter Adriana lehrte die Herzogin mit Leidenschaft die verschiedenen Sprachen und Dialekte des Reiches. Grethe aus dem hohen Norden war eine begnadete Tänzerin, Mechthild von Hannover eine vortreffliche Kennerin höfischer Dichtung und Lieder und schließlich Uta – die Archivarin und Vorleserin.
»Mechthild, was meint Ihr?«, fragte Gisela, während ihr Blick Utas Taille begutachtete.
Das Mädchen mit dem hellbraunen Haar und der frech aufsteigenden Stupsnase trat neben die Herzogin. »Die Bordüre gefällt mir besonders gut, Hoheit.«
»Ich danke Euch«, sagte Herzogin Gisela an zwei Näherinnen gewandt, die nahe der Tür standen und auf der Konradiner Burg für die Gewänder zuständig waren. »Ihr dürft gehen.«
Die beiden knicksten und verließen die Kemenate.
»Hoheit?«, fragte Adriana, mit der sich Uta die Kemenate teilte, und trat mit prüfendem Blick als Dritte im Bunde hinzu. »Was machen wir mit dem Schleier?«

Erschrocken ergriff Uta die Enden ihres Schleiers und schaute die Herzogin unsicher an.
»Der gehört zu ihr«, antwortete die Herzogin ruhig und nickte den Hofdamen zu.
Uta schaute scheu zu Boden. »Danke, Hoheit.«
Da trat Grethe vor einen Stapel mit allerlei Stoffen und zog einen hellgrünen Damast heraus. »Vielleicht könnten wir dann einen zweiten Schleier aus diesem Stoff fertigen lassen?«, schlug sie vor.
Daraufhin erhob sich Elisabeth, die Pummeligste unter den Mädchen, nahm Grethe den Stoff aus der Hand und trat zu Uta, um den Damast an deren Hals zu halten.
Uta lächelte die Herzogin an, die gerade das farbliche Zusammenspiel des grünen Kleides mit dem hellgrünen Schleier prüfte und dann kurzentschlossen nach einem weiteren, durchsichtig schimmernden Seidenstoff griff, der mit Goldfäden durchwirkt war.
»Wartet, Hoheit«, bat Uta daraufhin.
Die Umstehenden blickten sie fragend an.
»Ich glaube«, begann sie und glitt mit den Fingerkuppen über die Enden des Schleiers auf ihrer Brust. »Ich glaube, den benötige ich nicht mehr.« Sie löste den Schleier und zog ihn sich vom Kopf. Das Haar, das während der vergangenen einundhalb Jahre im Kloster noch kräftiger geworden und ihr weit über die Taille gewachsen war, fiel ihr lose ins Gesicht. Mit dem für sie neuen Gefühl, auch ohne Schleier beschützt zu sein, schloss Uta die Augen und sprach leise: »Ich danke Euch Mutter und auch Euch, Schwester Hathui, für Euren Schutz.«
Nach einem Moment des Schweigens öffnete sie die Augen wieder. Die Hofdamen und die Herzogin schauten sie verständnisvoll an. Uta bot einen Anblick beschützenswerter Zerbrechlichkeit und großer Kraft zugleich. Adriana trat vor

Uta und legte ihr einige Haarsträhnen vom Rücken auf die Brust. »Ihr seid sehr schön, Uta.«
Herzogin Gisela nickte und reichte Uta eine Bordüre mit Kreuzmuster. »Bindet Euch den Gürtel noch um! In den nächsten Tagen werden Euch drei weitere Gewänder zur Anprobe gebracht. Der Umhang mit der Stickerei wird wohl schon morgen fertig sein.«
»Ich danke Euch sehr, Hoheit«, beeilte sich Uta zu versichern, knickste und ergriff den Gürtel. Mit einem Blick auf die Taille von Adriana band sie sich den Bordürengürtel um.
»So. Jetzt seid Ihr vollständig und entlassen«, sagte die Herzogin und gab auch den anderen Hofdamen ein Zeichen, mit ihr zusammen die Kemenate zu verlassen. »Beinahe hätte ich es vergessen«, wandte sie sich im Hinausgehen jedoch noch einmal um. »Wie kommt Ihr in der Schreibstube voran? Ich würde gerne heute Abend die erste Kostprobe Eures Könnens würdigen.«
Uta überschlug die Arbeit, die sie heute noch schaffen könnte. Herzogin Gisela hatte ihr zunächst die Aufgabe übertragen, die vielen Schriften zu sortieren, die auf der Burg herumschwirrten, nachdem es ihr viel zu lange gedauert hatte, ein bestimmtes Pergament wiederzufinden. Gleich am Tag ihrer Ankunft hatte Uta ihre Pflicht in der herzoglichen Pergamentenkammer angetreten und mit der Erstellung der ersten Inventarliste begonnen. Mittlerweile füllte der Bestand an Schriften bereits die obere Hälfte einer zweiten Liste. »Ich kann Euch am heutigen Abend die ersten Listen vorlegen, Hoheit.«
»Das freut mich.« Gisela lächelte zuversichtlich, während die anderen Hofdamen an ihr vorbei aus der Tür traten. Für die Archivierung hatte sie nicht irgendeinen Schreiberling einsetzen wollen. Mit Uta wusste sie eine Vertraute in der Pergamen-

tenkammer, die sehr wohl in der Lage war, das in den Schriften enthaltene Gedankengut zu verstehen und wiederzugeben. Sie hatte das Glitzern in den Augen des Stiftmädchens gesehen, als es ihr im Sand des Quedlinburger Gewölbes kniend sein Wissen über die Nah-Ehe-Zählung erklärt hatte. »Ich erwarte Euch dann heute Abend, Uta von Ballenstedt.« Mit diesen Worten verließ Gisela von Schwaben die Kammer.
Als die Schritte der Herzogin auf der Treppe verklungen waren, begab sich Uta zur Pergamentenkammer. Beinahe täglich trafen aus den umliegenden Klöstern und entfernten Kanzleien Textabschriften in der herzoglichen Schreibstube ein, die sortiert und systematisch abgelegt werden sollten. Mit ihr zusammen betrat ein herzoglicher Schreiber die Pergamentenkammer, in die sich eher selten Besucher verirrten, denn die Schreiber hielten sich vornehmlich in der Schreibstube auf. Sie suchten die Kammer nur hin und wieder auf, wenn sie Pergamente zur Ablage brachten. Auf eine Ecke des bereits von Schriften überquellenden Schreibtisches legte der Schreiber einen weiteren Packen Dokumente ab, der bedrohlich zu wanken begann.
Sofort schlang Uta die Arme um den Stapel. »So viele weitere Schriften!«, staunte sie zugleich und schaute zwischen zwei Stapeln hindurch. Die herzogliche Pergamentenkammer war mindestens dreimal so groß wie die in Gernrode, viel höher und nochmals reicher mit Pergamenten ausgestattet.
»Das dürfte dann auch die letzte für heute sein.« Der Schreiber zeigte ausdruckslos auf eine weitere Truhe, die von einem Knecht hereingetragen wurde. Beim Abstellen der Truhe segelten die oben aufliegenden Pergamente auf den Lehmboden. Sofort sprang Uta auf, verhedderte sich aber im Saum ihres Kleides und stürzte zu Boden. Kopfschüttelnd stand sie auf und klopfte sich den Staub vom Kleid. Dann hob sie die Pergamente vor-

sichtig mit der Hand auf, als ob sie aus zerbrechlichem Blattgold wären, und trug sie vor sich her zum Schreibtisch.
»Morgen schaffen wir noch zwei weitere Truhen aus dem Keller herauf«, erklärte der Schreiber seufzend.
»Vielen Dank«, sagte Uta und ließ die Pergamente anmutig von ihren Handflächen auf den Schreibtisch gleiten, um dann vorsichtig den Staub von ihnen zu pusten.
»Das Zweitmahl ist für den Beginn der Dämmerung angekündigt. Gönnt Euch doch zumindest eine kurze Pause, um zu essen«, schlug der Mann vor, während er seufzend die Pergamenthaufen musterte.
Wie zur Mahnung grummelte es in diesem Moment in Utas Magen. »Ich möchte der Herzogin die Inventarlisten für die ersten beiden Kisten heute noch vorlegen«, antwortete sie und wandte sich erneut den Pergamenten zu.
Der Schreiber verließ schulterzuckend die Kammer.
Uta hob die soeben abgelegten Blätter vorsichtig an und zog eine Pergamentsammlung darunter hervor, die in Buchdeckel aus Elfenbein gebunden war. Vorsichtig schlug sie den Deckel auf. Als sie ansetzte, die ersten Worte zu lesen, spürte sie ein Prickeln in den Fingerspitzen. »Eine Abschrift des zweiten Konzils von Nicäa!« Sehnsüchtig fuhr sie mit dem Zeigefinger die Buchstaben nach. Die Abschrift verwies auf eine mehr als zweihundert Jahre zurückliegende Beratung der geistlichen Führung nahe der Stadt Konstantinopel. Wenn sie doch nur jetzt schon Zeit hätte, weiter in ihr zu lesen.
»Uta, reiß dich zusammen!«, ermahnte sie sich, zog den Hocker heran und griff nach der Inventarliste. Genauso wie sie es in Gernrode von der Äbtissin gelernt hatte, notierte sie Titel sowie Verfasser, Jahr und Herkunftsort und legte das elfenbeinerne Buch dann zu einigen anderen Schriften in die Ecke links neben der Tür – dem vorläufigen Sammelort der Bücher über

das Kirchenrecht. Den anderen drei Ecken der Kammer hatte sie ebenfalls themengerecht sortierte Bücher zugewiesen. Später würde sie die Dokumente, die sich bereits zu hohen Stapeln türmten, in Truhen sortieren. Uta schaute sich um. Sie spürte, dass sie hier der Antwort nach Gerechtigkeit näherkommen würde. Erinnerungen überkamen sie, und sie sah Erna, den Stallburschen Linhart, ihre Amme Gertrud mit roten Äpfeln und schließlich Hazecha vor sich, wie sie im Burghof einer Kuhblase hinterherlief. Ob Esiko die elterliche Burg inzwischen verlassen hatte und gleichfalls nach einer Möglichkeit suchte, um das an der Mutter begangene Unrecht zu rächen?
»Lieber Herrgott, beschütze die Daheimgebliebenen.« Uta hob den Kopf zum Himmel. »Alwine verzeih mir, dass ich dich verlassen habe. Und beschütze Klara und Radegunde.« Dann ergriff sie das nächste Buch, notierte mit roter Quedlinburger Tinte die Eckdaten auf der Inventarliste und legte es auf den Stapel rechts neben der Tür.

Der Garten erblühte mit der vollen Kraft des späten Frühjahrs. Uta spazierte neben der Herzogin über eine große Grasfläche und sog den Duft von Veilchen ein.
»Ist das nicht wunderbar? Die Gärtnerknechte haben alles ganz genau nach meinen Vorgaben angelegt«, zeigte sich die Herzogin erfreut.
Uta erblickte einen Wasserquell, der mittig im Garten entsprang. »Es ist außergewöhnlich hier, Hoheit.« Außer der Pergamentenkammer gab es wohl kaum einen anderen Ort innerhalb der Wehrmauern, der so ruhig war wie dieser an den Außenmauern der Burg liegende Garten und jegliches Lärmen – das Hufgeklapper und die Bauarbeiten zur Erweiterung der Burganlage – in eine andere Welt verwies.
»Ich gedenke von nun an, mehr Zeit hier draußen zu verbrin-

gen.« Die Herzogin ließ sich auf einer Rasenbank am Ende des Gartens nieder und wies Uta an, neben ihr Platz zu nehmen. »Die frische Luft vermag sicherlich, so manchen unserer Gedanken zu beflügeln.«
Uta musterte die ihr angebotene Sitzgelegenheit verlegen. Sie hatte noch nie auf einer Bank gesessen, deren Sitzfläche aus Rasen bestand und in deren Rücken Pflanzbeete mit würzig duftender Pfefferminze aufwarteten.
»Traut Euch«, forderte die Herzogin sie auf.
Daraufhin ließ Uta sich nieder und schlug das mitgebrachte Buch auf. »Ihr wünschtet, dass wir am heutigen Tage etwas Leichteres lesen als sonst, Hoheit.« Die kleine Abwechslung kam Uta gelegen, denn seit der ersten Lesung vor gut einem halben Jahr, während deren ihr Gisela erklärt hatte, dass gute Kenntnisse über den Aufbau und die Organisation der christlichen Religionsgemeinschaft in einem funktionierenden Reichskirchensystem unentbehrlich für einen Herrscher seien, widmeten sie sich überwiegend den von Burkhard von Worms gesammelten Verfügungen.
»Habt Ihr das Buch des Abtes Walahfrid, den *Hortulus,* noch rechtzeitig erhalten?«, fragte Herzogin Gisela.
Uta schlug das angeforderte Buch auf. »Die Abschrift ist gestern eingetroffen, Hoheit.«
»Dann wollen wir uns heute der Leichtigkeit der Natur widmen«, sagte die Herzogin und lehnte sich entspannt zurück.
»Von der Pflege der Gärten«, begann Uta zu lesen und lächelte glücklich. »Unter sehr vielen Zeichen des ruhigen Lebens ist es nicht das Geringste, wenn sich einer der Kunst der Stadt Paestum weiht und es versteht, die sorgsame Gartenpflege des garstigen Gottes Priapus zu üben.«[6]

6 Zitiert aus: Walahfrid Strabo: Liber de cultura hortorum / Über den Gartenbau, Hrsg.: Schönberger, Otto, erschienen 2002 im Reclam-Verlag, S. 5.

»Paestum, sagt Ihr?«
»Die Stadt war vor vielen hundert Jahren für ihre Rosen berühmt«, erklärte Uta.
»Dann lasst mich von den Rosen hören.«
Beim weiteren Lesen betonte Uta die von Abt Walahfrid mehrmals gelobte Purpurfarbe der Rosen, indem sie das Wort ganz langsam vorlas. Das hatte sie sich von Mechthild abgeschaut, die Texte so außergewöhnlich vortrug, dass sich ihre Zuhörerinnen an eben jenen Ort versetzt fühlten, von dem Mechthild gerade erzählte.
Zuletzt hatte Uta sich wie eine Heimgekehrte aus dem Hildebrandslied gefühlt, das Mechthild zu manch müßiger Stunde an lauschigen Kaminabenden deklamierte. Dabei vermochte es das Mädchen, die Stimme in einem Moment tief-rauh und männlich und im nächsten Moment wieder weich wie die eines Engels erklingen zu lassen. »Der Rose gegenüber bieten die ruhmreichen Lilien ihre Blüten dar, deren atmender Duft die Lüfte noch weiter durchdringen«[7], fuhr Uta über das Buch gebeugt fort und sah aus dem Augenwinkel, wie die Herzogin einen Pfefferminzstengel aus dem Beet hinter sich abzupfte.
»Die Lilie, sagtet Ihr?«
Auf diese Frage hin blickte Uta auf.
»Entschuldigt.« Gisela ließ von der Pflanze ab. »Ich bin wohl doch zu abgelenkt heute.«
Die Herzogin wechselte das Thema. »Ihr lest gerne und viel, nicht wahr?«
»Sehr gerne«, bestätigte Uta. »Wenn ich den *Hortulus* lese, meine ich den Duft der Pflanzen wahrnehmen zu können. Dann schließe ich die Augen und sehe ihre leuchtenden Far-

---

7 Zitiert aus: Walahfrid Strabo: Liber de cultura hortorum / Über den Gartenbau, Hrsg.: Schönberger, Otto, erschienen 2002 im Reclam-Verlag, S. 39.

ben hinter den Buchstaben hervortreten – die der Scharfgarbe, des Salbei und der Betonie.«
»Ich möchte Euch etwas fragen, Uta«, sagte die Herzogin plötzlich ernster.
Uta meinte, einen dunklen Schatten im Gesicht der Herzogin auszumachen, und klappte daraufhin das Buch auf ihrem Schoß zu.
»Eine Vertraute bat mich kürzlich um Rat«, begann die Herzogin. »Bezüglich einer vermeintlichen Nah-Ehe, über die schon seit etlichen Jahren gestritten wird. Kernstück des Streits ist die zu nahe Verwandtschaft zwischen Irmingard von Verdun und ihrem Gatten, Graf Otto von Hammerstein. Erzbischof Erkanbald von Mainz und dessen Nachfolger Aribo haben auf Hoftagen und Kirchenfesten zur Bestärkung gleich mehrmals hintereinander entschieden, dass diese Ehe unrechtmäßig ist, und Kaiser Heinrich hat ihnen darin zugestimmt.«
»Also eine Entscheidung, die unumstößlich ist«, stellte Uta fest.
»Der Graf und die Gräfin wollen für ihre Ehe kämpfen. Die beiden haben bereits einen Sohn, der seinen Erbanspruch verliert, wenn ihre Ehe für nichtig erklärt werden sollte. Aber es ist nicht nur das Kind, das die beiden verbindet, sondern auch die starken Gefühle, die sie füreinander hegen.«
»Aber der Kaiser ist neben dem Papst der höchste Richter auf Gottes Erden, Hoheit«, gab Uta zu bedenken.
Herzogin Gisela überlegte. »Selbst nach der römischen Zählweise sind beide noch im sechsten Grad miteinander verwandt.«
»Mir sind keine anderen Kanons bekannt, die den sechsten Verwandtschaftsgrad für eine Ehe erlauben.« Noch während sie sprach, begann Uta in Gedanken, alle ihr bekannten Pergamente auf sachdienliche Hinweise durchzugehen.

Die Herzogin erhob sich und schüttelte den Kopf. »Es muss eine Lösung für sie geben!«
Da meinte Uta, deren Erinnerung gerade an einem bestimmten mehrmals abgeschabten und vom Alter beinahe dunkelbraun verfärbten Pergament hängengeblieben war: »Wartet, Hoheit.« Sie stockte. »Der Graf und die Gräfin von Hammerstein könnten versuchen«, Uta erhob sich ebenfalls, »eine Art Sondergenehmigung zu erwirken.«
»Eine Sondergenehmigung«, grübelte die Herzogin. »Ist so etwas im kirchenrechtlichen Sinne denn möglich?«
»Ich habe neulich eine Schrift gelesen, in der genau dies getan wurde«, erklärte Uta. »Darin wandte sich ein beraubter Herzog direkt an den Heiligen Vater.«
»Ihr meint, die Hammersteiner sollten direkt an den Papst appellieren? Persönlich? In Rom?«
Uta nickte, auch wenn sie erst bei den nächsten Worten das Ausmaß ihrer Empfehlung begriff. »Den Papst um Gerechtigkeit bitten!«, hauchte sie beeindruckt und dachte dabei unwillkürlich auch an ihre Mutter.
Aufmerksam blickte die Herzogin Uta an, dann sprach sie: »Wenn die zunächst zuständigen Richter, der Mainzer Erzbischof und der König nicht angemessen richten, sollte die nächste Instanz hinzugezogen werden. Und sofern König und Kaiser ein und dieselbe Person sind, ist diese Instanz der Heilige Vater.« Gisela lächelte einnehmend und tupfte sich etwas vom Quellwasser auf die Handgelenke. »Ihr habt erfrischende Gedanken, Uta von Ballenstedt.«
Wenn das zunächst zuständige Gericht kein Recht spricht, wiederholte Uta bei sich und das würde der Vater niemals tun –, konnte sie also die nächsthöhere Instanz um Gerechtigkeit bitten. »Erlaubt mir eine Frage, Hoheit«, bat sie vorsichtig.

Die Herzogin nickte.
»Wenn das Gericht eines Grafen kein Recht zu sprechen vermag, wer ist dann die nächste Instanz?«
»Das hängt von dem jeweiligen Gebiet ab, in dem das Unrecht geschah. Im Königreich Burgund oder in den direkt dem König unterstellten Marken wäre die nächste Instanz der König. Im Herzogtum Sachsen wäre es der Herzog oder der Erzbischof.«
Ballenstedt lag im Herzogtum Sachsen. Uta müsste also vor den sächsischen Herzog oder einen der Bischöfe treten.
»Es bestände natürlich auch die Möglichkeit, die königliche Gerichtsbarkeit direkt anzurufen. Die Anrufungen werden von den königlichen Beratern zuvor jedoch erst angehört, um zu entscheiden, ob sie des königlichen Richterspruchs auch wirklich würdig sind.«
Da der König ständig auf Reisen ist, dachte Uta, werde ich ihn wohl kaum antreffen, und wenn doch, ist es mehr als zweifelhaft, ob er mich, die Hofdame der kaiserlichen Opposition, überhaupt anhören würde.
»Fragt Ihr aus einem bestimmten Grund?«, wollte die Herzogin wissen.
Uta überlegte und schwieg eine lange Weile. »Es gibt da eine Angelegenheit in meiner Familie, die der Rechtsprechung bedarf«, erklärte sie schließlich mit geistesabwesendem Blick.
Die Herzogin lächelte bestärkend. »Gerechtigkeit ist eine herausragende Sache.«
Uta nickte. »Ihr sagtet, Hoheit, dass der Mainzer Erzbischof fest davon überzeugt sei, dass die Hammersteiner Verbindung eine Nah-Ehe ist.«
»Das ist wahr. Exzellenz Erzbischof Aribo von Mainz lässt sich nicht umstimmen. Er argumentiert verbissen, schrieb mir die arme Irmingard im vergangenen Winter.«

»Die Anrufung des Papstes könnte einen Streit mit dem Mainzer Erzbischof auslösen«, gab Uta zu bedenken.
Die Herzogin nickte wissend. »Vor allem, wenn unsere Heiligkeit anders als der Erzbischof entschiede.«
»Wenn dies einträfe, Hoheit, müsste Exzellenz Aribo von Mainz sein Urteil revidieren.«
»Das ist eine gute Chance für Irmingard.« Das Gesicht der Herzogin hellte sich auf. »Wenn sich zwei Menschen in ehrlicher Liebe zugetan sind, **kann** die Ehe von Gott nur gewollt sein – und eine solche sollte ein Kirchenfürst nicht lösen dürfen.« Gisela schaute vom Garten zum fernen Palas, in dem sich ihre Gemächer befanden.
Uta blickte zu Boden. Was mochte ehrliche Liebe sein?
»Ich denke«, sagte die Herzogin, »wir sollten bei der nächsten Lesung wieder über Fragen des Kirchenrechts diskutieren. Mit welchem Thema wir uns dann beschäftigen, überlasse ich Eurer Wahl.«
Die Herzogin wünschte, dass sie die nächste Lesung gestaltete? Uta spürte einen wohligen Schauer über ihren Rücken laufen. »Sehr gerne, Hoheit.«
»Gut, dann lasse ich gleich ein Schreiben an Irmingard von Verdun aufsetzen. Entschuldigt mich.« Gisela schritt mit wehendem Haar aus dem Ruhegarten.
Uta nahm den *Hortulus* von der Rasenbank und atmete zufrieden durch. »Mutter«, flüsterte sie und spürte dabei die Strahlen der Sonne wie Streicheleinheiten auf dem Gesicht. »Ich kann für Euch den Herzog von Sachsen Recht sprechen lassen.« Mit diesen Worten verließ auch sie den Garten.
Auf dem Weg in den Haupthof begegnete ihr eine Schar Ritter. »Holde Dame, lasst mich Euer Haar berühren!«, sagte der Kleinste der Kämpfer und streckte begehrlich den Arm nach ihr aus.

Ohne ihren Schritt zu verlangsamen, blickte Uta flüchtig zu der Gruppe hinüber und nahm den Geruch von Leder und Schweiß wahr, der bis zu ihr drang. Da riechen die alten Pergamente doch um ein Vielfaches besser, dachte sie und ging im Kopf bereits die Inventarlisten mit den jüngst erhaltenen Abschriften durch, die inzwischen ein ganzes Verzeichnisbuch füllten und sicherlich ein interessantes Thema für die nächste Lesung mit der Herzogin enthielten.

In der Pergamentenkammer angekommen, wuchtete sie den Deckel der Truhe mit den Schriften zum Kirchenrecht auf und blickte auf zwei Stapel mit Konzilienbeschlüssen und Verfügungen, die neben der *Heiligen Schrift* die Grundlage für kirchenrechtliche Normen darstellten. Auch wenn die vom Papst einberufene Bischofsversammlung, das Konzil, selten stattfand, verfasste es dafür umso umfangreichere Beschlüsse. Die Abschrift des vorletzten Konzils, die Uta gerade aus dem rechten Stapel hervorzog, enthielt mehr als fünfzig beschriebene Seiten. Die Verfügungen, mit denen der Papst die weniger ausführlichen Antworten auf ihm gestellte Fragen als Erlass im Reich verkünden ließ, lagen linker Hand in der Truhe. Nach Utas Sortierung trugen sie in der Inventarliste die Kennzeichnung *K* für Kirchenrecht und besaßen seit jüngstem eine durchlaufende Nummer.

»Hier ist das Pergament nicht«, sagte sie, nachdem sie das zuletzt studierte Dekret überflogen hatte. Sie erhob sich und trat vor eine weitere Truhe, in der sich das neu eingetroffene Material befand, das sie bereits oberflächlich gesichtet, aber noch nicht numeriert und archiviert hatte. Vielleicht war die Schrift, nach der sie suchte und von der sie Gisela erzählt hatte, hier mit dabei. Sie griff nach dem obenauf liegenden Hoftagsprotokoll Kaiser Ottos III. mit den Anrufungsgründen an den Papst. Ja, das ist es!, durchfuhr es sie. Voller Freude kniete sie nieder und legte die Hand an die rechte Brust. »Mutter«, flüsterte sie. »Ich spüre, wie Ihr mich lenkt. Ihr seid bei mir, ganz nah.«

Der frühzeitige Wintereinbruch machte den Aufenthalt in den unbeheizten Kammern der Burg schwer erträglich. Bank und Schemel um ein Kohlebecken gestellt, hatten sich die Hofdamen in Utas und Adrianas Kemenate versammelt. Die dicke Schneeschicht auf den Fensterpergamenten ließ kaum Tageslicht nach innen dringen.

»Theophilus war der Vicedominus«, las Mechthild, ein Buch auf den Schoß gebettet, mit der tiefen Stimme eines Märchenerzählers vor. »Alles Volk hing in einmütiger Ergebenheit mit herzlich-zärtlichem Wohlwollen an ihm, liebevoll verehrten sie ihn wie einen süßen Vater.«[8] Die Hofdame fuhr mit den Händen verheißungsvoll durch die Luft. »Ein Vicedominus ist ein Statthalter geistlicher oder weltlicher Herren«, erklärte sie.

»Das ist so schön«, beteuerte Adriana und lehnte sich entspannt zurück. »Roswitha von Gandersheim ist eine wahrhafte Verskünstlerin.«

»Lest weiter!«, forderte Uta und rieb sich die kalten Schultern unter dem Umhang.

Mechthild öffnete den Mund, um weiterzuerzählen. Elisabeth und Grete taten es ihr unwissentlich gleich und starrten dabei gebannt auf Mechthilds Mimik.

»Eines Tages wurde ihm die Würde zuteil, das Amt des Bischofs zu übernehmen. Doch er lehnte es ab«, sagte Mechthild mit dem harten Ton eines Zurückgewiesenen. »Er sei sei-

---

[8] Im Folgenden der heutigen Sprache angepasst und gekürzt zitiert aus: »Sündenfall und Bekehrung des Vicedominus Theophilus« aus Hrotsvit von Gandersheim: Sämtliche Dichtungen, erschienen 1966 im Winkler-Verlag, S. 99.

ner Ansicht nach mit zu vielen Fehlern behaftet und nicht geeignet, über Christi heiliges Volk zu herrschen.«[9]
Elisabeth flüsterte: »Das hat er sich zu sagen getraut?«
Als Antwort zog Mechthild ihren Schemel noch ein Stück näher zu den anderen heran. »Der Erzbischof erwählte daraufhin einen anderen Bischof.« Sie hielt inne. »Der jedoch beunruhigte das Gemüt des gerechten Theophilus, brachte er ihm doch die Annehmlichkeiten seines Amtes in den unbeständigen Sinn.«[10]
Adriana sog ergriffen die Luft ein.
Uta erschauderte. »Lest doch weiter!«
»So verzehrte sich Theophilus vor Herzenskummer, weil er das Amt, als Fürst über das Volk zu herrschen, zuvor verschmäht hatte. Dann aber begab sich der elend Verführte mit verblendetem Herzen zu einem schurkischen Hebräer, der viele Gläubige mit betrügerischer Magie täuschte.«[11] Mechthild schaute jeder der vier Hofdamen scharf in die Augen, gerade so, als ob sich der Teufel ihres Körpers bemächtigt hätte.
»Der Unglückliche, vom Übel der schmeichlerischen Wundermittel des Hebräers gefangen«, fuhr Mechthild fort, »war nun ganz von dem Verlangen beseelt, sich in Gehorsam an den schrecklichen Teufel zu binden. So sprach der Teuflische dann zu Theophilus: ›Wenn er mein zu sein begehrt, muss er schriftlich sowohl Christus als auch in gleicher Weise dessen jungfräuliche Mutter leugnen.‹ Worauf der Verführte bezeug-

---

9 Im Folgenden der heutigen Sprache angepasst und gekürzt zitiert aus: »Sündenfall und Bekehrung des Vicedominus Theophilus« aus Hrotsvit von Gandersheim: »Sämtliche Dichtungen«, erschienen 1966 im Winkler-Verlag, S. 100.

10 Ebda., S. 100–101.

11 Ebda., S. 101.

te, er wolle bei ewiger Strafe der schwarzen Geister des Teufels Geselle durch alle Zeiten sein.«[12]

»Nein!«, fuhr Elisabeth entrüstet auf. »Er hat sich dem Teufel verschrieben? Das können wir doch nicht zulassen!«

Nachdenklich rieb sich Uta die Hände über der aufsteigenden Wärme. *Ein Pakt mit dem Teufel im Tausch für einen Wunsch?* Wie weit würde sie selbst gehen, um Gerechtigkeit für die Mutter zu erlangen? Der Herzog von Sachsen, so hatte sie inzwischen herausbekommen, war Bernhard II., der dem Geschlecht der Billunger entstammte. Wie Hathui!

»Aber wir müssen es zulassen«, flüsterte Mechthild verschwörerisch, »denn hört, wie es Theophilus weiterhin ergangen ist!«

Elisabeth und Grete rückten enger zusammen.

»Theophilus erhielt das einst verschmähte Amt. Dabei gab er sich jedoch hochmütig, zwang prahlerisch die untergebenen Völkerscharen, sich seinen harten Diensten zu unterwerfen.«[13]

Ein Klopfen ließ die Hofdamen aufschrecken. »Ich bin es, Frieda.«

»Tritt ein«, bat Adriana, ohne den Blick zur Tür zu richten. Auch die anderen Hofdamen hingen noch an Mechthilds Lippen.

Die Magd, die für die Säuberung der herzoglichen Gemächer verantwortlich war, schien der Anblick der einander zugewandten Hofdamen zu verunsichern. »Die Herzogin wünscht Fräulein Uta zu sprechen.«

Enttäuscht schaute Uta in die Runde um das Kohlebecken und erhob sich.

---

12 Ebda., S. 101–102.

13 Ebda., S. 102–103.

»Wir lesen die Geschichte erst weiter, wenn Ihr wieder zurück seid«, sagte Adriana und schaute zu den anderen.
»Oh, ja!«, bedankte sich Uta erleichtert, trat in den Burggang und hielt auf die herzoglichen Gemächer zu. Uta war mittlerweile zu einer Dame von fünfzehn Jahren herangereift und trug das Haar zu einem Zopf geflochten auf dem Rücken. Sie mochte Herzogin Gisela nicht minder als zum Zeitpunkt ihrer Ankunft im Speyergau und hatte noch immer Freude an ihren Zusammenkünften. Seitdem sie der Herzogin die päpstlichen Anrufungsgründe verlesen hatte, war sie diejenige, die die Themen für ihre Konversationsstunden auswählen durfte. Manches Mal gesellte sich sogar Herzog Konrad zu ihnen.

»Tretet ein«, erklang es aus dem Inneren, noch bevor Uta an die Tür des Gemachs klopfen konnte, zu dem neben dem ehelichen Schlafgemach noch eine weitere beheizte, aber recht flache Kammer zählte, in der die Herzogin im Winter zu arbeiten pflegte. Uta betrat die Arbeitskammer, deren steinerne Wände von dunklen Holzpfeilern gestützt wurden, die die Kammer in einen Eingangsbereich und einen Sitzbereich mit Kamin, Bänken und Tisch unterteilten.
»Unsere Abschrift vom Protokoll der Synode in Seligenstadt ist gerade eingetroffen«, sagte Herzogin Gisela, die es sich mit dem Dokument auf einer Bank nahe dem Feuer bequem gemacht hatte. »Der Abschrift konnte ich bereits entnehmen, dass seine Exzellenz Erzbischof Aribo von Mainz die Synode einberufen hat, um ein endgültiges Urteil über die Nah-Ehe zwischen Irmingard von Verdun und Graf Otto von Hammerstein zu fällen.«
»Sagtet Ihr nicht, dass sich der Graf mit der Bitte um eine Sondergenehmigung an den Papst gewandt hat?«, fragte Uta verwundert.

»Gräfin Irmingard war begeistert von unserem Vorschlag, eine Sondergenehmigung direkt beim Papst zu erwirken«, erklärte Gisela. »Im vergangenen Winter hat Graf Otto sogleich einen Boten mit einem Schreiben nach Rom geschickt. Daraufhin hat sich der Heilige Vater das endgültige Urteil zur Nah-Ehe ausbedungen«.
»Dann obliegt dem Papst der Richterspruch in dieser Angelegenheit«, schlussfolgerte Uta. »Und nicht mehr dem Erzbischof.«
Die Herzogin nickte und wies mit der Hand neben sich. »Setzt Euch doch zu mir an den Kamin!«
Uta ließ sich auf der Bank nieder. »Wie ist die Entscheidung des Erzbischofs in Seligenstadt ausgefallen?«
»Er hat die Untersagung der Ehe bekräftigt.« Mit ausdruckslosem Gesicht reichte die Herzogin Uta das Protokoll.
Uta überflog den Inhalt. »Herzogin!« Sie schaute entsetzt auf, um gleich daraufhin die Namen der Beurkundenden ein zweites Mal zu studieren. »Die Gästeliste führt seine Heiligkeit – den höchsten Richter und Entscheidungsträger – nicht mit auf.«
Zufrieden nickte die Herzogin. »Exzellenz Erzbischof Aribo hat die Synode einberufen, ohne den Papst einzuladen, der in dieser Sache abschließend urteilt!«
Uta erschauderte. Aribo von Mainz hatte laut Protokoll, das sie in Händen hielt, seine bisherigen Beschlüsse zur Untersagung der Hammersteiner Ehe von den geistlichen Fürsten bestätigen lassen, eine Rücksprache mit dem Oberhaupt der heiligen katholischen Kirche aber nicht für nötig gehalten.
»Ich vermute, dass sich unsere Heiligkeit Papst Benedikt dies kaum gefallen lassen wird«, fuhr Gisela fort. »Wir können zumindest den Sieg einer kleinen Schlacht feiern, Uta, denn der Mainzer hat sein Urteil durch diese unlautere Vorgehensweise

anfechtbarer denn je gemacht. Ich werde Gräfin Irmingard unverzüglich Nachricht darüber zukommen lassen. Würdet Ihr mir eine weitere Abschrift des Dokuments anfertigen?«
»Natürlich, Hoheit.« Uta war viel daran gelegen, die Abschriftensammlung nicht nur zu pflegen, sondern auch beständig zu erweitern. Sie fasste sich nachdenklich mit der Hand an die Stirn. »Damit könnte sich die Anrufung des Papstes durch die Hammersteiner Grafen zu einer Machtfrage zwischen Erzbischof und Papst entwickeln.«
Die Herzogin erhob sich und trat gedankenverloren vor den Kamin. »Ich bin gespannt, was unsere Heiligkeit auf diesen Affront zu erwidern gedenkt. Vielleicht wird seine Antwort Aribo von Mainz ja dazu bringen, sich zukünftig mit seinen Nah-Ehe-Vorwürfen zurückzuhalten.« Giselas Blick verlor sich im Spiel der Flammen.
Da klopfte es an die Tür, und Herzog Konrad trat ein. Ein kalter Luftzug drang mit ihm vom Gang in die warme Stube und ließ Uta unter ihrem Umhang frösteln.
Giselas Augen leuchteten beim Anblick des Gatten auf: Konrad hatte dunkles Haar und einen langen Bart. Hochgewachsen überragte er jeden Ritter um mindestens einen Kopf. Mehr aber, als dass sie Konrad körperlich begehrte, war Gisela ihm dankbar für das Vertrauen, das er ihr auch in politischen Angelegenheiten entgegenbrachte. Ihren Dank dafür entgalt sie ihm, indem sie ihn bedingungslos unterstützte und ihm die notwendigen Stammhalter schenkte. Der kleine Heinrich zählte inzwischen zwei Jahre. Dieses Frühjahr war noch Beatrix hinzugekommen. In ihren beiden vorangegangenen Ehen hatte Gisela bereits die Söhne Liudolf, Ernst und Hermann geboren, die fern der mütterlichen Burg ausgebildet wurden.
Herzog Konrad trat vor den Kamin und zog sein Weib geschmeidig an sich. »Ich würde Euch gerne auf ein vertrauli-

ches Gespräch entführen«, sagte er mit tiefer Stimme. Die Herzogin streckte beide Hände nach dem Gatten aus.
Uta errötete beim Anblick dieser offensichtlichen Zuneigungsbezeugung. *Wenn sich zwei Menschen in ehrlicher Liebe zugetan sind,* erinnerte sie sich wieder an Giselas einstige Worte im Garten.
»Uta«, wandte sich die Herzogin an ihre Hofdame. »Würdet Ihr mich entschuldigen?«
»Natürlich, Hoheit.« Uta faltete die Abschrift aus Seligenstadt zusammen und schickte sich an, die Kemenate zu verlassen.
»Und ...«, es fiel der Herzogin sichtlich schwer, ihren Gatten auch nur für einen Moment loszulassen, denn ihr Blick war Uta bei ihren Worten nicht zur Tür gefolgt. »Ich danke Euch für die hilfreiche Unterstützung in dieser Angelegenheit.«
»Gerne, Hoheit, ich werde sofort mit der Abschrift beginnen.« Uta sah, wie Gisela ihr Becken gegen Konrads drückte, und schaute sofort zu Boden.
»Ich bin zuversichtlich, dass der Heilige Vater Aribo von Mainz in seine Schranken weisen wird«, setzte die Herzogin nach.
Noch immer verwirrt drehte sich Uta zur Tür und griff nach dem Riegel.
»Meine Damen, sprecht Ihr über den Mainzer Erzbischof?«, mischte sich der Herzog da ein. »In dieser Angelegenheit müsst Ihr Euch ab sofort zurücknehmen!«
Utas Hand glitt vom Riegel, und sie wandte sich erneut dem Paar zu. Dabei beobachtete sie, wie sich der Leib der Herzogin von dem ihres Mannes löste.
»Auf der Synode in Seligenstadt hat der Erzbischof versucht, dem Papst die Entscheidungsgewalt über die Gültigkeit der Hammersteiner-Ehe in letzter Instanz zu entreißen!« Gisela

schaute fragend zu ihrem Gatten auf. »Konrad, Ihr erinnert Euch doch noch, wie er einst auch unsere Verbindung verurteilte?«
Der Herzog strich seiner Frau zärtlich über die Wange. »Es heißt, um Kaiser Heinrichs Gesundheit stehe es immer schlechter. Sollte er seinem Steinleiden erliegen, wird bis zur Neuwahl der Mainzer Erzbischof der mächtigste Herrscher unseres Reiches sein.« Er zog die Herzogin wieder zu sich heran und umschloss ihr Gesicht mit seinen riesigen Händen. Dann sagte er: »Den mächtigsten Erzbischof dieser Tage herauszufordern wäre töricht, Liebste. Es steht eine Menge auf dem Spiel, auch für uns.«
Gisela nickte nun verständig und schmiegte die Wange an seine Hand. »Wenn dem so ist«, sagte sie, »sollten wir uns tatsächlich zurücknehmen.«
Konrad nahm seine Hände nur von Giselas Gesicht, um sie fest zu umarmen. »Sie ist überwältigend, meine Herzogin«, sagte er, schmunzelte in Utas Richtung und zog seine Gattin dann durch die kleine Seitentür, die die Arbeitskammer mit dem Schlafgemach verband.
Mit roten Wangen verließ Uta die herzoglichen Gemächer.

»Ihr schaut aber erschreckt drein«, empfing Adriana sie in der Kemenate. Die Hofdamen nahmen wieder um das Kohlebecken herum Platz, und Mechthild schlug erneut das Buch auf ihrem Schoß auf.
Unter den fragenden Blicken der anderen setzte Uta sich jedoch nicht zu ihnen, sondern ließ sich entfernt von der heimeligen Wärmequelle in der Fensternische nieder.
»Ist Euch der Teufel persönlich begegnet?«, unterbrach Grete, die mit ihren dreizehn Jahren das jüngste Mädchen im Kreise der Herzogin war, die Stille.

Uta schaute zu Grete hinüber. »Könnt Ihr Euch vorstellen, dass die körperliche Vereinigung Freude bereitet?«
Adriana lächelte verschmitzt.
»Über solche Dinge ziemt es sich nicht zu reden«, mahnte Elisabeth ernst. »Derartige Worte vermögen Eure Zungen vertrocknen zu lassen!«
Grete wickelte sich eine Strähne ihres weißblonden Haares um den Finger und lächelte Adriana vielsagend an. Mechthild klappte das Buch vor sich zu, setzte sich neben Uta in die Fensternische und senkte ihre Stimme: »Es soll Punkte am Körper der Frau geben, die, wenn man sie ganz sacht berührt, vor Freude anschwellen.«
Verwundert riss Uta die Augen auf. »Aber die *Heilige Schrift* sagt, dass Wollust eine Todsünde ist. Außerdem ...«
Nun trat auch Adriana hinzu. »Was außerdem?«
Erfolglos rang Uta nach Worten.
»Vielleicht liegt es daran, dass die *Heilige Schrift* von Männern stammt«, warf Mechthild ein. »Die kennen uns Frauen nicht.«
»Aber woher nehmt Ihr die Gewissheit?«, fragte Uta.
Mechthild legte den Arm um Uta. »Nicht alles Wissen steht in Büchern geschrieben.«
»Sie hat recht«, sagte Adriana. »Auf der elterlichen Burg gab es viele weise Frauen, die weder lesen noch schreiben konnten.«
»Auf unserer auch«, stimmte Grete vom Kohlebecken aus zu.
»Und die sagten«, fuhr Adriana fort, »dass sich das weibliche Lustempfinden lediglich dann zu offenbaren vermag, wenn sich Mann und Frau einander mehr als nur zweckmäßig verbunden fühlen.«
»Mehr als nur zweckmäßig verbunden?«, wiederholte Uta. »Es ist also keine Sünde, wenn man sich der Wollust aus einem gegenseitigen Gefühl heraus hingibt?«

»Wenn es Liebe ist, dann ist es keine Sünde«, mit diesen Worten war nun auch Grete vor das Fenster getreten.
Uta schüttelte den Kopf. Von Liebe, so war sie felsenfest überzeugt, verstand sie nichts.

Der Burgsaal war bis auf den letzten Stehplatz gefüllt. Die Tafeln waren eingedeckt. Der neue Küchenmeister hatte allerlei Gebratenes und gesottenes Federvieh, glasierte Hasen und gekochte Rüben aufgetischt. Das Herzogpaar hatte die Burgbewohner zum Feiern eingeladen. Für die Bauern der umliegenden Gehöfte waren in den Stallungen Bänke und Grillstellen hergerichtet worden. Spielleute, denen Konrad ein Winterlager gewährte, unterhielten die Gäste zwischen Burgsaal und Grillstellen mit sonderbaren Reisegeschichten. Gaukler, die ebenfalls vom Wintereinbruch überrascht worden waren, schätzten die Großzügigkeit des Herzogs und schleuderten die in ein einziges langes, rosafarbenes Tuch gehüllte Tänzerin, während sie selbst kunstvolle Sprünge vollzogen, elegant in die Luft. Zwischen den Tafeln erlebten die Burgbewohner schwebende Diabolos, zwischen gespreizte Zehen herabsausende Schwerter, Holzballjonglage und allerlei Dichtkunst.
Die Freude, die in Uta während des Festes und des Verzehrs der delikaten Speisen aufkam, wurde durch die bestehende Sitzordnung noch verstärkt. Gemeinsam mit den anderen Hofdamen durfte sie an der Seite der Herzogin tafeln; gewöhnlich saßen die Damen einige Hocker weit von ihr entfernt. Ein Spielmann flötete Uta ins Ohr und zwinkerte ihr einladend zu, dann zog eine Akrobatin ihre Aufmerksamkeit auf sich. Die junge Frau, ungefähr in Utas Alter, bewegte sich mit der Geschmeidigkeit einer Schlange. Uta meinte, deren Haut am Bauch durch das rosafarbene Tuch hindurch schimmern zu sehen.

Herzog Konrad erhob sich. »Werte Gäste, Bedienstete und Freunde«, begann er und brachte allein durch seine kräftige Stimme die Gespräche umgehend zum Verstummen.
Zögerlich löste Uta ihren Blick von der Akrobatin, die ihren Körper wie ein kostbares Evangeliar selbst dann noch zur Schau stellte, als sie sich zurückzog. Auch die anderen Akrobaten begaben sich mit zwei eleganten Doppelsprüngen hinter die Tafeln.
»Wir feiern heute aus einem besonderen Anlass«, erklärte der Herzog und griff nach seinem Bronzebecher. »Lasst uns den Becher zunächst auf meine wundervolle Gattin erheben.« Nach dem Tode von Giselas Schwager hatte er, Konrad, die Verwaltung des Herzogtums Schwaben bis zur Volljährigkeit von Giselas Sohn aus zweiter Ehe übernommen, obwohl Kaiser Heinrich im Nah-Ehe-Streit immer wieder gedroht hatte, das Herzogtum anderweitig zu vergeben. Das Pochen auf die durchaus nicht unübliche romanische Zählweise durch Gisela hatte den Kaiser erst einmal besänftigt, aber nicht abschließend überzeugt. Konrad nickte seiner Gattin zu, die sich in diesem Moment erhob. »Ich kann ihr für ihre unerschöpfliche Hilfe und ihren unverzichtbaren Rat während der vergangenen sieben gemeinsamen Jahre gar nicht genug danken.«
Gisela strahlte. »Diese zu geben, wäre mir kaum möglich gewesen, ohne die Unterstützung meiner Hofdamen«, entgegnete sie und lächelte dabei jeder Einzelnen ihrer fünf Damen zu. Uta erwiderte die Geste und schaute die Herzogin dabei genauso bewundernd an, wie sie es bei ihrer ersten Begegnung in Quedlinburg getan hatte. Über die Tatsache, dass der Heilige Vater inzwischen eine Delegation nach Mainz geschickt hatte, um den Anspruch des Mainzer Erzbischofs auf die höchste richterliche Gewalt in der Kirche abzuschmettern, würde sich die Herzogin sicher freuen.

»Und dank Euer aller Tatkraft steht uns Höchstes bevor!« Gisela schwenkte den gefüllten Becher in alle Richtungen des Burgsaals. Sie war erleichtert, dass ihr Gatte nach dem Tod Kaiser Heinrichs in der Stadt Kamba seinem gleichnamigen Neffen als Königskandidat vorgezogen worden war – sie hatte zwar ihre Schwester Mathilde, Herzogin von Kärnten und Oberlothringen, nicht davon abbringen können, den eigenen Sohn namens Konrad als zweiten Kandidaten vorzuschlagen, doch die Großen des Reiches hatten sich für »ihren« Konrad entschieden.

»Unsere Exzellenz«, verkündete der Herzog, so dass es jeder im Burgsaal hören konnte, »Erzbischof Aribo von Mainz gedenkt, mich als Thronkandidaten vorzuschlagen.«

Adriana zog Uta, die vor Verwunderung die Hand vor den Mund geschlagen hatte, ergriffen zu sich heran. »Das Herzogpaar könnte Königspaar werden!«, murmelte Uta und richtete sich nur langsam auf. Jetzt erst begriff sie, warum Herzogin Gisela seit der Ankunft des Seligenstädter Protokolls und dem Gespräch mit ihrem Gatten kein Wort mehr über den Hammersteiner Ehestreit verloren hatte – weil sie sich wegen der Hoffnung auf die Königskrone mit ihrer Kritik gegenüber dem Mainzer Erzbischof hatte zurückhalten müssen. Uta freute sich aufrichtig für das Herrscherpaar, das sich ihrer mit so viel Wärme angenommen hatte. Würde Herzog Konrad tatsächlich gewählt werden, durfte sie vielleicht sogar eines dieser neuartigen Holzregale für die Aufbewahrung von Büchern anschaffen – schließlich fielen an einem Königshof noch mehr Archiviertätigkeiten an als am Hof eines Herzogs. Anders als dies bei Truhen der Fall war, würde sie die Pergamente in Regale einordnen können und auf diese Weise stets griffbereit haben. Die zweite Erkenntnis angesichts der Aussicht auf die Königswürde ließ sie erwartungsvoll zusammenfahren: Bald könnte Herzog Konrad als König der oberste Richter des Landes sein, und sie würde ihre Anklage an ihn herantragen können! Begeistert fiel sie in den Applaus ein, der inzwischen den Burgsaal bis in die hintersten Reihen erfasst hatte.

Während die Musikanten erneut aufspielten, befassten sich die Tischgespräche mit den Veränderungen, die die Königswürde mit sich brächte. Die Burg müsste dann sicherlich vergrößert und ein Hofstaat gebildet werden. Außerdem würden noch mehr Reisen anstehen. Zumindest hatte Uta gelesen, dass Kaiser Heinrich auf seiner heimatlichen Burg nur wenige Winter verbracht hatte. Zuerst stünde der Umritt an, mit dem sich das neue Königspaar vor Ort der Fürsprache der Großen des Reiches versichern würde. Während Uta das Königspaar mit leuchtenden Augen beobachtete, gaben sich die anderen Hofdamen wieder den Darbietungen der Akrobaten, dem Wein und den Gaumenfreuden hin.
»Dieses Instrument dort«, Grete zeigte auf ein einer Drehleier ähnliches Holzinstrument in den Händen eines Spielmanns, »sieht aus wie eine Fidel mit seltsamen Tasten.«
Sie schauten zu dem kleinwüchsigen Mann hinüber, der gerade eine kurze Pause nutzte, um sein Instrument von Weinspritzern zu reinigen. Uta wischte ihre Überlegungen beiseite, sie wollte an diesem Abend einfach unbeschwert mit den Hofdamen und dem Herzogpaar feiern. »Habt Ihr dieses Instrument schon einmal gesehen, Elisabeth?«, fragte sie.
Die Angesprochene kniff die Augen zusammen. »Das ist eine Schlüsselfidel.«
»Eine was?«, fragte Grete belustigt. »Was kann man denn damit aufschließen?«
»Vielleicht das Herz einer Dame«, unkte Mechthild und stieß Grete in die Seite.

»Aber meine Damen«, mahnte Elisabeth. »Die Schlüsselfidel wird mit dem Bogen, den der Spielmann gerade unter den Arm geklemmt hat, angestrichen. Die Tonhöhe wird durch eine Tastatur – ähnlich einer Drehleier – verändert, ganz anders als bei meiner Harfe.«
Uta trank einen Schluck vom roten Wein, dann schaute sie Elisabeth an. »Habt Ihr je auf einem solchen Instrument gespielt?«
»Natürlich«, bestätigte die. »Es ist ganz einfach, man muss nur …« Elisabeths Ausführungen wurden unterbrochen: Das Herzogpaar erhob sich.
»Lasst den neuen Küchenmeister kommen!«, befahl der Herzog und blickte auf die Speisen, die fast vollständig vertilgt worden waren. Der neue Küchenmeister betrat, gefolgt von vier Gehilfen – drei Männern und einer Frau –, den Burgsaal. Sie trugen ausufernde Hauben und fleckige Schürzen.
»Wir laden Euch ein, nun – da Ihr Eure Arbeit in guter Manier erledigt habt – mit uns zu feiern«, sagte die Herzogin und bot dem jungen Küchenmeister die Hand zur Huldigung dar. Der war von gedrungener Statur und stammelte Worte des Dankes, während er sich tief verneigte.
»Nehmt dort unten an der Tafel Platz und genießt mit uns das Fest«, sagte Herzogin Gisela und wies gleich darauf einen Pagen an, weitere Hocker an das Ende der Tafel schaffen zu lassen.
Uta beobachtete, wie die vier aus der Küche ganz unten an der Tafel Platz nahmen. Als der Küchenmeister seine Haube abnahm, zuckte Uta zusammen. Rote Haare, Sommersprossen sind des Teufels Artgenossen!, erklangen Esikos Worte wieder in ihren Ohren. Der neue Küchenmeister besaß das gleiche glutrote Haar wie Volkard aus dem Hardagau. Uta spürte einen bitteren Geschmack in ihrer Kehle aufsteigen.

Sie war nie wieder jemandem mit dieser Haarfarbe, die das Feuer in sich aufgenommen hatte, begegnet. Bis heute. Uta schluckte schwer und beobachtete dann weiter, wie den Küchenleuten Fleischreste gereicht wurden. Ihr Blick blieb an der Frau hängen, deren Gesicht unter der Haube kaum zu erkennen war. Dennoch verdrängte bei deren Anblick ein bekanntes Gefühl die aufgestiegene Bitterkeit. Wie von fremder Hand geleitet erhob sich Uta und schritt die Tafel entlang auf die Küchenleute zu.
»Was ist denn in sie gefahren?«, fragte Grete und starrte Uta hinterher.
»Wo geht sie hin?«, wollte Elisabeth wissen. »Es schickt sich nicht, so einfach von der herzoglichen Tafel aufzustehen.«
Adriana bedeutete den anderen Hofdamen mit dem Zeigefinger auf den Lippen, still zu sein. Das Herzogpaar war mit den Rittern zu Herzog Konrads Seite in ein Gespräch vertieft.
Der Gang hatte Utas Puls schneller schlagen lassen. Am Tafelende blieb sie stehen. Sie wähnte den Festlärm weit entfernt und sah nur die junge Frau mit der riesigen Haube vor sich.
»Erna, bist du es?«
Die Angesprochene blickte von ihrer Hasenkeule auf.
Uta umfasste die Arme des Mädchens. »Erna vom Ballenstedter Burgberg, bist du es wirklich? Ich bin es, Uta, schau her!«, sagte sie und deutete mit dem Zeigefinger auf den Leberfleck unter ihrem linken Auge.
Fassungslos ließ das Mädchen die Keule sinken und erhob sich langsam. »Meine Uta?« Erna strich Uta liebevoll über das Haar und den hellen Leberfleck. »Meine Uta aus Ballenstedt?«
Überwältigt nickte Uta und drückte das Stückchen Familie und Heimat, das ihr so unverhofft begegnet war, fest an sich.
»Ich bin so froh, dass es dir gutgeht.« Erna löste sich von ihr und berührte vorsichtig das edle Gewand. »Wie fein du ge-

kleidet bist.« Dann stockte sie und sofort sammelten sich Tränen in ihren Augen. »Ich dachte, du wärst in Gernrode?«
»Bis vor drei Jahren war ich das auch. Dann hat mich die Herzogin als Hofdame in ihre Dienste genommen«, entgegnete Uta und blickte an den fragenden Blicken der anderen Hofdamen vorbei die Tafel zur Herzogin hinauf. »Und du kochst jetzt für den Herzog und die Herzogin? Wie schön!« Am liebsten hätte sie die Freundin gleich hier und jetzt mit Fragen über die Familie überfallen. »Komm nach dem Fest zum Brunnenhaus im Hof. Da können wir ungestörter sprechen, ja?« Dann drückte sie Erna erneut. »Ich muss wieder an meinen Platz zurück.«
Erna nickte freudig, blieb dann aber wie angewurzelt stehen und schaute Uta nach. Erst als ihr der Küchenmeister die angefangene Hasenkeule auffordernd unter die Nase hielt, löste sie sich aus ihrer Erstarrung und biss herzhaft in das zarte Fleisch hinein.

Nach Mitternacht war der Burghof noch immer mit Feiernden überfüllt. Stattlich gekleidete Herrschaften strömten zwischen Burgsaal, Küche und Stallungen hin und her. Die Pferde und Esel im Hof wussten nicht, wie ihnen in all dem Gewusel geschah, und gaben verstörte Laute von sich. Aus dem Burgsaal drang Musik.
Im weiteren Verlauf der Festivitäten war das Herzogpaar vor seine Bauern getreten und hatte diesen für die Arbeit auf den Feldern und in den Wäldern gedankt. Erst als Schneegestöber einsetzte, hatte man die Tore der Stallungen geschlossen, um die Wärme der Grillfeuer nicht nach draußen entweichen zu lassen.
Uta schlüpfte aus dem Palas und zog sich ihren Umhang fester um die Schultern. Sie hatte Mühe, den Hof zu überbli-

cken. Schneeflocken ließen sich auf ihrem Haar nieder, das nur von einem Schapel aus dem Gesicht gehalten wurde.
Vom Tor im Vorhof drangen die Rufe der Wärter zu ihr. »Niemand kommt mehr rein. Es geht nur noch raus hier! Versteht das doch!«
Auf der Suche nach Erna drängelte sie sich an den angebundenen Pferden vorbei. Aufgeregt schob sie ihre in leichte Lederschuhe gekleideten Füße durch den jungen Schnee.
»Heh, schönes Kind, kann ich Euch helfen?«, sprach sie jemand mit weingeschwängerter Stimme an.
»Habt vielen Dank, nein«, entgegnete sie dem offensichtlich stark Angetrunkenen, dem Seitenblick nach ein Knappe ohne Bartwuchs. Auf dem weiteren Weg über den Hof blickte sie jeder Frau ins Gesicht, doch Erna war nicht darunter. Uta sah, dass der Platz um den Brunnen, an dem sie sich verabredet hatten, von einer Gruppe Edelleute belagert war. Sie roch Alkohol und Kuhmist und schlüpfte zwischen den überwiegend männlichen Feiergästen hindurch.
»Holde Dame, darf ich Euch auf einen Spaziergang einladen?«, sprach sie erneut jemand an.
Uta schüttelte den Kopf und kämpfte sich weiter durch die Menge.
Dann stand Erna plötzlich vor ihr. »Du bist es wirklich, Uta. Also hab ich doch nicht geträumt!« Erna lächelte breit.
Der Schnee auf Utas Haar glitzerte mit ihren Augen um die Wette. »Schön, dass du gekommen bist.«
Da trat der Knappe ohne Bartwuchs erneut an sie heran. »Darf ich Euch meinen Schutz antragen, Fräulein?« Er grinste bemüht männlich und deutete auf seinen Dolch am Gürtel.
»Das Bauerngesinde hier scheint mir ziemlich unverfroren und Ihr mir recht hilflos in der Kälte zu sein.«
Uta trat einen Schritt zurück. »Wir können uns gut alleine

beschützen.« Ohne eine Erwiderung abzuwarten, griff sie nach Ernas Hand und zog sie hinter sich her. »Komm dort hinüber, zur Kapelle.« Mit einem Blick zurück zum Brunnen versicherte sich Uta kurz, dass ihnen niemand folgte, und wandte sich dann wieder Erna zu.
»Wie ist es dir all die Jahre ergangen? Hast du inzwischen eine Familie? Und was hat dich hierherverschlagen?«, wollte sie wissen und hatte noch unzählige weitere Fragen im Kopf, die sich während der vergangenen Jahre fern der Heimat und Familie angesammelt hatten.
Erna nahm sich die Haube ab, die ihr widerspenstiges Lockengewirr freigab. »Du bist Hofdame der Herzogin von Schwaben geworden?«
Uta nickte ungeduldig. »Wie geht es meinen Geschwistern? Erzähl schon!«
»Sie, ich …« Erna stockte plötzlich und wich Utas Blick aus.
Uta sah, wie die Lippen der Magd zuckten. »Warum sagst du denn nichts?« Sie nahm Ernas Hände in ihre und schaute sie auffordernd an.
»Oh Herrgott, stehe meiner armen Seele bei!«, nuschelte Erna.
Uta drückte Ernas Hände unwillkürlich etwas fester.
»Alles hat sich verändert, seitdem du weg bist«, begann die Magd und stockte sogleich wieder.
»Aber sag mir doch, was sich verändert hat«, drängte Uta.
»Esiko hat sich verändert. Er ist grausam geworden«, brachte sie hervor. »Genauso grausam wie der Graf. Allen wollte er zeigen, dass sie ihm ebenso zu gehorchen haben wie seinem Vater.«
Uta legte die Stirn in Falten. Das klang genauso, wie sie es vorausgesehen hatte. Esiko war schon leidenschaftlich ehrgeizig gewesen, als sie noch gemeinsam ausgeritten waren.

»Immer nur Befehle und wütendes Geschrei.« In Erinnerung an Ballenstedt löste Erna ihre Hände aus denen Utas und presste sie sich auf die Ohren. »Keiner wollte mehr in seiner Nähe sein.«

Esiko ist schon immer geltungsbedürftig, aber nie überreizt und unbeherrscht gewesen, dachte Uta. Sollte sich ihr Bruder so verändert haben? »Und wo ist er jetzt?« Vorsichtig löste sie Ernas Hände von deren Ohren und umfasste sie wieder.

»Esiko reitet im Heer des Herzogs von Sachsen«, antwortete Erna.

Uta zuckte zusammen. »Von Herzog Bernhard II., dem Billunger?« Wenn sich der Bruder tatsächlich im Heer des Sachsenherzogs verdingt hatte, konnte er ihr vielleicht dabei helfen, der Mutter Gerechtigkeit zu verschaffen. Auch wenn Esiko vor Gericht nicht die Muntgewalt für sie übernehmen konnte, solange der Vater lebte, vermochte er bei seinem Dienstherrn durchaus für ihr Anliegen einzutreten.

Ernas Stimme senkte sich. »Im vergangenen Winter wurde Hazecha nach Gernrode gebracht.«

Die Vorstellung, dass ihre kleine Schwester der harschen Äbtissin Adelheid schutzlos ausgeliefert war, schmerzte Uta. Aber immerhin lebte sie noch und war vor dem Vater in Sicherheit. »Erzähl weiter. Wa... wa... was ist mit Wigbert?«

»Deinen kleinen Bruder wollten sie zum Kämpfer ausbilden. Dabei hab ich den Berti viel lieber heimlich mit einem Buch in der Scheunenecke sitzen sehen.« Erna schüttelte ratlos den Kopf. »Die meisten Mägde und Knechte wollten bloß noch weg aus Ballenstedt. Wir waren ja alle das freundliche Wesen der Gräfin gewohnt. Dann bin auch ich von der Burg fortgegangen«, gestand sie. »Hab's einfach nicht mehr ausgehalten.«

Ernas nüchterner Ton wurde wärmer. »Und nicht aufgegeben haben sie, nach dir zu fragen, die anderen Mägde, die Stall-

burschen und Küchenleute. Niemand wusste, was aus dir geworden ist. Nach einem Jahr hielten sie dich für tot.«
»Ha... ha... hatten die Eltern nicht verkündet, dass ich zur Erziehung ins Kloster gebracht worden war?«
»Die Gräfin hat deinen Aufenthaltsort geheim gehalten. Sie hatte Angst, dass der Graf dir folgen könnte und sein Zorn dich das Leben kostet.« Erna senkte den Blick. »Aber sich selbst konnte sie nicht vor ihm schützen.«
»Was weißt du darüber?« Uta erinnerte sich an Linharts Bericht, als sie damals auf den Burgberg zurückgekehrt war. »Linhart sagte mir, dass du gesehen hättest, wie der Vater die Mutter tötete.«
Erna holte tief Luft und begann: »Nachdem der Graf dein leeres Bett sah, hat er auf die Gräfin eingeprügelt. Mit Schlägen hat er versucht, aus ihr herauszubekommen, wo du warst. Aber sie blieb standhaft. Ich habe ihr später Hühnersuppe ans Krankenlager gebracht, da konnte sie nicht mal mehr die kleinen Fleischstückchen schlucken. Als sie kurz darauf sicher war, dass niemand in der Nähe war, überreichte sie mir ein Pergament, das ich niemandem zeigen und so lange hüten sollte, bis ich dich eines Tages wiedersehe.«
Von Ernas Bericht gefesselt und zugleich erschüttert presste Uta die Hände der Freundin an ihre Brust. »Warum hat sie es mir nicht selbst gegeben? Wollte sie mich nicht wiedersehen?«
»Sie wollte, aber ihre Kräfte ...« Erna schaute betroffen zu Boden.
Uta schluchzte. »Ich habe sie so sehr geliebt.«
»Sie dich auch.« Mit diesen Worten zog Erna ein gefaltetes Dokument unter ihrem Umhang hervor. »Witwen ... hm, irgendwas mit Witwe ist da wohl drauf bezeugt.«
»Ihr Wi... Wit... Witwengut?« Uta zerbrach das Siegel und begann zu lesen. Ihre Augen weiteten sich. »Die Mutter hat da-

mals ihr Witwengut dem Kloster Gernrode vermacht, damit sie mich dort aufnehmen.« Sie schaute auf. »Das war ihre einzige Pfründe für den Fall, dass der Vater vor ihr sterben sollte.«
»Sie sagte noch«, fuhr Erna fort, »dass kein Reinigungseid, der einem stotternden Mädchen auferlegt wird, von Gott gewollt sein kann.«
»Das hat sie gesagt?« Uta griff in die Luft, meinte die Anwesenheit der Mutter zu spüren, zu riechen und zu fühlen.
»Die letzten Worte, die sie mir zuflüsterte, waren, dass du dich niemals einem Knappen hingegeben hättest.«
Tränen schossen Uta in die Augen. Wie hatte sie je daran zweifeln können, dass die Mutter ihr nicht glaubte? »Warum aber, so erzählte mir Linhart, sprachen die Leute auf den Marktplätzen dann davon, dass die Mutter am Fleckfieber gestorben ist?«
»Das hat der Graf verkünden lassen«, entgegnete Erna mit hasserfüllter Stimme. »Als Linhart wagte, gegen diese Lüge aufzubegehren, hat der Graf ihn für den Tod der Gräfin verantwortlich gemacht. Er wurde beschuldigt, das Fieber eingeschleppt und auf sie übertragen zu haben.«
»Schwester Hathui berichtete mir«, erklärte Uta, »dass Linhart auf dem Gerichtstag zum Tode verurteilt wurde.«
Erna nickte. »Er hat den Rattentod erlitten.« Nur schwerlich gelang es ihr, einige Schluchzer zurückzuhalten. »Auf einer Streckbank hat man ihn an allen vier Gliedmaßen angebunden. Dann setzte ihm der Scharfrichter eine Ratte auf den Bauch und stülpte einen hölzernen, bodenlosen Käfig darüber. Er zündete den Käfig an, so dass die Ratte panisch wurde. Der einzige Weg für das Tier, seinem feurigen Gefängnis zu entkommen, war der, sich durch Linharts Bauch zu nagen.«
Uta würgte mit geröteten Augen und sprach dann in Gedanken ein Gebet für die Seele des mutigen Stallburschen.
»Wir haben ihn schreien hören und mit ihm gelitten«, fuhr

Erna mit bebender Unterlippe fort. »Das Geheimnis über deinen Aufenthaltsort hat er mit sich ins Grab genommen. Es war grausam auf der Burg. Niemand wagte mehr, einen Ton zu sagen, weil jeder um sein Leben fürchtete«, sagte Erna darum bemüht, ihre Fassung nicht vollends zu verlieren.
Der Schmerz über die Grausamkeit des Vaters drohte Uta den Boden unter den Füßen wegzuziehen. »Aber warum nur verurteilte der Vater einen Unschuldigen zum Tode?«
Verzweifelt raufte Erna sich das wirre Haar. »Wir haben es alle nicht verstanden.«
»Halt mich bitte fest«, bat Uta und legte ihren Kopf an Ernas Schulter. Inzwischen hatte sich der Burghof geleert. Das Schneegestöber war in einen Sturm übergegangen. »Versprich mir, dass uns so bald nichts mehr trennen wird«, sagte Uta, an die Freundin geklammert.
»Versprochen!«, erwiderte Erna, lehnte ihren Kopf an den Utas und ließ endlich ihren Tränen freien Lauf.

Adriana schlief bereits, als Uta sich vom Lager erhob und ein Talglicht anzündete. Dann kniete sie sich auf den Boden, griff unter das Bett, zog ein Tintenfässchen, einen Federkiel und ein Pergament darunter hervor und begann zu schreiben:

Schwesterliche Liebe und Gottes Beistand, Bruder Esiko,
so viele Jahre sind vergangen, seitdem wir zuletzt zusammensaßen. Ich wende mich nun mit einem dringenden Anliegen an dich: Ich möchte der Mutter Gerechtigkeit widerfahren lassen, weil ich den Gedanken nicht ertrage, dass unser Vater sie von uns genommen hat. Sag mir, dass Gerechtigkeit nicht allein Gottes Aufgabe ist.
Ich möchte den Vater vor Gericht bringen und hoffe auf deine Unterstützung in dieser Sache. Als Vorsteher des Bal-

lenstedter Gerichts wird er sich niemals selbst als Mörder richten. Deswegen muss ich das Ballenstedter Gericht umgehen und mich an die nächsthöhere Instanz wenden: Herzog Bernhard II. von Sachsen, in dessen Gefolge du reitest. Esiko, Bruder, sei auch du der Mutter Fürsprecher und erwirke bei deinem Dienstherrn, dass ich ohne den Vater als Munt meine Anklage vorzubringen vermag. Gemeinsam können wir für Gerechtigkeit sorgen. Lass mich deine Zustimmung bald wissen.

Gegeben zwei Tage vor dem Fest der heiligen Agnes, im Jahre 1023 nach des Wortes Fleischwerdung.
Deine Schwester Uta

Mit leuchtenden Augen schaute Uta auf das Pergament. Sollte der Bruder ihr helfen, musste die Mutter nicht mehr lange auf Gerechtigkeit warten. Am folgenden Morgen, so hoffte sie, würde der Brief im Umhang eines Ritters auf die Reise in den Norden des Reiches gehen, wo das Heer des sächsischen Herzogs den Winter über lagerte.
Uta richtete sich vor der Bettstatt auf. Ein Seitenblick zu Adrianas Bett verriet ihr, dass die Hofdame tief und fest schlief; die Feierlichkeiten waren für alle erschöpfend gewesen. Sie faltete die Hände und begann zu flüstern: »Herrgott im Himmel, behüte meinen Bruder Esiko, auf dass ihn dieser Brief erreiche. Möge er mich im Kampf um Gerechtigkeit unterstützen und eine Möglichkeit finden, mir als Weib beim Herzog Gehör zu verschaffen.«
Nach diesen Worten blies sie das Talglicht aus und legte sich wieder schlafen.
Sie träumte, dass Erna und sie über eine blühende Narzissenwiese streiften.

5. Der König

Der Hausherr betrat sein Gotteshaus durch eine schmale, von Messdienern frei gehaltene Gasse. Bei jedem Schritt, der ihn dem Altar näher brachte, hallte das Klopfen seines gusseisernen Stabes auf dem Boden durch das Gebäude. Über dem faltenreichen Untergewand trug er eine Damastkasel, auf deren Vorder- und Rückseite ein goldenes Kreuz gestickt war. Von ähnlich aufwendiger Machart war die Bedeckung seines Hauptes – zwei auf dem Kopf stehende Schilde. Noch auffälliger war jedoch das Pallium, ein handbreites Band, das er sich als einziges von seinen Gewändern selbst angelegt hatte. Niemand außer ihm durfte das Band berühren, das in der irdischen Welt nur noch von an die zwanzig weiteren Erzbischöfen getragen wurde. Es war mit sechs schwarzen Seidenkreuzen bestickt, von denen drei mit Nadeln durchstochen waren, die die Kreuznägel Christi symbolisierten. Der Heilige Vater hatte die Lammwolle für das Pallium in einer Messe gesegnet und damit die Teilhabe seines Trägers an der päpstlichen Hirtengewalt konstatiert. Seit wenigen Tagen verging nun die sterbliche Hülle Benedikts VIII. unter Stein. Dreck zu Staub!, dachte Erzbischof Aribo von Mainz. Dieser wagemutige Laienpapst würde ihm keine Probleme mehr machen. Die christliche Welt lag von nun an ihm zu Füßen! Vor dem Altar angekommen, fixierte er das Evangelienbuch und wandte seinen gewaltigen Körper den Versammelten zu. Er war größer als jeder andere Erzbischof des Heiligen Römischen Reiches. Und größer als der neue, schwache Heilige Vater, der Bruder Benedikts VIII. und wie dieser ein Laienpapst.

In der ersten Reihe im Langhaus standen die päpstlichen Legaten und die Erzbischöfe aus den angrenzenden Reichsteilen, dahinter die weltlichen Fürsten. Und alle schauten sie ihn erwartungsvoll an. Die Vorkirche, die sich nach Osten hin übergangslos an die Hauptkirche anschloss, war gefüllt mit Ritterlichen und Gesandten, die aus anderen Königreichen und Herzogtümern angereist waren und mit ehrfürchtigen Gesichtern die Zeremonie verfolgten.
Aribo von Mainz schärfte seinen Blick und straffte die Mundwinkel. Niemand sollte ihm die Freude über den heutigen Tag ansehen. Zu lächeln offenbarte Schwäche und lud dazu ein, in jemandes Seele zu schauen. Solange er zurückblicken konnte, hatte er niemandem jemals Einblick in seine Seele gewährt – weshalb er es auch, davon war er überzeugt, nicht nur bis zum Erzbischof eines unbedeutenden Bistums wie Magdeburg oder Köln gebracht hatte, sondern bis zum Mainzer Erzbischof, dem Erzbischof unter den Erzbischöfen. Sein Blick glitt durch die Gasse zum Portal, durch das nun Herzog Konrad von Schwaben, geleitet von den sieben Salbungsbischöfen, auf ihn zuschritt. Er hatte wieder einmal die richtige Entscheidung getroffen. Nachdem Kaiser Heinrich an seinem chronischen Steinleiden verstorben war, hatte Aribo nach einer Sedisvakanz von zwei Mondumläufen mit Konrad von Schwaben nun eine formbarere Persönlichkeit als den vorangegangenen Kaiser auf den Thron gehoben. Konrads einstige Opposition im Nah-Ehe-Streit war vergessen. Mit dem von ihm beeinflussbaren König konnte er nun auch noch an weltlicher Macht gewinnen.
Kaum merklich zuckten seine Mundwinkel, als der Krönungskandidat mit den sieben Salbungsbischöfen erwartungsvoll vor ihn hintrat. Regungslos schaute Aribo von Mainz über sie hinweg und bemerkte, dass sich auch sonst

niemand zu rühren wagte. Dieser Anblick, dieses Gefühl der Erhabenheit, war der eigentliche Höhepunkt seiner Messen. Herzog Konrad legte sich vor dem Altar auf den mit Teppichen bedeckten Boden und streckte die Arme in Kreuzform waagerecht zu seinem Körper aus. Die Anwesenden im Kirchenschiff waren währenddessen ehrfürchtig in die Knie gegangen – wenn die Obersten des Reiches lagen, durfte niemand sonst stehen. Vom Chor erklang eine Litanei, die die zwölf Apostel und die Bekenner des Glaubens anrief.
Die Hofdamen knieten, behütet von einigen der herzoglichen Waffenbrüder, im Haupthaus der überfüllten Kathedrale. Seitdem sie das Kirchenschiff betreten hatten, murmelte Uta unentwegt den Namen des Bruders vor sich hin. Es muss etwas Schlimmes passiert sein, dachte sie und rieb unruhig die Knie aneinander. Ansonsten hätte Esiko ihr längst geantwortet und sie seiner Unterstützung versichert oder sie wissen lassen, dass er ihre Anklage sogar schon mit dem Herzog besprochen hatte.
»Konzentriere dich!«, mahnte Adriana, die neben ihr kniete. »Gleich empfängt er das Öl.« Sie deutete mit dem Kinn nach vorne.
Uta nickte und versuchte, zwischen den Menschen vor ihr hindurchzuschauen. In einer der mittleren Reihen, hinter den päpstlichen Legaten, vermochte sie die Herzogin auszumachen, die nur dank der Fürsprache ihres Gatten in die Hauptkirche hatte vorrücken dürfen. Unbestritten überstrahlte Gisela in ihrer enganliegenden Robe alle anderen anwesenden Damen. Ihr goldblondes Haar wallte noch fülliger als sonst unter dem knappen Schleier hervor. Und auch ihre Hofdamen hatten selten so kostbare Stoffe getragen wie an diesem Tag – reine Seide in hellen Blau-, Gelb- und Grüntönen, die aus fernen Reichen ins Land gebracht worden war.

Herzogin Gisela, so sinnierte Uta, ist eine starke Frau. Aufgrund des unausgeräumten Nah-Ehe-Vorwurfs hatte sich Erzbischof Aribo geweigert, zusammen mit dem Herzog auch dessen Gattin zu krönen. Schließlich, und das war vornehmlich Giselas Diplomatie zu verdanken, hatten sie sich darauf verständigt, die Herzogin zehn Tage nach ihrem Gatten vom Kölner Erzbischof krönen zu lassen. Frauen waren nicht rechtsfähig! Aber dennoch hatte sich die Herzogin Gehör verschafft und würde, wenn auch nicht wie ihre Vorgängerinnen am selben Tag wie der König, zur rechtmäßigen Königin des Ostfrankenreichs gekrönt werden. Folglich gab es also einen Weg für Frauen, überlegte Uta, zu ihrem Recht zu kommen. Und sofern ihm nichts zugestoßen war, wollte sie diesen Weg mit Esikos Hilfe beschreiten. Gott behüte ihn, bat sie und zwang ihren Blick erneut zum Altar, wo ein Dutzend Messdiener Rauchgefäße schwenkte. Doch ihr Blick ruhte nur kurz auf ihnen und folgte dann dem aufsteigenden Rauch. Eine Krönungszeremonie in einer Kirchenruine – dem Gotteshaus fehlten das Dach und Teile der Wände – war ungewöhnlich. Und dann noch in einer westwärts ausgerichteten Ruine. Bisher waren sämtliche Kirchen, die sie an der Seite der Herzogin betreten hatte, nach Jerusalem geostet.

»Gleich kommt das Öl«, flüsterte Adriana und zog Uta am Arm. Die schaute daraufhin pflichtbewusst wieder zum Altar, bewunderte aber keinen Atemzug später staunend die geweißten Wände des Querhauses im Westen, aus denen Säulen hervorwuchsen, die in luftiger Höhe einen, ähnlich dem Dach, zerstörten Triumphbogen stemmten.

»So wollen wir uns erheben«, forderte der Erzbischof den Herzog, die Salbungsbischöfe und schließlich auch alle anderen auf und trat vor den Altar. »Ihr werdet nun die Erklärung über die gerechten Prinzipien Eures herrschaftlichen Han-

delns abgeben.« Unter Gewänderrascheln erhoben sich die Versammelten in den Kirchenschiffen.
Herzog Konrad wandte sich dem Mainzer Erzbischof zu. »Ich erkläre, dass ich die Kirche und das Volk schützen und fromm regieren werde. Mit der Hilfe Gottes.«
Zur Salbung traten die sieben Bischöfe vor Herzog Konrad und rieben ihm mit heiligem Olivenöl Haupt, Brust und Schulterblätter ein.
»Jetzt ist er der neue König des Ostfrankenreichs«, flüsterte Mechthild, die die Zeremonie an Utas rechter Seite verfolgte, dieser aufgeregt zu. »Der Herzog hätte sich keinen schöneren Tag als den Festtag der Geburt der Jungfrau Maria für seine Krönung aussuchen können.«
Adriana und Uta nickten beeindruckt.
»Es gefiel ihm zu erniedrigen, den zu erhöhen, er sich vornahm«, pries der Erzbischof den König, der wie Abraham die göttliche Prüfung bestanden hatte. Dann sprach er weiter: »Nicht ohne Absicht hat Gott dich geprüft. Er ließ dich die Huld deines Vorgängers, Kaiser Heinrich, verlieren und wiedererlangen.«[14]
Die Huld Kaiser Heinrichs verloren? Uta horchte auf. Der Erzbischof spielte auf den Nah-Ehe-Vorwurf an, den der Kaiser nicht hatte abweisen wollen. Drohte er damit dem neuen Königspaar, die Inzestbeschuldigung für den Fall wieder hervorzuholen, dass erneut Meinungsverschiedenheiten zwischen ihnen auftreten würden? Aribo von Mainz, wie er dort vorne steif und mit seltsam lauerndem Blick deklamierte, war ihr unangenehm.
»Du hast Unrecht erduldet, damit du dich jetzt derer zu er-

---

14 Frei zitiert aus: Wipo: Taten Kaiser Konrads II., bearb. von Werner Trillmich, in: Quellen des 9. und 11. Jahrhunderts zur Geschichte der hamburgischen Kirche und des Reiches, S. 548.

barmen verstehst, die Unrecht erleiden«, fuhr der Erzbischof mit donnernder Stimme fort. »Zur höchsten Würde bist du damit aufgestiegen, ein Stellvertreter Christi bist du.«[15] Die Predigt endete mit der Ermahnung, als König Recht und Frieden zu wahren, Gerechtigkeit zu üben und die Kirchen, Priester, Witwen und Waisen zu schützen.
Als Nächstes vollzog der Mainzer Erzbischof die Krönung. Dazu legten zwei der Salbungsbischöfe Herzog Konrad den Krönungsmantel an, ein dritter setzte ihm die Reichskrone, die in Form eines Oktagons auf den achten Weltentag, den Tag des Jüngsten Gerichts, hinwies, auf das Haupt.
»Uta?«, flüsterte Mechthild. »Merkst du es denn nicht?«
Uta schaute die Hofdame irritiert an. »Was soll ich nicht merken?«
Mechthild hob vor Entzücken die Schultern. »Er schaut dich an.«
Uta blickte zuerst zum Altar und dann zu den Zuschauern, konnte aber niemanden ausfindig machen, der sie ansah. »Du siehst Gespenster, Mechthild.«
Eine Dame vor ihnen, mit ausladendem Gewand und spitzer Nase, drehte sich zu ihnen um und legte mahnend den Finger auf den Mund. Nach einer Geste der Entschuldigung wandte sich Mechthild wieder Uta zu, deutete auf das südliche Ende des Langschiffs und formte mit den Lippen: »Er, dort drüben!«
Uta, die wie Adriana Mechthilds Fingerzeig gefolgt war, erkannte das Gesicht des Mannes, der sie unverwandt anschaute, augenblicklich.
»Der Markgrafensohn Hermann von Naumburg«, sprach Uta kaum hörbar vor sich hin. Verwirrt senkte sie den Kopf

---

15 Ebda., S. 548.

und spürte, dass sich ihr Puls beschleunigte. Als sie ihn das letzte Mal gesehen hatte, war er Zeuge des schrecklichen Vorfalls im Ballenstedter Buchenforst gewesen, wo er sie mit entblößter Scham auf dem Waldboden unter Volkard aus dem Hardagau hatte liegen sehen.
»Fein sieht er aus, in edlen Stoff gekleidet«, flüsterte Adriana und kicherte.
»Das ist mit Goldfäden durchwirkte Seide!«, glaubte Mechthild zu wissen. »Die leuchtet auf, sobald nur ein einziger Sonnenstrahl auf sie fällt.«
Uta hob den Kopf erneut in Richtung des südlichen Langschiffs, um sich zu vergewissern, dass sie sich auch wirklich nicht getäuscht hatte.
Auch ihren zweiten Blick fing Hermann von Naumburg auf und lächelte, anscheinend wenig beeindruckt von den Vorgängen am Altar. Dort steckte Erzbischof Aribo dem neuen Reichsherrscher gerade den königlichen Ring an den Finger und übergab ihm schließlich das Szepter und den Stab mit dem eingearbeiteten Splitter vom Kreuze Christi.
Uta vermochte nicht, sich von dem Markgrafensohn abzuwenden. Er war der Einzige, der damals versucht hatte, ihr zu helfen, und er lächelte noch immer. Sogar als er von seinem Nachbarn angesprochen wurde, nahm er den Blick nicht von ihr. Unverändert melancholisch lächelnd schaute er zu ihr herüber, und Uta erinnerte sich, wie nachdenklich er beim Gastmahl auf der heimatlichen Burg über das eheliche Vertrauensband gesprochen hatte und wie gelassen er ihrem erzürnten Vater entgegengetreten war.
»Uta, schau doch!«, stupste Adriana sie erneut an.
Uta schaute sich orientierungslos um. »Wie bitte?«
»Unser neuer König besteigt den Thron!« Adriana blickte zum Altar, vor den inzwischen ein prächtiger Stuhl gestellt

worden war, in den sich Konrad sinken ließ, um die anschließenden Worte der Segnung zu empfangen.
Uta nickte flüchtig. »Behüte dein Hinausgehen und dein Kommen, von nun an und bis in alle Ewigkeit«, fiel sie mehrere Herzschläge später in den Menschenchor mit ein, der die segnenden Worte des Erzbischofs wiederholte.

Die Würdenträger und Gäste der Krönungszeremonie zogen hinter dem König feierlich aus der Mainzer Kathedrale. Auch Uta verließ zusammen mit den Hofdamen im Gefolge Herzogin Giselas das Gotteshaus und schloss sich der Prozession an, die über einen Umweg über die Rheinwiesen zum Bischofspalast führte, in dem das Krönungsmahl eingenommen werden würde. Zur Rechten König Konrads, an der Spitze des Zuges, ritt Erzbischof Aribo. Hinter ihnen hielten die Salbungsbischöfe Szepter und Stab aus ihren Sänften, um den Massen die Bestärkung des göttlichen Willens zu demonstrieren. Die Prozession bog aus der Kathedrale kommend die breite Gasse zum Rhein hinab. Die Bewohner und Besucher von Mainz begleiteten den Zug am Wegesrand. Viel Volk war angereist, um an der Göttlichkeit des neuen Königs teilzuhaben. Ein nicht minderes Interesse galt jedoch der noch ungekrönten Königin, die auf dem Weg zum Bischofspalast in alle Richtungen winkte und immer wieder nach vorne zu ihrem König schaute. An den Rheinwiesen verbreiterten sich der Weg und damit auch die Reihen des Prozessionszugs, so dass die Reichsfürsten, die hinter den Sänften der Salbungsbischöfe ritten, ihre Pferde beruhigen konnten, die in den engen Gässchen gerade noch unruhig hin und her getänzelt waren.
»Seht doch«, sagte Mechthild und wies auf ein anmutiges Gebäude in der Ferne. »Der Bischofspalast ist riesig.«

Adriana und Elisabeth holten zu Mechthild auf, die ihr Pferd gezügelt hatte, um besser sehen zu können.
»Hast du das perlenbesetzte Gewand der Dame hinter der Herzogin gesehen?« Gretes helles Haar leuchtete mit den Sonnenstrahlen um die Wette.
»Wie meinst du?«, fragte Uta und wandte sich Grete zu.
Die schwärmte weiter. »Bestimmt waren mehr als tausend Perlen auf ihrem Gewand aufgenäht.«
Daran erinnerte sich Uta nicht. »In deinem Hellblau siehst du mindestens genauso reizend aus«, gab sie stattdessen zurück.
»Liebreiz bemisst sich nicht zwingend an der Anzahl der Perlen auf dem Gewand der Trägerin.«
Grete strahlte Uta von der Seite an.
»Meine Freundin Alwine besaß olivfarbene Haut und dunkle Augen«, erinnerte sich Uta mit einem seligen Lächeln. »Sie trug nie etwas anderes als einen Schleier und ein schlichtes schwarz-weißes Klostergewand. Vielleicht war sie gerade deswegen so unverfälscht schön anzuschauen.« Die Erkenntnis war Uta eben erst gekommen, in Gernrode hatte sie nie darüber nachgedacht.
»Eine grünliche Haut, sagtest du?«, fragte Grete verwundert nach. »So einen Menschen habe ich noch nie gesehen. Das muss ich gleich Mechthild erzählen!« Sie drückte ihrem Pferd die Fersen in die Flanken und holte zu den anderen Hofdamen auf.
Derweil bat Uta den Allmächtigen um Gesundheit für Alwine und darum, dass sich diese weiterhin so leidenschaftlich der Heilkunde widmen durfte. Dabei vernahm sie die Stimme Alwines und sah die Freundin vor sich, wie sie aus dem *Hortulus* vorlas und den Kräutergarten pflegte. Sie lächelte bei dieser herzerwärmenden Erinnerung und blickte versonnen vor sich hin.

»Verzeiht«, sprach sie jemand von der Seite an.
Uta zuckte zusammen und musste sich erst einmal orientieren. Sie sah die anderen Hofdamen ein ganzes Stück vor sich reiten.
»Verzeiht, wenn ich Euch erschreckt habe«, setzte er mit tiefer, ruhiger Stimme nach.
»Nein«, sagte sie schließlich. »Ihr habt mich nicht erschreckt.«
Hermann von Naumburg hielt sein Pferd nur zwei Armlängen von dem ihren entfernt. »Es freut mich, Euch wiederzusehen, Uta von Ballenstedt.«
Uta nickte zum Zeichen der Zustimmung.
»Darf ich fragen, ob Ihr zum Gefolge der Herzogin gehört?«
Sie nickte wieder. Nach einem Moment des Schweigens antwortete sie schließlich: »Wir sind fünf Hofdamen im Kreise der Herzogin.« Sie deutete mit den Augen zu den anderen nach vorne.
Der Blick Hermanns von Naumburg blieb jedoch auf Utas Antlitz haften.
»Bruder!«, ertönte es da plötzlich neben ihnen, und ein in einen kostbaren blauen Umhang gewandeter Edelmann ritt neben Hermann auf.
Uta sah, dass sich der Markgrafensohn auf die Lippe biss, und betrachtete daraufhin den Edelmann, der sich soeben zu ihnen gesellt hatte. Der trug eine Kappe in der gleichen Farbe seines Umhangs. Seine Gesichtszüge, die von grobgelocktem Haupt- und kinnlangem Barthaar eingerahmt wurden, wirkten im Vergleich zu denen Hermanns eher teigig und schlaff. Waren die beiden tatsächlich Brüder?
»Wo sind unsere Schwertträger?«, fragte der Edelmann und hatte Mühe, sein Pferd nach dem kurzen Galopp zu zügeln. »Ich muss sie anweisen, unsere Ausrüstung beim Schmied verstärken zu lassen.« Er blickte fragend von Hermann zu Uta.

»Das ist mein Bruder Ekkehard«, sagte Hermann an Uta gewandt.
Uta nickte höflich und erinnerte sich. Hermanns jüngerer Bruder Ekkehard war damals nicht auf Burg Ballenstedt zugegen gewesen, weil er seine jüngste Schwester zur Verheiratung nach Kiew begleitet hatte.
»Und wie hießt Ihr gleich?«, fragte der ihr als Ekkehard Vorgestellte und tätschelte seinem Schimmel beruhigend den Hals.
»Uta von Ballenstedt«, erwiderte sie höflich.
Flüchtig grüßte Ekkehard an seinem Bruder vorbei. »Was ist nun mit unseren Schwertträgern?«, wollte er gleich darauf erneut von Hermann wissen.
Hermann löste seinen Blick nur zögerlich von Uta. »Ich vermute, sie reiten vorne im Gefolge unseres Schwagers Dietrich. Aber lass uns doch erst einmal in Ruhe den neuen König feiern. Ich möchte heute noch nicht an neue Kampfübungen denken.«
Wenig erfreut nickte Ekkehard und schloss dann zu den Vordermännern auf.
Hermann sah, dass eine der Hofdamen, eine etwas breiter gebaute, ihn streng musterte und sich auf Utas Höhe zurückfallen ließ. »Es war nett, Euch wiederzusehen«, sagte er, bedachte Uta noch mit einem ehrerbietigen Nicken und ritt davon.
Inzwischen war Elisabeth bei Uta angelangt. »Wer war das?«
Uta schaute dem Markgrafensohn nach.
»Ihr solltet Euch nicht gleich von zwei fremden Edelmännern ansprechen lassen«, meinte Elisabeth und blickte dem Davonreitenden ebenfalls hinterher.
»Ich kenne ihn von der Burg meiner Eltern«, entgegnete Uta, die sich im Nachhinein für ihre Verlegenheit ihm gegenüber schämte. Sicherlich hielt er sie nun für eine Verstockte, die der höfischen Konversation nicht mächtig war.

Auf dem weiteren Weg bis zum Bischofspalast genossen die Hofdamen den Jubel des Volkes.

»Hoch lebe König Konrad!«, ertönte es von überall am Wegesrand, und König Konrad reckte dazu das Schwert in die Luft. »Er ist von Gott gesegnet. Er ist von Gott gekrönt!«, riefen die Menschen.

Die Hofdamen winkten und fielen in die Lobpreisung mit ein. Dabei glitzerten ihnen die Wellen des Rheins aus der Ferne entgegen.

Zügig war das Königspaar nach Herzogin Giselas Krönungsfeierlichkeiten von Köln aus zum Umritt aufgebrochen, der Konrad sehr am Herzen lag, weil er sich dabei auch der Zustimmung jener Untertanen versichern konnte, die der Zeremonie in Mainz nicht hatten beiwohnen können. Zu seinem Reich gehörte neben dem Ostfrankenreich auch das Königreich Italien, und nach dem Tode Rudolfs III. von Burgund würde noch das Königreich Burgund dank eines bereits geschlossenen Erbvertrags hinzukommen.

Der Umritt begann in Lothringen und Sachsen, wo das Königspaar plante, ausgiebiger zu verweilen, denn die nordsächsischen Adligen waren als Einzige nicht zur Krönung erschienen.

Der Zug setzte sich mit vierhundert Leuten – dem neu formierten königlichen Hofstaat – in Bewegung. Ihm gehörten neben Bediensteten, Freunden und Bittstellern die Hofkapelle, die Hofverwaltung und ständig wechselndes weiteres Gefolge an. Der Erzkanzler und erster formaler Berater des Königs war Erzbischof Aribo von Mainz, der die Hofkapelle leitete und das Herrscherpaar von nun an auf all seinen Reisen durch das Reich begleiten würde. Das restliche Gefolge bildeten Bischöfe, Äbte, Herzöge und Markgrafen, die zeitweilig an den Herrschaftsakten teilnahmen und den König zur Beratung und zu Verhandlungen begleiteten. Hinzu kam Königin Giselas eigener Hof, der hinter dem des Königs ritt und dem ebenfalls Bittsteller, berittene Beschützer, Hofdamen und einige Geistliche angehörten.

Die fünf Hofdamen hielten sich mit ihren Stuten immer in der Nähe ihres Wagens auf, der die Kisten mit ihren Habseligkeiten beherbergte. Uta verwahrte darin ein paar Gewänder, zwei Paar Schuhe und ihre Schreibutensilien auf. Sie fand, dass der Zug einer unförmigen Schlange ähnelte, die ihre Form mit jedem Tag und jeder neuen Landschaft veränderte. Als Hofdame ritt sie zwar einige Karren hinter der Königin, aber selbst diese, dessen war sich Uta sicher, vermochte beim Durchqueren eines Tales nicht mehr den Anfang des Zuges zu sehen. Zwischen Königin Gisela und ihrem Gatten bewegten sich ganze Herden von Versorgungs- und Schlachtvieh, unzählige Ochsenkarren, Fuhrwerke und eine Kette von Bewaffneten, die den Zug im Abstand von wenigen Schritten wie ein Schutzschild flankierten.

Uta gefielen die Tage hoch zu Ross, während die anderen Hofdamen das lange Reiten nicht gewohnt waren. Schon nach den ersten Tagen klagten sie über Schmerzen am Hinterteil und am Rücken, obwohl sie selten schneller als in Schrittgeschwindigkeit vorankamen. Uta mochte es, wenn der Königshof mit Jubel in den Städten des Reiches begrüßt wurde. Die prächtigen Herrscheradvente entschädigten auch die von Schmerzen geplagten anderen Hofdamen, denn die feierliche Einholung des Königs in eine Stadt, die er als solcher noch nie betreten hatte, war stets ein imposantes Ritual, bei dem es sich auch Königin Gisela nicht nehmen ließ, das ein oder andere Mal prächtig gekleidet an der Seite ihres Mannes und auf gleicher Höhe mit Erzbischof Aribo einzureiten.

Gisela war sich sicher, dass sie bereits beim Umritt ihre Stellung demonstrieren und eine der nachfolgenden Reihen wie noch bei der Krönungszeremonie nicht mehr akzeptieren wollte. Vor den Herrschern des Reiches, und das waren vor allem die Erzbischöfe und Bischöfe, trat sie als gewichtige Beraterin ihres Mannes auf; bei der Neubesetzung vakanter Bistümer und Reichsabteien würde sie von nun an mitreden.
Bereits beim Einritt in den südwestlichen Zipfel des Herzogtums Sachsen hatte der Tross seine feste Struktur gefunden. Seine Versorgung funktionierte reibungslos, ein jeder kannte seinen Platz. Dennoch kam der Königszug an diesem Tag nur langsam voran, da er unbesiedeltes Land mit schlecht befestigten Wegen durchquerte.
Der Tross hatte Köln vor einem Mondumlauf verlassen, und Uta bot sich zum ersten Mal die Möglichkeit, wieder mit Erna zu sprechen. Die war inzwischen ein fester Bestandteil des königlichen Küchenpersonals geworden und damit eine von zwei Dutzend Personen, die für die Verpflegung außerhalb der Klöster, Abteien oder Bischofsresidenzen zuständig waren.
Uta gab Adriana neben sich ein Zeichen und ließ ihre Stute ans Ende des Zugs zurückfallen, wo sie das Gesinde vermutete. Als sie die Küchenkarren erreichte, sprang sie vom Pferd, band es am letzten Karren fest und lief neben den hintereinandergereihten Wagen her, die jeweils mit grobem Stoff überspannt waren, der die Vorräte vor Wind und Wetter schützte. Uta spähte durch die hintere Öffnung in die Karren hinein, um ihre Freundin zu finden. Beim vordersten Wagen angekommen, der mit Getreidesäcken bepackt war, entdeckte sie schließlich Erna, die es sich auf einer Kiste mit einem Eimer Rüben bequem gemacht hatte.
»Hilf mir schnell hoch!«, rief sie Erna zu.

»Uta?« Die Magd benötigte einen Augenblick, um sich von ihrer Überraschung zu erholen. »Aber wir fahren noch. Das ist gefährlich. Du beschmutzt dein gutes Gewand.«
»Nun mach schon, oder möchtest du, dass ich noch länger hinter dem Wagen herlaufe?«, entgegnete Uta forsch, raffte ihr Kleid und setzte an, auf das Trittbrett am hinteren Ende des Karrens zu steigen. Dabei fiel ihr Blick auf den Bauern, der den Karren lenkte und sie mit gesenkter Peitsche anstarrte. Als sie seinen Blick erwiderte, wandte er sich peinlich berührt wieder nach vorne.
Erna zog sie mit der Hand hinauf, um ihr gleich darauf die Gewänder, die beim Aufsteigen nach oben gerutscht waren, wieder nach unten zu ziehen. »Willkommen in meiner bescheidenen fahrenden Hütte«, sagte sie und lächelte etwas beschämt.
»Es ist so schön, dich endlich wiederzusehen!« Uta drückte die Freundin und ließ sich auf einem der Rübensäcke nieder.
»Ich sehe dich aus der Ferne oft neben der Königin«, sagte Erna etwas verlegen. »Ich habe mich gar nicht mehr getraut dich anzusprechen.«
»Aber Erna, wieso denn?«
Erna ließ sich ebenfalls auf einem der Säcke nieder und begann, die Rüben zu schälen. »Die vielen edlen Gewänder blenden mich.«
»Aber ich bin doch immer noch Uta«, beschied Uta energisch. »Deine Uta!«
Erna schaute auf. »Stimmt, denn jetzt bist ja hier auf meinem dreckigen Wagen.« Erna ließ Messer und Rübe sinken und umarmte Uta, bis der Küchenwagen plötzlich über einen Stein rumpelte und sie nach der Seitenwand des Karrens greifen musste, um Halt zu finden.
Als der Wagen wieder ohne Zuckeln weiterfuhr, schaute Uta sich um und fragte dann: »Wie gefällt es dir zu reisen?«

»Wir werden lange von zu Hause weg sein«, antwortete Erna und schälte schneller.

Uta war der Anflug von Heimweh in Ernas Stimme nicht entgangen, auch wenn das Gesicht der Freundin gleichzeitig voller Freude war. »Ein König hat kein festes Zuhause«, entgegnete sie, »weshalb auch wir kein festes Zuhause mehr haben. Aber daran werden wir uns bestimmt bald gewöhnen.«

»Bestimmt«, beschied Erna, legte erneut Rübe und Messer beiseite und zog den ledernen Umhang fester. Verträumt lächelte sie in sich hinein.

»Der Umritt ist wichtig für den König«, fuhr Uta fort. »Mit ihm sind nicht nur die Inbesitznahme des Krongutes und das Abhalten von Gerichts- und Hoftagen verbunden, sondern auch die Huldigung durch die Gebietsfürsten des gesamten Reiches.«

Uta war insbesondere davon angetan, die Gerichtstage miterleben zu können. Königin Gisela hatte ihr jüngst erläutert, dass sie gedachten, diese vornehmlich in Kathedralen abzuhalten, um sich Gottes Anwesenheit während der Urteile zu versichern. Utas Gedanken schweiften ab. Sie sah den Vater vor einem Altar knien, wo er Worte der Entschuldigung und die Bitte um göttliche Vergebung für sein Vergehen an der Mutter vortrug.

Dann spürte sie Ernas Hand auf ihrer und kehrte wieder in die Gegenwart zurück.

»Das ist ganz schön kompliziert«, sagte Erna und ergriff Messer und Schälgut erneut. »Huldigung, Krongut und all diese Sachen.«

»Aber wir werden viele neue Menschen treffen. Vielleicht sogar mit ihnen reden können.« Gleichzeitig erinnerte Uta sich daran, dass Esiko ihr immer noch nicht auf ihren Brief geantwortet hatte.

»Autsch«, fuhr Erna hoch und hielt die Hand von ihrem Körper weg.
Uta sah Blut tropfen. Sie zog ein Tüchlein unter ihrem Gewand hervor und presste es auf Ernas Schnittwunde. »Was ist los mit dir? Sonst schälst du doch, ohne hinzuschauen?« Sie verknotete das Tuch um Ernas Hand und schaute sie fragend an.
»Nichts, gar nichts.« Erna winkte ab und griff nach der nächsten Rübe.
»Wenn du heute Abend mit der Arbeit fertig bist, wollen wir uns dann zusammensetzen und einander erzählen?«, fragte Uta. »So wie früher?«
Wider Erwarten zögerte die Freundin. »Hm, ich muss mal gucken, ob …«
»Ob was?«, fragte Uta enttäuscht.
Da wurde der Karren gebremst.
»Wir nächtigen hier«, ging der Befehl von Wagen zu Wagen.
»Wir müssen die Feuerstellen fertig machen«, rief einer vom Ochsenkarren nebenan.
Küchenmeister Arnold erschien vor dem Wagen, bevor Uta eine Antwort erhalten hatte. Er lächelte zuerst Erna an, dann um einiges zögerlicher Uta und deutete eine Verbeugung an. »Uta von Ballenstedt.«
»Küchenmeister«, entgegnete Uta und nickte. Sie begegneten einander selten, so dass sich Uta erst in diesem Augenblick wieder seiner glutroten Haare bewusst wurde.
»Was machen die Rüben?«, fragte Arnold.
»Ich bin gleich so weit.« Erna strahlte den Küchenmeister an und deutete in eine Ecke des Karrens. »Zwei Fuhren habe ich schon fertig. Wir müssen jetzt dreimal so viele Mäuler stopfen wie auf der Burg«, erklärte Erna an Uta gewandt.
Arnold nickte. »Erna ist unsere schnellste Schälerin.« In die-

sem Augenblick sah er ihre verletzte Hand, griff nach ihr und betrachtete sie besorgt.
Für einen Moment waren lediglich das Stöhnen der Ochsen und das Meckern der Ziegen zu hören.
»Ich gehe dann besser«, sagte Uta.
»Aber ...«, wollte Erna protestieren.
»Vielleicht sehen wir uns dann an deinem nächsten freien Abend«, fuhr Uta schon fort und stieg mit gerafften Gewändern vom Gefährt. Der Geruch von frischem Ochsenkot stieg ihr in die Nase. »Ich gehe jetzt zur *Dionysiana*.« Sie hielt auf ihre Stute zu.
»Dio... was?«, rief Erna ihr hinterher.
»*Dionysiana*«, antwortete Uta. Mit der Abschrift dieses Buches, einer erweiterten Sammlung von Erlässen und Konzilienbeschlüssen, die Kaiser Karl zum fränkischen Kirchengesetz erklärt hatte, hatte Konrad seine Frau zur Krönung überrascht. Ein Geschenk, das Uta mit besonderer Sorgfalt in der Satteltasche verwahrte und von dem sie sich weitere Informationen über die Rechtsfähigkeit erhoffte. »Ich muss sie endlich zu Ende lesen«, ermahnte sie sich, als Männer um sie herum mit der Axt aufbrachen, um Holz für die nächtliche Umzäunung der Tiere zu schlagen.
Uta band ihre Stute los und führte sie am Zügel an einem wagenlosen Teil des Trosses vorbei, der nur aus Pferden, Bannern und bartlosen Jungspunden zu bestehen schien. Eigentlich hatten die Hofdamen vereinbart, sich niemals alleine durch den Tross zu bewegen, denn dies war wegen all der Unbekannten und Wegelagerer, die sich dem Zug zeitweise anschlossen, gefährlich. Aber sie hatte endlich einmal wieder mit Erna sprechen wollen. Die Freundin ist verändert, dachte Uta und zog ihre unruhige Stute an den angebundenen Hengsten vorbei. Dabei murmelte sie kopfschüttelnd: »Ich verstehe das einfach nicht!«

»Darf ich fragen, was Ihr nicht versteht?«, fragte da eine rauhe, tiefe Stimme. Hermann von Naumburg war nur drei Armlängen von ihr entfernt hinter einem der Tiere hervorgetreten. Die anderen Reiter neben ihm saßen noch ab und richteten ihre Gehänge.
Uta blickte in das Gesicht mit den melancholischen Zügen. Sie erkannte die große, etwas schiefe Nase, das knapp über die Schulter reichende Haar und das glattrasierte Kinn. »Ich …«, begann sie, dann war ihre Stimme weg.
Hermann von Naumburg schaute sie nur an, weder unruhig noch ungeduldig, und lächelte.
»Ich muss zur *Dionysiana*«, sagte sie wie zur Aufforderung an ihre Füße, sich wieder in Bewegung zu setzen. »Sie wartet auf mich.«
»Markgraf?«, drang eine Männerstimme zu ihnen hinüber. Ein in ein edles Wams Gekleideter trat an Hermann von Naumburg heran. »Da seid Ihr ja! Ich muss Euch dringend sprechen«, insistierte der Mann, dem Uta, seinem Gewand nach zu urteilen, mindestens den Rang eines Grafen zuteilte.
»Ich bin gleich bei Euch, Notgar«, sagte Hermann von Naumburg und wandte sich noch einmal an Uta, die den Moment der Ablenkung genutzt hatte, um aufzusitzen. »Entschuldigt mich, Uta von Ballenstedt. Ach …«, hielt er noch einmal inne: »Dies diem docet.«[16]
Uta hob die Augenbrauen. »Der Tag lehrt den Tag?«
»Lernt mit jedem Tag etwas Neues.« Hermann von Naumburg lächelte weiter. »Der Verstand hat sicherlich auch Publilius Syrus manchmal an der Nase herumgeführt.« Mit diesen Worten verschwand er im Gewimmel.

---

16 Satz hier und folgend zitiert aus: Publilius Syrus, Bibliotheca Augustana, www.hs-augsburg.de/~harsch/Chronologia/Lsante01/Publilius/pub_sent.html, Sententiae D1.

Uta schmunzelte in sich hinein und trabte an, damit sie an diesem Tag recht bald etwas Neues lernen würde – dank der berauschenden Sätze der *Dionysiana*.

Zurück bei den Hofdamen, holte sie die *Dionysiana* aus der Satteltasche und stieg auf ihren Karren. Sie zog das Schutzleder vor den Einstieg und zündete ein Talglicht an. Dann kniete sie nieder und zog die bereitgelegte Pergamentsammlung auf ihren Schoß. Mit »Markgraf« war Hermann von Naumburg gerade angesprochen worden, erinnerte sie sich. Er schien sich im Streit um sein Erbe demnach doch noch durchgesetzt zu haben. Uta öffnete das Buch. »*Collectio Dionysio-Hadriana* – für den großen Karl, gesammelt von seiner Heiligkeit Papst Hadrian I. im Jahre 774 nach des Wortes Fleischwerdung«, murmelte sie und spürte, dass ihre Fingerspitzen zu kribbeln begannen.

»Uta? Seid Ihr hier?«, fragte draußen eine Stimme. Elisabeth schob das Leder beiseite und ließ gleißende Helligkeit ins Innere des Karrens dringen.

Mit zusammengekniffenen Augen blickte Uta vom Pergament auf. Sie hielt die Beine beim Knien leicht gegrätscht und den Oberkörper wie zur Rübenernte weit vornüber gebeugt.

»Aber Uta. So sitzt doch keine Hofdame. Ihr solltet auf eine gerade Haltung achten!«, mahnte Elisabeth. Sie war die Einzige der fünf kaiserlichen Damen, die nicht zum vertrauten Du übergegangen war.

»Die Königin wünscht ...«, erklärte Elisabeth, »sie wünscht, dass wir uns bei ihr sammeln. Die letzte Strecke zum Kloster reiten wir in kleiner Runde.«

Uta erhob sich. »Wir sind schon in Vreden?« Gehorsam stieg sie vom Karren, verstaute die *Dionysiana* wieder in der Satteltasche und folgte Elisabeth. Sie wollte in Vreden unbedingt eine Familienangelegenheit regeln.

Als die Hofdamen im Gefolge des Königspaares das Kloster betraten, dem Äbtissin Adelheid neben Gernrode und Frose vorstand, galten Utas einzige Gedanken Hazecha.

Als Hofdame gehörte Uta dem Teil des Hofes an, der innerhalb der Klostermauern nächtigte, während der restliche Teil des Trosses auf den Feldern um Vreden lagerte. Das hiesige Kloster verfügte nicht über die nötigen Mittel, um den gesamten Hofstaat aufzunehmen. Immerhin waren die Geistlichen der Hofkanzlei, die Hofdamen der Königin und noch einige Berittene in den klösterlichen Räumlichkeiten einquartiert worden. Erzbischof Aribo hatte sich für die Reise nach Vreden entschuldigen lassen. Er gedachte erst in Dortmund wieder zum Tross zu stoßen.
»Wir huldigen dem von Gott Auserwählten«, begrüßte Äbtissin Sophie den König auf dem Klosterhof.
Uta hatte die Schwester von Äbtissin Adelheid sofort wiedererkannt: Sie hatte ihr rotes Haar unverändert zu einem wahren Turm unter dem Schleier auffrisiert. Während der vergangenen fünf Jahre schien sie kaum gealtert zu sein.
Zunächst hatte der hiesige Pater eine Messe abgehalten und den Herrn um Beistand für den neuen König gebeten. Am Abend war dann Äbtissin Adelheid angereist und kurz vor dem Königspaar niedergekniet.
»Meine Hofdame kennt Ihr sicherlich noch«, sagte Königin Gisela nach der Huldigung, während der König mit seinen Getreuen bereits auf den Versammlungssaal zuhielt, in dem das gemeinsame Mahl eingenommen werden sollte. Darauf trat Uta hinter der Königin hervor, in einem dunkelroten Gewand mit lang auslaufenden Ärmeln.
Für einen kurzen Augenblick weiteten sich die Augen der beiden Äbtissinnen. »Ich habe sie gar nicht erkannt ohne

ihren Schleier«, bemerkte Äbtissin Sophie. »Wie liebreizend.«

Äbtissin Adelheid ließ sich Zeit mit ihrer Antwort und musterte ihre einstige Sanctimoniale. »Sie ist kaum gewachsen.«

Gisela von Schwaben lächelte gewohnt einnehmend. »Das sehe ich völlig anders. Uta von Ballenstedt ist mir zur treuen Ratgeberin geworden.«

Die Äbtissinnen lächelten verhalten.

Uta spürte Zufriedenheit und fühlte sich gleichzeitig ermutigt. Mit einem Blick bat sie die Königin darum, sprechen zu dürfen, was diese ihr sogleich gewährte. Uta hatte ihr bereits vor Antritt der Reise von ihrem Wunsch erzählt, sich in Vreden bei Äbtissin Adelheid nach Hazecha zu erkundigen. Gernrode und Quedlinburg standen nicht auf der Reiseroute für den Umritt, Vreden war somit die einzige Möglichkeit, ihre Frage an Äbtissin Adelheid zu richten.

»Verzeiht Äbtissin Adelheid, wenn ich Euch anspreche«, begann Uta und fixierte das silberdurchwirkte rote Haar, das seltsam unwirklich aussah. »Doch könnt Ihr mir sagen, wie es Hazecha von Ballenstedt geht? Und Schwester Alwine?«

Äbtissin Adelheid umklammerte ihr Lilienszepter, betrachtete erst die Königin und fixierte dann Uta. Schließlich sagte sie in einem Ton, der ihre Unzufriedenheit deutlich zum Ausdruck brachte: »Schwester Hazecha tut sich wahrlich schwer bei uns! Ihre Dienste in der Krankenkammer sind nicht zufriedenstellend.«

»A... aber?«, verfiel Uta ins Stottern. Die jüngere Schwester hatte die Befehle des Vaters und die Anweisungen der Mutter stets folgsam ausgeführt, auch wenn sie ihrem Wesen nach ein Wildfang gewesen war. Gleichzeitig wurde Uta warm ums Herz, wenn sie daran dachte, dass sich in der Krankenkammer Alwine womöglich der jüngeren Schwester angenommen hatte.

Äbtissin Adelheid fügte tadelnd hinzu: »Sie ist kaum anpassungsfähig.«
Ungläubig weiteten sich Utas Augen. »Und Schwester Alwine?«
»Die tut ihre Pflicht. Nicht mehr und nicht weniger!« Äbtissin Adelheid schaute auffordernd zu Königin Gisela und dann in Richtung des Königs, der vor dem Speisesaal wartete.
Uta senkte betreten den Kopf. »Ich möchte meine kleine Schwester gerne sehen.«
»Nein«, entgegnete Äbtissin Adelheid harsch. »Sie wird demnächst das ewige Gelübde ablegen und darf das Kloster somit nicht mehr verlassen. Und Ihr nicht mehr hinein.«
Uta drehte sich enttäuscht zur Königin. »Darf ich ihr wenigstens einen Brief schreiben?«
»Dagegen wird die Äbtissin sicherlich nichts einzuwenden haben, nicht wahr?«, antwortete die Königin umgehend.
Äbtissin Adelheid zögerte mit ihrer Zustimmung, die sie der Königin jedoch nicht ohne weiteres verweigern durfte. »Dann sei dem so«, sagte sie schließlich mürrisch.
Uta wurde leichter ums Herz. »Danke, Äbtissin Adelheid.« Sie nickte auch der Königin zu.
»Dann möchten wir Euch jetzt zum Mahl einladen«, sagte Äbtissin Sophie und wandte sich dem Gefolge des Königs zu.
»Wir bedanken uns für die Einladung«, sagte Gisela von Schwaben galant und betrat, begleitet vom Klopfen des Lilienszepters, mit ihren Hofdamen den Versammlungssaal vor den Äbtissinnen.
Selten war Uta eine Mahlzeit so lang vorgekommen. Sie nahm auch die Vredener Sanctimonialen nicht wahr, die sie hilfsbereit zu ihren Plätzen an der Tafel geleitet hatten, sondern hatte lediglich Bilder von Hazecha vor Augen: Wie sie die in die Jahre gekommene Stute der Mutter imitiert hatte, wie sie sich

oftmals an sie gekuschelt hatte oder wie sie gemeinsam mit der Mutter Narzissenkränze auf den Ballenstedter Wiesen gebunden hatten. Was war passiert, dass sich die kleine Schwester im Gernroder Stift nicht anzupassen vermochte?
Als sich das Königspaar endlich erhob, ging Uta in die Stallungen, holte sich aus der Satteltasche ihrer Stute ihre Schreibutensilien und zog sich in die ihr zugewiesene Zelle zurück. Sie wollte Hazecha um ein Lebenszeichen bitten und ihr Mut machen durchzuhalten.
Das Schreiben übergab sie gleich am nächsten Tag Äbtissin Adelheid, die bereits übermorgen nach Gernrode zurückkehren wollte.
Ihrem nächsten Schreiben, so nahm Uta sich vor, würde sie ein Geschenk an die Schwester beilegen. Schon am Folgeabend würde sie mit einer Abschrift beginnen. Dem zweiten Buch aus der Sammlung *Von der Materie der Medizin*, das sie einst in der Quedlinburger Schreibstube für Alwine studiert hatte. Auch heute noch vermochte sie sich wortgetreu an die Rezepturen aus gebrannten Flusskrebsen, Wanzen und Fröschen zu erinnern.

»Und du bist wirklich zu Hanna gegangen und hast ihr gesagt, dass sie eine große Nase hat?« Die Sanctimoniale schaute fragend drein, während sie einen Eimer voller Äpfel auf den dafür vorgesehenen Platz in der Speisekammer hievte.
»Ja!« Hazecha reckte stolz die Brust hervor. »Schließlich hatte ich unsere Wette ja verloren.«
Gebannt von dem Bericht bildeten die Sanctimonialen, die ebenfalls mit der Sortierung der Vorräte beauftragt worden waren, einen Kreis um Hazecha.
»Ich weiß nicht, ob ich es mich getraut hätte«, brachte Lisette, die Kleinste von ihnen, hervor. »Hanna ist die Köchin des

Stifts und sie bestimmt, wie viel Essen in deiner Schale landet.«

Auch Elfriede, die mit einer beträchtlichen Leibesfülle gesegnet war, schien ernsthaft besorgt. »Vielleicht lässt sie dich jetzt sogar verhungern?«

»Aber ich muss doch zu meinem Wort stehen!« Hazecha stemmte wie zur Bekräftigung die Hände in die Hüften und warf ihren Schleier auf den Rücken zurück.

»Hattest du keine Angst, dass Hanna direkt zur Äbtissin geht und dich verrät?«, wollte eine andere Sanctimoniale mit großen Augen wissen.

»Ein wenig schon«, gab Hazecha zu, »aber ich musste es ja tun, nachdem Alwine gewonnen hat und wir zuvor ausgemacht hatten, dass der Verlierer Hanna auf ihre große Nase ansprechen muss.«

»Wie bist du eigentlich auf die Idee gekommen, mit Schwester Alwine zu wetten, dass du mehr Kräuter kennst als sie?«, fragte Lisette mit einer Spur von Verständnislosigkeit. »In der Heilkunde ist Schwester Alwine einfach unschlagbar!«

»Ich dachte, wenn ich die Namen aller Kräuter im Garten lerne, hätte ich eine Chance.« Hazecha nickte einsichtig. »Aber Alwine ist wirklich nicht zu übertreffen.«

Elfriede nahm mehrere Äpfel aus dem Regal und verteilte sie unter den Mitschwestern. »Und was war nun mit der Nase? Wie hast du es Hanna gesagt?«

»Ich bin in die Küche gelaufen, sobald wir die Memoria beendet hatten«, erklärte Hazecha und biss genüsslich in ihren Apfel.

Die Sanctimonialen warteten gespannt, bis sie den ersten Bissen hinuntergeschluckt hatte.

»Zuerst habe ich sie für ihre Kochkünste gelobt, mit denen sie uns jeden Tag verwöhnt.« Hazecha lächelte verschmitzt.

Lisette, die dieses Vorgehen nicht verstand, fragte: »Ihre Kochkünste? Warum denn das? Was hat denn das mit ihrer Nase zu tun? Nun erzähl schon, Hazecha!«
»Danach habe ich ihr gesagt, dass ich ihre Suppe mit Wurzelgemüse am liebsten mag«, fuhr Hazecha fort. »Als sie mich daraufhin anlächelte, sagte ich ganz schnell, dass sie sich um ihre große Nase keine Sorgen machen bräuchte, mit ihren Kochkünsten würde sie sowieso jedermanns Herz erobern.«
Die Sanctimonialen hielten gleichzeitig die Luft an und vergaßen sogar, ihre Äpfel zu essen. »Und, hat sie dich fortgescheucht?«
»Zuerst verzog Hanna das Gesicht.« Hazecha blickte ernst in die Runde. »Ohne mit der Wimper zu zucken, meinte sie dann, dass ich meine krummen Beine mit meinem Kräuterwissen vielleicht auch vergessen machen könnte. Dann mussten wir beide lachen.«
Die Sanctimonialen kicherten.
»Ich hätte mich geschämt und wäre in Tränen ausgebrochen«, gestand Lisette.
»Lisette«, sagte eines der Mädchen und schob seine Vorderzähne über die Unterlippe. »Dein Mut ist ja auch vergleichbar mit dem einer Maus!«
Die Sanctimonialen lachten auf.
»Meine Damen, seid Ihr fertig?« Schwester Edda, die Älteste der Stiftsdamen und Vertreterin der Äbtissin, hatte die Vorratskammer betreten.
Die Sanctimonialen reihten sich so schnell sie konnten in einer Linie auf und ließen die angebissenen Äpfel mit einem Schubs unter eines der Regale rollen, in dem die Winterfrüchte lagerten.
»Wie sieht es denn hier aus?« Kopfschüttelnd ging Edda auf ihre Sanctimonialen zu, die mit besonders gerader Körperhal-

tung ihren Gehorsam zu demonstrieren versuchten. »Hatte ich Euch nicht gebeten, Obst und Gemüse zu sortieren, weil die Mägde reihenweise fiebern?« Edda schritt vor ihnen auf und ab. Als sie am Ende der Reihe angekommen war und den Sanctimonialen den Rücken zuwandte, sah Hazecha einen angebissenen Apfel unter dem Regal vorlugen und verkniff sich mühsam ein Lächeln.
»Wenn ich Euch allein lasse, Schwestern, habe ich hinterher mehr Arbeit als zuvor«, seufzte Edda gespielt, drehte sich wieder um und wanderte die Reihe der Sanctimonialen zurück. Sie war es gewohnt, die jungen Damen vertieft in Gespräche anzutreffen, sobald sie sich außerhalb der Stiftsräume befanden, in denen Ruhe oberstes Benediktinergebot war.
»Hazecha von Ballenstedt.« Edda blieb stehen. »Euer Gelübde, das Ihr in nicht einmal drei Mondumläufen abzulegen wünscht«, sie machte eine kurze Pause und schaute das Mädchen eindringlich an, »versagt Euch solch ergötzliche Gespräche. Werdet Ihr Euch zukünftig daran halten?«
Hazecha nickte sofort. »Das werde ich, Schwester Edda.« Auch wenn es ihr wahrscheinlich schwerfallen würde.
»Ich glaube an Euch, Schwester Hazecha.« Edda machte eine kurze Pause und schaute das Mädchen liebevoll an. Sie selbst hatte das Gelübde wie Hazecha bereits in jungen Jahren abgelegt und war nach zwanzig Jahren im Stift Frose nunmehr von Äbtissin Adelheid vor zwei Jahren nach Gernrode versetzt worden. »Ihr seid ein guter Mensch. Folgsam und fleißig.«
»Danke, ich werde Euch nicht enttäuschen«, entgegnete Hazecha mit einem ebenso liebevollen Blick.
»Und jetzt macht, dass Ihr allesamt auf die Empore kommt. Die Glocken werden jeden Moment zum Nachmittagsgebet läuten.«

»Ja, Schwester Edda«, antworteten sie im Chor.
Mit einem Lächeln verließ Edda die Vorratskammer.
»Bereit?«, fragte Hazecha an die Sanctimonialen gewandt.
»Bereit!«, entgegneten sie, zogen ihr Stiftsgewand zurecht und verließen in demütiger Haltung den Raum.

Der Hoftag in Dortmund war für sechs Tage angesetzt. An einem grauen Wintermorgen hatte man sich nach der Messfeier zu einem ersten Gespräch in kleiner Runde in die Pfalzkapelle zurückgezogen, in der kaum mehr als zwei Dutzend Menschen Platz fanden. Vor dem Altar waren lediglich für den König und den Mainzer Erzbischof Sitzgelegenheiten aufgestellt worden. Die wenigen weiteren Gesprächsteilnehmer, ausgesuchte und einflussreiche Vertraute der beiden Herrscher, mussten durch zwei Treppenstufen von den Sitzenden getrennt in der Kapelle stehen.
Uta hatte sich in einigem Abstand hinter der Königin, die zur Rechten ihres Gemahls stand, hinter ein Schreibpult gestellt. In Königin Giselas Auftrag oblag es ihr, das folgende Gespräch auf Pergament festzuhalten. Der Mainzer Erzbischof vertraute auf seinen eigenen Schreiber, der sich ebenfalls in einigem Abstand hinter seinem Herrn in Stellung gebracht hatte. Kaplan Wipo war – so hatte die Königin Uta erklärt – als wortgewandtester Schreiber im Reich damit beauftragt worden, die *Taten Konrads* für die Nachwelt und insbesondere für den königlichen Erben Heinrich festzuhalten. Von Wipos ersten Entwürfen über die Krönungszeremonie hatte Uta jüngst eine Abschrift zur Korrektur für die Königin angefertigt. Verstohlen blickte sie zu Wipo hinüber. In seinen einfachen Gewändern, die sie an den rauhen Lodenstoff in Gernrode erinnerten, wirkte er wie ein Fremdkörper unter den buntgewandeten Würdenträgern.

Erzbischof Aribo von Mainz hingegen hatte für den heutigen Tag seine Pontifikalien angelegt und ließ sich auf dem Stuhl neben dem König nieder. Als Erstes schien er Witterung in der Kapelle aufzunehmen. Sein Blick streifte die Gesichter der Anwesenden unterhalb der Altarstufen, die dicht aneinandergedrängt darauf warteten, dass er das Wort ergriff. Aribo von Mainz nickte seinen Amtskollegen, dem Kölner Erzbischof, Erzbischof Humfried aus Magdeburg, dem Paderborner Bischof und Bischof Branthag, der aus Halberstadt von der Ostgrenze des Reiches angereist war, zur Begrüßung flüchtig zu. »Das östliche Vorfeld des Reiches verlangt unsere Aufmerksamkeit, meine Herren!«, begann er schließlich.
Uta erschauerte, als sie sah, wie scharf der Erzbischof einen Moment Königin Gisela fixierte. Gisela war neben Uta die einzige Frau in der Kapelle und stand nun etwas versetzt hinter dem König. Die erzbischöfliche Art der Beobachtung erinnerte Uta an einen Luchs, der seine Beute zuerst ruhig fixierte, bevor er sie attackierte. Uta beugte den Kopf über das Pergament.
Erzbischof Aribo bedeutete dem zuvorderst stehenden Bischof Meinwerk von Paderborn, mit seinen Ausführungen zu beginnen.
Mit einem ergebenen Nicken meinte dieser: »Zu Lebzeiten Kaiser Heinrichs hat es Herzog Boleslaw nie gewagt, nach einer eigenen Königskrone für Polen zu greifen. Nun erreichte uns die Kunde, dass er sich unter Anwesenheit seines Erben Mieszko zum König von Polen hat krönen lassen. Er verkündet überall, das ihm einst gegebene Versprechen Kaiser Ottos III., zumal es keinen Kaiser mehr gebe, nunmehr selbst einzulösen.«
Uta umfasste ihren Kiel fester und begann zu schreiben.
»Dieser selbstgekrönte Boleslaw missachtet meine Oberherr-

schaft über Polen! Er soll inzwischen sogar die königlichen Insignien durch das Grenzland tragen. Das kann ich nicht dulden! Wir müssen vor Ort«, drängte der König und erhob sich nervös. »Seine Krönung kommt einer Aufkündigung des Bautzener Friedens gleich! Sein Reich ist unter meiner Aufsicht, das muss er anerkennen. Wenn jemand gekrönt wird, dann nur mit meiner Zustimmung und auch nur zum Herzog!«

Aribo von Mainz trat neben seinen König. »Langsam, Königliche Hoheit«, sagte er gönnerhaft und genoss das auf seine Worte folgende Schweigen. Als er auch den Blick der Königin auf sich spürte, erklärte er: »Wir sollten mit Bedacht vorgehen, Königliche Hoheit.«

Mit der Hand am Schwert drängte sich Ekkehard von Naumburg vor. »Wir müssen den Polen unterwerfen. Schließlich ist es nicht das erste Mal, dass er seine Befugnisse überschreitet, Euer Exzellenz, Königliche Hoheit«, eiferte er und verbeugte sich tief nach diesen Worten.

Überrascht bemerkte Uta nun, dass Markgraf Hermann durch die vordere Reihe der Bischöfe trat. Sie hatte ihn unter den Versammelten bisher gar nicht wahrgenommen. Zu sehr war sie vom Mainzer Erzbischof abgelenkt gewesen.

»Wir sollten zuerst versuchen, weitere Verbündete zu gewinnen, die in der Lage sind, die Grenzgebiete zu verstärken«, sagte Hermann von Naumburg und trat an die Seite seines jüngeren Bruders. »Und ein Gespräch mit dem selbsternannten polnischen König erwägen. Vielleicht gelingt eine Einigung auf friedlichem Wege.«

Ekkehard von Naumburg ließ die Hand von seinem Schwert sinken. »Aber welche Verbündete haben wir denn dort?«

Bernhard, Markgraf der Nordmark, beugte sich fragend zu Graf Dietrich von Wettin, der wie er stark unter den Unruhen an der Ostgrenze des Reiches litt. Erzbischof Pilgrim aus Köln hob fragend die Brauen und flüsterte Bischof Meinwerk etwas zu.

»Ruhe!«, forderte der Mainzer Erzbischof.

Augenblicklich verstummten alle Stimmen im Saal.

»Wen habt Ihr dabei im Kopf, werter Markgraf?«, fragte Königin Gisela und trat vor die Männer. »Die Ungarn werden uns wahrscheinlich nicht beistehen, unser beiderseitiger Beziehungen sind angespannt. Aber vielleicht wollen sich die Böhmen einbringen?«

»Wir könnten versuchen, Boleslaws Erstgeborenen Bezprym für unsere Ziele zu gewinnen«, setzte Hermann nun nach. »Bei der Unterzeichnung des Bautzener Friedens war Bezprym nicht gut auf seinen Vater zu sprechen, weil dieser ihn enterbt hatte. Eine weitere Möglichkeit wären die Liutizenstämme, die schon mehrmals für unser Reich gekämpft haben. Sie haben erst jüngst wieder geschworen, Euch, mein König, und dem Reich in Frieden und Unterordnung gehorsam zu dienen.«

Der Kölner Erzbischof hob die Hand zum Einspruch. »Ich bin dagegen, Königliche Hoheit. Nicht noch einmal diese Heiden! Anstatt gemeinsam mit ihnen gegen Christen vorzugehen, ist es unsere vornehmlichste Aufgabe, sie zu bekehren!«

Die Runde schwieg. Aribo liebte es, seine erzbischöflichen Amtsbrüder zum Schweigen zu bringen. Aller Augen waren nun auf seine wuchtige Gestalt gerichtet. »Wir sollten einplanen, auch mit dem Schwert vorgehen zu müssen. Wer sich als rechtmäßiger König sieht, wird sich auch territorial als solcher beweisen wollen«, erklärte er daraufhin. »Das östliche Vorfeld des Reiches muss gesichert werden, und dabei könnten wir uns die Heiden zumindest als Schutzschilde zunutze

machen. Deren Gebiet liegt zwischen unserem und den aufständischen Polen.«
»Exzellenzen?« Gisela schaute vertrauensvoll zu ihrem Gatten, der ihr ermutigend zunickte. »Die Brandherde in Italien fordern gerade unsere volle Aufmerksamkeit. Derzeit haben wir zu wenig Kraft für einen Feldzug in den Osten. Unser Heer wird über die Alpen nach Süden und nicht in den Osten ziehen müssen.«
»Ihr habt recht«, sagte Konrad und trat neben seine Gattin. »Und sicherlich ist König Boleslaw dieser Umstand ebenfalls bekannt. Er hätte sich kaum einen besseren Zeitpunkt aussuchen können!«
»Recht?«, fragte Erzbischof Aribo mit ironischem Unterton. »Verzeiht, Königliche Hoheit«, er stand auf, trat um König Konrad herum und wandte der Königin den Rücken zu, »wir dürfen das polnische Problem unter keinen Umständen beiseiteschieben. Ansonsten tanzen uns bald auch die Ungarn und die anderen Herrscher im äußersten Osten auf der Nase herum!«
Womit der Erzbischof das bereits missionierte Böhmen und Mähren meinen musste, analysierte Uta, denn laut Wipos Entwurf der *Taten Konrads* bildeten Böhmen und Mähren gemeinsam mit Polen, Ungarn und den heidnischen Liutizen die Gesamtheit der östlichen Reichsnachbarn.
»Wir benötigen demnach Zeit, Exzellenz«, erwiderte König Konrad. »Aber Italien brennt dieser Tage heißer. Wir müssen die Adligen dort unbedingt auf unsere Seite ziehen, damit sie meine Oberherrschaft anerkennen. Und dann ist da auch noch der Papst. Es ist unumstritten, dass wir Rom unter keinen Umständen aus den Augen verlieren dürfen.«
Erzbischof Aribo richtete sein Pallium. »Wir verlieren Rom nicht aus den Augen!« Erwartungsvoll schaute die Runde ihn

an. »Überlasst Eure Rom-Sorgen mir.« Aribo von Mainz war überzeugt, dass der neue Tusculumer Papst jeden zum Kaiser krönen würde, den er ihm vorschlug.
»Dann sollen die Liutizen unsere Grenzhut im Osten sein«, sagte Königin Gisela in die angespannte Stille hinein. »Zumindest so lange, bis wir die Zeit haben, uns der Aufrührer anzunehmen.«
»Und wenn wir Boleslaws Erstgeborenen Bezprym auf unsere Seite ziehen, könnte der uns helfen, das polnische Volk gegen seinen Vater aufzubringen«, ergänzte König Konrad. Das Herrscherpaar lächelte sich vertrauensvoll zu.
Erzbischof Aribo setzte sich zurück auf seinen Stuhl. »Dann muss jemand mit Bezprym und mit den vier Stammesführern der Liutizen sprechen und sie in Bereitschaft versetzen.«
»Könnt Ihr das tun, Ekkehard von Naumburg?«, fragte Königin Gisela, schritt die Treppenstufen in ihrem hellroten Gewand hinab und erleuchtete die Kapelle mit ihrer Gestalt nun von der Mitte aus.
Ekkehard trat an Königin Gisela vorbei und kniete vor dem König und dem Erzbischof nieder. »Es wäre mir eine Ehre, Euer Exzellenz, Königliche Hoheiten.«
»So sei es denn!«, wandte sich der Erzbischof an Markgraf Hermann und streckte Ekkehard von Naumburg gleichzeitig seinen Bischofsring zum Kuss hin. »Ihr, Markgraf, habt Einwände dagegen, dass wir Euren Bruder damit beauftragen?«
Hermann schüttelte den Kopf. »Ich begleite ihn«, meinte er, und Uta sah, wie Ekkehard darauf den Ringkuss ausführte.
»Dann einigen wir uns darauf, dass wir, um den Frieden an der Ostgrenze nicht zu gefährden, versuchen werden, Bezprym gegen den gierigen Vater in Stellung zu bringen und die Liutizen unsere Grenzgebiete verteidigen zu lassen. Schließlich haben sie uns Gehorsam geschworen!«, fasste König

Konrad zusammen und wandte sich an das Naumburger Brüderpaar. »Dann solltet Ihr unverzüglich losreiten.«
»Sehr wohl, Königliche Hoheit, gleich morgen«, bestätigte Ekkehard sofort.
»Sucht Euch unter meinen Männern eine paar anständige Begleiter aus, Markgraf. Wenn Ihr zu den Stämmen der Liutizen reitet, sprecht zuerst mit den Tollensern, das ist der mächtigste der vier Stämme«, ergänzte König Konrad und erklärte die Beratung damit für beendet.
Uta war gerade dabei, mit einem Bürstchen den Löschsand vom letzten der drei beschriebenen Pergamente zu wischen, als Hermann von Naumburg neben sie trat.
»Und habt Ihr es verstanden?«, fragte er.
Uta legte die Bürste auf das Schreibpult und schaute zu ihm auf. »Was verstanden?«, fragte sie schüchtern.
»Ihr wolltet einst etwas aus der *Dionysiana* verstehen.«
Uta lächelte verhalten, als sie sich an ihre letzte Begegnung erinnerte. »Ein bisschen schon«, entgegnete sie schließlich.
Ekkehard trat zu ihnen. »Bruder, kommst du?« Sein Blick streifte Uta nur flüchtig, stattdessen fixierte er erwartungsvoll Hermann. »Wir müssen die Knappen anweisen und die Reise vorbereiten.«
»Entschuldigt uns«, bat der Markgraf und deutete – ohne den Blick von ihr zu wenden – eine Verbeugung an.
»Dies diem docet, Hermann von Naumburg«, sagte Uta.
Hermanns Augen leuchteten hellbraun und warm. »Dies diem docet, Uta von Ballenstedt.«
Dann zog der Bruder ihn mit sich fort.
Als Uta im Hinausgehen hinter Königin Gisela den erzbischöflichen Blick auf sich spürte, presste sie ihre Pergamente fest vor die Brust. Sie nahm sich vor, Aribo von Mainz, so weit es ihr möglich war, zu meiden.

227

Für den Aufenthalt in der Dortmunder Pfalz war den Hofschreibern ein heller Raum unweit der königlichen Gemächer zur Verfügung gestellt worden. Königin Gisela hatte angeordnet, dass auch Uta dort verweilen durfte und Zugang zur hiesigen Literatur bekam. Wenige Augenblicke nach Uta betrat Kaplan Wipo die Schreibkammer. Er sah Uta mit einigen Pergamenten in der Hand vor einem der Bücherregale stehen und hielt zielstrebig auf sie zu. »Verzeiht, wenn ich Euch so forsch anspreche. Ihr seid Uta von Ballenstedt, nicht wahr?«
Uta nickte verwundert.
»Unsere königliche Hoheit sagte mir, dass Ihr die *Dionysiana* für sie verwahren würdet.« Uta dachte, dass seine Stimme bei weitem nicht so ernst klang, wie es sein strenges Aussehen vermuten ließ. »Das stimmt«, antwortete sie.
»Die würde ich mir gerne ausleihen. Habt Ihr sie bereits ausgelesen?«
»Noch nicht«, antwortete Uta wohl wissend, dass sie bisher erst zwei Drittel des Werkes studiert hatte. Sie betrachtete die tiefliegenden Augenhöhlen, die verhältnismäßig kleine Augen beherbergten. »Ich borge sie Euch gerne. Der König hat sie unserer Königin zur Krönung geschenkt. Sie ist etwas ganz Besonderes.«
»Ich werde gut auf sie aufpassen«, entgegnete Wipo und bemerkte, dass Utas Augen bereits wieder auf das Bücherregal gerichtet waren. »Ihr schaut verwirrt, könnt Ihr nicht finden, wonach Ihr sucht?«
»Ich weiß noch nicht, wonach ich suche.« Utas Finger glitten über einige der Buchrücken. »Darf ich Euch eine Frage stellen, Kaplan?«
Wipo nickte.
»Wenn die Grafen mit ihrer Mission bei den Liutizen und bei Bezprym nicht erfolgreich sind, wie kann der Frieden im

Reich dann hergestellt werden?« Sie vermochte sich nicht vorzustellen, wie es sein würde, sollten Konrad und Gisela in den Krieg ziehen oder gar ihr Leben lassen müssen.

Wipo deutete auf eines der Bücher im Regal. »Kennt Ihr die Schriftensammlung *Vom Gottesstaat?*«

»Nein«, sagte sie und schämte sich für diese Wissenslücke ein wenig.

»Schon Augustinus, der einst in Rom lebte«, erklärte Wipo, »kannte den herrschaftlich angeordneten Frieden.«

Uta griff nach dem Buch und zog fragend die Brauen hoch, während ihre Augen verunsichert umherirrten.

»Was daran verwirrt Euch?«, fragte er. »Ich sehe es an Euren unruhigen Augen.«

Uta schaute zunächst ertappt zur Seite, dann aber wieder zu dem Kaplan auf. »Wie kann man Frieden denn befehlen?«

Wipo bedeutete ihr, sich auf das steinerne Bänkchen der Fensternische zu setzen.

»Im neunzehnten Buch seines Werkes *Vom Gottesstaat* ist der Friede definiert als die Ruhe und Ordnung aller Dinge. Dieser Friede ist aber nur möglich, wenn die Untertanen gehorchen«, fuhr Wipo fort und ließ sich neben Uta am Fenster nieder.

Uta schaute Wipo gebannt an.

»Ihr zweifelt noch immer?«, fragte er.

»Ein bisschen«, gestand Uta.

»Sagt mir, warum?«

Uta zögerte zunächst, weil sie nichts Falsches oder gar Dummes in Gegenwart des Kaplans von sich geben wollte, der im ganzen Reich nicht nur als Schreiber, sondern auch als Verskünstler bekannt war. So begann sie vorsichtig: »Ich denke, dass die Menschen unserer Zeit mit einer anderen Friedensordnung vertraut sind, sie stellen Frieden auf eine andere Art

her. Ein Konfliktfall wird auf eine Weise zu lösen versucht, die es allen Beteiligten ermöglicht, das Gesicht zu wahren.« Das war ihr während der zahlreichen politischen Gespräche während des Umritts klargeworden und hatte einst mit der diplomatischen Herzogin Gisela in Quedlinburg begonnen.
»Da habt Ihr nicht unrecht«, entgegnete Wipo und strich sich mit der knöchernen Hand über den Schädel. »Ein solches Vorgehen könnte die Grundlage dafür sein, Frieden durch ein Gesetz einzufordern.«
»Per Gesetz Frieden einfordern?« Uta erinnerte sich an die Rechtsnormen Kaiser Karls. Sollten diese nun einfach so verändert werden?
Wipo beobachtete Utas Mienenspiel eine Weile. Dann fuhr er fort: »Der König ist der Hüter des Gesetzes, nicht wahr?«
Uta nickte zustimmend und legte das Buch und ihre Pergamente beiseite.
»Dann kann er auch Gesetze machen.« Wipo schaute sie erwartungsvoll an. »Erst recht für die ihm Unterworfenen und Schutzbefohlenen. So ist das seit Jahren. Und so vermag er ebenfalls, den Frieden zu befehlen.«
Der König machte Gesetze, das verstand Uta. Aber einen Zustand wie den Frieden einfach zu befehlen, war etwas anderes, als Rechtmäßigkeiten festzulegen oder einen Schweinediebstahl zu verbieten. »Kann ein Zustand denn per Gesetz verordnet werden? Und wie können wir sicher sein, dass sich Boleslaw diesem neuen Gesetz des Königs unterwerfen wird?«
Wipo schien zu erkennen, worauf ihre Überlegungen abzielten. »Ich verstehe Eure beiden Punkte«, entgegnete er. »Frieden ist ein Zustand. Da habt Ihr recht, genauso wie Glückseligkeit und Zufriedenheit. Doch sofern Ihr davon ausgeht, dass die Voraussetzungen für Glückseligkeit und Zufrieden-

heit erst einmal durch grundlegende Gesetze geschaffen werden müssen, kann ein Zustand wie Frieden durchaus Ergebnis einer Gesetzgebung sein, ohne direkt verordnet zu werden.«
Uta grübelte. Glückseligkeit befehlen – darüber hatte sie noch nie nachgedacht. Bisher waren ihr Glück und Unglück stets als gottgegeben erschienen.
»Und was Euren zweiten Punkt angeht«, fuhr Wipo fort. »Boleslaw hat in der Vergangenheit gegen Kaiser Heinrich schon einige Niederlagen einstecken müssen, und jedes Mal hat ihm der Kaiser Zugeständnisse gemacht, damit Boleslaw als Kämpfer sein Gesicht wahren konnte. Dieses Vorgehen zur Lösung eines Konflikts habt ihr vorhin angesprochen. Es könnte als Grundlage für einen Frieden per Gesetz nach Augustinus dienen, denn ein Zugeständnis eröffnet demjenigen, der es gemacht hat, die Möglichkeit, im Gegenzug ebenfalls ein Zugeständnis einzufordern, und sei es auch erst viele Jahre später. König Konrad könnte daher als Nachfolger Kaiser Heinrichs von Boleslaw sehr wohl verlangen, sich einem Gesetz zu unterwerfen, das Frieden befiehlt.«
Uta biss sich auf die Lippen. »Glückseligkeit und Frieden geben und nehmen – und das nicht von Gottes, sondern aus Menschen Hand?«
»Für den Frieden zwischen den Individuen ist der von Gott auserwählte König verantwortlich, der mittels Gesetzgebung die Macht auf Erden besitzt, Frieden zu befehlen«, sagte Wipo. »Erinnert Euch der Worte während der Krönungszeremonie in Mainz. Hieß es dabei nicht, dass der König zur höchsten Würde aufgestiegen und ein Stellvertreter Christi sei?«
Uta folgte seinen Erklärungen gebannt.
»Auch Augustinus kommt im *Gottesstaat* zu dem Ergebnis, dass Gott unseren individuellen Frieden unterstützt – wir die

höchste Glückseligkeit, den ewigen und vollkommenen Frieden, aber niemals nur aus eigener Kraft erreichen können. Nur wer Gott liebt und von ihm auserwählt wird, wird mit dem Ziel des überirdischen, ewigen Heils und Friedens im göttlichen Staate leben. Weshalb Augustinus für sein Werk auch den Titel *Gottesstaat* gewählt hat.«
»Gottesstaat der Glückseligkeit«, wiederholte Uta fasziniert. »Welch beeindruckender Gedanke!«
»Um auserwählt zu werden, können wir einiges tun«, erklärte Wipo. »Augustinus unterscheidet im irdischen Frieden, der die Bedingung für das Erreichen des ewigen Friedens ist, neben dem Seelenfrieden auch den leiblichen Frieden. Den leiblichen Frieden vermag man zu erreichen, wenn ein geordnetes Verhältnis der Körperteile und die Ruhelage der Triebe existiert.« Wipo sinnierte vor sich hin, schaute dabei aber immer wieder auf. »Der leibliche Friede ist die Grundlage für den Frieden der Seele. Der seelische Frieden ist erreicht, wenn der Mensch rein logisch schlussfolgert und sich nicht durch Gefühle wie Zorn oder Hass beeinflussen lässt. Weil dies den Menschen oft schwerfällt, bedarf es hierbei Gottes Lenkung. Das Ergebnis eines seelischen Friedens ist dann eine vernünftige Seele.«
Utas Augen weiteten sich. »Woher weiß oder spürt man, dass man eine friedliche, vernünftige Seele hat?«
»Durch Wärme«, entgegnete Wipo und blickte Uta aufmerksam an. »Durch anhaltende Wärme in Euch und Euren Gedanken.«
Bei seinen Worten stellte Uta sich vor, wir wunderbar es sich anfühlen müsste, eben jene Wärme ihren Körper durchfluten zu spüren. Träumerisch glitt ihr Blick durch die Kammer. Sie erschrak, als Aribo von Mainz die Schreibstube betrat.
Wipo erhob sich.

»Kaplan, Eure Hilfe ist vonnöten!«, forderte der Erzbischof und bedachte die Hofdame hinter seinem Kaplan mit einem flüchtigen Blick. »Folgt mir, sofort!«, befahl er und machte auf dem Absatz kehrt.

»Natürlich, Exzellenz!«, versicherte Wipo, drehte sich aber noch einmal zu Uta um und flüsterte: »Ich werde morgen um die gleiche Zeit wieder hier sein.«

Uta nickte. Dann atmete sie erleichtert aus, nachdem das Zusammentreffen mit Aribo von Mainz so schnell vorübergegangen war. Sie wandte sich zum Fenster und schaute hinaus in den Garten, der zu dieser kühlen Jahreszeit zwar kahl war, aber dank der vielen Nadelbaumgewächse immer noch etwas Grün aufwies.

Eine friedliche Seele ist also der Zustand, den jeder Mensch anstrebt, ging es ihr durch den Kopf. Auch sie sehnte sich danach, denn seitdem sie den Ballenstedter Burgberg vor sechs Jahren verlassen hatte, war sie nicht mehr zur Ruhe gekommen.

Für das Weihnachtsfest reiste der Königshof nach Minden zu Bischof Sigbert, und Uta war neben ihren Pflichten für die Königin noch mit der Abschrift *Von der Materie der Medizin* für Hazecha beschäftigt.

Die vom Mindener Bischof gestellte Unterkunft für die Hofdamen war äußerst karg. Eine kleine Kemenate, die kaum größer als Utas Kammer im Speyergau war, beherbergte nun alle fünf Damen, die zu dieser späten Stunde bereits in ihren Betten lagen und wahrscheinlich von einem wärmeren Ort träumten.

»Ihr habt ja eine Kammer mit Fenster!«, staunte Erna mit gedämpfter Stimme und kroch zu Uta in die Bettstatt, die die Letzte in der Reihe war. »Und du meinst, keine der anderen

Damen«, Erna deutete auf die Nachbarbetten »verrät, dass ich als Magd das bischöfliche Gästehaus betreten habe?«
Adriana, deren Bett neben Utas stand, hob den Kopf. »Wir verraten schon nichts!«
Überrascht, dass noch eine der Hofdamen wach war, schauten sich Erna und Uta an.
»Hallo Erna«, flüsterte Adriana und kicherte.
»Mit dem ersten Lichtstrahl schleiche ich mich morgen früh raus. Dann wird niemand im Palast bemerken, dass ich hier war, und ihr werdet ganz sicher keinen Ärger bekommen«, sagte Erna in Adrianas Richtung und gähnte. Während der Tage vor dem Weihnachtsfest hatte sie nur wenig Schlaf bekommen. »Ich bin froh, dass wir die Königlichen heute am Tag der Geburt unseres Herrn mit unseren Mahlzeiten zufriedenstellen konnten«, flüsterte Erna wieder an Uta gewandt. »Die Köche des Bischofs sind krank geworden, und da mussten wir ran!«
»Du bist die beste Köchin!« Uta streichelte der Freundin über den Kopf. »Und ich freue mich, dass wir nach dem ganzen Trubel nun etwas Zeit für uns haben.« Erst nach der Abendmahlzeit und der heiligen Messe hatten sie sich treffen können. Bevor sich Uta an die Freundin schmiegte, schaute sie sich noch einmal um. Elisabeth schlief tief und fest in ihrem Bett. Von Mechthild, die sich das Bett hinter Adriana mit Grete teilte, drang ein regelmäßiger Pfeiflaut zu ihnen herüber.
Uta und Erna kicherten los. Um die anderen nicht aufzuwecken, drückten sie sich dabei die Decke auf den Mund.
Adriana streckte den Kopf zu ihnen hinüber. »Wir sollten unsere traute Zeit zusammen noch nutzen. Vielleicht werden wir schon bald mehr Zeit mit einem Mann verbringen müssen.«

Uta fuhr erregt hoch. »Wie kannst du so etwas behaupten?«, meinte sie, presste sich aber mit einem Blick auf die schlafende Mechthild sofort die Hand vor den Mund.
»Das ist ganz einfach.« Adriana erhob sich und schob ihre Bettstatt so leise wie möglich an Utas heran. »Die zwei Hofdamen vor dir waren sechzehn, als sie verheiratet wurden«, sagte sie und schlüpfte wieder unter die Decke.
»Sechzehn?«, wiederholte Uta empört und rechnete nach. Sie selbst zählte inzwischen achtzehn Jahre, Adriana siebzehn, Grete, Mechthild und Elisabeth waren dagegen erst fünfzehn geworden. »Und du meinst wirklich, die Königin wird uns bald verheiraten?«
»Eine Hochzeit?«, fragte Erna, und Uta glaubte, im Tonfall der Freundin Begeisterung mitschwingen zu hören.
Uta ließ sich zurück auf das Lager sinken, legte ihre Hände unter den Kopf und blickte ernst zwischen Adriana und Erna hin und her. »Das klingt ja beinahe so, als ob ihr beide Euch nach einem Gatten sehntet.«
»Ich möchte noch eine Weile am Hofe der Königin bleiben«, meinte Adriana, während Erna schwieg und träumerisch die Augen schloss.
»Wir könnten versuchen«, sinnierte Uta, »die Königin davon zu überzeugen, noch ein paar Jahre mit unserer Verheiratung zu warten. Vielleicht nimmt sie die Bürde sogar ganz von uns.«
»Ich bin dabei!«, sagte Adriana und setzte sich auf.
»Ruhe!«, knurrte Elisabeth vom anderen Ende der Kammer und drehte sich verschlafen auf den Bauch, so dass nun eines ihrer kräftigen Beine aus der Bettstatt hing.
Adriana fuhr im Flüsterton fort. »Wir müssen es versuchen. Allein schon deshalb, weil ich mich nicht so bald von euch allen trennen möchte.«
Uta nickte und begann zu grübeln.

»Meine Füße sind eiskalt«, flüsterte Erna.
»Schlag sie in die Decke ein und reib sie aneinander, das hilft«, sagte Uta.
»Autsch!«, schrie Erna auf und fasste sich an den Fuß. »Ein Holzsplitter am Pfosten.«
Da fuhr Mechthild hoch. »Psst«, zischte sie und sank sogleich wieder schlaftrunken auf ihr Lager zurück.
»Wir müssen noch leiser sein«, raunte Uta. »Komm zu uns, Adriana, dann besprechen wir unseren Plan.«
Auf diese Einladung hin schlüpfte Adriana neben Uta unter die Decke. Die drei drängten sich dicht aneinander.
»Also zurück zu dem Problem«, flüsterte Erna, nachdem sie sich den kleinen Holzsplitter mit Hilfe ihrer Fingernägel aus dem Fuß gezogen hatte. »Wisst ihr, wie das mit meinem Arnold ist?«
Unwillkürlich verzog Uta das Gesicht. »Mit deinem Arnold? Heißt das, du und er … ich meine … ihr …?«
»Er ist anders als die anderen Männer bei Hofe«, begann Erna schwärmerisch. »Er will mich beschützen wie ein richtiger Ritter.«
Uta schmunzelte über die seltsam veränderte Stimme, mit der Erna über Arnold sprach, auch wenn er ihr selbst dadurch nicht sympathischer wurde. »Nur ohne Rüstung!«
»Sie hat recht«, bestätigte Adriana. »Und vielleicht ist das sogar des Rätsels Lösung. Wir müssen einfach dafür sorgen, dass uns kein Mann begehrt. Dann will uns auch niemand heiraten.«
Uta war gespannt. »Und wie wollen wir das anstellen?«
»Das ist ganz einfach«, entgegnete Adriana. »Erna hat es gerade auf den Punkt gebracht.«
Uta verstand immer noch nicht. Auch Erna hob den Kopf fragend in Adrianas Richtung.

»Je selbstsicherer wir auftreten, umso weniger werden die Männer ihre Kraft und ihre Minne beweisen wollen, und das ist doch das, um was es ihnen eigentlich geht. Sie wollen für das, was sie für uns tun, gelobt und geachtet werden«, erklärte Adriana. »Zumindest sagen das die weisen Frauen in meiner Familie.«

Von Mechthild, Elisabeth und Grete drangen regelmäßige Atemgeräusche zu ihnen herüber.

»Ich weiß nicht«, zögerte Erna und setzte sich im Bett auf.

Da sprang Uta auf und begann, nur mit dem Unterkleid gewandet, am Fußende des Bettes auf und ab zu gehen.

»Komm wieder unter die Decke!« Allein bei Utas Anblick, gerade jetzt, wo ihre eigenen Füße endlich warm geworden waren, fröstelte es Erna schon.

»Wenn dem tatsächlich so ist«, sagte Uta und stoppte ruckartig, »brauchen wir unser Anliegen der Königin gar nicht erst vorzutragen.«

»Ich weiß nicht, ob ihr das so machen solltet.« Erna kroch noch tiefer unter die Decke. »Schließlich ist die Heirat doch das von Gott für uns vorgesehene Leben.«

»Ist es das wirklich?«, fragte Uta. Sie erinnerte sich an Wipo, mit dem sie sich mittlerweile regelmäßig zu Gesprächen traf, was nur möglich war, weil die Königin aufgrund der politischen Geschehnisse immer weniger Zeit mit ihren Hofdamen verbringen konnte. »Vielleicht sollte ich zukünftig in Gegenwart von unverheirateten Männern ausführlich von meinen Pflichten für die Königin schwärmen?«

Adriana kicherte. »So werden sie denken, du seiest eine übereifrige Klosterschwester. Und das ist nun wirklich nichts, was ihre Träume beflügelt.«

»Adriana, dann gebe ich dir gleich morgen ein Buch, das du ständig mit dir herumtragen kannst.« Uta umrundete ihr Bett

und sah die Bilder schon deutlich vor sich: Wie sie bei einer der nächsten abendlichen Mahlzeiten einfach beginnen würde, die Unvollkommenheit des irdischen Friedens zu diskutieren – gleichgültig, ob überhaupt jemand danach verlangen würde.
»Eine ausgezeichnete Idee«, bestätigte Adriana. »Welcher Mann interessiert sich schon für ein keusches und noch dazu belesenes Weib!«
Uta kroch wieder zwischen Erna und Adriana und drückte die eisigen Füße an deren warmes Fleisch. »Ihr beide seid unschlagbar, wenn es um Ratschläge geht!«
»Und du, wenn es um ihre Umsetzung geht«, flüsterte Adriana. »Und jetzt schlafen wir!«
Uta kuschelte sich an Ernas Rücken und vergrub ihr Gesicht in deren Haarpracht.
Als Adrianas regelmäßiger Atem an ihr Ohr drang, tippte sie Erna an: »Und jetzt erzähl mir mehr von deinem Ritter.«

Das Neujahrsfest verbrachte der königliche Hof in Paderborn bei Bischof Meinwerk, um danach weiter in die Champagne zu ziehen, wo König Konrad sichern wollte, was seinem Vorgänger nicht mehr vergönnt gewesen war – die Eingliederung Hoch- und Niederburgunds in seinen Herrschaftsbereich. Zu diesem Zweck gedachte er eine den Erbvertrag ergänzende Vereinbarung aufzusetzen, die auch die letzten Zweifler davon abhalten sollte, nach dem Tode König Rudolfs III., der inzwischen vierundfünfzig Jahre zählte, die Finger nach Burgund auszustrecken.
Zum Dreikönigsfest begab man sich ins Kloster Corvey an der Weser. Und nur wenige Tage nach dem Fest wandte sich der Königszug nach Ostfalen, um sich mit dem Hildesheimer Bischof über die polnische Bedrohung zu beraten. Hermann

und Ekkehard von Naumburg war es zwar gelungen, Bezprym die Information zu entlocken, dass sein Vater Boleslaw keine Gebietserweiterungen über die bisherigen Grenzen des Landes hinaus plante. Doch dann war Boleslaw plötzlich gestorben und Bezpryms jüngerer Halbbruder Mieszko hatte sich ebenfalls unrechtmäßig zum König von Polen krönen lassen. Und er schreckte im Gegensatz zu seinem Vater nicht vor blutigen Kämpfen zurück, um vom Kaiser die Unabhängigkeit Polens zugesprochen zu bekommen. Mieszkos Kämpfer hatten sich bisher darauf konzentriert, die nördlichen Grenzgebiete des Ostfrankenreichs auf Höhe des Herzogtums Sachsen auszuloten; so waren sie in die Stammgebiete der Liutizen eingedrungen. Diese schienen ihre Gegner zwar im Griff zu haben, denn größere Brandschatzungen waren bisher ausgeblieben. Dennoch sagte der Hildesheimer Bischof am Ende seiner Gespräche mit König Konrad die Bereitstellung von Kämpfern für die Verstärkung der Grenzgebiete zu. Danach ging der Umritt über Magdeburg, das Kloster Nienburg und dann entlang der Slawengrenze nach Merseburg ins Landesinnere weiter, um sich dort für gründliche Beratungen über das Verhältnis zu den östlichen Nachbarn zurückzuziehen. Die Überwachung der Grenzen hätte während des Königs Abwesenheit ein aufsteigender Adliger, ein Graf, übernommen, so erzählte man sich im Tross.
Uta saß auf einem Holzhöckerchen im Wagen der Hofdamen, eine wollene Kapuze ins Gesicht gezogen, als Merseburg auf einem Hügel auftauchte. Es war kalt dieser Tage, der Frühling noch fern. Die Wege waren matschig, die Karren und Wagen blieben immer wieder im Schlamm stecken, und es gab abgesehen vom Königspaar und vom Erzbischof kaum jemanden, der in trockenen Gewändern steckte. Fröstelnd wandte Uta sich wieder dem Pergament eines namenlosen Schreibers zu,

das von der Gerichtsbarkeit König Clothars I. handelte, der vor beinahe fünfhundert Jahren das Fränkische Reich regiert hatte. »Die wichtigste Aufgabe des Königs ist die Wahrung des Rechts und die Sicherung der göttlichen Ordnung«, begann sie laut zu lesen und blätterte durch das Werk. Auf den folgenden Seiten wurde die delegierte Gerichtsbarkeit beschrieben. Auf der zehnten Seite hielt Uta beim ersten Satz inne. »Keine Anklage ohne Beweise«, stand dort geschrieben. Sie blickte auf. Was waren Beweise? Der namenlose Schreiber wusste es. »Als Beweismittel vor dem königlichen Gericht Clothars I. sind vier Dinge zugelassen. Das ist erstens der Eid. Das ist zweitens das Gottesurteil.« Uta schluckte – der Reinigungseid war ein Gottesurteil. »Das ist drittens der Beweis durch Befragung.« Das Wort Befragung ließ sie erschaudern, auch wenn sie nicht genau wusste, was es bedeutete. »Viertens kann ein Beweis durch Urkunden erbracht werden«, las sie weiter. »Eid, Gottesurteil, Befragung und Urkunde«, fasste sie zusammen und schloss die Augen. Welche dieser vier Beweisformen vermochte sie dem sächsischen Herzog vorzulegen, um die Anklage gegen ihren Vater zu führen? Nachdenklich legte sie den Kopf in den Nacken und atmete einige Male tief durch.
»Uta von Ballenstedt, seid Ihr im Wagen?«
Uta reagierte nicht.
»Uta von Ballenstedt?«, rief da jemand erneut und zeigte sich nun in der Einstiegsluke.
Uta streifte die Kapuze ab, um sich zu erkennen zu geben. »Verzeiht. Ich bin hier.«
»Dann ist das wohl für Euch.« Der Berittene reichte ihr ein Schreiben herein. »Das wurde gerade abgegeben.«
Uta erhob sich überrascht und ergriff das zusammengefaltete Pergament. »Ich danke Euch«, sagte sie mit einem Nicken

und betrachtete das Siegel. Es zeigte einen auf einem Stiftsberg aufragenden Kirchturm und war ihr bekannt. »Endlich ein Lebenszeichen von Hazecha«, stieß sie erleichtert hervor.
Sie erbrach das Siegel und entfaltete das Pergament.
Der Berittene beobachtete sie dabei.
Uta schaute auf. »Kann ich Euch sonst noch helfen?«, fragte sie, als der Mann noch immer keine Anstalten machte, sie alleine zu lassen.
Der Mann schüttelte den Kopf, ohne den Blick von ihr zu nehmen. »Vorerst nicht«, entgegnete er mit einer Spur von Enttäuschung in der Stimme.
»Ich danke Euch«, sagte Uta mit Nachdruck.
Der Ritter nickte und trabte dann davon.
Uta ließ sich auf ihrem Höckerchen vor dem kurzbeinigen Pult nieder, strich mit den Fingern über die braunen Buchstaben und begann, aufgeregt zu lesen. Die Schwester schrieb von ihren Aufgaben im Gernroder Stift, ihrem Gelübde und ihrer Hingabe an die Heilkunde, in die Schwester Alwine sie einführte. »Hazecha, Kleines, dir geht es gut«, flüsterte Uta und schaute zufrieden auf das Schreiben. Als ein Sturm gegen den Wagen peitschte, zog sie sich die Kapuze wieder über den Kopf, ergriff eine schmale Feder in ihrem Holzkästchen, drückte das Tintenfass in ihren Schoß und machte sich an das Antwortschreiben:

Schwesterliche Liebe und Gottes Beistand seien stets mit dir, Hazecha.
Es hat mich übermächtig gefreut, dass du gesund bist und mir so rasch geantwortet hast. Ich habe deine schönen Zeilen mit großer Freude nun mehrere Male gelesen. Du hast das ewige Gelübde auf deinen eigenen Wunsch hin abgelegt. Dies zu lesen, war mir eine besondere Freude. Schreibe

mir doch, welche Aufgaben du im Kloster übernommen hast. Ich habe noch viele Erinnerungen an Gernrode und hoffe, du bist nicht zu streng mit dir selbst.
Derzeit reise ich mit dem königlichen Zug im Lande umher. Wir haben schon so viele Städte und unbekannte Gegenden gesehen. Ich bitte dich mir zurückzuschreiben und sende dir als Geschenk eine von mir selbst gefertigte Abschrift des zweiten Buches Von der Materie der Medizin *des Dioskurides. Die Schrift besteht insgesamt aus fünf Büchern, du sollst den ersten Teil des zweiten Buches erhalten, der die Wirkung tierischer Stoffe beschreibt. Das ist dir gewiss eine Hilfe in der Heilkunde. Hast du gewusst, dass Schlangenhaut in Wein gekocht ein Mittel gegen Ohrenleiden und Zahnschmerzen ist und der Geruch getrockneter Wanzen sogar Ohnmächtige aufzuwecken vermag?*
Mit meinem nächsten Schreiben schicke ich dir den zweiten Teil des zweiten Buches, in dem du derlei noch mehr nachlesen kannst. Die Königin erlaubt mir, in diesen Wochen einige Zeit dafür aufzuwenden. Sie ist sehr gütig zu mir.
Bitte sage auch Schwester Alwine meine besten Grüße. Bei jedem Gedanken an den Hortulus *denke ich an sie und spreche ein Gebet.*

Bei den abschließenden Worten angelangt, schloss Uta die Augen. In ihrer Erinnerung schaute sie Hazecha liebevoll aus dem Ballenstedter Burgsaal nach – da sah sie plötzlich, wie der zornige Vater auf Hazecha zuschritt. Es war jene Situation, in der sie ihre Schwester zum letzten Mal gesehen hatte. Uta öffnete die Augen, die sich unwillkürlich mit Tränen gefüllt hatten. Sie tauchte den Federkiel noch einmal in das Tintenfass und fuhr fort:

Bitte antworte mir so schnell es dir möglich ist. Lass uns jeder für sich und doch in Gedanken vereint für unsere Mutter beten.

Gegeben bei Merseburg am Fest des Großen Antonius, im Jahre 1025 nach des Wortes Fleischwerdung.
Deine Uta

Uta lehnte sich gegen das hölzerne Wagengerüst, drückte den Brief fest an ihre Brust und schloss die Augen, während draußen ein heftiger Eisregen niederging. Hazecha hatte also eine Aufgabe gefunden, die sie begeisterte und Freude in ihr weckte. Wie schön, ging es ihr durch den Kopf, jetzt muss ich nur noch rasch einen Boten finden, der das Schreiben überbringt.
»Uta von Ballenstedt, seid Ihr da?«
Uta schlug die Augen auf. Gleichzeitig wurde der Karren gebremst. Gerade noch rechtzeitig ergriff sie das Tintenfass und verschloss es. Was will der Ritter denn nun schon wieder?, dachte sie und schaute ungeduldig Richtung Wagenöffnung. Dann hellte sich ihr Gesicht schlagartig auf. »Wipo, tretet doch ein«, bat sie und versuchte, mit den Füßen Platz zu schaffen.
»Ich wollte Euch endlich die *Dionysiana* zurückgeben.« Wipo kletterte in den Wagen, zog das Werk unter seiner Kleidung hervor und wuchtete es auf eine der beiden Reisetruhen, die vor Pergamenten überquollen. Uta fröstelte, als sie erkannte, dass er immer noch mit der knielangen Kutte bekleidet war, die er auch den Sommer hindurch getragen hatte. »Vielen Dank. Dann werde ich sie wieder bei mir verstauen. Wie kommt Ihr mit den *Taten Konrads* voran?«, fragte sie.
»Wollen wir uns morgen früh in der Klosterbibliothek tref-

fen, dann berichte ich Euch davon«, schlug Wipo vor und wollte schon wieder vom Wagen steigen.

»Dann bringe ich Euch die neue Abschrift der *Laelius Di Amicitia* von Cicero mit«, sagte Uta. »Diese hat unsere Hoheit erst vor wenigen Tagen erhalten.«

»Sehr gut. Dann können wir unsere nächste Diskussion über die freundschaftliche Hilfe und deren moralische und rechtliche Grenzen führen.«

Uta staunte. »Ihr kennt die Schrift schon?«

»Dass ich sie las, ist schon eine ganze Weile her«, sagte Wipo und setzte seine Füße auf die Abtrittstufe des Karrens.

»Wipo?« Uta zögerte in Erinnerung an das zuletzt Gelesene. Der Kaplan hielt in seiner Bewegung inne.

»Könnt Ihr mir sagen, was eine Befragung ist?«

»Ihr meint eine Befragung auf einem Gerichtstag?« Wipo stieg zurück in den Karren.

Uta nickte.

»Das ist eine Befragung von Beschuldigten, Sachverständigen oder Zeugen durch den Richter oder seinen Beauftragten«, erklärte er.

»Sachverständiger oder Zeuge«, murmelte Uta. »Wird diese Befragung auf Gerichtstagen heute noch angewendet? Ich las darüber in einer Schrift aus der Zeit König Clothars I.«

»Das wird sie, Uta«, beschied Wipo. »Die Befragung wurde mit Vorliebe von Kaiser Heinrich durchgeführt. Und König Konrad machte davon zuletzt auf dem Gerichtstag in Paderborn Gebrauch.«

In Paderborn? Das mussten die Tage gewesen sein, an denen Königin Giselas Zug bereits nach Hildesheim weitergeritten war.

»Ihr interessiert Euch für das Königsgericht?«, fragte Wipo.

Uta zögerte zunächst, nickte dann aber vorsichtig. »Vor allem für die Beweise«, sagte sie leise und wünschte sich in diesem Moment nichts sehnlicher, als das Königsgericht in Paderborn miterlebt zu haben.

Wipo nahm Uta gegenüber auf einem Höckerchen Platz, wobei seine Knie unter dem Gewand hervorkamen. »Ohne Beweise keine Anklage – so hält es zumindest der König und so weist er seine herzoglichen Richter an. Wie könnte man eine Schuld, wenn sie nicht von Gott anerkannt ist, auch sonst reinen Gewissens zuweisen?«

Uta schluckte in Erinnerung an ihren Reinigungseid. Ohne Beweise keine Gerechtigkeit!, spann sie die Worte des Kaplans gedanklich weiter. Und ohne Gerechtigkeit keine friedliche Seele.

»Merseburg!«, erklangen in diesem Moment einige Rufe. »Öffnet die Tore!«

Uta lugte an Wipo vorbei aus dem Wagen hinaus. »Die Stadttore werden gerade geöffnet.«

»Dann muss ich an die Seite seiner Exzellenz zurück.« Wipos Augen schlossen sich kurz und schienen danach tiefer denn je in ihren Höhlen zu liegen. »Gott behüte Euch, Uta«, sagte er noch und stieg dann aus dem Wagen.

»Gott behüte auch Euch, Kaplan«, rief sie ihm hinterher und sah noch, wie die Kutte im Regen um seine nackten Knie schlug.

Daraufhin zog sie sich wegen der Eiseskälte sofort wieder in den Karren zurück und flüsterte: »Ohne Beweise keine Gerechtigkeit und ohne Gerechtigkeit keine friedliche Seele.«

Nachdem die Merseburger Bevölkerung und die Fürsten dem König gehuldigt hatten, begab sich ein ausgewählter Teil des Königszugs bei Einsetzen der Dunkelheit in das hiesige Kloster. Truchsess und Kämmerer nutzten die Gelegenheit, den

Vorrat an Nahrungsmitteln in den dortigen Lagern für die Weiterreise aufzufüllen, während sich der König auf die Gespräche mit den hiesigen Adligen vorbereitete, die er noch vor dem Abendmahl einzuleiten wünschte.

Uta ging mit den anderen Hofdamen an der Seite der Königin zu den Besucherzellen, um sich vor den Gesprächen noch schnell ein trockenes Gewand anzuziehen.

»Gisela von Schwaben?«

Die Königin stoppte und wandte sich um.

Der Mainzer Erzbischof, der seit der Ankunft im Kloster wieder seine weißgelbe Tiara und ein Messgewand trug, kam wenige Schritte vor Gisela und ihren Hofdamen zum Stehen.

So nah bin ich dem Erzbischof noch nie gekommen, ging es Uta durch den Kopf. Doch fiel ihr an diesem Tag nicht zum ersten Mal auf, dass er es vermied, die Königin mit ihrem Titel anzureden. Sein Blick war erneut der eines lauernden Luchses.

»Ich denke, dass Eure Anwesenheit bei den anstehenden Beratungen nicht notwendig sein wird«, sagte der Erzbischof und fixierte sein Gegenüber scharf.

Königin Gisela lächelte freundlich und trat dem Erzbischof einen Schritt entgegen. »Erzkanzler Aribo, vielen Dank für Euren Hinweis. Ich werde dem König Euren Vorschlag unterbreiten und dann selbstverständlich ergeben seinem Wunsch und Willen zufolge handeln.«

Für den Bruchteil eines Lidschlags sackten die Mundwinkel des Erzbischofs nach unten. Dann aber blickte er, anstatt der Königin zu antworten, bedrohlich langsam zu Uta, die neben Gisela stand. Uta senkte, da sie nicht wusste, ob sie dem Kirchenfürsten direkt in die Augen schauen durfte, sofort den Blick, um ihn nicht herauszufordern.

»Euch Jungfer«, herrschte Aribo sie an, »weise ich hiermit an, meinem Kaplan Wipo nicht anhaltend wertvolle Zeit zu stehlen, die er besser für seine Schreibertätigkeiten verwenden sollte.«
Uta hob den Blick. »Zei… Zei… Zeit stehlen?« Sie erbleichte ob der Anschuldigung.
Der Erzbischof wandte sich wieder der Königin zu. »Ich wünsche, dass die Belange meiner Hofkanzlei uneingeschränkt berücksichtigt werden!«
»Das tun wir Exzellenz«, entgegnete Gisela ruhig.
»Und nun entschuldigt mich, der König verlangt nach meinem Rat«, sprach der mächtigste Kirchenfürst des Königreiches und schritt davon.
»Verzeiht, Königliche Ho… Hoheit«, setzte Uta erklärend an und rieb sich nervös die Hände. »Ka… Ka… Kaplan Wipo hätte mir sicherlich gesagt, wenn ihm unsere Un… Unter… Unterhaltungen die Zeit stehlen würden.«
»Dessen bin ich mir sicher«, entgegnete die Königin gelassen. »Beruhigt Euch, Uta. Kaplan Wipo ist ein Mann der freien Worte. Schaut zukünftig nur, dass Ihr Eure Unterhaltungen nicht allzu offensichtlich unter den Augen des Erzbischofs abhaltet.«
Uta schaute betroffen zur Seite und nickte wenig glücklich.
»Und nun wollen wir uns für die anstehenden Gespräche bereitmachen«, bestärkte Gisela ihre Hofdamen und eilte davon.
Worauf Mechthild und Adriana Uta entschlossen unterhakten und mit sich zu der ihnen zugewiesenen Besucherzelle zogen.
Uta schaute noch einmal nachdenklich zu der Tür, durch die der Erzbischof gerade gegangen war, und fröstelte erneut.

Während der vergangenen zehn Mondumläufe hatte der königliche Tross alle wichtigen Regionen des Ostfrankenreichs durchquert, und mit dem Abbau des Übernachtungslagers an diesem Morgen brach der letzte Tag des Umritts an. Noch am gleichen Abend wollten sie in den heimatlichen Speyergau einreiten.

Erna strahlte und reckte die Arme in die Luft, so dass ihr die Haube vom widerspenstigen Haarschopf rutschte: »Endlich wieder zu Hause und festen Boden unter den Füßen!« Sie war noch vor Anbruch der Morgendämmerung aufgestanden, nachdem sie sowieso die ganze Nacht vor lauter Aufregung nicht hatte schlafen können. »Ich hätte nicht gedacht, dass der Umritt des Königs so lange dauert«, sagte sie und trug den Hofdamen, die es sich zum gemeinsamen Frühstück vor ihrem Karren um einen kleinen Tisch herum gemütlich gemacht hatten und die ersten Sonnenstrahlen genossen, eine weitere Schale mit Brot auf.

»Euer Brot ist vorzüglich«, freute sich Elisabeth und hielt sich ein gerade abgebrochenes Stück, das noch vor Frische dampfte, unter die Nase.

»Schön, dass wir dich wiedersehen«, sagte Uta an Erna gerichtet. »Du bist sehr beschäftigt.«

»Der Tross will verpflegt werden, und eine einfache Grießsuppe genügt schon lange nicht mehr«, erwiderte Erna seufzend, lächelte aber sofort wieder.

»Du hast recht«, bestätigte Uta und schaute auf das Brot vor sich, das mit Butter bestrichen war.

Erna nickte. »Ein zu einfaches Essen verbreitet nur Unmut auf einer langen Reise.«

»Nein, ich rede vom Nachhausekommen«, sagte Uta nachdenklich, »ein Zuhause zu haben, das ist etwas sehr schönes.«

Uta begann zu lächeln, als sie an Hazecha dachte, die ihr be-

reits geantwortet und ihr herzlich für die Abschrift *Von Der Materie der Medizin* gedankt hatte, von der sie gar nicht schnell genug mehr zu lesen bekommen konnte. Zu ihrer Freude hatte Königin Gisela ihr einen Boten zugestanden, der außerhalb des königlichen Kurierverkehrs vierteljährlich über das Kloster Gernrode ritt und die Briefe im Auftrag der Königin ausschließlich in die Hände der Adressaten gab.
»Aber das Reich des Königs kennenzulernen ist auch nicht gerade jedem vergönnt!«, machte sich Mechthild stark.
»Ich habe im Süden des Reiches einen Spielmann gesehen, der eine Harfe besaß, die so groß war, dass ich sie nicht durch die Tür meiner Kammer auf der heimatlichen Burg hätte tragen können«, sagte Elisabeth begeistert.
»Dann nehmt noch etwas hiervon«, forderte Grete sie belustigt auf und reichte ihr den Teller mit Schinken, »damit Ihr groß und stark werdet!«
Die Mädchen mussten hinter vorgehaltener Hand lachen, denn Elisabeth hatte sich auch während des Umritts den Köstlichkeiten der fremden Städte nicht entziehen können und nochmals kräftig zugenommen.
Elisabeth fiel in das Gelächter mit ein. »In Zeiten des Mangels habe ich wenigstens genug, wovon ich zehren kann!«, sagte sie und strich sich vergeblich das Gewand über ebenjenen Rundungen glatt.
Die Hofdamen lachten gemeinsam.
Auch Uta musste schmunzeln, bis ihr Ton kurz darauf wieder ernster wurde. »Mechthild hat ebenfalls recht. Der Umritt hat uns durch Gebiete geführt und auf Menschen stoßen lassen, die wir sonst nicht gesehen und kennengelernt hätten.« Viel ist passiert auf dieser Reise, ging es ihr durch den Kopf. Ohne Beweise keine Gerechtigkeit!, hallten Wipos Worte noch immer in ihr nach. Welche der vier möglichen Beweisformen – den Eid, das

Gottesurteil, die Zeugenbefragung oder die Urkunde – könnte sie beim sächsischen Herzog vorbringen, um Anklage gegen den Vater zu erheben? Vermochte sie einen Zeugen zu finden? Uta seufzte, weil es so viele unbeantwortete Fragen gab, lächelte dann aber zuversichtlich. Sie war froh, in Wipo einen so belesenen Gesprächspartner gefunden zu haben. Zuletzt hatten der Kaplan und sie ihre Gespräche außerhalb des Sichtbereichs des Mainzer Erzbischofs fortgesetzt und über die *Dionysiana* und *Laelius Di Amicitia* von Cicero gesprochen.
Doch dann war Wipo zum Osterfest von einem auf den anderen Tag an hohem Fieber erkrankt, so dass ihm der königliche Medikus jede weitere Reise untersagt hatte. Auch zum Pfingstfest war Wipo nicht wieder zum Tross gestoßen, der am Bodensee, der vorletzten Reisestation, lagerte. Dorthin waren Erzbischof Aribert von Mailand und andere Bischöfe aus der Lombardei gekommen, um mit König Konrad die Situation in Italien zu erörtern, da nach dem Tode von Konrads Amtsvorgänger der ober- und mittelitalienische Adel einen eigenen König einsetzen wollte. Erst nach der Unterwerfung Italiens sei eine Krönung Konrads zum Kaiser des Heiligen Römischen Reiches möglich, hatte Königin Gisela ihren Damen erklärt. An ihrer Seite hatte Uta unverändert an den Beratungen als Protokollantin teilgenommen. Natürlich hatte König Konrad die Anwesenheit seiner Gattin während der Gespräche weiterhin gewünscht. Die Beratungen zur Italienpolitik hatten sich hingezogen und waren mit der Entscheidung beendet worden, im nächsten Jahr nach Italien zu ziehen, um dort zunächst die lombardische Krone und danach die Kaiserkrone zu empfangen. Uta erschauderte ehrfürchtig: Gisela von Schwaben eine Kaiserin! Als ihr der Geruch des Schinkens in die Nase stieg, den ihr Mechthild mit spitzen Fingern unter die Nase hielt, kehrte sie mit ihren Gedanken wieder in die Gegenwart zurück.

»Menschen, die wir kennengelernt haben, nun ja …«, meinte Erna gerade und blickte träumerisch zum Waldrand, wo einige Knechte bereits damit beschäftigt waren, das Vieh zusammenzutreiben.
»Da ist doch etwas in deinen Augen, Erna!«, stichelte Adriana. »Sag schon!«
»Was soll mit ihren Augen sein?«, wollte Elisabeth wissen und biss herzhaft in das Schinkenbrot.
Erna senkte den Kopf, schaute aber im nächsten Moment wieder auf. »Wenn die Ernte dieses Jahr eingeholt wird«, begann sie freudestrahlend, als Uta die Freundin auf einmal unterbrach. »Die Ernte?« Wieso vermochte die Aussicht auf Getreide und Hülsenfrüchte einen solchen Glanz auf Ernas Antlitz zu zaubern? Uta erhob sich, nahm die Freundin am Arm und führte sie von der Gruppe der speisenden Hofdamen weg.
»Was ist mir dir?«, flüsterte Uta verunsichert.
»Der Arnold sagt«, druckste Erna herum, als ob sie eben erst begreifen würde, was sie sich anschickte vorzutragen. »Er sagt, wenn die nächste Ernte eingeholt wird, wird er mich zur Frau nehmen.«
Uta hielt inne und schaute unauffällig zu den anderen Hofdamen hinüber. »Du möchtest heiraten?«
Erna nickte. »Ich spüre keinen innigeren Wunsch, als an seiner Seite zu sein.«
Vor Uta tauchte wieder das Antlitz des Küchenmeisters mit dem glutroten Haar auf, und erneut stieg Bitterkeit in ihr hoch.
»Freust du dich denn nicht für mich?« Erna betrachtete die Freundin. »Uta?«
Uta schüttelte sich und schob ihre Gedanken beiseite, als sie in Ernas strahlende Augen blickte. »Natürlich freue ich mich

für dich, Erna.« Sie umarmte die Freundin, die daraufhin zu schluchzen anfing.

»Dann wird es eine Feier im Herbst geben, ja?«, fragte Uta und drückte die Freundin sanft von sich fort, um sie anzusehen. »Ich werde die Königin bitten, euch beiden ein Fest auszurichten.«

Erna umarmte die Freundin. »Meine Uta!«

Gleich nach seiner Heimkehr war König Konrad mit einigen Getreuen nach Mainz aufgebrochen, um in Vorbereitung auf den Feldzug nach Italien die Beurkundung mehrerer Landübertragungen vorzunehmen. Noch am selben Tag, an dem er seine Gattin auf der heimatlichen Burg zurückgelassen hatte, betrat er im Dunkel der Nacht an der Seite seines Erzkaplans den Palas der Mainzer Bischofsburg. Während sich die mitgereisten Ritter, Adligen und Bediensteten in der hofeigenen Brauerei stärkten, zogen sich König Konrad und Aribo von Mainz auf einen Becher Wein zurück – die geplanten Beurkundungen waren für den kommenden Vormittag vorgesehen.

»Willkommen in Mainz, Hoheit!« Erzbischof Aribo wies dem König einen der Stühle in seiner Arbeitskammer zu, nachdem er selbst Platz genommen hatte. Entspannt atmete Aribo durch und fixierte seinen Gesprächspartner. Endlich einmal konnte er den König ohne das Weib an seiner Seite sprechen, das unaufhörlich Ratschläge gab, anstatt dem Gatten weitere Nachkommen zu gebären. Ohne den König aus den Augen zu lassen, füllte er die bereitgestellten Becher mit Wein. »Der Osten unseres Reiches ist geschwächt«, sagte er. »Geschwächter, als dies momentan den Anschein hat.«

Konrad ergriff seinen Becher, überlegte aber, bevor er trank. »Die östlichen Marken sind ein wichtiger Baustein meines

zukünftigen Kaiserreichs. Welche Geschehnisse haben diesen Eindruck bei Euch hervorgerufen, Exzellenz?«
Aribo nahm einen tiefen Schluck. Es befriedigte ihn, die Augen des Königs erwartungsvoll auf sich gerichtet zu sehen. »Wisst Ihr, Königliche Hoheit, es sind eher Unterlassungen denn Geschehnisse.« Mit dem Becher in der Hand trat Aribo vor das Fenster, von wo aus er die vom Mond beschienenen Umrisse der Kathedralruine betrachtete, die vor noch nicht allzu langer Zeit als Krönungsstätte gedient hatte. »Ich bin überzeugt, dass der selbstgekrönte Mieszko in absehbarer Zeit jene Gebiete unseres Reiches angreifen wird, an deren Grenzen keine Liutizen als unser Schutzschild stehen. Und auch, wenn wir ein gewaltiges Heer aufbieten würden«, sagte er und machte eine bedeutungsschwangere Pause, in der er einen weiteren Schluck trank, »wird der Osten nur dann einen unverrückbaren Stein im Bollwerk Eurer Macht darstellen, wenn Ihr Eure Herrschaft dort langfristig festigen könnt.« Aribo von Mainz verschwieg, dass ihm die Bedrohung im Osten in Wirklichkeit nicht die Spur einer Sorge bereitete – er aus taktischen Gründen die östlichen Erzbistümer aber im Krieg gebunden wissen wollte, um den Weg frei zu haben für den Ausbau der eigenen Vormachtstellung.
»Erklärt mir Eure Absichten, Exzellenz. Ich sehe die Herrschaft in der Mark Meißen als durchaus gesichert an. Auch wenn die Gespräche mit dem enterbten Bezprym keine Früchte getragen haben.«
»Kurzfristig vielleicht, Königliche Hoheit. Aber schon mittelfristig habe ich ernsthafte Bedenken.« Einen Moment genoss Aribo aus den Augenwinkeln heraus den verwirrten Blick in Konrads Gesicht, dann fuhr er fort: »Langfristig ist die Herrschaft im Osten aber nur gesichert, wenn Euch treu ergebene Nachkommen dienen. Doch gerade an diesen man-

gelt es dem Meißener Markgrafen, dem wichtigsten dortigen Herrscher. Wenn wir aber im Osten Herrschaftsrechte hin und her übertragen müssen, nur weil es Euch an ergebenen nachrückenden Gefolgsleuten fehlt, schwächt dies die Grenzsicherung.« In erhabener Pose wandte Aribo sich wieder seinem Gesprächspartner zu.
König Konrad legte die Fingerspitzen vor der Brust aneinander. »Das ist durchaus ein Punkt, den es zu bedenken gilt, Exzellenz. Da mögt Ihr wohl recht haben.«
»Dann solltet Ihr zügig handeln, denn dieser Umstand wird auch den Polen nicht entgangen sein«, fügte der Erzbischof hinzu und rückte das Pallium auf seiner Brust zurecht.
»Ich danke Euch für den Hinweis, Exzellenz.« Der König nickte. Auch Gisela mahnte ihn immer wieder, langfristige Aspekte zu bedenken.
Zufrieden strich Aribo sich über die steifen Mundwinkel. »Ein passendes Weib zu finden, das den Meißenern männliche Nachkommen gebärt, dürfte sicherlich kein Problem sein.«
»Sicherlich nicht, Exzellenz«, bestätigte der König.
In einer fließenden Armbewegung schüttete Aribo von Mainz den restlichen Inhalt seines Bechers aus dem Fenster. »Und wenn Ihr erlaubt«, er trat vor seinen König, »wüsste ich für den Markgrafen auch schon eine vortreffliche Partie.«
Der Luchs hatte zum Sprung auf seine Beute angesetzt.

6. Eine Handbreit Abstand

Das Tor zur Macht öffnete sich an diesem Tag geräuschlos für ihn. Er hatte erfahren, dass der Hof bereits vor mehr als zwei Mondumläufen wieder auf die heimatliche Burg zurückgekehrt war. Natürlich war er nicht den üblichen Weg über die königliche Kanzlei gegangen, um seine Bitte den Königlichen vorzutragen. Ihm, der als einer der obersten Befehlshaber des sächsischen Herzogs die Grenze nach Polen hin gesichert hatte, oblag es, sich direkt an diese zu wenden. Festen Schrittes betrat er hinter einem Pagen den Burgsaal, schritt an einer Gruppe von Männern – Ratgeber, Kanzlisten und Unterhalter – vorbei und auf eine Schar Damen zu, die sich an der Seite der Königin versammelt hatten. Königin Gisela sah er heute zum ersten Mal. Nicht zu dick, ging es ihm durch den Kopf, aber er bevorzugte die noch Mageren. Zur Linken der Königin standen die Ornatskriecher mit ihren kuttenähnlichen Gewändern. Herrgott, behüte mich vor deren Geschwafel!, dachte er nur. Neben ihnen unterhielten sich einige Ritter, die weitere Langweiler verdeckten. Die anderen Höflinge erschienen ihm aufgrund des sinnentleerten Hoflebens blass und uninteressant.

Dann glitt sein Blick zur Rechten der Herrscherin, zu den Weibern. Zuerst sah er eine zierliche Blonde, die sich sicher echsenartig unter ihm bewegen würde. Daneben eine Pummelige mit schwarzem Haar und eine Knochige – alles Weiber, die nicht mehr als körperliches Begehren zu wecken vermochten. Plötzlich stockte er. Zwischen die Knochige und das weißblonde Weib schob sie sich. »Uta?«, entfuhr es ihm unkontrolliert. Ihre leuchtenden Augen, ihr Funkeln, ihre

zierliche Gestalt – eine Mischung aus Anmut und Unschuld. Sie war es tatsächlich und stand an der Seite der Königin.
»Königliche Hoheit, der Graf von Ballenstedt«, kündigte der Page ihn an.
Mit pochendem Herzen blickte Uta auf den Gast, der gerade im Begriff war, vor der Königin niederzuknien. »Esiko!«, rief sie überrascht aus und wollte aus dem ersten Impuls heraus zu dem älteren Bruder laufen, doch Adriana hielt sie zurück. So lange hatte sie den Bruder nicht mehr gesehen. Sicher war er gekommen, um gemeinsam mit ihr für die Mutter einzutreten, und hatte beim sächsischen Herzog erwirkt, dass sie als Weib ohne Muntgewalt vorsprechen konnte.
»Ihr dürft Euch erheben, Graf«, sagte die Königin und reichte Esiko die Hand zum Untergebenenkuss. »Was hat Euch zu uns geführt, Graf?«, fragte sie und winkte Uta neben sich.
Esiko schaute zwischen den beiden Frauen hin und her. Für einen Moment war er verwirrt, fand, dass sich beide auf eine seltsame Art glichen. »Königliche Hoheit«, begann er dann und hatte Mühe, sich auf die Königin zu konzentrieren. »Ich wollte Euch meine Dienste als erfahrener Heerführer und Grenzsicherer anbieten.« Es hatte sich längst im Reich herumgesprochen, dass das Herrscherpaar im kommenden Frühjahr nach Rom ziehen wollte, um aus den Händen des Heiligen Vaters die Kaiserkrone zu empfangen. In keinem anderen Heer als dem königlich-kaiserlichen würde er schneller zu Ruhm und Macht gelangen.
»Tretet näher, Graf«, bat Gisela. Sie musterte ihn eindringlich und bemerkte dabei, dass er dieselben grünen Augen wie ihre Hofdame besaß. »Ihr habt bisher für den sächsischen Herzog gekämpft, nicht wahr?«
»Das stimmt. Berhard von Sachsen hatte mir während seiner Abwesenheit das Kommando für die Grenzsicherung über-

tragen, Königliche Hoheit«, sagte Esiko. Einen Atemzug lang verharrte sein Blick auf Utas Gesicht. »Ohne mich wäre die Grenze sicherlich schon ein gutes Stück weiter nach Westen verschoben worden.«

Uta strahlte den Bruder voller Stolz an.

»Gab es Kämpfe dort?«, fragte Gisela. »Kämpfe, von denen wir nichts erfahren haben?«

»Nein, es gab keine Kämpfe, was aber allein dem Umstand geschuldet war, dass uns unser furchtloser Ruf vorauseilte«, erklärte Esiko.

»Welche Neuigkeiten bringt Ihr aus dem Osten mit?«

»Befriedigende Ruhe, Königliche Hoheit.« Esiko lächelte gewinnend. »Vom Tode Boleslaws und der Übertragung der Krone auf seinen Erben Mieszko seid Ihr sicherlich bereits unterrichtet. Boleslaws Witwe Oda hat sich in ein Kloster zurückgezogen.«

Gisela nickte.

Uta horchte auf, denn Esiko sprach von jener Oda, die vor einigen Jahren als Friedenspfand nach Polen verheiratet worden war. Der alte Markgraf von Meißen hatte damals in Ballenstedt über Oda als seine jüngste Tochter gesprochen, die demnach eine Schwester Hermanns von Naumburg sein musste.

»An der Grenze ist es ruhig!«, versicherte Esiko. »Und daher möchte ich meine Fähigkeiten nun in Eure Dienste stellen.«

»Ich werde sehen«, sagte Gisela mit einem Blick zu Uta, »dass ich mich für Euer Begehr verwenden kann.«

Daraufhin verneigte sich Esiko. »Ich bin Euch zu tiefem Dank verpflichtet, Königliche Hoheit!«

Königin Gisela gab Esiko mit einer Handbewegung zu verstehen, sich wieder zu erheben. »Graf, ich werde veranlassen, dass Euch eine Kammer für die Nacht zugewiesen wird.«

»Vielen Dank, Königliche Hoheit. Ich beabsichtige, schon morgen wieder in Richtung Sachsen zu reiten.«
Gisela gab dem Kämmerer ein Zeichen, sich um die Unterbringung des Grafen zu kümmern. »Ich werde Euch dann noch eine Botschaft für den Meißener Markgrafen mitgeben.«
Esiko verbeugte sich erneut. »Sehr wohl.«
»Die Audienz ist hiermit beendet.« Gisela blickte auffordernd zu Uta. »Es drängt Euch sicherlich, das Wiedersehen mit Eurer Schwester zu begehen.«
Aufgeregt trat Uta vor Esiko. »Bruder«, begann sie, verlor sich aber im nächsten Moment in seiner Betrachtung: das Haar der Mutter, der kleine Leberfleck unterhalb des linken Auges, die symmetrischen Lausitzer Gesichtszüge. Er musste inzwischen im vierundzwanzigsten Lebensjahr stehen.
Esiko beugte sich zu ihr hinab. »Ach Schwesterlein! Dich sprachlos zu sehen, war allein schon die Reise wert«, flüsterte er ihr zu.
»Und du scheinst immer noch so kampflustig wie früher zu sein«, antwortete sie lächelnd, während die anderen Hofdamen neben Gisela den fremden Grafen neugierig begutachteten. Dann verbeugte sich Uta vor der Königin und bat den Bruder, ihr in die Kemenate zu folgen. Sie wollte endlich von ihm erfahren, wann sie beim sächsischen Herzog vorsprechen dürfte.
Die Hofdamen sahen dem Geschwisterpaar mit neugierigen Blicken hinterher. Elisabeth von Köln war wie einst, als sie Mechthilds Geschichte vom Pakt des Theophilus mit dem Teufel gelauscht hatte, geradezu erstarrt. Am heutigen Tag jedoch dachte sie an keine Verurteilung, sondern an eine Wonne ganz besonderer Art.

Uta öffnete die Tür der Kemenate und trat ein. Esiko folgte ihr und schaute sich prüfend um. »Mein Kompliment, Schwesterlein, dass du es bis an die Seite der Königin geschafft hast.«
»Sie hat mich damals aus dem Quedlinburger Stift als Schreiberin mitgenommen«, entgegnete Uta und schaute zu Esiko auf, der sie um zwei Köpfe überragte. »Du bist noch weiter gewachsen«, vermaß sie ihn mit den Augen und nahm seine Hand.
»Du eher nicht«, grinste er und baute sich, die freie Hand in die Hüfte gestemmt, vor ihr auf. »Die Kämpfe stählen, weißt du. Ich wüsste niemanden, der mir derzeit mit der Axt und dem Schild das Wasser reichen könnte.«
Uta trat darauf einen Schritt zurück und betrachtete ihn eindringlich, ließ seine Hand dabei aber nicht los. Den Bart trug er kurz gestutzt, das weizenblonde Haar der Mutter reichte ihm bis zur Brust. Seine ganze Erscheinung strotzte vor Kraft und Tatendrang. »Du hast sicherlich meinen Brief erhalten«, sagte sie.
Esiko betrachtete die Schwester nun aufmerksamer, schwieg aber.
»Konntest du beim sächsischen Herzog für meine Anklage eintreten? Sag es mir«, bat sie und trat wieder vor ihn, um ihre Hände vertrauensvoll auf seine Brust zu legen. »Ich möchte Gerechtigkeit. Der Vater hat die Mutter umgebracht!«
Esiko löste sich von ihr und ging schweigend auf die Bettstatt zu. Unter den ungeduldigen Blicken seiner Schwester ließ er sich darauf nieder. Erst dann antwortete er: »Das soll unter Eheleuten so vorkommen ... du verstehst!«
Fassungslos betrachtete Uta den Bruder von oben bis unten. »So etwas soll vorkommen?«, ereiferte sie sich.
»Sie war nur ein Weib«, sagte er und legte die Füße auf das hölzerne Kopfteil der Bettstatt.

»Der Vater hat doch aber unsere Mutter umgebracht«, entrüstete sich Uta. »Sie in einem Moment, in dem sie schwächer nicht hätte sein können, getötet!«

»Weil sie hinter seinem Rücken Machenschaften betrieb, Schwesterlein.« Mit diesen Worten begann Esiko, sich den harten Schlamm von der rechten Schuhsohle zu kratzen.

Verständnislos starrte Uta den Bruder an.

»Die Mutter hat ihn hintergangen mit ihren Machenschaften«, erklärte Esiko mit einem Blick auf die fassungslose Schwester und dachte dabei, dass ihre feinen Gesichtszüge und der kühne Blick in all den Jahren nichts von ihrer Anziehungskraft verloren hatten. »Aus eigener Kraft hast du dich damals sicherlich nicht vom Krankenlager erhoben.«

»Ma... Ma... Machenschaften, nennst du das? Sie brachte mich ins Kloster, weil das meine einzige Überlebenschance war!« Nervös streifte Uta den silbernen Armreif ab, den ihr Königin Gisela während des Umritts geschenkt hatte, und drehte ihn zwischen den Fingern. »Zu To... To... Tode hätte er mich geprügelt!«

»Wie konntest du dich diesem Halbwüchsigen auch nur so feilbieten, Schwesterlein«, sagte Esiko, wobei sich sein Blick im Nichts der Kammer verlor.

Uta hob verzweifelt die Hände, so dass der Armreif auf den Boden fiel. »Er war es, der mich überfiel, und nicht andersherum!«

»Schwesterlein!« Je aufgeregter sie wurde, desto leiser sprach er. »Das spielt dabei überhaupt keine Rolle. Du hattest der Zweisamkeit zugestimmt, indem du zusammen mit ihm die Burg verließest.«

»A... a... aber«, setzte Uta erneut an.

Esiko sprang von der Bettstatt auf. »Wann verstehst du endlich, dass du einen Fehler begangen hast und dafür bestraft worden bist!«

»Beinahe mit dem To... To... Tode bestraft für einen Ausritt?«

Augenscheinlich fürsorglich legte er seine Hand auf ihre Schulter. »Schwesterlein, so funktioniert unsere kleine Welt nun mal.«

Uta schüttelte seine Hand ab und wich vor ihm zurück. »In deinen Augen vielleicht, nicht in meinen!«, erwiderte sie mit fester Stimme und deutete mit dem Kinn zur Tür. Sie war nicht mehr die kleine Schwester, die es nicht wagte, dem Bruder entgegenzutreten.

An den Armen zog Esiko sie wieder zu sich heran. »Auch in deiner Welt gelten Regeln. Hat dich das die schöne Königin noch nicht gelehrt?« Dabei sah er ihr tief in die Augen – und genoss es.

Doch Uta unterbrach den intensiven Blickkontakt: »Aber wir müssen doch für Gerechtigkeit sorgen, Esiko! Das bist auch du der Mutter schuldig!«

»Gerechtigkeit muss nur dann hergestellt werden, wenn zuvor Unrecht geschah«, entgegnete Esiko trocken.

»Esiko!«, fuhr Uta auf. »Was redest du denn da?«

»Unser Vater hat nichts Verwerfliches getan«, sagte Esiko in ruhigem Ton. »Ich kann dein Ansinnen daher nicht unterstützen. Schließlich habe ich einen Ruf zu verlieren – demnächst sogar als kaiserlicher Heerführer. Und der Mutter schulde ich gar nichts. Im Gegenteil. Sie schuldet mir etwas!«

»Erna hatte recht«, flüsterte Uta. Er hatte sich verändert! Traurig senkte sie den Kopf.

»Schwesterlein!« Mit dem Zeigefinger hob Esiko ihr Kinn an. Vom Schmerz überwältigt ließ sie es geschehen.

»Schade, dass du immer noch nicht gelernt hast, dich zu unterwerfen«, erklärte er, sein Gesicht ganz nah vor dem ihren. Dann ging er ohne ein Wort des Abschieds aus der Kammer.

Uta blickte auf den Armreif am Boden und hob ihn auf. Was würde Königin Gisela wohl tun, wenn ihr die Unterstützung für Gerechtigkeit versagt würde? Sie würde ihr Anliegen weiterhin ruhig vortragen, schlussfolgerte sie. Und sie würde sich andere Verbündete suchen! Entschlossen streifte Uta sich den Armreif über das Handgelenk und ging in die Pergamentenkammer. Dort tauchte sie den Federkiel ins Tintenfass und schrieb mit unruhiger Hand:

Schwesterliche Liebe und Gottes Bestand für diejenige, die ich täglich in meine Gebete einschließe – meine kleine Schwester in der Ferne.
Ich schreibe dir, weil ich wissen möchte, wie es zwischen dir und mir bestellt ist. Bist du mir noch in schwesterlicher Liebe verbunden?
Du schriebst mir zuletzt begeistert von deiner Arbeit als Krankenschwester im Kloster, so dass ich gar meinte, du hättest deine wahre Bestimmung gefunden. Sicherlich ist unsere liebe Schwester Alwine stolz auf dich. Wie kommst du mit den Studien über die Funktion der Gelenke voran? Diesem Schreiben lege ich dir einen weiteren Teil meiner Abschrift von Von der Materie der Medizin *bei.*
Liebe Hazecha, schreib mir doch, ob du inzwischen unseren älteren Bruder Esiko wiedergesehen hast. Ich möchte so gerne wissen, was in ihn gefahren ist. Am heutigen Tag habe ich ihn nach sieben Jahren wiedergetroffen, und wir sind gar heftig in ein Wortgefecht über das Handeln unseres Vaters geraten, der unserer Mutter in einem schwachen Moment den Lebensatem genommen hat – wie sehr ich ihn dafür verachte. Auch deswegen schreibe ich dir – ich möchte erfahren, was du darüber denkst, dass ich beabsichtige, eines Tages zu unserem Vater zu reiten und ihm seine Ver-

fehlungen aufzuzeigen. Ich will ihm vor Augen führen, dass ich ihn und seine Taten nicht vergessen habe und niemals vergessen werde. Außerdem würde ich Ballenstedt nach so vielen Jahren gerne wiedersehen. Ich träume davon, dass der Herrgott dich von deinem Gelübde nur für wenige Tage entbindet und wir uns endlich wiederbegegnen. Stell dir vor, wie wir zusammen die Heimat erleben könnten, so ungezwungen wie zuletzt in Kindertagen, als der Vater das Jahr über auf dem Schlachtfeld weilte. Kannst du die Sprache der Pferde noch?
Ich habe dich in meinem letzten Brief gar nicht nach unserem Bruder Wigbert gefragt. Hat der Vater ihn zum Kampfer ausbilden lassen? Wie schön wäre es, wenn wir ihn bei unserem gemeinsamen Besuch in Ballenstedt in die Arme schließen könnten.
Liebe Hazecha, antworte mir, sobald deine Pflichten es dir erlauben.

Gegeben im Speyergau zwei Tage nach dem Fest Maria Himmelfahrt, im Jahre 1025 nach des Wortes Fleischwerdung.
Deine Uta

Uta legte den Federkiel beiseite und faltete das Pergament.
»Ich werde den Muttertod auch ohne dich sühnen«, sagte sie. »In meiner Welt gelten andere Regeln als in deiner, Esiko von Ballenstedt!«
Und eben diese Regeln war sie nicht bereit aufzugeben.

Am folgenden Tag erhielt die Königin von ihrem Gatten ein Schreiben mit der Aufforderung, mit ihrem Hofstaat zum Italienfeldzug aufzubrechen. Noch vor Wintereinbruch wollten

sie bis zu den Füßen der Alpen gelangen, um diese dann gleich nach der Schneeschmelze zu überqueren. Konrad empfing seine Frau und deren Hofstaat in der Aachener Pfalz. Die Königin hatte ihre ältere Tochter Beatrix für die Dauer des Feldzuges dem Quedlinburger Kloster übergeben. Die wenige Mondumläufe alte Tochter Mathilde war mit der Amme auf der Burg zurückgeblieben, und der Thronfolger Heinrich war in die Obhut des Bischofs Bruno von Augsburg gegeben worden. Ohne zu übernachten, zog der Tross sogleich von Aachen über Trier weiter in den Südwesten des Reiches.
Und nur wenige Tage nach Maria Lichtmess, das Land versank im Schneematsch und Dreck, sammelte König Konrad auf den Feldern bei Augsburg zehntausend mit Waffen gerüstete Männer zu Pferd und zu Fuß, die bereit waren zu kämpfen. Das Heer, das den Königszug von nun an begleitete, war in Utas Augen zu einem glitzernden Echsentier geworden. Kaum eines der Gesichter, in das sie blickte, begegnete ihr ein zweites Mal. Auch Esiko hatte sie seit dem Abend seiner Ankunft auf der Burg nicht mehr zu Gesicht bekommen, obwohl er dem königlichen Heer als einer der Heerführer angehörte. Seit ihrem Gespräch fühlte sie sich einsam, obwohl sie noch nie mehr Menschen als auf dieser Reise um sich herum gehabt hatte.
Als der königliche Tross das Augsburger Feld verließ, gab die Königin den Leibwachen ein Zeichen und ließ sich neben ihre Hofdamen zurückfallen. An Uta gerichtet sagte sie: »Als ich Beatrix nach Quedlinburg gab, musste ich an unsere erste Begegnung im Hufeisenraum unter der Stiftskrypta zurückdenken.«
Uta hob den Kopf. »Es war eine besondere Begegnung, Hoheit, ich werde sie immer in meinem Herzen bewahren.« In dem darauffolgenden kurzen Moment der Stille wanderten

Utas Gedanken wieder zu Hazecha. Sie bedauerte, dass der königliche Bote, nun, da sie nach Italien reisten, keinen weiteren Brief mehr über die Alpen nach Gernrode bringen würde. Geschweige denn ein Antwortschreiben Hazechas von Gernrode nach Italien.
Königin Gisela schaute zu ihrer Hofdame. »Kaplan Wipo wird spätestens zur Überquerung der Alpen wieder gesund zu uns stoßen«, sagte sie und lächelte Uta von der Seite an.
Erleichtert atmete Uta auf. Also hatten ihre Gebete für die Genesung Wipos geholfen, auch wenn der Winter noch nicht einmal richtig begonnen hatte. Vom Frieden der Seele hatte er einst gesprochen. Ein wunderbarer Zustand, der ihr seit den letzten Mondumläufen jedoch unerreichbarer denn je erschien.

Die folgenden Tage vergingen wie im Flug. Vor Einbruch der Dunkelheit wurde jeweils das Lager an einem Wasserlauf und in der Nähe einer Holzsammelstelle aufgeschlagen. Da sich der König seinen Männern verbunden zeigen wollte, übernachtete er mit ihnen außerhalb der Städte. Auch Gisela schloss sich mit ihrem Hofstaat den Übernachtungen im Freien an. Um das Lager herum wie auch an den Wegen, die zum Lager führten, waren Wachposten aufgestellt. Alle hundert Schritt brannte ein Wachfeuer, das nach Ablauf der Nacht bei Sonnenaufgang für die Zubereitung der Mahlzeiten genutzt wurde.
Die Lagerabende verbrachte Uta damit, sich in die für die Reise mitgenommenen Abschriften zu vertiefen und ihre Gespräche mit der Königin fortzusetzen. Doch ihre gemeinsame Zeit, die sie mit Lesen und Reden verbrachten, wurde seltener, denn die Königin war mit Beurkundungen, Audienzen und Verhandlungen an der Seite ihres Gatten beschäftigt. Umso erfreuter war Uta, als Wipo noch vor dem Weihnachts-

fest wieder zum Tross stieß. Im Lager grassierten grausame Geschichten über den beschwerlichen Weg, der vor ihnen lag. Reisende Kaufmänner berichteten von ganzen Heeren, die im Gebirge erfroren oder von den viel zu schmalen Pfaden abgekommen waren.
Die Übernachtungen im Freien sollten daher die Konstitution aller Trossmitglieder für die Überquerung der Alpen stärken. Uta nächtigte mit den anderen Hofdamen in einem Zelt, dessen Größe durchaus mit der ihrer Kemenate vergleichbar war. Um sich warm zu halten, lagen die Mädchen auf den Strohlagern unter Pelzen eng beieinander. Dazu kauten sie auf altem Brot, um den Körper zur Arbeit anzuregen und somit vor dem Erfrieren zu bewahren.
»Da hing bei einem der höchsten Berge eine an Ketten aufgehängte Brücke über einer Schlucht, die so tief war, dass man mit bloßem Auge nicht bis auf ihren Grund blicken konnte«, raunte Mechthild.
»Wo du das nur wieder herhast.« Adriana legte ihren Kopf zur Seite. »Aber erzähl nur weiter«, drängte sie und nieste gleich darauf.
Mechthild fuhr in einem bedrohlichen Tonfall fort. »Der Schnee fiel dort ausschließlich in riesigen Brocken vom Himmel und schlug bedrohlich gegen die Kettenbrücke.«
Uta lauschte stumm und kaute auf ihrem Brot.
»Diese Brücke gibt es tatsächlich«, flüsterte Mechthild nun, »und sie zog nur besonders mutige Männer an. Grafen, Fürsten und sogar Könige waren darunter. Sie durften die Brücke nur ohne Gehänge, also waffenlos überqueren, einzig mit der Kraft des eigenes Fleisches.«
Uta merkte, wie Elisabeth näher an sie heranrutschte. »Wisst Ihr, ob Euer Bruder auf Brautschau ist?«, flüsterte Elisabeth ihr ins Ohr und zog den Pelz fester um sich.

Irritiert hörte Uta auf zu kauen. »Ich weiß es nicht«, entgegnete sie ebenso leise und wandte sich wieder Mechthild zu, die hinter Adriana lag.

Elisabeth kicherte schüchtern. »Aber könnt Ihr ihn nicht fragen?« Noch immer war sie die einzige Hofdame, die nicht zum Duzen übergegangen war.

Uta schüttelte den Kopf. So verächtlich wie Esiko über die Mutter gesprochen hatte, wollte sie ihn vorerst überhaupt nichts mehr fragen.

»Niemand hat diese Brücke bisher lebend verlassen«, fuhr Mechthild fort.

»Das ist schaurig«, flüsterte Adriana. »Selbst Könige überwanden sie nicht?«

Enttäuscht ließ Elisabeth von Uta ab und hob den Kopf. »Das ist doch nur ein Schauermärchen. Sicherlich gibt es Kämpfer, die eine Kettenbrücke überqueren können.« Sie strahlte bei diesen Worten, als ob sie einen von ihnen gerade vor Augen hätte.

Da meldete sich Grete: »Meint ihr, dass die Brücke der Grund dafür ist, dass wir über den Pass der Breonen ziehen?«

»Natürlich«, bestätigte Mechthild. »Sie würden den König doch niemals in den sicheren Tod schicken.«

»Vielleicht wäre der Seeweg eine Alternative«, schlug Adriana vor. »Dann würden wir erst gar keine Schluchten überqueren müssen.«

»Nein«, entgegnete schließlich Uta, und die Mädchen schauten sie erwartungsvoll an. »Trotz aller Gefahren ist es immer noch einfacher, über das Hochgebirge zu ziehen, als den gefährlichen Seeweg nach Italien zu nehmen. Auf welchem Pass befindet sich denn diese Brücke, Mechthild?«

Die Angesprochene überlegte. »Sie könnte auf dem Pass über den Cenis sein. Aber so genau hat der Kaufmann das nicht erzählt. Wie viele Pässe gibt es denn überhaupt?«

Uta spürte, wie Elisabeth sie erneut anstupste und ihr ins Ohr kicherte. »Könntet Ihr Euren Bruder nicht doch ...«
»Nein, das geht nicht«, bekräftigte Uta und vernahm dabei Esikos Stimme: *Gerechtigkeit muss nur dann hergestellt werden, wenn zuvor Unrecht geschah.* »Er würde Euch sowieso nur unglücklich machen«, setzte sie erklärend nach.
»Mich unglücklich machen?«, fragte Elisabeth verständnislos und ließ mit einem tiefen Seufzer den Kopf sinken.
»Ich glaube, die Pässe sind über die gesamte Breite der Alpen verteilt«, erklärte Grete, die hinter Elisabeth vorlugte.
»Der Pass über den Jupiterberg liegt in den Westalpen«, wandte sich Uta von Elisabeth ab. »Der südlichste Pass führt über den Cenis in den französischen Seealpen. Dann gibt es noch den Pass über die Zentralalpen. Ich habe die Routen neulich auf einer alten Karte entdeckt.« Bei diesen Worten vernahm Uta, dass Elisabeth schluchzte. »Der Pass der Breonen in den Ostalpen ist aufgrund seiner geringen Höhe beinahe ganzjährig passierbar und weniger kalt. Auch der große Kaiser Otto soll ihn und keinen anderen schon mehrmals genutzt haben.«
Die anderen Mädchen nickten zustimmend.
Als das Schluchzen noch immer nicht verstummte, drehte sich Uta unter ihrem Pelz zu Elisabeth um und strich ihr tröstend über die Wangen.
Elisabeth schaute Uta mit nassen Augen an. »Es ist ...«, weiter kam sie jedoch nicht, sondern weinte wieder.
»Wegen meines Bruders?«, fragte Uta leise.
Elisabeth nickte. »Ich glaube, die Königin hat andere Pläne mit mir. Eine Ehe mit einem burgundischen Grafen plant sie.«
»Sie will Euch verheiraten?«, fragte Uta überrascht.
»Ich bin schon im zwanzigsten Lebensjahr«, entgegnete Elisabeth schniefend.

Die Königin macht also doch Heiratspläne für uns, ging es Uta durch den Kopf. Seitdem sie den Karren nicht mehr ohne ein Buch unter dem Arm verließ, hatte sie dieses Thema verdrängt, obwohl Ernas von der Königin im Herbst ausgerichtete Hochzeit ein schönes Fest gewesen war. Nun kamen ihr die Worte Hathuis wieder in den Sinn, die ihren Auftrag darin gesehen hatte, ihren Sanctimonialen neben den Gottesdiensten beizubringen, *einem Adligen eine wünschenswerte, vorzeigbare Partnerin zu sein.*
»Eine Heirat?« Adriana setzte sich im Bett auf. »Wer?«
»Aber ich liebe doch nur ihn!«, beteuerte Elisabeth.
Die anderen Hofdamen verstummten angesichts dieses Geständnisses.
Uta nahm Elisabeth in den Arm. »Aber vielleicht gefällt Euch der burgundische Graf besser.«
Die kräftig gebaute Elisabeth wiegte sich in Utas Armen wie ein Kleinkind. »Wenn er frei wäre, könnte die Königin mich ihm versprechen.«
»Ihr würdet Graf Esiko heiraten wollen?«, fragte Mechthild, halb entsetzt, halb erfreut.
Unter Tränen nickte Elisabeth.
Der Anblick der leidenden Freundin erweichte Utas Herz. »Dann frage ich die Königin, wie es um die Werbung meines Bruders steht, versprochen.«
»Aber jetzt lasst uns schlafen.« Adriana beugte sich zu ihnen hinüber. »Der Morgen ist klüger als der Abend.«
Die Hofdamen krochen noch tiefer unter die Pelzdecken und schmiegten sich eng aneinander.
Bald merkte Uta, dass Elisabeth schlief, und gab sich ihren eigenen Gedanken hin. »Ich brauche Beweise«, murmelte sie. Ohne Beweise keine Anklage, so stand es in der Schrift des Namenlosen über die Gesetze König Clothars I., und auch

Wipo hatte ihr die Notwendigkeit von Beweisen vor Gericht bestätigt.

»Geliebte Mutter«, flüsterte Uta, »ich werde nach Beweisen suchen und ich werde sie finden, vertraut mir.«

»Lasst ihn durch. Er soll an meiner Seite reiten«, instruierte Königin Gisela ihre Leibwache, die sie und den König wie einen schützenden Mantel umgab.

»Ihr wollt Euch nach Eurer Schwester erkundigen, Graf?«, fragte Gisela. »Sie reitet mit den anderen Hofdamen hinter der Hofkanzlei.«

»Königliche Hoheit«, entgegnete Esiko freundlich und verneigte sich im Sattel, »ich gedachte, mich zunächst bei Euch und seiner königlichen Hoheit für die Übertragung einer der zwanzig Unterheerführerschaften zu bedanken.«

Gisela nickte. »Wir setzen großes Vertrauen in Euch, Graf.«

»Das tun Eure Königliche Hoheit mit Recht«, bestätigte Esiko und beobachtete, wie die Königin ihrer Stute liebevoll den Hals tätschelte.

Sie ist in entspannter Stimmung, dachte er. Zumindest war es seine Schwester stets gewesen, wenn sie irgendwelche Tiere hatte streicheln können. »Zudem hatte ich die Gelegenheit«, setzte er an, »Eure Schwester Mathilde auf Burg Magdeburg kennenzulernen. Sie ist eine schöne und kluge Frau.« Esiko pausierte kurz. »Ich gedenke, bei Euch um ihre Hand anzuhalten.«

Der Blick der Königin glitt über Esikos Antlitz. Im nächsten Moment erinnerte sie sich an die jüngste Lesung mit Uta, in der sich diese vorsichtig, wie es ihre Art war, nach den Eheplänen des Bruders erkundigt hatte. Eine ihrer Hofdamen dauerhaft und vertraut als Gattin an der Seite des aufsteigenden Ballenstedter Grafen zu wissen wäre sicherlich nicht schlecht. »Mathilde ist zweifache Herzogin, Graf«, entgegnete sie schließlich.

»Dessen bin ich mir bewusst«, versicherte Esiko. »Sie ist zweifache Herzogin und Euch nicht mehr in schwesterlicher Eintracht verbunden, seitdem ihr Sohn Konrad bei der Königswahl eine Niederlage gegen Euren Gatten erlitten hat.«

Gisela lächelte. »Ihr seid sehr forsch in Eurer Rede, Graf.« Der Gedanke, über den Bruder ihrer Hofdame eine entspanntere Beziehung zur eigenen Schwester zu finden, gefiel ihr. »Ihr wisst sicherlich, dass Herzogin Mathilde nach dem Tode des Herzogs von Oberlothringen noch fast das ganze Trauerjahr vor sich hat.«

»Diese Eheschließung«, sagte Esiko, »würde den Sieg des königlichen Heeres in Italien krönen.«

»Ihr wisst ebenfalls«, fuhr die Königin ruhig fort und dachte dabei, dass allein die Kaiserkrone und nichts anderes den Sieg krönen würde, »dass meine Schwester bereits im siebenunddreißigsten Jahr steht.«

Esiko nickte. Natürlich hatte er sich zutragen lassen, dass Mathilde von Schwaben ihren vorangegangenen Gatten bereits drei Knaben und zwei Mädchen geschenkt hatte. »Ich bin zuversichtlich, dass Herzogin Mathilde in eine derart fruchtbare Familie hineingeboren wurde, dass sie auch mir noch Erben schenken wird.«

Königin Gisela schmunzelte über diese offensichtliche Schmeichelei. »Ich habe Euer Anliegen hiermit zur Kenntnis genommen, Graf«, sagte sie und schaute zum König hinüber, der mit dem Kölner Erzbischof in ein Gespräch vertieft war.

»Ihr würdet auch diesen Schritt nicht bereuen, Königliche Hoheit«, versicherte ihr Esiko und verneigte sich.

Gisela bedeutete ihm, sich aufzurichten. »Dann, Graf Esiko,

gebt uns die Freiheit, auch ein anderes Weib für Euch in Betracht zu ziehen.«

Esiko schwieg verdutzt. Damit hatte er nicht gerechnet. Ihm fiel keine andere Frau ein, die ihm in gleichem Maße Zugang zur Macht liefern könnte wie die Schwester der zukünftigen Kaiserin. »An wen denken Eure Königliche Hoheit?«

»Wir werden Euch zu gegebener Zeit davon in Kenntnis setzen, Graf«, sagte Gisela und lächelte freundlich.

»So sei es«, Esiko verneigte sich ein weiteres Mal und ritt davon.

Als der Schnee in den nördlichen Voralpen taute, brachen Hof und Heer ins Hochgebirge auf. Um auf den wenigen mit Karren befahrbaren Zuwegen zum Pass Halt zu finden, wurden Fahrrinnen in den Fels gehauen. Bergführer, die den Tross begleiteten, warnten vor weiteren Übernachtungen in Zelten und verwiesen auf Pilgerhospitäler, die vor plötzlich hereinbrechenden Unwettern und Kälte Schutz boten. Die geistlichen Würdenträger waren von den Tragestühlen wieder auf die Pferderücken zurückgewechselt. Die Reittiere wurden von Knechten auf den inzwischen nur noch mannsbreiten Pfaden an den Zügeln geführt, um zu verhindern, dass die Tiere, geängstigt von den steilen Abhängen, scheuten und ihre Reiter abwarfen.

Die Vorhut hatte bereits vor einigen Tagen den höchstgelegenen Teil des Passes überquert, als der hintere Teil des Zuges mit dem Hofstaat der Königin sich erst in Bewegung setzte. Als der Aufritt zur Breonen-Höhe geschafft war, wurden Messen für die ersten Verunglückten gelesen, die ihre Pferde auf den schmalen Pfaden nicht hatten in Zaum halten können. Mühsale und Gefahren hielten den Zug im Griff, als er endlich den Höhenort Brixen erreichte, der aus einigen wenigen Hütten bestand. Von dort nach Bozen lag der *Hohe Ritten* vor ihnen: eine schwer gangbare Stelle, deren Überquerung gefürchtet war. Das Vorankommen auf der ohnehin gefährlichen Strecke wurde zusätzlich von plötzlichen Wetterumschwüngen, Nebel und Steinschlag behindert. Durch das einsetzende Tauwetter wurden Bergbäche zu reißenden Strömen, und abgehende Schlamm- und Gerölllawinen forderten weitere Opfer. Wer sich nicht zu stolz dafür war, legte den schmalen Pfad bis nach Bozen auf Händen und Füßen zurück, um nicht auszurutschen und in den Abgrund zu stürzen. Inzwischen hatte der Zug mehr als einhundert Opfer zu beklagen.

In ihrer ersten Nacht in einer fest überdachten Unterkunft auf dem *Hohen Ritten* träumte Uta, dass ein Unwetter sie in die Schlucht riss – und dass es lediglich der Königin gelang, sich an einer Kettenbrücke festzuklammern und den Berg zu überqueren. Uta sprach Gebet um Gebet und hatte zudem alle Mühe, die leidende Elisabeth zu trösten, die Esiko schon einen ganzen Mondumlauf nicht mehr gesehen hatte und seitdem nicht mehr von Utas Seite wich. Mechthild las zur Beruhigung aller Hofdamen aus den Epen der Roswitha von Gandersheim vor.

In Bozen angelangt, verschnaufte der Zug zwei ganze Tage, bevor er ins Etschtal aufbrach. Die mitreisenden Heilkundigen hatten alle Hände voll zu tun, gebrochene Gliedmaßen zu schienen, und unter den Hofdamen grassierte eine Schwäche. Mechthild krächzte nur noch und klagte über stechende Schmerzen in den Fingern und im Rücken, Elisabeth wimmerte vor sich hin, und Uta vermochte wegen starker Halsschmerzen kaum zu sprechen. In dieser Verfassung wünschte Uta sich jemanden aus der Familie herbei, der sie tröstend in den Armen wiegte.

Mit mehreren Tagen Verspätung hielt der Tross schließlich

auf die Veroneser Klause zu. Dort verengte sich das Etschtal erneut zu einem schmalen Pfad. Um diesen letzten Abstieg zu bewältigen, mussten alle Reiter absitzen und ihre Tiere an den Zügeln hinabführen. Die Ochsen wurden über Seile miteinander verbunden – ihre geeinte Kraft sollte den Absturz eines einzelnen Tieres verhindern. Hunde und Ziegen fanden ihren Weg noch am leichtesten.
Der Zug war seit Verlassen das Winterlagers nun schon einen ganzen Mondumlauf unterwegs. Die meisten im Tross sahen aus, als hätten sie bereits in einer Schlacht gekämpft. Utas Schmerzen hielten unverändert an. Die Hoffnung, mit Wipo sprechen zu können, hatte sie für die Zeit im Hochgebirge aufgegeben. Zu sehr plagte sie das Kältefieber, das sich im Tross ausgebreitet und während des Abstiegs zu ungeplanten Aufenthalten geführt hatte. Den anderen Hofdamen erging es nicht besser. Mechthild musste sich laufend übergeben, und Elisabeth jammerte über Rückenschmerzen.
Es war der Tag des Festes des heiligen Barbatus, als sich der schmale Pfad durch die Klause verbreiterte. Dennoch wagte niemand aufzusitzen, um den Körper für den Rest des Weges zu schonen. Die ersten Strahlen der Frühlingssonne stahlen sich durch graue Gewitterwolken, da kam der Zugteil mit den Hofdamen ins Stolpern. Eine Lawine aus Schlamm und Geröll war von den ausufernden Fluten eines nahen Wasserfalls auf den Pfad gespült worden. Uta klammerte sich am Hals ihres Pferdes fest, das jedoch gleichfalls Halt suchte und zu tänzeln begann.
»Greift nach den Sträuchern!«, rief jemand.
Uta wandte sich um und sah, wie die anderen Hofdamen und zwei Gräfinnen aus dem Sächsischen hinter ihr strauchelten. Sie vernahm hektisches Wiehern vor sich und machte andere Reisende aus, die wild mit den Armen ruderten. Hinter sich

hörte sie Mechthild und Grete schreien, und Elisabeth konnte sie in dem Durcheinander nirgendwo mehr sehen. War die Freundin etwa den Abhang hinabgestürzt? »Elisabeth?«, rief sie besorgt. Da verlor auch ihre Stute den Halt, Uta rutschte von ihrem Rücken und im Schlamm der Böschung entgegen.
»Nehmt meine Hand!«, drängte jemand.
Uta griff zu. Als Nächstes spürte sie einen stechenden Schmerz durch ihren Steiß schießen.
Ihr Retter zog sie hoch und trug sie auf den Armen davon. Gepeinigt stöhnte Uta auf. »Esiko?«, murmelte sie benommen, die Augenlider kraftlos geschlossen. »Elisabeth ist verschwunden. Wir müssen sie suchen.«
Ihr Retter watete zu einer Anhöhe, auf die sich bereits andere Damen gerettet hatten. »Es wird alles gut«, besänftigte er sie mit ruhiger Stimme und legte sie auf einem breiten Stein vorsichtig ab.
»Ich konnte Elisabeth nicht mehr sehen«, sagte Uta mit letzter Kraft, als sie verschwommen eine Frau mit einem Kräutersäckchen erkannte, die sich über sie beugte.
»Bitte kümmert Euch um sie. Ihr darf nichts zustoßen«, hörte sie ihren Retter mit der ruhigen, rauhen Stimme sagen.
»Sehr wohl, Markgraf«, entgegnete die Heilkundige und wies gleich darauf ihre Helferin an, einen Brennnesselextrakt anzurühren.
Inzwischen war die Matschlawine seitlich des Weges den Berghang hinabgeflossen und hatte eine breite, schwarze Spur der Verwüstung auf dem Pfad und im säumenden Gestrüpp hinterlassen. Mühsam hob Uta den Kopf und sah, dass um sie herum andere Verletzte behandelt wurden. Erst als sie Elisabeth unter ihnen erkannte, ließ sie den Kopf kraftlos zurück auf den Stein sinken.
»Trinkt das, es wird die Schmerzen lindern«, sagte die Heile-

rin und stützte ihren Kopf, um ihr den Kräutersud einzuflößen.
»Danke Gott und danke Euch, Markgraf«, presste Uta an Hermann von Naumburg gerichtet hervor und nickte dann erschöpft ein.

Elisabeth zog die Sattelriemen fester. Die Überprüfung des Geschirrs war auf einer Reise wie dieser nach jedem Halt erforderlich. Nicht selten erlitten Reiter Verletzungen, weil sie vom Pferd rutschten und unsanft auf dem Boden landeten oder durch einen Sturz den Abhang hinab gar zu Tode kamen. Sie waren jüngst am Gardasee vorbeigeritten und hielten nun auf Mailand zu. Bis auf Mechthild hatten die anderen Hofdamen die Matschlawine ohne ernsthafte Verletzungen überstanden. Die Hannoveranerin fesselten seitdem heftige Gichtanfälle ans Krankenbett, das man ihr neben anderen transportbedürftigen Kranken auf einem der Karren errichtet hatte.
»Es wird Zeit. Wir reiten weiter!«, rief ein Trossreiter aus der Ferne, um alle Reisenden zu mahnen, ihre Habseligkeiten zu verstauen und die ihnen zugeteilte Position im Gefolge einzunehmen.
Elisabeth sprach ein Reisegebet und trat vor ihr neues Pferd, das alte hatte sich beim Abgang der Matschlawine die Vorderläufe gebrochen und war infolgedessen getötet worden. Vorsichtig legte sie die Hand auf die Blesse der Stute. Es würde noch einige Zeit brauchen, bis sie sich aneinander gewöhnt hatten. »Wenn wir das nächste Mal rasten, werde ich nach trockenem Hafer schicken lassen«, versprach sie.
Elisabeths Herz begann heftiger zu schlagen, als sie Esiko sah, der sich von den Trossreitern löste, die den Königszug zum nahen Waldstück hin abschirmten, und auf sie zuhielt. Auf

die Gelegenheit, mit ihrem Angebeteten zum ersten Mal vertraute Worte austauschen zu können, hatte sie so lange gewartet. Sie rieb sich die verschwitzten Hände am Kleid ab und blickte immer wieder auf, um zu sehen, ob der Heerführer auch wirklich auf sie zuritt.

Da stieg Esiko auch schon vor ihr vom Pferd. »Ihr seid eine Hofdame unserer Königin?«, fragte er.

Sichtlich nervös blickte Elisabeth zu Boden. Ob Uta ihm bereits gesagt hatte, dass sie ihn heiraten wollte? Schüchtern hob sie den Kopf und schaute in an.

»Ich habe eine glückliche Botschaft zu verkünden«, sagte Esiko, trat an Elisabeth vorbei und strich ihrer Stute gönnerhaft über die Blesse. »Der König ist einverstanden, wenn ich mich einer Frau antraue.«

Ungeachtet dessen, dass sie ihr kostbarstes Reisegewand trug, sank Elisabeth auf die Knie. »Mein Herr und Graf Esiko, ich werde Euch immer eine treu ergebene Ehefrau sein.« Sie ergriff seine Hände und presste ihre Stirn fest dagegen. »Ihr macht mich so glücklich.« Gleich nachher würde sie ihren Freundinnen von dem Verlöbnis berichten und Uta ganz besonders danken. Elisabeth erhob sich, denn ein edler Herr wie Esiko von Ballenstedt würde sich gewiss nicht hinabbeugen, um ihr einen Kuss zu geben. Sie fühlte nicht nur ihre Wangen, sondern auch ihren Schoß vor Erregung glühen, als Esiko ihr mit der rechten Hand durch das offene Haar fuhr, kaum merklich ihre Brustspitzen berührte und weiter zu ihrem Hals hinaufstrich. Sie ergriff seine Hand, schloss die Augen und öffnete erwartungsvoll den Mund.

Esiko blickte auf sie hinab, brachte seinen Mund dann ganz nah an ihren und meinte grinsend: »Herzogin Mathilde wird sich freuen, mir als Weib dienen zu dürfen.« Er schüttelte ihre Hand wie ein lästiges Insekt ab.

Elisabeth riss die Augen auf: »Mathilde?« Taumelnd griff sie nach Esiko.
Der aber wich angewidert vor ihr zurück, als ob sie eine Aussätzige wäre. »Die Schwester der Königin!«, sagte er in kühlem Ton. »Ihr dachtet wirklich, ich würde Euch heiraten?« Esiko maß sie mit einem abschätzigen Blick. »Schaut Euch doch nur an. Euer Kleid bedeckt bei weitem nicht genug von dem, was es verbergen sollte! Wahrlich, Ihr seid eine Teigwalze vor Gottes Augen!« Esiko lachte laut auf, als er aufsaß und davonritt.
Von seinen Worten bis ins Mark getroffen schaute Elisabeth an sich hinab. Ihr Kleid war bis zu den Knien völlig verdreckt – und Esiko verachtete sie.
Einer der Aufseher kam näher geritten. »Kommt Kind, Ihr verpasst sonst den Anschluss!«
Der Tross setzte sich in Bewegung. »Bei dem Wetter ist eine Aufholjagd nicht drin«, deutete der Mann noch auf den Himmel, der wolkenverhangen war und Regen ankündigte.
Am Boden zerstört hievte Elisabeth von Köln sich in den Sattel und setzte ihr Pferd in Bewegung.

An einem der ersten Frühlingstage erreichte der Königszug im friedlichen Norden Italiens die Stadt Mailand. Dort krönte Erzbischof Aribert von Mailand Konrad zum König der Lombardei. Damit bildeten das lombardische und das ostfränkische Königreich eine Einheit – der Weg zur Kaiserkrone des Heiligen Römischen Reiches war geebnet.
In der darauffolgenden Morgenmesse sprachen Erzbischof und König dem von der Alpenüberquerung geschwächten Tross Mut zu, um bereits wenige Tage später über das lombardische Vercelli weiter in Richtung der heiligen Stadt ziehen zu können. Dort würde der Papst König Konrad zum Kaiser krönen.

Der in Vercelli logierende Bischof Leo war ein treuer Anhänger des Königs und empfing das Herrscherpaar freundschaftlich. Während der Bischof in seinem Palast das mittlerweile auf mehr als fünfhundert Personen angewachsene königliche Gefolge großzügig und erlesen verpflegte, weilte das Panzerreiterheer vor der Stadt. König Konrad sorgte dafür, dass seine Kämpfer auf dem Felde reichlich Nahrung und hundert Fassladungen Bier erhielten.
Zu Utas Freude gehörte zum bischöflichen Besitz auch eine gut bestückte Bibliothek. Und endlich war der Tag gekommen, den Königin Gisela nach dem heiligen Osterfest ihren Hofdamen zur freien Verfügung gestellt hatte. Uta war inzwischen wieder genesen. Gleich nach der ersten Tagesmahlzeit begab sie sich mit Genehmigung des bischöflichen Bibliothekars in dessen Bücherkammer. Mit weit aufgerissenen Augen schaute sie sich in dem schlauchartigen Raum um. So etwas hatte sie noch nie gesehen. »Eine ganze Wand mit Büchern«, murmelte sie berauscht und schritt die Regale entlang, die dicht an dicht nebeneinanderstanden und bis unter die Decke gebundene Pergamente beherbergten. Nicht einmal ein hochgewachsener Kämpfer würde das oberste Exemplar ohne Steighilfe zu greifen bekommen, dachte Uta aufgeregt. Die mit bunten Edelsteinen und Elfenbeinschnitzereien versehenen Einbände funkelten ihr aus massiven Eichenregalen einladend entgegen. Ehrfürchtig streckte sie die Hand aus und blickte das Regal hinauf. Die einzelnen Motive auf den Buchrücken verschlangen derart miteinander, dass sie zusammen ein durchgehendes, mystisches Muster zu bilden schienen, wie es sonst nur an den Wänden von Gotteshäusern oder in den königlichen Burgsälen zu finden war. Dann fiel ihr der eigentliche Grund ihres Kommens wieder ein. Sie hatte nach Berichten über Kaiser Heinrichs Marsch nach Rom suchen

wollen, um auch hier in Italien der Königin mit ihrem Wissen hilfreich zur Seite stehen zu können.
»Seid gegrüßt, Uta von Ballenstedt.« Kaplan Wipo betrat die Bibliothek, die neben den Wandregalen nur noch einen Tisch nahe dem Fenster beherbergte. »Einen gesegneten Tag, Wipo. Ich freue mich, Euch gesund wiederzusehen.«
»Ich ahnte, dass Ihr kommen würdet, sobald die Feierlichkeiten vorbei sind.« Wipo lächelte und bat sie, ihm zum Tisch zu folgen.
»Ich habe gestern Nacht schon Licht hier oben flackern sehen«, sagte Uta und deutete auf das geöffnete Fenster, durch das die ersten Sonnenstrahlen drangen. »Habt Ihr die ganze Nacht gelesen?«
»Gelesen und gelernt«, gab Wipo zurück. »Und dabei bin ich auf etwas Interessantes für Euch gestoßen.« Er zeigte auf den Tisch vor sich, der von Schriften übersät war. »Zwei von acht Büchern der Chronik des Merseburger Bischofs Thietmar haben tatsächlich den Weg hierher in den Süden gefunden.«
Beeindruckt begutachtete Uta die Pergamente. Sie waren vor noch nicht allzu langer Zeit beschrieben worden und weder mehrmals abgekratzt noch vom vielen Wenden brüchig.
»Die Chronik berichtet über die Reichspolitik und Geschehnisse in Merseburg, im Ostreich und die Italienzüge während der gesamten Amtszeit Kaiser Heinrichs«, sagte Wipo. »Thietmar von Merseburg muss politisch sehr gut unterrichtet gewesen sein, aber ich konnte bisher leider nur das erste Buch lesen.«
»Das ist genau das, wonach ich suche«, sagte Uta erfreut.
Der Kaplan lächelte. »Wenn ich nach Italien ziehen würde und eine Königin meinen Rat schätzte, würde ich auch versuchen, als Erstes aus den Erfahrungen anderer zu lernen.«
»Ihr wisst stets als Erster, wo die richtigen Dinge zu finden

sind. Ihr seid wahrhaft ein Fr...«, Uta stockte, »... wahrhaft ein Zauberer«, verbesserte sie sich.

»Ihr werdet von Begebenheiten lesen, die uns für unsere Reise nach Rom und in Rom dienlich sein können«, sagte Wipo noch, bevor er sich zum Gehen wandte.

»Die Königin würde das begrüßen«, bestätigte Uta. »Ich werde alles, was ich finde, für sie herausschreiben.«

»Ihr wärt gut in meiner Schreibstube aufgehoben«, sagte Wipo. Wenn er den Glanz in den Augen Utas von Ballenstedt doch nur bei einem einzigen seiner Schreiber ausmachen könnte!

Sie unter all den Schreiberlingen in einer richtigen Kanzlei? Uta lächelte fasziniert.

Wipo öffnete die Tür und drehte sich noch einmal um. »Ich habe dem Archivar schon angedeutet, dass Ihr nach ihm rufen lasst, sobald die Bücher wieder verschlossen werden müssen. Und nun entschuldigt mich, ich muss mich für eine kurze Ruhepause zurückziehen. Ich hoffe, wir finden auf der weiteren Reise noch die eine oder andere Gelegenheit für ein Gespräch.« Er gähnte hinter vorgehaltener Hand.

»Das würde mich freuen. Vielen Dank, Kaplan«, sagte sie. Mochte Erzbischof Aribo behaupten, was er wollte! Sie stahl Wipo gewiss keine Zeit, sonst hätte er ihr dieses Angebot soeben nicht gemacht. Zufrieden schaute sie auf die Chronik des Merseburger Bischofs Thietmar und begann zu lesen.

Einige Zeit später, inzwischen war die laue Frühlingsluft einem kalten Wind gewichen, trat Uta ans Fenster und bemerkte, dass die Dämmerung bereits hereinbrach. Dabei sah sie Erna und Arnold, die einen Karren mit Kohl über den Hof zogen.

»Erna, kannst du bitte kurz zu mir heraufkommen?«, rief sie. Im Dämmerlicht erkannte sie, dass Erna zögerte und den Küchenmeister anschaute, der daraufhin aber nickte.

Sie macht nur noch, was er will, dachte Uta ein klein wenig enttäuscht. Auf der Suche nach einer Lichtquelle wurde sie im leeren Nebenzimmer des Archivars fündig. Sie nahm die Bronzeschale, auf der ein kleines Talglicht flackerte, mit in die Bücherkammer und stellte sie direkt neben die Pergamente auf den Schreibtisch. Einen Augenblick später klopfte es an die Tür.
»Ich bin es, Erna.«
»Komm herein«, bat Uta.
Erna schaute sich im Halbdunkel der Kammer um. »Gruselig hier, zwischen all den Häuten.«
Uta zeigte auf den Schreibtisch vor sich, auf dem die Pergamente Thietmars von Merseburg verstreut lagen. »Wenn du wüsstest, was die zu erzählen haben.«
Ernas Blick glitt flüchtig über den Tisch. »So wie es hier aussieht, könnte man meinen, du wohnst hier. Da lobe ich mir doch meine Küche mit all ihren Gerüchen. Viel weniger staubig und nicht so abgelegen.«
Uta schaute zu Erna auf und lächelte liebevoll. »Apropos Küche. Würdest du eine der anderen Hofdamen bitten, mich bei Tisch zu entschuldigen?«
»Aber du musst doch etwas essen. Sonst wirst du noch magerer«, antwortete Erna besorgt.
»Wenn ich hier fertig bin. Ich verspreche es«, beruhigte Uta die Freundin.
»Gut«, sagte Erna schließlich. »Aber du darfst es nicht vergessen!«
Uta erhob sich, um die Freundin zu umarmen. »Wenn ich dich nicht hätte.«
»Übrigens«, sagte Erna, »ich habe dich lange nicht mehr in männlicher Begleitung gesehen. Klappt dein Plan?«
»Es scheint so«, gestand Uta. »Ich lege die Bücher ja auch nicht mehr aus den Händen.«

»Das ist gut. Aber jetzt muss ich zurück. Arnold und der Kohl warten auf mich.« Daraufhin verließ Erna die Bibliothek.

Uta nahm am Tisch Platz und wandte sich erneut der Chronik Thietmars von Merseburg zu. Schon mit dem nächsten Atemzug war sie in die Welt des Merseburger Bischofs eingetaucht. Dessen Berichte lasen sich eher wie eine Niederschrift seiner Gedanken. Weit weniger gestochen und sperrig wie die überwiegend theologischen Erörterungen, die sie sonst studierte. Thietmars Zeilen über Heinrichs Versuche, sich die Menschen im Königreich Lombardei untertan zu machen, führten ihre Gedanken zum Vater nach Ballenstedt. Ob er die Leute auf der Burg weiterhin unterdrückte, so wie Erna es geschildert hatte? Ohne Gerechtigkeit keine friedliche Seele, ging es ihr durch den Kopf. Und ohne Beweise keine Anklage. Sie benötigte Beweise und wusste immer noch nicht, woher sie diese nehmen sollte. Vielleicht vermochte ja die heilige Stadt, die sie in wenigen Mondumläufen erreichen würden, sie weiterzubringen oder sogar zu erleuchten. Uta erhob sich von ihrem Stuhl und ließ sich auf dem Boden nieder. Die nächsten Seiten überflog sie, weitere studierte sie Wort für Wort. Mit dem Kopf auf dem verzierten Ledereinband des zweiten Buches nickte sie schließlich ein.

Erschrocken fuhr Uta hoch, als sie ein Räuspern vernahm. Schützend zog sie einen Stapel Pergamente vor die Brust und blickte zur Tür – von woher das Geräusch gekommen war. Ihr Blick führte sie von einem Paar prächtiger Lederstiefel und Hosen über ein wattiertes Kampfhemd hinauf zu einem anziehenden Gesicht. »Markgraf«, brachte sie peinlich berührt hervor und erhob sich vom Boden.

»Ich wagte nicht, Euch zu wecken«, sagte er leise.

»Ver… ver… verzeiht. Ich muss über der Chronik eingeschlafen sein.« Verlegen senkte sie den Kopf.
Hermann von Naumburg kam auf sie zu und beugte sich etwas vor: »Ihr habt eine interessante Wahl mit Eurer Lektüre getroffen. Ich wagte nicht, das zweite Buch«, er zeigte mit der Hand auf die Schrift, »über die Bamberger Bistumsgründung unter Eurem Kopfe hervorzuziehen, um einen Blick hineinwerfen zu können. Habt Ihr den Band bereits studiert?«
»Größtenteils«, antwortete sie verlegen. »Bis ich eingeschlafen bin.«
»Ich bin auf der Suche nach Hinweisen, wie große Vorhaben finanziert werden können«, erklärte er.
»Große Vorhaben?«, fragte Uta vorsichtig.
»Ich möchte ein Gotteshaus bauen, bin aber über die erste Planungsphase noch nicht hinausgekommen.«
Mit Kirchenbauten kannte sie sich zwar nicht aus, wusste aber, dass sie ein kostspieliges und ungewöhnlich langatmiges Unterfangen darstellten. Auch das Königspaar plante, ein Gotteshaus in Speyer zu bauen, hatte aber aufgrund fehlender nahe gelegener Steinbrüche noch nicht mit dem Vorhaben begonnen.
»Ihr wollt wirklich einen Kirchenneubau wagen?«, fragte Uta mit weit aufgerissenen Augen.
»Wartet einen Moment«, bat er und verschwand in einer Nebenkammer. Kurz darauf kam er mit einem frischen Pergament und Schreibutensilien zurück. Er nässte den Federkiel in schwarzer Tinte und begann zu zeichnen. »Hier befindet sich meine Burg.« Er zeichnete ein Kreuz, das er mit einer ovalen Linie umgab. »Das sind die Mauern um unseren Burgberg«, erklärte er nach einem Blick in ihr fragendes Gesicht. »Und hier, gleich daneben«, Hermann setzte ein weiteres Kreuz, »ließ mein Vater die kleine Burgkirche bauen. Ihr erinnert Euch doch noch an ihn, oder?«

Uta nickte bestätigend.

»Der Vater soll endlich eine würdige Grablege erhalten. Im Moment liegt er noch auf unserer alten Burg nördlich von Naumburg begraben«, erklärte Hermann.

»All das macht Ihr für Euren Vater?«, fragte sie, dachte aber schon beim nächsten Atemzug, dass sie für ihre Mutter jederzeit das Gleiche tun würde.

»Ich tue es für das Seelenheil unserer gesamten Familie und weil die Herausforderung eine so ungewöhnliche ist.«

»Wie ungewöhnlich?«, fragte sie.

Er lächelte, als ob er diese Frage erwartet hätte. »Ein Gotteshaus wachsen zu sehen ist das Größte, was ich mir vorstellen kann. Es ist unsere direkte Verbindung zum Herrn. Eine Verbindung, die ich mit meinen eigenen Händen und Gedanken gestalten kann.«

»Eine direkte Verbindung zum Herrn«, wiederholte Uta angetan. Eine solche könnte sie bezüglich ihrer Familienangelegenheit auch gebrauchen.

Hermann deutete auf seine Zeichnung. »Ich möchte die neue Kirche direkt an die kleine Burgkirche anbauen. Ganz aus Stein. Mit Gewölben, anstatt einer brennbaren Holzdecke.«

Sofort erinnerte Uta sich an die Mainzer Kathedrale, in der König Konrad gekrönt und deren hölzerne Dachkonstruktion durch einen Brand zerstört worden war. »Ein Gotteshaus mit steinernen Gewölben«, sagte sie ehrfurchtsvoll.

»Sogar mit einem Langhaus«, entgegnete er schmunzelnd, sein Gesicht nur eine Handbreit von ihrem entfernt. Uta lächelte ebenfalls. Was für einen warmen Gesichtsausdruck er doch hat, dachte sie und meinte gleichzeitig, hellbraune Punkte in seinen dunklen Augen tanzen zu sehen.

Gemeinsam zuckten sie zusammen, als die Eingangstür der Schreibstube geöffnet wurde. »Bruder, ich habe dich schon überall gesucht!« Ekkehard von Naumburg trat ein und schaute sich in der Bücherkammer um.

Beklommen begann Uta, die Pergamente zu sortieren. Einen tiefen Atemzug lang betrachtete Hermann Uta weiter, bevor er sich dem Bruder zuwandte. »Wie kann ich dir helfen, Ekkehard?«

»Ich muss dich auf ein wichtiges Gespräch in den Hof bitten.«

Hermann nickte betreten. Dann nahm er den gezeichneten Lageplan an sich, lächelte Uta noch einmal an und folgte seinem Bruder nach draußen.

Sprachlos setzte sich Uta auf den Stuhl und blickte ihm hinterher.

Unerwartet verstarb am nächsten Tag Bischof Leo von Vercelli. Der Königshof erwies ihm noch die letzte Ehre, bevor er weiter durch die Lombardei Richtung Adria zog. Erste Kampfeshandlungen setzten bei der Stadt Pavia ein. Der königliche Hof weilte in sicherer Entfernung außerhalb der Stadt. Nach der Unterwerfung Pavias umritt der Zug in den Folgetagen Piacenza und Cremona und gelangte dann vor die Stadt Ravenna.

»Die Ravennesen teilen uns auf die ihnen eigene Art mit, dass wir unerwünscht sind«, erklärte die Königin, die mit dem Hofstaat in den Wäldern um Ravenna auf die rückkehrenden Kämpfer wartete und vor ihrem Zelt zusammen mit ihren Hofdamen ein einfaches Abendmahl einnahm. »Mit Heugabeln, Eisenwaffen und Brandwurfsätzen versuchen sie zu Fuß und zu Pferd, unsere Kämpfer in die Gassen zu drängen und dort niederzuringen.«

»Geht es den Heerführern denn gut, Königliche Hoheit?«, fragte Elisabeth ängstlich.

Auch Uta dachte an die Gefahren, denen der Bruder ausgesetzt war, obwohl sie Esiko nicht mehr gesprochen, geschweige denn sich wieder mit ihm versöhnt hatte.
»Mein Gemahl sendet jeden Abend einen Boten. Unser Heer hat bisher keine nennenswerten Verluste zu beklagen«, erklärte Gisela ruhig.
»Und was sagt der Bote über den heutigen Tag?«, fragte Adriana nach.
»Heute«, Gisela zögerte, »ist noch kein Bote eingetroffen.«
»Was mag das bedeuten?«, wollte Uta wissen und hörte auf zu essen.
Auch Elisabeth schaute die Königin mit fragenden Augen an.
»Wir müssen auf jeden Fall Ruhe bewahren«, gab Gisela zurück.
»Ruhe bewahren?«, flüsterte Grete ängstlich.
Die Hofdamen schauten sich besorgt an.
»Spielt etwas für uns«, sagte die Königin daraufhin zu Elisabeth.
Die nickte und erschien nach kurzer Zeit mit der Harfe. Sie ließ sich neben der Königin nieder und begann, mit den Fingerspitzen über die Saiten des Instruments zu gleiten und ihm eine melancholische Melodie zu entlocken.
Uta betrachtete Elisabeth besorgt. Die Kölnerin sah seit einiger Zeit müde aus. Außerdem war sie dünner geworden und hatte auch heute kaum mehr als ein Eichhörnchen gegessen. Ihr grünes Lieblingskleid mit der weißen Borte an den Ärmeln warf an der einst prallen Taille Falten.
»Sie kommen«, brüllte plötzlich jemand. »Der König reitet ein!«
Die Königin ließ sich einen Kienspan geben und ging den Kämpfern umringt von ihren Leibwachen entgegen. Ihre

Hofdamen folgten ihr in gebührendem Abstand. Als sie näher kamen, bot sich ihnen ein schrecklicher Anblick.

König Konrad selbst saß mit blutverkrustetem Gesicht auf seinem Pferd. Sein Kettenhemd und die Brünne waren zerfleddert. Die Kämpfer hinter ihm sahen noch geschundener aus. Esiko hing mehr auf seinem Pferd, als dass er ritt.

»Wartet«, sagte Uta und zog Elisabeth zurück, als die auf Esiko zustürzen wollte. Der Anblick des Bruders, dem ein gegnerisches Schwert das Ohr verletzt haben musste und dessen blondes Haar rot getränkt vom Blut war, ließ auch Uta nicht kalt. Sie presste Elisabeths Hand in der ihren.

»Wir haben die Ravennesen unterworfen!«, rief König Konrad über den Platz. »Sie haben ihren Herrscher kraft des eigenen Blutes anerkannt.« Der Hof und das zurückgebliebene Heer jubelten den Siegern zu. Schnell wurden Wassertröge herangetragen, um die Kämpfer zu stärken, die zusätzlich von unerträglicher Hitze und unsäglichem Durst geplagt worden waren.

Erzbischof Aribo, der während der Kämpfe im Lager geweilt hatte, trat vor seinen König: »Heute Abend noch erwarten wir Markgraf Hermann zurück. Er verhandelt darüber, wie wir die Schäden, die dem Volk und der Stadt während der Kämpfe entstanden sind, wiedergutmachen können. Schließlich brauchen wir die Unterstützung der Ravennesen. Ihr könnt als zukünftiger Kaiser nur mit ihnen und nicht gegen sie regieren.« Konrad nickte und schaute unter den argwöhnischen Augen des Erzbischofs zu seiner Gattin, die auf ihn zuging und seine Hand ergriff.

»Schön, dass Ihr wohlbehalten zurück seid, Hoheit.« Gisela blickte dem Gatten tief in die Augen.

Konrad streichelte daraufhin ihr Gesicht. »Die Sommertage lassen an Hitze und Feuchtigkeit nicht nach. Einige der

Kämpfer sind in ihren Rüstungen geradezu gekocht worden.« Besorgt schüttelte er den Kopf und wandte sich wieder seinen Leuten zu: »Hiermit verhänge ich ein Rüstungsverbot. In den nächsten Tagen reiten wir über die Etsch zurück nach Norden in kühlere Gefilde, um dort das Sommerlager aufzuschlagen. Und nun lasst uns ruhen. Wir benötigen wahrlich neue Kraft und Zeit zum Durchatmen.«

Einige Tage später rüstete sich der Tross, um nach Norden zu ziehen. Uta, Grete, Elisabeth und Adriana kamen gerade von Mechthilds Krankenlager. Sie waren guter Laune, weil es der Freundin mit jedem Tag besser ging und die Aussicht auf ein Nachlassen der Hitze weitere Genesung versprach. Sobald Mechthild schmerzfrei sitzen könnte, wollte Uta ihr, wie sie es versprochen hatte, etwas zum Lesen mitbringen.
Kurz vor dem Hofdamenzelt bemerkte Grete einen Knappen, der ihnen gefolgt war. »Was ist Euer Begehr?«, fragte sie, nachdem sie sich zu ihm umgedreht hatte. Dabei fiel ihr Blick auf den verbundenen Arm des vielleicht Sechzehnjährigen, der auch im Gesicht blutige Striemen aufwies.
»Für Uta von Ballenstedt«, erwiderte der junge Mann und hielt ihnen ein gefaltetes Pergament hin.
Begleitet von den neugierigen Blicken der anderen ergriff Uta das Schreiben. »Sicherlich eine Abschrift von Kaplan Wipo.«
»Der Kaplan schickt dir einen Knappen?«, fragte Grete verwundert. »Sonst bringt er dir die Abschriften doch persönlich.«
»So wenige Tage nach den erschöpfenden Kämpfen hat er bereits etwas geschrieben?«, bemerkte nun auch Adriana verwundert.
Verwirrt faltete Uta das brüchige Pergament auseinander. Darauf sah sie zwei Kreuze in zwei Ovalen und weitere Stri-

che ringförmig darum herum. »Die kleine Burgkirche, das neue Gotteshaus und die Umfriedung der Stadt«, formten ihre Lippen tonlos. Es war der Lageplan, den Hermann von Naumburg in der Bibliothek von Vercelli skizziert hatte! Beim Anblick der Zeichnung kribbelte es ihr auf der Haut, und sie sah das Gesicht des Markgrafen erneut nur eine Handbreit von ihrem entfernt. Braune Punkte tanzten in seiner Iris.
»Du strahlst, als ob du einen Brief vom Heiligen Vater persönlich in den Händen halten würdest«, bemerkte Grete.
Verunsichert blickte Uta auf.
»Ich wusste nicht, dass Kirchenrecht so faszinierend ist«, lächelte Adriana und stieß Uta verschwörerisch in die Seite.
Uta lächelte zurück, senkte den Blick im nächsten Moment aber wieder nachdenklich auf das Pergament. Mit glühenden Wangen las sie den Satz unter der Zeichnung: *In Vercelli ist mein Traum schon ein Stück weit in Erfüllung gegangen.* Uta lächelte in sich hinein. Seinen Traum – so hatte er sein Vorhaben genannt. In Gedanken hörte sie seine Stimme, die von dem neuen Gotteshaus schwärmte.
»Worüber schreibt der Kaplan, dass es dich so verzückt?«, fragte Adriana und versuchte erfolglos auf das Pergament zu linsen.
Uta faltete das Schreiben vorsichtig zusammen. »Über das Träumen«, entgegnete sie und lief, begleitet vom Schmunzeln der anderen Hofdamen, auf ihr Zelt zu.

Der königliche Tross lagerte auf dem Weg ins nördliche Sommerlager an einer Etschschleife vor Mailand. Die erste Tageshälfte war für Uta wegen der Hitze, die nach wie vor gnadenlos auf Heer und Hofstaat herabbrannte, tatenlos verronnen. Seit dem Sonnenaufgang saß sie auf einer Decke im Schatten eines großen Baumes und blickte nachdenklich in die Ferne.

»Seinen Traum« hatte er den Bau des Gotteshauses genannt. Was war der ihre? Gerechtigkeit für die Mutter? Oder die hölzernen Bücherregale in der bischöflichen Bibliothek in Vercelli? Oder Hazecha und Wigbert wiederzusehen? Die Wiedervereinigung der Familie? Ob Esiko inzwischen von den Kämpfen in Ravenna genesen war? Von der Königin erfuhr sie, dass er das Sommerlager nicht verlassen hatte, sondern als Leibwache an der Seite des Königs weilte. Ich werde ihn aufsuchen, beschloss sie bei sich und stand auf. Als Erstes werde ich ihn nach seinem Befinden fragen, nahm sie sich vor. Nein!, korrigierte sie sich. Ich werde ihm für seinen mutigen Einsatz danken. Solch eine Begrüßung wird sicherlich mehr nach seinem Geschmack sein.

Vor dem Zelt des Bruders hielten zwei Knappen Wache. Uta erklärte: »Ich muss mit Graf Esiko reden.«

Der kleinere der beiden trat vor. »Es tut uns leid, aber der Graf ist gerade nicht abkömmlich.«

»Er ist mein Bruder, und es ist sehr wichtig«, insistierte sie und trat an dem Knappen vorbei.

Der größere Knappe, der sie wegen ihrer kostbaren Gewänder nicht zu berühren wagte, folgte ihr und schob sich zwischen sie und den Eingang. »Aber er wies uns streng an, niemanden zu ihm zu lassen, außer den König höchstpersönlich.«

»Ich gehöre zur Familie des Grafen«, entgegnete Uta ruhig und lächelte freundlich. Dabei strich sie sich eine feuchte, an ihrem Hals klebende Haarsträhne zurück.

Der Knappe betrachtete sie fasziniert und trat schließlich zur Seite. Auch die zweite Wache vermochte sie nur anzustarren. Daraufhin nickte Uta dankbar und schob das Eingangsleder beiseite. Im Zelt schaute sie sich um und erkannte das Ende einer erhöhten Bettstatt hinter einem Paravent. Von dort drang nur ein Raunen zu ihr herüber. »Esiko? Geht es dir gut?«, fragte sie leise, um den Kranken nicht zu erschrecken, während sie um den leinenen Sichtschutz vor die Bettstatt trat. Entsetzt wich sie im nächsten Moment aber wieder zurück.

»Du hier, Schwesterlein?«, meinte Esiko, ohne von dem Mädchen abzulassen, das unter ihm lag und wonniglich keuchte.

»Gott beschütze sie«, sagte Uta leise und starrte dabei auf Esikos Gespielin, in der sie die junge Helferin der Heilerin wiederzuerkennen glaubte, die ihr nach der Schlammlawine einen Kräutersud zubereitet hatte. »I... i... ich«, stotterte sie verwirrt, »ich war besorgt um deine Gesundheit.«

Nach einem heftigen Kuss ließ Esiko von dem Mädchen ab. Uta vernahm plötzliche eine Stimme: *Rote Haare, Sommersprossen sind des Teufels Artgenossen* und meinte ihre Handgelenke brennen zu spüren. Schützend hob sie die Hände vor das Gesicht.

Esiko strich ihr über den Kopf. »Ich war niemals etwas anderes als gesund, Schwesterlein«, sagte er und baute sich in seiner ganzen Männlichkeit vor ihr auf.

Zögerlich nahm Uta die Hände vom Gesicht und besann sich wieder des eigentlichen Grundes, der sie in Esikos Zelt geführt hatte. »Aber dein Ohr war doch ...«, begann sie, stockte aber, als ihr Blick auf sein aufragendes Glied fiel.

»Meinem Ohr geht es bestens. Das war nicht mal ein Kratzer«, entgegnete Esiko und genoss dabei ihren unsicher umherirrenden Blick. »Aber nun lass mich allein«, meinte er dann und deutete auf den Eingang. »Ich habe gerade Wichtigeres zu tun.«

»A... aber...«, begann Uta und spürte ihr Kinn ob der harschen Zurückweisung beben. »Die Mutter benötigt unsere vereinte Hilfe.«

»Unsere Mutter«, sagte Esiko und musterte Uta, die sich die Handgelenke rieb, scharf. »Unsere Mutter hat von mir schon mehr Hilfe zur Erlösung erhalten, als du ihr jemals geben wirst, Schwesterlein!«

»Wir benötigen Beweise, Esiko!«, sagte Uta eindringlich. »Sag mir, hast du vielleicht etwas gesehen, das du vor Gericht bezeugen kannst? Hast du gesehen, wie der Vater die Mutter zu Tode geprügelt hat?«

Esiko versteifte sich. »Ich habe nichts dergleichen gesehen! Und nun entschuldige mich. Der Graf von Ballenstedt muss wieder zu Kräften kommen.« Mit einem Satz sprang er zurück auf sein Lager und schob die Beine seiner Gespielin auseinander.

»Habt Dank für Euren mutigen Einsatz, Graf von Ballenstedt.« Erschüttert wandte Uta sich ab und verließ fluchtartig das Zelt.

»Der Herr gibt es, der Herr nimmt es!«, sprach der Geistliche und trat einige Schritte vom Grab zurück. Er nickte den vier Frauen zu, die am Fußende des Sarges auf einem Mailänder Feld in einer Reihe standen und darauf warteten, sich von der Toten zu verabschieden. Die Königin hatte sich bereits zurückgezogen und ihnen als den engsten Vertrauten der Verstorbenen diesen letzten gemeinsamen Augenblick zugestanden. Während Elisabeth laut schluchzend ein klagendes Abschiedslied auf der Laute spielte, beugte sich Adriana über die Kiste und streichelte der toten Mechthild das Gesicht. Grete hatte einige Astern gesammelt, die sie nun vor dem Sarg ablegte.

In den Händen eine hastig gefertigte Abschrift der Marienlegende der Roswitha von Gandersheim, trat Uta schließlich an die Grabstätte. »Die Gandersheimer Erzählungen waren dir und uns immer die liebsten«, sagte sie, legte das Buch in den Sarg und blickte mit geröteten Augen auf die Tote. Wie hatte es nur dazu kommen können? Zuletzt war sie doch auf dem Weg der Besserung gewesen. Dann, ganz plötzlich über Nacht, so hatte die Trossheilerin berichtet, hatte Mechthild wie am Spieß geschrien, war zuckend von der Bettstatt gesackt und augenblicklich erkaltet.

Grete, Elisabeth, Adriana und Uta fassten sich am Kopfende des Sarges bei den Händen. »Herrgott im Himmel und auf Erden«, begann Uta, und die anderen Hofdamen sprachen ihr nach. »Nimm unsere Mechthild in dein seliges Reich auf. Versprich uns, sie zu beschützen, damit wir sie bei unserem Eintritt ins Jenseits genauso antreffen, wie wir sie hergeben mussten.« Leiser fuhr sie fort: »Geliebte Mutter, bitte nehmt Euch Mechthilds an. Erzählt ihr Geschichten, wie Ihr sie auch mir erzählt habt. Arm in Arm vor dem wärmenden Feuer des himmlischen Kamins.«

»Amen«, schlossen die Hofdamen und nahmen sich nach dem Kreuzzeichen erneut an den Händen.

Als die ersten welken Blätter von den Bäumen fielen, erklärte König Konrad das Mailänder Sommerlager für beendet, und man zog wieder in das lombardische Tiefland. Die Geburt des Heilsbringers feierte der Hof in der Stadt Ivrea, die am Eintritt in das Aostatal lag. Dort hatte man sich zum gemeinsamen Mahl mit dem durchaus munteren König Rudolf III. getroffen und sich der im Burgund herrschenden Ruhe versichert. Nur wenige Tage darauf war das Heer wieder aufgebrochen und durch die Toskana gezogen. Der kraftlose Widerstand des Markgrafen Rainer von Tuszien war aufgrund der königlichen Diplomatie und der Übermacht des Heeres gebrochen, und er hatte sich Konrad unterworfen. Daraufhin hatte der König Boten nach Rom geschickt, um seine baldige Ankunft zu verkünden.

»Wir sind am Ziel«, erklärte der König am Tage des heiligen Benedikt, nachdem er auf einem der Hügel Roms zum Stehen gekommen war. An seiner rechten Seite befanden sich ebenfalls hoch zu Ross Königin Gisela und Erzbischof Aribo. Konrad deutete auf die Silhouette der Stadt vor sich und meinte stolz: »Rom liegt uns zu Füßen.« Dabei blickte er die Linie seiner Heerführer zu seiner Linken entlang, fünf an der Zahl. Direkt neben ihm stand der Herzog von Oberlothringen, ein Mann mit mehr als zwanzig Jahren Kampferfahrung, der Konrads besondere Gunst genoss. Neben diesem blickte der Markgraf von Meißen mit melancholischem Blick auf die Stadt vor ihnen. Rom wird alles verändern, ging es Hermann durch den Kopf. Seit der Entscheidung, die er in Ivrea gefällt und der Königin mitgeteilt hatte, schien der Schmerz ihn wie ein viel zu enges Gewand zu ersticken.

Ekkehard von Naumburg, nur wenige Schritte neben seinem Bruder, malte sich dagegen schon den triumphalen Einzug in die Stadt an der Spitze des Heeres aus und sah vor sich, wie der Heilige Vater ihn als Kämpfer segnete. Dabei spürte er Kraft in sich aufsteigen. Er würde weiterhin an der Spitze des Heeres kämpfen, so viel stand fest, in Zukunft aber wollte er wahrhaft große Siege erringen. Doch dafür würde er strategisch weitaus aktiver werden müssen als bisher. Den ersten Schritt dazu hatte er mit den Gesprächen in Mailand schon gemacht. Er musste sich politisch stärker einbringen und dabei wohl das eine oder andere aufgeben. Ein Opfer hatte er bereits gebracht. Per mündlichem Versprechen. In Ivrea. Ekkehard blickte zu Esiko von Ballenstedt, der neben ihm hoch zu Ross thronte.

Esiko schaute in den Himmel über der heiligen Stadt. Seine

entschlossenen Gesichtszüge verloren an Kraft, als sich das Bild der Schwester in den wolkenlosen Himmel schob. Wie sie in sein Zelt gekommen war, nur um ihn geschwächt vorzufinden. Sie, ein Weib, wollte ihn unterwerfen? Das würde ihr nicht gelingen! Allein die Vorahnung, ihr dies recht bald zu beweisen, ließ Esiko von Ballenstedt erschaudern. Mit funkelnden Augen blickte er auf das Schwert des Königs, das von Adalbero, dem fünften Heerführer und Schwertträger des baldigen Kaisers, verwahrt wurde.

Hinter dem König und den Heerführern kam nun, durch fünfzig Leibwachen getrennt, der weitere Tross allmählich zum Stehen. Nacheinander stiegen die Menschen von den Pferden ab, kletterten die Karren hinunter und sanken auf die Knie, um in andächtiger Stille dafür zu danken, das Ziel endlich erreicht zu haben.

Mit fester Stimme, aber dennoch betroffen, wandte sich König Konrad an den Tross: »Vierhundert Tote und mehr als dreihundert Verletzte hat sich Gott, der Allmächtige, auf dieser Reise erbeten.« Ganz zu schweigen von den Entbehrungen, der Eiseskälte, den erfrorenen Gliedmaßen, der erstickenden Sommerhitze sowie Austrocknung und Wahn, dachte er bei sich. »Ich danke allen für die Kraft, die ihr aufgebracht habt, um gemeinsam die Kaiserkrone mit uns in Empfang zu nehmen.«

Ehrfürchtige Stille legte sich erneut über den Tross. Erzbischof Aribo von Mainz saß ab, gab das Zeichen für den Beginn der Messe und trat dann zwischen den Leibwachen hindurch vor das Hauptheer. Für das Restheer würden die mitgereisten Bischöfe und Erzbischöfe Messen abhalten. »Ich danke dem Allmächtigen für den Beistand, der uns bis vor die Tore der heiligen Stadt geführt hat«, begann er mit donnernder Stimme. Es gefiel ihm, den Blick über die Hunderte von knienden Menschen – darunter Kämpfer, Herzöge, der König und die Königin mit Gefolge – schweifen zu lassen. Gisela von Schwaben sehe ich viel zu selten vor mir knien, dachte er und fuhr fort: »Gott segne die bevorstehende Krönung unseres Königs zum Kaiser.« Während das Heer und der Hofstaat im Gebet versunken waren, hing Aribo von Mainz dem Gedanken nach, dass das Knien zu seinen Füßen auch für den zukünftigen Kaiser von Bedeutung und vor allem angemessen war.

Als Uta erwachte, war es noch Nacht. Geräuschlos erhob sie sich und verließ das Zelt, das ihr, seitdem sie nur noch zu viert waren, unendlich leer erschien. Sie benetzte ihr Gesicht mit kaltem Wasser aus einer Schüssel gleich neben dem Zelt und stieg im Lichte des zunehmenden Mondes einen kleinen Hügel hinauf. Dort bot sich ihr ein weiter Ausblick auf Rom. Trotz der Ferne vermochte sie die Umrisse der Bauten deutlich zu erkennen. Wie gerne Mechthild die heilige Stadt miterlebt hätte.
»Euch plagt seit einiger Zeit die Schlaflosigkeit, nicht wahr?« Königin Gisela stand auf einmal neben ihr.
Uta blickte weiter auf den Himmel über der Stadt, der wie ein Feuerschweif leuchtete. »Guten Abend, Königliche Hoheit.«
Königin Gisela gab ihren Leibwachen ein Zeichen, sich auf Sichtweite zurückzuziehen. »Die Stadt ist in ewiges Licht getaucht, das uns erleuchten wird. Ihr Besuch, erzählt man, bringe Veränderung. Wusstet Ihr das?«
Uta wandte sich der Königin zu. »Ihr werdet sie als Kaiserin verlassen, Hoheit.«
Gisela schaute ihre Hofdame an und begann ungewohnt zögerlich: »Habt Ihr denn schon einmal über Eure Zukunft nachgedacht?«

»Ein wenig«, entgegnete Uta abwartend.
»Was würdet Ihr gerne tun, Uta?«
Uta überlegte einen Moment, dann sagte sie, ohne zu zögern: »Für Gerechtigkeit sorgen.«
»Ich möchte Euch gerne, sobald wir aus Rom zurückgekehrt sind, eine Aufgabe übertragen, bei der Ihr dies sicherlich tun könnt«, sagte Gisela.
Gerade als sich der Ansatz eines Lächelns auf Utas Gesicht stahl, hörte sie, wie die Königin neben ihr tief einatmete. »Was könnte das sein, Königliche Hoheit?« Uta hielt inne, als die Königin nach ihren Händen griff.
»Ich gebe Euch dem Naumburger zur Frau.«
Uta erstarrte. Sie sollte verheiratet werden?
»Ihr werdet gemeinsam regieren, und der Graf wird mit einer klugen Ratgeberin, wie Ihr es seid, gut bedient sein.« Gisela nickte Uta aufmunternd zu. Mit fast einundzwanzig Jahren war ihre klügste und begabteste Hofdame beinahe schon zu alt für eine Ehe. Sie, die Königin, durfte der Zukunft der stets ergebenen Ballenstedterin nicht länger aus Zuneigung oder gar Eigennutz im Wege stehen. Es war daher gut, dass ihr Gatte sie auf die Notwendigkeit einer Verheiratung hingewiesen hatte. In Ivrea hatte sie mit Hermann und Ekkehard von Naumburg alles Notwendige besprochen. »Euer Bruder hat der Ehe im Namen Eures Vaters bereits zugestimmt.«
Utas Augen weiteten sich entsetzt, und sie entzog der Königin ihre Hände.
»Natürlich werdet Ihr weiterhin unter meinem Schutz stehen«, sagte Gisela. »Wir werden nach unserer Rückkehr aus Rom dann eine Doppelhochzeit feiern können. Graf Esiko wird zeitgleich meine Schwester Mathilde ehelichen.«
Uta setzte zu einer Erwiderung an, schwieg dann aber, als sie den liebevollen Blick der Königin auf sich spürte. Sie hätte

wissen müssen, dass es eines Tages so weit sein würde. Die Erinnerung an den Markgrafen und sein Vercelli-Pergament, das sie, seitdem er es ihr geschickt hatte, in ihrer Satteltasche trug, nahm ihr zudem etwas von ihrer Unsicherheit. Die Nähe Hermanns von Naumburg war ihr stets angenehm gewesen, obwohl sie ihn seit ihrer Begegnung in der Bibliothek nicht mehr gesehen hatte. Uta betrachtete die Königin vor sich eindringlich, sie erschien ihr in diesem Moment wieder der Engel zu sein, der vor so vielen Jahren in die Arbeitskammer der Quedlinburger Äbtissin geschwebt war. »Ich danke Euch, Königliche Hoheit«, entgegnete Uta pflichtbewusst.
»Ich wusste, dass Ihr die Chance, die in dieser Heirat liegt, erkennen würdet.« Gisela umarmte ihre Hofdame. »Dann werde ich Ekkehard von Naumburg gleich morgen früh die freudige Botschaft überbringen lassen.«
Uta zitterte. »E… Ekke… Ekkehard?«
»Markgraf Hermann gedenkt, einige seiner Aufgaben in nicht allzu ferner Zeit an seinen jüngeren Bruder zu übertragen.« Die Königin schaute Uta forschend an. »Hermann von Naumburg ist kinderlos und vielleicht ein bisschen müde geworden.«
»A… a… aber«, presste Uta hervor und begann zu schwanken. Die Königin versuchte noch, ihre Hofdame zu stützen, doch da war Uta schon zu Boden gesunken.
Sie spürte noch einen heftigen Schmerz, dann nichts mehr.
»Eilt Euch!«, rief Gisela den Wachen am Feuer zu und bettete Uta weich auf ihren Umhang. »Jemand muss sofort eine Heilkundige herbeischaffen!«

Erna betrat ein mehrstöckiges Haus, in dem ausschließlich Männer in langen weißen Umhängen umherliefen. Unsicher schaute sie sich um und rückte ihre Haube zurecht, aus der

sich ein paar widerspenstige Locken hervorstahlen. Vielleicht hätte sie sich doch von Arnold begleiten lassen sollen. Dieser Ort, an dem es nach Kräutern und Alkohol roch, war ihr bereits am Eingang unheimlich. Durch eine geöffnete Tür hindurch, aus der einer der Weißgewandeten trat und sich ihr in den Weg stellte, vernahm sie Stimmen.
»Ich möchte zu Uta von Ballenstedt.« Sie blickte vorsichtig zu dem Mann mit dem strengen Blick auf.
Mit hochgezogenen Brauen trat der Weißgewandete noch näher an sie heran, worauf sich Erna genötigt fühlte, ihr Erscheinen zu erklären. »Ich bin Erna aus dem Speyergau«, sagte sie und vergrub die Hände in den Taschen ihres Rockes. Doch der Mann betrachtete sie weiterhin abschätzig und antwortete ihr in einer Sprache, die sie nicht verstand.
Enttäuscht senkte Erna den Kopf. »Aber meine Uta liegt hier!«
»Signore Giacomo?«, ertönte da eine Stimme im Rücken des Mannes, und Adriana trat mit ernster Miene auf ihn zu und sagte in fließendem Italienisch: »Gewährt Fräulein Erna bitte Einlass. Sie gehört zum Gefolge der Kaiserin.«
Der Mann krauste die Stirn und ließ seinen Blick von Adrianas edlen Gewändern zum fleckigen Rock Ernas gleiten, die nur ahnen konnte, was gerade vor sich ging.
»Soll ich Euch das Pergament aus der kaiserlichen Schreibstube erneut zeigen?«, fragte Adriana mit Nachdruck und stemmte die Arme erwartungsvoll in die Hüften.
Der Weißgewandete verzog das Gesicht und brummte dann zurück: »Sie soll eintreten, sich aber sofort Hände und Füße waschen!«
Adriana nickte und winkte Erna zu sich.
»Ich danke dir so sehr!«, sagte Erna lächelnd.
Adriana hakte sich bei Erna unter: »Komm, wir waschen uns beide, und dann führe ich dich zu Uta.«

Wenig später stiegen sie einige Treppenstufen hinauf und betraten einen langen Flur, von dem mehrere schmale, türlose Kämmerchen abgingen. Erna wagte den Blick in eine der Kammern hinein und war augenblicklich geblendet. Die Wände waren weiß getüncht, die Leinen, das Lager, das Tischchen daneben – alles war in der Farbe der ewigen Reinheit gehalten. Beim Anblick eines stöhnenden Patienten, der einen dunkelrot getränkten Verband um den Kopf trug und in gekrümmter Haltung im Bett lag, wandte sie sich erschrocken ab. Ob ihre Uta auch vor Schmerz schrie? Unwillkürlich klammerte Erna sich an Adrianas Arm.

Am Ende des Ganges blieben sie vor einer Kammer stehen. »Die Kaiserin hat uns, der Grete, Elisabeth und mir, zugestanden, abwechselnd an Utas Krankenbett zu wachen«, erklärte Adriana. »Die Ärzte sagen, ihr Hirn wurde erschüttert, nachdem sie mit dem Kopf auf einem Stein aufgeschlagen ist.«

»Ihr Hirn wurde erschüttert?«, fragte Erna und schlug entsetzt die Hände vor dem Mund zusammen.

»Beruhige dich. Die Kaiserin hat veranlasst, dass sich die päpstlichen Ärzte ihrer gewissenhaft annehmen«, entgegnete Adriana leise und trat an das Kopfende des Krankenlagers. Erna schluckte und folgte Adriana. Dabei tastete ihr Blick ängstlich den reglos unter einer Decke liegenden Körper der Freundin ab. Intuitiv griff Erna nach Utas Hand, die kraftlos unter der Decke hervorschaute. »Du darfst nicht sterben«, flehte sie. »Bitte, lieber Gott, mach, dass sie bei uns bleibt.«

Adriana sprach ein Gebet. Nachdem sie eine Weile schweigend und in Gedanken an die Freundin vertieft vor dem Krankenlager ausgeharrt hatten, fragte Adriana: »Bleibst du hier an Utas Bett, bis Grete eintrifft? Ich muss zurück zur Kaiserin.«

Erna nickte.

»Mit diesem Lappen«, Adriana zeigte auf ein Tischchen, auf dem eine Wasserschale stand, »wischst du Uta die Stirn ab und kühlst ihre Haut, sobald du Schweißperlen darauf siehst.«

Erna nickte erneut.

»Ihre Augen sind zwar geschlossen, aber ich glaube, sie kann uns hören«, sagte Adriana noch, stellte Erna einen Hocker hin und verabschiedete sich.

»Ach Uta«, seufzte Erna. »Du bist immer so stark gewesen, sei es auch dieser Tage.« Ohne Utas Hand loszulassen, setzte sie sich auf den Hocker, nahm den mit kaltem Wasser getränkten Lappen und tupfte der Freundin die Stirn ab. »Es war ein rauschendes Fest«, begann sie leise zu erzählen. »Und es wird noch zwei ganze Tage dauern.«

Erna setzte ab und betrachtete die regungslose Gestalt vor sich. »Ein Fest, das dir sicherlich gefallen hätte.« Die Köchin lächelte in Gedanken daran, wie Uta und sie sich schon als Achtjährige bei Festlichkeiten auf Burg Ballenstedt gemeinsam zurechtgemacht und einmal sogar die Kleider getauscht hatten. »Und wie die Königin gestrahlt haben soll, als ihr die Krone aufgesetzt wurde. Seit dem Beginn der Zeremonie vor fünf Tagen wird auf den Straßen nur der beste Wein an all die ausgeschenkt, die dem Kaiserpaar ...« Erna stockte, als Uta sich stöhnend auf die Seite drehte.

Mit ihren breiten Schultern hatte sie reichlich Mühe, sich in dem verbleibenden schmalen Gang zwischen Bettstatt und Wand zu bewegen. Mit dem Lappen in der Hand beugte sie sich über Uta, strich der Freundin die verschwitzten Haarsträhnen aus der Stirn und betrachtete deren Gesicht. »Uta?«, fragte sie leise.

Keine Antwort.

Sorgenvoll richtete Erna ein Gebet an die Gottesmutter und bat diese inständig um das Leben ihrer Freundin. Immer wieder tupfte sie Utas Gesicht mit kühlem Wasser ab, bis sie schließlich mit dem Kopf auf der Decke und Utas Hand fest in der ihren einschlief.

Der Bräutigam führte sein Weib vor den Altar. Dabei drückte er ihre Hand so fest, dass sie fast aufgeschrien hätte. Der Geistliche vor ihnen trug ein Gewand aus grobem Leinen. Er nahm ein Buch auf, um das heilige Sakrament der Ehe zu vollziehen. Die Braut sah, wie er seine Lippen öffnete. »Sprich den Reinigungseid«, forderte er mit der zorngetränkten Stimme des Vaters.
Mit klopfendem Herzen fuhr Uta vom Krankenlager hoch und verspürte einen stechenden Schmerz im Kopf.
Erna sprang von ihrem Höckerchen auf. »Uta?«
»Was mache ich hier?«, fragte Uta und blickte sich orientierungslos in der schmalen Kammer um. »Wo ist …?« Einen Augenblick sah sie wieder das Gesicht des Bräutigams mit den wettergegerbten, schlaffen Zügen vor sich.
»Du hast geträumt«, versuchte Erna sie zu beruhigen und zog Uta vorsichtig in ihre Arme.
Uta rann der Schweiß die Stirn hinab. »Dann werde ich also nicht heiraten?«, fragte sie geschwächt.
»Erst einmal wärmen wir dich«, entgegnete Erna und zog der Sitzenden die Decke über die Schultern. »Du bist gestürzt, kurz bevor wir in Rom einritten. Das ist inzwischen zwanzig Tage her. Doch der Medikus erklärte der Kaiserin gestern, dass er dich, sobald du aufgewacht und bei klarem Verstand bist, den kaiserlichen Heilkundigen übergeben wird.«
Ruckartig riss Uta die Augen auf. »Ich habe die Kaiserkrönung verschlafen?«

Erna strich über Utas Decke. »Nein, Liebes. Du warst krank, und wir alle haben für dich gebetet.«
»Du musst mir alles erzählen, Erna«, forderte Uta mit belegter Stimme.
Erna nickte. »Wenn du wieder gesund bist, berichte ich dir sogar, wo das Wasser des Tibers am dreckigsten ist.«
»K-A-I-S-E-R-I-N«, buchstabierte Uta ehrfurchtsvoll, während Ernas Blick an Milde gewann.
»Ich habe noch nie jemanden so innig beten sehen«, sagte sie beeindruckt. »Er war hier, als ich noch ganz schlaftrunken war.«
Uta schaute auf. »Er?«
»Der Naumburger!«
Enttäuscht senkte Uta den Kopf. »Graf Ekkehard möchte ich noch nicht begegnen. Ich benötige noch einige Tage, um mich an den Gedanken zu gewöhnen.«
»Ich rede nicht von Graf Ekkehard. Den wirst du wahrscheinlich eine ganze Weile nicht sehen«, entgegnete Erna. »Der wetteifert mit Esiko darum, wer das Heer im Osten anführen darf. Das habe ich neulich gehört, als ich mit Arnold frühmorgens schon die erlesensten Speisen aufgetragen habe.«
Uta hob den Kopf. »Du meinst«, sie ergriff Ernas Hände, »Hermann von Naumburg war hier?«
Erna strahlte. »Ja, sicher!« Ihr Tonfall schloss jede andere Möglichkeit aus.
Daraufhin verlor sich Utas Blick im Nirgendwo. Sie meinte, an den Wänden hellbraune Punkte tanzen zu sehen, bis sie nach einer Weile erschöpft wieder die Augen schloss und auf ihr Krankenlager zurücksank.

Genau zehn Tage, nachdem Erna ihr vom Besuch des Markgrafen berichtet hatte und der kaiserliche Tross sich bereit-

machte, in den Speyergau zurückzukehren, ließen Utas Fieberschübe nach. Einer der päpstlichen Ärzte gab der Trossheilerin, die Uta bereits nach der Schlammlawine auf dem Stein versorgt hatte, Anweisungen für deren Pflege auf dem Rückweg mit: Sie sollte täglich mehrere Kräuteraufgüsse bekommen und gegen die Kopfschmerzen etwas Mohnsaft einnehmen. Den Weg von Rom bis zum Gardasee verschlief Uta im Krankenkarren. Der Schlaf half, die Fieberschübe endgültig zu vertreiben. Als sie die Südausläufer der Alpen erreichten, entließ die Heilkundige Uta aus ihrer Obhut, nicht jedoch ohne ihr zuvor das Versprechen abgenommen zu haben, die vatikanischen Tränke weiterhin einzunehmen, damit ihre Körpersäfte wieder ins Gleichgewicht kamen.
Noch am selben Tag hatten Grete und Adriana nicht länger an sich halten können, ihr zu erzählen, was sonst noch so alles in Rom geschehen war: Man hatte Elisabeths Körper, an den mehrere Wackersteine gebunden gewesen waren, leblos aus dem Tiber gefischt. Als sich herausstellte, dass Elisabeth zum letzten Mal gesehen worden war, als man die Doppelhochzeit des Ballenstedter Geschwisterpaares verkündet hatte, überkam Uta eine schlimme Ahnung. Als untadelige Hofdame der Kaiserin – niemand hatte eine sündige Selbsttötung vermutet – hatte Elisabeth ein Grab auf dem Gottesacker von San Sebastian erhalten.
Zur Überraschung aller Besorgten bereitete Uta die erneute Alpenüberquerung kaum Mühe, zumindest bemerkte sie die damit verbundenen Anstrengungen nicht. Doch je näher sie der Heimat kamen, desto größer wurde das seltsame Unbehagen, das Uta in sich verspürte.

Mit dem ersten Schnee ritten Kaiserpaar und Hofstaat durch das heimatliche Burgtor im Speyergau ein, und Uta fand in ihrer Kemenate ein Schreiben von Hazecha vor, das sie etwas von den trüben Gedanken an die bevorstehende Hochzeit ablenkte. »Adriana, sieh nur!« Uta ließ ihr Reisebündel fallen und faltete das Pergament aufgeregt auseinander. Die Schwester berichtete ihr von der Freude über die erhaltene Abschrift und ihren Fortschritten in der Heilkunde. Sie schrieb weiterhin, dass Wigbert von der Ballenstedter Burg geflohen war. Er wollte kein Ritter sein, sondern sein Leben und Schaffen dem Herrn widmen. So hatte er sich als Gast für wenige Tage im Stift Gernrode aufgehalten, um danach in den Südwesten zu einer neuen brüderlichen Gemeinschaft aufzubrechen. Uta lächelte. Wie schön es doch war, dass Hazecha und Wigbert nun fern der väterlichen Burg in Frieden und Ruhe leben konnten. Utas Frage bezüglich Esikos hatte Hazecha jedoch unbeantwortet gelassen.

»Schon wieder eine Abschrift des Hofkaplans, die dich so strahlen lässt?«, fragte Adriana.

Uta schüttelte den Kopf. »Nein, ein Schreiben von meiner Schwester.«

»Wie geht es ihr denn in Gernrode?«, wollte Adriana wissen und legte einige Reisekleider in ihre Truhe.

»Vor einiger Zeit schon hat sie das ewige Gelübde abgelegt und sich mit besonderer Hingabe der Krankenpflege verschrieben«, sagte Uta und ließ sich ungeachtet ihres noch unverräumten Reisegepäcks auf ihrer Bettstatt nieder.

»Dank des ewigen Gelübdes muss sie nun wenigstens nicht heiraten und irgendwohin gehen, wo sie niemanden hat!«, entfuhr es Adriana, die sich im nächsten Moment die Hand vor den Mund schlug. »Ich taktloses Ding, entschuldige bitte«, setzte sie betroffen nach.

Uta schaute traurig zu Boden.

»Es wird schon werden mit Ekkehard.« Adriana setzte sich

neben Uta aufs Bett. »Dein Bräutigam ist immerhin Graf und kaiserlicher Heerführer. Und als seine Gattin wirst du sicherlich viel ausrichten können. Wie unsere Kaiserin, als sie damals noch Herzogin war. Und wer weiß, vielleicht wirst du eines Tages an des Grafen Seite sogar Markgräfin.«
Wenig überzeugt blickte Uta sie an, woraufhin Adriana beschwörend ihre Hände ergriff. »Und als Gräfin wirst du sicherlich die Freiheit haben, uns hier am Hof oder in unserer neuen Heimat zu besuchen, so dass wir nicht für immer Abschied voneinander nehmen müssen!«
Einen Wimpernschlag lang hellte sich Utas Gesicht auf. »Das wäre schön.«
»Wir werden uns bestimmt wiedersehen«, sagte Adriana zuversichtlich und erhob sich wieder, um ihre restlichen Gewänder in die Truhen zurückzulegen.
Grübelnd schaute Uta auf den Brief neben sich. Adriana hatte möglicherweise recht: Vielleicht konnte sie als Gräfin, ohne den Vater als Munt, eine Anklage direkt beim König vorbringen. Der nächste Gedanke dämpfte ihr Hochgefühl jedoch wieder: Was die Beweisführung anging, würde sich ein königliches Gericht doch sicher nicht vom Titel des Anklägers beirren lassen. Oder etwa doch?

»Es wird besser, sobald Euch Schwester Hazecha den Wundverband erst einmal angelegt hat«, sagte Alwine zu Edda, der Ältesten der Stiftsdamen und Vertreterin der Äbtissin, die mit schmerzverzerrtem Gesicht auf einer Trage in der Krankenkammer lag. Eddas Gewand war bis übers Knie hochgeschoben und gab den Blick auf eine klaffende Wunde an ihrem Schienbein frei.
»Wenn es nur nicht so brennen würde.« Peinlich berührt, ein Stück Haut zu zeigen, ergriff Edda Hazechas Arm, die neben

Alwine an der Trage stand. »Ich will Euch keine Arbeit machen, Schwester. Ihr habt doch schon genug zu tun.«
In diesem Moment drang ein Schrei aus einer der nahen Kammern zu ihnen.
»Entschuldigt mich, Schwester«, sagte Alwine. »Ein Bauer mit einem Ochsentritt wartet auf mich. Hazecha übernimmt Eure weitere Behandlung.« Alwine nickte Hazecha aufmunternd zu und verließ den Raum.
Edda bedachte das Mädchen, das neben Alwine und zwei weiteren Schwestern Dienst in der Krankenkammer tat, mit einem vertrauensvollen Blick. Daraufhin beugte Hazecha sich über den Unterschenkel ihrer Patientin, begutachtete Farbe sowie Verlauf der Wunde und roch daran. »Damit die Wunde heilen kann, muss ich zuerst die Entzündung hemmen«, erklärte sie und ging zu dem Regal, in dem die Kräutertinkturen aufbewahrt wurden. Dort griff sie nach einem Fläschchen und vermengte dessen restlichen Inhalt mit Wasser.
»Ich versorge Eure Wunde nun mit einem Sud aus Eichenrinde«, sagte Hazecha mit ruhiger Stimme. Sie schmunzelte verstohlen, als sie bemerkte, dass Edda die Nonnentracht mit zusammengekniffenem Gesicht wieder schamhaft über die Wunde des entblößten Beines zog.
»Aber Schwester«, sanft schob Hazecha Eddas Arm beiseite und das Gewand wieder über das Knie hinauf, »an Eurer Kleidung ist Schmutz, und wenn er in die Wunde gelangt, wird dies die Heilung hinauszögern oder die Wunde sogar entzünden, so dass wir sie ausbrennen müssen.«
»Hätte ich doch nur die Augen aufgemacht«, tadelte sich Edda, »dann hätte ich die Stufe gesehen.«
»Aber Ihr hattet schwer zu tragen. Die Körbe mit den Hagebutten versperrten Euch die Sicht auf den Boden.« Hazecha ergriff ein Tuch und tränkte es mit dem Kräutersud. Um ihre

Patientin von dem bevorstehenden Schmerz der Wundsäuberung abzulenken, begann sie zu plaudern. »Wie war denn dieses Jahr die Ernte? Wird sie uns über den Winter bringen?«
»Zehn große Körbe konnten wir in die Vorratskammer tragen«, berichtete Edda stolz und rieb sich freudig die Hände. »Die Mägde sagten, dass sie noch nie so viele Früchte der Hundsrose auf einem Haufen gesehen hätten! Das wird ein herrliches Backwerk geben.«
Hazecha nutzte den Moment der Ablenkung, um die Wundränder vorsichtig abzutupfen. Edda presste die Lippen zusammen.
»Das brennende Gefühl wird schnell vergehen, Schwester«, erklärte Hazecha und tupfte behutsam weiter. »Denkt Ihr, für Schwester Alwine und mich bleiben ein paar Hagebutten übrig?« Sie tränkte das Tuch erneut in der entzündungshemmenden Tinktur, um die Wunde zu reinigen. »Wenn ich Eure Hagebutten trockne, kann ich sie im Winter als Kraftaufguss an die Schwestern und Gäste austeilen.«
Edda nickte und beobachtete, wie Hazecha als Nächstes ein sauberes Tuch um die Wunde band. Als die Krankenschwester damit fertig war, schob sie sofort ihr Gewand über das verletzte Bein und prüfte dessen Sitz.
In diesem Moment betrat Schwester Lisette die Krankenkammer. »Besuch für Euch, Schwester Hazecha.«
»Wer verlangt nach mir?«, wollte Hazecha wissen und verschloss das leere Tinkturfläschchen, das sie danach – zur Erinnerung, es wieder aufzufüllen – ganz oben ins Regal stellte.
Lisette zuckte fragend mit den Schultern. »Der Herr wollte Euch den Grund seines Besuches selbst nennen. Er wartet im Speisesaal auf Euch.«
»Sicherlich einer meiner Patienten, der erneut von seinem Leiden befallen wurde.« Hazecha ergriff ein Köfferchen mit

Tinkturen und klemmte sich einige Leinentücher unter den Arm. Denn Wunden, die sich wenige Tage nach augenscheinlicher Heilung erneut entzündeten, waren nichts Ungewöhnliches. Bevor sie ging, drehte sie sich jedoch noch einmal zu Edda um. »Lasst mich morgen Euren Verband ansehen, Schwester. Und geht langsam, damit sich Euer Schienbein erholen kann.«
Edda nickte. »Vielen Dank, Schwester! Ihr habt wahrhaft zarte Hände.«
Hazecha beantwortete das Kompliment mit einem strahlenden Lächeln und machte sich dann auf den Weg in den Speisesaal – der inzwischen auch den Gästen des Klosters offenstand.

Der Besucher stand vor dem mittleren Fenster des Speisesaals mit dem Rücken zu Hazecha. Als er hörte, dass jemand eintrat, wandte er sich mit der hölzernen Gottesmutter in den Händen zu ihr um. »Na Hazechalein, was macht das Klosterleben?«
Hazecha glitten die Leintücher aus der Hand, das Tinkturenköfferchen fiel scheppernd zu Boden. »Esiko?« Sie hatte den Bruder zuletzt im Alter von sieben Jahren auf der Ballenstedter Burg gesehen und mit dem Gang ins Kloster die Hoffnung verbunden, ihn nie wiedersehen zu müssen. Inzwischen zählte sie vierzehn Jahre.
»Graf Esiko und Heerführer des Kaisers, bitteschön«, entgegnete Esiko grinsend. »Gerade zurück aus der heiligen Stadt. Gesegnet vom Heiligen Vater persönlich!« Augenscheinlich zärtlich streichelte Esiko die Holzstatue in seinen Händen. »Sind sie gut zu dir hier in Gernrode?«
»Sie sind gut zu mir«, brachte Hazecha mühsam hervor.
Esiko trat näher. »Deine Schwester Uta, erinnerst du dich noch an sie?«

Hazecha nickte zögerlich und wich bis an die Tür des Speisesaals zurück. Sein flackernder Blick, als er Uta erwähnt hatte, ängstigte sie ebenso, wie ihr die Erinnerungen an ihn den Boden unter den Füßen wegzuziehen drohten.
»Sie ist als Hofdame im Gefolge des Kaisers«, fuhr er fort, »und die Nähe zum Herrscher unseres Landes scheint ihr zu Kopf zu steigen.« Bei diesen Worten legte er seinen linken Zeigefinger um den Hals der Gottesmutter und verdammte Uta, deren Selbstsicherheit sich keinesfalls auf die jüngere Schwester übertragen durfte. Unterwürfig wollte er sie sehen, und zwar beide! Doch dies konnte er nur erreichen, indem er ihnen jeglichen Kontakt untereinander verbot.
Hazecha starrte auf die Statue und fühlte einen Kloß in der Kehle. Ängstlich presste sie den Rücken gegen die Tür. »Was willst du hier?«
Mit gespielter Besorgnis trat er noch näher an sie heran: »Ich bin dein Bruder und sorge mich um dich, Hazechalein.« Er ließ die Statue krachend zu Boden fallen und packte Hazecha ruckartig beim Nacken. »Du wirst niemals, solange du lebst, Kontakt zu deiner Schwester aufnehmen! Ich verbiete es dir!«, schrie er, so dass seine Augen aus den Höhlen zu treten drohten.
Hazecha rang nach Luft. Wieder bedrängten sie die schrecklichen Bilder der Vergangenheit, während Esiko ihren zierlichen Körper schüttelte. »Hast du mich verstanden?«
Hazecha wandte röchelnd den Kopf ab. Aus Utas Briefen sprach so viel Zuneigung, und sie gaben ihr Kraft – darauf wollte sie nicht verzichten.
»Nun mach schon, Nonne, sag es!«, zischte er durch die Zähne hindurch und verstärkte den Druck um ihren Hals. »Schließlich habe ich dir das hier erst alles ermöglicht.«
Hazecha röchelte. »Ich verspreche es.«

In diesem Moment öffnete Alwine die Tür. Ertappt ließ Esiko seine Schwester los und musterte das dunkle Antlitz Alwines flüchtig, bevor er wieder Hazecha fixierte. »Auf Wiedersehen, Hazechalein. Und glaub mir, wenn du nicht brav bist, werden wir uns wiedersehen.« Esiko von Ballenstedt stieß Alwine zur Seite und verließ den Stiftssaal.
Alwine fasste sich schnell wieder. »Geht es dir gut?«, fragte sie Hazecha und blickte dem Besucher entsetzt nach. »Kanntest du den rohen Herrn?«
Hazecha sank neben den ausgelaufenen Tinkturen auf den Boden und rang nach Luft. »Er ist mir fremd.«
Ihre Augen starrten ins Leere, und ein leises Wimmern kam über ihre Lippen.

Teil III –
Das Herzstück

Die Jahre 1027 bis 1032

7. Plantillas Schleier

Glatt wie die Oberfläche eines ruhenden Gewässers sollte die Haspelseide sein, weil sie im Gegensatz zur Wildseide aus den noch unbeschädigten Kokons durch Kochen abgetöteter Seidenspinner gewonnen wurde. Doch die Gänsehaut an ihren Oberschenkeln war so heftig, dass sich das seidene Kleid wie Sandpapier daran rieb. Das edle Gewand mit den weiten Ärmeln und der goldenen Borte am Hals war unübersehbar ein Geschenk der Kaiserin, genauso wie der Brautschleier, der von der gleichen feinen Machart war. Flüchtig drehte Uta sich zum Brautgeleit um, das aus dem Priester, einigen Burgadligen und dem Kammermädchen bestand und sie zum Ehegemach drängte. Die anstehende erste Vereinigung der Brautleute war der Höhepunkt der Hochzeitsfeierlichkeiten.

»Herr im Himmel, steh mir bei!«, bat sie und richtete den Blick wieder geradeaus. Wie ein Bollwerk trat ihr das dreieckig behauene Mauerwerk im Gang des Wohngebäudes entgegen, das sich mit jedem Schritt weiter verengte. Beinlange Kienspäne in sternförmig geschmiedeten Halterungen erhellten das in diesem Bereich fensterlose Gemäuer fast taghell. Sie zitterte vor Kälte und presste die Lippen fester zusammen. Wenn die unliebsame Zusammenkunft nur schon vorüber wäre!, wünschte sie sich und zog den Pelzumhang fester um die Schultern. Vor vier Tagen war sie auf der neuen Burg am Zusammenfluss von Saale und Unstrut angekommen. Unwillkürlich dachte sie an ihr früheres, nun so fernes Leben zurück. An Adriana, Grete, Kaplan Wipo, Kaiserin Gisela und noch einige andere Höflinge, die sie ins Herz geschlossen hatte.

»Wir bringen die Braut!«, rief das Geleit hinter ihr und drängte sie, schneller zu gehen.
Uta graute, denn sie schritt einer Verbindung entgegen, die bis zu ihrem oder seinem Lebensende dauern würde. Eine Verbindung, die sie nicht gewollt hatte und in der es ihre erste Pflicht war, Stammhalter zu gebären, deren Anzahl nur durch ihren eigenen körperlichen Verfall begrenzt werden würde. In Erinnerung an die zurückliegende Zeremonie begannen ihr die Knie zu schmerzen.
Kalt war das Gestein gewesen, auf dem sie kniend hatte verharren müssen: Sie sah den Burggeistlichen vor sich, der die Trauung in der Marien-Pfarrkirche vorgenommen hatte. Er hatte gefordert, dass sie beide ihm die Hände zum Zeichen ihrer Verbindung reichten. Kalt und feucht wie ein toter Fisch hatten ihre Finger aufeinander gelegen, als der Pater mit einem Segensspruch etwas Weihwasser über sie gespritzt hatte. Ob mit dem Winterfrost die Kälte auch in ihr Innerstes einziehen würde?
Der Brautzug stoppte, und der Burggeistliche trat neben Uta.
»Erlauchte Gräfin, wir haben nun Euer Ehegemach erreicht.«
Der Mann mit dem Pferdegebiss klopfte an die Tür.
»Tretet ein!«, drang eine Stimme aus dem Gemach.
Der Burggeistliche öffnete daraufhin die Tür und wies Uta an, vor die Bettstatt zu treten. Sie spürte fremde Hände an ihrem Körper, die sie vorwärtsschoben, und Menschen, die ihr anschließend in die Kemenate folgten.
»Ich grüße Euch, Gattin«, sagte Ekkehard von Naumburg kühl. Er war in eine rote Tunika mit gleichfarbiger Kopfbedeckung gekleidet und stand in der Mitte des Raumes.
Uta nickte zurückhaltend und betrachtete statt seiner die Bettstatt hinter ihm: Das hölzerne Bettgestell spannte einen hohen Betthimmel auf. Von diesem hingen rundum schwere

bodenlange Stoffbahnen hinab, die lediglich an der Einstiegsseite zur Seite geschlagen waren.

»Ihr solltet nun die Segnung vornehmen, Pater!«, befahl Ekkehard. »Ich habe keine Zeit zu verlieren. Aachen und die Ostgrenze verlangen nach mir!« Ekkehard wechselte einen Blick mit einem seiner Waffenbrüder, der zum Brautgeleit gehörte.

»Nun gut«, beschied der Burggeistliche darauf und wurde unruhig, als der Graf bereits begann, sich seines Gürtels und der Beinlinge zu entledigen. Hastig besprenkelte er zuerst den Bräutigam und dann die Braut mit geheiligtem Wasser aus dem Mausabach, obwohl die Tradition es verlangt hätte, dass sich die Ehepartner zuvor aus der Entfernung voreinander verbeugten. »Gott möge Euch bei all Euren Taten jeden Tag aufs Neue beschützen und segnen. Er möge Euch reich mit Kindern beschenken, auf dass Ihr ihm dafür dankbar und verbunden seid.«

»War's das nun?«, fragte Ekkehard.

»Amen!«, setzte der Geistliche nach und segnete das Brautpaar. »Nun sind die Weihehandlungen vollendet, Graf. Die Brautleute sollten sich jetzt auf der Bettstatt niederlassen.«

Das Brautgeleit drängte Uta zur Bettstatt. Der Burggeistliche reichte zunächst Ekkehard und dann Uta einen Becher süßen Weines und ein Stück Brot. Für dieses erste gemeinsame Mahl hatte Ekkehard entgegen der Tradition nicht sauren, sondern süßen Honigwein aus dem nahen Moritzkloster befohlen. Auch an diesem Tag wollte er diese ihm über die Jahre vertraut gewordene Angewohnheit nicht ablegen. Selbst der Vater hatte einst so manchen Tag mit einem Kelch edelsten Honigweins abgeschlossen, dem die Benediktinerinnen mit Eichenspänen eine weithin einzigartige Note zu verleihen vermochten.

317

Uta trank und aß wie befohlen, obwohl der Nahrungsbrei nur schwer seinen Weg in ihren Magen finden wollte. Währenddessen wiederholte das Brautgeleit die vorgetragenen Glückwünsche und schickte sich dann an, das Gemach zu verlassen.
»Ihr bleibt hier!«, wies der Geistliche beim Hinausgehen das einzige Weib im Brautgeleit an.
Das Mädchen, gerade zwölf Jahre und als Tochter eines Landadligen in die Dienste des Grafen auf die neue Burg gegeben, starrte den Geistlichen erschrocken an.
»Wie heißt du?«, fragte der streng.
»Katrina«, antwortete das Mädchen schüchtern, dessen schmale Oberlippe von einer breiten Scharte gespalten war.
Sich der Aufmerksamkeit der Brautleute versichernd, erklärte der Geistliche daraufhin: »Falls deine neue Herrin einen Wunsch verspürt, musst du ihn unverzüglich erfüllen!«
Scheu blickte das Mädchen zu Uta.
»Hast du verstanden?«, wiederholte der Burggeistliche ungehalten, bevor auch er die Kammer verließ.
Das Mädchen nickte hastig.
Während Ekkehards Blick prüfend an seinem Weibe hinabglitt, war Uta gefesselt vom Antlitz des Mädchens. Es erinnerte sie an das eines jungen Kätzchens, das man vor einen kläffenden Hund geworfen hatte. »Katrina«, sagte sie mit sanfter Stimme, »warte doch vor dem Gemach auf Anweisung. Ich denke nicht, dass ich so schnell Unterstützung benötige.«
»Gattin«, widersprach Ekkehard, »mit dieser Forderung verstoßt Ihr gegen die Gepflogenheiten. Das Kammermädchen muss dem Beischlaf im Brautgemach beiwohnen, um den Vollzug der Ehe sofort verkünden zu können!«
»Dann nimm doch in der Nische Platz«, lächelte Uta Katrina an und wies in Richtung des Fensters.

Ekkehard – inzwischen lediglich noch mit der Bruche bekleidet – baute sich mit breiter Brust vor dem zierlichen Mädchen auf. »Wenn ich dir Bescheid gebe«, er hob mahnend seinen Finger, »rennst du sofort zum Brautgeleit und verkündest, dass ich die Ehe vollzogen habe.«
Katrina presste sich erschrocken gegen die Wand, an die sie ängstlich zurückgewichen war, und schaute an Ekkehard vorbei zu Uta, die ihr ermutigend zunickte.
»Und nun zu Euch Gattin.« Er nahm ihr den Weinbecher aus der Hand und schob den Pelzumhang von ihren Schultern. »Wie gesagt«, räusperte er sich, »lasst es uns hinter uns bringen! Ich möchte die Erfüllung des Auftrags von Kaiser und Erzbischof nicht hinauszögern.« Zielstrebig entledigte sich Ekkehard nun seines letzten Gewandstückes, derweil Uta sich mit zitternden Beinen auf die Bettstatt setzte. Er fixierte ihre Brüste unter dem Seidenhemdchen. »Sie sind klein«, stellte er fest, »aber wenn erst mal Milch drin ist, werden sie noch etwas üppiger.« Er packte sein schlaffes Glied und hielt es ihr hin: »Unser Erbenspender, Gattin.« Nicht nur dem älteren Bruder, auch den restlichen Reichsgroßen wollte er beweisen, dass er, der nachgeborene Ekkehard, ebenso wichtig für die Familie war – denn er würde die ersehnten Stammhalter zeugen und der Familie dadurch weiterhin die Meißener Markgrafenwürde sichern.
Beim Anblick des sich aufrichtenden Gliedes wandte Uta sich abrupt ab. Hatten Mechthild, Adriana und Grete einst tatsächlich behauptet, dass es Stellen am Körper gab, an denen eine Frau berührt werden wollte? Selbst wenn der Gatte weniger grob als einst Volkard aus dem Hardagau mit ihr umgehen würde, fand Uta die Vorstellung in diesem Moment absurd. Erna, die sie mit auf die neue Burg hatte nehmen dürfen, hatte ihr geraten, den Beischlaf einfach geschehen zu lassen.

Aber offenkundig besaß sie nicht die dafür notwendige Gleichgültigkeit, sondern spürte nur den Drang, Ekkehard weit von sich fortzustoßen.

»Ziert Euch nicht so!«, meinte Ekkehard und drückte Uta im nächsten Moment auf das Bett hinab, spreizte ihre Beine auseinander und drang mit einem wuchtigen Stoß in sie ein.

Berührt werden wollen? Niemals! Ein brennender Schmerz durchzog Utas Unterleib. Als sie eine Ewigkeit später ausatmete, stieß er erneut zu und presste sie mit seinem ganzen Gewicht tief in die Strohmatratze. Diesmal brannte es nicht nur tief im Inneren, auch ihre äußere Scham tat ihr weh.

»Bewegt Euer Becken, Gattin!«, keuchte Ekkehard, den Blick auf sein immer wieder auftauchendes Glied gerichtet.

Uta versuchte, seiner Anweisung nachzukommen, doch ihr zitternder Körper gehorchte ihr nicht. Sie schloss die Augen und ließ es einfach nur geschehen. Rote Haare, Sommersprossen …, meinte sie dabei zu hören, bis Ekkehard nach vielen weiteren Stößen schließlich geräuschlos über ihr zusammensackte. Schwer atmend rang Uta nach Luft. Doch im nächsten Moment rollte sich Ekkehard auch schon von ihr herunter und keuchte: »Mädchen!« Dann sprang er auf und zerrte das blutbefleckte Bettlaken unter Uta hervor.

Mit aufgerissenen Augen blickte Katrina auf Ekkehard, der völlig nackt vor sie getreten war. »Lauf zum Brautgeleit und verkünde meinen Vollzug!«, wies er sie an und hielt ihr dabei den Beweis seiner Manneskraft vor die Nase. Katrina griff nach dem Laken, das zwei kleine Blutflecken aufwies, und stürzte aus dem Gemach.

»Ich hoffe, bereits an diesem Abend einen Knaben gezeugt zu haben«, erklärte Ekkehard, stieg in seine Kleider und verließ das Ehegemach.

Nur in ihr seidenes Hemdchen gekleidet und mit starrem

Blick setzte Uta sich in der Bettstatt auf. Noch immer fühlte es sich an, als ob eine Glut ihren Leib von innen heraus verbrennen würde.

An der dem Ehevollzug folgenden Morgentafel vermachte Ekkehard ihr die nach seinem Vater benannte Eckartsburg als Witwengut. Während er stolz die zur Burg gehörenden Hufen Land aufzählte, bemerkte Uta, dass der Schmerz in ihrem Unterleib nun langsam nachzulassen begann. Sie strich sich über den kaiserlichen Brautschleier. Dann wanderten ihre Gedanken zurück zur Trauung in der Marien-Pfarrkirche, und erneut erklangen die zeremoniellen Worte des Burggeistlichen in ihrem Kopf: »Gott, der am Anfang den Menschen geschaffen hat, schuf ihn als Mann und Frau und sprach: ›Darum wird ein Mensch Vater und Mutter verlassen und an seinem Ehegatten hängen, und die zwei werden ein Fleisch sein. So sind sie nun nicht mehr zwei, sondern ein Fleisch‹.« Pflichtbewusst wandte sich Uta dem Gatten zu. Seine Gesichtszüge besitzen so wenig von der Ausdrucksstärke und der warmen Ausstrahlung seines älteren Bruders, dachte sie und presste ihre ausgekühlten Beine fester aneinander.
»Ich bin voller Hoffnung, bald einen Erben vorweisen zu können«, verkündete Ekkehard an Uta vorbei der Tafelrunde. Mit dem Ehepaar speiste das Brautgeleit, darunter auch einige von Ekkehards Gefolgsleuten, die ihm daraufhin zuprosteten. Der Burggeistliche trat seinerseits mit ausgestreckten Armen und dem Symbol ihrer Ehe vor Uta hin und meinte salbungsvoll: »Und nehmt nun diesen Schleier als Zeichen der Treue und Verbundenheit zu Eurem Gatten.«
Auf sein Zeichen hin erhoben sich die Eheleute. Uta betrachtete den ihr gereichten Schleier und presste die Lippen zusammen. Ich tue es für dich, Mutter! Als Gräfin hören sie mir

eher zu, als Gräfin vermag ich weitere Pergamente einzusehen und dadurch Beweise für des Vaters Schuld zu finden. Im nächsten Moment dachte sie an ihren Bruder, der dem König kaum mehr von der Seite wich. Zu der angekündigten Doppelhochzeit war es glücklicherweise nicht gekommen, denn Esiko hatte seine Ehe mit Mathilde von Schwaben noch im alten Jahr vollzogen, und seine Frau befand sich allen Zweiflern zum Trotz schon in anderen Umständen.

»Von nun an sollt Ihr nicht mehr ohne den Ehe-Schleier gehen«, fuhr der Burggeistliche fort. »Euer gräflicher Gatte wird ihn Euch anlegen, Gräfin.«

Daraufhin zog Ekkehard Uta den kaiserlichen Brautschleier vom Haupt und legte ihr den Ehe-Schleier an. Schüchtern trat nun Katrina auf ein Zeichen des Geistlichen vor Uta und reichte ihrer Herrin eine massiv geschmiedete Klammer, die zwei einfachere Klammern auf einer Seite des Schleiers ersetzen sollte.

Uta betrachtete das Schmuckwerk. Die Klammer war aus Silber gefertigt und zeigte an ihrem Ende auf einem runden Aufsatz einen Adler mit ausgestreckter dünner Zunge, das Symbol der Familie. Unter dem Tier las Uta die eingestanzten Worte *Ekkehard* und *Uta*. Zögerlich schaute sie zu dem Gatten auf und versuchte zu lächeln. »Ich danke Euch«, sagte sie und schob die Klammer über dem linken Ohr fest ins Haar.

»Der Burgvogt wird Euch heute noch in den Haushalt einweisen«, fuhr Ekkehard fort, ohne die Geste seiner Frau zu erwidern. Dabei deutete er auf einen Mann im dreißigsten Lebensjahr, der an der Morgentafel teilnahm, aber nicht dem Brautgeleit angehört hatte. »Er kennt auch die Rechnungsbücher, die mein Bruder überwacht. Ich selbst werde morgen zum Kaiser aufbrechen. Dann sollte der Schmied auch endlich mein Gehänge fertiggestellt haben«, setzte Ekkehard

nach und berichtete beeindruckt weiter: »Bevor ich als Teil der kaiserlichen Truppen das östliche Grenzgebiet abreite, um nach dem Rechten zu schauen, erwartet mich seine kaiserliche Hoheit zur Krönung des jungen Heinrichs in Aachen. Der Elfjährige wird Mitkönig, und gleichzeitig überträgt der Kaiser ihm noch das vakante Herzogtum Bayern. Gegen Ende des Sommers werde ich wieder zurück sein.«
Uta nickte stumm.
»Euer Bruder Esiko ist ebenfalls dabei«, erklärte Ekkehard, doch Uta spürte nur das Brennen der Silberklammer auf der Kopfhaut.
»Es wird Zeit, dass wir endlich wieder zuschlagen können«, warf ein ritterlicher Jungspund an der Tafel ein. »Es setzt Hiebe für den Schmied, wenn meine Axt nicht so scharf ist, dass sie den Schleier eines Weibes bei der geringsten Berührung zu zerteilen vermag.« Bei diesen Worten grinste der Jüngling, über dessen rechte Wange eine Narbe vom Kinn bis zum Ohr hinauf verlief, breit in Utas Richtung.
Die lächelte höflich und winkte Katrina heran, die in einer Ecke des Raumes stand, den Blick auf den Boden gerichtet.
»Was gibt es zu bereden, Gattin?«, wollte Ekkehard daraufhin wissen.
»Katrina wird nach Erna sehen«, erklärte Uta.
»Erna?« Ekkehard erhob sich empört. »Wer ist denn Erna?«
»Das einzige Stück Familie, das ich mit Erlaubnis der Kaiserin mit auf die Burg gebracht habe«, erklärte Uta mit ruhiger Stimme.
Ekkehard fixierte zuerst sein Weib und blickte dann in die Runde. »Es sei Euch erlaubt«, entgegnete er schließlich in gönnerhaftem Ton.
Daraufhin rannte Katrina aus dem Burgsaal.
»Sagt, Gatte«, wagte Uta einen weiteren Vorstoß, »wäre es

Euch möglich, ein Schreiben an Wipo, den Kaplan des Kaisers, mitzunehmen?«
Ekkehard schielte erneut zu seinen Tischnachbarn, von denen einer ein Stück Brot zerriss und ein anderer den Kopf regungslos über einen Krug gesenkt hielt.
»Nur, sofern es Euch keine Umstände bereitet«, setzte Uta ergeben nach, als sie die Zwickmühle des Gatten erkannte. »Ich weiß, welch wichtige Aufgabe Ihr zu erfüllen habt.«
Ekkehards Gesicht hellte sich auf, und schließlich nickte er. »Wir müssen nun zur Jagd aufbrechen. Und Ihr«, meinte er im Aufstehen an den Vogt gewandt, »führt die Gräfin unverzüglich in den Burghaushalt ein!«
Uta schaute dem Gatten nach, der mit seinen Gefolgsleuten auf die im Hofe versammelte kleine Jagdgesellschaft zuhielt. Niemals würde sie dem Jagen etwas abgewinnen können!
»Mit Verlaub, Gräfin«, trat da der Vogt vor sie und verneigte sich tief. »Dürfte ich Euch nun durch das markgräfliche Haus führen?«
Uta zog sich den Ehe-Schleier zurecht und legte ihren Umhang an. Dann nickte sie. »Ihr dürft. Geht nur voran, ich folge Euch.«

Sie traten aus dem Wohngebäude in den mit Schnee bedeckten Haupthof, an dessen Stirnseite sich das Tor zur Vorburg befand – der einzige Durchlass im Mauerring um die Hauptburg. Links und rechts vom Wohngebäude befanden sich Küche, Brauerei und Stallungen.
»Ihr kennt den Turm, Gräfin?« Der Vogt zeigte auf ein Gebäude, das ebenfalls innerhalb der Mauern unweit des Tores stand.
Uta schaute den Turm hinauf, der aus gelblichen Sandsteinquadern gebaut war, und erkannte ganz oben einen Wehrgang

hinter Zinnen. Frierend zog sie sich den Umhang enger um den Körper und schüttelte den Kopf.

Der Vogt erklärte daraufhin: »Der Turm wurde erst vergangenes Jahr fertiggestellt.« Sie stiegen die Außentreppe zum ersten Obergeschoss hinauf. »Der Turm hat vier Geschosse«, fuhr er fort. »Die unteren beiden stehen noch leer. Das dritte Geschoss bewohne ich. Dort bewahren wir auch sämtliche Rechnungsbücher auf.«

Über eine kleine Wendeltreppe im Inneren des Turmes erreichten sie schließlich die unbeheizte Kammer des Vogtes, der direkt auf einen Tisch mit Pergamenten zuschritt, von dem er ein sichtlich abgenutztes Schreiben zog und kurz studierte. »Mit Verlaub, Gräfin, als Burgherrin untersteht Euch das gesamte Personal für die Haushaltsführung.«

Während der Vogt in weiteren Pergamenten kramte, trat Uta vor das Fenster und öffnete es. Sie überblickte die winterliche Vorburg, sah vornehmlich Handwerkerhäuser und die beiden Gotteshäuser – die kleine Burgkirche und die Marien-Pfarrkirche –, die sie bereits vom Vercelli-Pergament und von der Trauzeremonie her kannte. Auf dem Platz um die beiden Gotteshäuser herum herrschte reges Treiben. Sie machte Knechte aus, die Baumstämme schleppten, sah zwei Waschfrauen Tröge durch den Schnee ziehen und erkannte mehrere Berittene, die auf die Zugbrücke des Haupthofs zustrebten. Aus der Schmiede kamen Schreie, und irgendwo wurde gehämmert und gesungen.

»Das Personal besteht aus zehn Dienern, einem Kammermädchen, fünf Leuten in der Küche sowie weiterem Gesinde für die Tiere und einer Amme«, zählte der Vogt auf. »Die Amme ist auf die Burg gekommen, als die Gattin unseres Markgrafen ihr Kind trug.«

Uta wandte sich vom Fenster ab und fragte den Vogt: »Der Markgraf hatte ein Kind?«

»Es wurde tot geboren. Bei seiner Geburt starb auch Gräfin Reglindis.«
Bei diesen Worten hatte Uta den oftmals melancholischen Blick des Hermann von Naumburg unwillkürlich vor Augen.
»Wie alt war die Gräfin, als sie starb?«
Der Vogt sah irritiert von seinen Pergamenten auf. »Reglindis stand zu dieser Zeit im achtzehnten Lebensjahr.«
Sie war damals beinahe vier Jahre jünger, als ich es heute bin, dachte Uta und sprach ein Gebet für die einstige Burgherrin.
»Gräfin, mit dem genannten Personal müsst Ihr die Bewirtung aller Gäste organisieren.« Der Vogt hielt inne, als er bemerkte, dass Uta in Gedanken versunken war, und fuhr erst fort, als die Augen der Burgherrin wieder auf ihm weilten. »Auch für die Unterhaltung der Burgherren seid nun Ihr zuständig. Für die Führung des Haushalts, wartet, lasst mich noch einmal nachschauen …«, der Vogt kramte erneut in den Dokumenten, »hat der Markgraf im Jahresviertel zwanzig Silberlinge eingeplant. Es wäre ratsam, dass Ihr Euch regelmäßig einen Überblick über die Nahrungsbestände verschafft. Und nicht zuletzt sollte auch regelmäßig geprüft werden, ob das Personal gute Arbeit leistet.«
Während ihr die Kälte den Rücken hinaufkroch, fragte Uta: »Wer hatte diese Funktion vor und nach dem Tod der Markgräfin bis zu diesem Tag inne?«
»Der Markgraf selbst«, erklärte der Vogt, »und in seiner Abwesenheit meine Wenigkeit.«
Uta nickte. »Und was genau wird Eure Aufgabe sein, wenn ich nun die Haushaltsführung übernehme?«
»Mir obliegt die Verwaltung der Ländereien.« Der Vogt zog ein Schreiben aus einem Stapel hervor und begann stolz vorzutragen: »Der Markgraf hat Besitzungen im Thüringischen Helmegau, in den Gauen Chutizi, Weita, Zurba, Husitin und

im Milzener Land.« Dann sah er von seinem Schreiben auf. »Es ist wichtig, dass Ihr Eure Ausgaben notiert. Das wünscht der Markgraf. Außerdem ...« Der Vogt holte aus einer Holztruhe ein Wachstafelbuch und legte es auf den mit Pergamenten übersäten Tisch.
Uta schlug die Tafeln auf und ließ ihre Finger neugierig über das Wachs gleiten.
» ... außerdem notiere ich auf den Papierseiten dieses Büchleins das Soll«, erklärte der Vogt und deutete auf einige zusammengebundene Pergamentblätter, die er neben die Wachstafel gelegt hatte.
Uta las auf ihnen Ortsnamen, denen wohl die jeweils zu leistenden Abgaben zugewiesen waren. So standen hinter dem Ort Wallhausen fünfzig Fische, dreißig Herbsthühner und zehn Laib Käse geschrieben.
»Auf der Wachstafelseite gegenüber notiere ich die tatsächlich erfolgten Zahlungen und kann somit die Außenstände errechnen«, fuhr der Vogt fort. »Wenn alle Lieferungen vollständig sind, glätte ich das Wachs und lege das Büchlein wie auch sonstige Rechnungsblätter in die Holzkiste zurück.«
Uta nickte.
»Insgesamt ist es wichtig, Gräfin, dass wir uns abstimmen. Die Ernten fallen jedes Jahr anders aus. Manche Winter muss das Gesinde hungern, und an manchen Tagen wiederum können wir gar nicht so viel Fleisch pökeln, wie erlegt wird.«
Uta fixierte noch immer die Zahlen im Wachstafelbuch, als der Vogt sich schon über die Mühlen und Fischrechte, über Wegezoll und andere Einnahmequellen ausließ. Als er die Kiste mit den Rechnungsblättern zur Seite schob, sah Uta einen dicken Holzeinband darunter auftauchen. »Wartet!«, bat sie energisch. »Nicht schieben, Ihr zerstört sonst das Buch!« Der Vogt wagte nicht, sich zu rühren. »Gräfin, was meint

Ihr?« Verwundert blickte er Uta an, die im nächsten Moment die Ärmel ihres Gewandes hochschob, um nicht an dem grobgeschliffenen Holz der Kiste hängenzubleiben.
»Wir müssen die Kiste anheben«, erklärte Uta und bückte sich, um mit anzupacken.
»Mit Verlaub, Gräfin, Ihr seid die Burgherrin. Ich werde das machen!« Mit diesen Worten beugte der Vogt sich zur Kiste hinab und versuchte sie anzuheben, setzte sie einen Augenblick später aber stöhnend wieder ab.
»Vier Hände tragen mehr als zwei«, sagte Uta und bückte sich, ohne den erneuten Einspruch des Vogtes abzuwarten. Gemeinsam hievten sie die Kiste zur Seite, so dass Uta das verstaubte Fundstück aufheben konnte. »Das ist eine Abschrift des vierten Buches des Thietmar von Merseburg!«
Der Vogt stützte sich den schmerzenden Rücken. »Das muss dem Markgrafen gehören. Wahrscheinlich haben meine Diener die Kiste darübergezogen.«
»Gibt es hier eine Bücherkammer?«, fragte sie.
»Der Markgraf besitzt eine kleine Kammer, in der er den Schreibern diktiert. Direkt neben seinem Gemach am Ende des Wohngebäudes, im Geschoss über Eurem Ehegemach.«
»Dann werden wir es dorthin zurückbringen«, schlug Uta vor. Der Vogt nickte bereitwillig.
»Natürlich erst, nachdem ich es gelesen habe.« Denn Uta wusste, dass Hermann von Naumburg noch eine Weile an der Seite des Kaisers weilen würde, und sie würde nur einige Tage brauchen, um es zu studieren.
»**Ihr** wollt es lesen?«, fragte der Vogt irritiert und kratzte sich am Kopf.
Uta, die die Verwunderung des Mannes bemerkte, meinte darauf: »Wollt Ihr es nach mir lesen, oder warum fragt Ihr?«
»Verzeiht, Gräfin! Nein, Gräfin! Mit Verlaub, Gräfin!« Der

Vogt verneigte sich tief. »Ich habe zu viel mit der Verwaltung der Besitzungen zu tun.«
Zum ersten Mal, seitdem Uta auf die neue Burg gekommen war, stahl sich ein Lächeln auf ihr Gesicht. »Dann nehmt Euch dennoch zusätzlich etwas Zeit, um Kohlebecken in allen bewohnten Kammern der Burg aufstellen zu lassen.«
»Auch in den Gesindekammern?«, fragte der Vogt erstaunt und hielt in der Bewegung inne.
»Auch in den Gesindekammern!«, bestätigte Uta. Sie wollte, dass es in der Burg endlich wärmer wurde. »Hier soll niemand mehr frieren.«
Der Vogt verneigte sich erneut und rieb sich die Stirn.

Mit dem Buch unter dem Arm betrat Uta ihre Kemenate. »Wie geht es Erna?«, fragte sie, als sie Katrina erblickte, die mit rußverschmiertem Gesicht und einem Besen in der Hand aus dem Kamin kroch und sie begrüßte. Freundlich lächelte sie Katrina an, die pflichtbewusst stets zur Stelle war, wenn Uta Hilfe beim Ankleiden, beim Frisieren oder irgendwelchen anderen Dingen benötigte.
Katrina erwiderte das Lächeln schüchtern und berichtete mit hohem Stimmlein zaghaft: »Erna lässt Euch ausrichten, dass Ihr Euch keine Sorgen machen sollt, Gräfin.«
Uta bedeutete dem Mädchen, ihr zur Fensterbank zu folgen, und legte den Umhang ab. Sie trug die Ärmel ihres Obergewandes unverändert hochgeschoben. »Hat sich Erna in der alten Schmiede eingerichtet? Gefällt ihr das neue Heim?« Was für eine großzügige Geste es doch von Hermann von Naumburg war, dachte Uta, Erna und ihrem Ehemann ein eigenes Heim zu überschreiben, so dass die beiden nicht in den engen Gesinderäumen auf der Hauptburg wohnen müssen. Sogar Ekkehard hatte dem zugestimmt und zudem erlaubt, dass

auch Erna in der hiesigen Burgküche arbeiten durfte, nachdem Arnold die Stelle des verschwundenen zweiten Küchenmeisters eingenommen hatte.
Katrina weitete die Augen und starrte mit leicht geöffnetem Mund auf das Buch, das Uta in den Händen hielt.
»Du hast recht, ich sollte mich so bald als möglich selbst davon überzeugen!«, sagte Uta mit einem kleinen Schmunzeln. Dann holte sie tief Luft und schlug das Buch auf. Seit ihrer Ankunft von Rom hatte sie keines mehr in den Händen gehalten. »Die Worte auf diesen Pergamenten stammen von Thietmar von Merseburg«, erklärte sie. »Tritt nur näher, Katrina. Thietmar von Merseburg war Bischof und hat aufgeschrieben, was zu seiner Zeit alles passierte«, fuhr Uta fort und erinnerte sich in diesem Moment wortgetreu an den Inhalt des zweiten bischöflichen Buches, über dem sie einst in Vercelli eingenickt war. Dann tauchte Wipos Erscheinung vor ihr auf und zauberte ein weiteres Lächeln auf ihr Gesicht.

Hermann von Naumburg stand vor der Zugbrücke zu seinem ihm mittlerweile seit zehn Jahren vertrauten Heim. Der Burghügel bot deutlich mehr Platz für die Haupt- und die Vorburg, als es das alte Zuhause am gegenüberliegenden Saale-Ufer noch getan hatte. Der Hang, den der Mausabach begrenzte, bot nach Süden und Westen einen natürlichen Schutz. Nach Norden und Osten hatte er die Burganlage durch starkes Mauerwerk befestigen lassen.
Unruhig glitt Hermanns Blick über die Hauptburg. Er meinte Licht in der Kemenate auszumachen, in der Reglindis früher genächtigt hatte.
»Wie schön es ist, wieder in der Heimat zu sein«, sagte Hermanns Begleiter, der schon dem Vater ein guter Kampfgefährte gewesen war.

»Der kaiserliche Zug nach Italien hat mich mehr als ein Jahr von meinem Weib ferngehalten«, seufzte daraufhin Hermanns zweiter, weit jüngerer Gefolgsmann, der die Dreiergruppe vervollständigte. Gemeinsam waren sie nach dem Italienfeldzug direkt zur Winterwache an die Ostgrenze gezogen. »Ich kann es nicht abwarten, sie wiederzusehen.«
»Deine Tochter kann bestimmt schon laufen«, entgegnete der alte Ritter schmunzelnd, der an das kleine Bündel Mensch dachte, das ihm bei seinem letzten Besuch auf allen vieren hinterhergekrabbelt war. »Sicher wird sie einmal genauso prächtig anzusehen sein wie unsere Kaiserin Gisela!«
Der stolze Vater lachte auf und saß von seinem Ross ab. »Dafür braucht sie aber erst noch ein paar mehr Zähne!«
Nun saß sein Kampfgefährte gleichfalls ab und setzte den ersten Schritt in Richtung Zugbrücke. Dann stockte er und drehte sich zu seinem reglosen Dienstherrn um. Er wunderte sich, dass dieser noch immer auf das Wohngebäude starrte. »Herr, ist alles in Ordnung?«
Hermann von Naumburg nickte seinen Begleitern zu. »Ich danke Euch für Eure Treue, Männer!«
»Dann lasst uns jetzt die letzten Schritte der langen Reise gemeinsam tun, Herr«, sagte der alte Ritter, »die Abenddämmerung steht kurz bevor.«
Doch etwas in Hermann weigerte sich, die Zügel anzuziehen. Die bewohnte Kammer der neuen Burgherrin vor Augen, zweifelte er, ob es die richtige Entscheidung gewesen war, hierher zurückzukehren. Andererseits sollte sein Traum von der Kathedrale nicht auf einer der anderen Burgen der Familie Wirklichkeit werden, sondern hier in Naumburg. Und die Kathedrale verlangte seine Anwesenheit vor Ort. Aus diesem Grund war er vom Kaiser sogar von der Krönung des jungen Heinrich freigestellt und lediglich zur Prüfung der Ostgrenze

befohlen worden. Bis zum erneuten Aufbruch dorthin blieb ihm noch mehr als ein Mondumlauf.

»Herr, Euer Tier ist bestimmt auch froh, nach dem langen Galopp von der Last des Gepäcks befreit zu werden«, sagte der alte Ritter. Mittlerweile war er vor Hermanns Rappen getreten und prüfte die Festigkeit der Lederriemen, an denen mehrere Bündel und Ledertaschen mit der Reisehabe hingen.

»Ich sollte zuvor besser noch die Außenmauern kontrollieren«, entgegnete Hermann und führte den Blick erneut zu dem Fenster im Wohngebäude hinauf. »Am Nordhang habe ich vorhin im Vorbeireiten einen Riss ausgemacht.«

Der alte Ritter verstand das Anliegen des Markgrafen nicht. »Herr, kommt doch erst einmal zur Ruhe. Die Mauern stehen morgen auch noch.«

»Wenn wir wollen«, beharrte Hermann ungewohnt fest auf seinem Ansinnen, »dass sie uns für den Rest des Winters schützt, muss ich den Riss füllen, ehe der Schnee gefriert und das gesamte Mauerwerk sprengt.« Mit dieser Ansage trabte Hermann von Naumburg in der einbrechenden Winternacht davon und ließ seine Begleiter verwirrt zurück.

Die Dämmerung war bereits über den Burgberg hereingebrochen, als Uta in Begleitung von Katrina und zwei Türwächtern aus dem Wohngebäude trat. Ekkehard war an diesem Morgen zum Kaiser aufgebrochen, was bedeutete, dass sie bis zum Sommer nicht mehr das Bett mit ihm zu teilen brauchte. Zuletzt hatte er sie noch ermahnt, dass es sich für sie nicht geziemte, innerhalb wie außerhalb der Burg ohne Begleitung unterwegs zu sein.

Katrina lief in kleinen Schritten neben Uta her und spähte unsicher in die Dämmerung. Am Tor zur Vorburg lösten zwei Bewaffnete die Türwachen des Wohngebäudes ab, die sie bis

hierher begleitet hatten, und folgten der Burgherrin – genauso wie Ekkehard es angeordnet hatte: zusätzlich zu Katrina sollten Bewaffnete Uta außerhalb des Wohngebäudes nicht mehr von der Seite weichen.
Als die Vierergruppe den Vorhof betrat, stoppte Uta. Der Platz wirkt so friedlich, wahrscheinlich weil er noch nicht völlig zugebaut ist und Weite besitzt, dachte sie. Die Häuser der Geistlichen und Kaufleute waren bereits aus Stein errichtet und reihten sich mit ihren spitzen Dächern und kleinen Fenstern an die nördliche Außenmauer der Vorburg. Nahe der Südmauer wohnten auch die Handwerker, die im Vorhof arbeiteten: wie der Schmied, der Knochenschnitzer und der Zimmermann. Die kleine Burgkirche und die Marien-Pfarrkirche, die das Herzstück des Platzes bildeten, ruhten keine fünfzig Schritt entfernt vor ihr. Zwischen den beiden Gotteshäusern hindurch war das äußere Burgtor mit der Zugbrücke zu erkennen. Uta schaute erneut zu den Häusern hinüber und sah im Dämmerlicht Rauch aus einigen der Schornsteine steigen. Dann entdeckte sie die einstige Schmiede und ging geradewegs darauf zu.
»Bitte wartet hier«, bat Uta die Bewaffneten, als sie vor der Tür der alten Schmiede ankamen. Das Haus war im vergangenen Jahr teilweise abgebrannt, der Burgschmied daraufhin in die neu errichtete Schmiede nebenan gezogen.
Uta griff nach Katrinas Hand und trat nach einem Klopfen ein. Im Inneren des Hauses fiel ihr erster Blick auf eine Esse an der rechten Seite der Kammer, die durch einen aufgesetzten Eisenrost zur Kochstelle umfunktioniert worden war. Daneben erkannte sie einen Blasebalg, der während der Zubereitung von Speisen verwendet wurde, um die Glut zu halten. Dann betrachtete sie die fensterlosen Wände, an denen noch immer vom Ruß geschwärzte Hämmer und Zangen hingen.

»Erna?«, rief sie in den leeren Raum hinein und legte ihren Umhang ab.
»Wir sind hier oben!«, antwortete Arnold.
Mit Katrina an der Hand stieg Uta ins Obergeschoss. Die Türen der beiden oberen Kammern standen offen. Die erste war leer, in der zweiten erhob sich Erna gerade aus einer schmalen Bettstatt – Arnold half ihr dabei.
Uta trat näher. »Du liegst danieder?«
Erna strich sich mit einer Hand über den leicht gewölbten Bauch und antwortete: »Auch wenn man es noch nicht sehen kann, wir bekommen Nachwuchs, der mir ab und an schon mächtiges Unwohlsein beschert.«
»Aber bleib doch liegen, wegen mir …«
Erna winkte ab. »Ich möchte auf jeden Fall anständig sitzen, wenn ich mit dir rede, erlauchte Gräfin.« Sie kicherte.
»Für dich bin ich nach wie vor Uta!«, entgegnete diese ernst und schaute dann zu Katrina. »Ich hatte ganz vergessen, euch einander vorzustellen. Das ist Katrina, mein Kammermädchen.«
Katrina knickste schüchtern und trat gleich darauf zwei Schritte zurück.
»Wir kennen uns schon.« Erna lächelte das Mädchen liebevoll an und schob Arnold vor sich in den Flur. »Sie war doch in deinem Auftrag bereits hier.«
»Du bist also nicht krank?«, insistierte Uta. »Soll ich dir eine Heilkundige schicken?« Denn auch wenn sie sich über die Nachricht von Ernas Schwangerschaft freute, bereitete ihr deren Unwohlsein doch Sorge.
»Alles ist gut, Uta. Außerdem fällt jeden Tag viel Arbeit an. Ich muss einfach ran. Ob der Nachwuchs nun will oder nicht«, erklärte Erna und wies Uta wie auch Katrina den Weg die Treppe hinab.

Im Erdgeschoss angekommen, stellte Arnold ein Talglicht auf den Tisch neben der Tür, an dem sie sich gemeinsam niederließen, während Erna einige Becher sowie einen Krug mit Dünnbier herbeiholte. »Das wird ein munteres Bürschchen werden. Aber es muss noch einiges über das Himmelfahrtsfest hinaus mit seinem Erscheinen warten.«

Uta erhob sich, um ihr zu helfen, doch die Freundin winkte ab. »Jetzt fängst du auch schon an wie Arnold!« Erna lächelte ihren Mann liebevoll an. »Meine Freunde kann ich sicherlich selbst noch am Tag meiner Niederkunft versorgen.«

Derweil Uta sich wieder zurück auf den Hocker setzte, beobachtete sie, wie Arnold seine Frau anschaute. Ob die Freundin auch solche Qualen bei der Vereinigung durchstehen musste?

»Hast du heute noch nichts gegessen?«, fragte Erna, als sie Utas Magen knurren hörte, und erhob sich erneut, um einen halben Laib Brot und ein Messer zu holen. »Obwohl …«, sie überlegte, »wir haben doch heute schon geschmorten Hasen zum Frühmahl bereitet.«

»Der Hase lag zwar auf meinem Brot, aber ich hatte keinen Hunger«, druckste Uta herum und bemerkte nicht, wie das Paar einen vielsagenden Blick austauschte.

»Gräfin, ich muss noch mal zum Nachbarn rüber«, sagte Arnold dann und stand auf. »Er wollte mir zeigen, wie ich das eine oder andere Schmiedewerkzeug zum Zerteilen großer Fleischstücke nutzen kann.«

Uta nickte kurz, sah Arnolds glutrotes Haar aufleuchten und wandte sich abrupt wieder Erna zu.

»Entschuldigt mich daher.« Arnold strich seiner Frau über den Leib und verließ die alte Schmiede mit einer Verbeugung.

»Katrina?«, fragte Erna. »Weißt du, wie eine Blume aussieht?«

Das Mädchen blickte Erna mit großen Augen an. Es schien eine Weile zu überlegen und nickte dann.
»Das ist wunderbar. So jemanden wie dich habe ich gesucht.« Erna ergriff eine Schale mit roter Flüssigkeit sowie einige andere Utensilien und ging mit Katrina ins Obergeschoss. »Diese Wiege hat Arnold für unser Kind gebaut«, erklärte sie in der zweiten Kammer. »Die Wiege sieht zwar schon sehr gut aus, aber mir fehlen noch Blumen darauf.« Erna gab dem Mädchen einen Pinsel, stellte die Farbschale vor ihm ab und zeigte auf die Außenwände des Kinderbetts. »Hier ringsherum wollen wir sie haben.«
Katrina legte den Kopf zur Seite. »Blumen«, sagte sie dann, tauchte den Pinsel in die Schale und begann zu malen.
Als Erna wieder bei Uta war, hatte die das Brot längst geschnitten. »Nun erzähl schon!«, drängte Erna und beobachtete aufmerksam, mit welchem Hunger die Freundin aß.
»Es ist alles so anders hier«, begann Uta und blickte von ihrem Brot auf. Das Talglicht warf kleine Lichtpunkte auf Ernas Nasenspitze.
Auch Erna biss hungrig in den saftigen Brotkanten. »Aber du hast Veränderungen doch immer gemocht«, erinnerte sich die Magd und reichte Uta eine zweite Scheibe Brot.
Die griff zu, hielt dann aber inne, um Erna nach kurzem Schweigen zu gestehen: »Es ist seine körperliche Nähe, die so schmerzt.«
Erna fuhr entsetzt hoch. »Schlägt er dich etwa?«
Uta schüttelte den Kopf. »Aber wenn er in mich eindringt, schmerzt es ähnlich furchtbar«, fuhr sie im Flüsterton fort. »Ist das bei dir und Arnold auch so? Ich meine, tut es dir weh, wenn er bei dir liegt?«
Erna überlegte. »Manchmal zwickt es ein bisschen«, entgegnete sie schließlich und schaute die Treppe hinauf. »Und

manchmal, wenn er länger nicht bei mir war und sich heftiger bewegt, brennt es am Morgen danach zwischen den Beinen. Aber wirklich weh tut es nicht.«

Uta biss in die zweite Brotscheibe und grübelte.

»Der Graf und du, ihr braucht vielleicht einfach Zeit, um zueinanderzufinden«, sagte Erna.

Uta schaute auf. »Du meinst, die Zeit vermag alle Wunden zu heilen? Ich soll also nur abwarten?«

Erna dachte angestrengt nach. »Als wir nach Rom gezogen sind«, sie reichte Uta einen Becher Dünnbier über den Tisch, »waren da immer diese Huren, die sich bei den Berittenen aufhielten.«

»Ich soll Huren zu Ekkehard schicken?« Uta war irritiert.

»Aber nicht doch, nein!« Erna schüttelte heftig den Kopf. »Die Huren erzählten von einem Kraut, das *Herrgottsdank* oder, nein warte, *Herrgottsgnade* heißt. Sie tranken es aufgebrüht, weil es ihre Krämpfe während und nach der Vereinigung zu mildern vermochte.«

»Du meinst, ich könnte das auch verwenden?«, fragte Uta hoffnungsvoll und bedauerte diese Frauen im nächsten Moment unsäglich.

Erna presste die Hand vor den Mund. »Vielleicht«, fuhr sie im Flüsterton fort. »Aber frage zuerst einmal eine Kräuterkundige wegen der genauen Wirkung. Einige der Huren schienen mir ein wenig merkwürdig zu sein, fast als wären sie nicht ganz bei Verstand.«

»Dann werde ich bei den Heilkundigen im Moritzkloster nachfragen«, entschied Uta. Das Moritzkloster lag nur wenige Schritte von der neuen Burg entfernt. In ihm wirkten jene Benediktinerinnen, die den angeblich besten Honigwein in der Mark Meißen kelterten.

»Und weißt du, was noch hilft?«, fragte Erna.

Uta schüttelte den Kopf.
»Ich mache das manchmal, wenn Arnold länger braucht.« Erna kicherte. »Dann träume ich mich einfach weg. In eine große Küche. Zu edlen Gewürzen und riesigen Fleischportionen. Dabei stelle ich mir vor, wie ich ein großes Mahl zubereite, das allen hervorragend schmeckt.«
»Du bist einfach die Beste!« Uta beugte sich über den Tisch und umarmte die Freundin fest. Dann ging sie zur Esse, legte gleich mehrere Holzscheite nach und drückte den Blasebalg nieder.
»Aber vergiss nicht, zuerst zu einer Heilkundigen zu gehen. Versprochen, Frau Gräfin?«
»Versprochen, Frau Köchin«, entgegnete Uta und lächelte.
Als sie kurz darauf gemeinsam die Treppe zur Schlafkammer hinaufstiegen, fanden sie Katrina noch immer malend vor der Wiege vor. Das Mädchen hatte sich für Mohnblumen, vermischt mit bunten Gräsern, entschieden.
»Die Blumen sehen wunderschön aus«, lobte Uta und beugte sich zu der Wiege hinab. »Man möchte sie am liebsten sofort pflücken.«
Katrinas Augen leuchteten auf. Sie lächelte verlegen.
Zu dritt nahmen sie wieder am Esstisch Platz und vertilgten den restlichen Brotlaib. Uta und Erna tauschten Erinnerungen an die Romreise aus, sprachen über das neue Zuhause und dass sie ihrer einstigen Heimat Ballenstedt nun wieder näher waren. Erst als der Morgen dämmerte, verabschiedete sich Uta von der Freundin.

Mit Katrina an der Hand und in Begleitung der zwei Bewaffneten schritt Uta über den Platz der Vorburg zum Wohngebäude. Ob Arnold der Richtige für Erna war? Sie fühlte sich immer noch unbehaglich, sobald sie ihn sah. Konnte jemand, der Volkard aus dem Hardagau so ähnlich sah, gut für ihre Freundin sein? Ihr selbst hatte glutrotes Haar bisher nur Unglück gebracht.

»Guten Abend«, hörte sie eine tiefe Stimme sagen, schritt aber gedankenverloren weiter geradeaus.

Die Bewaffneten blieben hingegen stehen und verbeugten sich tief. Erst als Hermann von Naumburg sich räusperte und: »Guten Abend, Uta von Ballenstedt«, sagte, stockte Uta und drehte sich in Richtung der tiefen Stimme, die sie so nur von einer einzigen Person kannte. »Ihr, hier?«, brachte sie überrascht hervor und ließ Katrinas Hand los.

»Die Burg ist auch mein Zuhause.« Hermann lächelte verlegen und verlor sich in ihrem Anblick. Mit dem festen dunklen Haar, das ihr unter dem Schleier bis auf die Hüften fiel, war sie noch anziehender, als er sie in den vergangenen Mondumläufen in Erinnerung gehabt und vergeblich versucht hatte, ihr Bild aus seinem Kopf zu vertreiben. Das letzte Mal hatte er sie in Rom bewusstlos im päpstlichen Hospital gesehen. Doch jetzt, wo sie so nahe vor ihm stand, war er sich sicher, dass sie mit jedem Tag noch schöner geworden war.

»Natürlich, die Burg ist auch Euer Wohnsitz«, gab Uta verlegen zurück und schalt sich zugleich wegen ihrer unpassenden Begrüßungsworte. Sie hatte gewusst, dass sie ihn hier eines Tages wiedersehen würde, denn Ekkehard hatte sie knapp davon unterrichtet, dass Hermann die Burg mitbewohnte. Utas Blick fiel auf die Bündel, die das markgräfliche Ross trug. »Euer Bruder ist gestern zum Kaiser gereist«, erklärte sie schließlich.

Hermann von Naumburg nickte. »Ekkehard wird die kaiserlichen Beratungen zunehmend ohne mich begleiten. Ich möchte mich endlich intensiver mit den Bauvorbereitungen für das neue Gotteshaus befassen.«

Bei diesen Worten dachte Uta augenblicklich wieder an seine Begeisterung in Vercelli und die Handbreit Abstand, die sie damals nur noch voneinander getrennt hatte. Nach einem Seitenblick zu den Wachen trat sie vor Hermanns Ross. »Vielen Dank für Euer Pergament«, sagte sie leiser. Sie hatte es vom Kaiserhof mit nach Naumburg gebracht und hütete es nun zusammen mit Hazechas Briefen in einem unauffälligen leinenen Einband.
Zuerst lächelte Hermann, dann fiel sein Blick auf ihren Ehe-Schleier, und seine Gedanken sprangen zu dem Gespräch zurück, in dem er Ekkehard im Angesicht der Kaiserin den Vortritt gelassen hatte. Weil er Uta von Ballenstedt nicht auch noch hatte strafen wollen mit seinem … Hermanns Gesichtszüge verfinsterten sich. Ruckartig saß er ab und fuhr in sachlichem Ton fort: »Ich muss die nächsten Tage dringend Steinbrüche sichten.« Mit diesen Worten wandte er sich zum Gehen.
Uta nickte und flüsterte nach einem Moment: »*Dies diem docet*, Hermann von Naumburg.«
Hermann zögerte. Anstatt sich jedoch noch einmal zu ihr umzudrehen, griff er nach den Zügeln seines Pferdes und zog es über den Platz der Vorburg zur Hauptburg. Seine Miene war ein einziges Wechselspiel aus Schmerz und Sehnsucht.

Margit beobachtete, wie der Leichnam einer Patientin an ihr vorbeigetragen wurde. Besorgt spähte sie in den langen Saal, der sich an die Kammer zur Erstversorgung anschloss. Auf ihre Anweisung hin waren dort gerade zwei Schwestern dabei, die Leinen aller fünfzehn Betten zu wechseln, da die Tote womöglich einen ansteckenden Darmkeim in die Krankenstation des Moritzklosters eingeschleppt hatte. Hoffentlich wird sich die Lage bald wieder beruhigen, dachte sie und

meinte dann zu der Hilfsschwester vor sich: »Tränkt den Lappen erst in das entzündungshemmende Bad, Schwester.« Sie wischte sich den Schweiß von der Stirn und zeigte auf eine Schüssel mit Kräutersud. »Damit betupft dann die Brust.«
Die Angesprochene ergriff den Lappen und begann ihn, vorsichtig zu befeuchten. Als der getränkte Lappen seine zerrissene Brust berührte, stöhnte der Verwundete auf. Die junge Schwester wich ängstlich zurück.
»Habt keine Angst vor ihm. Er braucht unsere Hilfe«, sagte Margit, schritt eilig vor ein Becken mit Wasser und begann, sich Blut aus dem Ärmel ihres Benediktinerinnen-Gewandes zu waschen. Dabei schaute sie immer wieder zu der Hilfsschwester hinüber. »Taucht den Lappen tief in den Sud. Die Wunde benötigt eine ordentliche Reinigung.«
»Schwester Margit?« Eine gedrungene Schwester mit aschfahlem Gesicht kam aufgeregt hereingestürzt. »Hoher Besuch für Euch und ein wichtiges Schreiben, gesiegelt in Zeitz.«
»Zeitz?«, fragte Margit, nahm das Schreiben an sich und trat aus dem Saal in den Kreuzgang. Sie ging ein paar Schritte und erbrach das Siegel. »Schwester Kora, bringt den Gast bitte in meine Zelle. Ich komme gleich.«
Gebannt starrte Kora auf das Schreiben. »Das Siegel des Bischofs«, hauchte sie ehrfürchtig.
»Schwester?«, fragte Margit und blickte die Schutzbefohlene, die mitnichten zwanzig Jahre jünger als sie selbst war, mahnend an. »Vergesst Euren Auftrag nicht.«
»Sehr wohl!«, entgegnete Kora und machte sich alsgleich daran, die ihr übertragene Aufgabe auszuführen.
Als sie sich allein glaubte, lehnte Margit sich erschöpft gegen eine der Mittelsäulen im Kreuzgang. Würde die Hektik auf der Krankenstation bald nachlassen? Seitdem das Nachbarkloster von einer Bande Schurken überfallen worden und kei-

ne der dortigen Schwestern ohne Verwundung oder Knochenbruch davongekommen war, hatten sie so viele Kranke und Verletzte zu pflegen wie noch nie. Margit atmete tief durch und las dann den Brief. »Endlich!«, seufzte sie, als sie ans Ende gekommen war, und wischte sich erneut den Schweiß von der Stirn. »Der Zeitzer Bischof will uns noch vor Ende des Jahres eine neue Äbtissin schicken.«
»Schwester Margit?«, erklang ein Ruf durch die Klausur.
»Ich bin hier.« Margit faltete das Schreiben zusammen und erblickte eine Schwester, die aufgeregt auf sie zugerannt kam. »Ruhig, Schwester Erwina«, sagte sie und legte ihr die Hand auf die Schulter.
»Ich benötige Hilfe für die Vorbereitung der Gesangsproben. Ich schaffe das nicht ohne Eure Kenntnis der höchsten Töne.« Die Schwester seufzte. »Ich befürchte, sonst werden wir die heilige Messe morgen nicht singen können. Schwester Johanna ist ebenfalls auf der Suche nach Euch. Sie sagt, der Honigwein, der zum Fest des heiligen Laurentius angesetzt wurde, ist überzuckert.«
»Schwester Erwina, natürlich werden wir die heilige Messe morgen mit unseren Stimmen begleiten, und Schwester Johanna soll nicht verzagen. Ich erkläre ihr die gestaffelte Zuckerung später noch einmal«, beruhigte Margit, woraufhin Erwina hoffnungsvoll nickte. »Nachdem ich meinen Gast empfangen habe, komme ich zu Euch in die Kapelle«, sagte sie, richtete der Jüngeren die Kukulle und hielt dann zielstrebig auf ihre Zelle zu.
Als sie dort der Burgherrin ansichtig wurde, verneigte Margit sich: »Gräfin.«
Uta, die sich während der Wartezeit in der Kammer mit dem Schreibtisch und dem Gebetsbänkchen für einen kurzen Augenblick nach Gernrode zurückversetzt gefühlt hatte, ant-

wortete nun: »Guten Morgen, Schwester Margit«, und deutete, mit der Hand am Schleier, ebenfalls eine Verbeugung an. Sie betrachtete das einfarbig schwarze Schwesterngewand, das aus einfachem Tuch gemacht war und gleichzeitig die Funktion eines Über- und Untergewandes zu erfüllen schien. Die Kukulle, ebenfalls in schwarzer Farbe, die anstelle des Gernroder Schleiers den Kopf bedeckte, ließ das Gesicht der Schwester strenger erscheinen.

»Welches Anliegen führt Euch zu mir, Gräfin?«, fragte Margit noch heftig atmend vom raschen Laufen und schickte, als sie das gräfliche Kammermädchen in der Ecke der Zelle entdeckte, noch ein schnelles freundliches Nicken in deren Richtung hinterher.

»Ihr seid sehr beschäftigt, Schwester«, sagte Uta verständnisvoll. Der Vogt hatte ihr jüngst berichtet, dass die Äbtissin des Moritzklosters bereits im vergangenen Jahr gestorben war. Seitdem hatte die heilkundige Schwester Margit die Führung der anderen Schwestern übernommen, und die Versorgung der Kranken schien unter ihrer Leitung in guten Händen zu sein.

»Ich fasse mich daher kurz: Ich benötige ein Mittel gegen Schmerzen«, erklärte Uta und presste die Lippen zusammen. Denn Ekkehard hatte seine Rückkehr bereits für das Ende des Frühjahres – zum Fest des heiligen Konstantin – ankündigen lassen und ihr aufgetragen, eine gebührende Feier dafür auszurichten.

»Gegen welche Art von Schmerzen benötigt Ihr ein Mittel, Gräfin?« Margit trat mit dem prüfenden Blick der Heilkundigen vor Uta. »Könnt Ihr die Schmerzen in diesem Moment spüren?«

Uta wollte keine allzu konkrete Beschreibung der ihr peinlichen Angelegenheit abgeben, erinnerte sich aber sogleich an

das Versprechen, das Erna ihr abgenommen hatte: Bevor sie ein schmerzlinderndes Kraut einnahm, wollte sie sich dessen Wirkung versichern. »Es sind Schmerzen, die wiederkehren, sobald der Burgherr wiederkehrt«, erklärte sie etwas verlegen.
»Schmerzen beim Beischlaf?«, fragte Margit ohne große Umschweife.
Uta blickte sich zu Katrina um, die mit gesenktem Kopf in der Ecke des Raumes stand, und nickte dann zustimmend. »Ich hörte in einem ähnlichen Fall von der Herrgottsgnade als einem guten Mittel reden.«
»Das Schwalbenkraut also«, sagte Margit mit einem Kopfnicken.
Das also war der richtige Name des Krautes. Uta kannte es aus dem Buch *Von der Materie der Medizin* und erinnerte sich sogleich wieder an seine Beschreibung. Die Pflanze trug den Namen Schwalbenkraut, weil sie zeitgleich zum Eintreffen der Schwalben blühte und beim Abzug derselben welkte.
»Ist es ein brennender Schmerz?«, wollte Margit wissen.
»Stechend und brennend, mehrere Tage lang«, antwortete Uta mit gedämpfter Stimme.
Mitleidig meinte Schwester Margit daraufhin: »Die Herrgottsgnade ist eine Verwandte des Schlafmohns und enthält Stoffe, die eine beruhigende und krampflösende Wirkung haben. Entschuldigt mich für einen Moment.«
Kurz darauf kam sie mit einer Schale zurück, entnahm ihr einen Pflanzenstengel und drehte ihn vor Utas Augen hin und her. »Die Herrgottsgnade kann bei zu hoher Dosierung sehr gefährlich sein. Besonders die Wurzel und der Saft enthalten giftige Stoffe.«
Uta roch etwas Scharfes, Unangenehmes. »Gefährlich?«, fragte sie und schluckte.

»Der gelbe Saft des Krauts tritt aus, sobald der Stengel oder ein Blatt bricht. Er enthält Giftstoffe, die sogar den Tod herbeiführen können«, erklärte Margit. »Wenn überhaupt, würde ich Euch das getrocknete Kraut geben wollen, in dem sich das Gift bereits etwas verloren hat. Es wird als Aufguss in sehr geringen Mengen getrunken und wirkt dann schmerzlindernd und leicht berauschend.«

Vorsichtig streckte Uta die Hand nach dem Pflanzenstengel aus und strich über die leicht behaarten hellgrünen Blätter, die in ihrer Form der einer Eiche ähnelten. »Könnte es sein, dass die Einnahme des Krautes eine Schwangerschaft verhindert?«

»Sobald eine Frau ein Kind im Leib trägt, darf sie das Schwalbenkraut auf keinen Fall zu sich nehmen. Es schädigt das Kind.« Schwester Margit legte die Pflanze zurück in die Schale. »Befruchtungshemmende Wirkungen sind mir jedoch nicht bekannt.«

»Dann gebt mir bitte vom getrockneten Kraut, Schwester«, entschied Uta und fühlte sich beim Gedanken an die nächste anstehende eheliche Vereinigung schon etwas erleichtert.

Es klopfte und eine rundliche Schwester streckte den Kopf ungeduldig zur Zellentür herein: »Schwester Margit, der Bauer, der seit gestern bei uns liegt, erbricht sich und spuckt Blut!« Als der Blick der Schwester auf die Burgherrin fiel, knickste sie ergeben, um gleich darauf an Margit gewandt fortzufahren: »Könntet Ihr nicht nach ihm sehen? Das viele Blut, ach …!«

»Ich bin gleich bei ihm«, bestätigte Margit und beauftragte die junge Schwester, ihr zuvor noch etwas getrocknetes Schwalbenkraut zu bringen, von dem sie Uta schließlich ein Schälchen voll mitgab. »Und bitte seid vorsichtig damit, Gräfin! Eine Fingerspitze pro Becher genügt bereits.«

»Ich danke Euch vielmals, Schwester Margit. Kann ich nun auch etwas für Euch und Eure Schwestern tun?«

»Da gäbe es tatsächlich etwas.« Margits Gesicht entspannte sich. »Wir sind gerade dabei, die Krankenkammer zu erweitern. Wir könnten dafür mehrere Krankenlager, Decken und Kräuterschränke gebrauchen.«
In Gedanken ging Uta die Aufstellung mit den Ein- und Auszahlungen auf der Wachstafel durch und kam schnell zu dem Ergebnis, dass sich genug Geld in der gräflichen Kasse befand. »Ich werde mit dem Zimmermann sprechen und Euch die Sachen alsbald zukommen lassen.«
Margit deutete eine Verbeugung an. »Vielen Dank Gräfin, ich lasse Euch später noch einen frischen Krug Wein hinüberbringen. Gott segne Euch!«
»Vielen Dank Euch und Euren Mitschwestern für die Mühen mit der Krankenpflege. Ihr seid unersetzlich für die Burg und die Menschen, die hier leben.«
Uta und Katrina traten in den Kreuzgang. Jetzt wird die nächtliche Anwesenheit des Gatten erträglicher werden, dachte Uta zuversichtlich und freute sich auf die nach ihrer Rückkehr vom Kloster anstehenden alltäglichen Aufgaben, die sie inzwischen in einen geregelten Tagesablauf überführt hatte: Den Morgen begann sie nach dem Frühgebet mit einem Ausritt in Begleitung des Stallmeisters und zweier Reitknechte. Danach nahm sie das Frühmahl in ihrer Kemenate ein und ging anschließend ihren Pflichten als Hausherrin nach. Sie unternahm Gänge durch die Burg, besprach mit dem Küchenmeister die Versorgungsplanung, schaute bei den Waschfrauen nach dem Rechten, ließ sich in der Brauerei das Brauverfahren erklären und schrieb gegebenenfalls getätigte Ausgaben nieder. Über den Frühling hinweg hatte es sich eingependelt, dass sie alle sieben Tage gemeinsam mit dem Vogt das Vorratslager überprüfte und aufnahm, welche Nahrungsmittel knapp wurden, um den wöchentlichen Speisen-

plan entsprechend anzupassen. Und an manchem Nachmittag legte sie ihre Näh- und Stickarbeiten zur Seite und eilte in den Burgsaal, weil Reisende, Lehnsmänner oder Gefährten der beiden Burgherren um Einlass und Verpflegung baten und Uta deren Begrüßung oblag.

»Komm Katrina, wir statten Erna noch einen Besuch ab, bevor ich mich an die Bestelllisten für die Rüben setze«, sagte Uta und nickte den zwei Bewaffneten zu, die an der Klosterpforte auf sie gewartet hatten.

Als sie die Vorburg betraten, fiel Uta ein, dass sie den Gatten nach seiner Rückkehr bitten wollte, eine Bibliothek einrichten zu dürfen. Wenn er ihrem Wunsch entsprach, wurde sie im nördlich der Burg gelegenen Georgskloster gleich mehrere Abschriften bestellen. Uta beschleunigte ihren Gang und hielt zielstrebig auf Ernas Haus zu. »Katrina, vielleicht haben wir bald eine Bibliothek hier auf der Burg«, sagte sie. Jetzt, wo mit der Ehe die Muntgewalt vom Vater auf Ekkehard übergegangen war, musste sie die Chance nutzen, weitere Pergamente einzusehen. Bücher waren ihre einzige Möglichkeit herauszufinden, wie Gerichte in ähnlichen Fällen wie dem ihren verfahren waren und welche Beweise andere Ankläger hatten aufbringen müssen, um einen Menschen des Mordes zu überführen.

Vor drei Tagen war Uta von einem Boten der Kaiserin eine Abschrift der *Dionysiana* überbracht worden, für die sie sich überschwenglich bedankt hatte. Obwohl sie gewöhnlich das Abendmahl mit einigen Burgbewohnern gemeinsam einnahm und sich an den Inhalt des Buches wortgetreu erinnerte, hatte sie sich in Gedanken an die Romreise und die Kaiserin seit der Ankunft der *Dionysiana* das Essen in die Kemenate bringen lassen. Erst als sie an diesem Morgen im ersten Licht des Ta-

ges die letzte Seite umschlug, fiel ihr der gestrige Besuch im Kloster wieder ein.
»Der Honigwein«, murmelte sie und erhob sich. Davon würde sie bis zum Sommer mindestens fünf Fässer benötigen, denn der Gatte hatte sich für sein Fest reichlich davon gewünscht – und es durfte nur der des Moritzklosters sein. »Ich werde den Vogt fragen«, nahm Uta sich vor. »Er weiß sicherlich, ob die Benediktinerinnen das Getränk in solchen Mengen überhaupt vorrätig haben.« Bei dieser Gelegenheit konnte sie mit ihm auch die Nahrungsvorräte für das anstehende Osterfest durchgehen, das sie vor der Rückkehr des Gatten mit den Bewohnern der Burg begehen würde.
Ohne das Frühmahl einzunehmen, betrat Uta den Haupthof der Burg – Katrina und die beiden bewaffneten Begleiter hatte sie zu dieser ungewöhnlich frühen Stunde nicht wecken wollen. Immerhin war die Sonne noch nicht aufgegangen. Vom Vogt hingegen wusste sie, dass er stets als Erster seine Arbeit aufnahm. Eine beeindruckende Stille begleitete den Anbruch des Tages. Uta blieb stehen, legte den Schleier ab und sog die frische Morgenluft ein. Dann schaute sie sich um. Abgesehen von wenigen Rüstungsteilen – ein offensichtlich verbeulter Helm, einige Brustharnische und Knieplatten –, die vor dem Stall aufgestapelt lagen, hatte sich während ihrer Klausur anscheinend nichts Wichtiges ereignet. Von der Kühle des friedlichen Morgens bezaubert, pflückte sie ein Gänseblümchen, das forsch zwischen taunassen Grashalmen herausragte, und klemmte es sich in die oberste Schlaufe ihres Überkleides. Mit dessen leichtem Duft in der Nase bestieg sie den in der Morgendämmerung rötlich schimmernden Turm, den sie seit ihrem ersten Gespräch mit dem Vogt nicht wieder betreten hatte. Im dritten Geschoss angekommen, klopfte sie und fragte, als eine Antwort ausblieb, mit gedämpfter Stimme: »Vogt?«

Doch der Gerufene schien nicht anwesend zu sein. Uta überlegte, ob sie vielleicht gleich ins Moritzkloster gehen sollte. Aber außerhalb der Burgmauern ohne Begleitung? Da fiel ihr die Treppe des Turmes auf, die ins vierte Geschoss führte. Dort musste der Vogt sein.
Uta erklomm die Stufen der hier oben äußerst eng gewundenen Treppe und rief erneut: »Vogt, seid Ihr bei der Arbeit?« Doch wieder blieb die Antwort aus. Im Gegensatz zum dritten Geschoss war die Tür dieser Kammer nur angelehnt. Der Geruch frischen Leders verdrängte den Duft des Gänseblümchens aus ihrer Nase. Sollte der Vogt etwa eigenhändig neue Pergament-Einschläge vorgenommen haben? Uta schob die Tür weiter auf.
»Vogt, verzeiht meine frühe Stör…« Sie stockte, als ihr Blick auf die Wand gegenüber der Tür fiel. Dort hing ein auf überstehenden Holzschienen gespanntes Leder, das ihr der Größe nach mindestens von den Knien bis zum Kopf reichte und zweimal so breit war. Uta trat näher und erkannte hundert und aberhundert feine Linien darauf, die vom jungen Tageslicht, das durch ein kleines Fenster drang, bestrahlt wurden. Einige Linien waren durch rote Farbe hervorgehoben und führten Utas Blick von der linken zur rechten Seite des Leders. Dabei sah sie, wie einige Linien zu schraffierten Flächen, zu Kreuzen, zu Halbkreisen und, am Rand, schließlich in Ecken zusammenliefen. Fasziniert von der Zartheit und der formschönen Symmetrie des Linienspiels berührte sie das Leder mit dem kleinen Finger, um ihre Hand im nächsten Augenblick wieder zurückzuziehen. Die lederne Struktur ließ ihre Haut kribbeln. Was für ein angenehmes Gefühl! Sie wollte es noch einmal und länger spüren! Dieses Mal wählte sie den Mittelfinger, drückte dessen Kuppe auf eine der Rillen und fuhr auf ihr die Kreise, Schraffierungen und eines der

Kreuze entlang. Sie meinte zu spüren, wie sich die Linien an ihre Fingerkuppen schmiegten. »Welch einzigartiges Gemälde«, flüsterte sie und trat einen Schritt zurück, um das Werk in seiner Gänze zu erfassen. Dass der Vogt ihr nie davon erzählt hatte!
»Guten Morgen, Gräfin«, drang zu ihrer Rechten eine Stimme aus der Ecke des Raumes zu ihr.
»Vogt, warum erschreckt ...«, fuhr sie noch gefangengenommen von der Einzigartigkeit des Gemäldes herum und hielt sofort inne, als sie nicht den Vogt, sondern Hermann von Naumburg sah, der über ein Buch gebeugt an einem Tisch saß.
»Ihr wohnt hier oben?«, fragte sie verwundert.
»Ich arbeite hier«, entgegnete er und lächelte beim Anblick des Gänseblümchens an ihrem Gewand. »Sofern ich nicht in den Steinbrüchen unterwegs bin. Der Kaiser hat mich für die Tage bis zum Osterfest freigestellt.«
Ein weiteres Mal schämte sie sich für ihre unhöfliche Begrüßung – schon im Burghof hatte sie ihn so ungeschickt angesprochen.
Doch Hermann von Naumburg schien keineswegs gekränkt. »Euch gefällt die Zeichnung?«
»Ja«, antwortete sie und betrachtete neugierig eine Form auf dem Leder, die wie ein eckiger Käfer aussah, dem die Flügel gestutzt worden waren.
Die Arme vor der Brust verschränkt, trat Hermann neben sie. »Ihr seht den Grundriss des neuen Kirchenhauses vor Euch.«
»Den Grundriss«, wiederholte sie murmelnd, auch wenn sie nicht wusste, was das war.
»Wir lehnen uns an das Vorgehen des Römers Vitruv an«, erklärte er ihr. »Vitruv fertigte vor Baubeginn Zeichnungen an. Den Grundriss, den Schnitt durch das Gebäude und die per-

spektivische Ansicht.« Hermann löste die verschränkten Arme. »Stellt Euch vor, dass Ihr wie ein Vogel über unser neues Gotteshaus fliegt und es dabei von oben betrachtet, und zwar so, als ob Ihr durch das Dach hindurchschauen könntet.«
»Wie ein Vogel«, wiederholte sie und schloss die Augen angesichts dieser wunderbaren Vorstellung.
»Dort drüben«, Hermann zeigte auf eine zweite Wand, »seht Ihr die Nordansicht.«
Sofort öffnete Uta die Augen wieder.
»Beim Schnitt ist es, als ob Ihr die Kirche mit einem riesigen Messer vom Dach bis zum Boden aufschneidet und dann all ihre Mauern, Verstrebungen und inneren Formen erkennen könnt. Die Ansicht hingegen zeigt Euch die gesamte Front des Bauwerks, als würdet Ihr es von einem Turm aus anschauen.«
Vogel, Messer, Käfer und ein Kirchenbau, dachte sie und lächelte.
»Das wird der neue Hauptchor.« Hermann zeigte auf den vermeintlichen Käfer. »Er ist rechteckig mit einer kleinen Auswölbung, einer Apsis.«
»Und die Punkte im Chor?« Die waren Uta eben noch als die Rückenmaserung des Insektes erschienen.
»Das sind die tragenden Säulen des Chores«, sagte er und schaute ihr in die Augen, in denen so viel Neugier und Unruhe stand. Bevor er sich in ihnen verlor, trat er schnell von ihr weg, ließ sich wieder hinter dem Tisch in der Ecke nieder und öffnete eines der dort gestapelten Bücher, das in einen ungewöhnlichen, weißen Ledereinband eingeschlagen war.
»Dann habt Ihr bereits einen Meister für den Bau gefunden?«, fragte sie und schaute ihn an.
»Ja. Im Moment weilt mein Werkmeister aber noch in Hildes-

heim und überwacht die letzten Arbeiten für den Neubau der Klosterkirche des heiligen Michael.«

Uta deutete auf die Wand. »Dann sind das hier seine Arbeitsproben?«

»Nein«, beschied ihr Hermann. »Das sind meine Zeichnungen. Aber was Ihr hier seht, sind lediglich die grundlegenden Entwürfe. Wir benötigen noch viele weitere Zeichnungen. Alle Wände, innen wie außen, alle Portale, Fenster und Gänge müssen als Ansichten und teilweise auch als Detailzeichnungen fixiert werden.« Er ergriff einen Federkiel und begann, etwas – vielleicht eine Idee – in das Buch mit dem weißen Ledereinband zu notieren.

»Ich habe noch nie irgendwo gelesen, dass für einen Bau Zeichnungen gemacht werden«, wunderte sich Uta.

»Das ist auch unüblich – zumindest in unserer Zeit. Aber wenn wir alles aufzeichnen, können unsere Vorstellungen und Maße stets nachvollzogen werden. Wir bilden sie in einem bestimmten Maßstab ab. Dann weiß jeder Gewerkmeister, wie er welches Teil im Einzelnen zu erschaffen hat.«

Nun verstand Uta auch, warum die einzelnen Skizzen durch Linien netzartig miteinander verbunden waren, und drehte sich wieder der Wand zu. »Eure Zeichnung ist ein Kunstwerk.«

Er lächelte. »Die Pläne sind vor allem deswegen wichtig, weil wir damit effizienter bauen können«, fuhr er vom Schreibtisch aus fort. »Wir wollen nicht mehr nur anhand des sichtbar fortschreitenden Bauzustands wissen, was wir machen, sondern schon vorab. Dadurch werden wir Gestein, Geräte und Gerüste so zu unserer Verfügung haben, dass wir ohne Leerzeiten bauen können. Die genauen Maße entnehmen wir den Zeichnungen.«

Fasziniert wandte sich Uta wieder Hermann zu. »Und woher

wisst Ihr, dass das Gotteshaus so standhaft ist, dass es nicht eines Tages einstürzt?«

»Das lehrt die Erfahrung«, entgegnete er und legte den Kiel beiseite. »Mein Werkmeister weiß, in welcher Höhe und Breite welche Mauerstärke und Gesteinsqualität angebracht sind.«

»Wie soll es denn genau aussehen, Euer neues Gotteshaus?«, fragte sie.

»Schaut dort, der Grundriss enthält alle notwendigen Formen.« Hermann widerstand dem Verlangen, erneut neben sie zu treten, und zeigte vom Tisch aus zu dem wandfüllenden Leder gegenüber der Tür. »Ihr seht dort eine dreischiffige, kreuzförmige Basilika. Die Klausur und einige weitere Nebengebäude für die Geistlichen sind noch nicht geplant.«

»Basilika?« Sie hatte davon gelesen, wusste aber lediglich, dass das Wort *Königshaus* bedeutete.

»Eine Basilika ist eine ganz bestimmte Bauform, in der über abgesenkte Seitenschiffe Oberlicht in das Langhaus fällt, damit es nicht so düster ist«, erklärte er und nestelte unbewusst an den Enden einer Pergamentrolle.

Sie nickte und strich mit der Hand an der Stelle, an der sie das Langhaus wähnte, über das Leder.

Gebannt folgte sein Blick der Bewegung ihrer Hand. Die Pergamentrolle kullerte dabei unbemerkt vom Tisch. »Wir bauen einen Chor im Osten und einen im Westen, mit jeweils zwei Türmen, und eine Krypta. Der Ostchor erhält eine Auswölbung, eine Apsis, genauso wie die Querhausflügel«, sagte er und vermochte seine Augen nicht von ihrer Hand zu lösen. Unbewusst erhob er sich. »Inzwischen hat der Heilige Vater unserer Bitte um Verlegung des Bistumssitzes von Zeitz nach Naumburg zugestimmt. Der entsprechende Schriftsatz wird Bischof Hildeward von Zeitz noch dieses Jahr erreichen.«

»Ihr wollt hier eine Bischofskirche errichten?«, staunte Uta und strich nun mit der Hand über den vermuteten Chor. Und inwieweit standen die genannten Querhausflügel mit einem Vogel in Verbindung?

Hermann nickte und bemerkte erst in diesem Moment, dass er im Begriff war, zu ihr hinüberzugehen. Sofort setzte er sich wieder hinter seinen Tisch. »Etwas ganz Besonderes hat zu mir gefunden. Etwas, das mir zeigt, dass Gott unser Tun beschützen wird.«

»Ein Überbleibsel?«, hauchte Uta beeindruckt.

Er nickte. »Ich habe es vergangene Nacht an einem sicheren Ort in der kleinen Burgkirche verstaut. Dort soll es erst einmal bleiben, bis wir die schriftliche Genehmigung zur Verlegung des Bischofssitzes auch tatsächlich in Händen halten.«

Eine echte Reliquie in der unauffälligen Burgkirche, die so wenig mit den prächtigen Gotteshäusern gemein hatte, die Uta in Begleitung des Kaiserpaares aufgesucht hatte, und doch eine ganz besondere Atmosphäre besaß. »Beabsichtigt Ihr noch immer, den Neubau an die Burgkirche anzuschließen?«

»Ihr erinnert Euch noch?« Seine Augen leuchteten auf, und er trat nun doch zu ihr vor den Grundriss. »Ich hoffe, dass der Platz dafür ausreichen wird.« Er fuhr mit dem Zeigefinger über die Linien, die den Kirchenrumpf darstellten, und dann weiter bis zur angedeuteten Burgkirche. »Beide Gebäude, Burg- und Bischofskirche, befinden sich auf der gleichen Achse.«

Utas Blick glitt von den Linien zu seiner Hand. Wie gerade und wohlgeformt seine Finger doch waren.

»Der Abstand zwischen beiden beträgt nur wenige Schritte«, fuhr er fort. »Das wird eine Herausforderung für den Werkmeister werden, denn die Westwand des Baus, die an die Burgkirche grenzen soll, besitzt eine Außenwölbung, die na-

turgemäß mehr Platz einnimmt als eine gerade Wand.« Hermann sprach, ohne sie dabei anzuschauen. »Die Marien-Pfarrkirche wird bis zum Bauabschluss als Bischofskirche fungieren und danach zum Domnebenstift umfunktioniert werden.«
»Es wäre schade, die kleine Burgkirche niederzureißen«, sagte sie. »Ich habe das Gefühl, dass sie etwas Besonderes ist.« Für besonders intime Gebete ging Uta meistens dorthin. »Vielleicht könnte man das neue Bauwerk im Westen, wo es an die Burgkirche grenzt, noch etwas zurücknehmen.«
Nachdenklich spitzte Hermann die Lippen. »Ein Vorschlag, den ich überdenken sollte«, sagte er und drehte sich ihr zu. »Aber vielleicht müssen wir gar nicht auf die Wölbung verzichten. Es genügt eventuell, sie zu verlegen. In das Innere der Westwand.«
»Dann schließt die Westwand nach außen platzsparend gerade ab, aber von innen ist eine Wölbung eingearbeitet«, schlussfolgerte Uta mit einem schüchternen Lächeln und fühlte, wie sich ihre Wangen erhitzten.
Hermann nickte und spürte das Verlangen, sie an seiner Vision teilhaben zu lassen. »Ich träume von einer richtigen Stadt, die wir erschaffen können!«, sagte er, trat auf das kleine Fenster neben dem Grundriss-Leder zu und öffnete es.
Uta folgte ihm und blickte zunächst auf das darin verbaute Glas. Nur in einigen neueren Anbauten auf der kaiserlichen Burg hatte sie bislang Fenster gesehen, bei denen Pergamente oder Leder durch diesen neuartigen Baustoff ersetzt worden waren. Dann atmete sie tief durch.
Ein Schwall frischer Morgenluft hüllte sie ein.
»Die neue Kathedrale wird das Zentrum des vorderen Burgbereichs werden.« Hermann zeigte neben die Burgkirche, die von oben gesehen winzig wirkte.

Gut eine Armlänge entfernt von ihm, betrachtete Uta Hermann. Wie begeistert er von seinem Traum spricht, dachte sie und legte den Kopf zur Seite. Er trug ein dunkles Obergewand, hatte das Haar bis über die Schultern gestutzt und war bartlos, wie es inzwischen Sitte geworden war.
»An der Nordseite des Bischofsbaus«, fuhr er fort, »schaffen wir neue Wohnräume für die Geistlichen des Marienstifts und für weitere Neuzugänge. Seht Ihr den Platz dort unten?«, fragte er und schaute Uta daraufhin an.
»Verzeiht, was sagtet Ihr gerade?«, rief Uta sich zur Ordnung, die seinen letzten Worten nicht gefolgt war, sondern einmal mehr die markanten Formen seines Gesichts studiert hatte.
Er schaute erneut aus dem Fenster. »Dort im südlichen Bereich des Vorburgbezirks, an die Marienkirche angrenzend, schaffen wir einen Marktplatz für unsere Kaufmänner und Handwerker. Im Schutze der Burg sollen sie für reichen Handel sorgen.«
Sie reckte den Kopf in die beschriebene Richtung und glaubte schon, Karren und Stände auf dem morgenleeren Platz zu sehen sowie das Gackern und Grunzen von Schlachtvieh zu hören. Ausrufe der Markttreibenden drangen an ihr Ohr, so dass sie erneut träumerisch die Augen schloss.
»Mit dem Georgskloster im Norden der Burg und dem Moritzkloster im Süden sollten wir den anderen Bischofsstädten dann in nichts mehr nachstehen«, vernahm sie seine Stimme von weitem. Seit ihrer letzten Begegnung im Vorhof schien sie noch rauher und tiefer geworden zu sein. Uta öffnete die Augen und sah, dass Hermann sich gerade vom Fenster zu ihr drehte. Sie schaute ihn an. Punkte tanzten in seinen braunen Augen. Im nächsten Moment wandte sie sich jedoch verwirrt von ihm ab und schaute verunsichert im Raum umher. »Markgraf«, stammelte sie und war selbst über den Ansatz von Ver-

zweiflung in ihrer Stimme verwundert. »Entschuldigt, aber der Vogt erwartet mich wegen der Vorbereitungen für das Osterfest.« Ohne eine Entgegnung abzuwarten, hielt sie auf die Treppe zu.
»Uta von Ballenstedt?«, bat er mehr, als dass er fragte.
Uta wandte sich noch einmal um: »Da... da... das ist ein wundervolles Refugium hier inmitten des Liniengemäldes, Markgraf.« Verlegen senkte sie den Blick und verließ die Kammer.
»*Dies diem docet,* Uta von Ballenstedt«, flüsterte Hermann und senkte betreten den Kopf.
Uta hastete die Treppen des Turmes hinunter. Was ging nur in ihr vor? Warum verlor sie in seiner Nähe jegliche Ruhe und konnte nicht mehr klar denken? Im Stall angekommen, ließ sie sich eilig ihre Stute satteln, saß auf und verließ, gefolgt vom Stallmeister und einem der Reitknechte, die Burg. Sie überquerte Felder und Wiesen, trieb die Stute zum Galopp an und zügelte sie nur hin und wieder, um sie kurze Zeit darauf erneut anzutreiben. Ihre Hände krampften sich um die Zügel, als sie Hermann von Naumburg in Gedanken vor sich sah. Wie er neben ihr stand, nur eine Handbreit von ihr entfernt. Das warme Braun seiner Augen lächelte sie an. Seine tiefe, rauhe Stimme in ihrem Ohr.
Uta schaute auf das Gänseblümchen, das noch immer in ihrem Gewand steckte, und lächelte. »Lauf Lotte, lauf!«, rief sie daraufhin und gab dem Pferd die Sporen. Gepunktete Käfer, Vögel, die über Dächer flogen, und Messer, die Wände aufschnitten, schwirrten ihr durch den Kopf.
Als sie ihre Stute wendete und Stallmeister und Stallbursche, die stets einige Schritte Abstand gehalten hatten, schließlich das Zeichen zum Rückritt gab, waren sie bereits einen halben Tag unterwegs gewesen.

Obwohl sich die Tage nach dem Osterfest bereits sommerlich warm anfühlten, waren die Nächte noch bitterkalt. Vor den Lagerfeuern sitzend, trotzten die kaiserlichen Kämpfer den Widrigkeiten des Frühlingswetters.

Esiko hob den Becher und prostete in alle Richtungen. »Männer, trinken wir auf den überaus erfolgreichen Tag! Unser Bote wird den Kaiser in wenigen Tagen mit der erfreulichen Nachricht erreichen, dass vom östlichen Vorfeld keine Gefahr mehr ausgeht.« Er grinste verwegen.

»Auf die Kraft unserer Schwerter!«, erwiderte Ekkehard und schwang seinen Becher. »Darauf, dass wir die Grenze in kaum mehr als dreißig Tagen abgeritten und für friedlich befunden haben. Und auf unseren nächsten Kampf! Auf dass er endlich anstehe!«

Die Runde nickte zustimmend und griff zu den Bechern.

»Was macht Ihr da, Markgraf?« Einer der Truppenführer beugte sich zu Hermann von Naumburg hinüber, der gegenüber dem Bruder am Feuerplatz genommen hatte und in sein Buch mit dem weißen Ledereinband vertieft war. Er war mehr als einen Mondumlauf nach Ekkehard zur Truppe gestoßen.

»Ich zeichne«, gab Hermann, ohne aufzuschauen, zurück. Das tat er während der Ruhe- und Essenszeiten beinahe ununterbrochen, seitdem er die heimatliche Burg verlassen hatte.

»Lass mich los, du Dreckskerl!«, ertönte da hinter ihnen eine Stimme und lenkte die Aufmerksamkeit von dem schweigsamen Markgrafen ab. Die Runde wandte sich einer Magd zu, die das Heer begleitete und für die Reinigung der Pfannen und Töpfe zuständig war. Sie kam wütend aus dem Gebüsch und zog sich das Hemd, welches ihr der angetrunkene Kämpfer heruntergerissen hatte, wieder über die Schultern. Die junge Frau, die mit ihren dunklen langen Haaren zu den ansehnlicheren im Tross zählte, stapfte aufgebracht davon, während sich der Truppenführer zu den anderen ans Feuer gesellte. »Wenn das mit den Weibern nur so einfach wäre wie das Kämpfen«, seufzte er und blickte Zustimmung heischend in die Runde.

Esiko erhob sich und erklärte: »Ihr wisst die Weiber eben nicht richtig zu nehmen, Gert von Wangersheim. Gesteht Ihr ihnen Kleinigkeiten zu, greifen sie gleich nach der großen Freiheit!«

Der Angesprochene grübelte, erhob sich aber kurz darauf, um seinen Heerführern zustimmend zuzuprosten. »Genau wie Ihr es sagt, Graf Esiko!«, bestätigte er lauthals und nahm erst wieder auf einem der Baumstümpfe um die Feuerstelle herum Platz, als sein Becher leer war.

Den Blick auf Ekkehard gerichtet, erklärte Esiko weiter. »Die Weiber *wollen* geführt werden. Sie brauchen streng verordnete Regeln!« Er prostete Ekkehard zu, der daraufhin tönte: »Ich auf jeden Fall weiß mein Weib zu bändigen!«

Hermann hob den Kopf von seinen Aufzeichnungen und schaute den Bruder verständnislos an.

Esiko bemerkte, dass dieses Thema auch das Interesse des Markgrafen geweckt hatte und fuhr mit Blick auf Ekkehard fort: »Hätte Gott gewollt, dass Weiber widersprechen, hätte er ihren hübschen Mündern nicht die Möglichkeit gegeben, uns Männern Freuden ganz anderer Art damit zu bereiten!« Er lachte lauthals auf. Die Männer nickten anerkennend und fielen in Esikos Gelächter mit ein.

»Sehr wohl, sehr wohl«, bestätigte Ekkehard. »Mein Weib habe ich gleich von Anfang an dazu verpflichtet, Gehorsam zu üben. Schon in der ersten Nacht!«

Zwischen zwei Schlucken Wein fragte Esiko: »Habt Ihr sie auch eines Heerführers würdig rangenommen?«

Die Männer um die Feuerstelle herum hielten inne und war-

teten gebannt auf Ekkehards Erwiderung, während einzig das Knistern der verbrennenden Äste zu hören war.
Gerade als Ekkehard zu einer Antwort ansetzen wollte, klappte Hermann sein Buch zu, erhob sich und schaute den Bruder fassungslos an. »Ich habe keinen Durst mehr«, erklärte er, ergriff Kiel und Tintenfass und verließ die Runde.
»Was ist denn mit dem?«, fragte Esiko an Ekkehard gewandt und deutete mit dem Kinn auf Hermann.
Verwirrt schaute Ekkehard dem Bruder nach, der sich vor seinem Zelt niederließ.
Esiko begann, mit einem Stock in der Glut zu stochern. »Sagt, Ekkehard, Freund, Euer Bruder benimmt sich etwas seltsam, findet Ihr nicht?«
Ekkehard blickte von Hermann zu Esiko. »Seltsam? Wie kommt Ihr darauf?«
»Wenn ich es nicht besser wüsste, würde ich meinen, er neidet Euch Euren Erfolg.« Esiko stieß den Stock fester zwischen die brennenden Holzscheite, so dass eine heftige Feuerzunge aufstieg.
»Heute ist ein wichtiger Tag für uns alle, und er möchte nicht einmal mit Euch feiern!«, fuhr Esiko wie nebenbei fort, während er weitere Feuerzungen hervorbrachte. »Vielleicht ärgert ihn, dass er nicht mehr das Kommando über Euch hat – ihr ihm seit einiger Zeit gleichgestellt seid und mitzureden habt, wenn es um die Erörterung strategischer Standpunkte geht. Wir beide sind nun Heerführer. Lediglich der König darf uns jetzt noch Befehle erteilen!«
Ekkehard rieb sich das bärtige Kinn. Ganz so falsch lag sein Ballenstedter Gefährte damit vielleicht nicht. Seitdem er mehr Beachtung bei den Großen des Reiches fand, und dies hatte auf dem Umritt des Königs begonnen, hatte sich Hermann verändert. So manchen Tag hatte er den Gesprächsrunden in Gedan-

ken versunken beigewohnt. Wahrscheinlich kam es dem Bruder nicht gelegen, dass er, Ekkehard, nun selbst Vorschläge unterbreitete, anstatt lediglich Beschlüsse auszuführen.
Angeheitert stieß Esiko Ekkehard mit einem Grinsen an.
»Und nun sagt schon, hat sie geschrien, als Ihr Euch wie ein würdiger Heerführer ihrer Jungfernschaft angenommen habt?«

Uta zügelte ihre Stute, als sie mit dem Stallmeister und zwei Reitknechten durch die Vorburg ritt. Als sie am Tor zur Hauptburg weit und breit keinen der Wachhabenden ausmachen konnte, schaute sie fragend zum Stallmeister. Da drangen auf einmal Geklirr und aufgeregte Stimmen zu ihnen. Schmerzensschreie mischten sich darunter. Unruhig ritten sie in die Hauptburg ein.
»Gräfin, schaut!« Der Stallmeister zeigte in den Hof. »Mindestens vierhundert, nein fünfhundert Leute erwarten Euch!«
Verwundert saß Uta im Gedränge ab und übergab ihre Zügel einem der Reitknechte. Sie meinte, einige der Benediktinerinnen aus dem Moritzkloster im Gewimmel auszumachen. Der Geruch von Blut, Eiter und Unrat stieg ihr in die Nase. Dann erblickte sie an eine Mauer gelehnt das Banner des Meißener Markgrafen. Der Gatte hatte sich doch erst zum Fest des heiligen Konstantin ankündigen lassen. Verwirrt schob Uta sich durch die Menge. Schwester Margit nickte ihr zu, doch Uta bemerkte sie nicht. Schmerzenschreie und Gestöhne begleiteten jeden ihrer Schritte. Sie wollte helfen.
»Gräfin, er ist da!« Der Stallmeister, der gleich nach dem Absitzen im Gewimmel verschwunden war, hatte sich zu ihr durchgedrängt. »Der Graf ist zurück und wird von vielen edlen Herren begleitet. Im Burgsaal!«
Nur zögerlich kehrte sich Uta von der Schar der Verwunde-

ten ab und beschleunigte den Schritt. In ein hellgrünes Gewand gekleidet, mit rosafarbenen Wangen und wehendem Ehe-Schleier betrat sie den spärlich beleuchteten Burgsaal. Dort fand sie aufgeregte Edelleute vor, die wild diskutierten und einander unsichere Blicke zuwarfen. Als Erstes erkannte sie den Gatten, der jedoch so vertieft in ein Gespräch war, dass er sie nicht bemerkte.

»Dieser verdammte Pole!«, fluchte Ekkehard, so dass Uta zusammenzuckte. »Wir hätten ihm sofort nach seiner Krönung den Hals abschneiden sollen!«

Die nächsten Worte kamen von Esiko. »Mieszko hat uns in trügerischer Sicherheit gewiegt!« Er war außer sich vor Zorn, derart überlistet worden zu sein.

»Hunderte Tote und Verschleppte«, schrie Ekkehard und drehte sich in Richtung zweier weiterer Gefolgsleute. Dabei streifte sein Blick Uta. Flüchtig nickte er ihr zu. Uta knickste höflich, doch Ekkehard hatte sich bereits wieder dem Gespräch zugewandt. »Wie erklären wir das dem Kaiser? Unsere Botschaft vor kaum einem Mondumlauf lautete noch ganz anders!«

»Der Pole muss unseren Abzug beobachtet und genossen haben!«, fügte Esiko zynisch hinzu. »Das wird er büßen!«

»Bruder!«, kam nun auch Hermann in den Burgsaal geeilt. Er schaute sich im Kreis der Gäste um und grüßte kurz. »Was haben all die Verletzten dort draußen im Hof zu bedeuten?«

Ekkehard griff an sein Schwert. »Mieszko hat die Gebiete zwischen Elbe und Saale überfallen. Wahrscheinlich am gleichen Tag, an dem der Kaiser unsere frohe Botschaft vom friedlichen Osten erhielt. Und friedlich sah auch alles aus! Ich verstehe das nicht. Die Nordmark hat der Pole bereits erschüttert und alles, was Tier, Mensch oder Saat war, verwüstet. Als Nächstes steht unsere Mark an!«

Esiko trat neben die Naumburger Brüder. »Wir müssen ein Heer gegen die Eindringlinge sammeln. Wir brauchen mindestens fünftausend Mann!«
»Bewahrt die Ruhe«, mahnte Hermann und hob beschwichtigend die Hände, während Uta das Gespräch aufmerksam verfolgte.
»Sie zünden Kirchen an und erschlagen die Geistlichen«, ereiferte sich ein Mann mit Tonsur und einfacher Kutte. »Das müssen wir verhindern!«
»König Mieszko ist so überraschend aufgetaucht, dass wir die Menschen dort nicht beschützen konnten«, klagte einer der Truppenführer mit kraftloser Stimme. »Seine Kämpfer verstehen es bestens, sich unsichtbar zu machen und dann plötzlich auf einem ganz anderen Feld zu erscheinen, ohne dass wir eine Chance haben, ihren Weg zu verfolgen!«
»Das klingt nach Verheerung und Entvölkerung«, analysierte Hermann. »Wenn er es nun jedoch auch auf Meißen abgesehen hat, strebt er sogar noch mehr als das an.« Grübelnd strich er sich übers Kinn. Hätte er die Gruppe der Heerführer doch nicht vorzeitig verlassen sollen, um erneut Steinbrüche zu begutachten?
Derweil nestelte Ekkehard nervös am Schaft seines Schwertes herum. »Sie dürfen Meißen auf keinen Fall einnehmen!«
»Meißen ist das Tor zum ostfränkischen Reich. Steht es erst einmal offen, ist alles möglich!«, konstatierte Esiko und machte mit verschränkten Armen einen Schritt auf Hermann zu. »Da kommen wir mit Ruhe nicht weiter, Markgraf.«
Hermann betrachtete den Bruder seiner Schwägerin einen Augenblick forschend. Dann zog ein hochgewachsener Ritter seine Aufmerksamkeit auf sich.
»Ich habe die Geschändeten und Vertriebenen verrecken sehen«, meldete sich der Ritter. Sein verletztes Augenlid zitter-

te, als er sprach. »Wir wissen nicht, wie wir der gegnerischen Taktik beikommen können – außer mit einem großen Heer. Eine Unvorhersehbarkeit, die den Kampfeswillen unserer noch lebenden Männer entschieden schwächt!«

»Aber der Herr ist mit Ihnen!«, erklärte ein Geistlicher und ließ hastig eine Segnung folgen.

»Wie denn, wenn sie den Glauben verlieren, weil der Gegner übermächtig, ja dämonisch ist«, verfocht der Ritter seine Position aufbrausend.

Uta blickte zwischen den Herrschaften hin und her. Sie war sich der nahenden Bedrohung bewusst und verspürte gleichzeitig den Drang, den Verwundeten draußen im Hof zu helfen. Da trat ein weiterer Geistlicher vor die Runde, der ihr bisher noch nicht aufgefallen war und der dem Ring an seinem Finger nach Bischof sein musste. Er stand wahrscheinlich im fünfzigsten Lebensjahr, hatte ein glattrasiertes Gesicht, war von zierlicher Statur und kaum größer als sie selbst. Beschwörend hob er nun seine Arme über den Kopf. »Es ist der Heidenbund, der uns verdammt«, fluchte er, vom Stöhnen der Menschen im Hof begleitet. »Nur der Bund der Heidenstämme ist schuld an unserem Unglück. Der Herr straft uns für unseren Ungehorsam!«

Uta beobachtete, wie die Lippen des Geistlichen bei diesen Worten bebten und seine Wangen sich mit roten Flecken überzogen. Der Mann wiederholte seine Sätze und begann dann zu beten, um die Bestrafung durch den Herrn abzuwenden. Einige der Anwesenden, die seinen Worten zuvor stumm gelauscht hatten, fielen murmelnd mit ein. Der Geistliche war, seinen Körper vor und zurück wiegend, dem Anschein nach in einen völlig entrückten Zustand gefallen.

»Aber Exzellenz«, ging Hermann mit ruhiger Stimme dazwischen.

Anstatt einer Antwort ließ sich der Bischof weiter über die Schlechtigkeit der Heiden aus.

»Exzellenz, Hildeward von Zeitz«, wiederholte Hermann und trat, begleitet von Esikos aufmerksamen Blicken, vor den Bischof.

Ein entsetzlicher Schmerzensschrei im Hof ließ den Zeitzer Bischof abrupt wieder zu sich kommen. Er riss die Augen auf und stockte, während die Umstehenden ebenfalls zu beten aufhörten. Dann schaute der Bischof Hermann an.

»Die Liutizen haben unserem Kaiser die Treue geschworen«, versicherte Hermann nun an die gesamte Runde gewandt. »Sie sind nicht schuld an unserem Unglück.«

Liutizen? Dieses Wort löste heftige Erinnerungen in Uta aus. Vorsichtig blickte sie zu Esiko hinüber, der ihr einst von den menschenfressenden Stämmen an der nordöstlichen Grenze des Reiches erzählt hatte. Deutlich erinnerte sie sich wieder daran, wie er sie vor vielen Jahren über die Heiden belehrt hatte. Beim ersten Mal hatte sie gerade einmal sechs Winter gezählt, als er ihr seine Handkante – die Klinge eines Dolches darstellend – zuerst gegen die Oberschenkel, dann gegen die Arme und zuletzt an den Hals gedrückt hatte, um ihr zu zeigen, wo die Liutizen ihre tödlichen Schnitte ansetzten. Nächtelang hatte sie danach nicht schlafen können und war in die Arme der Mutter geflüchtet, vor Angst, das Messer der Liutizen könnte auch sie vierteilen.

»Die Pferde brechen zusammen!«, erschienen in diesem Moment aufgelöst gleich mehrere Knappen im Saal.

Die versammelten Edelleute tauschten wissende Blicke. Die Polen mussten das Wasser verseucht haben, mit dem die Tiere getränkt worden waren.

»Verbrennt die Rösser!«, befahl Ekkehard.

»Mieszko darf unter keinen Umständen weiter vorstoßen.

Wir müssen uns mit den anderen Markgrafen beraten und vor allem mit dem Kaiser. Er muss uns mehr Kämpfer für die Sicherung der Ostgrenze zur Verfügung stellen. Ich reite gleich morgen in die Stadt Dortmund. Dort hält er Hoftag.« Hermann hatte zwar geahnt, dass der Herzog, der sich selbst zum polnischen König gekrönt hatte, nicht lange Ruhe geben würde und die Gebiete der Liutizen nur als kriegerische Vorübung betrachtete, denn das wahre Ziel waren die Marken rechts der Elbe: Meißen und die Nordmark; die Lausitz war König Mieszko bereits im Vertrag von Bautzen zugesprochen worden. Doch die Planung für das neue Gotteshaus hatte Herrmann seine Vorahnung vergessen lassen. Dafür musste er nun umso entschlossener durchgreifen. »Um ein Heer aufzubauen, Graf Esiko, sucht unter Euren Vasallen in Sachsen und Schwaben nach Kämpfern«, schlug er als der Erfahrenste unter ihnen vor. »Wir sollten umgehend den Grenzweg vor Meißen sichern.«
Esiko trat vor. Zwar konnte er Hermann nicht leiden, doch nach der ihm unterlaufenen Fehleinschätzung hinsichtlich der sicheren Ostgrenze galt es nun, sich dem Kaiser als Reichsbewahrer zu präsentieren. »Auch das übernehme ich!«, sagte er, bevor ihm einer der Anwesenden zuvorkommen konnte.
Hermann nickte dankend. »Männer«, sprach er und blickte dabei den Ritter mit dem verletzten Augenlid und zwei weitere Gefolgsleute an. »Reitet Ihr mit dem Grafen von Ballenstedt! Wir sollten nicht ungeschützt in die grenznahen Städte ziehen.«
Die Angesprochenen nickten.
»Wir müssen den Kampfwillen unserer Leute stärken«, sprach Hermann weiter. »Sonst haben wir keine Chance. Sie fallen völlig vom Glauben ab, wenn der Feind weiter ungehindert

vordringen kann. Wir müssen ihren Glauben an den Sieg und an Gottes Führung stärken. Die Kraft im Körper wird durch den Willen des Geistes und der Seele gelenkt.«
Unruhige Seelen sind sie, dachte Uta, die den irdischen Frieden, die Bedingung für den ewigen Frieden, noch nicht gefunden haben, weil sie von Gefühlen wie Zorn und Wut beeinflusst werden. Auch ihre Seele gehörte zu den unruhigen.
»Wir werden Messen für die Verwundeten lesen!«, warf Bischof Hildeward von Zeitz mit inzwischen dunkelrot geflecktem Gesicht ein.
»Aber das tun wir bereits«, meldete sich Abt Pankratius, der dem Georgskloster vorstand.
»Wir müssen den Männern Mut zusprechen«, beharrte Ekkehard.
»Wir intensivieren beides«, entschied Hermann. »Uta?«
Überrascht schaute Uta zu Hermann und spürte nun auch die Blicke der anderen auf sich.
»Bruder, du erlaubst?«, sprach Hermann noch an Ekkehard gewandt, während er vor Uta trat. »Wir benötigen jedermanns Unterstützung.«
»Wobei kann uns die Gattin denn unterstützen?«, fragte Ekkehard verwundert.
Hermann antwortete, indem er eine Bitte an Uta richtete: »Gräfin, würdet Ihr Bittschreiben an die Geistlichen des Reiches aufsetzen, in denen Ihr in unser aller Namen um Unterstützung gegen die polnische Bedrohung ersucht? Sie sollen schnell nach Naumburg kommen. Wir werden all unsere Kämpfer hier versammeln und sie mit geballter Macht auf Gottes Sieg einschwören. Ich bin zuversichtlich, dass der Kaiser uns dabei helfen wird, mit Gottes Segen und weiteren Kämpfern.«
Energisch trat Ekkehard neben den Bruder. »Ich werde das

Heerlager hier auf den Naumburger Wiesen organisieren und die Eintreffenden auf den Kampf vorbereiten!«
Hermann nickte und blickte fragend in Utas Richtung, die ihm gerade hatte antworten wollen, als Ekkehard ihr mit seinem Einwurf zuvorgekommen war.
»Sehr wohl, Markgraf«, entgegnete Uta ruhig auf seinen Blick hin. Im nächsten Moment begannen ihre Gedanken auch schon, die passenden Worte für die Bittschreiben aneinanderzureihen.
»Habt Dank, Gräfin!« Hermann nickte zuerst ihr und dann Ekkehard zu, bevor er sich erneut an die Runde wandte. »Lehnsleute des Kaisers, Christen, wir haben keine Zeit zu verlieren! Unser aller Land ist in Gefahr!«
Die Umstehenden gingen auf die Tür des Burgsaales zu, während Ekkehard vor Uta trat und ihren flachen Bauch fixierte.
»Ich hoffe, dass Euch die neue Aufgabe nicht davon abhält, Euren Körper für die nächste Aufnahme meines Samens vorzubereiten.«
Trotz des beruhigenden Gedankens an die Herrgottsgnade zuckte Uta zusammen. Dann deutete sie pflichtbewusst eine Verbeugung an.
»Ich erwarte Euch heute Abend!«, drängte Ekkehard mit befehlsgewohnter Stimme und verließ mit einigen seiner Kampfgefährten den Saal.
Uta schaute dem Gatten nach.
»Der Schleier kleidet dich hervorragend, Schwesterlein«, hörte sie da Esikos Stimme hinter sich. Geräuschlos war er an sie herangetreten.
Uta straffte sich.
»Du möchtest also unser Heer unterstützen. So, so!«, sagte er so nahe an ihrem Ohr, dass sie seinen warmen Atem spürte. »Die Naumburger Brüder müssen töricht sein, dir politische Aufgaben zu übertragen.«

Uta wagte nicht, sich zu bewegen.

»Du solltest dir besser ein Beispiel an unserem Hazechalein nehmen, die auf dem besten Weg zur göttlichen Gehorsamkeit ist.«

»Du warst bei ihr?«, fragte Uta hoffnungsvoll.

Esiko grinste, als er das unterdrückte Zittern in ihrer Stimme wahrnahm. »Richtig. Ich war bei unserer kleinen Schwester. Aber den Besuch hätte ich mir auch sparen können.«

Uta drehte sich zu Esiko um und blickte ihm fest in die Augen. »Wieso, was weißt du? Was ist mit Hazecha?«

»Sie spricht nicht mehr und möchte keinerlei Kontakt zur Außenwelt haben«, flüsterte er, ohne von ihr abzurücken. »Sie hat mich nur immerzu entrückt angestarrt. Na ja, auf diese Weise wagt sie es wenigstens nicht, ihre Stimme zu erheben.«

In Uta arbeitete es heftig. Keinerlei Kontakt? Würde damit auch ihr jüngster Brief unbeantwortet bleiben?

»Sie kommen«, tönte es da von draußen. »Die Heiden reiten ein!«

Völlig außer Atem kam ein Kämpfer in den Burgsaal gerannt: »Herr, die Liutizen reiten in die Vorburg!«

»Ich komme«, antwortete Esiko ruhig. Doch anstatt seinen Worten Taten folgen zu lassen, betrachtete er seine aufrecht vor ihm stehende Schwester eindringlich. Als sie sich nicht regte und ihren festen Blick nicht von ihm nahm, deutete er auf der Höhe ihres Halses mit seiner Handkante kurz eine Klinge an und ließ sie dann mit einem maliziösen Lächeln stehen.

Uta schluckte. »Hazecha, Kleine.« Sie barg das Gesicht in den Händen. »Du möchtest keinen Kontakt mehr zu mir? Habe ich etwas falsch gemacht?«

Niedergeschlagen begab sie sich in die Schreibkammer.

Selten war ihr ein Name treffender erschienen: Herrgottsgnade. Der H-e-r-r-g-o-t-t möge sie beschützen, nachdem sie den Aufguss getrunken hatte, und sich ihrer Schmerzen g-n-ä-d-i-g annehmen, sobald sich der Gatte auf sie legte.
Uta zog die Schale mit den getrockneten Blättern des Krautes unter ihrer Bettstatt hervor und schickte Katrina, heißes Wasser aus der Küche zu holen. Sie löste die Klammern des Schleiers, drehte die wertvollste mit dem Adler kurz in den Fingern, so dass ihr und Ekkehards Name darauf verschwammen, und legte sie neben die Schale. Mit einer Fingerspitze des berauschenden Krauts und dem heißen Wasser bereitete sie in einem Becher einen Aufguss, den sie in einem Zug austrank. Danach sprach sie ein Gebet für die Schwestern des Benediktinerklosters, die sie mit der Herrgottsgnade versorgt hatten und die sie erst vor wenigen Tagen noch einmal besucht hatte, um sicherzustellen, dass die in Auftrag gegebenen neuen hölzernen Regale und Lagerstätten für die Kammern der Krankenstation auch allesamt übergeben worden waren und den Wünschen der Schwestern entsprachen. Als Katrina ihr ein leichteres Gewand für die bevorstehende Vereinigung anlegte, spürte Uta, wie ihre Atmung mit jedem Zug langsamer und tiefer, ihr Körper schwerer wurde.
Nachdem sie das Ehegemach betreten hatte, ließ sie sich auf der Bettstatt nieder, auf der es sich Ekkehard bereits völlig unbekleidet bequem gemacht hatte. Als er sie nach dem Entkleiden bestieg, erschien er ihr noch rücksichtsloser als beim ersten Mal. Seine Stimme hatte einen Befehlston angenommen und zwischendrin nippte er immer wieder an seinem süßen Wein. Glücklicherweise drangen Ekkehards einsilbige Anweisungen und sein Stöhnen nur wie aus weiter Ferne zu ihr. Sein mechanisches Auf und Ab brachte sie dazu, sich einfach nicht mehr zu bewegen. Kurz nachdem er sich in ihr

ergossen hatte, schlief sie, entführt von einem mystischen Farbspiel vor ihren Augen, ein.

Als sie am Folgemorgen erwachte, konnte sie sich kaum noch an den zurückliegenden Pflichtendienst erinnern. Dennoch war ihr Blick klar, das Farbspiel vergangen. Auch sonst schien ihr Körper durch die Einnahme des Tranks keinen Schaden genommen zu haben: Es machte sich kein Stechen in den Schläfen oder im Kopf bemerkbar. Uta erhob sich, streifte das leichte Gewand vom Vorabend über und eilte zurück in ihre Kemenate.

Dort angekommen, ließ sie sich von Katrina ein Tageskleid anlegen, befestigte den Ehe-Schleier mit der aufwendig gearbeiteten Silberspange über dem linken Ohr, griff nach zwei einfacheren Spangen für die rechte Schläfe und holte ihre Schreibutensilien unter dem Bett hervor. Mit klarem Kopf begann sie, auf der Gewandtruhe sitzend, das zehnte Bittschreiben für die Boten zu verfassen. Die ersten neun hatte sie noch am vergangenen Tag geschrieben.

Getränkt vom Blut ihrer Träger rosteten die Rüstungen in der Sommersonne. Mehr als eintausend Mann hatten sich inzwischen auf den Naumburger Wiesen im Saaletal versammelt – achthundert Gottesfürchtige und in einigem Abstand von ihnen noch einmal dreihundert andersgläubige Liutizen. Nach ihrer Ankunft vor einem halben Mondumlauf hatten diese den fernen Kaiser wissen lassen, dass ihre Kräfte aufgebraucht und sie gekommen waren, um ihm ein Bündnis gegen die polnischen Wüstlinge anzubieten. Inzwischen war die Botschaft nach Naumburg getragen worden, dass König Mieszko nach Meißen – dem wichtigsten strategischen Punkt in den Grenzmarken – zog. Damit waren sämtliche Burgen an der oberen Elbe in höchster Gefahr. Durch den Einfall der

Polen waren die Verbindungen der elbnahen Gebiete im Norden zu den südlichen Marken der Ostgrenze gekappt und damit auch der Nachschub an Kämpfern, Nahrung und an Waffen.

Angesichts der wachsenden Bedrohung hatten die Gebete der Christen allerorten zugenommen. Bischof Hildeward von Zeitz las jeden Morgen und jeden Abend im Sammellager des Heeres vor den Mauern von Naumburg eine Messe. Die überlebenden Augenzeugen der Überfälle waren alle überzeugt, dass ihnen jetzt nur noch kaiserliche Verstärkung helfen konnte. Nur mit einem großen Heer vermochten sie, Mieszko von der Erstürmung Meißens abzuhalten. Doch mit jedem Tag, an dem neue Schreckensnachrichten nach Naumburg gebracht wurden und der Kaiser fernblieb, schwand die Hoffnung. Die Messen des Zeitzer Bischofs waren zu kraftlosen und gleichgültigen Momenten verkommen.

Dann endlich, mit der Rückkehr des Markgrafen Hermann vom kaiserlichen Hoftag in Dortmund, verbreitete sich wieder ein vager Hoffnungsschimmer im versammelten Heer. Der Kaiser würde in wenigen Tagen nach Naumburg kommen und Unterstützung bringen. Derweil warteten Hermann und Ekkehard gemeinsam auf Nachricht von Esiko von Ballenstedt, der mit zweihundert Mann versuchte, Meißen zu verteidigen.

Als am Tag der avisierten Ankunft des Kaisers, einem der ersten heißen Sommertage, noch immer keine Nachricht zur Lage in Meißen eingetroffen war, hatte Hermann sich schwer zurückhalten müssen, um nicht selbst dorthin zu reiten und den Kampf zu unterstützen. Doch zuerst musste nun der Kaiser vor die erschöpften Menschen treten.

»Die polnischen Aufständischen mögen vielleicht nicht einmal hundert Kämpfer sein«, erklärte Hermann an Ekkehard gewandt. Das Brüderpaar stand auf der Wiese des Lagers unter einer großen Buche und erwartete die Ankunft des Kaisers.

»Ja, aber wir bekommen Mieszko und seine Unterstützer einfach nicht zu fassen«, ärgerte sich Ekkehard und fuhr mit der Hand durch die Luft.

»Wie eine Wespe erscheint er urplötzlich, tötet, nimmt ein, räuchert aus und ist genauso schnell wieder verschwunden«, entgegnete Hermann nachdenklich und nickte dem Herzog von Oberlothringen zu, der ihrem Ruf nach Unterstützung mit zweihundert seiner Vasallen gefolgt war und sich nun ebenfalls zu ihnen in den Schatten des Baumes stellte. Einige Schritte von ihm entfernt standen Herzog Adalbero von Kärnten, der kaiserliche Schwertträger und Heerführer beim Italienfeldzug und Graf Liudolf von Braunschweig. Hinter diesem wiederum warteten die Markgrafen der beiden anderen Ostmarken – Thietmar stand der Mark Lausitz vor und Bernhard der Nordmark.

»Der Kaiser reitet ein!«, rief einer der Kämpfer, der zusammen mit dem Ablegen seines Gambesons vor einigen Tagen auch seine Hoffnung auf Unterstützung begraben hatte und wie so viele andere nun lediglich in einem leinenen Hemd und ohne Schuhwerk auf der Wiese lagerte. »Endlich Verstärkung!« Die Kämpfer erhoben sich und erkannten am fernen Horizont auf einem Hügel eine Gruppe, die im Galopp auf sie zuhielt.

Doch als sich die Gruppe zunehmend klarer vom Hintergrund abhob und näher kam, erstarrten die Kämpfer. »Der Kaiser kommt alleine!«, rief ein Knappe ängstlich in die erwartungsvolle Stille hinein und deutete in Richtung der Erhebung, die Kaiser Konrad, lediglich von einer überschaubaren Anzahl geharnischter Reiter begleitet, gerade hinabritt.

Weitere Münder öffneten sich. »Wo bleibt das kaiserliche Heer?«, rief einer nach dem anderen. »Wir brauchen mehr Kämpfer, sonst sind wir verloren!«

»Beruhigt Euch, Männer!«, versuchte Hermann zu beschwichtigen und blickte auf die Leute vor sich, auf deren Gesichtern nur noch Enttäuschung auszumachen war.

»Markgraf, warum sollen wir uns beruhigen?«, rief ein weiterer Mann und deutete auf seine rechte Seite, an der nur noch ein Armstumpf zu sehen war. Die frische Blutkruste daran ließ vermuten, dass er zu den Verletzten gehörte, die erst vor wenigen Tagen nach Naumburg gebracht worden waren. »Der Pole jagt uns in unserem eigenen Land wie räudige Hunde!«

»Er wird uns alle aufspießen und wie Schweine über dem Feuer rösten!«, erboste sich ein anderer Mann und drehte sich zu seinen Kameraden um. Bisher waren sie dem Kaiser treu ergeben gewesen, einige von ihnen waren ihm sogar bis nach Italien gefolgt. Dass dieser sie an der Ostgrenze nun im Stich ließ, löste Unmut aus. Die Christen begannen letzte, trostlose Gebete zu murmeln, in denen sie sich von der irdischen Welt verabschiedeten. Anders die Liutizen, die vom Christenheer durch mehrere Feuerstellen getrennt, reglos dastanden und still abwarteten. Runde Eisenplättchen auf ihren Stoffwämsern reflektierten das Licht der Sonne.

Der Kaiser erreichte die Naumburger Wiese.

Die Christen, die noch die Kraft besaßen, traten einige Schritte auf ihn zu, als er vor der einsamen Buche in der Mitte des Lagers sein Schlachtross zügelte und dem Markgrafen sowie seinen anderen Heerführern zuversichtlich zunickte. Als er absaß, sanken die Christen auf die Knie.

»Treue Männer«, ergriff Konrad das Wort, »ich weiß über die Lage an der Ostgrenze unseres heiligen Reiches und ich bin gekommen, Euch zu helfen.« Beim Blick in die trostlosen Gesichter des aus zwei Teilen bestehenden Heeres – die Liutizen zu seiner Linken und die Christen um ihn herum – wurde Konrad klar, dass Markgraf Hermann, als er ihm in Dortmund vor fünfzehn Tagen Bericht über die ernste Lage erstattet hatte, nicht übertrieben hatte. Es war richtig gewesen, die Leitung des Hoftages darauf dem Mainzer Erzbischof zu übertragen und sofort nach Naumburg aufzubrechen. Die Sicherung der östlichen Reichsgrenze hatte er seit der heimlichen Königskrönung Mieszkos wegen der Bemühungen um das Königreich Italien zurückgestellt – zumal er um die Kraft seiner markgräflichen Vasallen in den östlichen Marken wusste.

Konrad war sich sicher, dass Mieszko mit seiner Stechmückentaktik die Anwesenheit eines großen Heeres vorzutäuschen versuchte. Auf dessen Festung in Bautzen, so hatte man ihm überbracht, hausten kaum mehr als achtzig Männer. Doch um dieser Taktik zu begegnen, benötigte Konrad kein Heer, wie er es nach Rom geführt hatte, sondern ein paar scharfsinnige Heerführer und vor allem kampferprobte, willige Krieger mit einem festen Glauben. Und den gedachte er den Männern am heutigen Tag mit einem viel mächtigeren Werkzeug als der Axt oder dem Schwert zurückzubringen.

»Ich möchte Euch einladen!«, rief er den Versammelten zu, »mir auf die Burg zu folgen, und ich versichere Euch, dass wir siegen werden!«

Die Kämpfer regten sich nicht, sondern blickten ihren Kaiser nur mit ausdruckslosen Augen an.

»Gemeinsam werden wir den Sieg erringen, und Naumburg ist unser Schlüssel dazu«, ergänzte Konrad und ergriff pathetisch und weithin sichtbar die Zügel seines Pferdes. Unter den müden Blicken der Versammelten marschierte er auf die Burg

zu und rief kraftvoll: »Nun folgt Eurem Kaiser, um den Schlüssel für den Sieg in Empfang zu nehmen!«
Es waren die Liutizenkämpfer, die als Erste zwischen den Feuerstellen hindurchtraten, um dem Kaiser zu folgen. Zögerlich setzten sich darauf auch die Christen in Bewegung. Bald übertönte das Schlurfen der nackten Fußsohlen auf dem Erdreich das metallene Klirren der Eisenplättchen auf den heidnischen Stoffgewändern. Die Zugbrücke zum Vorhof knarrte unter den schwerfälligen Schritten des kraftlosen Heeres. Die Christen betraten den Burghof noch vor den Liutizen.
Stille empfing sie.
Und still blieb es.
Als der Kaiser die kleine Burgkirche im Vorhof erreichte, hob er die Hand, drehte sich zu seinem immer noch zweigeteilten Heer um und stieg auf einen für ihn bereitgestellten Steinblock. Um diesen herum versammelten sich aus dem Burgsaal kommend nun zahlreiche Mitra-Träger – darunter auch jene, welche die Burgherrin mit ihren Eilbreven nach Naumburg gebeten hatte. An vorderster Stelle Erzbischof Humfried aus Magdeburg, der nach Mainz dem zweitgrößten Erzbistum im Reich vorstand, dann Erzbischof Meinwerk aus Paderborn, der Kölner Erzbischof Pilgrim sowie der Halberstädter Bischof Branthag. Sie alle schauten besorgt auf die eingetroffenen Kämpfer.
Einige Schritte von den geistlichen Würdenträgern entfernt stand Uta neben dem Vogt. Die vergangenen Tage hatte sie damit zugebracht, die Nahrungsmittelvorräte aufzustocken und deren Anlieferung und Verwahrung zu organisieren. Auch an diesem Morgen war sie zum wiederholten Male vor Sonnenaufgang in die kleine Burgkirche gegangen, um ein Gebet für Hazecha zu sprechen, die noch nicht auf ihren

jüngsten Brief geantwortet hatte, in dem Uta sie nach dem Grund für den Kontaktabbruch gefragt hatte. Uta erstarrte, als sie den Gatten sah, der neben den anderen Heerführern zur Linken des Kaisers vor der Burgkirche Aufstellung nahm und ungeduldig die bevorstehende Rede erwartete. Was wird der Kaiser wohl verkünden, fragte sie sich dann, um nicht länger an die unliebsame Vereinigung mit dem Gatten denken zu müssen. Wie würde er die trostlosen Gemüter zu weiteren Kämpfen ermutigen, wo doch jeden Tag mehr und mehr blutgetränkte, geschundene Frauen, Kinder und Gefährten auf die Naumburger Wiesen gebracht wurden? Das Moritzkloster kam mit der Versorgung der Kranken und Verwundeten nicht mehr hinterher. Schwester Margit, die inzwischen außerhalb des Klosters ein Krankenlager mit mehr als einhundert Betten hatte aufstellen lassen, schaute ruhelos auf den Kaiser.

Auf dem Sandsteinquader, dessen Farbe von der Sonne zum Leuchten gebracht wurde, reckte sich Konrad weiter in die Höhe. »Wisst Ihr, welcher Tag heute ist?«, rief er in die stumme Menge, die den Burghof inzwischen bis vor die Mauern füllte.

»Der Tag der Aufgabe!«, raunte jemand in der Menge. »Der Tag, an dem Gott die Christenkämpfer wie auch die Heiden verlassen hat!«

»Nein!«, rief Konrad zurück. »Heute ist der Tag des heiligen Petrus und des heiligen Paulus. Der Feind hat keine Kraft, die der unseren gleichkommt. Wir haben Gott, der uns leitet. Wir dürfen nicht aufgeben, denn die Prüfungen des Herrn stärken uns.«

Niemand wagte zu antworten. Ungewissheit zeichnete sich in den Gesichtern ab, einige bekreuzigten sich pausenlos.

»Gott hat Euch nicht vergessen«, sprach der Kaiser weiter

und reckte die Hände zum Himmel. »Als erstes Zeichen seines Glaubens sendet der Allmächtige Euch«, Konrad ließ den Arm sinken und zeigte zur Hauptburg, »dieses besondere Geschenk.«

Unwillig blickten die Kämpfer in die ihnen gewiesene Richtung und sahen nun Bischof Hildeward von Zeitz auf den Vorplatz reiten. Der schmächtige Mann war in ein langes weißes Gewand gehüllt, das über die Flanken seines Tieres hinab bis fast auf den Boden fiel. In seinen ausgestreckten Händen hielt er ein schmuckloses Kästchen und ritt unter den gespannten Blicken aller Versammelten, die ihm Platz machten, auf den Kaiser zu. Vor diesem wendete er sein Tier und richtete den Blick auf das gläubige Volk vor sich. Mit vor Entzückung glühenden Augen presste er das Kästchen fest vor die Brust. »Simon Petrus war der erste Jünger des Jesus von Nazareth!«, rief er und lenkte sein Pferd nun durch eine sich bildende Gasse in die Menge hinein. »Er ist von Jesus zu seinem irdischen Stellvertreter erwählt worden.«

Christen und Liutizen starrten den kleinen Geistlichen, der das Kästchen – sein höchstes Gut – nach wie vor fest umklammerte, während er predigte, ungläubig an: »Jesus sprach zu Simon Petrus: ›Du bist Petrus, und auf diesem Felsen will ich meine Kirche errichten und die Pforten der Hölle werden sie nicht überwältigen‹!«

Darauf übernahm Kaiser Konrad wieder das Wort. »Und so werden auch wir eine Kirche auf dem göttlichen Boden errichten, den ihr gerade betreten habt, und mit Eurer Kraft segnen. Wir werden eine Bischofskirche bauen, die nicht nur die Pforten der polnischen, sondern jedweder Hölle abzuweisen vermag! Dieser Stein, auf dem ich stehe, wird der Grundstein dafür sein. Für Euch und mit Eurer Kraft wird hier ein Gotteshaus wachsen!«

Uta erschauderte bei dieser Verkündung. Ihr war klar, dass der Kaiser von Hermanns Gotteshaus und von der Umsetzung jener Entwürfe sprach, auf denen sie jüngst noch Käfer und Vögel gesehen hatte. Kurz schaute sie zu Hermann, der neben Ekkehard bei den Heerführern stand und den Worten des Kaisers folgte.
Die versammelten Christen blickten einander unsicher an. Eine Kirche für sie? Was bedeutete das? Sollten sie Steine zurechthauen, während sie sich vom Schlachtengetümmel erholten?
»›Dir gebe ich die Schlüssel des Himmelreiches‹, sprach Jesus weiter.« Mit diesen Worten lenkte Bischof Hildeward sein Pferd noch tiefer in die Menge hinein und fuhr fort: »›Und alles, was du auf Erden binden wirst, soll auch im Himmel gebunden sein, und alles, was du auf Erden lösen wirst, soll auch im Himmel gelöst sein.‹ Wir werden keine gewöhnliche Kirche bauen. Wir widmen sie dem heiligen Petrus und dem heiligen Paulus.«
»Aber das ist nicht alles!«, übernahm der Kaiser erneut das Wort, und die Kämpfer wandten sich ihm wieder zu. »Wie auch die beiden Heiligen erst nach einer Begegnung mit dem Erlöser den richtigen Weg und die nötige Kraft fanden, werden auch all unsere tapferen Kämpfern an der Ostgrenze, denen wir die Kathedrale widmen, nun den richtigen und einzigen Weg erfahren.«
»Ein ganzes Gotteshaus nur für uns?«, erklangen verwunderte Rufe in der Menge. »Ist das wahr?«
Kaiser Konrad nickte mit großer Geste. »Nur aufgrund Eures Mutes, den Ihr bereits bewiesen habt und weiter beweisen werdet, wird die Kathedrale hier als Symbol der christlichen Stärke thronen können. Nach den Geistlichen werdet Ihr die Ersten sein, die ihren Chor betreten und damit das Allerhei-

ligste, das sie besitzen wird, anschauen und anbeten dürft.«
Mit diesen Worten deutete Konrad auf das Kästchen in den Händen des Bischofs. »Solltet Ihr im Kampf Euer Leben lassen, mögen Eure Herzen in diesem Gotteshaus ihre letzte Ruhe finden.«
Uta meinte, Leben und Hoffnung in die müden Gesichter, die sie umgaben, zurückkehren zu sehen. Auch Erna, die sich mit Arnold an die Seite der Christen gestellt hatte und deren Bauch bereits einen stattlichen Umfang angenommen hatte, schaute berauscht zu Bischof Hildeward auf.
»In nur zehn Jahren«, erklärte Konrad, »wird Eure Kathedrale fertiggebaut sein – das ist schneller, als je ein anderes Kirchenhaus von dieser Größe errichtet wurde – und Gottes Zeichen an Euch!« Der Kaiser wiederholte die magische Zahl: »Zehn Jahre und keinen Tag länger!«
In der Tat ist ein Gotteshaus von dieser Größe noch nie so schnell erbaut worden, ging es Hermann von Naumburg durch den Kopf. Bevor er sich jedoch in der Geburtsstunde seiner Kathedrale erneut auf den Kaiser konzentrierte, glitt sein Blick zur Freifläche vor der kleinen Burgkirche, auf der bald die ersten Fundamente ausgehoben werden würden. Morgen schon sollte sein Gast, Werkmeister Tassilo, anreisen, den er sehnsüchtig erwartete. Auch wenn die Errichtung der Kathedrale in zehn Jahren nur mit Gottes übermäßigem Beistand zu schaffen war, wollte er die Herausforderung annehmen. Voller Vorfreude lächelte Hermann. Da blieb sein Blick an Uta hängen, und er hörte, wie das Blut in seinen Ohren zu rauschen begann.
Angesichts der kaiserlichen Worte ging ein Raunen durch das christliche Heer und übertrug sich auf die kaiserlichen Begleiter und auf die Burgbewohner. Unter ihnen auch Uta, die aufgeregt zu Bischof Hildeward blickte, der nun das Kästchen

öffnete. »Das Überbleibsel«, hauchte sie und dachte daran, wie ihr Hermann im Turm vor der Lederzeichnung davon berichtet hatte.

Bischof Hildeward war vor den Liutizen angekommen, wandte ihnen nun vor der Offenbarung der Heiligkeit aber den Rücken zu. »Der Schleier der heiligen Plantilla!«, verkündete er und hob das Kästchen mit seinen langen Armen weit über den Kopf.

Fasziniert folgten die Blicke der christlichen Kämpfer den bischöflichen Bewegungen. Von mehr als eintausend leuchtenden Augenpaaren begleitet, senkte Hildeward von Zeitz das Kästchen wieder und zog äußerst vorsichtig das Ende eines Tuches daraus hervor. Ergriffen fielen die Versammelten nacheinander auf die Knie.

Mit dem heiligen Schleier zwischen den Fingern erschauderte Bischof Hildeward, und seine Wangen zeigten erneut rote Flecken. Sein schmaler Körper schien vor Entzückung zu beben. Dann, nach einer Weile der Entrückung, setzte er erneut an: »Vor der Enthauptung des heiligen Paulus lieh die fromme Plantilla dem Todgeweihten ihren Schleier, damit er sich die Augen in seinem letzten Moment auf Erden verbinden konnte. Gleichzeitig sah sie in einer Vision Petrus und Paulus mit Siegeskronen auf den Häuptern in die heilige Stadt einziehen.« Erschöpft ließ Bischof Hildeward das Kästchen vor seine Brust sinken.

Kaiser Konrad reckte sein Schwert in die Luft. »Der Schleier der Plantilla wird uns helfen, unser Land zurückzuerobern.« Unter der Leitung des Bischofs Hildeward und des Markgrafen Hermann von Naumburg werden wir die Aushebung der Fundamente unverzüglich angehen. Als Erstes wird Euer aller Chor fertiggestellt werden.«

Uta fiel in das vom Kaiser angestimmte Gebet mit ein, gleichzeitig vermochte sie den Blick nicht von dem heiligen Schleier abzuwenden. Wenn er den Weg bis nach Naumburg gefunden hatte, musste er die Mark Meißen einfach beschützen. Sie sah, wie sich gebeugte Rücken wieder strafften und Füße wieder fester auf den sandigen Boden der Vorburg gesetzt wurden. Als ob sich die Kämpfer mit allen zehn Zehen auf ihrem Land, das sie nicht länger herzugeben gewillt waren, festkrallen wollten. Dem Schleier der Plantilla ist es gelungen, dachte sie, die Mauer zwischen dem Kaiser und seinem Heer niederzureißen.

»Brecht auf und vertreibt die Feinde, Männer!«, sagte der Kaiser kraftvoll. »Mit dem Bau unserer Kathedrale ist Euch ewige Kraft sicher!«

»Wir schaffen es!«, riefen erste Kämpfer in den vorderen Reihen. »Die Kathedrale wird uns beschützen!«, stießen andere hervor, und die Botschaft gelangte auch bis zu jenen, die an die Mauern gepresst standen und die Fenster und Türen der Wirtschaftsgebäude belagerten. Unter Jubel fielen weitere in die Rufe ein. Zum Zeichen der Zustimmung reckten die Liutizen ihre Messer in die Höhe.

»Und nun lasst Euch vom Geist des heiligen Paulus, der auf den Schleier der Plantilla übergegangen ist, segnen!«, rief der Kaiser, nachdem Bischof Hildeward mit dunkelroten Wangen neben ihn zurückgekehrt und auf einen zweiten Sandstein gestiegen war. Konrad war erleichtert, die Männer von der Selbsthilfe überzeugt zu haben – vorerst der einzige Ausweg. Denn ein Feldzug bedurfte der Vorbereitung – mindestens ein Jahr. Währenddessen konnte er nur defensive Maßnahmen zur Unterstützung der Sachsen einleiten: die Förderung des Wiederaufbaus der zerstörten Gebiete. Womit er seinem Heer zugleich den Weg in die Grenzgebiete bereitete. Ein Jahr würden die Sachsen, allein durch den Glauben und durch einige

lothringische Kämpfer gestärkt, durchhalten müssen. Gott stehe ihnen bei!
»Reiht Euch ein, um den Segen zu empfangen«, verkündete der Magdeburger Erzbischof, in dessen Herrschaftsbereich das Naumburger Bistum fiel, und trat neben den Zeitzer Hildeward, der mit der Verlegung seines Bischofssitzes nach Naumburg nun eine neue Heimat finden musste.
Zuerst drängten sich die geistlichen Berater des Kaisers zur Segnung. Stolz, der Hausherr der neuen Kathedrale zu werden, begann Hildeward von Zeitz, den Segen über dem Kopf des gebeugten Havelberger Bischofs zu sprechen. Dazu brachte er das geöffnete Kästchen auf Höhe von dessen Mitra und machte das Kreuzzeichen. Bischof Hildeward strahlte, als er spürte, wie die heilige Wärme dabei auch auf seinen Körper überging. Die abschließende Segnung übernahm Erzbischof Humfried von Magdeburg. »Die heilige Plantilla und der heilige Paulus beschützen Eure Seele«, beschied er dem Havelberger Bischof und schritt auf den nächsten Gläubigen in der Reihe zu.
Es dämmerte bereits, als Uta den Segen unter dem heiligen Schleier empfing. Danach trat sie aus der Masse heraus und schaute zur Mitte des Platzes. In ihrem neuen Zuhause würde eine Kathedrale entstehen. Der Kaiser pflegte sein Gericht vornehmlich in Kathedralen abzuhalten, erinnerte sie sich an die Worte Kaiserin Giselas. Die neue Kirche würde demnach für die Anklage eines Mörders geeignet sein. Doch ihr Bau dauerte mehrere Jahre. Würde sie mit der Anklage des Vaters so lange warten können? Im nächsten Augenblick sah sie den Vater in dem neuen Gotteshaus vor dem Kaiser niederknien und den Richterspruch empfangen. Vielleicht vor der nach innen gewölbten Westwand? Sie würde warten können! Tief in ihrem Inneren spürte Uta, dass ihr die neue Heimat zu Ge-

rechtigkeit verhelfen könnte. Und die Bauzeit würde sie nutzen, um Beweise zu sammeln.
»Ich spüre weniger Kälte«, konstatierte sie und schaute an sich hinab. War dies das Zeichen dafür, dass ihre Seele endlich ruhiger wurde? Bis zur Fertigstellung der Kathedrale musste sie nun nur noch ihre Ehe durchstehen. Und Hazecha in Frieden wissen.

8. Mit Mut und Schürze

»Die Verlegung des dem heiligen Petrus und Paulus geweihten Bischofssitzes von Zeitz wird hiermit gewährt«, begann Bischof Hildeward die lang erwartete Breve, die der Heilige Vater an ihn persönlich gerichtet hatte, vor der Runde zu verlesen, die sich in der bischöflichen Arbeitskammer versammelt hatte. »Kraft apostolischer Machtvollkommenheit wird die Errichtung des neuen Bischofssitzes in Naumburg mit dem gesamten Zubehör der heiligen Zeitzer Kirche befürwortet.«[17] Hildeward schaute kurz von der Urkunde zum gegenüberliegenden Wandteppich mit dem Bild des Gekreuzigten. Dann, nach einem Moment der Stille, verkündete er: »Ich nehme die Weisung des Heiligen Vaters an.«

»Die schriftliche Bestätigung des Papstes vervollkommnet nun die Bischofssitzverlegung«, sagte Hermann an die Runde gewandt. Er hatte die Zusammenkunft einberufen, um neben der Verlesung der päpstlichen Breve und der Übertragung der Verantwortlichkeiten während seiner Abwesenheit seinen Werkmeister vorzustellen. Dieser hatte zu seiner Linken Aufstellung genommen, während Uta in Begleitung des Burgvogtes zu seiner Rechten stand. Hermann, der sich nur allzu gut an die vorausgegangenen langjährigen Streitigkeiten wegen der Sitzverlegung erinnerte, erklärte deshalb nun an die anwesenden Domherren gewandt: »Wir sollten uns in unserer Dankbarkeit stets vor Augen führen, dass dies aufgrund der anhaltenden Bedrohung der östlichen Marken auch die si-

---

17 In Anlehnung an: Päpstliche Bulle von Johannes XIX., RI III,5,1 n. 108, in: Regesta Imperii Online, URI: http://www.regesta-imperii.de/id/1028–12–00_1 _0_3_5_1_108_108.

cherste Lösung für Zeitz ist. Der Bistumssitz wird nun weiter westlich in den Schutz einer modernen Befestigung gestellt. Natürlich bleiben die Bistumsgrenzen von der Verlegung unberührt.«
Auf Bischof Hildewards Gesicht lag ein Lächeln. Nicht das Bistum war der eigentliche Gewinner dieser Sitzverlegung, sondern er. Denn das heilige Überbleibsel hatte sich ihn, und keinen anderen, als Beschützer ausgesucht. Und um dieses weiterhin in heiligster Intimität erfahren zu können, musste er dieser Zusammenkunft zügig ein Ende bereiten. »Tassilo von Enzingen, tretet vor mich!« Hildeward verbannte das verräterische Lächeln aus seinen Zügen und streckte die knochige Hand zum Ringkuss vor.
Der Angesprochene, ein Mann von mittlerem Wuchs und mit kahlem Schädel, tat wie ihm geheißen und ergriff kniend die ihm hingehaltene Hand. Seine Lippen deuteten eine Berührung des bischöflichen Fingerrings an. »Ich freue mich, Euer Exzellenz endlich persönlich kennenzulernen.«
»Ich heiße Euch ebenfalls willkommen, teurer Freund«, vervollständigte Hermann den Empfang und trat einen Schritt auf den Meister zu, der ihm während der vorangegangenen Planungsvorbereitungen zum Vertrauten geworden war.
»Tassilo von Enzingen«, wiederholte der Bischof und fixierte dabei erneut den Wandteppich, der hinter den Köpfen der unleidlichen Besucher seine Aufmerksamkeit fesselte. »Vergesst nicht, dass jede Entscheidung den Bau betreffend entweder von mir oder von Markgraf Hermann abgesegnet werden muss.«
Meister Tassilo nickte, wie es von ihm erwartet wurde, auch wenn er bezweifelte, dass der Bischof sich der vielen kleinen Entscheidungen, die auf einer Großbaustelle jeden Tag getroffen werden mussten, bewusst war. Schon die ersten Entscheidungen wie die Zusammensetzung der Bruchsteine für

die Fundamentauffüllung an den Seitenwänden, die Breite der Fundamentschächte, die Größe der Tragekörbe oder die Beschaffenheit der Bretter für die Transportwege würden sein fachliches Urteilsvermögen weit überfordern.
»Meister Tassilo hat an der Klosterkirche des heiligen Michael sein Meisterwissen erworben«, erklärte Hermann an die neuen Naumburger Domherren gewandt. »Ein wahres Wunderwerk und entsprechend der neuen Bauweise ganz aus Stein und nicht mehr aus Holz errichtet.«
Meister Tassilo wollte gerade zu einer ausführlichen Erklärung ansetzen, als der Bischof ihm mit einer harschen Geste zu schweigen bedeutete und in scharfem Ton fragte: »Neu?«
Tassilo von Enzingen nickte. »Stein ist fester und zudem beständiger. Mit Stein lassen sich Häuser für die Ewigkeit bauen. Holz beginnt nach wenigen Jahren zu vergehen. Euer Gotteshaus wird wahrhaft fortschrittlich werden.«
»Fortschrittlich?«, fragte Bischof Hildeward und spürte, wie sich seine linke Hand zur Faust ballte. Ihm fiel der Siegelring an der Hand des Werkmeisters auf.
Meister Tassilo blickte irritiert zu Hermann.
»Was war Euer Meisterstück?«, wollte Hildeward wissen.
»Der Chor für den heiligen Michael«, antwortete Tassilo.
»Nur eine Klosterkirche?«, fragte Hildeward missbilligend.
»Euer Exzellenz«, setzte Hermann darauf zur Verteidigung seines Werkmeisters an, hielt dann aber inne, als Tassilo ihn mit einem Blick darum bat, für sich selbst sprechen zu dürfen.
»Wir reden von einem Chor mit Apsis, so wie wir ihn auch für Eure Bischofskirche bauen werden«, erklärte Tassilo und Hermann nickte. »Wir reden von einem Gotteshaus, mit dem ich hinreichend Erfahrung gesammelt habe, um die Geometrie des gebundenen Systems auch hier in Naumburg anzuwenden.«

Eine schlüssige Argumentation, fand Uta und nahm den Meister, der etwa in Hermanns Alter sein musste, unauffällig in Augenschein. Trotz der vornehmen Kleidung zeigten sein Gesicht, der Hals und sogar der kahle Schädel die sonnengebräunte Haut des arbeitenden Volkes.
Doch der Bischof ging nicht direkt auf die Worte des Werkmeisters ein. »Die Gemeinde ist der Leib Christi. Wer das für das Mahl nicht bedenkt, zieht Gottes Strafe auf sich. Deswegen sind so viele krank und schwach und sterben früh«[18], sprach der Bischof und hob die Hände beschwörend über den Kopf, wie Uta es schon einmal im Burgsaal gesehen hatte. Dabei fiel ihr der Ring am kleinen Finger seiner linken Hand auf, an dessen Ringkopf eine Vielzahl eiserner Stifte in rechtwinkliger Anordnung aufragte.
Hermann wagte einen weiteren Versuch, den Bischof von seinem Vorgehen zu überzeugen: »Die ersten Baupläne haben wir gemeinsam besprochen. Meister Tassilo wird sofort mit den Vermessungsarbeiten und Absteckungen beginnen. Mehrere tüchtige Männer hat er bereits von der Baustelle in Hildesheim mitgebracht.« Hermann stockte, als er den verbissenen Blick des neuen Bischofs nun auf Uta ruhen sah. »Exzellenz?«, fragte er mit fester Stimme.
Abrupt wandte der Bischof sich ab. »Pläne, sagtet Ihr?«
Meister und Markgraf nickten im selben Augenblick – inzwischen hatten sie die ersten Pläne gemeinsam fertiggestellt.
Es war Meister Tassilo, der das Wort ergriff: »Ich habe Erfahrungen mit Bauplänen. Ihre Verwendung in dem von uns geplanten Ausmaß ist zwar noch nicht sehr verbreitet, aber sie vermindern Transport- und Ressourcenknappheiten und erlauben uns somit Engpässen vorzubeugen. Wir können meh-

---

18 Hier und im folgenden Text frei zitiert aus: I Kor. 11,29–32, in: Berger, Klaus (2002): Paulus, Verlag C. H. Beck, S. 107.

rere Schritte gleichzeitig machen, ohne dass wir – wie es auf den meisten Baustellen üblich ist – auf die Fertigstellung des vorangehenden Bauabschnitts warten müssen.«
Uta erinnerte sich an das für ihre Augen verwirrende Linienspiel auf dem Leder und lächelte in sich hinein.
»Noch heute Abend werde ich Naumburg verlassen müssen, um meinem Bruder zu folgen«, wechselte Hermann das Thema. »Der Schutz Meißens benötigt unser aller Kraft. Und schließlich ist Meißen zuallererst meine Mark und unsere Heimat. Zudem muss der Feldzug gegen Mieszko für das nächste Jahr vorbereitet werden. Der Kaiser wünscht mich an seiner Seite.« Er schaute entschuldigend in Richtung seines Werkmeisters.
Jetzt verstand Uta auch, warum Hermann bereits Brünne und lederne Beinkleider trug.
Zielstrebig fuhr Hermann fort: »Meister Tassilo wird die Baustelle leiten und Euch über alle wichtigen Schritte auf dem Laufenden halten, Exzellenz.«
Bischof Hildeward schüttelte den Kopf.
»Ihr habt immer noch Bedenken, Euer Exzellenz?« Hermann bemerkte den ungebrochenen Argwohn im Gesicht des Geistlichen. »Ich kann Euer Exzellenz den Grundriss gern noch einmal erläutern.« Hermann wusste, dass er zwar das Ruder in der Hand hielt, der Bischof dem Papier nach jedoch der offizielle Bauherr war; nicht ein Markgraf, sondern ein Bischof baute Kathedralen. Ebenso formal korrekt hatte das neue Domkapitel die Finanzierung genehmigt. Die Münzen für den Bau stammten ausschließlich aus den Einkünften der markgräflichen Familie, was selten vorkam. Die meisten Gotteshäuser wurden über freiwillige Abgaben wie Almosen, Ablässe und Testamentsansprüche oder geborgte Gelder finanziert. Die gewählte Stiftungsfinanzierung besaß den un-

übersehbaren Vorteil, dass sie den Bau unabhängig von Abgaben machte, deren Höhe in Zeiten von Ernteausfällen und Krieg stark schwankte.

Uta sah, wie der Geistliche die Kiefer aufeinanderpresste und immer wieder den ungewöhnlichen Ring am kleinen Finger seiner linken Hand umfasste.

»Schaut her, Exzellenz«, bat Meister Tassilo und entrollte ein Pergament, das er zuvor in seinen Gürtel geklemmt getragen hatte. Er bedeutete den beiden Schreibern, die mit je einer Wachstafel in den Händen hinter dem Bischof auf Anweisung gewartet hatten, sein Pergament zu halten, und zeigte dann auf eine bestimmte Stelle. »Wir werden mit den Fundamenten des Ostchors beginnen.«

Uta trat vorsichtig neben die Herren und erblickte die feinen Linien, die sie von Hermanns Zeichnungen bereits kannte.

Bischof Hildeward zog roh an den Armen seiner Schreiber, damit diese das Pergament näher an ihn heranhielten.

Hermann hingegen beobachtete, wie Utas Blick neugierig den Linien folgte und sie Tassilos Erklärungen über die Mauerdicke und die geplante Deckenkonstruktion geradezu in sich aufsog.

»Meister Tassilo?«, fragte Hermann unvermittelt.

Der Meister ließ das Pergament sinken.

»Ich hatte bereits angedeutet, dass ich Euch weitere Unterstützung während der Zeit meiner Abwesenheit zukommen lassen möchte«, sagte Hermann.

Der Vogt machte einen Schritt auf den Werkmeister zu. »Mit Verlaub, lasst mich zu Ehren unserer heiligen Plantilla die Arbeit unterstützen«, bat er und rieb sich aufgeregt die Hände.

Hermann nickte und wandte sich dem Meister zu. »Natürlich steht Euch, Meister, mein Vogt, vollumfänglich zur Seite. Er

kennt die Rechnungsbücher und soll zukünftig sicherstellen, dass wir unsere Geldmittel mindestens für ein ganzes Jahr im Voraus planen können. Ich übertrage ihm das Amt des Schatzmeisters und zweiten Bauplaners. Erster Bauplaner bin ich.«
Nachdem der Vogt mit einer Verbeugung wieder einen Schritt zurückgetreten war, fuhr Hermann fort: »Und als dieser ordne ich als Erstes an, dass Streitigkeiten zwischen den Gewerken unverzüglich und vor Ort zu schlichten sind. Wir haben keine Zeit für lange Auseinandersetzungen. Zehn Jahre hat uns seine kaiserliche Hoheit für die Errichtung unserer Kathedrale zugestanden!«
»Sehr wohl, Markgraf«, bestätigte der Meister. »Wir werden Eure Anweisung befolgen.«
»Zudem möchte ich«, nahm Hermann das Wort wieder auf, »dass meine Schwägerin Euch unterstützt.«
»Ich?« Utas Puls schlug heftiger. Sie sah gezeichnete Linien, die sich zu Ansichten vereinten, und Vögel, die auf sie zuflogen.
»Ihr kennt den Grundriss bereits und könnt den Bau mit Euren organisatorischen Fertigkeiten unterstützen«, erklärte Hermann.
Hildewards Blick glitt entgeistert vom Wandteppich zu Uta. »Sie ist ein Weib und damit vom Herrn höchstens für die Burgverwaltung bestimmt, Markgraf!«
Das freudige Strahlen, das bei der Betrachtung von Meister Tassilos Zeichnung auf Utas Gesicht erschienen war, verschwand schlagartig.
Ungeachtet des bischöflichen Einwandes trat Hermann vor sie. »Traut Ihr Euch zu, Handwerker anzuwerben, Uta von Ballenstedt?«, fragte er und schaute sie hoffnungsvoll an. Er wollte sie nicht nur an seiner Vision, sondern auch an deren Umsetzung teilhaben lassen. »Wir haben gerade einmal zwei

Dutzend Arbeiter«, erklärte er. »Die politischen Ereignisse der letzten Tage haben uns bislang nicht erlaubt, mehr Handwerker anzuwerben.«
Uta überlegte nur kurz. »Ich möchte den Kirchenbau gerne unterstützen«, sagte sie dann und schaute in Hermanns braune Augen.
Hermann lächelte. »Meister Tassilo wird Euch morgen in die Arbeit einführen.«
Bischof Hildeward unterbrach den vertrauten Moment. »Sollte das nicht Graf Ekkehard entscheiden?« Der jüngere der beiden Burgherren ist schon eher nach meinem Geschmack, dachte er und betrachtete die Burgherrin abschätzig.
Widerwillig wandte sich Hermann von Uta ab. »Graf Ekkehard stimmt dem sicherlich zu«, versicherte er. »Sofern er bei seiner Rückkunft dennoch Einwände vorträgt, werden wir immer noch handeln können. Aber glaubt mir, Exzellenz, ich kenne meinen Bruder.«
Der Bischof antwortete mit starrer Miene: »Als Bauherr kann ich dafür keinerlei Verantwortung übernehmen, Markgraf!«
Hermann schaute zuerst zu Uta und dann zu Meister Tassilo. Beide nickten. Sie vorsichtig, er mutig. »Dann tue ich das!«, entgegnete Hermann entschlossen und fügte zur Erklärung hinzu: »Ich möchte den Kreis der engen Unterstützer klein halten. Das verringert Streit und Auseinandersetzungen. Genau daran scheitern viele Vorhaben.«
Uta nickte wieder.
»Bischof? Meister? Sofern irgendetwas nicht nach Plan verläuft, erwarte ich umgehend und wo auch immer ich mich befinde, verständigt zu werden, sogar auf dem Schlachtfeld. Und nun lasst uns noch gemeinsam ein Gebet für unseren Sieg gegen König Mieszko sprechen.«
Am Schluss des Gebets verspürte Bischof Hildeward den un-

bändigen Drang, dieser Runde nun endlich entkommen zu müssen. Die Verabschiedung fiel entsprechend knapp aus. Nachdem die Burgherrin als Letzte hinausgegangen war, verriegelte Hildeward die Tür der Kammer, die man ihm in seiner neuen Verantwortung als Naumburger Bischof neben einer weiteren Kammer zum Schlafen im ersten Geschoss des Turmes zur Verfügung gestellt hatte.

Fortschritt? Steine? Baupläne? Das Vorhaben wird alles andere als fromm und gottesfürchtig umgesetzt werden!, ging es Hildeward durch den Kopf. Nichts als Unreinheit hatten diese Leute soeben in seine Kammer getragen! Hildeward fühlte sich beschmutzt, ihn verlangte nach Reinigung. Wie zur Segnung hob er dazu die rechte Hand an. Den Mittelfinger mit dem Bischofsring knickte er zuerst ein. Danach verschwanden auch Ringfinger, Zeigefinger und Daumen in der Faust. Einzig der kleine Finger mit seinem neuesten Schmuckstück zeigte noch auf den Wandteppich neben der Tür. Der Ring, den er entzückt betrachtete, war ein Hebeschlüssel mit zehn runden Stiften, die nur ihm und sonst niemandem den Zugang zum Heiligtum hinter dem Teppich ermöglichten. Mit ausgestreckter Hand und zitterndem kleinem Finger trat er vor die Wand und schob mit der anderen den Teppich mit dem Gekreuzigten beiseite. Dahinter befand sich in einer Nische ein bronzenes Schränkchen, das fest im Mauerwerk verankert war. Das Schränkchen hatte mittig ein Schlüsselloch, das einzig ein besonderer Schlüssel zu öffnen vermochte: der Ring an seinem kleinen Finger. Seitdem er ihn vor fünf Tagen überreicht bekommen hatte, schien dieser mit seinem Fleische verwachsen zu sein.

Bedächtig führte Hildeward den kleinen Finger vor das Schloss. Beinahe lautlos rasteten die Stifte in das Schließsystem ein. Mittels leichten Drucks nach oben zog sich der

Federschließer zusammen, wodurch der Schließkolben freigegeben wurde und die Tür des Bronzeschränkchens geräuschlos aufschwang. Beim Anblick des darin enthaltenen Kästchens stockte Hildeward der Atem. Mit Adlerkrallen ergriff er das verwahrte Gut, hob es aus dem Schränkchen und presste es an seine Brust. Ein Schauder durchfuhr jede Faser seines schmächtigen Körpers. »Zeigt Euch mir, heilige Plantilla«, forderte er, während er den Deckel des Kästchens öffnete. Mit leuchtenden Augen blickte er auf den milchweißen Schleier. »Weiß – die Farbe der Reinheit!«, murmelte er, bevor er das Überbleibsel sanft berührte und vor Erregung bebend die Augen schloss. Alles würde gut werden. Er musste nur dafür sorgen, dass er dieses Heiligtum noch recht lange bei sich behalten konnte und es nicht gleich dem neuen Gotteshaus übergeben musste, sobald der Chor erbaut und zur Segnung bereitstünde.

Noch bevor sich die Strahlen der Herbstsonne durch das Fenster von Utas Kemenate stahlen, schlug sie die Augen auf und schaute auf das Pult, das sie sich am Vorabend hatte bringen lassen. In den kommenden Wochen würde sie viele Schreiben verfassen müssen, wofür ihr der Ständer hilfreiche Dienste leisten sollte. Nur in ein dünnes weißes Unterkleid gehüllt, erhob sie sich und ging zu dem Pult vor dem Fenster. *Beim Schreiben arbeitet der gesamte Körper,* hatte Äbtissin Hathui stets zu sagen gepflegt. Uta schloss die Augen und träumte sich in die Vergangenheit. *Am besten schreibt Ihr im Stehen. So erhalten Eure Buchstaben geradlinigere Formen als in der eingeschränkten Sitzhaltung,* hörte sie die Stimme der Äbtissin, die sie vor zehn Jahren in Gernrode warmherzig aufgenommen hatte. Uta war, als spüre sie wieder Hathuis Atem im Nacken, wie damals, als sich diese in der Schreibstube hinter sie gestellt hatte, um die Gradlinigkeit ihres Rückens zu überprüfen. *Jetzt stellt Euch den Kiel und das Tintenfass zurecht. Ihr müsst stets ungehinderten Zugriff darauf haben!* Lächelnd öffnete Uta die Augen und ergriff die Schreibutensilien, die sie am gestrigen Abend ebenfalls bereitgestellt hatte. »Von der Pflege der Gärten«, sagte sie gedankenverloren in Erinnerung an die erste Abschrift, die ihr in Gernrode übertragen worden war. Sie nässte den Kiel in der Tinte, straffte den Rücken und setzte an:

Schwesterliche Liebe und Gottes Beistand möge Dir, Hazecha, unser allmächtiger Gott gewähren.
Wie schön die Momente sind, in denen ich an dich denke. Bitte lass mich wissen, wie es dir geht. Ich habe so lange nichts von dir gelesen. Verbietet die Äbtissin dir jegliches Kontakt nach draußen? Auch wenn du mir nicht schreiben kannst, möchte ich dich von mir wissen lassen. Das Leben auf der neuen Burg hat eine große Überraschung für mich bereitgehalten. Mein Schwager Hermann plant, eine Bischofskirche zu bauen.
Auf meiner Zeichnung kannst du sehen, wie formschön sich der geplante Bau auf den Burgberg einfügen würde. Die Zeichnung habe ich – mit einer zusätzlichen Beschriftung für dich – von der Skizze übertragen, die Markgraf Hermann einst auf dem Weg nach Rom in einer Bibliothek entwarf. Meine weniger guten Zeichenkünste mögen Gott und du mir gleichermaßen verzeihen. Meinst du nicht auch, dass die neue Bischofskirche genau zwischen die beiden vorhandenen Gotteshäuser passt? Als ob die Lücke zwischen ihnen geradezu darauf gewartet hätte, mit einem Gotteshaus gefüllt zu werden. Ich bin sehr gespannt, wie die Planung vorankommt. In meinem nächsten Schreiben

kann ich dir sicherlich schon mehr berichten. Stell dir vor, dass mir die wichtige Aufgabe übertragen wurde, die Handwerker anzuwerben! Ich werde mein Bestes geben und viel lernen, dessen bin ich mir sicher.
Bitte behandle den Inhalt dieses Schreibens vertraulich und lass meine wie deine Worte unser schwesterliches Geheimnis sein.
Der liebe Gott möge dir Gutes gewähren. Auch Schwester Alwine schließe ich in meine abendlichen Gebete mit ein. Ich bitte dich, mir ein Zeichen zukommen zu lassen, dass es dir gutgeht, Hazecha. Das wünsche ich mir so sehr.

Gegeben in Naumburg am Fest des kostbaren Blutes Christi, im Jahre 1028 nach des Wortes Fleischwerdung.
Deine Uta

Im selben Moment, in dem Uta den Federkiel ablegte, klopfte es.
»Ich bin es, Herrin«, sagte Katrina von der anderen Seite der Tür.
»Tritt ein«, bat Uta etwas verwundert darüber, dass das Mädchen bereits vor Sonnenaufgang wach war.
»Ich habe Eure Schritte gehört«, sagte Katrina zurückhaltend und reichte Uta das Tagesgewand, das sie sorgfältig gefaltet über dem Arm trug. Als sie Uta nur im Untergewand am Schreibpult stehen sah, schaute sie verlegen zur Seite.
»Du bist sehr aufmerksam, Katrina«, bedankte sich Uta, worauf sich Katrina sofort daranmachte, ihr ins Obergewand zu helfen und ihr das Haar mit geschickten Griffen unter dem Ehe-Schleier festzustecken. Das Frühgebet sprach Uta nicht wie sonst in der kleinen Burgkirche, sondern direkt in ihrer Kemenate. »Nimm dich der Kemenate an, Katrina. Ich muss nun zum Meister.« Begleitet von zwei Bewaffneten begab sie sich zur Turmkammer.

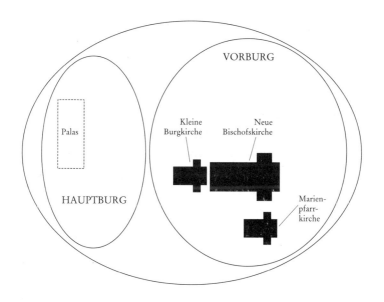

Im obersten Geschoss des Turmes angekommen, empfing Meister Tassilo sie höflich und mit einer Verbeugung. In der Kammer, die von nun an nicht mehr nur Hermann von Naumburg, sondern auch seinem Werkmeister zum Arbeiten diente, fühlte sich Uta sofort wieder von den Linien und geometrischen Formen des Entwurfes angezogen. Sie trat vor jenen Abschnitt, den ihr Hermann einst als Chor erklärt hatte, und sah schmunzelnd auch heute wieder den Käfer auf der Zeichnung.

»Euch sind die Pläne bereits vertraut, Gräfin, nicht wahr?«, fragte der Meister und trat neben Uta, die mit den Fingerkuppen einige der Linien auf dem Leder nachfuhr.

»Den Chor und die Westwand hat der Markgraf mir bereits erklärt, und ich kenne seine Vision von der Kirche, der Stadt und dem Markt.«

»Das ist gut«, sagte der Meister. »Denn diese Vision verbindet uns drei. Nur wenn wir an sie glauben und bereit sind, viel dafür zu tun, wird es uns gelingen, sie umzusetzen. Habt Ihr schon einmal eine Bauzeichnung erstellt?« Tassilo zog ein ganzes Bündel davon unter dem Schreibtisch hervor. »Grundriss, Schnitt, Ansicht, Obergaden, Maßwerk, Tonnengewölbe, Deckenstützen, Altar!«, zählte er auf und blätterte dabei durch die Seiten.
Mit leuchtenden Augen verneinte Uta.
»Dann tretet in die Mitte des Raumes mit dem Rücken zur Tür, so dass Ihr den gesamten Grundriss überblicken könnt«, bat der Meister und machte es ihr vor.
Uta folgte seiner Anweisung und richtete den Blick auf das Wandleder.
»Der Bereich, in dem sich Mittelschiff und Querhaus treffen, wird Vierung genannt. Die Länge und Breite dieses besonderen Rechtecks stellt die Maßeinheit, nach der das gesamte Bauwerk proportioniert wird. Es verbindet alle anderen Bauteile miteinander. Deswegen heißt das Proportionieren mittels Vierung auch gebundenes System«, begann er, die überdimensionale Zeichnung an der Wand zu erklären.
Der Meister hat von Schiffen gesprochen, dachte Uta und lächelte. Schiffe, Käfer, Vögel und Flügel.
Danach trat Tassilo vor das Kalbsleder und fuhr fort: »Die Vierung ist das Herzstück unserer Kathedrale und deswegen in auffallend roter Tinte gezeichnet. Unsere Vierung hat die Form eines Quadrates – das ist eine geometrische Figur mit vier gleich langen Seiten. In den zwei Armen des Querhauses erscheint das Quadrat der Vierung je einmal.« Tassilo schaute vom Wandleder zu Uta. »Vermögt Ihr, das zu erkennen?«
Uta suchte zwei Bauteile, die jeweils genauso groß wie die Vierung waren, und nickte. Es waren die kürzeren Arme des

kreuzförmigen Bauwerks, ober- und unterhalb des rot hervorgehobenen Vierungsquadrats, wenn man direkt vor dem Grundriss stand und auf diesen blickte. Identisch zum Chor besaßen beide eine Auswölbung.

»Im Mittelschiff taucht das Quadrat dreimal hintereinander auf. Das Mittelschiff ist also dreimal so lang wie einer der Querhausarme. Der Westchor besitzt nur die halbe Größe der Vierung und schließt sich an die drei Vierungsquadrate des Mittelschiffes an. Der Ostchor, der sich am anderen Ende des Bauwerks zwischen Querhaus und Apsis befindet, ist wieder so groß wie ein ganzes Vierungsquadrat.«

Gebannt war Uta den Ausführungen des Meisters gefolgt und zählte nun nach.

»Dreimal im Mittelschiff, Meister«, bestätigte sie, ohne die Augen von der Zeichnung zu nehmen. Dann betrachtete sie den Westchor, der nur eine halbe Vierung enthielt und tatsächlich nur halb so groß wie der Ostchor war. »Und die Kreuze in den ...«, sie begann nach dem richtigen Begriff zu suchen, als Meister Tassilo auch schon ergänzte: »Die Kreuze in den Seitenschiffen?«

»Ja.« Uta prägte sich das Wort fest ein. »Warum tauchen die nicht im Mittelschiff auf?«

»Die Kreuze markieren die Gewölbe«, entgegnete Tassilo. »Das Mittelschiff wird von einer hölzernen Flachdecke überspannt, die Seitenschiffe hingegen werden steinerne Gewölbedächer bekommen.«

Während sich das Liniennetz um den käferartigen Chor in Utas Vorstellung weiter aufklärte, fuhr Meister Tassilo fort: »Wir werden noch viele, wahrscheinlich an die hundert Zeichnungen erstellen müssen. Unser Ziel ist es, alle Pläne mindestens ein Jahr vor Beginn ihrer Umsetzung vorliegen zu haben, so dass wir Gelder und Verfügbarkeiten, noch bevor die verschiedenen Gewerke mit der Arbeit beginnen, miteinander abgleichen können.«

Bei dem Wort Gewerke erinnerte Uta sich an den eigentlichen Grund ihres Besuchs. »Welche Gewerke werden wir in den ersten Phasen benötigen, und welche Fertigkeiten werbe ich am besten an?«

»Für die Planung haben wir ein Buch angelegt. Schaut her.« Meister Tassilo schlug eine zweite, pralle Pergamenten-Sammlung auf. »Stellt Euch vor, dass für die meisten Gebäudeteile immer die gleichen Schritte abzuarbeiten sind. Der erste Schritt ist stets das Ausheben des Erdbodens und das Setzen der Fundamente. Dies gilt zeitversetzt für alle sieben Gebäudeteile: für den Ostchor, den Westchor, die Westkrypta, für das Querhaus, für das aus Mittel- und Seitenschiffen bestehende Langhaus, für die Osttürme und für die Westtürme. Sie alle benötigen eine Stütze tief im Erdboden, damit der Bau nicht ins Wanken gerät. Danach ziehen wir für jeden Gebäudeteil die unteren und die oberen Wände bis zum Dachansatz hoch. Auf diesen ruht dann das Dach oder das Gewölbe.«

Uta verstand. »Also drei Schritte für jeden Gebäudeteil.«

»Wenn das Dach aufgesetzt ist, sind wir noch nicht ganz fertig.« Tassilo deutete auf eine farbige Zeichnung, die ein Knäuel von Leitungen offenbarte. »Wenn wir das Dach dichthaben, müssen wir Ableitungen anbringen, damit das Mauerwerk und die Holzkonstruktion des Daches nicht vom Regenwasser aufgeweicht werden. Und schließlich schaffen wir die Portale und Feinheiten im Inneren wie die Verzierungen an den Stützpfeilern. Erst wenn die Glocken in den Türmen hängen und den richtigen Klang von sich geben, sind wir wirklich fertig.«

»Ein komplexes Wunderwerk«, meinte Uta ehrfürchtig und schaute erneut auf das Grundrissleder an der Wand.

»Ein Wunderwerk ist es, wenn wir es innerhalb eines solch strengen Zeitrahmens wie in unserem Fall fertigstellen können. Zehn Jahre sind für eine Kathedrale rein gar nichts. Deswegen werden wir die Klausur, in die sich die hiesigen Geistlichen zurückziehen können, auch erst nach Fertigstellung der Kathedrale bauen.«

»Aber wie können wir es denn dann überhaupt schaffen?«, fragte Uta und wiederholte gedanklich noch einmal die vier soeben erfahrenen Bauphasen: Fundamente, Mauerwerk, Dach sowie Feinheiten.

»Indem wir planen und zeichnen«, erklärte Meister Tassilo überzeugt. »Wir haben jeden Bauabschnitt separat geplant. Ein jeder umfasst zwei oder drei der sieben Gebäudeteile und durchläuft die vier Schritte: Fundament, Mauern, Dach, Feinheiten. Wir beginnen mit dem Ostchor und der Westkrypta. Sobald die Mauern des Chores stehen, kann der Altar darin bereits geweiht und auch der Schleier der heiligen Plantilla eingelassen werden. Das ist der erste Bauabschnitt. Der zweite Bauabschnitt umfasst die Gebäudeteile Langhaus und Querhaus. Natürlich arbeiten wir gleichzeitig auch an den Gebäudeteilen der vorangegangenen Bauabschnitte weiter.«

Uta war beeindruckt. »Wir bauen also an mehreren Gebäudeteilen parallel.«

»Genau.« Meister Tassilo nickte. »Erst im dritten Bauabschnitt fangen wir mit dem eigentlichen Westchor und den Türmen an, beenden die Gebäudeteile des ersten Bauabschnitts und führen den zweiten Bauabschnitt weiter. Zu dieser Zeit wollen wir bereits das Dach auf dem Ostchor haben: von heute ab gesehen in vier Jahren.«

Uta durchdachte die Worte des Werkmeisters erneut. Von einem solch komplexen Vorhaben hatte sie noch nie gehört.

»Wir können also zum heutigen Zeitpunkt schon genau sagen,

wann wir welche Arbeiter, Werkzeuge, Materialien und natürlich wie viel Geld wir für den ersten Bauabschnitt benötigen. Dadurch haben wir sie spätestens wenige Wochen vor Beginn auch zur Verfügung.«
Uta grübelte. »Das funktioniert aber nur, wenn es keine verzögernden Zwischenfälle gibt.«
»Richtig, Gräfin. Deswegen skizzieren wir auch so genau vorab und besprechen die Planung rechtzeitig mit den Gewerkmeistern.«
Wir werden zeitweilig also an allen sieben Gebäudeteilen gleichzeitig arbeiten!, dachte Uta fasziniert. »Wie viele Arbeiter benötigen wir denn für den ersten Bauabschnitt?«
Tassilo erinnerte sich an seinen letzten Auftrag. »In Hildesheim waren es einhundertfünfzig Steinbrecher und Transportarbeiter. Zudem einhundertfünfzig Steinmetze und Maurer, dazu kamen an die fünfzig Schmiede, Wagner und Zimmerleute.«
Uta prägte sich die genannten Gewerke ein. »Benötigen wir alle Handwerker von Beginn an?«
»Ich denke schon und in Anbetracht der Größe des Baus sogar noch einige mehr, Gräfin.«
»Wie groß wird er denn genau?«
Daraufhin zeigte Meister Tassilo auf die Lederzeichnung an der Wand. »Seht Ihr dort unten die Zahlen?«
Uta las: »1:20.«
»Das ist der Maßstab. Unsere Kirche wird also zwanzigmal größer als hier abgebildet, genauer gesagt: Hier ist sie dreizehn Fuß lang, draußen auf dem Platz werden es zweihundertsechzig[19] Fuß werden.«
Uta staunte. Alles passte zusammen, und jeder Buchstabe, ja

---

19 260 Fuß entsprechen ca. 81 Metern, 13 Fuß entsprechen ca. 4 Metern.

sogar jeder Strich erfüllte eine unverzichtbare Aufgabe. »Ich werde den Vogt befragen, wie hoch die üblichen Löhne für diese Arbeiten hier sind, damit wir sie ausschreiben können.« In Gedanken ging sie bereits ihren neuen Tagesablauf durch: Morgengebet bei Dunkelheit, dann Schreibarbeiten zum Anwerben der Handwerker anstelle des morgendlichen Ausritts, danach Burgverwaltung und Vorratsorganisation für das Heer.
»Herrin?« Katrina war nach einem Klopfen heftig atmend eingetreten. »Das Kind!«, sagte sie ungewohnt dringlich. »Es kommt!«
Utas Gedanken kehrten vom Grundriss, den Bauabschnitten und der neuen Tagesplanung nur langsam in die Gegenwart zurück. »Das Kind?«
»Sie schreit schon«, sagte Katrina und trat von einem Bein aufs andere.
»Erna!«, entfuhr es Uta entsetzt. »Meister Tassilo, entschuldigt mich. Habt Dank für Eure Erklärungen. Noch heute werde ich die ersten Schreiben aufsetzen.« Mit Katrina an der Seite stürzte sie aus der Turmkammer.

Als sie die alte Schmiede betraten, herrschte dort Aufregung. Eine ältere Frau, die Uta wegen ihrer Leibesfülle an ihre Amme erinnerte, scheuchte ein junges Mädchen durchs Haus. »Frische Lappen, damit wir die Wöchnerin reinigen können!« In ihrer Hektik bemerkte die Frau gar nicht, dass die Burgherrin eingetreten war, und verschwand grußlos in einem Nebenraum.
Besorgt um die Freundin, eilte Uta die Treppe ins Obergeschoss hinauf. Wenn es Erna nur gutging! Vor der Kammertür sprach sie hastig ein Gebet für das Wohlergehen der Freundin. Dann öffnete sie die Tür und erblickte Erna, die in ihrem

Bett lag und selig lächelnd ein Bündel in ihren Armen wog.
»Erna, dir geht es gut!« Uta stürmte an die Seite der Freundin und umarmte sie heftig.
Als Antwort reckte Erna ihr das schreiende Neugeborene entgegen. »Darf ich vorstellen – unsere Luise!«
Unbeholfen nahm Uta das Kind entgegen und betrachtete die winzige Portion Mensch, die in dickes Leinen eingehüllt war und ihr schreiend die rosafarbigen Ärmchen entgegenstreckte. Luise besaß das krause Haar Ernas in der glutroten Farbe des Vaters. Es wuchs dem kleinen Mädchen in einem schmalen Streifen mitten über den Schädel. Wie eine kleine Füchsin, dachte Uta.
»Wieg sie ein bisschen, das beruhigt«, empfahl Erna und deutete eine Wiegebewegung an.
Besorgt, eine der dünnen Gliedmaßen zu verletzen, begann Uta, das Mädchen zu wiegen. Mit jeder ihrer Bewegungen fielen Luise die Augen ein wenig mehr zu. Da ertönte ein Schrei aus der Ecke der Kammer.
»Darf ich Euch vorstellen, Gräfin, das ist unsere Erstgeborene, Selmina«, sagte Arnold stolz und trat mit einem zweiten Bündel vor Uta.
Verblüfft schaute diese von ihrem Mädchen auf das in Arnolds Armen und erblickte noch eine zweite Füchsin. »Zwillinge«, hauchte sie fasziniert und hätte die kleine Luise vor Erstaunen beinahe fallen gelassen. Zur Sicherheit legte sie das Neugeborene zurück in Ernas Arme. Katrina, die an der Tür zur Kammer stehen geblieben war, lächelte verstohlen, wobei die Hasenscharte an ihrer Oberlippe den Blick auf ihre Schneidezähne freigab.
»Ich freue mich so, dass ihr, du und die Kinder, die Geburt gut überstanden habt«, sagte Uta, während Arnold die schreiende Selmina durch die Kammer trug.

Erna hatte Tränen des Glücks in den Augen. »Möchtest du ihre Patentante werden?«
Uta strich der Freundin über das schweißnasse Haar. Auch an Arnold gewandt sagte sie: »Es wäre mir eine Ehre.«
In diesem Moment trat die Wehmutter mit einer dampfenden Schüssel Wasser ein. »Gräfin«, grüßte sie und verbeugte sich so tief, wie es ihr mit der vollen Schüssel in den Händen möglich war. Worauf Luise in das Schreien ihrer Schwester mit einfiel.
»Ich glaube, sie fordern ihre erste Mahlzeit«, meinte Erna stolz.
»Gebt jedem Kind eine Brust«, wies die Wehmutter die Wöchnerin an. »Und danach reinigen wir Euch vom Geburtsfleisch!«
Uta verabschiedete sich und küsste Luise und Selmina auf die Stirn. »Erna, bitte lass mich wissen, wenn du etwas brauchst!« Doch die junge Mutter war schon wieder in den Anblick des kleinen Mädchens in ihren Armen versunken.
Stattdessen nickte Arnold. »Danke, Gräfin.«

Aribo von Mainz schaute auf das mit schwarzen Seidenkreuzen bestickte handbreite Band auf seiner Brust und setzte mit jedem Schritt den gusseisernen Stab in seiner Rechten laut auf den Boden. Ihm folgten einige Äbte und Bischöfe seines Verwaltungsbezirks. Aus dem Augenwinkel nahm er die Verbeugungen der Lakaien wahr, die ihm Respekt zollten. Am Ende des Ganges angekommen, öffnete er die Tür zu seiner Arbeitskammer, blickte sich kurz zu der Gruppe Geistlicher um, die ihm ihre kleinlichen Sorgen vorzutragen wünschte, und trat ein. Als der Abt von Prüm ansetzte, ihm zu folgen, zog Aribo schnell die Tür hinter sich zu.
»Verdammtes Pontifikalamt!«, zischte er, griff nach der Schei-

telkappe auf seinem Haupt und warf sie auf den Arbeitstisch. »Die Messe zu Mariä Entschlafung wird im nächsten Jahr jemand anders lesen! Ich hätte nicht nur die Lichterprozession abgeben sollen.« Mit diesen Worten ließ er sich auf seinem gepolsterten Stuhl vor dem Fenster nieder.
Aufgeregte Stimmen drangen durch die Tür zu ihm herein.
Diese kleingeistigen Leute, diese verbissenen Äbte und zu Stumpfsinn neigenden Bischöfe konnte er jetzt nicht ertragen; einen guten Schluck vom besten Roten dagegen schon eher. Und so goss sich Aribo einen Becher Wein ein und nahm gleich einen kräftigen Schluck davon. Beim Betrachten des Getränks, dessen Reben auf den Hügeln Roms wuchsen, verzog er angewidert das Gesicht. Doch wie sollte ihm der Rebensaft der heiligen Stadt auch noch munden, wo ihn doch der dortige unwürdige Nachfolger Christi auf Erden derart vor den Kopf stieß. Mit dem süffisanten Nachsatz, dass er damit lediglich dem Ansinnen seines Vorgängers entspräche, hatte Papst Johannes XIX. ihn jüngst über das gegen ihn eingeleitete Verfahren zum Entzug des Palliums informiert – sicherlich angestachelt von seiner Verwandtschaft: Bei den römischen Adelsfamilien schien sich etwas zusammenzubrauen. Nach den vergangenen vier Jahren, in denen ein Marionettenpapst auf dem Stuhl Petri gesessen hatte, einer, der jeden zum Kaiser krönte, den er, Aribo von Mainz, vorschlug, wendete sich nun das Blatt. Die Konsequenzen für seinen Affront gegenüber dem seligen Benedikt VIII., dem Bruder des jetzigen Papstes, hatte Aribo schon längst im Schlick des undurchsichtigen vatikanischen Tümpels versanden gesehen. Doch nun wurde die unselige Angelegenheit, die von einem Weib im Hammersteiner Ehestreit heraufbeschworen worden war, wieder an die Oberfläche gespült. Aribo sah Gisela von Schwaben vor sich, die sich damals in die Diskussion um die

Nah-Ehe eingemischt hatte, und sein Gesicht verzog sich zu einer angewiderten Grimasse. »Johannes XIX., durch Simonie und Gewaltandrohung auf den heiligen Stuhl gelangt: mit der Drohung, mir das Pallium entziehen zu wollen, hast du deine Befugnisse eindeutig überschritten!« Aribo war sich sicher, dass er den Papst, bevor dessen Ansinnen ihm tatsächlich gefährlich werden würde, immer noch eines Besseren belehren könnte.
Als es klopfte, drehte Aribo der Tür gleichgültig den Rücken zu.
»Ich bin es, Euer Exzellenz, Kaplan Wipo«, war vom Gang her zu hören.
Aribo trank einen weiteren Schluck, während sein Blick nachdenklich aus dem Fenster glitt.
Es klopfte erneut.
»Was gibt es?«, schrie er ungehalten und wandte den Kopf.
In eine einfache, knielange Kutte gekleidet, betrat Wipo die Arbeitskammer. Beim Anblick des Erzbischofs schienen sich seine Augen tiefer in die Höhlen zurückziehen zu wollen.
»Ein Schreiben aus dem Erzbistum Magdeburg, Euer Exzellenz«, rechtfertigte Wipo seine Störung und verharrte an der Tür.
Aribos Mundwinkel zuckten kaum merklich. »Was will Humfried von uns? Seine Probleme mit den Weltlichen seines Erzbistums soll er gefälligst alleine klären!«
»Euer Exzellenz, das Schreiben ist aus Naumburg«, entgegnete Wipo höflich. »Bischof Hildeward sendet uns eine Abschrift der päpstlichen Urkunde, die die Verlegung des Bischofssitzes von Zeitz nach Naumburg bestätigt.«
Dann ist es wohl nicht mehr rückgängig zu machen!, ging es Aribo durch den Kopf. Die neue Kathedrale würde tatsächlich im Magdeburger Erzbistum gebaut werden. Bereits wäh-

rend der Kaiserreise nach Italien hatte er von dem Ansinnen des Meißener Markgrafen erfahren, eine Kathedrale bauen und dafür die Verlegung des Bischofssitzes von Zeitz nach Naumburg beim Papst erwirken zu wollen. Als nicht ungefährlich für ihn selbst, hatte Aribo dem Ansinnen damals keine weitere Beachtung geschenkt. Wie irrsinnig Hermann von Naumburg doch war, das Erbe seiner Familie für die Finanzierung eines Gotteshauses zu verschwenden. »Legt die Urkunde auf meinen Tisch, Hofkaplan«, wies er Wipo an. »Ich werde sie später in Augenschein nehmen.«

Wipo tat, wie ihm befohlen. »Bischof Hildeward hat noch ein Begleitschreiben beigelegt, Eurer Exzellenz«, fügte er hinzu, als er bemerkte, wie der Erzbischof das Schreiben aus den Augenwinkeln heraus fixierte.

»Nun lest schon vor und lasst Euch nicht erst bitten!«, forderte Aribo, obwohl er sich seiner Abendruhe beraubt fühlte.

»Um die Kraft und den Glauben der Kämpfer zu stärken«, begann Wipo einige sichere Schritte vom erzbischöflichen Stuhl entfernt zu lesen, »beschloss Kaiser Konrad II. in Naumburg eine Kathedrale errichten zu lassen. Das Bauwerk soll in nur zehn Jahren mit dem Willen und der Unterstützung Gottes entstehen und der Ostgrenze dauerhaften Frieden schenken«, fuhr er fort und lächelte bei dem Gedanken an Uta von Ballenstedt, die dieses Wunderwerk entstehen sehen würde. Gleich morgen wollte er ihr einen Brief schreiben, nahm er sich vor und blickte geistesabwesend auf.

»Und weiter?«, schnaubte Aribo.

»Unsere Kathedrale wird durch den Schleier der heiligen Plantilla getragen, dessen Verwahrung mir übertragen wurde«, las Wipo. »Von einer Symbolkirche des Friedens sprechen die Gläubigen und von der Kathedrale der Kämpfer.«

Verblüfft strich sich Wipo mit der Hand über den Schädel

und las erst weiter, als der Erzbischof ihn erneut ermahnte. »Damit ist es dem Kaiser gelungen, Exzellenz, die Kämpfer zu stärken und die Ostgrenze unseres Reiches zu sichern. Mit der beiliegenden Abschrift der Urkunde komme ich meiner untertänigsten Pflicht nach, Eure erzbischöfliche Exzellenz über das Vorgehen in unserem Bistum zu informieren. Mit Gottes Segen mag dieser Bau die Menschen unseres Reiches noch näher an die Kirche tragen«, endete Wipo und rollte das Schreiben Hildewards wieder zusammen.
Nach einem Moment der Stille befahl Aribo von Mainz: »Ihr könnt gehen! Und vertröstet die Geistlichen vor meiner Tür auf morgen. Ich habe im Moment Wichtigeres zu erledigen!« Mit einer Verneigung verließ Wipo die Arbeitskammer.
Nachdem das Stimmengewirr vor seiner Tür verklungen war, trat Aribo, den Weinbecher in der Hand, erneut vor das pergamentlose Fenster. Er schaute auf die vom Mond beschienenen Umrisse der Kathedralruine und fuhr nachdenklich mit dem Handrücken über die Kreuzstiche seines Palliums. Die neue Kathedrale würde in diesem unbedeutenden Naumburg gebaut, eine Stadt, die er dem Kaiser nur deshalb empfohlen hatte, damit von dort das östliche Grenzgebiet des Reiches gesichert werden konnte. Dass mit dieser Symbolkirche das Ansehen der Stadt jedoch wachsen und Pilgereinnahmen sowie Handels- und Marktgelder sich vervielfachen und ins Säckel des Magdeburger Erzbistums wandern würden, hatte er keineswegs beabsichtigt. Sollte der römische Adel, der eigentliche Lenker der päpstlichen Macht, das unbedeutende Erzbistum Magdeburg etwa sogar deshalb stärken, um sich seiner, des mächtigsten Kirchenmannes gleich nach dem Papst, zu entledigen? Angewidert schüttete Aribo seinen Wein aus dem Fenster. Den Aufstieg der Stadt würde er zu verhindern wissen.

Uta hob den Kopf, der sich schwer anfühlte. Sie musste im Stehen eingenickt sein. In ihrer Hand hing noch der Kiel, mit dem sie in der vergangenen Nacht das mittlerweile fünfte Dutzend Schreiben für die Marktausrufer und Bauherren im Reich aufgesetzt hatte. Darin bat sie Steinbrecher, Steinmetze, Zimmerleute, Schmiede, Maurer, Wagner und Transportknechte, die andernorts nicht benötigt wurden, zur neuen Burg am Zusammenfluss von Saale und Unstrut zu kommen. Uta rieb sich die Augen und trat von ihrem Schreibpult zum Fenster. Die Herbstsonne brannte noch ungewöhnlich heiß. Sollten seit ihren ersten Anwerbungsschreiben vor zwei Mondumläufen tatsächlich erst einhundert Arbeiter auf die Baustelle gekommen sein, wo sie doch fünfhundert benötigten? Sie erinnerte sich, wie ihr der Vogt die üblichen Soldsätze für die verschiedenen Gewerke erklärt hatte, die ebenfalls Gegenstand der Anwerbungsschreiben gewesen waren, und legte den Federkiel beiseite. »Bestimmt brechen sie im kommenden Frühjahr zu uns auf. Sie scheuen die winterliche Reise.«
Uta hatte es nicht einmal geschafft, ihre Bibliothek einzurichten, geschweige denn irgendwelche Schriften über Gerichtsverhandlungen ausfindig zu machen. Das würde wohl erst möglich sein, wenn genügend Handwerker nach Naumburg gekommen waren.
»Was hält sie nur davon ab, auf unsere Baustelle zu kommen?«, überlegte sie laut. »Ziehen sie vielleicht allesamt auf die kaiserliche Baustelle in Speyer?«
Der Speyergau! Uta trat vom Fenster zurück und zog einen Brief unter dem zuletzt gefertigten Anwerberschreiben hervor. Es war ein Schreiben der Kaiserin, die sich nach ihrem Befinden erkundigt und ihr berichtet hatte, dass Adriana mit einem bulgarischen Grafen und Grete mit einem böhmischen Adligen verheiratet worden war. Zudem hatte die Kaiserin

von ihrer älteren Schwester Mathilde, Esikos Gemahlin, gesprochen. Deren Groll schien, den kaiserlichen Erwartungen entsprechend, durch Esiko gebändigt.
Beim Gedanken an die Familie musste Uta unwillkürlich an Hazecha denken. Warum nur schrieb ihr die Schwester nicht? Was, wenn die Schwester todkrank daniederlag? Sie musste etwas tun, nachsehen, wie es der Schwester ging. Aber Äbtissin Adelheid würde sicher einen Grund finden, sie auch dieses Mal nicht zu Hazecha zu lassen. Uta ging grübelnd in ihrer Kammer auf und ab. Hatte ihr Schwester Margit nicht von einer Reise berichtet? Schlagartig erinnerte Uta sich: Die Benediktinerinnen des Moritzklosters sollten den Heereszug begleiten, um die verwundeten und erkrankten Kämpfer zu versorgen.
»Gleich morgen werde ich Schwester Margit bitten, auf ihrem Weg zum kaiserlichen Heer über Gernrode zu reisen und sich mit eigenen Augen von Hazechas Wohlbefinden zu überzeugen«, sagte sie zu sich selbst. »Einer Benediktinerin kann Äbtissin Adelheid den Zutritt nicht verwehren.«
Uta ging zum Pult und zog einen weiteren Brief hervor. Ein Schreiben des Gatten, der ihr knapp berichtet hatte, dass Meißen noch nicht gerettet war und weitere Überfälle zwischen der Lausitz und Meißen zu erwarten waren. Die Kämpfer, so hatte ihr der Gatte stolz schreiben lassen, verdankten ihr Leben nicht nur dem Glauben an die heilige Plantilla, sondern auch und nicht zuletzt ihren beiden unerschütterlichen Anführern: den Grafen Esiko von Ballenstedt und Ekkehard von Naumburg. Im Frühjahr, so berichtete der Gatte weiter, war der kaiserliche Hof an Würzburg vorbeigezogen und hatte ihn zu militärischen Erörterungen über den anstehenden Feldzug für einige Tage nach Mainfranken gebeten.
Die Kathedrale darf nicht zur Enttäuschung für die Kämpfer

werden, dachte Uta. Und so ließ sie Ekkehards Schreiben sinken und schlug ihre neueste Abschrift auf: *Zehn Bücher über Architektur*, ein Werk des Römers Vitruv. »Die Bildung des Baumeisters ist mit mehreren Wirtschaftszweigen und mannigfachen Elementarkenntnissen verbunden«, begann sie zu lesen. »Erst durch sein Urteil finden alle von den übrigen Künsten geleisteten Werke ihre Billigung.«[20] Warum nur schrieb Vitruv nichts darüber, wie man Handwerker auf die Baustellen lockte? Sie las weiter: »Die Architektenbildung entspringt zunächst aus zwei Faktoren, aus der Praxis und aus der Theorie.« Uta schaute auf. Bisher hatte sie nur die Theorie erfahren. Würde ihr die Baustelle eine Antwort darauf geben können, warum die Arbeiter ausblieben?

Uta betrat die Vorburg, die eher einem Geisterfriedhof als einer emsigen Baustelle glich. Etwas östlich des neuen Bauwerks erkannte sie Meister Tassilo an seinem kahlen, glänzenden Schädel. Neben ihm stand ein junger Bursche, beladen mit allerlei Hölzern und Pergamenten.
»Hier vor diesem Mauerstück sollen die neuen Unterkünfte der Domherren entstehen«, wandte sich der Meister an den Burschen und stieg über ein paar Gesteinsbrocken. Dann erblickte er Uta, die auf ihn zukam, und verneigte sich. »Gräfin, guten Morgen.«
»Auch ich wünsche einen guten Morgen, Meister«, entgegnete sie.
Tassilo hielt inne. »Wie kann ich Euch helfen?«
»Ich möchte die Baustelle kennenlernen und wissen, wie Fundamente, Mauerwerk, Dach und Feinheiten wirklich ausse-

---

20 Frei zitiert aus: Marcus Vitruvius Pollio »Vitruv«: Zehn Bücher über Architektur, erschienen als Übersetzung 2009 im Marix Verlag, hier: 1. Buch, 1. Kapitel, S. 17.

hen. In der Praxis, meine ich. Nicht nur vom Schreibtisch aus.«

Mit einem Schmunzeln streifte der Werkmeister Utas seidenes Gewand. Dann sah er jedoch den Glanz in ihren Augen und nickte. »Wir wollen die neuen Wohnhäuser für die Domherren abstecken. Solange der Großteil der Steinbrecher noch fehlt, können wir zumindest weitere Vermessungsarbeiten durchführen«, erklärte er und schob mit dem Fuß einige Brocken Erde beiseite. »Die Gesteinsreste hier müssen weggebracht werden.«

Daraufhin ging Uta in die Knie und begann, einige kleinere Steine in das zu einer Schürze geraffte Oberkleid zu laden.

»Nicht von Euch, Gräfin!«, sagte Tassilo ungewollt streng und wandte sich dem Lehrburschen zu. »Matthias, lauf ins Gesindehaus und schick die Tagelöhner her. Sie sollen gleich mit dem Abtransport der Steine beginnen. Meister Joachim soll sie anleiten.«

»Jawohl, Herr!«, bestätigte Matthias und legte das Pergament und die Holzleisten auf dem Erdboden ab.

»Gebt das doch mir!«, forderte Uta den Lehrjungen auf, der daraufhin unsicher zu Meister Tassilo blickte.

»Ist schon gut, Matthias«, beschwichtigte Tassilo den sichtlich irritierten Jungen.

»Ich wollte nur nicht, dass Ihr zu schwer ... Gräfin«, erklärte Matthias sein Zögern. Mit einer ungelenken Verbeugung übergab er Uta Latten wie Pergamente und rannte auf die Behausungen der Tagelöhner zu.

»Unsere Pläne sehen vor, die Häuser dreigeschossig zu bauen«, sagte Uta und stieg mit ihren halbhohen weichen Lederschuhen über die Steine.

»Seid vorsichtig!«, mahnte der Werkmeister. »Die Gesteinsbrocken sind sandig und glatt.«

»Natürlich«, versicherte Uta leichthin und beschleunigte ihren Schritt. Die Holzlatten in ihren Händen eigneten sich vortrefflich zum Ausbalancieren des Gleichgewichts.
»Die dreigeschossigen Häuser bauen wir dreißig Fuß breit. Dann bleibt noch genügend Platz für die Bauhütten, würde ich vorschla…« Mit aufgerissenen Augen sah Tassilo Uta abrutschen und unsanft mit dem Gesäß auf einer Gesteinskante landen. Sofort eilte er an ihre Seite. »Gräfin, ich lasse gleich einen Medikus rufen.«
»Bitte tut das nicht!« Der Steiß und die linke Hand, mit der sie den Sturz abzufangen versucht hatte, schmerzten. Mit zusammengebissenen Zähnen stand Uta auf. »Es geht schon wieder«, sagte sie und klopfte sich das mit Staub beschmutzte Obergewand ab. An ihrem geschwollenen Ellbogen erkannte sie eine Schürfwunde und zog schnell ein Stück des Ärmelstoffes darüber. »Wir können doch nicht bei jeder Baubegehung einen Medikus mitführen!«
»Ich habe verstanden, Gräfin«, bestätigte Tassilo, der sich trotz all seiner Jahre nicht in der Lage fühlte, Uta einen Wunsch abzuschlagen. »Dann bringen wir nun die Maße an.« Darauf ergriff er eines der Kanthölzer und begann, auf dem Boden Linien zu ziehen. Dabei schaute er immer wieder zu Uta, um sicherzugehen, dass sie sich auch wirklich nicht ernsthaft verletzt hatte.
»Herr, wird sind hier, um das Gestein wegzuschaffen«, traten da unter Matthias' Führung vier Tagelöhner vor den Bauschutt. Die Männer starrten die in verdreckten Gewändern neben dem Werkmeister stehende Frau an.
»Ladet die Steine auf die Karren und bringt sie vor die Gräben des Chores«, überging Tassilo die verdutzten Gesichter der Arbeiter. »Meister Joachim zeigt Euch alles.«
Da kam der Maurermeister, der Tassilo von Hildesheim auf

die Naumburger Baustelle gefolgt war, auch schon angelaufen.
»Und schließt bitte die Münder, ansonsten könnte unsere Burgherrin Gefahr laufen, von euch verschlungen zu werden«, setzte Tassilo nach und musste schmunzeln. Hätte er die Burgherrin nicht schon besser kennengelernt und sie begeistert und ideenreich in ihren Aufgaben und der Diskussion um den Fortgang der Bautätigkeiten erlebt, hätte er vermutlich auf ähnliche Weise Maulaffen feilgehalten.
Uta trat vor den Maurermeister und reichte ihm die Hand. Der griff vorsichtig zu und war unsicher, ob er diese küssen oder schütteln sollte. Er entschied sich für Letzteres.
Als Nächstes wandte Uta sich an die Tagelöhner. »Vielen Dank, dass ihr den Weg nach Naumburg gefunden habt. Eure Unterkünfte werden zügig fertiggestellt. Ist alles recht hier für euch?« In Gedanken zurück bei der drängenden Frage, warum die Handwerker nur ausblieben, schaute sie die Arbeiter erwartungsvoll an.
»Sehr wohl, Burgherrin, alles recht hier«, antwortete der Maurermeister und auch die Tagelöhner nickten angetan.
»Dann starrt nicht länger, Meister Joachim, sondern kümmert Euch um die Steine«, stieß Meister Tassilo ihn in die Seite. »Wir müssen die Maße der neuen Häuser abstecken und benötigen den gesäuberten Platz noch heute.«
»Natürlich Werkmeister«, versprach der Maurer, und die Tagelöhner begannen mit der Arbeit.
Nach einem Blick auf das Pergament legten Meister Tassilo und Uta inmitten aufwirbelnder Steinstaubwolken mit Latten das Mauerwerk fest und rammten Holzkeile an den Eckpunkten in den Boden, um danach Seile zu spannen.
»Ich weiß mir keinen Rat mehr, Meister«, sagte Uta, nachdem sie einen Doppelknoten mit zusätzlicher Schlaufe gemacht

hatte, und blickte in die Vorburg. »Auch heute sind noch keine Handwerker eingetroffen.«

Meister Tassilo trieb den Eckpflock mit jedem Hammerschlag drei Finger tiefer in den Boden. »Dann sollten wir zum Karrendienst rufen«, schlug er vor, »damit wir die verschiedenen Gebäudeteile wie geplant parallel hochziehen können.«

Uta zog die Schlaufe fester und griff nach einem weiteren Seil. »Karrendienst?«

»Zum Karrendienst rufen wir alle Gläubigen auf die Baustelle. Wir müssen den Aufruf über die Grenzen der Mark dringen lassen.« Meister Tassilo setzte den Hammer ab. »Egal, ob Bauer, Kind oder Weib. Jede Hand zählt. Ohne Sold, nur um Gott zu gefallen und um das eigene Seelenheil bemüht, können sie Transportdienste übernehmen, Holz aus den Wäldern heranschaffen oder wiederverwendbare Säulen mit Hilfe von Pferden und Ochsen auf Karren von nahen Trümmerbauten heranbringen.«

»Das klingt großartig!« Während Uta das Seil um den nächsten Pflock band, verfasste sie in Gedanken bereits das Schreiben mit dem Aufruf zum Karrendienst.

Bischof Hildeward erhob sich. Die erste Hälfte des Tages hatte er vor dem schlichten Holzkreuz immer wieder um Vergebung gefleht. Als er herumfuhr, traf ein Sonnenstrahl auf seine kalkweiße Haut und ließ ihn entzückt erschaudern. Obwohl der Herbst laut Kalender bereits begonnnen hatte, fühlten sich die Sonnenstrahlen heiß an. Seine Hand tastete zu der beschienenen Stelle am Hals. Sollte der Herr seine Bitten endlich erhört und ihm zum Zeichen dafür göttliches Licht gesandt haben?

Er streckte die linke Hand mit dem Schlüsselring der ungewohnten Wärme entgegen, atmete tief ein und folgte dem

Sonnenstrahl zum Fenster. Dort löste er die Verriegelung und spähte auf die Kathedralbaustelle zu Füßen des Turmes hinab. Die Augen wegen der gleißenden Helligkeit zusammengekniffen, fiel sein Blick auf einige Arbeiter, die die Grube für die Fundamente des Ostchores aushoben.

Hildeward lehnte sich gegen das Mauerwerk am Fenster, schloss die Augen und sprach vor sich hin: »Ausreichend tief müsst ihr die Gräben ausheben, damit meine Kathedrale so fest verankert wie keine andere im Boden steht!« Seine Kathedrale würde ihn endlich freisprechen, auch wenn sie mit Hilfe eines Sünders errichtet werden würde. Ja, Tassilo von Enzingen musste er beobachten – Stein anstelle von Holz? Er sah diese Neuerung äußerst kritisch. Auch wenn die Aussicht auf ein Haus für die Ewigkeit nur allzu verlockend war – so etwas konnte nicht gutgehen. Es würde sein Haus – nein, sein Zuhause – werden, in dem er Gottes Gnade jeden Tag neu empfangen würde. Welch großartigen Plan der Kaiser doch entworfen hatte: eine Kathedrale zu errichten, die vom Schleier der heiligen Plantilla beschützt wurde. »Bis ans Ende meiner Tage beschützt sie auch mich!«, wisperte Hildeward und öffnete wieder die Augen. »Wie könnte ich dem Allmächtigen näherkommen als durch dieses Werk?« Schwitzend und heftig atmend fügte er nach einer Weile hinzu, was er kaum auszusprechen wagte: »Am Ende werde ich sogar mit dem Eintritt ins Himmelreich belohnt!« Hildeward schluckte und wandte sich, mit dieser verheißungsvollen Aussicht vor Augen, erneut zum Fenster. Sein Blick glitt von den Arbeiten an den Chorfundamenten weiter zu den Gräben, die den Verlauf der Nordwand der Kathedrale aufzeigten.

»Oh nein!«, entfuhr es ihm, während er sich aus dem Fenster lehnte, um noch besser zu sehen. »Dieses Weibsstück!« Hildewards plötzlicher Zorn richtete sich gegen Uta, die an ei-

nem Holzpflock, den der Werkmeister gerade in den Boden gerammt hatte, ein Seil festband. »Handwerker sollte sie anwerben und sich um deren Verpflegung kümmern! Nicht einmal das hat sie geschafft! Und jetzt beschmutzt sie auch noch die Baustelle mit ihren unzüchtigen Handlungen! Ein Weib soll Weib bleiben!« Hildeward schärfte seinen Blick. »Ihr Gewand ist schmutzig wie das Fell einer räudigen Hündin! Pfui, du blinde Sünderin!« Entsetzt von diesem unwürdigen Anblick, der seine zarte Hoffnung so urplötzlich zerstört hatte, warf Hildeward das Fenster zu und ging erneut vor dem Holzkreuz in die Knie. »Das wird Gott nicht dulden! Er wird mich dafür büßen lassen!« Dabei schaute er immer wieder nervös auf den Teppich an der gegenüberliegenden Wand. Den Oberkörper vor und zurück wiegend, bis ihn der grobe Stoff seines Gewandes auf der Haut kratzte, wiederholte er ein ums andere Mal: »Die Gemeinde ist der Leib Christi. Wer das für das Mahl nicht bedenkt, zieht Gottes Strafe auf sich. Deswegen sind so viele krank und schwach und sterben früh!« Er war davon überzeugt, dass die Sünder dort draußen die Ersten sein würden!
Gleich morgen würde er den jüngeren Burgherrn über das Treiben seiner Gattin in Kenntnis setzen. In einem Schreiben würde er Ekkehard von Naumburg an den ersehnten Erben erinnern, der ausbliebe, wenn sein Weib weiterhin die Aufgaben eines Mannes übernahm – eine Sünde, die unfruchtbar machte! Dass das Weib die Baustelle in Zukunft besser nicht mehr betreten sollte, würde der jüngere Burgherr bei seiner Rückkehr sicherlich einsehen.

Den Abend ihres ersten Tages auf der Baustelle ließ Uta in einem Zuber voll heißen Wassers ausklingen. Auf einem Holzbrett vor ihr, das quer über dem Zuber lag, war die Per-

gamentsammlung des Vitruv aufgeschlagen. Bereits bei den ersten Zeilen über die Zusammensetzung unterschiedlicher Kalksorten stand Katrina am Zuberrand und lauschte den Worten ihrer Herrin aufmerksam.
Noch immer trug sie dasselbe graue Leinenkleid wie bei ihrer Ankunft vor acht Mondumläufen. Das Angebot, von der Näherin der Burg ein neues geschneidert zu bekommen, hatte sie ausgeschlagen. »Was steht weiter auf dem Pergament geschrieben, Gräfin?«, fragte Katrina interessiert. Obwohl sie bereits mehrere Buchstaben kannte und einfache Texte langsam zu lesen vermochte, genoss sie es, wenn ihre Herrin ihr aus den für sie noch schwierigen Schriften vorlas.
»Bauholz muss gefällt werden ab Anfang des Herbstes bis zu der Zeit, in der der Westwind wieder zu wehen beginnt«, las Uta und bedeutete Katrina, mit ihren trockenen Händen die Seite umzuschlagen. »Denn im Frühling werden alle Bäume schwanger und geben ihre eigentümlichen guten Eigenschaften an das Laub und die jährlich wiederkehrenden Früchte ab«[21], trug Uta die Worte des Römers vor.
Während Katrina weiter gebannt auf die geschriebenen Zeilen schaute, ließ Uta den Kopf erschöpft auf die Kante des Badetroges sinken. Im aufsteigenden Wasserdunst entspannte sie. Als sie eine ganze Weile auf diese Art stumm dagelegen hatte, kam ihr eine Idee. In ihrem Antwortschreiben würde sie Kaiserin Gisela darum bitten, ihnen weitere Wälder nahe der Burg zur Verfügung zu stellen, die sie noch diesen Herbst nutzen konnten. Denn das kleine Wäldchen im Südwesten der Burg lieferte nur ungenügend Holzvorrat. Und sobald die Handwerker eintrafen, würden sie noch viel mehr Holz für

---

21 Frei zitiert aus: Marcus Vitruvius Pollio »Vitruv«: Zehn Bücher über Architektur, erschienen als Übersetzung 2009 im Marix Verlag, hier: 2. Buch, 9. Kapitel, S. 113.

Gerüste, Schablonen und Transportwege benötigen. Uta analysierte: An den Unterkünften oder einer schlechten Behandlung, die sich schnell unter den Bauleuten herumsprach, lag es nicht, dass die Handwerker ausblieben. Davon hatte sie sich heute selbst überzeugen können. Nach den Vermessungsarbeiten mit Meister Tassilo hatte sie sich noch durch die Gesinde- und Handwerkerunterkünfte führen lassen, die gereichten Speisen sowie Wasser und Wein probiert und nichts Falsches ausmachen können.
Die Wasserdampfschwaden um sie herum lösten sich langsam auf. Die vielen neuen Worte wie Seiten- und Hauptschiff, Vierungsquadrat und gebundenes System waren ihr bereits in Fleisch und Blut übergegangen. Vielleicht betrachtete sie die neue Kathedrale deswegen nun wie ein Schiff, auf dem sie mit scheinbarer Leichtigkeit durch tosende Gewässer glitt. Dabei ließ sie die Hände wie Ruder durch das Wasser und über ihre Oberschenkel gleiten. Mit einem Mal sprang sie wie von der Tarantel gestochen auf, so dass Katrina erschrocken zurückwich und gerade noch das Buch vor dem Sturz ins Wasser bewahren konnte.
»Keine schmutzigen Kleider mehr!«, verkündete Uta und stieg aus dem Wassertrog. Sie trocknete sich mit dem ihr von Katrina hingehaltenen Tuch flüchtig ab, warf sich eilig eines ihrer Kleider über und lief aus der Kammer in den Hof hinab. Spitze Steine bohrten sich in Utas nackte Fußsohlen, doch sie bemerkte es nicht. Vor der Tür der alten Schmiede rief sie: »Erna, schläfst du schon?«
Katrina trat neben sie und hielt ihr wortlos das Schuhwerk hin. Erst jetzt bemerkte Uta, dass das Mädchen ihr gefolgt war. »Du denkst wirklich an alles«, sagte sie und ergriff die Lederpantoffel.
Einen Augenblick später öffnete die Köchin verschlafen die

Tür. »Uta?« Mit offenem Mund starrte Erna die Freundin an, die in einem dünnen Gewand und ohne Schleier, dafür aber mit nassem Haar und einem Paar Schuhe in der Hand, im Dunkel der Nacht vor ihr stand. Zum Glück war das Kammermädchen sittsam gekleidet.
»Lässt du mich kurz ein?«, bat Uta. »Mir ist ein Gedanke gekommen, und ich möchte zu gerne wissen, wie du darüber denkst.«
»Aber solltest du dir nicht erst etwas Wärmeres anziehen?«, fragte Erna besorgt.
»Es ist dringend!«, drängte Uta und schob die Freundin rückwärts in deren Wohnkammer. Katrina folgte ihnen.
Erna gab Arnold, der benommen auf der Treppe stand, ein Zeichen, dass alles in Ordnung war und er weiterschlafen solle. »Dann setzt euch«, sagte sie, holte einen einfachen Umhang aus einer Nische unter der Treppe und legte ihn Uta um die Schultern. Katrina zögerte zuerst, schritt dann aber in Richtung der Treppe und schaute sehnsüchtig hinauf.
»Ich war heute das erste Mal bei Meister Tassilo auf der Baustelle«, begann Uta aufgeregt mit einer ausladenden Handbewegung zu erzählen, so dass der Umhang ihren verletzten Arm freigab. »Es war einfach berauschend! Auch wenn der Bau noch nicht schnell genug vorankommt, sehe ich schon die Mauern wachsen, deren Verlauf wir heute abgesteckt haben!«
Erna betrachtete die Freundin sorgenvoll. »Aber, was hast du denn mit deinem Arm gemacht?«
Als Uta gerade antworten wollte, ertönte Kindergeschrei von oben. »Entschuldige mich«, sagte Erna und stieg die Treppe hoch. Katrina folgte ihr. Einen Augenblick später erschienen die beiden wieder im Erdgeschoss, wobei Erna die kleine Luise und Katrina Selmina wiegte.

»Uta, du musste auf dich aufpassen!«, fuhr Erna fort. »Du bist die Burgherrin hier. Dir darf in diesem steinernen Wirrwarr nichts passieren.«
»Ich weiß«, versicherte Uta. »Deswegen bin ich ja auch hier!«
»Wie kann ich dir dabei helfen?«, wollte Erna wissen. »Wenn ich dich nicht schon so viele Jahre kennen würde, würde ich vielleicht glauben, dass du dich ab heute von den Steinen fernhalten willst.«
»Zukünftig will ich mich zumindest auf der Baustelle schützen!«, erklärte Uta. Sie trat vor den Amboss und legte die Hand auf dessen Viereck-Horn. »Ich möchte eine lange Lederschürze für mich anfertigen lassen! So wie die Schmiede eine tragen.« Ihre Augen glänzten. »Eine solche Schürze ist robust und schützt meine Kleider!«
»Eine Burgherrin in Lederschürze?«, rief Erna laut aus, zügelte sich aber sofort wieder, als ihre Tochter darauf heftig mit den Ärmchen zu rudern begann. Selmina schrie aus vollem Halse, und Katrina wandte sich hilfesuchend um. Sofort zeigte Erna dem Kammermädchen, wie sie das Neugeborene beruhigen konnte. Zögerlich steckte Katrina Selmina ihren kleinen Finger in den Mund und schaute fasziniert zu, wie das Kind zu saugen begann und zufriedene Schmatzlaute von sich gab.
»In Lederschürze und Holzpantoffeln!«, fügte Uta hinzu und lächelte verschmitzt. »Wenn mir das nächste Mal etwas auf den Fuß fällt, merke ich das gar nicht. Außerdem: Der Schleier der Plantilla beschützt uns alle. Auch mich.«
Katrina wandte sich besorgt zu ihrer Herrin um. Derweil grunzte die kleine Selmina genüsslich, als stimme sie allem zu, wenn sie nur weiter an dem gereichten Finger saugen durfte. Erna, die nun etwas entspannter war, begann nachzudenken. In der Tat, ihren beiden Töchtern ging es gut. Seit der Geburt

hatten sie keine Atemaussetzer gehabt, wie sie häufig bei Neugeborenen auftraten und gar zum Tod führen konnten. »Aber wenn du zwischen all den Steinen rumwirbelst, gib wenigstens acht, dass die Schrammen verschwunden sind, bis dein Gatte wieder aus Meißen zurückkehrt. Ich glaube, Graf Ekkehard würde es nicht gefallen, dich versehrt vorzufinden.«

Statt einer Erwiderung schaute Uta auf die kleine Luise in Ernas Armen. Von Luises einst kräftigem Haarstreif war gerade noch ein Flaum übrig geblieben. Ein Blick auf das Bündel in Katrinas Armen führte zum gleichen Ergebnis.

»Sie verlieren die Haare?«, fragte Uta und atmete ein klein wenig auf. *Rote Haare, Sommersprossen,* erklang es aus weiter Ferne.

»Die kommen wieder«, versicherte Erna und strich der kleinen Luise liebevoll über den weichen Schädel.

Einen Augenblick lang sah Uta zuerst Volkard aus dem Hardagau und dann Esiko vor sich, der ihr diesen Vers ins Hirn gepflanzt hatte.

Während Erna und Katrina die schlafenden Kinder ins Obergeschoss brachten, legte Uta träumerisch den Kopf zur Seite. Ob sie je beim Bau der Kathedrale hätte helfen dürfen, wenn ihr das Unglück im Ballenstedter Buchenforst damals nicht widerfahren wäre? Doch schon im nächsten Augenblick verwarf sie diesen Gedanken wieder. Stattdessen erinnerte sie ein Kratzen im Hals an die erfolgreiche Vermessung der neuen Domherrenhäuser und brachte ihre Augen zum Glänzen.

Als die Freundin und das Kammermädchen an den Tisch zurückkamen, beugte sich Uta vor. »Du meinst also auch, ich soll mir die Sachen nähen lassen?«

»Ich meine nur, dass du auf dich aufpassen sollst«, erklärte Erna und blickte die Freundin liebevoll an.

»Danke, liebe Erna«, hauchte Uta. »Danke, dass du an meiner Seite bist.«

Die ersten Karrendienstler erreichten die Naumburger Baustelle im dritten Mondumlauf des neuen Jahres. Überdies kamen Pilger nach Naumburg, um den heiligen Schleier zu betrachten. Einige von ihnen brachten Eisen in Form von Fußfesseln und Ketten mit und übergaben diese dem Werkmeister, damit er sie zu Werkzeugen verarbeiten ließ. Inzwischen waren die Arbeiten an den Domherrenhäusern in Gang gekommen. Doch Zimmerleute, Steinmetze und Maurer trafen nach wie vor nur vereinzelt ein.
Gerade jetzt, wo jede Hand benötigt wurde, versuchte Uta, den Bau zu unterstützen, wo sie nur konnte. So hatte sie erfahren, dass die Transportkarren auf den Wegen oft im Regenschlamm stecken blieben und das Baumaterial auf der Baustelle dadurch knapp wurde. Weshalb sie trotz der Tatsache, dass Baustellen anderenorts im Winter brachlagen, vorgeschlagen hatte, die kalte Jahreszeit gerade wegen der hartgefrorenen Böden für den Transport zu nutzen. Fast ihre gesamte Zeit nach dem Morgengebet und der Nachmittag gehörte der Baustelle und der gemeinsamen Arbeit mit Meister Tassilo, der ganze Nächte über seinem Reißbrett brütete, um neue Zeichnungen zu erstellen. Immer ein Jahr im Voraus, hatte der Markgraf gewünscht. Gemeinsam schritten sie täglich zwischen Pfählen, Fundamentgruben und Schüttgut umher, um den Arbeitsstand und -fortschritt zu überwachen und die Handwerkergruppen und Karrendienstler anzuweisen. Die Bauskizzen waren dazu unabdingbar, gerade weil sie auf dem Pergament nur von wenigen Bauleitern und einigen pfiffigen Gewerkmeistern gedeutet werden konnten und deshalb vereinfacht in den Sand gezeichnet und erklärt werden mussten.

Die Zeit der Dämmerung, wenn die Sicht auf der Baustelle schlechter und die Arbeiten niedergelegt wurden, gehörte der Verwaltung der Burg, den unzähligen Listen und Absprachen mit dem Vogt. Den Beginn der Nacht nutzte Uta, um in der kleinen Burgkirche zu beten. Ihre Gedanken an Hazecha waren ebenso Bestandteil der allabendlichen Fürsprache wie die Bitte um das Wohlergehen der Arbeiter und Helfer auf der Baustelle. Manchmal begleitete Katrina sie, der sie hin und wieder einen Abend freigab, denn sie wusste, dass das Mädchen gerne mit Ernas Zwillingen spielte.
Mit einer ledernen Schütze über dem Obergewand, die ihren Körper von der Brust bis zu den Beinen bedeckte, lief Uta über die Baustelle. Sie bemerkte sofort, dass die Böden nun nicht mehr nur stellenweise, sondern komplett aufgetaut und damit unberechenbar waren. Vorsichtig setzte sie einen Holzpantoffel vor den anderen.
»Uta!«, rief Erna, die mit den zwei Kindern auf Brust und Rücken gebunden, Speis und Trank an die Handwerker ausgab.
Mit einem Lächeln deutete Uta auf ihre Schürze und winkte der Freundin zu. Dann hielt sie auf das äußere Tor zu, vor dem gerade zwei Karren mit Vorräten beladen wurden. Auf dem größeren Karren saß ein halbes Dutzend Brüder des Georgsklosters, deren Gewänder bis auf die Kopfbedeckung denen ihrer Mitreisenden auf dem zweiten Wagen ähnelten.
Nachdem Uta den Brüdern auf dem vorderen Wagen eine sichere Reise gewünscht hatte, trat sie vor die Benediktinerinnen, die gerade dabei waren, Säcke voller Brot, Wintergemüse und getrockneter Kräutervorräte auf den Wagen zu laden.
»Schwestern«, begrüßte Uta sie herzlich und gleichzeitig besorgt.
Die Benediktinerinnen erwiderten ihren Gruß. »Gräfin«, sprachen sie im Chor und verbeugten sich.

»Ich wünsche Euch alles Gute für Euren Auftrag. Bestimmt vermögt Ihr die Krankenstation an der Ostgrenze unseres Reiches schnell aufzubauen. Aber seid vorsichtig.«

Das kaiserliche Aufgebot für den Feldzug gegen König Mieszko versammelte sich dieser Tage rechts der Elbe bei Magdeburg. Und da die Zahl der Verletzten und Geschändeten in den Grenzgebieten weiter anstieg, waren zu den Moritz-Benediktinerinnen in diesem Jahr noch freiwillige Brüder des Georgsklosters hinzugekommen. Die geplante Reise war vom vergangenen Herbst auf den Beginn des Frühjahrs verschoben worden, weil eine Pockenwelle die Dörfer um Naumburg herum heimgesucht hatte. Über den Winter waren die meisten der Erkrankten wieder genesen, und inzwischen verlangten die Menschen im Grenzgebiet vehement nach den heilenden Händen der Schwestern des Klosters, das unter dem Schutz des heiligen Plantilla-Schleiers wirkte. Auch der Kaiser gedachte, die heilkundigen Schwestern für sein Heer zu nutzen, das in absehbarer Zeit an die Ostgrenze aufbrechen würde.

»Schwestern, seid Ihr bereit?«, rief Pankratius, der Abt des Georgsklosters, aus dem vorderen Wagen und verbeugte sich noch einmal, als er im Gewimmel um die Wagen herum die Burgherrin ausmachte.

»Nein!«, schrie Schwester Kora aufgeregt. »Eine fehlt noch!«

Da kam Schwester Margit auch schon schwer atmend angelaufen. »Es gab noch eine Kolik zu behandeln«, erklärte sie und stieg, Bündel und Psalmenbuch in der Hand, auf den Wagen. Entgegen der Ankündigung des Bischofs zu Beginn des vergangenen Jahres war dem Moritzkloster noch keine neue Äbtissin geschickt worden, so dass Margit mit der Leitung der Krankenstation und des Klosters mehr als genug zu tun hatte. Margit atmete tief durch. Immerhin halfen die Schwes-

tern des Nachbarklosters nun während ihrer Abwesenheit die vielen großen und kleinen Verletzungen der Handwerker auf der Baustelle zu versorgen. Margit sah die Burgherrin vor dem Wagen stehen und verbeugte sich.
»Wie geht es Euch?«, fragte Margit, begutachtete die Körperformen der Burgherrin und lächelte zufrieden.
»Gut«, bestätigte Uta. »Und …«, sie trat noch näher an die Schwester heran, »ich bin Euch sehr zu Dank verpflichtet, wenn Ihr meinen Auftrag nicht vergesst.«
Margit nickte wissend. Noch im vergangenen Jahr war Uta von Ballenstedt bei ihr im Kloster erschienen und hatte ihr ihre Bitte vorgetragen. »Die Benediktinerbrüder«, die Schwester deutete auf den ersten Wagen, »wissen längst Bescheid, dass wir über Gernrode reisen werden.«
Uta ergriff die Hand der Schwester. »Bitte richtet Hazecha innige Grüße von mir aus. Und merkt Euch jedes Wort, das sie sagt.«
Margit drückte Utas Hand und stockte kurz beim Anblick der Schürze. »Ich verspreche es, Gräfin!«
»Gott sei auf all Euren Wegen mit Euch und beschütze Euch und die Pflegebedürftigen.« Mit diesen Worten trat Uta vom Karren zurück, worauf Schwester Erwina einen Choral anstimmte und die Wagen sich in Bewegung setzten. Uta winkte noch eine Weile, dann drehte sie sich um und betrachtete vom Tor aus die Baustelle, auf der Meister Tassilo bereits mithalf, für die Domherrenhäusern ein paar Holzbalken aufzurichten. Da das Holz inzwischen ernsthaft knapp wurde und es neuer Rodungsrechte bedurfte, hoffte Uta jeden Tag auf eine Nachricht Kaiserin Giselas. In Gedanken ging sie ihren Pergamentstapel durch. Zwei neue Briefpartner verlangten ihre Aufmerksamkeit. Ihr Bruder Wigbert hatte sich mit einigen Zeilen an sie gewandt, ihr vom Klosterleben in Fulda und von seiner

Errettung von der Ballenstedter Burg berichtet. Bruder und Schwester begannen, sich einander schriftlich anzunähern – denn als Uta Ballenstedt verlassen hatte, war Wigbert gerade einmal zwei Jahre gewesen. Ihr zweiter Briefpartner war Hofkaplan Wipo. Der hatte sich nach ihrem Befinden und dem Baufortschritt der Kathedrale erkundigt und geschrieben, dass Berichte über die Kraft des Schleiers der Plantilla schon bis nach Mainz gedrungen wären.

»Meister Tassilo«, sprach Uta den Werkmeister an. »Mich bedrückt nach wie vor die geringe Anzahl von Handwerkern, die bisher zu uns gefunden haben.«

»Dem Markgrafen hatte ich zugesagt, bis zum Ende des vergangenen Jahres alle notwendigen Handwerker hierzuhaben«, gestand Tassilo und legte die Stirn in Falten.

»Was können wir nur machen?«, fragte Uta ratlos und erwiderte gleichzeitig den Gruß von Maurermeister Joachim und Lehrjunge Matthias, die eine Karre mit vorbehauenen Steinen an ihnen vorbeischoben, mit einem Nicken. »Liegt unsere Baustelle denn so nah am gefährdeten Grenzgebiet, dass niemand den Weg zu uns wagt?«

»Das kann ich mir nicht vorstellen«, entgegnete Tassilo und prüfte aus der Ferne den Baufortschritt der Fundamente des Ostchores. Man hob inzwischen das Loch für die Kryptamauern im Westen aus. »Dann kann es nur der Sold sein!«

»Aber ich habe in den Schreiben allen einen guten Sold zugesagt«, beteuerte Uta.

»Auch für die Steinmetze?«, fragte Tassilo und zog die Brauen nach oben.

»Die Steinmetze erhalten pro zugeschlagenen Stein einen halben Pfennig. Als Richtwert für den Stein hatte ich drei Fuß Länge und jeweils eineinhalb Fuß Breite und Tiefe angege-

ben«, erinnerte sich Uta an die unzähligen Schreiben und zog das Lederband ihrer Schürze auf dem Rücken straffer.
Abrupt blieb Tassilo stehen. »Einen halben Pfennig pro Stein?«, wiederholte er überrascht.
Uta nickte nervös und fuhr verunsichert fort: »Einem guten Steinmetz wird es sicherlich gelingen, alle sechs Seiten an einem Tag in eine winkelgerechte Form zu bringen. Das bedeutet, er kann ganze fünfzehn Pfennige pro Mondumlauf verdienen.«
»Auf meiner letzten Baustelle erhielten die Maurer, Zimmerer und Schmiede ganze vier Pfennige pro Tag. Die Steinmetze bekamen sogar das Zehnfache von Eurem Angebot, nämlich fünf Pfennige pro Tag«, erklärte er nach einem längeren Schweigen.
Uta erstarrte. »Da… da… dann ha… habe ich mich ver… ver … verrechnet!«
»Ihr habt Euch um eine Kommastelle geirrt«, rechnete Tassilo nach. »Bei fünf Pfennigen pro beschlagenem Stein anstatt lediglich einem halben, bekämen die Steinmetze einhundertfünfzig Pfennige pro Mondumlauf. Das ist ein angemessener Sold.«
»Gott steh mir bei, dass ich meinen Fehler wiedergutmachen kann«, bat Uta entsetzt. »Wegen mir kommen wir langsamer voran als von Markgraf und Kaiser befohlen!«
»Wir haben inzwischen vierzig Karrendienstler zusätzlich zu den Arbeitern«, entgegnete Tassilo beschwichtigend. Aber Uta ließ sich nicht beruhigen. »Ich muss sofort neue Anwerbungen versenden!« Entsetzt schlug sie die Hände vors Gesicht. Bis die Schreiben ankommen und die ersehnten Handwerker auf der Baustelle eintreffen würden, verstrichen sicherlich weitere Mondumläufe.

»Mein heiliger Gott, mein heiliger, starker Gott, mein heiliger, starker und unsterblicher Gott, erbarme Dich unser!«, hallten die Worte von Pater Wolfhag zur Empore der Stiftskirche hinauf. »Dir sei Lob, Dir sei Ehre, Dir sei Dank in alle Ewigkeit, heilige Dreifaltigkeit!«
Erschöpft von den vergangenen sieben Tagen, die sie auf dem engen Karren ausgeharrt hatte, presste Margit die Knie dennoch fest auf den Boden und wiederholte die Sätze, die zu ihr und ihren fünf Naumburger Schwestern hinaufdrangen.
Nachdem Pater Wolfhag das Tagesgebet und den Segen gesprochen hatte, erhoben sie sich. Margits Blick fiel auf die Gruppe an Sanctimonialen neben ihr, die den Worten des Paters gelauscht hatte und nun ebenfalls die Empore hinabstieg. Befremdet betrachtete sie die Schwestern, die schleierlos und mit steil aufragenden Flechtfrisuren an ihr vorbei dem Ausgang des Gotteshauses zustrebten. Nur eine, die Margit wegen ihres olivfarbenen Teints und ihres Schleiers bereits auf der Empore aufgefallen war, schenkte ihnen Beachtung. »Es strahlt so viel Kraft aus«, meinte sie und deutete über das Treppengeländer zum Altar hin.
Als Margit ihrer Geste folgte und die ferne Wand erblickte, presste sie die Hände ehrfurchtsvoll gegen die Brust. Auf einer Wandzeichnung hinter dem Altar war ein derart leuchtend blauer Sternenhimmel dargestellt, dass man meinen konnte, die neun Stufen, die auf die Wand zuliefen, führten direkt ins Himmelreich. »Es ist wunderschön«, flüsterte Margit der fremden Schwester zu.
Als auch Schwester Kora, Schwester Erwina und die drei anderen Naumburger Schwestern das riesige Fresko entdeckten, hielten sie entzückt inne und machten unweigerlich das Kreuzzeichen.
»Ihr seid die Schwestern aus dem Moritzkloster, die heute

Nachmittag bei uns eingetroffen sind?«, fragte die fremde Schwester mit dem schlichten Schleier.

Nur zögerlich lösten die Naumburgerinnen ihre Blicke von der Altarwand, vor der sich gerade die mitgereisten Brüder aus dem Georgskloster erhoben.

»Ich heiße Alwine«, setzte die Schwester mit gesenkter Stimme nach und gab den Benediktinerinnen ein Zeichen, ihr aus der Stiftskirche zu folgen.

Als sie den Kreuzgang betraten, wandte Alwine sich den Besucherinnen zu. »Hattet Ihr eine angenehme Reise, Schwestern? Ihr müsst erschöpft sein.« Ihre Worte wurden von einem fernen Glöckchengebimmel begleitet.

Margit wartete, bis es verklungen war, und nickte dann. Im nächsten Augenblick kam eine ältere Schwester auf sie zugelaufen.

»Schwester Edda«, mahnte Alwine. »Ihr sollt doch nicht so schnell laufen. Ihr überanstrengt Euer Herz.«

Die zeitweilige Stiftsoberin keuchte. »Das Mädchen ist vom Schlag erwacht und öffnet die Augen, kommt schnell!«

Margit musste bei dem Gedanken, dass es in diesem Kloster auch nicht weniger emsig zuging als in ihrem, ein wenig schmunzeln.

Alwine entschuldigte sich bei den Naumburgerinnen: »Die Krankenstation verlangt nach mir. Schwester Edda, würdet Ihr unseren Mitschwestern behilflich sein?«

Edda keuchte noch immer und hielt sich die Brust.

»Wird Euch schwindelig, sticht es im Herzen?«, wollte Margit besorgt wissen, während sie die alte Frau stützte.

Edda drückte den Rücken durch und straffte die Schultern. »Es ist nichts Ernstes. Nur eine kurze Überanstrengung. Ich will Euch keine Arbeit machen, Schwester.«

Erleichtert stellte Margit fest, dass das Gesicht der Schwester, die sie am Nachmittag freundlich an der Klosterpforte empfangen hatte, wieder Farbe bekam.

»Vielen Dank«, sagte Margit dann, »dass Ihr uns für die kommende Nacht Lager gewährt.« Kora und Erwina nickten ebenfalls in Richtung der alten Frau.

Edda atmete tief durch und lächelte. »Ihr seid die Schwestern, die den Kaiser an der Ostgrenze unterstützen und den Segen des heiligen Schleiers zu den Kämpfern bringen werden. Das wird sie stärken! Kommt, die Äbtissin erwartet Euch«, sagte Edda und führte sie zu einer Zelle am Ende des Kreuzganges, nachdem Margit ihren Naumburger Mitschwestern freie Zeit zur Kontemplation zugesprochen hatte.

Nach einem »Herein« betrat Margit die Kammer. Äbtissin Adelheid saß hinter ihrem Schreibtisch und legte ein gesiegeltes Pergament beiseite. »Seid gegrüßt, Schwester!«

Die Angesprochene trat auf die Äbtissin zu und schaute sich um. Die Kammer war ungewöhnlich üppig mit einer Vielzahl von ornamentalen Teppichen, Stoffen und reichem Mobiliar ausgestattet und besaß einen prächtig gehauenen Kamin, in dem es heftig feuerte. Das kleine Gebetsbänkchen an der Wand gegenüber der Tür wirkt hier drinnen schon beinahe deplaziert, dachte Margit, schalt sich aber im gleichen Moment für diesen unwürdigen Gedanken.

»Ihr seid aus Naumburg, nicht wahr?«, begann Adelheid und erhob sich.

»Sehr wohl, Äbtissin. Die Stadt der Kämpfer-Kathedrale.« Sofort kamen Margit die Daheimgebliebenen in den Sinn, und sie hoffte aus tiefstem Herzen, dass die Schwestern des Nachbarklosters die Krankenstation zur Zufriedenheit der Patienten unterstützen würden.

»Ihr sprecht von der neuen Kathedrale?«, fragte Adelheid. Sie hatte bereits von dem steinernen Bauwerk gehört, das es ähn-

lich dem Herrn selbst vermochte, Menschen zu betören, Kämpfern Mut zu schenken und Gläubige zu beseelen – obwohl es noch gar nicht gebaut war.
»Ja«, bestätigte Margit.
Äbtissin Adelheid ergriff ihr Lilienszepter und trat mit zusammengekniffenen Augen vor ihren Besuch. »Stimmt es, dass Uta von Ballenstedt die Burgherrin in Naumburg ist?«, fragte Adelheid mit rauher Stimme und sprach weiter, nachdem sie einen Moment überlegt hatte. »Ihr müsst wissen, dass sie in diesen Mauern erzogen wurde und ihre Schreibfertigkeiten meiner Förderung zu verdanken hat.« Bei der nächsten Frage zögerte die Kaisertochter. »Trägt Uta von Ballenstedt bereits Nachkommen unter dem Herzen?«
Margit sah, wie sich die gelben Fingernägel der Äbtissin um das Szepter krallten. »Noch nicht, Äbtissin«, entgegnete sie ruhig. »Aber der Herr wird sie sicherlich bald für ihre Mühen mit einem Erben belohnen.«
Adelheid drehte sich von ihrer Besucherin weg. »Ich wurde unterrichtet, dass Ihr ein Anliegen an unser Stift richten wollt«, setzte sie einen Moment später fort, »ein Anliegen, welches über Kost, Logis und gemeinsame Gebete hinausgeht.«
»Dem ist so, verehrte Äbtissin«, gab Margit zurück und suchte bereits nach den passenden Worten, ihr Ansinnen vorzutragen. Sie war müde von der Reise und wollte heute neben den liturgischen Pflichten nur noch ihr Versprechen einlösen. »Wir sind Schwestern auf der Durchreise zum kaiserlichen Heer«, kam Margit zum vornehmlichen Grund ihres Besuchs. »Dort werden wir uns der Verwundeten und der Kranken annehmen. Zugleich nutzen wir die Reise, um zu erfahren, wie die Heilkunde in anderen Klöstern betrieben wird.«
Unbeeindruckt nahm Adelheid wieder Platz.

»Verehrte Äbtissin«, fuhr Margit fort und blickte Adelheid eindringlich in die Augen. »Ermöglicht uns daher einen Einblick in Eure Krankenstube und Bücherwerke und lasst uns wissen, welche Heilmittel Eure Schwestern bei Entzündungen, Ausbrennungen und Schwertverletzungen anwenden.«
»Das kommt ungelegen«, argwöhnte Adelheid. »Die Krankenkammer ist überfüllt. Meine Heilerinnen haben alle Hände voll zu tun!«
Margit dachte an die Naumburger Burgherrin, ihren bittenden Blick und ihr gutes Herz: »Euer Wissen wird auch den geschundenen Menschen an der Ostgrenze zugutekommen. Und morgen früh ziehen wir schon weiter.«
Der Gedanke, dass die Benediktinerinnen Gernrode am nächsten Tag bereits wieder verlassen würden, hob Adelheids Laune sofort. »Es sei Euch gewährt. Folgt mir und richtet dem Kaiser, sobald er vor Ort eintrifft, meine besten Grüße aus. Er soll wissen, dass ich ihn in jedes meiner Gebete einschließe.«
Adelheid geleitete Margit in die Krankenkammer. »Schwestern!«, rief sie, und die Kranken, die nicht schwerhörig waren, zuckten beim schrillen Klang ihrer Stimme zusammen.
»Schwester Margit möchte an unserem Heilwissen teilhaben. Beantwortet ihre Fragen bis zum Abendmahl!«, ordnete Adelheid an, drehte sich um und verschwand.
Margit sah sich in dem fensterlosen Raum um. Fünf Betten standen darin, die jeweils mit zwei Patienten belegt waren. Eine Patientin brabbelte unverständliche Worte, eine andere schnarchte, noch eine andere erhob sich gerade, um einige Schritte zu tun. Dann fiel ihr Blick auf ein junges Mädchen im ersten Bett, das die Augen immer wieder mühsam öffnete. Augenblicklich fühlte Margit sich unwohl, weil sie die Schwestern von ihrer Arbeit abhielt. »Zuerst lassen Euch

meine Schwestern vom Kloster des heiligen Moritz die frommsten Wünsche ausrichten«, sagte sie vorsichtig in Richtung dreier fleißiger Schwestern, die sich darauf kurz zu ihr umwandten. In einer von ihnen erkannte Margit Schwester Alwine wieder.
Die war gerade dabei, einen Wundverband abzunehmen, blickte zu einer kleineren, zierlichen Schwester, deren Schleier tief ins Gesicht gezogen war und bat: »Hazecha, würdest du dich unserer Benediktiner-Schwester annehmen?«
Margit beobachtete, wie die Angesprochene dem Mädchen, das seine Augen aufgrund des Gehirnschlages nur mühevoll öffnen konnte, zärtlich über die Stirn strich, einer Mitschwester bedeutete, ihre Arbeit zu übernehmen, und sich dann erhob.
»Kommt Schwester«, sagte Hazecha freundlich. »Folgt mir in unsere Kräuterkammer. Dort verwahren wir auch unsere Bücher, denen wir einen Großteil unseres Wissens verdanken.«
Margit nickte dankbar und folgte ihr. In der Kräuterkammer sog sie die Düfte von Melisse, Brennnessel und Salbei ein. Sie erblickte viele Regale, die voller Schalen, Becher und dunkler Gefäße waren. Vor einem schmalen Fenster hingen getrocknete Brennnesselpflanzen von der Decke. In der Mitte stand ein Tisch, auf dem wohl Tinkturen zubereitet wurden. Sie beobachtete, wie Hazecha vor eine Truhe trat und ein Buch aus dieser hervorholte.
»Über welches Heilmittel kann ich Euch Auskunft erteilen?«, fragte Hazecha und schaute Margit erwartungsvoll an.
Margit trat neben sie und betrachtete das Buch in den feingliedrigen Händen der jungen Frau. »Ihr besitzt *Von der Materie der Medizin* des Dioskurides?«
»Ein Geschenk meiner ...«, sofort unterbrach sich Hazecha und senkte betreten den Kopf.

»Ein Geschenk Eurer Schwester?«, fragte Margit vorsichtig, beinahe flüsternd.
Ruckartig hob Hazecha den Kopf. »Woher wisst Ihr ...?« Sie blickte wieder auf das Buch.
»Eure Schwester sorgt sich um Euch«, entgegnete Margit und suchte mit den Augen dabei die Gestalt der jungen Frau unauffällig nach Anzeichen einer wie auch immer gearteten Erkrankung ab.
Hazecha stiegen Tränen in die Augen, die sie aber mit aller Kraft zurückdrängte. »Geht es ihr gut?«
Margit sah, dass die Hände des Mädchens zu zittern begannen. »Sie vermisst Euch. Euch und Eure Briefe.«
»Heute ist der fünfhundertsiebenundsiebzigste«, sagte Hazecha leise. Sie zählte die Tage, seitdem Esiko bei ihr gewesen war und ihr jeden Kontakt mit Uta verboten hatte.
Mit einem zuversichtlichen Blick trat Margit näher. »Gebt mir ein paar Worte für Eure Schwester mit.«
Hazechas Hände verkrampften sich. Esikos drohendes Gesicht erschien ihr, und im nächsten Augenblick spürte sie seine Hände um ihren Hals. »Ich kann nicht!«
»Habt Mut, Schwester.« Beruhigend legte Margit ihre rechte Hand auf die Hazechas. »Ich spüre, dass Gräfin Uta Euch genauso fehlt wie Ihr der Gräfin!«
Unsicher zog Hazecha ihre Hand zurück.
»Eure Schwester ist wahrhaftig ein Segen für unsere Stadt«, berichtete Margit und versuchte erneut, Hazecha Mut zu machen. »Sie unterstützt den Bau unserer Kathedrale für die kaiserlichen Kämpfer. Sie hat ein so gutes Herz.«
Hazecha lächelte. Sie sah sich und Uta in ihrer Kammer in Ballenstedt wieder von Bettstatt zu Bettstatt hüpfen und im Stall die Sprache der Pferde deuten. Dabei wurde ihr so warm ums Herz, wie dies sonst nur der Fall war, wenn sie

einem Sterbenskranken doch noch zur Heilung verhelfen konnte.

»Ihr seid ihr sehr ähnlich, Schwester Hazecha«, fügte Margit hinzu.

Hazechas Gesicht hellte sich weiter auf. »Sagt ihr meine innigen Grüße und dass ich den Inhalt *Von der Materie der Medizin* inzwischen auswendig aufzusagen weiß.«

»Das tue ich gerne«, bestätigte Margit.

»Welche Fragen zur Heilkunde kann ich Euch nun beantworten?«

Margit lächelte beinahe verschmitzt. »Die Fragen beantwortet Ihr mir ein anderes Mal, Schwester. Abgemacht?«

Hazecha blickte die Benediktinerin vor sich lange an. »Danke, Schwester.«

»Ich schließe Euch und Gräfin Uta in meine Gebete mit ein«, versicherte Margit und verließ die Kammer.

»Uta«, sprach Hazecha den Namen der Schwester seit langem wieder aus. Dann lief sie in ihre Zelle, um Utas Briefe zum wiederholten Mal zu lesen. Ihren Inhalt vermochte sie bereits seit dem fünfundzwanzigsten Tag frei vorzutragen.

»Der zweihundertfünfzigste!« Uta wandte sich freudig Meister Tassilo zu, mit dem sie seit dem frühen Morgen am Tor zur Vorburg stand, um die Neuankömmlinge zu begrüßen, und übergab einem angereisten Steinmetz Werkzeug. »Meister, der neu ausgeschriebene Lohn hat Wunder gewirkt.«

In jedem der vergangenen fünf Mondumläufe waren vierzig weitere Handwerker auf die Baustelle gekommen. Die Arbeiten zogen sich nun von den Wäldern bei Balgstädt bis zur Burg hinauf. Tagelöhner dünnten den Baumbestand aus, um Baugerüste, Schablonen und Werkzeug herzustellen. Manchmal meinte Uta sogar, die Hammerschläge in den Steinbrüchen am

Rödel zu vernehmen. Noch im Bruch wurden die Steine mit Hilfe von Schablonen grob in Form gehauen. Danach wurden sie von den Karrendienstlern je nach Größe und Schwere entweder mittels Lasttieren zur Unstrut auf einen Lastkahn gebracht oder auf einem Karren direkt zur Baustelle gefahren.

Uta und Tassilo gingen vom Tor der Vorburg zur Baustelle hinüber. Inzwischen zogen die Tagelöhner die unteren Wände des Ostchores und der Westkrypta hoch, während parallel dazu mit dem Ausheben der Fundamente für das Lang- und das Querhaus begonnen worden war.

»Fünfzehn Fuß tief ist der Bau im Boden verankert. Überdies sind die Fundamente breiter als das Mauerwerk oberhalb der Bodenkante, damit das Gebäude hinreichend gestützt wird«, meinte der Werkmeister.

»Für die Krypta unter dem Westchor haben wir doppelt so tief ausgehoben«, ergänzte Uta und wischte sich die von der Werkzeugübergabe schmutzig gewordenen Hände an der ledernen Schürze ab. Seitdem die Handwerker nach Naumburg strömten, fühlte sie eine schier endlose Kraft in sich.

Beim Anblick des feinen Gesteins in den unteren Wänden des Ostchores vor ihnen begann Meister Tassilo zu grübeln. »Die Wände des Langhauses haben das große Dach zu tragen. Auf ihnen liegt die größte Last. Wir sollten sie deshalb mit größeren Bruchsteinen füllen.«

»Wir müssen auch festeren Mörtel als im Ostchor verwenden«, fügte Uta an und konnte gerade noch einem herumstehenden Trog ausweichen. »Dazu ist der Masse mehr Kalk hinzuzufügen und nur so viele Eier, dass der Mörtel gerade stockt.« Sie nahm sich vor, am Nachmittag die Kalkvorräte zu überprüfen und dann mit dem Vogt zu sprechen.

»Wichtig ist, Gräfin, dass wir den Boden, auf dem ein Fundament gebaut wird, stets prüfen, bevor wir entscheiden, wie wir es bauen. Und zwar für jeden einzelnen Gebäudeabschnitt. Bisher hatten wir es stets mit felsigem Untergrund zu tun und konnten die Steinschicht direkt auf den Untergrund auftragen.«

»Und wie verfahren wir bei erdigem Boden?«, fragte Uta.

»Mit Holzpfählen, die wir ähnlich einer Palisade in den Boden rammen, allerdings zur Gänze, und erst auf diese die Steinschicht aufsetzen. Tun wir das nicht und das Erdreich bewegt sich, ist keine Mauer mehr sicher.«

Uta holte tief Luft. »Der Alptraum eines jeden Werkmeisters! Risse im Mauerwerk!«

»Aber lasst uns nicht den Teufel an die Wand malen«, mahnte Tassilo. »Lieber möchte ich Euch beim Ostchor etwas zeigen.«

Dort angekommen, klatschte Uta begeistert in die Hände. Vor sich sah sie einen Hebebaum, der aus zwei schräg zueinander gestellten Holzarmen bestand, die mindestens zwanzig Fuß hoch in die Luft ragten, wo sie aneinanderstießen. Dort fiel auch ein Seil auf den Boden hinab, in welches Rollen eingebunden waren. »Ein Polyspastos!«, rief sie freudig aus.

Tassilo nickte. »Vitruvs Hebemaschine. Wir haben ihn noch gestern Abend aufgestellt.«

Beeindruckt trat Uta näher und begann zu murmeln: »Man richtet zwei Balken zu und verbindet sie an ihrem oberen Ende mit einem Bolzen. Sie sollten so aufgestellt werden, dass sie unten auseinanderspreizen. Sie werden von Halteseilen, welche rings um sie herum gespannt sind, aufrecht gehalten«[22], zitierte sie die entsprechende Textstelle Vitruvs und trat näher an die Hebemaschine heran.

»Ich habe ihn anhand der Angaben auf einem Pergament

---

22 Frei zitiert mit Anpassungen aus: Marcus Vitruvius Pollio »Vitruv«: Zehn Bücher über Architektur, erschienen als Übersetzung 2009 im Marix Verlag, hier: 10. Buch, 2. Kapitel, S. 493.

nachbauen lassen«, erklärte Tassilo, während Uta noch immer staunte.

»Oben, wo die Balken zusammenlaufen«, murmelte sie weiter, »befestige man einen Flaschenzugkolben mit fünf Rollen. Das Ende des Seiles vom Flaschenzug wird an der Welle befestigt. Dreht man an der Wellenkurbel, so wird sich das Seil um die Welle schlingen und die Last hochziehen.«[23]

»Damit wir auch schwere Lasten anheben können, habe ich anstatt einer Kurbel ein Tretrad bauen lassen.« Tassilo ging zu dem an der Seite des Geräts angebrachten riesigen Holzrad hinüber. »Das wird uns später, wenn wir die oberen Mauern erreichen, einige Steighilfen und Barren ersparen.«

Uta strich fasziniert mit der Hand über das Außenholz des Rades. »Ihr habt Vitruvs Polyspastos weiterentwickelt, Meister Tassilo. Das ist unglaublich!«

Zur Demonstration begab sich Tassilo in das Tretrad. »In ihm können zwei Personen zugleich treten«, erklärte er und machte ein paar kraftvolle Schritte. Worauf sich die Seile spannten und die Hebemaschine einen mit Sand gefüllten Trog anhob. Uta lief begeistert nach vorne und beobachtete, wie der Trog immer höher hinaufgezogen wurde.

Meister Tassilo, der aufgrund der körperlichen Anstrengung heftiger atmete, sprach dennoch weiter: »Die Übersetzung des Kranes beträgt ein Dreizehntel, so dass durch das Treten einer Person Lasten bis zum Dreizehnfachen des eigenen Gewichts gehoben werden können.«

Noch immer gefesselt von dem Trog, der mittlerweile hoch über ihrem Kopf schwebte, rief Uta erregt: »Damit können wir die großen Steine für die Außenwände viel schneller nach oben befördern!«

---

23 Ebda., zur besseren Lesbarkeit modifiziert, S. 493.

Tassilo verlangsamte seinen Schritt. »Und wir schonen unsere Arbeiter.«

»Die Krankenstation des Moritzklosters wird uns dankbar sein, wenn gerade jetzt, wo Schwester Margit an der Ostgrenze ist, weniger Verletzte gebracht werden.« Uta ging wieder zum Tretrad zurück. »Wir müssen die Hebemaschine vor Nässe und Frost schützen, damit das Holz keinen Schaden nimmt.«

Keuchend trat Tassilo aus dem Rad. »Sie ist aus Eichenholz gemacht, das im Winter bei Vollmond geschlagen worden ist. Es enthält daher weniger Wasser und ist härter und robuster.«

Unbekümmert lachte Uta auf. »Wir sollten uns mit den Wänden des Ostchores beeilen, dann können wir ihn bald nutzen, Meister!«

»Wir brauchen nur noch einige geschmiedete Verstrebungen, um das Gewinde am Hebearm zu stärken«, fuhr Tassilo beim Anblick der Maschine fort, die zu konstruieren ihn unzählige Nächte gekostet hatte.

»Dann eile ich gleich zu den Schmieden, um sie zu Euch zu schicken«, schlug Uta vor. Ohne die Antwort des Meisters abzuwarten, der wahrscheinlich einen Gesellen damit beauftragt hätte, hielt Uta auf die Schmiede zu, in der neben Schmied Werner inzwischen noch weitere fünf Schmiede arbeiteten. Werner wie auch Maurermeister Joachim und dessen Weib waren Uta das vergangene Jahr über ans Herz gewachsen. Nur wenige Schritte von der Zugbrücke entfernt, erkannte sie die Gruppe von Karrendienstlern um den einarmigen Michel und nickte ihnen anerkennend zu.

In diesem Moment ertönte ein Signal von der Zugbrücke, und kurz darauf ritt ein Knappe mit dem Banner des Meißener Markgrafen in den Hof. Uta blieb vor der Tür zur Schmiede stehen und erkannte nun auch Ekkehard und Hermann von

Naumburg hoch zu Ross. Überrascht hielt sie inne. Der Gatte hatte seine Ankunft nicht angekündigt. War etwas Unerwartetes geschehen?
Zwischen Schüttgut und Steinquadern ritt der Zug des Markgrafen ein. Er bestand lediglich aus dem Brüderpaar selbst, einem halben Dutzend bewaffneter Reiter, dem Bannerträger und zwei weiteren Knappen. »Der Feldzug gegen König Mieszko ist missglückt, und der Kaiser wird eine Wiederholung befehlen.« Ekkehard hielt den Blick trübselig auf den Bruder gerichtet.
»Wenn Bezprym unseren Vorschlag annimmt – als rechtmäßig vom Kaiser ernannter Herzog Polen zu regieren –, kann ein erneuter Feldzug umgangen werden«, entgegnete Hermann und schaute sich müde in der Vorburg um.
»Schwager Esiko ist bereits nach Nordpolen unterwegs, wo Bezprym sich aufhalten soll«, sagte Hermann und hob die Hand – das Zeichen für den Zug anzuhalten, als er nur wenige Fuß von sich entfernt Uta erblickte. Sein Gesicht hellte sich schlagartig auf. »Bezprym hin oder her, wir sollten es dem verdammten Mieszko dennoch so richtig vergelten«, begann Ekkehard sich zu ereifern. »Vierhundert Tote allein bei der Belagerung von Bautzen und dann auch noch der schnelle Rückzug.«
Doch Hermann hörte ihm schon nicht mehr zu. »Seid gegrüßt, Gräfin Uta.« Als er Uta in Lederschürze, Holzpantoffeln und das Haar nur notdürftig mit dem angestaubten Schleier bedeckt vor sich stehen sah, vermochte er ein Schmunzeln nicht zu unterdrücken.
»Seid willkommen!«, begrüßte Uta die Reitergruppe und wischte sich den Staub von den Wangen. »Ihr seht enttäuscht aus. Ist der Feldzug nicht nach Euren Wünschen verlaufen?«
Ekkehard wandte, durch diese Frage gedemütigt, den Kopf

ab, während Herrmann erklärte: »Rechts der Elbe zogen wir nur durch entvölkertes Land, kaum eine bewohnte Siedlung gab es dort noch. Lebensmittelvorräte konnten deswegen nicht ergänzt werden. Sümpfe zogen uns und die Tiere wie Steine nach unten. So manch einen verschlangen sie sogar. Nirgends zeigte sich der Gegner. Wir gerieten immer tiefer in diese unwirtlichen Gebiete. Um nicht erfolglos, ja kampflos zurückzukehren, beschloss der Kaiser, an der oberen Spree Bautzen anzugreifen. Wir belagerten die Burg, aber unsere Leute starben. An Vergiftungen, am Sumpffieber und an Angriffen aus dem Hinterland. Deshalb zogen wir uns zurück.«
Betreten senkte Uta den Kopf. »Das tut mir leid. Ich werde den Herrgott um die Aufnahme der verstorbenen Seelen bitten.«
Hermann nickte und ließ seinen Blick über die Baustelle gleiten. »Wie mir scheint, gibt es von hier Erfreulicheres zu berichten.«
»Inzwischen packen mehr als dreihundertfünfzig Hände zu.«
Uta hob den Kopf. »Auch die Karrendienstler leisten wertvolle Arbeit.«
Ekkehard betrachtete sie, während ihr Blick erneut von der Baustelle gefesselt war. Der Bischof hat mich also korrekt informiert!, dachte er. Von einer Burgherrin mit Schürze, die im Staub der Baustelle auf dem Boden hockte und arbeitete, die in die Behausungen der Handwerker ging, um deren schmutzige Arbeit zu begutachten, hatte er geschrieben. Ekkehard schaute aufmerksam an Utas flachem Leib hinab und schluckte. Hildeward hatte ihn gewarnt, dass das sündige Treiben seines Weibes verhindere, dass jemals eine Leibesfrucht in ihm heranwüchse, und er hatte recht!
Inzwischen hatte auch Meister Tassilo die Burgherren entdeckt und kam auf sie zu. »Verehrter Markgraf, verehrter Graf Ekkehard«, grüßte er mit einer tiefen Verbeugung.

»Meister Tassilo!« Ekkehard hatte seine Stimme wiedergefunden. »Wozu nur habt Ihr meine schutzlose Gattin verführt, während wir bei Bautzen unser Leben riskierten?«
Verwundert hielt Tassilo inne.
»Zu nichts, mein Gemahl«, kam Uta dem Meister zuvor.
Ekkehard spuckte aus. »Sind Dreck und Männergewänder etwa nichts?«
»Beruhige dich«, griff Hermann schlichtend ein, ritt dann einige Schritte in den Vorhof und rief von weitem begeistert: »Bruder, du musst dir unsere Baustelle ansehen. Die ersten Mauern des Ostchores stehen bereits fußhoch über der Erde! Sie haben viel geschafft.«
Ekkehard rang sich ein müdes Lächeln ab.
Hermann stieß wieder zur Gruppe. »Das enttäuschte Heer spricht von kaum etwas anderem, als endlich den heiligen Schleier und die ersten Mauern der Kathedrale zu sehen«, erklärte er. »Manche Kämpfer haben zuletzt von Träumen berichtet, in denen Plantilla ihnen erschienen war und mit ihrem Schleier die Augen der Gegner ausgebrannt und sie dadurch zurückgedrängt hat. Und jetzt, wo sich unsere Plantilla-Schwestern vor Ort der Verwundungen annehmen ...«
»Wenn ich einen Steinmetz hätte heiraten wollen«, unterbrach ihn Ekkehard, »hätte ich das getan, Hermann. Mich verlangt es nach einem Weib, das unserer Familie die Nachkommenschaft sichert!«
Enttäuscht von seiner Reaktion, senkte Uta den Kopf.
»Wir haben es geschafft, dass die Domherren die neu gebauten Steinhäuser bereits zu Himmelfahrt beziehen konnten. Seht dort«, versuchte nun auch Meister Tassilo zu besänftigen und zeigte zur Nordseite der Baustelle.
Uta drehte sich ebenfalls um, spürte aber den missbilligenden Blick ihres Gatten auf sich gerichtet, der ihre Freude dämpfte.

»Das ist eine sehr gute Nachricht, Meister«, verkündete Hermann. »Damit ist die Verlegung des Bischofssitzes nun auch *in persona* vollzogen.«

»Ich möchte Euch in dieser Schürze nicht mehr sehen, Gattin«, begann Ekkehard in diesem Moment wieder und wandte sich an den Werkmeister. »Meister Tassilo, Ihr sorgt dafür, dass die Gräfin dem Bau zukünftig nicht mehr näher als dreißig Schritte kommt!«

Tassilo stand regungslos da.

»Aber …«, wollte Uta gerade aufbegehren, als Ekkehard ihr das Wort mit einer Handbewegung abschnitt. »Eure Unterstützung beschränkt sich von heute an auf organisatorische Tätigkeiten außerhalb der Baustelle!«

»Bruder, überleg es dir noch einmal«, mahnte Hermann. »Wir wollen den Vater doch so schnell wie möglich umbetten.«

»Hermann!«, fuhr Ekkehard auf, wie er es noch nie zuvor gegenüber seinem Bruder getan hatte. »Ich bin überzeugt, dass dem Vater mit einem Enkel mehr geholfen ist!«

Uta erstarrte bei diesen Worten.

»Und Ihr, Meister Tassilo, gebt dieses dreckige Teil hier einem der Steinmetze!«, sagte Ekkehard und zeigte auf Utas lederne Schürze. »Unter den Handwerkern gibt es sicherlich einen, der dafür eine angemessene Verwendung hat.«

Ekkehard preschte über die Baustelle zur Hauptburg davon.

»Unfruchtbares Weib!«, hörte ihn die Gruppe dabei noch sagen.

Einem unermüdlichen Echo gleich trug der Wind seine Worte an Utas Ohren. Sie hatte Mühe, die aufsteigenden Tränen zurückzudrängen. Mit zittrigen Händen löste sie die Schleife ihrer Schürze am Rücken.

9. Der heilige Chor

Esiko schien eins mit der Dunkelheit. Lediglich sein Gesicht und seine Hände wurden schwach von einer verborgenen Lichtquelle erhellt. Die Finger der rechten Hand fest um den Leib der hölzernen Gottesmutter geschlungen, strich er mit dem Zeigefinger der linken zärtlich über deren Hals. Als sie die Gottesmutter retten wollte und nach ihr griff, brachte Esiko sie schnell aus ihrer Reichweite. »Du hast es versprochen!«, zürnte er und hielt ihr die Statue anklagend entgegen. »Vor dem Angesicht der heiligen Mutter!«, sprach er und zog sich weiter in die Dunkelheit zurück, aus der er herausgetreten war. »Schau ihr in die Augen! Du bist eine Sünderin und viel zu erbärmlich, um das Gewand einer ewigen Braut zu tragen!«
Schweißgebadet fuhr Hazecha auf ihrem Lager hoch. Verstört blickte sie sich um, bis sie die drei Bettreihen im klösterlichen Schlafraum erkannte. Während ihr Herz noch immer heftig klopfte, glitt ihr Blick weiter zur Tür, die auf den Flur hinausführte. Die schien fest verschlossen. »Esiko?«, fragte sie vorsichtig in die nächtliche Stille hinein und hielt in Erwartung einer Antwort die Luft an. Als ihr lediglich der Wind mit einem Pfeifen antwortete, ließ sie den Blick über die nächststehenden Lager gleiten. Das Bett direkt zu ihren Füßen – Lisette hatte früher darin genächtigt – war leer, die Decke vorschriftsmäßig gefaltet und bereit, eine neue Sanctimoniale aufzunehmen. Auch Elfriedes einstiges Lager daneben würde bald einen anderen Körper beherbergen. Hazecha wagte nicht, sich nach den Betten der anderen Verstorbenen umzudrehen. Als Erstes war Köchin Hanna, die liebe Seele, gestor-

ben. Ohne auch nur einen Tropfen Blut zu verlieren, war ihr eines Tages, sie hatte kurz zuvor noch über Übelkeit und Durchfall geklagt, einfach das linke Bein wie ein toter Stumpf vom Körper abgefallen.

Hazechas Angstgefühl wich der Schmach, weil sie Hanna nicht hatte heilen können. Gott zürnte ihr seit jenem Frühjahrstag vor einem Jahr, an dem Schwester Margit aus Naumburg die Krankenkammer besucht hatte. »Habt Mut, Schwester«, hatte die Benediktinerin mit vertrauter Stimme gesprochen. »Ich spüre, dass Gräfin Uta Euch genauso fehlt wie ihr Eurer Schwester!«

Noch am gleichen Abend, an dem Hazecha ein Schreiben an Uta begonnen hatte, war auch das Unglück ins Kloster eingezogen. Nach Hannas Tod am Folgetag hatte dann ein Neuzugang bei den Sanctimonialen, gerade einmal zehn Jahre alt, über Wochen hinweg immer wieder Wahnsinnsanfälle gehabt, bis ihm schließlich sämtliche Zehen und zwei Finger der rechten Hand abgestorben waren. Keine zehn Tage darauf hatte sein gesamter Körper den Dienst versagt. Seitdem hatten sie fünf Schwestern mit dieser Art von Symptomen unter die Erde gebracht – eine göttliche Warnung an sie, den Federkiel ruhen zu lassen und ihrem Versprechen an Esiko Folge zu leisten. Aber wenn dies nun Gottes Wille war, warum ließ der Allmächtige Uta dann weiter Zeilen voller Zuneigung an sie schreiben? Den Burgberg in Naumburg, die kleine Skizze aus einem der letzten Schreiben, vermochte Hazecha längst nachzuzeichnen. Überschwenglich hatte die Schwester ihr beschrieben, wie wunderbar sich der geplante Bau in die bestehende Anlage einfügte.

Hazecha spürte einen tiefen Schmerz in der Brust und verkroch sich unter ihrem Laken. Die Schwester durfte den Bau einer Bischofskirche unterstützen. Wenn die Mutter dies nur

noch auf Erden hätte miterleben können. Sie schluchzte. »Allmächtiger Herrgott! Mutter! Was soll ich nur tun?« Vor Verzweiflung presste sie die Lider zusammen, worauf ihr jedoch Bilder jener Verstorbenen erschienen, die außerhalb Gernrodes ebenfalls von der seltsamen Krankheit dahingerafft worden waren. Ein Reisender hatte ihr gar berichtet, dass in einem Dorf, durch das er gezogen war, alle fünfzig Bewohner nach dem Absterben und Verlust von Gliedmaßen gestorben waren.
Würde Gott weitere Menschen leiden lassen, weil sie, Hazecha von Ballenstedt, sündigte? »Ich darf mein Versprechen nicht brechen!«, entschied sie und wiederholte den Satz immer und immer wieder, während sie auf Lisettes Lager starrte. Sofern sie Kontakt zu Uta aufnahm, würde Gott seinen Zorn sicher noch auf weitere Dörfer richten und die Menschen mit dieser Krankheit bestrafen, gegen die nicht einmal Alwine Rat gewusst hatte. »Alwine!«, fiel es Hazecha ein. Im nächsten Moment läuteten die Glocken zum Morgengebet, worauf sie sich erhob, in ihr Tagesgewand schlüpfte und den Schleier anlegte.

Nach dem Gottesdienst zu Sonnenaufgang bat Schwester Edda in den Klostergarten. Dort versammelten sich nicht nur die Sanctimonialen und Schwestern, sondern auch die Knechte und Mägde, die einen Großteil des Klosterbetriebes mit ihrer Hände Arbeit aufrechterhielten.
Edda trat vor Alwine. »Ihr habt dem Kloster nun fünfzehn Jahre gedient. Dafür habt Dank.« Sie umarmte Alwine und ließ eine Handvoll Münzen aus der Klosterkasse in Alwines Bündel gleiten. »Damit Ihr nie hungern müsst. Der Weg über die Alpen ist weit und entbehrungsreich.«
Alwine erwiderte die Umarmung und entgegnete zuversichtlich: »Wir sehen uns wieder, Schwester Edda.«

Hazecha schaute wehmütig zu den zwei Frauen. Was sollte ohne Alwine aus der Krankenkammer werden? Obwohl sie dort inzwischen seit mehr als fünf Jahren zusammenarbeiteten, hatte sie immer noch jeden Tag etwas Neues von der Freundin gelernt. Es gab keine Tinktur, kein Kräutlein und keinen Kniff, den Alwine nicht kannte – keinen Patienten, dem sie nicht mit unerschütterlicher Geduld Zuversicht in die Seele zu pflanzen verstand. Doch nun wollte Alwine über die Alpen und durch die italienischen Herzogtümer ziehen, um noch mehr über die Heilkunde zu lernen und dergestalt bereichert eines Tages wieder in die Klostergemeinschaft zurückzukehren. Südlich von Rom sollte es einen Ort namens Salerno geben, welchen Gelehrte für den Ursprung allen Heilwissens hielten. Dort sollten Heilkundige unterschiedlichster Provenienz und unterschiedlichsten Glaubens ihr Wissen austauschen und zum Wohle der Kranken wirken.

»Gott begleite Euch auf Euren Wegen, Schwester«, fügte Pater Wolfhag hinzu, während die neue Köchin der Reisenden ein Päckchen mit Schinken und Brot sowie einen Wasserschlauch reichte.

»Jetzt wo unsere Schwester Alwine das Kloster verlässt«, begann Edda an ihre Schützlinge gewandt, »gilt es, die Leitung der Krankenkammer auf eine von Euch zu übertragen.« Edda dachte daran, wie sie es vor wenigen Tagen zum ersten Mal gewagt hatte, Äbtissin Adelheid zu widersprechen, und diese von ihrem Gegenvorschlag überzeugt hatte. Schließlich hing der gute Ruf eines Klosters neben dem Kopieren von Schriften, der Pergamentmalerei und dem politischen Einfluss der Äbtissin maßgeblich auch von dessen Kenntnis der Heilkunst ab. Mit einem Lächeln schritt Edda vor den Schwestern auf und ab, bis sie vor einer stehen blieb. »Euch möchten wir die Leitung übertragen!«, sagte sie mit einem liebevollen Lächeln, das zahlreiche Fältchen auf ihrem Gesicht erscheinen ließ.

»Mir?« Erschrocken riss Hazecha die Augen auf. »Aber ich konnte doch nicht einmal unsere fünf Mitschwestern heilen.«

»Niemand hätte das gekonnt«, entgegnete Edda.

»Ich habe dich alles gelehrt, was ich wusste, Hazecha«, erklärte Alwine nun. »Du bist genau die Richtige dafür. Und schließlich hast du Unterstützung.«

Hazecha blickte verunsichert auf die junge Domenica neben sich, der sie im vergangenen Jahr einiges über die Heilkunde beigebracht hatte. Schon viele Abende hatte sie bereits mit ihr über dem Buch *Von der Pflege der Gärten* gesessen, um ihr die verschiedenen Heilpflanzen und deren Wirkung zu erklären. In diesem Moment nickte Domenica ihr aufmunternd zu.

»Du weißt für jeden Kranken die richtigen Worte zu finden«, setzte Alwine nun nach, »und hast das gesamte Wissen aus unserer Bibliothek im Kopf!«

»Und Äbtissin Adelheid ist einverstanden?«, fragte Hazecha zweifelnd.

»Auch wenn sie heute fernab im Kloster Vreden weilt, hat sie ihren Segen dafür erteilt«, versicherte Edda und sah dabei das mürrische Gesicht, mit dem Adelheid diese Entscheidung gebilligt hatte, wieder vor sich.

»Gott wird Euch beistehen, Schwester«, bestätigte Pater Wolfhag abschließend.

Damit ruhten aller Augen erwartungsvoll auf Hazecha.

»Ich danke Euch für Euer Vertrauen und hoffe, Euch nicht zu enttäuschen«, entgegnete diese.

»Ihr habt uns noch nie enttäuscht«, versicherte Edda und umarmte die Ballenstedterin herzlich.

»Hazecha«, flüsterte Alwine ihr ins Ohr. »Du schaffst das!

Dessen bin ich mir sicher. Du hast genauso viel Kraft wie Uta.«
Bei diesen Worten verspürte Hazecha wieder den tiefen Schmerz, der sie schon heute Morgen im Schlafsaal überfallen hatte. »Liebe Alwine«, begann sie. »Bitte pass auf dich auf. Ich wünsche mir so sehr, dass wir uns eines Tages wiedersehen.« Hazecha fiel Alwine in die Arme.
»Ich gebe acht, versprochen!« Alwine, drückte die Freundin ebenfalls fest an sich und musste unwillkürlich an Uta denken. Seitdem diese ihr vor vielen Jahren das gleiche Versprechen gegeben hatte, als sie mit Äbtissin Adelheid nach Quedlinburg aufgebrochen war, hatten sie sich nicht mehr wiedergesehen.
Zärtlich schob Alwine Hazecha von sich und blickte sie wehmütig an. Ihr Gesichtsausdruck hat sich in den vergangenen Mondumläufen verdüstert, dachte sie, richtete fürsorglich Hazechas Schleier und lächelte. »Gib du auch acht auf dich.« Nach diesen Worten drehte sich Alwine um und machte sich im Schutzgeleit eines Kaufmannszuges in Richtung ihrer alten Heimat auf.
Gefolgt von Domenica betrat Hazecha aufgewühlt die Krankenkammer. Von nun an würde sie die Verantwortung für die Kranken tragen. Sie durfte das Leben der Menschen hier unter keinen Umständen aufs Spiel setzen. Sie war auf Gottes Wohlwollen und seine Führung angewiesen und deswegen musste sie auf den schriftlichen Kontakt mit Uta verzichten. Vorerst. Als Hazecha den ersten Verband des Tages wechselte, zählte sie den neunhundertfünfundvierzigsten Tag.

»Schwerste Verbrechen durch Beschädigung des Lebens eines Delinquenten zu sühnen ist königlich-kaiserliches Vorrecht.« Uta hielt den Blick auf das Pergament in ihren Händen gerichtet. Sie kannte inzwischen jeden spitzen Stein im Fußboden, jede Nische und auch jede Spanhalterung der Burg. Fasziniert vom Inhalt des Pergaments las sie im Gehen weiter. »Niemandem sonst steht es zu, das von Gott geschenkte Leben zu richten, sofern der Kaiser ihn nicht dafür erwählt hat. Als Erstes wird Michael von Benzingen als Kläger für seine Schwester Ageltrude, Witwe des Herzogs Widemar, angehört. Die Anklage lautet auf Güterentfremdung. Als Beweismittel legen die Angeklagten eine Schenkungsurkunde für die strittigen Güter vor. Der Kaiser entscheidet, dass die strittigen Güter dem Urkundeninhaber zugesprochen werden.« Uta schaute nachdenklich auf. Eid, Gottesurteil, Befragung und Urkunde – so lauteten die vier vor dem königlichen Gericht zugelassenen Beweismittel. Die Angeklagten auf dem Paderborner Hoftag, über dessen Verlauf sie dank Kaplan Wipo gerade eine Abschrift in Händen hielt, hatten mit einer Urkunde ihre Unschuld bewiesen. »Katrina«, sagte sie grübelnd und drehte sich um, ohne den Schritt zu verlangsamen. »Ich muss die Urkunde der Mutter erneut studieren.«

Katrina nickte und öffnete ihrer Herrin die Tür zur Kemenate. »Bitte sorge dafür, dass niemand mich stört«, bat Uta, trat ein und schloss die Tür. Sie beugte sich unter die Bettstatt, unter der sie neben dem Kästchen mit der Herrgottsgnade auch Hazechas Briefe verwahrte. Bei deren Anblick entfuhr ihr ein tiefer Seufzer. Obwohl Schwester Margit noch nicht nach Naumburg zurückgekehrt war, hatte ihr diese über ihren erfolgreichen Besuch in Gernrode berichtet. Doch die Nachricht lag nun schon vier Mondumläufe zurück, und Uta hatte immer noch keinen Brief aus Gernrode erhalten. Von einer geschäftigen Gernroder Krankenkammer hatte Schwester Margit geschrieben und ihr zudem Grüße von Alwine ausrichten lassen. Sicherlich war Hazecha momentan einfach zu sehr mit der Pflege der Patienten beschäftigt, um ihr zu schreiben. Und immerhin wusste sie nun, dass es der Schwester gutging.

Uta zog die Urkunde der Mutter unter dem Bett hervor. Wie oft sie diese auch schon gelesen hatte, war ihr doch bislang kein einziges, mögliches Beweismittel eingefallen. Dennoch sortierte sie die Fakten nun ein weiteres Mal: die Mutter übereignete dem Damenstift Gernrode ihr Witwengut, damit man sie, Uta, dort aufnahm. Damit waren fünf Ortschaften, zu denen zehn Hufen Ackerland und Jagdrechte gehörten, in den Gernroder Besitz übergegangen.

»Fünf Ortschaften?« Uta erinnerte sich an ihre Gespräche mit dem Vogt über den Abgabenstand der markgräflichen Besitzungen, die dieser sauber in Wachs stach. Fünf ertragreiche Dörfer konnten sogar einen Markgrafen ernähren. Sollte der Vater die Mutter gar umgebracht haben, weil er die Einkünfte und Abgaben aus den Besitzungen für sich hatte haben wollen? Denn das Witwengut fiel, sofern die Ehefrau vor ihrem Gatten starb, wieder an diesen zurück – so zumindest war es Uta bezüglich ihres eigenen Witwenguts vom Vogt erklärt worden. Oder hatte der Vater doch nur aus Wut gemordet, wie Erna ihr einst berichtet hatte? »Wie soll ich das nur jemals herausfinden?« Auch wenn sie, seitdem sie die Baustelle nicht mehr betreten durfte, beinahe jeden Tag damit zubrachte, neu eingetroffene Abschriften zu studieren, war sie auf der Suche nach Beweisen noch keinen Schritt weitergekommen.

»Baustelle?«, wiederholte Uta, trat vor das Fenster und schaute auf den Platz der Vorburg. Beim Anblick des Ostchores, dessen Mauern inzwischen bereits zwanzig Fuß hoch waren, meinte sie wieder die lederne Schlaufe ihrer Schürze am Hals, die hölzernen Pantoffeln an den Füßen und den feinen Steinstaub auf ihrem Gesicht zu spüren. Im nächsten Moment erkannte sie, dass Vitruvs Polyspastos bereits dabei half, Tröge und behauene Steine nach oben zu befördern. Sie lächelte, als sie das Hämmern der Steinmetze und Zimmerer hörte und die unzähligen Karrendienstler sah, die trotz der schweren körperlichen Arbeit zu jeder Tageszeit noch ein freundliches Lächeln auf den Lippen hatten. Inzwischen mussten es an die fünfhundert Arbeiter sein, die mit anpackten.

Mit einem tiefen Seufzer trat sie wieder vor die Bettstatt. »Es muss einen Weg geben, um Gerechtigkeit zu erlangen!« Sie beugte sich über Wipos Pergament und las weiter. »Als zweiter Ankläger ist Markgraf Heinrich von Spoleto zu nennen. Vorgenannter wird des Angriffs auf die Person des Kaisers und auf die Mitglieder seiner Familie angeklagt.« Uta schluckte. Ein Majestätsverbrechen! Gebannt folgte sie dem weiteren Bericht und spürte das Verlangen, auch diese Sätze für immer im Gedächtnis zu behalten. »Der Angeklagte befreite sich vom Vorwurf, Kaisertochter Beatrix entführt zu haben, per Reinigungseid«, murmelte Uta und fuhr mit den Fingern über die feinen Buchstaben Wipos, der es auf unnachahmliche Weise verstand, seinen Lettern eine beschwingte, ungewöhnlich runde, fast liebliche Form zu geben. Gleich heute Abend, so nahm sie sich vor, wollte sie dem Hofkaplan für die Abschrift danken, ihm warme Worte und einen Bericht über den Baustand der Kathedrale senden. »Als Ankläger tritt weiterhin Graf Hannes aus dem Hassegau mit zweiundvierzig Eideshelfern auf«, las sie weiter. »All jene Männer von ritterlichem Stand bezeugen die sittliche Verfehlung des Ehebruchs – eine geschlechtliche Vereinigung außerhalb der vor Gott getrauten Verbindung – der Oda von Wandersleben, dem Grafen seit nunmehr zehn Jahren angetraut.«

Eideshelfer sind Menschen, erinnerte sich Uta, die die Glaubwürdigkeit des Schwörenden durch ihren Eid unterstützen und damit Zeugen zu ersetzen vermögen, indem sie beteuern, dass sie die Aussagen der Beeidenden für wahr halten. »Als erstes Beweismittel wurde ein Geständnis der Angeklagten angestrebt, das diese jedoch verweigerte. Oda von Wandersleben wird zum Entzug ihrer Güter und zur Buße verurteilt und in ein Kloster nach des Gatten Wahl geschickt. Die Eheverpflichtung gilt damit als aufgehoben«, beendete Wipo seine Abschrift. Die Aussagen der Eideshelfer hatten mehr gewogen als das Wort der Gräfin, schlussfolgerte Uta und erhob sich. Obwohl Eideshelfer keine Zeugen waren, also den Hergang des Ehebruchs nicht mit eigenen Augen gesehen hatten, war Gräfin Oda einzig aufgrund der zweiundvierzig Eide verurteilt worden.

»Wenn ich keinen Zeugen ausfindig machen kann, brauche ich Eideshelfer, die die Wahrheit meiner Worte bestätigen«, sagte sie zu sich selbst und war zuversichtlich, dass Aussagen von Eideshelfern auch bei Tötungsdelikten verwendet werden konnten.

»Alle waren von ritterlichem Stand«, wiederholte sie. Wer konnte das im Falle ihres Vaters sein und würde für sie, Uta von Ballenstedt, einen Eid leisten? Die Kaiserin vielleicht? Bei dem Gedanken an Gisela von Schwaben lächelte sie. Die Kaiserin hatte ihr stets vertraut und ihren Rat auch in Angelegenheiten erbeten, bei denen sie auf Utas absolute Verschwiegenheit angewiesen gewesen war. Würde die Kaiserin bereit sein, für ihre einstige Hofdame einen Eid zu leisten?

Als es klopfte, schaute Uta auf. Das zaghafte Pochen verriet ihr, dass es Katrina war, die Einlass begehrte. »Komm rein«, bat sie.

»Gräfin?« Das Kammermädchen war mit einer Verbeugung vor Uta getreten. »Der Burgherr ist im Burgsaal und lässt nach Euch schicken.«

»Ekkehard ist zurück?« Der Sommer war noch nicht vorüber und dennoch war der Gatte, der sonst nicht vor Ende des Herbstes von der Seite des Kaisers wich, bereits zurückgekehrt? »Nein, verzeiht«, schüttelte Katrina den Kopf, »ich meinte damit den Markgrafen.«

»Ich komme«, antwortete Uta und verstaute die Urkunde und Wipos Abschrift wieder sorgfältig unter dem Bett. Bevor sie den Schleier im Haar befestigte, hielt sie noch einmal inne und schloss die Augen. Sie sah den Vater in der neuen Kathedrale vor dem Kaiser knien. Und obwohl das Bild noch verschwommen war, vernahm sie deutlich die Worte Konrads II., mit denen er schon den Gerichtstag in Paderborn eröffnet hatte. »Schwerste Verbrechen durch Beschädigung des Lebens von Delinquenten zu sühnen ist königlich-kaiserliches Vorrecht.«

Mit weit offenen Augen betrachtete Katrina ihre vor sich hin murmelnde Herrin.

»Ohne Beweise keine Gerechtigkeit! Und ohne Gerechtigkeit keine friedliche Seele«, bestärkte Uta sich und öffnete die Augen. Dann streckte sie Katrina mit einem zuversichtlichen Lächeln die Hand entgegen und trat gemeinsam mit ihr auf den Gang des Wohngebäudes.

Hermann, Tassilo, Bischof Hildeward, der Vogt und ein Dutzend Ritter standen im Burgsaal um einen Knappen herum, der so schwer atmete, dass er immer nur einzelne Worte hervorbrachte. »Der Kaiser ...«, keuchte er, »und die Heerführer schicken mich.« Er war zu aufgeregt, um zu merken, dass er diesen Satz bereits mehrmals gesagt hatte.

»Beruhigt Euch erst einmal«, meinte Hermann und ließ für den Knappen einen Krug mit verdünntem Bier bringen.

»Er ist wieder da ...«, stammelte der Knappe weiter.

Keiner in der Runde sagte ein Wort. Alle schienen abzuwarten, was der Junge denn nun wirklich vorzutragen hatte. Als Hermann Uta durch die Tür des Burgsaals kommen sah, bedeutete er ihr, zu ihnen zu treten, und wandte sich wieder dem Knappen zu.
»Wir danken Euch für Euren schnellen Ritt«, sagte er mit ruhiger Stimme. »Aber nun sagt uns doch, wer wieder da ist.«
Doch der Jung trank erst einmal gierig aus dem ihm gereichten Krug, so dass ihm das Gerstengebräu links und rechts aus dem Mund und auf sein ledernes Hemd tropfte.
Bischof Hildeward warf Hermann einen ungeduldigen Blick zu. »Nun sprich doch endlich, Junge!«, meinte er erbost darüber, dass man ihn wegen dieses Boten aus seinem stummen Zwiegespräch mit dem Schleier der Plantilla gerissen hatte.
»Tragt Ihr ein Schreiben bei Euch?«, sprach Hermann den Jungen erneut an. »Vielleicht von der kaiserlichen Kanzlei?«
Der Knappe schüttelte den Kopf und presste seine Hände fest um den Krug »Nichts ist mehr da! Neuntausend sind weg«, brachte er schließlich hervor.
Er ist wieder da, und nichts ist mehr da? Uta blickte kurz zu Hermann, der ihr auffordernd zunickte. Die Gespräche im Burgsaal verstummten, als sie darauf vor den Knappen trat und ihn von den Rittern weg zu einem Tisch am Ende des Burgsaales führte. Als zwei der Ritter Anstalten machten, Uta zu folgen, bedeutete Hermann ihnen abzuwarten.
Die Aufmerksamkeit aller war nun auf Uta gerichtet, die in ihrem blauen Kleid wie ein Licht im dunklen Saal leuchtete und sich im nächsten Moment mit dem Knappen auf den Hockern vor dem Tisch niederließ. Unter den missbilligenden Blicken des Bischofs legte sie ihm, wie sie es bei den Schwestern des Moritzklosters im Umgang mit Kranken und Trostlosen gesehen hatte, die Hand fürsorglich auf den Rücken.

Nachdem sie eine Weile so gesessen hatten, verlangsamte sich der heftige Atem des Jungen. Einen Augenblick später öffnete er die Lippen. Uta wagte keine Regung, um jedes seiner leisen Worte verstehen zu können.

»Mieszko«, begann der Knappe.

Uta lächelte ihn aufmunternd an. »Ihr wollt uns mitteilen, dass der König nicht mehr da ist? Ist er verstorben?«, fragte sie in ruhigem Tonfall nach.

Der Knappe schüttelte vehement den Kopf. »Nein, er ist wieder da!«, stieß er so heftig hervor, dass auch die Runde um Hermann und den Bischof seine Worte verstand. Dennoch schwiegen die Männer weiterhin und konzentrierten sich auf die Burgherrin und den Knappen, um nun Informationen darüber zu erhalten, was der Kaiser dagegen zu tun gedachte. »Polnische Reiter sind rechts der Elbe unbemerkt bis an die Saale vorgedrungen. Hunderte Siedlungen und Gotteshäuser sind zerstört, einfach nicht mehr bewohnbar, auf viele Jahre hin. Die Gegner können sich unsichtbar machen!«

Im Hintergrund vernahm Uta mehrere schwere Seufzer. »Und was lässt uns der Kaiser sonst noch ausrichten?«, fragte sie weiter und strich dem Knappen beruhigend über den Rücken.

Der schien sich nun langsam warmzureden. »Alle Überlebenden wurden zusammengetrieben und verschleppt. Es sollen an die neuntausend Menschen sein. Selbst Bischöfe sind unter den Gefangenen! Mieszko muss geräuschlos gewütet haben und unglaublich schnell wieder abgezogen sein. Wir konnten nicht mal mehr seine Nachhut ausmachen.«

»Wie kann ein Gefangenentross mit neuntausend Männern schneller vorankommen als ein bewegliches, ritterliches Grenzheer?«, grübelte Bischof Bruno von Merseburg laut.

Der Knappe zuckte irritiert mit den Schultern. Uta nickte ihm verständnisvoll zu, während sich die Runde langsam dem

Tisch näherte und nun wenige Schritte vor ihnen stehen blieb.
»Wart Ihr dabei?«, fragte sie vorsichtig.
Mit weit aufgerissenen Augen schüttelte der Knappe den Kopf. »Ich bin der schnellste Reiter im Gefolge des Grafen Esiko. Er schickte mich mit der Botschaft zum Kaiser.«
»Und der hat Euch zu uns geschickt, richtig?«, fragte Bischof Bruno.
»Hier!«, sprudelte es urplötzlich aus dem Knappen heraus, »hier sollen die Herzen der Toten unter die Erde kommen – so wünscht es seine kaiserliche Hoheit. Zum Fest des heiligen Wendelin wird ein Teil des Heeres zur Messe anreisen, lassen Kaiser und Heerführer ausrichten. Im nächsten Jahr soll es dann einen zweiten Feldzug gegen Mieszko geben.«
»Ein zweiter Feldzug!«, zischte jemand in der Runde.
Uta rechnete: Damit blieben ihnen für die Vorbereitung der Messe noch sechzig Tage.
»Graf Esiko sagt«, fuhr der Knappe nun schneller fort, glücklich, seine Sprache wiedergefunden zu haben, »dass die Grenzgebiete nicht länger als fünfzehn Tage unbewacht bleiben dürfen. Die Messe soll schnell gelesen werden, damit die Kämpfer unverzüglich wieder zurückkehren können, um die Grenze zu sichern.« Nach diesen Worten sackte er kraftlos in sich zusammen.
Hermann ging zum Tisch und legte seine Hand vorsichtig, aber bestimmt auf die Schulter des Jungen: »Jetzt stärkt Euch erst einmal, und in der Zwischenzeit bereiten wir Euch ein Lager.«
»Danke für Euren Mut«, sagte Uta zu dem Jungen und strich ihm ein letztes Mal über den Rücken.
Mit scheinbar letzter Kraft stand der Knappe auf und folgte zwei Mägden, die ihn und seine Mitstreiter, welche bereits im Hof zusammengebrochen waren, in eine der Gästekammern geleiteten.

Uta schaute zu Hermann und erkannte, dass er die gleiche Grüblerpose eingenommen hatte wie Meister Tassilo neben ihm.

»Es sind die Liutizen!«, ereiferte sich Bischof Hildeward wie schon einmal. »Diese Heiden sind für den Rückschlag verantwortlich! Der Allmächtige lässt uns damit wissen, dass wir nur ohne diese Ungläubigen siegreich sein werden!«

»Das Heer braucht Verstärkung«, sagte einer der Ritter in die gespannte Stille hinein. »Die meisten haben das Fiasko des letzten Feldzuges gegen die Polen noch immer nicht überwunden. Für Kämpfe gegen Ungarn, die wegen Grenzstreitigkeiten ebenfalls anstanden, hat der Kaiser kaum Männer finden können. Der schmähliche Abzug aus Bautzen und der polnische Feind – in deutlicher Unterzahl, doch trotzdem überlegen – untergraben ihren Mut und ihren Glauben. Sie fürchten diesen Teufel!«

Hermann und Meister Tassilo nickten. Ein Stimmungsumschwung war keine gute Ausgangslage für einen zweiten Feldzug gegen König Mieszko.

»Zuallererst müssen die Heiden weg!«, beharrte der Bischof.

Uta schaute von Hermann zu Hildeward, dessen schrille Worte ihr im Ohr gellten. Sie hatte ihn eine ganze Weile nicht gesehen, da er die letzten Messen von einem der Domherren hatte lesen lassen. Hildeward schien ihr entkräftet und noch magerer als früher, seine Stimme noch unangenehmer.

»Ihr habt recht«, sagte Hermann und wandte sich unter dem brennenden Blick des Bischofs dem Ritter zu. »Wir müssen alles daransetzen, dass das Heer seinen Glauben an die göttliche Unterstützung und den Sieg nicht verliert.« Er schaute zu Meister Tassilo, der in gedanklichem Einvernehmen mit dem Markgrafen fortfuhr: »Unsere neue Kathedrale wird die Kämpfer stärken. Sie sollen nach Naumburg kommen, sehen

wie sie wächst und neue Kraft aus dem Anblick des heiligen Schleiers ziehen!«
»Nein!«, zischte Bischof Hildeward. »Eine Baustelle kann keinen Mut verleihen!«
Hermann und Meister Tassilo nickten sich erneut zu. »Da mögt Ihr nicht ganz unrecht haben, Exzellenz«, erwiderte Hermann. »Deshalb sollten wir ernsthaft überlegen, am Tage des heiligen Wendelin nicht nur eine Messe zu lesen und die Kämpferherzen aus dem ersten Feldzug gegen Mieszko im Kathedralraum zur letzten Ruhe zu betten, sondern ...«
»... gleichzeitig auch den Ostchor zu weihen!«, beendete Uta den Satz und erhob sich.
Mit einem Seitenblick zu Uta schmunzelte Hermann. »Dann haben wir eine Baustelle weniger, Euer Exzellenz.«
»Das wäre Gotteslästerung, Markgraf!« Schlagartig erschienen rote Flecken auf Hildewards Wangen. »Der Chor ist noch längst nicht fertiggebaut!«, erregte er sich und stimmte augenblicklich ein Gebet an: »Die Gemeinde ist der Leib Christi. Wer das für das Mahl nicht bedenkt, zieht Gottes Strafe auf sich. Deswegen sind so viele krank und schwach und sterben früh!«
Wieder beobachtete Uta, dass der Bischof dabei den Ring an seinem kleinen Finger mit denen der anderen Hand umfasste.
»Bis zur Weihe verbleiben uns noch sechzig Tage, in denen wir ein Teilstück der oberen Mauern im Ostchor schneller hochziehen können«, ergriff Meister Tassilo das Wort. »Allerdings müssten wir dazu die Arbeiter abziehen, die dieser Tage die Fundamentmauern des Lang- und Querhauses mit Bruchsteinwerk füllen. Diese Arbeiten würden dann ruhen, der Chor dafür aber schneller fertig werden.«
Hermann nickte zuversichtlich. »Mit viel Fleiß können wir die Weihe vorziehen. Die Herzen der verstorbenen Kämpfer

werden wir mit einer Messe in die Westkrypta einlassen. Deren Mauern reichen bis dahin bestimmt bis zur Erdoberfläche. Stellt Euch vor, Eurer Exzellenz«, sagte er an Hildeward gewandt, »wie die Gläubigen bei der Weihe Gott begegnen, und Ihr lest die heilige, kraftspendende Messe.«
Diese Aussicht erhellte die Finsternis, die das bischöfliche Glück zu bedrohen schien, jedoch nicht im Geringsten.
»In derselben Messe«, fuhr Hermann fort, »werden wir den heiligen Schleier in einen gläsernen Schrein vor dem Altar einlassen. Nach der Chorweihe wird unser Heiligtum für jeden sichtbar sein.«
Bischof Hildeward entgleisten die Gesichtszüge. Jetzt wollten sie auch noch, dass er seinen heiligen Schleier hergab?! Er presste die Finger seiner rechten Hand so fest auf die Eisenstifte des Rings, dass ihm vor Schmerz Tränen in die Augen schossen.
Da trat der Vogt vor. »Das bedeutet, dass alles für die Chorweihe vorbereitet werden muss, Markgraf!«
»Sehr wohl«, bestätigte Hermann.
»Sicherlich benötigen wir zusätzliche Nahrungsmittel, um das Heer versorgen zu können«, fiel Uta ein. »Ich kann die umliegenden Bauern um zusätzliche Getreidelieferungen bitten. Die Küche werde ich anweisen, entsprechende Gerichte vorzubereiten. Damit noch mehr Fleisch zusammenkommt, sende ich Jäger aus.«
Die Herren nickten.
»Ich kümmere mich darum, dass wir bis zur Ankunft der Kämpfer einen brauchbaren Altar bekommen«, sagte Meister Tassilo und schaute ungewohnt ernst in die Runde. »Und wenn ich ihn selbst meißeln muss.« Dann trat er zu Bischof Hildeward, der von ihnen weggetreten war und die Hände verkrampft hinter dem Rücken hielt. »Exzellenz, für die For-

mung des Altars würde ich gerne gleich morgen Eure Vorstellung erfahren.«
Hildeward nickte geistesabwesend.
»Dann bereitet Ihr die Weihefeier vor?«, fragte Hermann den Bischof. »Wir werden der polnischen Bedrohung etwas entgegensetzen, das so noch nie dagewesen ist.«
Hildeward antwortete nicht.
»Bischof, Exzellenz?«, fasste Hermann geduldig nach. »Werdet Ihr dem Wunsch des Kaisers nachkommen?«
Mit einer knappen Geste der Bestätigung verließ Hildeward eiligen Schrittes den Burgsaal.
Irritiert schaute Uta dem Geistlichen nach, den sie beim Öffnen der Tür noch murmeln hörte: »Und ihr werdet die Ersten sein!«
»Ich koordiniere die Arbeit auf der Baustelle«, erklärte Hermann. »Ich werde den Schmied und den neuen Glaser anweisen, den Schrein für den Schleier und die Truhen für die Herzen zu fertigen.«
Die Runde nickte. Sie waren sich in dem, was zu tun war, einig.
»Wen darf ich zur Weihefeier einladen?«, fragte Uta.
Hermann nickte Uta angesichts ihres umsichtigen Tatendrangs anerkennend zu. »Setzt zuerst ein Schreiben an den Kaiser und unsere Heerführer auf, in dem Ihr über die geplante Weihe informiert. Überdies soll Erzbischof Humfried aus Magdeburg der Messe beiwohnen – unsere Kathedrale gehört seinem Erzbistum an. Bittet seine Exzellenz darum, die von ihm erwünschten Bischöfe mitzubringen.«
»Und die anderen Erzbischöfe?«, fragte Uta.
»Ihr habt recht«, entgegnete Hermann. »Ladet alle Erzbischöfe des ostfränkischen Reiches ein.«
»Sehr wohl«, bestätigte Uta und sah ihrer Aufgabe freudig entgegen.

Tassilo von Enzingen war froh, endlich wieder Glanz in den Augen der Burgherrin zu sehen. Obwohl sie die Baustelle seit dem Verbot ihres Gatten nicht mehr betreten hatte, war ihr Einsatz für die Kathedrale unverzichtbar. Noch im vergangenen Jahr waren dem Meißener Markgrafen auf ihre Anfrage hin für seine treuen Dienste an der Naumburger Kirche vom Kaiser mehrere Höfe bei Balgstädt mit den dazugehörigen Wäldern samt Jagd- und Rodungsrechten überschrieben worden. Dem Einsatz der Burgherrin war es auch zu verdanken, dass die Baustelle stets mit Holz versorgt war. Das Holz wurde an der Unstrutschleife nahe Balgstädt eingeschifft und auf diesem Weg bis zur Saalemündung nahe der Burg gebracht.
»Ach ja«, erinnerte sich Hermann da und trat vor Uta. »In den nächsten Tagen erwarten wir die neue Äbtissin des Moritzklosters. Würdet Ihr sie über die geplante Messe informieren und uns ihrer Unterstützung versichern?«
»Sehr gern, Markgraf«, gab Uta zurück. Sie war froh, dass Schwester Margit endlich Entlastung erhalten würde. »Die Benediktinerinnen könnten die Weihmesse mit ihren Stimmen begleiten. Ihr Gesang ist einzigartig. Er würde unsere kaiserliche Hoheit und die Kämpfer sicherlich erfreuen.«
»Sehr gut«, antwortete Hermann. »Dann bittet die neue Äbtissin gleich um die dementsprechenden Vorbereitungen.«
»In sechzig Tagen wird alles bereit sein«, versicherte Uta.
Hermann schaute zu Boden, denn in sechzig Tagen würde auch der Bruder wieder an Utas Seite zurückkehren.

Begleitet von Katrina und zwei Bewaffneten ging Uta am Rande der Baustelle entlang. Die Arbeiter verbeugten sich vor ihr, Lehrjunge Matthias winkte ihr zu. Als sie sich unbeobachtet fühlte, blickte sie in Richtung des Ostchores. Der Arm des Polyspastos war bereits bis auf zwei Fuß hinter den Mau-

ern verschwunden. Auch wenn ihnen nur noch ein Mondumlauf Zeit blieb, bis Kaiser und Kämpfer für die Weihe eintrafen, würden sie den Bau rechtzeitig fertigstellen, dessen war sie sich sicher. Sie spürte, dass Gott an ihrer aller Seite war, und beschleunigte ihren Schritt.
Am Tor des Moritzklosters angekommen, wies sie die Bewaffneten an, auf sie zu warten, und begab sich dann geleitet von der Schwester, die den Portaldienst versah, zur Kammer der Äbtissin.
»Katrina, lauf zur Krankenstation und lass dir etwas Herrgottsgnade und süßen Honigwein geben«, bat sie und versuchte, nicht weiter an Ekkehards Rückkehr und die fleischliche Vereinigung zu denken. »Schwester Annika kennt mein Begehr.«
Katrina nickte und eilte davon.
»Äbtissin, die Burggräfin wünscht, Euch zu sprechen«, sagte die Schwester in die Kammer hinein und trat einen Schritt beiseite, um Uta gleichfalls Zutritt zu gewähren.
Uta betrat die Zelle, in der Schwester Margit sie zuletzt empfangen hatte, und erblickte eine schlanke Frau hinter dem Schreibtisch.
Die Frau schob einige Pergamente beiseite und schaute dann auf. Als sie Uta erblickte, gefror das Lächeln in ihrem Gesicht.
Auch Uta erschrak. Sie sah die gleiche Person mit dem gleichen dünnen Hals, die ihr vor vielen Jahren das Leben in Gernrode so schwergemacht hatte. »Notburga von Hildesheim«, sagte sie, weil dies das Erste war, was ihr einfiel, nachdem sie sich wieder gefangen hatte.
»Äbtissin Notburga, bitte!«, verbesserte sie diese und erhob sich.
»Äbtissin Notburga«, betonte Uta und ließ ihren Blick über

das Haarband gleiten, an dessen Stelle sie bei einer Klostervorsteherin eher einen Schleier erwartet hätte, »ich bin gekommen, um Euch hier auf dem Burgberg zu begrüßen.«
Die Ballenstedterin ist also tatsächlich die Burgherrin dieser großen Anlage mit dem heiligen Schleier der Plantilla!, schlussfolgerte Notburga mit verkniffener Miene und trat hinter dem Tisch hervor und auf Uta zu. »Erzbischof Humfried und Äbtissin Adelheid haben mich dazu auserkoren, die Führung der unerfahrenen Seelen hier zu übernehmen«, erklärte sie mit dem ihr eigenen Hochmut.
Im ersten Moment stockte Uta. Die Hildesheimerin sollte Seelen auf den richtigen Weg führen? Dann aber schluckte sie die Bemerkung, die ihr schon auf der Zunge lag, hinunter und meinte nur: »Das freut mich, Äbtissin Notburga.«
Notburga nahm Utas Erwiderung mit einem knappen Nicken entgegen und versuchte zu lächeln.
»Ich schätze Euer Bestreben, die Arbeit von Schwester Margit fortzuführen. Sie hat die Krankenstation zu dem gemacht, was sie heute ist«, kam Uta nun auf ihr Anliegen zu sprechen.
»Womit kann ich Euch helfen?«, fragte die Hildesheimerin spitz, während sie wieder zu ihrem Schreibtisch zurückging.
»Zum Fest des heiligen Wendelin werden wir den Ostchor unserer neuen Kathedrale weihen«, fuhr Uta mit ruhiger Stimme fort. »Der Kaiser und ein Teil des Heeres werden erwartet, und es wäre schön, wenn der Chor des Moritzklosters die Messe gesanglich begleiten würde.« Bei diesen Worten erinnerte sich Uta, dass ihr die Rückkehr der zwölf Schwestern und Brüder aus Bautzen angekündigt worden war, welche die Singgemeinschaft vervollständigen würden.
»Chor?«, fragte Notburga überrascht, hatte sich aber gleich wieder gefangen.
»Sicherlich seid Ihr in der Gesangskunst ebenso bewandert

wie Eure Vorgängerin Schwester Margit«, bemerkte Uta zuversichtlich.

Einen Wimpernschlag zögerte Notburga. Dann antwortete sie, ohne dass ihr Tonfall dabei an Überheblichkeit einbüßte: »Sicher beherrsche ich diese Kunst! Und selbstverständlich wird mein Chor die Messe für den Kaiser begleiten.« Notburga schaute Uta eindringlich an, als ob sie etwas an ihr suchte.

»Sagt, Äbtissin«, unterbrach Uta die für sie beklemmende Stille, »wie ist es Euch und Eurer Schwester nach der Zeit in Gernrode ergangen?«

Notburga, die daran dachte, dass sie nun wahrlich nicht das Leben führte, von dem sie im Kloster geträumt hatte, schlängelte sich im Bestreben, sich etwas Zeit für die Erwiderung zu verschaffen und ihr erregtes Gemüt zu beruhigen, um ihren Tisch herum. »Bebette hat einen vornehmen Kaufmann mit einem großen Haus und Handelsbeziehungen bis nach Flandern geehelicht«, erklärte sie und unterdrückte den Impuls, sich in Gegenwart der stehenden Gräfin zu setzen.

»Das freut mich zu hören«, meinte Uta und schaute wohlwollend in das rot angelaufene Gesicht ihrer ehemaligen Mitschwester. »Das hatte sie sich ja immer gewünscht.«

»Nicht ganz!«, raunte Notburga kaum hörbar. Einen Grafen mit Burg hatte Bebette gewollt und keinen verarmten Kaufmann, den die Geschäfte mit Flandern das letzte Hemd kosteten.

»Und Ihr?« Uta trat vor den Tisch. »Ihr seid dem Kloster treu geblieben?«

»Der Herrgott hat mich dafür ausersehen«, entgegnete Notburga angestrengt. »Lange Zeit war ich zweite Äbtissin in Quedlinburg, an Äbtissin Adelheids Seite!«

Mit einem bitteren Geschmack auf der Zunge horchte Uta auf. Im Quedlinburger Felsenkeller hatte sie damals von Not-

burga keinerlei Dank für die ihr überlassenen Mitschriften erhalten, obwohl sie die Sanctimoniale vor einer großen Peinlichkeit bewahrt hatte. Ganz im Gegenteil! Aber das ist vergessen, mahnte sie sich. »Wenn Ihr irgendetwas benötigt oder ich Euch behilflich sein kann, lasst es mich wissen, Äbtissin Notburga. Ich freue mich, dass Ihr unsere Bischofsstadt mit Euren Fertigkeiten unterstützen wollt«, sagte Uta noch und verabschiedete sich.
Notburga nickte flüchtig.
Nachdem Uta die Tür ins Schloss gezogen hatte, hörte sie, wie Notburga mit der Faust krachend auf die Tischplatte schlug.
»Vom Herrn auserkoren?«, drang eine von Spott getränkte, bittere Stimme aus der Äbtissinnenkammer in den Gang, nachdem Uta diesen längst verlassen hatte.

Der Tag des heiligen Wendelin war wolkenlos und kühl. Es dämmerte bereits, als siebenhundert Kämpfer, angeführt von ihren Heerführern Esiko von Ballenstedt und Ekkehard von Naumburg, in die Burg einzogen. Die Zugbrücke der Vorburg ächzte, als Dutzende von Fuß- und Hufpaaren gleichzeitig über sie hinweggingen. Ein mit hellen Kieselsteinen und Sand aufgeschütteter Weg, an dem die Bewohner des Burgbergs Spalier standen, wies den Weg von der Zugbrücke zum neuen Gotteshaus. Eine gespannte Stille empfing die Kämpfer in der Vorburg, in der am Vormittag noch emsig Gewänder geputzt und letzte Vorbereitungen getroffen worden waren.
Mit den ersten Schritten in Richtung Ostchor setzten die Stimmen des Chores ein und verwöhnten die Ohren der Kämpfer, die zuletzt kaum etwas anderes als Waffengeklirr zu hören bekommen hatten. Einige verharrten einen Moment,

um den Klängen zu lauschen, und setzten sich erst wieder in Bewegung, als sie als deren Quelle ihre Kathedrale ausgemacht hatten. Ob alter, erfahrener Kämpfer oder junger Knappe, sie marschierten mit schweren Schritten und wettergegerbten, müden Gesichtern. An der Baustelle des neuen Gotteshauses angekommen, schauten sie auf. Auch wenn bisher nur die Mauern des Ostchores weit über den Erdboden ragten, glaubten sie zu erahnen, wie ihre Kathedrale einst aussehen würde: Die Außenmauern für Lang- und Querhaus und sogar die Pfeiler und Stützen, die das Mittelschiff von den Seitenschiffen trennten, waren mit Hunderten von Kienspänen abgesteckt worden, die die Gesichter der Kämpfer in orangefarbenes Licht tauchten. Für die Pfeiler streckte jeweils eine Gruppe von drei Karrendienstlern, die erhöht auf einem Stein standen, lange hell auflodernde Späne empor. Das Licht für die Mauern der Kathedrale kam von den Steinmetzen, Maurern und Transportknechten, die mit weiteren Kienspänen so dicht nebeneinanderstanden, dass sie sich berühren konnten. Der Boden der Westkrypta, am anderen Ende des Gotteshauses, war mit einem leinenen, weißen Tuch bedeckt. Angezogen von dem ungewöhnlichen Lichtermeer und angeführt von ihren Heerführern, betraten die Kämpfer ihre Kathedrale. Nacheinander gingen sie in die Knie, als sie zur Linken des Altars das Kaiserpaar und Aribo von Mainz, den mächtigsten Kirchenfürsten des Reiches, stehen sahen. Den Blick ehrfürchtig zu Boden gesenkt, spürten sie den Wind so sanft auf ihrer Haut, dass sie meinten, er bringe ihnen die verlorene Wärme des längst vergangenen Sommers zurück.
Ihr erster Heerführer, Esiko von Ballenstedt, erhob sich und trat vor das Kaiserpaar, das den Thronfolger Heinrich mitgebracht hatte. Dann verneigte er sich und trat linker Hand neben die Kaiserfamilie.

Ekkehard von Naumburg, der zweite Heerführer des anstehenden Feldzuges, ging nach der Verbeugung vor der Kaiserfamilie auf die rechte Seite des Altars, wo seine Familie Aufstellung genommen hatte. Neben Uta und dem Bruder erkannte er weiterhin Meister Tassilo, Erzbischof Humfried von Magdeburg und Bischof Hildeward. Hinter diesen verfolgten die hiesigen Domherren, der Vogt, weitere Bischöfe der angrenzenden Bistümer sowie einige der treuesten Kampfgefährten die Messe. Seiner Gattin nickte er flüchtig zu und stellte sich zwischen sie und den Bruder.
Kaiserin Giselas Lächeln galt ihrer einstigen Hofdame, die im Glanz der Kienspan-Lichter schöner und kraftvoller zu leuchten schien als alle Frauen, die Gisela je gesehen hatte.
Uta hingegen hatte nie einen lieblicheren und zugleich energischeren Gesang vernommen als den der Benediktinerinnen, die hinter dem Altar standen und deren virtuose Stimmen einen einzigen harmonischen Klangkörper bildeten. Uta fiel auf, dass Notburga von allen Sängerinnen die größte war und dass sie unverwandt in Richtung der Kaiserin schaute. Notburga musste den Benediktinerinnen während der vergangenen Tage nichts anderes erlaubt haben, als zu singen, so vollendet klang ihr Gesang. In tiefer Dankbarkeit nickte Uta Schwester Margit zu, die schräg hinter Notburga stand. Dann ließ sie ihren Blick über die ehrfürchtig knienden Kämpfer hinweg zum Altar gleiten. Bei dem Gedanken, dass jedoch Aribo von Mainz, der direkt neben dem Kaiser stand, die Kathedrale der Herzen mit seiner Kälte füllte, fröstelte sie. Unter allen Menschen, die ihr je begegnet waren, war er der einzige, den sie noch nie hatte lächeln sehen und der sogar in Gegenwart der Kaiserin nie etwas anderes als Herablassung gezeigt hatte. Als der Blick des Erzbischofs sie streifte, richtete Uta den ihren sofort auf die Kämpfer, die eine überirdische

Ruhe ausstrahlten. Dabei entging ihr, dass die Augen eines weiteren Mannes auf ihr ruhten.

Esiko, die Hände entspannt vor dem Schoß verschränkt, musterte Uta mit ausdrucksloser Miene. Trotz ihrer dunklen Haare, dachte er, wird sie der Mutter immer ähnlicher und hat an Selbstsicherheit hinzugewonnen. Das hatte er an ihrem festen Blick und der aufrechten Haltung sofort zu erkennen vermocht. Wahrscheinlich wurde sie von Ekkehard noch nicht genug gezüchtigt! Niemals hätte er seinem Weib erlaubt, einer Chorweihe in der ersten Reihe beizuwohnen. Mathilde betete stets getrennt von ihm auf einer Empore oder in einer Seitenkapelle.

»Gläubige!«, rief da Erzbischof Humfried von Magdeburg, als der Gesang des Chores verklang, und Esiko richtete seinen Blick wieder nach vorn. »Der heilige Schleier hat Eurer Ankunft geharrt.« Nun traten auch Erzbischof Humfried und Bischof Hildeward vor den Altar, auf dem Letzterer ein schmuckloses Kästchen abstellte. In seiner leinenfarbenen Dalmatika mit dem kaum sichtbaren Kreuz wirkte er wie der Wächter der Reliquie, fand Uta. Oder lag es daran, dass er seine Hände eben noch wie ein Krake um das Kästchen herumgeschlungen hatte? Schon hielten die Kämpfer die Luft an, erhoben sich und versuchten, einen Blick auf das Kästchen zu werfen.

»Es wird Zeit, dass wir den Schleier in das Erdreich einlassen«, verkündete Erzbischof Humfried, blickte erwartungsvoll in die Gesichter vor sich und verneigte sich ein zweites Mal an diesem Tag vor dem Kaiserpaar und deren Sohn. Bei Erzbischof Aribo angelangt, blieb sein Blick kurz an dem handbreiten Band auf dessen Brust hängen. »Ich bin mir sicher«, fuhr Humfried fort, »dass Ihr die Macht der Plantilla und die Allmacht unseres Herrn nicht vergessen habt. Am

Tag des heiligen Petrus und Paulus sandte Euch unsere Dreifaltigkeit dieses Geschenk.«
Zögerlich hatte Bischof Hildeward bei diesen Worten sein Kästchen geöffnet. Seitdem er wusste, dass man ihm den heiligen Schleier zu entziehen gedachte, hatten Geißelung und Hungerstreik seinen ohnehin schon hageren Körper bis auf die Knochen abmagern lassen. Zitternd nahm er den Schleier in die Hand, der, davon war er überzeugt, ohne den Schutz des Wandschränkchens und seine Fürsorge verloren war, und hielt ihn mit seinen dünnen Armen in Richtung des Langhauses, damit die Kämpfer sich mit eigenen Augen des Heiligtums versichern konnten.
Erzbischof Humfried lenkte die Aufmerksamkeit wieder auf sich zurück, indem er nun mit kräftiger Stimme sprach: »Die Zeit ist gekommen, dass Ihr dieses Geschenk endlich annehmt. Mit Eurem Kopf und noch viel mehr mit Eurem Herzen!«
Uta war gerührt, als sie sah, wie die Kämpfer in tiefer Ehrfurcht erneut auf die Knie fielen: nicht vor dem Kaiser oder der Kaiserin, sondern vor dem Schleier. Die Erinnerung an dessen Wirken schien Schmerz und Tod vergessen zu machen. Es sollte sogar Kämpfer an der Ostgrenze des Reiches geben, die versucht hatten, sich das Herz bei lebendigem Leib herauszureißen, um es der heiligen Plantilla zu weihen. Schon wollte sich Uta ebenfalls verbeugen, als die Worte des Erzbischofs sie innehalten ließen.
»Nein!«, rief der voller Inbrunst, »kniet dieses eine Mal nicht vor ihr nieder.« Er sprach von der Kraft der Plantilla und schritt im Schein der Kienspäne die zwei Stufen des Chores hinab ins Langhaus. »Sie ist mit und unter Euch, nicht über Euch.«
Humfried bedeutete dem Naumburger Bischof, ihm mit dem

Kästchen zu folgen, und auf sein Zeichen setzten die Benediktinerinnen zu einem weiteren Choral an.
Uta bekam Gänsehaut, als sie die Kraft der Musik spürte und diese auch bei den Kämpfern wirken sah, die sich nacheinander erhoben, während gleichzeitig der Gesang der Sängerinnen anschwoll. Mit jedem Schritt, den Erzbischof und Bischof mit dem heiligen Schleier durch das Langhaus machten, fiel eine weitere, noch ausdrucksstärkere Stimme in den Gesang mit ein, ohne die anderen Stimmen dabei zurückzudrängen.
»Wir werden im Osten siegen. Niemand kann die Verbindung zwischen Euch und der heiligen Plantilla lösen«, sprach der Erzbischof, während Bischof Hildeward das Kästchen mit dem Schleier schweißgebadet von links nach rechts schwenkte.
»Ihr seid mit ihr für immer verbunden. Sogar, wenn Ihr das irdische Reich verlasst, um in Gottes Himmel aufzusteigen.«
Das Heer stand und schaute Erzbischof und Bischof nach, die unter dem nunmehr vielstimmigen Gesang vor der Westkrypta zum Stehen kamen.
Humfried kommentierte sein weiteres Tun, damit auch ein jeder wusste, was dort vor sich ging. »Die Herzen unserer mutigen Kämpfer haben wir hier zur letzten Ruhe gebettet«, erklärte er und zog das weiße Tuch vom Boden.
Den Männern offenbarte sich ein riesiger steinerner Sarkophag, der die fünffache Breite und doppelte Länge eines gewöhnlichen Sarges aufwies.
»Mehr als zweihundert Herzen werden hier, in der Krypta des Westchores, für immer ruhen.« Humfried deutete auf sieben verschlossene Eichenfässer im Sarg, die die Herzen der Verstorbenen enthielten, welche in einer salzhaltigen Flüssigkeit eingelegt worden waren. »Die Fässer wurden von mir persönlich gesegnet«, erklärte der Erzbischof weiter. »Die

Toten rufen Euch auf, ihr Ableben zu sühnen. Sie hätten Euch bis zum Sieg zur Seite gestanden. Weil sie mutig waren, begleitet die heilige Plantilla ihre Seelen nun zum Herrn. Lasst uns für sie, für den Sieg und für die göttliche Gerechtigkeit beten.«
Während die Versammelten beteten, wurde die Steinplatte über den Sarg geschoben, und Fürbitten sprechend schritten Erzbischof und Bischof zurück zum Altar. »Die Heerführer sollen nun neben mich treten«, bat Humfried. »Wir werden den heiligen Schleier der Plantilla nun gemeinsam niederlassen. Der Schleier soll von heute an für jedes Kämpferherz sichtbar sein.«
Esiko von Ballenstedt trat einen Schritt schneller vor als sein Schwager Ekkehard, während Bischof Hildeward fassungslos auf den in die Kryptadecke eingelassenen gläsernen Schrein blickte, dessen Glas fußdick war und von einer schmiedeeisernen Umfassung geschützt wurde. Er reflektierte das Licht der Kienspäne in unzähligen Strahlen.
Hildeward presste das heilige Kästchen fest vor die Brust und sprach leise vor sich hin: »Und Ihr werdet die Ersten sein.«
Auf den erzbischöflichen Wink hin öffnete einer der Domherren die zehn Schlösser des Schreins. Zwei weitere schlugen den gläsernen Deckel zurück und hielten ihn vorsichtig fest.
»Bitte reicht uns das Kästchen, Exzellenz«, bat Humfried, als er bemerkte, dass Bischof Hildeward regungslos auf den eingelassenen Schrein starrte.
Unsicher blickte Hildeward sich daraufhin um. Zu seiner Rechten stand die Kaiserfamilie, zu seiner Linken die Naumburger, die blinden Sünder, und ganz nah an seiner Brust befand sich die heilige Plantilla, deren Seele sich in ihrem Schleier verbarg. »Ich bete«, murmelte er. »Ich bete zu Euch und erbitte Euren weiteren Schutz, Plantilla.«

Da war Erzbischof Humfried auch schon neben ihm, nahm ihm das Kästchen aus den Händen und reichte es den beiden Heerführern. Mittels zweier Seile ließen Esiko und Ekkehard die Reliquie in den Schrein hinab.

»Dies hier ist Euer Chor!«, rief Humfried den Kämpfern zu. »Und nun lasst uns im Angesicht des heiligen Schleiers ein Gebet für diesen Chor sprechen, den wir damit zum Leben erwecken.«

Uta presste die Handflächen gegeneinander und fiel in das Gebet mit ein. Dieser Chor war etwas ganz Besonderes, und die Menschen, die ihn erbauten, nicht minder. Mit der frühzeitigen Weihe durften von nun an Messen in der Kathedrale gelesen werden. Bedeutete dies auch, dass das kaiserliche Gericht in den unfertigen Mauern bereits angerufen werden durfte? Uta blinzelte in Richtung des Kaiserpaares. Sie würde sich weiterhin für Gerechtigkeit einsetzen und sich Gottes Unterstützung erarbeiten, indem sie den Bau der Kathedrale unterstützte, auf welche Weise es ihr nur immer möglich war. Ihr Weg war der richtige, das spürte sie. Gott würde ihr die Möglichkeit geben, sich seines Beistands zu versichern.

Mit geschlossenen Augen stand Hermann neben Uta. Einzig dadurch, dass er sich ihr bis zur Weihe nicht mehr genähert hatte, war es ihm gelungen, ihr wie auch ihrem betörenden Duft, einer Mischung aus Pergament, Tinte und Gänseblümchen, der ihm heute besonders intensiv erschien, zu entsagen. Umsonst, denn nun, da er neben ihr stand, musste er sich Bilder von der Baustelle vor Augen zwingen, um der Anziehungskraft, die sie auf ihn ausübte, nicht nachzugeben.

Doch selbst dabei kehrten seine Gedanken zu ihr zurück, denn auch wenn er die Barschheit Ekkehards, der Uta sogar das Betreten der Baustelle verboten hatte, zutiefst missbilligte, war er dennoch froh, dass der Bruder ihr wenigstens die

organisatorische Unterstützung der neuen Kathedrale weiterhin zugestand.
Nach dem Gebet ließen die Domherren den Glasdeckel auf den Schrein nieder, versiegelten und verschlossen ihn. Die zehn Schlüssel händigten sie in großer Geste ihrem Bischof aus. »Wir werden König Mieszko endgültig unterwerfen«, erklärte Kaiser Konrad.
Im rötlichen Licht der Kienspäne vereint nickten die Kämpfer. »Die heilige Plantilla hat uns nicht vergessen.«
»Wir laden Euch ein, Euch zu stärken«, verkündete Markgraf Hermann daraufhin. »In zwei Tagen, dem Tag Eurer Abreise, werden wir eine Frühmesse hier im Chor feiern. Danach werden die Bauarbeiten wieder aufgenommen.«
Ekkehard trat vom Altar neben den Bruder. »Für alle werden helles Brot, Wachteln und Dammwild gereicht.«
Begleitet vom Gesang der Benediktinerinnen schritten zuerst die Kaiserlichen, die Burgherren und Geistlichen und danach die Kämpfer aus der Kathedrale über den Kiesweg in die Vorburg. Konrad und Gisela nahmen an einer Tafel Platz, die parallel zum Langhaus des neuen Gotteshauses stand und so lang war, dass sie vom Ost- bis zum Westchor reichte.
Gisela hatte dafür gesorgt, dass Uta und Ekkehard ihr gegenübersaßen. An ihre Tafel wurden zudem Esiko von Ballenstedt, Markgraf Hermann, Abt und Äbtissin der beiden Naumburger Klöster, der Magdeburger Erzbischof und einige der verdientesten Kämpfer und Missionsbischöfe geladen. Das verbleibende Heer und die Kathedralarbeiter verteilten sich auf die übrigen, in der gesamten Vorburg aufgestellten Tafeln.
Markgraf Hermann und Kaiser Konrad eröffneten das ungewöhnliche Fest gemeinsam. Es war kein Fest mit Gauklern, Musikanten und derben Späßen, sondern eines der Besin-

nung. Vereinzelt tauchten braune Benediktinerkutten an den Tafeln auf, die den Berichten der Kämpfer lauschten, nickten, Zuversicht spendeten und diesen anboten, sich von Abt und Pater die Beichte abnehmen zu lassen.

Während des Festmahls berichtete Konrad an der Kaisertafel von der geplanten Strategie an der Ostgrenze: Mit Hilfe des Großfürsten Jaroslaw von Kiew und des Böhmenherzogs Udalrich gedachte er, Polen von Osten, Westen und Süden aus gleichzeitig anzugreifen. Die Schreiben mit Bitte um militärische Unterstützung waren bereits unterwegs. »Dank der Bemühungen des Grafen Esiko wissen wir auch, dass sich Bezprym am Hofe des Kiewers aufhält«, erklärte der Kaiser und nickte Esiko dankbar zu. »Er wird uns sicherlich unterstützen!«

Bei diesen Worten legte Konrad seinem Sohn Heinrich, der inzwischen dreizehn Jahre zählte, anerkennend die Hand auf die Schulter. »Ich gedenke Heinrich bereits im nächsten Jahr die Pflichten eines Heerführers zu übertragen. Er wird die Überwachung des südlichen Teils der Ostgrenze übernehmen. Auch wenn unser Kampf gegen die Ungarn nicht so verlaufen ist wie geplant, konnten wir schließlich friedlich übereinkommen.«

Uta beobachtete, wie Ekkehard stolz in die Runde schaute, als der Kaiser andeutete, Heinrich im zweiten polnischen Feldzug an seiner Seite kämpfen zu lassen. Nach einem kurzen Blickwechsel mit der Kaiserin, blickte sie die lange Tafel hinunter und bemerkte, dass der Hocker neben dem Magdeburger Erzbischof frei war – Bischof Hildeward fehlte in der Runde. Sie blickte sich um, konnte ihn aber auch an keiner der anderen Tafeln, die mit den Kämpfern, Handwerkern und Bewohnern des Burgbergs gefüllt waren, ausmachen.

Nachdem das zarte Wachtelfleisch, das Reh und der Hirschbraten verspeist worden waren, erhob sich Erzbischof Humfried von Magdeburg für eine Fürbitte. Während er sprach, schaute Uta vorsichtig zu Esiko hinüber, der direkt neben Erzbischof Aribo saß. Wahrscheinlich würde er ihre Bitte um Eideshilfe erneut abschlagen und niemals vor dem kaiserlichen Gericht beschwören, dass sie die Wahrheit sprach. Aber durfte sie diese wenn auch winzige Chance vorübergehen lassen? Sie war bereit, nach jedem Grashalm zu greifen, der sie der Gerechtigkeit auch nur eine Armlänge näherbrachte.

»Ihr habt vorzüglich gesungen«, sagte Kaiserin Gisela nach Beendigung der Fürbitte und hob ihren Becher in Richtung der Äbtissin des Moritzklosters, die auf Utas Tafelseite nur wenige Hocker von ihr entfernt saß.

Notburga hob ihren Becher ebenfalls. »Ich habe hart dafür gearbeitet, Kaiserliche Hoheit. Wenn Ihr es wünscht, stehen meine Schwestern für weitere Erbaulichkeiten sofort zur Verfügung.«

»Nach dem vorzüglichen Gesang Eures Chores«, antwortete Gisela höflich, nachdem sie Notburga wiedererkannt hatte, »möchte ich Euch und Euren fleißigen Schwestern erst einmal etwas Erholung gönnen.«

Esiko schmunzelte, als er sah, wie die Äbtissin enttäuscht nach dem letzten Rest Wachtelfleisch griff, während sich die Kaiserin bereits einem anderen Gesprächspartner zuwandte.

Uta bemerkte, wie die Sehnen am schlanken Hals der Hildesheimerin hervortraten, und begann, nicht zuletzt um ihren Erinnerungen zu entgehen, Meister Tassilo neben sich zur Planung des zweiten Bauabschnitts zu befragen.

Als Uta erneut fasziniert zu den Hunderten von Kienspänen schaute, die die Umrisse der Kathedrale zeigten, hatte ihr Meister Tassilo bereits von seiner neuesten Bauzeichnung für das Langhaus berichtet. Fundament, Mauerwerk, Dach und

Feinarbeiten, wiederholte sie die Bauschritte in Gedanken und rechnete aus, dass mit dem Dach für den Ostchor in kaum mehr als zwanzig Mondumläufen begonnen werden würde.

Im Dunkel der Nacht ging Aribo von Mainz auf das Tor der Hauptburg zu. Selten bewältigte er derlei Entfernungen allein, noch dazu ohne Sänfte, und selten war ihm ein warmer Herbstwind so störend erschienen. Mit der Hand strich er über die schwarzen Seidenkreuze auf dem handbreiten Band, das er sich am Morgen um Schultern und Leib gelegt hatte. Immer noch hatte er die Stimmen der Kämpfer im Ohr, die unaufhörlich von Plantilla, dem Schleier und der Kathedrale gesprochen hatten. Ihre Überschwenglichkeit hatte ihn die Tafelrunde nicht mehr ertragen lassen – das anhaltende Flehen nach der heiligen Plantilla und der von Gotteshand gebauten Kathedrale, die wie ein regenverwöhnter Pilz aus dem Erdboden schoss.

In Gedanken sah Aribo erneut vor sich, wie die Menschen aufgrund der Weihe und des Schleiers Zuversicht geschöpft hatten. Am heutigen Tag war es dem Magdeburger Erzbischof und dem Markgrafen tatsächlich gelungen, Hunderte von Kämpfern auf den zweiten Feldzug gegen die polnischen Aufrührer einzuschwören. Und wenn ihnen dies mit einem halben Heer gelang, schlussfolgerte er, würden sie es auch ein weiteres Mal schaffen – gegen jeden Gegner, der ihren Interessen zuwiderlief.

Aribo sah das Gesicht des Markgrafen vor sich, der während der Weihe zufrieden auf die Mauern des Ostchores geblickt hatte. Neben ihm hatte sein Bruder gestanden, der sein Weib, das einst die Schreibarbeit für Gisela von Schwaben übernommen und seinen Kaplan regelmäßig von der Arbeit abgehalten

hatte, noch immer nicht gebändigt zu haben schien. Um ihn herum gab es einfach zu viele unfähige Leute, stellte er fest und betrat den Haupthof der Burganlage. Der Hof war wie leer gefegt, denn selbst das Gesinde war auf dem Fest in der Vorburg willkommen. Das Gesinde und feiern? Wirklich alles unfähige Leute um ihn herum! Aribo blieb stehen und blickte sich um. Dabei fiel ihm Licht hinter einem geöffneten Fenster im ersten Stockwerk des Turmes auf, aus dem heraus eine weinerliche Stimme zu ihm hinabdrang. Die Kammer des hiesigen Bischofs! Zielstrebig ging Aribo auf den Eingang des Turms zu.
Das sollst du aber wissen, dass in den letzten Tagen schlimme Zeiten kommen werden, begleiteten ihn dabei die geistlichen Worte, welche er früher selbst regelmäßig in Messen vorgelesen hatte, die Außentreppe hinauf. *Denn die Menschen werden viel von sich halten, geldgierig sein, prahlerisch, undankbar, unversöhnlich, verleumderisch, zuchtlos, wild, hochmütig und Lästerer, sowie dem Guten Feind und dem Verräter Freund sein!*
Ohne anzuklopfen, betrat Aribo den Raum. Dort fand er den Bischof kniend vor einem Gebetskreuz vor, die Stirn fest auf den Boden gedrückt. Um ihn herum waren Talgschalen mit Feuer aufgestellt.
Aribo trat von hinten an den Geistlichen heran. »Hildeward von Naumburg!«
Eine beinahe unverschämte Weile fuhr der Angesprochene noch mit seiner Litanei fort. Dann wandte er sich um und sagte: »Exzellenz.« Kraftlos beugte er den Kopf über den Ring der ihm hingehaltenen Hand. Die eigenen Finger hielt er nach wie vor unter dem einfachen Gewand versteckt.
»Erhebt Euch, Hildeward!«, befahl Aribo.
Mit einem sehnsüchtigen Blick auf das Kreuz an der Wand folgte der Geistliche der Anweisung.

Aribo musterte den Mann, der ihm einst eine Abschrift der Urkunde über die Sitzverlegung des Bistums von Zeitz nach Naumburg hatte zukommen lassen. Er sieht abgekämpft aus, vielleicht ist er doch nicht der richtige Mann, dachte er. Dann schloss er das Fenster und senkte die Stimme.
»Ihr macht nicht den Eindruck, als ob Euch die heutige Weihe erfreut hätte.«
Hildeward schaute ihn aus trüben Augen an. »Der Schleier ist in großer Gefahr, Exzellenz!« Nach diesen Worten verlor er sich erneut in Gemurmel.
»Bischof!«, herrschte Aribo ihn darauf an. »Reißt Euch zusammen, wenn ich mit Euch rede. Und gehe ich richtig in der Annahme, dass Ihr den Schleier vor dieser Zurschaustellung bewahren wollt?«
Hildeward schloss die Augen, und auf sein Gesicht trat ein entrücktes Lächeln. »Gewiss«, hauchte er dann.
»Ich denke, ich kann Euch in dieser Sache behilflich sein«, fuhr Aribo fort.
Hildeward öffnete die Augen. »Wie meinen, Euer Exzellenz?«
Aribo dämpfte seine Stimme: »Ihr wollt den Schleier?«
Nachdem darauf erstmalig Bewegung in den Naumburger Bischof kam, deutete Aribo dies als ein Ja.
»Seid Ihr auch bereit, dafür eine Kleinigkeit zu tun?«
»Aber wie gedenkt Ihr, den heiligen …«, wollte Hildeward sich versichern, als Aribo auch schon abwinkte und scharf entgegnete: »Lasst das nur meine Sorge sein!«
Erwartungsvoll zog Hildeward die Finger aus seinem Gewand hervor, die mit Blut beschmiert waren. Ob sie das Heiligtum recht bald wieder berühren durften?
»Als Gegenleistung für den heiligen Schleier möchte ich über den Baustand hier informiert werden, vertraulich«, erklärte

481

Aribo. »Schreibt mir alle fünfzig Tage einen Bericht nach Mainz. Ich möchte ausführlich über Fortschritte, Pläne und besonders über Probleme in Kenntnis gesetzt werden.« Nur wenn er die Probleme kannte, konnte er für deren Eskalation sorgen. Und nur eine Eskalation konnte das Ansehen des Magdeburger Erzbistums schmälern.
Unwillkürlich erhob sich Hildeward und ging auf den Teppich an der gegenüberliegenden Wand zu. Begleitet vom Klingeln des Schlüsselbundes mit den zehn Schlüsseln des heiligen Schreins, kniete er vor dem Teppich nieder, faltete die blutigen Hände zum Zwiegespräch und begann, vor sich hin zu murmeln.
Aribo beobachtete, wie der Bischof mehrmals innehielt und lauschte, um dann wenige Augenblicke später erneut vor ihn zu treten. »Sie befürwortet Euer Ansinnen«, erklärte Hildeward und blickte dabei zum Wandteppich. Bald würde der Schleier wieder ihm gehören, nur ihm seine ganze Heiligkeit und Kraft schenken. Sie, Plantilla, würde seine Retterin – und er endlich frei sein, frei jeder Sünde!
Während die Flämmchen in den Talgschalen Schatten auf sein Gesicht warfen, musterte Aribo den Mann vor sich erneut. »Dann soll es so sein!«, beschloss er mit befehlsgewohnter Stimme. Er, Aribo von Mainz, würde zu verhindern wissen, dass diese Kathedrale jemals fertiggebaut wurde.

Kaum dass die Kaiserin sich von der Tafel erhob, machte auch Esiko Anstalten, die Runde zu verlassen. »Ich wünsche Eurer Hoheit angenehme Nachtruhe«, sagte er mit tiefer Stimme und verbeugte sich vor Gisela von Schwaben. In dieser Position warf er einen kurzen Seitenblick zu der Äbtissin ihm gegenüber, die mit erhobenem Kopf zurücklächelte.
»Burgherrin, wollt Ihr mir die Kammer für die Nacht wei-

sen?«, fragte die Kaiserin nach der formalen Verabschiedung an Uta gewandt.
»Gewiss doch«, bestätigte diese und war froh über die Möglichkeit zu einem vertrauten Gespräch. Doch als sich Ekkehard darauf neben ihr ebenfalls erhob, holte sie in Gedanken bereits die Schale mit der Herrgottsgnade unter ihrem Bett hervor.
Gisela erkannte die Absichten des Heerführers und fügte deshalb schnell hinzu: »Noch vor Mitternacht werde ich Eure Gattin aus meiner Kammer entlassen, Graf.«
Uta lächelte. Bereits während des vorangegangenen Blickkontakts hatte sie gespürt, dass die drei Jahre, die sie die Kaiserin nicht gesehen hatte, ihrer Vertrautheit keinen Abbruch getan hatten.
Nun verbeugte sich Ekkehard dankend, und Uta wies der Kaiserin die große Gästekemenate zu, die Katrina hergerichtet und zusätzlich liebevoll mit getrockneten Mohnblüten geschmückt hatte.

Nachdem sich die Kaiserin auf einem Stuhl niedergelassen hatte, stellte Uta ihr die Frage, die ihr seit der Ankunft des Kaiserpaares auf der Seele lag. »Ich hatte gehofft, auch Kaplan Wipo in Eurem Gefolge zu finden, Kaiserliche Hoheit.«
Gisela legte die Stirn in Falten und bedeutete Uta, ebenfalls Platz zu nehmen. »Hofkaplan Wipo liegt danieder. Eine Schwäche, die ihn zu Ostern überkam, zwingt ihn noch immer aufs Lager.«
Uta fragte besorgt: »Steht es sehr schlimm um ihn?«
»Die Heilkundigen wissen es nicht genau«, erklärte Gisela und strich über ihr grünes, mit winzigen Perlen besticktes Gewand. »Wir müssen zuversichtlich sein. Bisher ist er noch jedes Mal gesundet.«

»Bitte richtet ihm meine besten Genesungswünsche aus«, bat Uta und spürte, dass die Kaiserin sie beobachtete.
»Ihr seid gewachsen, Uta«, sagte Gisela schließlich. »Euer neues Zuhause scheint Euch gutzutun.«
»Der Kathedralbau zieht uns alle in seinen Bann, fördert und fordert uns. Niemand kann sich ihm entziehen. Es ist ein Wunder«, berichtete sie begeistert, verschwieg Gisela jedoch, dass sie den Bau nur noch organisatorisch unterstützen durfte. »Markgraf Hermann und Meister Tassilo gehen nach einer ausgeklügelten Bauplanung vor«, fuhr sie fort. »Sie zeichnen für alle Bauabschnitte Grundrisse und Aufsichten und können so errechnen, wann und wo welche Arbeiter und was für Baumaterialien benötigt werden.«
Gisela nickte. »Auch auf der Baustelle für unsere Bischofskirche in Speyer sprechen sie von der Naumburger Kathedrale. Zehn Jahre sind keine lange Zeit für ein derart mächtiges Gotteshaus, aber mit modernen Methoden ist es wahrscheinlich machbar.«
»Wir werden es schaffen«, versicherte Uta und sah vor ihrem inneren Auge Hermann und Meister Tassilo mit den Bauzeichnungen in der Hand jeden Morgen die Baustelle inspizieren, so wie sie es selbst einst getan hatte.
»Und Eure Ehe?«, fragte Gisela unvermittelt, worauf Uta betreten den Kopf senkte.
»Graf Ekkehard weilt die meiste Zeit fern der Burg.«
Die Kaiserin sagte darauf nichts, aber Uta wusste, dass sie sich deren Vertrauen nur mit Ehrlichkeit bewahren konnte. »Wir sind uns nicht in Liebe zugetan«, ergänzte sie leise.
Gisela erhob sich und begann, ihrer einstigen Hofdame über den Kopf zu streichen. »Das sind die wenigsten«, gab sie mit gleichfalls leiser Stimme zurück. »Unterschätzt aber auf keinen Fall die Erwartung, die in Euch, als Gattin des Grafen, gesetzt wird.«

Nun war Uta diejenige, die schwieg.
»Ihr seid die beste Frau, die die Mark Meißen bekommen konnte.« Gisela nahm wieder Platz, ohne den Blick jedoch von Uta zu nehmen. »Nutzt diese Chance. Als Mutter eines Erben öffnen sich Euch noch einige Türen mehr.«
Uta schluckte den Kloß in ihrem Hals hinunter und nickte dann entschlossen. Türen öffnen, sinnierte sie und spürte, dass der Augenblick nicht passender sein konnte. »Erlaubt mir ein Anliegen vorzutragen, Kaiserliche Hoheit.«
Gisela lächelte sie aufmunternd an. »Wie kann ich Euch helfen?«
Unentschlossen, wie sie beginnen sollte, meinte Uta nach einer Weile: »Vor vielen Jahren wurde in meiner Familie ein schweres Unrecht begangen. Mein Vater hat meine Mutter umgebracht, und ich möchte ihn deshalb von einem Gericht verurteilen lassen. Seit nunmehr zwölf Jahren bin ich auf der Suche nach Gerechtigkeit. Doch da ich weder Zeugen noch aussagekräftige Urkunden besitze, sind Eideshelfer der einzige Weg. Ich denke, dass Eideshilfe auch bei Totschlag möglich ist. Eideshelfer allein vermögen die Richtigkeit meiner anklagenden Worte zu bestätigen. Graf Hannes aus dem Hassegau trat einst mit zweiundvierzig Eideshelfern auf, und ihm wurde Recht zugesprochen.«
»Eideshilfe ist durchaus auch bei einer Anklage auf Totschlag anwendbar«, entgegnete Gisela nach langem Schweigen und erinnerte sich an das bereits viele Jahre zurückliegende Gespräch mit Uta, in dem diese ihr gegenüber das Verbrechen zwar angedeutet, aber nicht ausgesprochen hatte. »Ihr gedenkt, vor das kaiserliche Gericht zu treten?«
Uta schluckte. »Ich muss den Tod der Mutter sühnen. Der Vater darf nicht ungestraft davonkommen.«
»Aber wie könnt Ihr sicher sein, dass Euer Vater tatsächlich für den Tod Eurer Mutter verantwortlich ist?«

Uta rang aufgeregt die Hände. »Er hat sie geprügelt, wie er uns alle geprügelt hat. Keinen ganzen Tag später starb sie an ihren Verletzungen, berichtete mir eine enge Vertraute.«
»Hat Eure Vertraute den Hergang gesehen?«
Uta schüttelte den Kopf. »Nicht gesehen, aber mitangehört.«
»Eine Anklage wegen Mordes ist sehr ernst und Falschanklagen bittere Sünde. Ihr solltet nicht anklagen, bevor Ihr nicht jeden Zweifel auszuräumen wisst«, gab die Kaiserin zu bedenken.
Uta senkte den Kopf. Dass der Vater ein Mörder war, hatte ihr das eigene Gefühl bisher stets bestätigt. Und die Eideshelfer ersetzten doch Beweise, oder etwa nicht?
»Uta!«, sagte die Kaiserin nun ernster und umfasste Utas kalte Hände. »Beseitigt erst jeden Zweifel. Dann will ich den Eid für Eure Worte sprechen.«
Überrascht hob Uta den Kopf. »Das wollt Ihr tun?«
Gisela schaute Uta tief in die Augen und nickte. »Und nun lasst mich Euch von meinen neuen Hofdamen erzählen.«
Uta strahlte die Kaiserin an. »Danke, Kaiserliche Hoheit!«
»Da ist zunächst Annabella aus dem Französischen …«
Des Weiteren berichtete die Kaiserin von ihrer jüngsten Reise nach Dänemark. Knapp vor Mitternacht verließ Uta die Gästekammer.
Im Flur wartete bereits Katrina auf sie. Uta ergriff ihre Hand und zog sie mit sich. In ihrer Kemenate angekommen, lief Uta rasch zum Bett, um sich mit einem Aufguss der Herrgottsgnade zu stärken, der für die körperliche Vereinigung mit dem Gatten unverzichtbar geworden war. Sie zog erleichtert die Kräuterschale unter dem Bett hervor, während sie erneut über die Worte der Kaiserin nachdachte. »Katrina, bitte lass heißes Wasser für den Aufguss bereiten.« Als sie keine Antwort erhielt, drehte sie sich um und sah, dass das Mädchen

noch immer in der Tür stand und mit aufgerissenen Augen zum Fenster starrte. Als sich Uta dorthin wandte, sah sie eine Gestalt in der Fensternische stehen. »Was sucht Ihr hier?«, fragte sie und schob die Kräuterschale unter das Bett zurück. Katrina stand noch immer in der Tür, als die Gestalt aus der Nische in den Raum trat.
»Sei gegrüßt, Schwesterlein.«
»Esiko?« Uta atmete erleichtert auf, als sie im Mondschein das Gesicht des Bruders ausmachte und keinen Trunkenen oder Unsittlichen vom Fest. »Warum dringst du heimlich in meine Kemenate ein?«
Esiko griff nach einem brennenden Talglicht und leuchtete zuerst dem Kammermädchen und dann Uta ins Gesicht. »Darf ein Bruder das nicht? Früher hast du nie gezögert, mich einzulassen.«
»Früher waren wir Kinder«, entgegnete Uta. »Da war so manches anders.« Sie dachte an das zurückliegende Gespräch mit der Kaiserin, das ihr ihren Einfall, auch Esiko um Eideshilfe zu bitten, nunmehr absurd erscheinen ließ. Sie gab Katrina ein Zeichen, die Kammer zu verlassen.
»Apropos Kinder«, entgegnete Esiko, nachdem er Katrina grübelnd nachgeschaut hatte, und hielt das Talglicht vor Utas Bauch. »Wie man sieht, bist du noch immer nicht in anderen Umständen.« Ausgezeichnet!, dachte er insgeheim, denn die Kinderlosigkeit seiner Schwester kam ihm mehr als gelegen. Sollte den Meißener Markgrafen der Tod ereilen, und das sollte bei Kämpfern ja vorkommen, würde die Markgrafenwürde sicherlich nicht an den kinderlosen Bruder und dessen Gattin übergehen. Er, Esiko von Ballenstedt, Heerführer des Kaisers, konnte hingegen bereits Nachkommen vorweisen. Wer, wenn nicht er, wäre dann geeigneter, die Mark Meißen zu übernehmen? Die inselartigen Ländereien des Vaters im

Schwabengau hatte er inzwischen durch neu übertragene Herrschaftsrechte zu einem einzigen, zusammenhängenden Gebiet verbunden. Erhielte er nun auch noch die Mark Meißen, würden sich die Ballenstedter Besitzungen mehr als vervierfachen und sein Besitzstand ihn auch formal auf eine Stufe mit den engsten Beratern des Kaisers setzen.

Der verbale Angriff des Bruders hatte Uta aufgeregt. »Was geht dich meine Mutterschaft an?« Sie griff nach dem Talglicht, stellte es auf den Kamin und wandte sich ab. Unwillkürlich hörte sie wieder die Worte von Gisela von Schwaben, dass sich ihr als Mutter eines Erben noch mehr Türen öffnen würden.

Esiko trat hinter sie. »Vielleicht musst du erst ein bisschen gehorsamer werden«, sagte er dicht an ihrem Nacken. »Beim Kirchenbau willst du helfen? Als Sünderin ein Gotteshaus bauen?«, wiederholte er mit vor Spott triefender Stimme.

Utas Puls raste. Warum nur vermochte ihr Bruder nie, ein nettes Wort für sie zu finden?

Esiko beugte den Kopf zu ihrer rechten Schulter hinab. »Du musst dich einfach geschmeidiger geben, Wildkätzchen, glaub mir«, raunte er ihr ins Ohr. »Das hilft dir und deinem Ekkehard viel mehr, als eine Kirche bauen zu wollen. Und dann auch noch in zehn Jahren! Nicht einmal der Kaiser selbst glaubt daran.«

»Du lügst«, wandte Uta sich ruckartig um, und ihr Gesicht tauchte aus dem Schatten ins Licht. Vor Wut waren ihre Lippen ganz weiß und schmal geworden. »Ganz gewiss werden wir die Kathedrale in zehn Jahren erbauen. So wie du spricht kein Bruder und kein Gottesgläubiger!«, entgegnete sie scharf, weil sie mit eigenen Augen gesehen hatte, wie der Glaube an die Kathedrale das Heer während der Messe wieder aufgebaut hatte. Und Esiko war ebenfalls bei der Chorweihe gewesen!

»Und so heftig entgegnet niemand, der ohne Schuld ist«, gab Esiko kühl zurück und ergriff ihre Handgelenke. »Und das bist du auch noch nie gewesen, denn die Mutter ist deinetwegen gestorben.«
Uta fühlte sich wie von einem übermächtigen Geschoss getroffen. Sie sah den Sarg der Mutter vor sich und vernahm Ernas Worte über deren letzte Momente. Dann öffnete sie den Mund zur Erwiderung: »Sie fiel unserem gottlosen Vater zum Opfer«, antwortete Uta ruhig, ballte jedoch die Hände zu Fäusten.
»Wie arm du im Geiste bist, wenn du noch immer an die Macht unseres Vaters glaubst«, antwortete Esiko gelassen. »Der Herr gibt und der Herr nimmt, nicht unser Vater. Der Herrgott war es, der die Mutter für dein Vergehen bestraft und elendiglich hat verrecken lassen!«
Uta schüttelte den Kopf. »Die Mu... Mu... Mutter ist nicht meinetwegen gestorben!«
»Jetzt stottert mein Schwesterlein wieder«, sagte Esiko gespielt mitleidig.
Mit einem kraftvollen Ruck entriss Uta ihm ihre Handgelenke und meinte dann mit fester Stimme. »Der Vater hat sie umgebracht, nicht ich!«
»Schwesterlein, du musst wahrlich blind sein, wenn du nicht siehst, dass du mit deiner Überzeugung alle um dich herum ins Verderben ziehst.«
Uta starrte den Bruder nur verständnislos an.
»Den Markgrafen, den Werkmeister und alle Arbeiter«, fuhr Esiko fort. »Und erst recht deine Familie, die sich für dich schämen muss! Ein Weib auf einer Kathedralbaustelle!«
»Das ist weiß Gott keine Sünde«, beharrte sie. »Und es ist besser, wenn du jetzt gehst.«
Da hielt Esiko inne und sagte plötzlich mit tiefer, beinahe be-

sorgter Stimme: »Eigentlich war ich gekommen, um dich über das Ableben unseres Vaters zu informieren.«
Verwundert sah Uta ihm in die Augen. »Er ist tot?«
Esiko nickte, beinahe zärtlich. So verunsichert gefiel ihm seine Schwester schon besser.
Hoffentlich wird des Vaters Seele weit weg von der der Mutter ruhen, ging es Uta durch den Kopf. Sie trat aus dem Lichtkegel des Talglichts heraus vor die Bettstatt. All die Jahre hatte sie stets ihr Wunsch nach Gerechtigkeit vorangetrieben. Würde sie diese nach dem Tod des Vaters jemals noch herbeiführen können? Sollten all ihre Überlegungen und Anstrengungen, zuletzt ihre Bitte um Eideshilfe an Kaiserin Gisela, umsonst gewesen sein? Konnte ein Mörder auch noch nach seinem Ableben gerichtet werden, oder übernahm dies nun das göttliche Gericht?
In unserem Kampf wird sie immer mehr zur Unterlegenen, analysierte Esiko zufrieden, als er Uta so schweigsam vor der Bettstatt stehen sah. Aber es war auch an der Zeit, dass Utas Widerstandskraft endlich gebrochen wurde und mit ihrer Unterwerfung endete – das waren die Weiber seiner Familie ihm schuldig. Sein Freund Ekkehard würde ebenfalls seinen Beitrag dazu leisten. Esiko frohlockte bei dem Gedanken, wie bereits die Mutter vor ihm gekniet hatte, die Hände bittend in die Luft gereckt. Und in nicht allzu ferner Zeit würde dies auch die Schwester tun und er nebenbei noch die Mark Meißen übernehmen. »Der Husten, welcher den Vater schon länger quälte, hat ihn schließlich das Leben gekostet. Er ist an seinem eigenen Schleim erstickt«, setzte Esiko erklärend hinzu, um die Aufmerksamkeit der Schwester wieder auf sich zu ziehen.
Doch Uta war in Gedanken und vernahm erneut die Worte der Kaiserin: *Ihr seid die beste Frau, die die Mark Meißen bekom-*

men konnte. Mit klopfendem Herzen straffte sie die Schultern.
»Bitte entschuldige mich nun. Aber die Pflicht ruft.«
»So sei es!« Es riecht ohnehin merkwürdig in dieser Kammer, dachte Esiko und überlegte, woher er diesen Gestank kannte. »Aber Schwesterlein vergiss nicht: der Herr gibt, der Herr nimmt.« Mit diesen Worten verließ er die Kemenate.
Als seine Schritte im Gang verklungen waren, holte Uta die Schale mit der Herrgottsgnade wieder hervor. »Es gibt immer einen Weg, glaub mir, Brüderlein!«
Nachdem sie mehrere Male tief durchgeatmet hatte, rief Uta nach Katrina und schickte sie erneut mit der Bitte, ihr heißes Wasser zu bringen, in die Küche.
Mit jedem Schluck Kräutersud verschwanden ihre Aufregung und ihr Widerwille etwas mehr.
»Nun begleite mich zu Graf Ekkehard, Katrina. Ich werde meinen Pflichten nachkommen«, sagte sie bestimmt und trat in den Burggang.
Für den nächsten Morgen nahm sie sich vor, am Schrein des heiligen Schleiers ein Gebet für den kranken Wipo zu sprechen.

»Ein Zwölfender, sagtest du?«
Hermann nickte zuversichtlich, den Rothirsch mit dem stattlichen Geweih, den er erst gestern ausgemacht hatte, auch heute noch anzutreffen, denn er roch die Hirschtränen, ein übelriechendes Sekret, das von den männlichen Tieren während der Brunftzeit abgesondert und als Duftmarke an Sträucher und Bäume gesetzt wurde. Es hatte Hermann einige Anstrengung gekostet, den Bruder am Morgen aus der Mitte der Ritter wegzuholen. Nun waren sie gemeinsam in den Naumburger Wäldern unterwegs, die der Abholzung bisher entgangen waren.

»Lass uns rasch spannen«, schlug Hermann vor und zog einen Pfeil aus dem Köcher, den er auf dem Rücken trug.
Sie legten sich in das zwischen den Bäumen wachsende Gestrüpp.
»Es raschelt«, flüsterte Ekkehard und legte die Armbrust an. Dabei fixierte er eine Ansammlung von Birken, die zwanzig Schritt von ihnen entfernt an eine Grasfläche anschloss.
Darauf konzentriert, den geeigneten Moment für sein wahres Anliegen nicht zu verpassen, beobachtete Hermann den Bruder aufmerksam. Wie sollte er am besten beginnen?
Da zischte Ekkehard verächtlich: »Nur ein Schmaltier!«, und zielte dennoch darauf.
Hermann beobachtete, wie das weibliche Jungtier vorsichtig um sich spähte. Von der zarten Schönheit seiner Gestalt an Uta erinnert, sprach er aus, was ihm nicht erst seit der Weihe vor sieben Tagen auf dem Herzen lag. »Du solltest ihre Fähigkeiten nutzen, Bruder.«
Statt einer Antwort richtete Ekkehard seine Armbrust punktgenau auf das Herz des Tieres. Die hervortretenden Adern an seiner Stirn verrieten, dass er sich auf die Bewegungen des Tieres konzentrierte, das gerade einen Schritt ins Gras machte und die Umgebung nach allen Seiten hin absuchte. »Wessen Fähigkeiten?«, fragte Ekkehard mit gedämpfter Stimme und sah, dass das Tier plötzlich regungslos verharrte. Sollte es sie gehört haben? Wie auch immer. Es war der einzig richtige Moment, um seinen Pfeil abzuschießen.
»Die Fähigkeiten von Uta von Ballenstedt«, erklärte Hermann aufgebrachter als beabsichtigt.
Als der Bolzen Ekkehards Armbrust verließ, war das Schmaltier bereits ins nahe Dickicht geflüchtet. »Verdammt, Hermann!«, entfuhr es Ekkehard. Er schaute den Bruder vorwurfsvoll an. »Musst du ausgerechnet in diesem Moment reden?«

»Warum ich ausgerechnet jetzt davon reden muss?«, fragte Hermann, von so viel Ignoranz überrascht. »Weil du, ich, unser Vater, das Heer und der Kaiser, weil wir alle auf die rechtzeitige Fertigstellung der Kathedrale angewiesen sind!«
Ekkehard legte die Armbrust beiseite und erhob sich. Auch er wollte die Kathedrale für das eigene Seelenheil und das des Vaters fertiggestellt wissen. »Aber was hat die Gattin mit alldem zu tun?«, fragte er ahnungslos und erinnerte sich dabei an die zurückliegende eheliche Vereinigung, die ihn wahrlich Überwindung gekostet hatte. Er mochte sein Weib nicht mehr berühren; überhaupt drängte es ihn seit geraumer Zeit nicht mehr zu fleischlicher Vereinigung.
»Jeder kluge Kopf wird dringend für den Bau gebraucht! Und das nicht nur für die Organisation!«, erklärte ihm Hermann, nachdem er sich ebenfalls erhoben hatte.
»Kluger Kopf?« Ekkehard spähte zu den zwei Birken, zwischen denen die Hirschkuh noch vor kurzem gestanden hatte.
»Ist dir verborgen geblieben, dass sie den Federkiel wie niemand sonst zu führen weiß?« Hermann schüttelte entgeistert den Kopf, als Ekkehard darauf nur mit den Schultern zuckte, dann fuhr er jedoch energisch fort: »Sie warb die Handwerker in unzähligen Briefen an. Sie schrieb an die Großen des Reiches, bat sie, zur Grundsteinlegung und zur Chorweihe zu kommen, und sie taten es auch. Sie war die Schreiberin unserer Kaiserin!« Die letzten Worte waren Hermann so leidenschaftlich über die Lippen gekommen, dass er sich nun verlegen räusperte.
Widerwillig ließ Ekkehard von den Birken ab und sah den Bruder an, der nun in sachlicherem Ton fortfuhr: »Wenn Meister Tassilo weiter jede Nacht durchzeichnet und nur während der Essenspausen schläft, trifft ihn bald der Schlag.

Uta könnte ihm helfen, weitere Bauzeichnungen zu erstellen.«
Fassungslos entgegnete Ekkehard: »Ich möchte nicht, dass die Gattin eine Tätigkeit ausübt, für die Gott einen Mann vorgesehen hat!«
Hermann legte seine Hände vertrauensvoll auf Ekkehards Schultern. »Bruder, sie kennt die Gewerke und die architektonischen Grundlagen, die sie für das Bauzeichnen benötigt. Meister Tassilo würde durch sie erheblich entlastet werden.«
Ekkehard begann, mit dem Fuß im Gras zu scharren. Verunsichert schaute er zu seinem älteren Bruder auf. Der kannte diesen Blick und wusste, dass er nicht mehr weit davon entfernt war, den Jüngeren zu überzeugen. »Hast du während der Weihe einmal in die Augen unserer, nein ... deiner Kämpfer geblickt?«
Ekkehard versuchte, sich zu erinnern. Ja, er hatte die Kämpfer gesehen. »Sie waren erfreut, wenn es das ist, was du meinst.«
»Ich meine viel mehr als das, Ekkehard. Sie haben ihre Seele der Kathedrale verschrieben!«, erklärte Hermann leidenschaftlich. »Und sie können sich nichts anderes als die baldige Vollendung ihres Gotteshauses vorstellen. Und ...«, Hermann fuhr nun betont langsam fort, »es ist unsere Familie, die dieses Wunderwerk ermöglicht.«
Nachdenklich nickte Ekkehard.
»Überdies steht die Kathedrale in der Mark, die eines Tages auf dich übergehen wird«, setzte Hermann nach, »wegen dieser Kathedrale blickt das gesamte Reich bewundernd auf uns, auf dich, Ekkehard, den zukünftigen Markgrafen.«
Für einen Augenblick gab sich Hermann seiner Vorstellung hin. Er sah den Burgberg und mittendrin die Kathedrale.
»Der Name unserer Familie wird damit für immer mit der

kaiserlichen Macht verbunden sein«, sagte Ekkehard berauscht.

Beklommen nahm Hermann die Hand von der Schulter des Bruders. Die Vorstellung von der Zukunft, die sie beide mit der Kathedrale verbanden, hätte unterschiedlicher nicht ausfallen können. War es die Nähe zur Macht, die den Bruder so verändert hatte? Oder war gar er selbst ein anderer durch die Anziehungskraft des steinernen Bauwerks geworden? Jedenfalls hatten sie sich voneinander entfernt. Seit längerer Zeit schon hatten sie ihre einstige Vertraut- und Offenheit im Umgang miteinander verloren.

»Du sprichst bedeutungsvolle Worte«, holte Ekkehard ihn aus seinen Gedanken zurück.

Hermann blickte den Bruder erwartungsvoll an und sah doch in Gedanken einzig und allein Uta: wie sie während der Messe so anmutig und so nahe bei ihm gestanden hatte. Kaum mehr als ein Dutzend Handbreit von ihm entfernt.

Ekkehard trat einen Schritt um den Bruder herum. »Ich will nicht, dass mein Weib auf der Baustelle herumläuft und sich mit dem Gesinde und den Handwerkern abgibt, als sei sie ihresgleichen.«

Ekkehards Worte schmerzten Hermann, weil er von Uta sprach wie von einem Gegenstand. »Sie wird ausschließlich in der Kammer, die Meister Tassilo und ich zum Arbeiten nutzen, zeichnen«, versicherte er. »Du brauchst dich also nicht zu sorgen! Außerdem bin ich überzeugt, dass es keine Sünde ist, wenn eine Frau den Bau unterstützt.«

Ekkehard schaute den Bruder prüfend an. »Du setzt dich sehr für sie ein.«

»Ekkehard, wir haben den Kämpfern eine Kathedrale versprochen, und der Vater wäre sehr stolz auf dich!«, entgegnete Hermann. »Schließlich werden wir ihn umbetten, sobald der letzte Hammerschlag am neuen Gotteshaus verklungen ist.«

Ekkehard grübelte. Er fand Gefallen daran, dem Bruder eine Bitte zu gewähren. »Dann soll es so sein!«, verkündete er schließlich gönnerhaft. »Die Gattin arbeitet jedoch ausschließlich vom Turm aus. Sie wird keinen Fuß auf die Baustelle setzen!« Nie wieder wollte er dadurch blamiert werden, dass sein Weib dreckig und hemdsärmelig wie eine Magd vor ihn und seine Gefährten trat.

Hermanns Gesichtszüge entspannten sich. »Die Seele unseres Vaters wird es dir danken.«

»Ob es eine Sünde ist, wird die Zeit zeigen – aber schließlich ist es ihr Seelenheil, das auf dem Spiel steht!«, ergänzte Ekkehard, als ein Rascheln im Gebüsch zu ihnen herüberdrang.

Ekkehard sah den Rothirsch zuerst. Er wies in dessen Richtung und bedeutete dem Bruder, sich unsichtbar zu machen. Dem fiel nach der Zustimmung des Bruders eine Last von den Schultern, die mehr wog als jedes Rotwild, das sie würden erlegen können.

»Ein prächtiger Zwölfender«, flüsterte Ekkehard und nickte dem Bruder wohlwollend zu.

Hermann lächelte vorsichtig. Es war ein riesiges, prächtiges Tier, das den Kopf in die Höhe reckte und röhrte, so dass die leuchtend gelben Blätter der umstehenden Birken zu zittern begannen.

»Der gehört mir!« Ekkehard zog einen frischen Pfeil aus dem Köcher, legte ihn auf die Sehne und spannte die Armbrust. Dann drückte er ab und trieb den Eisenbolzen ins Herz seiner Beute.

Treffer!, jubelte Hermann innerlich und sah Ekkehard nach, der bereits zu dem erlegten Tier lief. Im Gegensatz zu seinem Bruder war er der festen Überzeugung, dass der Kathedralbau das Seelenheil von Uta von Ballenstedt förderte und nicht bedrohte.

»Der Herrgott hat die Mutter für dein Vergehen bestraft und sie elendiglich verrecken lassen«, murmelte Uta und blickte auf das Pergament vor sich. Nachdem zuerst das Heer mit den Heerführern und danach auch das Kaiserpaar abgereist waren, herrschte wieder die gewohnte Emsigkeit auf der Baustelle. »Wie kann er das nur behaupten!« Uta legte den Federkiel ab und trat vom Schreibpult weg, um sich auf ihrer Bettstatt niederzulassen. Sie nahm den Schleier ab und drückte sich tief in ihr Lager. »Ich schwöre vor Gott und allen Heiligen«, begann sie, »dass ich frei von Schuld bin.« Dann schloss sie die Augen.

Uta!, hörte sie die Stimme des Vaters donnern und sah Volkard mit den glutroten Haaren, der seinen Leib auf den ihren presste. Die Schneerose, die über Glück und Unglück im Leben entschied, hatten sie damals im Südforst ausgraben und mit auf die Burg zurücknehmen wollen, während die Jagdgesellschaft noch unterwegs gewesen war. Doch als Erna nirgendwo zu finden gewesen war, war Uta entgegen der Anweisung des Vaters alleine mit dem Knappen in den Wald geritten.

Aufgewühlt setzte Uta sich wieder auf. Entgegen der Anweisung des Vaters, ging es ihr durch den Kopf. Sollte dieser Verstoß schon ausgereicht haben, um Unglück über die Mutter zu bringen? »Ich muss nach Ballenstedt«, beschloss sie und erhob sich von der Bettstatt. Am Grab der Mutter würde sie diese um Verzeihung für den einstigen Ausritt bitten. Wenn diese ihr verzieh und von Esikos Vorwürfen freisprach, würde sie den Kampf um Gerechtigkeit zu Ende bringen. Nur wer frei von Sünde ist, darf anklagen!, hieß es. Überdies könnte sie in Ballenstedt nach Beweisen suchen, die die Zweifel der Kaiserin an der Schuld des Vaters auszuräumen vermochten.

Uta ergriff den Kiel und brachte ihre Gedanken in einem Brief an Hazecha zu Papier. Es war an der Zeit, Hazecha wiederzubegegnen. Das spürte sie.

»Katrina!«, rief sie das Mädchen zu sich, nachdem sie fertig war. »Begleite mich zum Gebet in die kleine Burgkirche.« Dann befestigte sie den Schleier am Kopf und legte sich einen Umhang um.

Als sie den Platz der Hauptburg betraten, kam Meister Tassilo schnellen Schrittes auf sie zu. »Darf ich Euch für einen Moment in meine Arbeitskammer bitten, Gräfin?«, fragte er und verneigte sich vor Uta und Katrina.

»Ist etwas mit der Kathedrale?«, wollte Uta augenblicklich wissen.

Meister Tassilo lächelte. »Nichts, was Euch beunruhigen sollte.« Zu dritt betraten sie den Turm und stiegen die Wendeltreppe nach oben. »*Dies diem docet*, Uta von Ballenstedt«, drang eine rauhe Stimme in der Arbeitskammer an Utas Ohr.

»Markgraf.« Uta deutete eine Verbeugung an und lächelte verlegen. Ekkehard hatte sie davon unterrichtet, dass Hermann den kaiserlich-königlichen Hof nicht ins Winterlager begleiten, sondern den Bau der Kathedrale vorantreiben würde. Sie hatte jedoch nicht erwartet, ihn so schnell wiederzusehen. »Was ist mit der Kathedrale?«, fragte sie besorgt und blickte auf das Buch mit dem weißen Ledereinband auf dem Schreibtisch, vor dem sich Zeichenutensilien und unzählige Pergamente stapelten. Nichts schien auf Unregelmäßigkeiten oder einen Notstand hinzuweisen.

»Gräfin«, begann Meister Tassilo, der nur zwei Schritte von Uta und Katrina entfernt stand, »wir würden Euch gerne verstärkt in die Arbeiten für die Kathedrale einbinden.«

»Natürlich kümmere ich mich auch weiterhin um die Organisation«, sagte Uta und fragte sich, warum die Herren plötzlich daran zweifelten.
»Das meinte der Werkmeister aber nicht«, sagte Hermann, ohne dabei den Blick von Uta zu nehmen.
»Ihr sprecht nicht von der Organisation?«, fragte sie verwirrt.
»Wir dachten, Ihr könntet mich zukünftig beim Zeichnen der Baupläne unterstützen«, sagte Meister Tassilo.
Fragend schaute Uta zwischen den Männern hin und her. Katrina öffnete erstaunt den Mund.
»Wir müssen die Zeichnungen immer ein Jahr im Voraus fertigstellen«, erklärte Hermann. »Meister Tassilo und ich werden zeitlich in Bedrängnis kommen, wenn wir nicht bald Unterstützung erfahren.«
»Beim Zeichnen?«, wiederholte Uta. »Aber der Gatte möchte nicht, dass ich …« Sie hielt inne, als sie Hermann nicken sah.
»Mein Bruder hat dem bereits zugestimmt«, erklärte er. »Er möchte die Kathedrale ebenfalls so bald als möglich fertiggestellt wissen.«
»Er lässt mich Pläne zeichnen«, sagte sie leise vor sich hin und drehte sich zu dem Grundriss an der Wand um. Als sie den Käfer darauf erkannte, lächelte sie und fuhr einmal mehr von der Zartheit und Symmetrie der Linien hingerissen, das Leder mit den Fingerkuppen ab.
Meister und Markgraf beobachteten sie fasziniert und wagten nicht, sie in ihrer Verzückung zu unterbrechen. Nach einem Augenblick der Stille meinte Uta schließlich: »Ihr traut mir diese Fähigkeiten zu?«
»Wenn Ihr das Zeichnen genauso schnell lernt wie alles andere«, nickte Tassilo, »werden wir recht bald die erste gute Zeichnung vorliegen haben.«
Gebannt verfolgte Katrina das Gespräch.

»Dann muss ich Formen und Maße lernen, die notwendig sind, um die Zeichnungen so zu erstellen, dass Ihr sie wirklich verwenden könnt, Meister«, entgegnete Uta und fühlte sich darin bestärkt, dass ihre Pflicht nicht nur darin bestand, still in ihrer Kammer oder über Rechnungsbüchern zu sitzen und einen Erben zu gebären.

»Alles Notwendige werden wir Euch rasch lehren«, sagte Hermann, und Tassilo schlug auf Utas freudiges Nicken hin vor: »Dann lasst uns ab morgen jeden Tag nach der Frühmahlzeit hier zusammenkommen. Zuerst besprechen wir mit den Gewerkmeistern die anstehenden Probleme, danach gehen wir die Planungen durch. Anschließend weise ich Euch in die Praxis des Bauzeichnens ein. Ein weiterer Arbeitstisch ist bereits bei Zimmermeister Jan in Auftrag gegeben.« »Ich danke Euch für Eurer Vertrauen«, sagte Uta und schenkte Hermann ein freudiges Lächeln.

10. Flucht und Nähe

Mit der Zungenspitze an der Oberlippe ritzte Uta mit dem Blindrillenstift eine dünne Linie in das Pergament. Sie war froh, die Übungen auf den Wachstafeln bereits hinter sich gelassen zu haben und seit dem Osterfest auf Vorzeichnungen verzichten zu können. Die Verwendung des metallenen Stiftes ermöglichte es ihr, bei fehlerhaften Linienzügen einfach eine neue Blindrille zu setzen, denn die Rille war farblos. Abschließend schob sie die Reißschiene beiseite und kontrollierte die kaum sichtbare Linie, um gleich darauf einen Rohrfederkiel aus dem Holzkästchen neben dem Reißbrett zur Hand zu nehmen. Konzentriert fuhr sie die Blindrille mit schwarzer Farbe nach.

»Meister Tassilo?«, fragte Uta mit einem kritischen Blick auf das Pergament, das nun die Ansicht der oberen nördlichen Langhauswand mit sämtlichen Hauptlinien zeigte. »Wie bekommt Ihr die Bögen für die Fensterformen so gleichmäßig rund?«

Der Werkmeister ließ seinen Stift sinken und trat hinter Uta an den zweiten Schreibtisch, den er vor sieben Mondumläufen hatte aufstellen lassen. »Dafür benötigt Ihr einen Nagel und einen Faden«, erklärte er und holte beides aus seinem Holzkästchen herbei. »Das eine Ende des Fadens wickelt Ihr fest um den Nagel und steckt diesen entsprechend dem Durchmesser Eures Kreises, der den Rundbogen formen soll, fest durch das Pergament in das Reißbrett.«

Uta folgte seiner Anweisung.

»Dem Holz machen die Löcher nichts aus«, fuhr Tassilo fort. »Nun wickelt das andere Ende des Fadens so um Euren Stift,

dass er genauso lang ist, wie der Rundbogen im Langhaus sein soll. Ihr kennt dessen Spannweite?«
»Sie beträgt sechseinhalb Fuß«, entgegnete Uta und rechnete. »Dies entspricht einer Scheitelhöhe von dreieinviertel Fuß. Bei einem Maßstab von 1:10 ...«, dabei deutete sie mit dem Kinn auf den rechten unteren Rand des Pergamentes vor sich, »macht das ein Drittel Fuß.« Uta maß ein Drittel Fuß vom Nagel aus ab und hielt diesen anschließend, als der Faden zwischen Nagel und Stift die gewünschte Länge hatte, mit der linken Hand fest, damit er nicht aus dem Pergament sprang.
»Genau so.« Tassilo nickte und beugte sich zu ihr hinunter. »Nur wenn der Faden ganz straff gespannt ist, Gräfin, erhaltet Ihr einen wirklich runden Kreis und kein Ei.«
»Es funktioniert Meister«, meinte Uta begeistert. »Mein Rundbogen erhält seine Form!«
»Dann überlegt Euch als Nächstes, welche Mörteldicke und wie viele Keilsteine zu diesem Bogen passen.« Tassilo deutete auf den Scheitel des Rundbogens.
»Keilsteine?«
»Das sind keilförmig angeschrägte Steine, die die Rundung formen«, erläuterte der Meister.
»Und wann werden die Fenster gemauert?«
»In der Mitte des zweiten Bauabschnitts, wenn wir die oberen Langhauswände hochziehen«, antwortete Tassilo und bemerkte gleichzeitig, dass Bischof Hildeward die Arbeitskammer betreten hatte und ihm nun die Hand zum Ringkuss reichte. In die Zeichnung des Rundbogens vertieft, musste er dessen Klopfen überhört haben. »Exzellenz, stets zu Diensten.« Tassilo verbeugte sich und deutete den Ringkuss an.
Nachdem er Uta flüchtig zugenickt hatte, meinte der Bischof: »Ich wollte mich erkundigen, wie Ihr auf der Baustelle vorankommt, Meister.« Ich habe das Gefühl, dass es nicht nur mit

dem letzten Drittel der oberen Wände des Ostchores, sondern auch mit der Decke der Krypta zu langsam vorangeht.«
»Exzellenz, es gibt keine Probleme.« Tassilo schaute den Bischof verwundert an. »Wir liegen gut in der Zeit. Alles verläuft nach Plan. Wir sind bereits dabei, die Zeichnungen für die oberen Wände des Langhauses zu erstellen.«
»Mit wunderschönen zu Halbkreisen geformten Fenstern«, fügte Uta hinzu und hob ihr Pergament an.
Doch Hildeward warf keinen Blick darauf. »Ich hatte Euch doch gebeten, jede Entscheidung mit mir abzustimmen!«
»Exzellenz, es gab diesbezüglich keine Entscheidungen für Euch zu fällen«, versicherte ihm Tassilo.
»Ist denn die Entscheidung für runde Fenster am Langhaus keine Entscheidung?«, fragte Hildeward missbilligend und darum bemüht, die Burgherrin zu ignorieren. Anscheinend war noch immer keiner der beiden Naumburger Grafen dazu imstande gewesen, dieses Weib von Aufgaben, die der Allmächtige allein dem männlichen Geschlecht vorbehalten hatte, abzuhalten. Was für eine Schande!
»Exzellenz«, sagte Uta beruhigend und erhob sich. Trotz Hildewards harschen Wesens war sie gewillt, ihm Auskunft zu erteilen, und trat mit ihrer Zeichnung an ihn heran. »Schaut Euch bitte dieses Fenster hier an.«
Unwillig blickte Bischof Hildeward auf das ihm vorgehaltene Pergament.
»Nur eine moderne Bogenkonstruktion kann den Kräften, die die Steine nach unten Richtung Erde ziehen, entgegenwirken«, erklärte Uta und fuhr mit der Hand über die soeben fertiggezogenen Blindrillen. »Unsere Fensterbögen nehmen die Zugkräfte gleichmäßig auf und verteilen sie auf die gesamte Bogenlaibung.«
»Stellt Euch die Oberkante unserer Fenster als Kette vor, Ex-

zellenz«, übernahm Tassilo nach einem dankbaren Blick zu Uta. »Eine gerade gespannte Kette würde in der Mitte bald von der Druckkraft nach unten gedrückt werden. Eine gewölbte Kette hingegen verteilt den Druck und leitet ihn in die Seitenarme des Bogens ab.«
Bischof Hildeward überlegte. »Sind die Arbeiter denn zufrieden, und können wir den Bau wirklich in zehn Jahren schaffen?«
»Unsere Planung sagt, dass wir es schaffen werden«, entgegnete Tassilo und vermochte seine Verwunderung über diese Art von Fragen nicht länger zu verbergen. Auch Uta wurde nachdenklich. Seit einiger Zeit interessierte sich der Bischof sehr intensiv für die Bauplanung und auch für die Tätigkeiten auf der Baustelle.
»In Zukunft verlange ich über alles informiert zu werden!«, forderte Hildeward. »Jede Entscheidung obliegt meiner Zustimmung!«
Wenig erfreut nickte Tassilo, worauf Hildeward die Kammer grußlos verließ.
»Hat unsere Exzellenz nicht alle Hände voll mit der Vorbereitung der Messe im neuen Chor zu tun?«, fragte Tassilo irritiert und dachte an den Festtag des heiligen Petrus und Paulus, den Namenspatronen der Kathedrale, zu dem schon in wenigen Tagen ganze Pilgerscharen nach Naumburg strömen würden, die sich von Hildeward Absolution und Segnung erhofften, zumal an diesem Tag erneut mehr als einhundert Kämpferherzen in die Krypta des Westchores eingelassen werden sollten.
»Lasst uns weiterzeichnen, Meister«, entgegnete Uta, war aber unschlüssig, ob sie zukünftig nun auch die Mahlzeiten für die Arbeiter mit dem Bischof abstimmen sollte. »Vielleicht schaffe ich es heute noch, alle Rundbogenfenster der

oberen Langhauswände aufs Pergament zu bringen.« Mit diesen Worten schloss sie die Tür, die der Bischof hatte offen stehen lassen, und setzte sich wieder vor ihr Reißbrett.
»Wenn ich mir die Bemerkung erlauben darf, Gräfin, Ihr lernt schnell«, sagte Tassilo mit einem Blick auf Utas Pergament.
»Ihr dürft.« Uta lächelte und füllte die Rille des ersten Bogens mit schwarzer Tinte.

»Ihr zögert, Schwager?«, fragte Esiko mit hochgezogenen Brauen.
Ekkehard wandte sich von Esiko ab und trat vor die Wand des Burgsaals, die seit einem Mondumlauf den roten Adler auf weiß-silbernem Feld zeigte, das Bannertier der Meißener Markgrafen. Der Adler war frei schwebend, mit geöffneten Flügeln und spitz herausragender Zunge dargestellt. Ekkehard versank in Gedanken. Als er vor wenigen Tagen mit einigen Waffenbrüdern und dem Schwager zurück nach Naumburg gekommen war, hatte sein Weib erneut keinen gesegneten Leib vorweisen können.
»Ihr solltet es auf jeden Fall noch vor unserer Abreise tun«, drängte Esiko und folgte Ekkehard vor das Fresko. Mit gespieltem Interesse betrachtete er den Adler. »Verblasst er schon?«, fragte er mit einem Seitenblick auf den Schwager.
Nachdenklich schüttelte Ekkehard den Kopf. Was Hermann wohl dazu sagen würde, wenn er die Gattin fortschickte, wo sie doch jeden Morgen mit den Zeichnungen für die Kathedrale die Familie unterstützte.
»Denkt an Eure Mark!«, gab Esiko zu bedenken. »Seid Ihr bereit, dies alles für ein Weib aufzugeben? Schaut mich an: Ich bin noch seltener auf der heimatlichen Burg als Ihr und doch hat mir mein Weib bereits zwei Erben und eine Tochter geboren.« Esiko war davon überzeugt, dass ein derart ungehorsa-

mes Weib, wie seine älteste Schwester es war, niemals Kinder gebären würde. Und mit dem Ultimatum, das Ekkehard Uta nun im Begriff war zu stellen, sinnierte Esiko weiter, würden gleich zwei Angelegenheiten in seinem Sinne geregelt werden. Erstens würde seine Schwester reumütig und ohne Grafentitel auf die elterliche Burg, seine Burg, zurückkehren. Er selbst war schon lange nicht mehr auf dem Ballenstedter Burgberg gewesen und dachte, dass es höchste Zeit war, dem Verwalter wieder einmal auf die Finger zu schauen. Zweitens würde er durch den Verstoß der Schwester seine Ansprüche auf eine kinderlose Mark Meißen noch besser geltend machen können.

»Ihr habt recht, mein Freund«, entgegnete Ekkehard zögerlich. Er hatte die Entscheidung, Uta ein Ultimatum zu stellen, zuerst nicht treffen wollen, weil seine Gattin eine Vertraute der Kaiserin war und eine Auflösung der Ehe daher zu Verstimmungen führen und ihm schaden könnte. »Die Mark braucht einen Erben!«, betonte Ekkehard. »Das wird auch unsere kaiserliche Hoheit verstehen.«

Den Blick auf die weit ausgebreiteten Schwingen des Adlers gerichtet, schlug Esiko vor: »Dann lasst mich meine Schwester holen, damit Ihr es unverzüglich verkünden könnt!«

Ekkehard nickte. »Sicherlich findet Ihr sie im obersten Geschoss des Turms, mit einem Federkiel in der Hand«, fügte er verbittert hinzu und war sich nun noch sicherer, das Richtige zu tun.

Mit einem breiten Grinsen verließ Esiko den Saal und hielt auf den Turm der Hauptburg zu. Dort nahm er gleich drei Stufen mit einem Satz. Im verengten Aufgang zum vierten Geschoss stoppte er jedoch, weil er hörte, dass ihm jemand entgegenkam. Der Gang, der nur von zwei kleinen Außenfenstern erhellt wurde, war zu schmal, als dass zwei Menschen aneinander vorbeikamen. Im nächsten Augenblick erkannte er ein zierliches Wesen auf den Stufen über sich, das einen leeren Teller vor der Brust trug und bei seinem Anblick erstarrte. Esiko befleißigte sich daher eines freundlichen Tonfalls. »Gutes Kind, tritt doch näher«, sagte er mit einladender Stimme.

Anstatt seiner Aufforderung nachzukommen, stieg Katrina jedoch rückwärts wieder einige Stufen hinauf. Esiko folgte ihr und brachte sie mit einem Griff um die Hüften zum Stehen. Obwohl er zwei Stufen unter ihr stand, waren ihre Gesichter nun auf gleicher Höhe. Er betrachtete sie eindringlich – im schwachen Licht des Ganges wirkten ihre Haut und ihr Gesicht trotz des Makels zwischen Lippe und Nase seltsam anziehend auf ihn. »Schön, dass wir uns endlich einmal alleine begegnen«, sagte er und ließ seinen Blick über ihre Schlüsselbeine gleiten, die unter dem Gewand hervorlugten. Das Mädchen ist die wahre Unschuld und gewiss noch unberührt, dachte er.

Katrina zuckte zusammen und ließ den Teller fallen, den Esiko geistesgegenwärtig mit einer galanten Bewegung auffing und vor dem sicheren Zerbrechen bewahrte. Er reichte ihn ihr zurück und streifte dabei mit der Hand ihre Brüste. Sie schienen ihm, seitdem sie sich bei der Chorweihe vor beinahe einem Jahr zuletzt begegnet waren, erheblich gewachsen. Wo einst so gut wie nichts gewesen war, waren nun zwei stattliche Wölbungen zu sehen.

Katrina ergriff den Teller und presste ihn an ihren Oberkörper. »Nun tritt doch näher, Katrina.« Esiko winkte sie mit dem Zeigefinger heran. »Oder willst du dich einem Grafen widersetzen? Ich glaube, dass würde deiner Herrin gar nicht gefallen.«

Mit dem Teller vor der Brust drückte sich Katrina erneut gegen die Wand und schaute sehnsüchtig zur Tür der Turmkammer hinauf, von der sie nur sechs Treppenstufen trennten. Da spürte sie plötzlich einen Finger an ihrem Kinn, der ihren Kopf mit sanftem Druck wieder nach vorne drehte. »Schöne Augen hast du«, sagte er, während seine Hand ihre Wangen streichelte. »Und es gibt kein Weib, das nicht gerne das Lager mit mir teilen würde.«

Angsterfüllt senkte Katrina den Blick. Sie spürte, wie Esiko ihren Nacken liebkoste, und vermutete, dass er ihren Hals mit nur einer Hand zu umspannen vermochte. Als seine Pranke ihren Hals hinabstrich und ihre Schlüsselbeine umgarnte, um beim nächsten Atemzug weiter hinab zu ihren Brüsten zu gleiten, entfuhr ihr ein spitzer Schrei.

»Ich verstehe«, sagte Esiko und fühlte dabei Erregung in sich aufsteigen, »du genießt meine Berührung.« Mit der Hand an ihrem Dekolleté lehnte er sich gegen die Wand, um sich dem ungewöhnlichen Moment hinzugeben. Da sprang Katrina an ihm vorbei und stürzte die Treppen hinunter.

Esiko schaute dem Kammermädchen nach und hörte den Teller auf den unteren Stufen zerspringen. »Wir sehen uns wieder, Katrina«, sagte er, räusperte sich und stieg erwartungsvoll die weiteren Stufen zur Turmkammer hinauf.

Als Uta den Burgsaal betrat, stand Ekkehard noch immer vor dem Wandfresko. »Ihr wollt nach Polen aufbrechen?«, fragte Uta. Die Nachricht, dass der Kaiser mit einem gutgerüsteten Heer bei Belgern an der Elbe angelangt war, war gerade einmal zwei Tage alt.

Ekkehard nickte, schwieg aber zunächst.

»Wünscht Ihr weitere Verpflegung für das Heer?«, erkundigte Uta sich weiter. »Ich habe bereits Brotkarren packen lassen. Ist vom Dörrfleisch nicht genug geladen?«

»Es geht um Eure Pflichten«, erklärte Ekkehard in strengem Ton und kam dann ohne Umschweife auf den Punkt. »Ich möchte Euch hiermit wissen lassen, dass ich Euch bis zum übernächsten Feste Christi Geburt die letzte Möglichkeit gebe, mir einen Nachkommen zu gebären.«
»Le... le... letzte Mö... Möglichkeit?« Die Forderung war für Uta wie ein Schlag ins Gesicht. Verunsichert wich sie einen Schritt zurück. Wenn es Ekkehard ernst damit war, blieben ihr gerade einmal noch dreizehn und ein halber Mondumlauf. »Aber wie soll ich empfangen, wenn Ihr Euch nur zweimal jedes Jahr für kurze Zeit auf der Burg aufhaltet?«, brachte sie zu ihrer Verteidigung hervor.
»Gattin, Ihr wagt es, meine Entscheidung anzuzweifeln?«, empörte sich Ekkehard. Mit einer derartigen Erwiderung hatte er nicht gerechnet.
Entsetzt blickte Uta zu Boden. Sie wusste nicht, was sie noch tun konnte, um endlich ein Kind unter dem Herzen zu tragen. »Und wenn ich bis zum übernächsten Feste Christi Geburt keine Leibesfrucht ...?«, setzte sie an.
Ekkehard straffte die Brust. »Dann muss ich unsere Ehe auflösen, um mir endlich eine fruchtbare Gattin in mein Bett zu holen. Die Mark braucht einen Erben!«
Stumm betrachtete Uta den Gatten. Er wollte sie tatsächlich fortschicken, obwohl sie doch dabei helfen wollte, die Kathedrale zu bauen. Inzwischen zeichnete sie fast genauso präzise wie Meister Tassilo, hatte Hermann ihr jüngst versichert.
»Und nun lebt wohl. Der Kaiser und das Heer erwarten mich«, sagte Ekkehard und verließ den Saal.
Die Dunkelheit und die frühwinterliche Feuchte im Burgsaal ließen Uta plötzlich frieren. Sie lief aus dem Wohngebäude und in die kleine Burgkirche. Dort ließ sie sich in der Krypta nieder und sprach ein Gebet, in dem sie die Mutter, die heilige

Plantilla und Äbtissin Hathui um Beistand dafür bat, sie nicht von der Kathedrale zu trennen. Die Krypta war der ruhigste Ort auf der Burg, noch nie hatte sie hier jemanden angetroffen. Uta hielt inne: Wollte ihr der Herr über die Drohung des Gatten etwa zu verstehen geben, dass sie neben der Kathedrale auch noch andere wichtige Pflichten zu erfüllen hatte? Hazecha! Mutter!, schoss es ihr durch den Kopf. Im vergangenen Winter hatte sie ursprünglich zu Hazecha reiten wollen. Doch wie im Flug war der Mond seitdem auf- und wieder untergegangen, und erst Ende dieses Herbstes hatte sie sich ihrer zeichnerischen Fertigkeiten sicher gefühlt. Ob Hazecha sie in den vergangenen Mondumläufen erwartet hatte, auch wenn sie ihr keine Nachricht nach Naumburg geschickt hatte? »Ich komme zu dir, Hazecha, versprochen«, schwor Uta. »Gib mir nur noch wenige Tage Zeit, um die Zeichnungen für das Gewölbe des nördlichen Seitenschiffes abzuschließen.«
Als die Heerführer Naumburg längst verlassen hatten, erhob sie sich, um an ihre Arbeit zurückzukehren.

Tassilo hielt die Hände näher an das Kohlebecken, das die Turmkammer nur langsam erwärmte. »Sind alle da?«, fragte er und blickte in die Runde der Gewerkmeister und Bauplaner. Zu seiner Erleichterung war Bischof Hildeward, der gestern sogar einem der Meister den Mund verboten hatte, der ihm nur die Fertigung der Lehrgerüste hatte erklären wollen, heute nicht anwesend.
»Mit Verlaub, der Markgraf fehlt noch«, bemerkte der Vogt, der sich den Umhang fester um die Schultern zog. »So früh und schon so eisig«, raunte er noch.
»Markgraf Hermann lässt sich für die heutige Zusammenkunft entschuldigen«, erklärte Tassilo, nachdem er das Kohlebecken in die Mitte der Kammer gezogen hatte, und trat vor

die Handwerker.«An der Floßstation am Rödel gibt es Streit, den nur er schlichten kann.«

Die Gewerkmeister, der Vogt und Uta nickten verständnisvoll.

»Vogt«, wandte sich Tassilo an den Mann, den Markgraf Hermann zum Schatzmeister ernannt hatte. »Ihr könnt Euch ab sofort mit der Materialplanung für den dritten Bauabschnitt befassen.« Tassilo legte dem Vogt ein großes Bündel Zeichnungen vor, das dieser mit beiden Händen umfassen musste und mit hochgezogenen Augenbrauen an sich nahm.

Uta hingegen lächelte. Mit dem Beginn des dritten Bauabschnittes würden ihre Fensterzeichnungen aus dem zweiten bald in Stein umgesetzt werden.

»Für die unteren Wände des Langhauses fehlen uns derzeit noch Steine«, meldete sich der Steinmetzmeister, und eine Atemwolke stieg aus seinem Mund auf. Maurermeister Joachim nickte zustimmend. »Deswegen pausieren einige meiner Männer. Die Steinmetze können einfach weniger behauen, weil sie keinen Nachschub vom Rödel bekommen.«

»Betrifft dies beide Brüche dort?«, fragte Tassilo an den Vogt gewandt.

»Mit Verlaub, Meister«, druckste der Vogt verlegen herum. »Es gibt zu viel zu tun. Ich habe es noch nicht geschafft, die Steinvorkommen zu kontrollieren. Die Holzlieferungen aus Balgstädt beschäftigen mich noch immer.«

»Wir brauchen auch unbedingt weiteres Holz«, fügte der Zimmermeister, der so breit war wie zwei Männer, hinzu.

Meister Tassilo kratzte sich den kahlen Schädel. »Es wird hoffentlich zu keinen Verzögerungen kommen. Aber wenn es so weitergeht ...« Er hielt inne und blickte zu Uta. »Gräfin, könntet Ihr Euch der Materialbeschaffung für die dritte Bauphase annehmen? Dann würde sich unser Vogt vollends auf die Holzlieferungen und die Soldkasse konzentrieren können.«

»Und die Zeichnungen?«, fragte sie unschlüssig. Nur äußerst ungern würde sie Blindrillenstift und Reißbrett aufgeben.

»Vielleicht ist eine Teilung der Aufgaben die richtige Lösung«, fiel Tassilo daraufhin ein. »Wir könnten die Planung auf uns drei – den Markgrafen, Euch und meine Wenigkeit – verteilen. So bliebe Euch immer noch genügend Zeit, die Zeichnungen auszuarbeiten.«

Meister Tassilo traute ihr also tatsächlich die Materialplanung und -beschaffung zu. Zukünftig würde sie also nicht nur zeichnen, sondern aus den Skizzen auch den Arbeiter- und Materialbedarf ableiten, schlussfolgerte Uta und nickte Tassilo erfreut zu. Im nächsten Augenblick aber überkam sie ein schlechtes Gewissen, weil sie mit der neuen Aufgabe nicht sofort beginnen können würde: weswegen sie mit Meister Tassilo gleich im Anschluss noch unter vier Augen sprechen wollte.

Der Vogt atmete erleichtert auf. Seiner Ansicht nach erforderte allein die Verwaltung der Geldmittel die Aufmerksamkeit von zwei Vögten.

»Gewerkmeister«, wandte sich Tassilo nun wieder an die Runde. »Welche weiteren Anliegen habt Ihr vorzutragen?«

Doch Schmied Werner schaute zufrieden drein. Und auch die anderen Meister verneinten und berichteten im Folgenden von den laufenden Arbeiten. Schließlich einigten sie sich noch auf das weitere Vorgehen.

Die Handwerker stiegen bereits die Treppen des Turmes hinab, als Uta den Werkmeister noch um ein kurzes Gespräch bat und die Tür schloss. »Könnt Ihr es vertreten, wenn ich mit der Materialplanung für den dritten Bauabschnitt erst in ein paar Tagen beginne? Ich muss zuvor dringend ein Kloster aufsuchen.« Aufgeregt rieb sie sich die Hände. »Die Zeich-

nungen für den Westchor werde ich ebenfalls erst nach meiner Rückkehr vervollständigen können«, meinte sie und prüfte die bisherige Zeitplanung. »Mit dem dritten Bauabschnitt – sollte der Winter doch noch milde ausfallen – beginnen wir zum Ende des nächsten Jahres.«
»Wenn Ihr wünscht, Gräfin, kann ich Eure Zeichnungen übernehmen.«
»Nein«, protestierte Uta sofort. »Erlaubt mir, die Aufrisse der Chorwände selber fertigzustellen. Ich werde nicht länger als zehn Tage fort sein. Danach hole ich alles auf. Versprochen!« Bei diesen Worten überlegte Uta bereits, ob die Wege wohl so gut beschaffen waren, dass sie innerhalb von vier Tagen Gernrode erreichen könnte.
»Natürlich, Gräfin, wenn Ihr es so wünscht.« Tassilo kannte sie inzwischen gut genug. Er wusste, dass sie ihr Wort halten würde. Außerdem konnte er dem Glanz in ihren Augen einfach nichts entgegensetzen.
»Und meint Ihr, der Markgraf ist ebenfalls einverstanden?«, fragte Uta, die niemanden, und schon gar nicht Hermann, vor den Kopf stoßen wollte.
»Gewiss ist er damit einverstanden«, erwiderte Meister Tassilo. »Solange sich unser gesamtes Vorhaben dadurch nicht verzögert. Den Rückstand in der Materialplanung vermögt Ihr sicherlich schnell aufzuholen.«
»Ich danke Euch, Meister«, sagte Uta und verließ die Arbeitskammer.
Bevor sie sich von Erna verabschiedete, packte sie schnell noch einige Sachen, darunter ein paar Münzen, etwas Verpflegung und einen Wollmantel in ihr Bündel.

»Du bist verrückt!«, empfing Erna sie in der Schmiede. »Jetzt, wo das kaiserliche Heer erneut nach Polen zieht! Erinnerst du

dich nicht mehr, wie viele Herumtreiber damals dem kaiserlichen Heerzug auf dem Weg nach Italien folgten?«
»Aber ich muss unbedingt zu ihr!«, beharrte Uta und legte den Kopf schief. Sie wusste, dass sie damit gegen Ekkehards Anweisung verstoßen würde, doch die Schwester war ihr wichtiger. »Ich spüre, dass Hazecha meine Hilfe braucht.«
Erna wischte sich mit dem Ärmel über das Gesicht. »Und was sagt der Graf dazu?«
Augenblicklich wurde Uta blass. »Graf Ekkehard sagt, dass er die Ehe auflösen wird, wenn ich ihm nicht bald einen Erben gebäre. Das sagt er, sonst gar nichts!«
Erna sog scharf die Luft ein. »Nein!«
»Lass uns nicht über ihn reden«, bat Uta eindringlich, und Erna nickte sofort.
»Du willst also wirklich nach Gernrode? Aber wenn sie dich auf dem Weg dorthin überfallen und schänden, ist auch Hazecha nicht geholfen, außerdem ist es doch schon so kalt – du könntest erfrieren«, fuhr Erna besorgt fort, zog sich ihre Haube vom Kopf und knüllte sie nervös zwischen den Händen.
Demonstrativ zog Uta den Wollmantel aus ihrem Bündel und legte ihn sich über den dünneren Umgang, den sie zu dieser Jahreszeit stets über dem Obergewand trug. »Dann werde ich eben so schnell reiten, dass kein Räuber mich aufhalten kann.« Uta bemühte sich zu lächeln.
»Du kannst nicht alleine reiten!« Auf Ernas Gesicht zeigten sich tiefe Sorgenfalten, die Uta in diesem Moment zum ersten Mal auffielen. »Sie sind immer schneller als du, glaub mir. Aber warte kurz hier.« Ohne eine Erwiderung zuzulassen, stieg Erna die Treppen hinauf.
Stimmen drangen zu Uta nach unten. Dann ein Husten.
»Arnold wird dich begleiten!«, verkündete Erna, nachdem sie

zusammen mit ihrem Mann wieder auf der Treppe erschienen war. Die zerknitterte Haube saß wieder auf ihrem Kopf.
Uta erblasste erneut. Sie und Arnold alleine? *Rote Haare, Sommersprossen …* vernahm sie eine Stimme in ihrem Kopf.
»Zu Eurem Schutz gebe ich ihm das große Messer aus der Küche mit«, bestimmte Erna und setzte sich wieder zu der Freundin, die ganz still geworden war. »Der Arnold ist für die nächsten Tage sowieso in der Küche abgemeldet, weil er so hustet und immerzu niest. Da wird niemand merken, dass er weg ist.«
Uta schaute Arnold unschlüssig an. »Ihr seid krank und solltet Euch ausruhen«, sagte sie leise, in der Hoffnung, Erna ließe sie doch noch ohne den Gatten ziehen.
»Ich schaff das schon, Gräfin«, krächzte der Koch, dessen Augen geschwollen waren und dessen Nase beinahe die Farbe seiner Haare angenommen hatte.
Erna nickte zuversichtlich. »Ich gebe Euch außerdem ein paar Kräuter mit, damit der Hals besser wird. Einverstanden?« Sie blickte von Arnold zu Uta.
Utas Wunsch, Gernrode lebend zu erreichen, wog schließlich stärker als ihre Abneigung. »Einverstanden«, sagte sie und erhob sich. »Ich hole die Pferde und erwarte Euch am Wäldchen beim Georgskloster«, sagte sie zu Arnold. »Ihr folgt mir in einigem Abstand.«
Arnold nickte.
»Bitte pass auf dich auf, Uta«, flehte Erna und wischte sich eine Träne von der Wange.
»In zehn Tagen sind wir wieder zurück.« Uta umarmte die Freundin fest. »Bete für uns, Erna.«

Als die Sonne ihren höchsten Stand erreichte, brachen Uta und Arnold vom Wäldchen am Georgskloster nach Gernrode auf.

Bald wurde das Land welliger und die Luft noch kühler. Endlich wieder auf dem Rücken eines Pferdes!, dachte Uta. Seitdem sie mit dem Zeichnen begonnen hatte, war ihr keine Zeit mehr für den morgendlichen Ausritt geblieben.
An diesem ersten Tag ihrer Reise rasteten sie nur, um den Pferden die notwendigen Ruhepausen zu gönnen und sie mit Rüben und Wasser zu versorgen. Während Arnold und die Tiere am Abend erschöpft im Stall eines Bauern einschliefen, fand Uta jedoch keine Ruhe. Ähnlich erging es der kleinen Reisegruppe am zweiten und dritten Tag. Uta verbrachte die Abende jeweils mit den Bauersleuten in deren Stube und lauschte deren Geschichten und Sorgen. Das Heer musste weiter nördlich an Gernrode vorbeigezogen sein, denn weder stöhnten die Menschen hier unter der Bewirtungslast des Heeres, noch waren die Wege derart zertrampelt und die Wälder eingeschlagen, wie dies einst auf dem Heereszug nach Rom der Fall gewesen war.
Am vierten Tag, als es bereits zu dämmern begann, erreichten sie die steinerne Toranlage von Gernrode. Uta bedeutete Arnold abzusitzen, trat vor die Pforte und schlug mit der Hand mehrmals dagegen. Noch immer besaß sie keinen ausgeklügelten Plan, wie sie im Kloster vorgehen wollte. Dazu waren ihr auf dem Ritt hierher einfach zu viele andere Gedanken durch den Kopf gegangen. Doch zumindest hatten sie und Arnold vereinbart, als Eheleute aufzutreten. Das würde am wenigsten Aufsehen erregen. Plötzlich hielt sie erschrocken inne. Was war, wenn Äbtissin Adelheid sie erkannte und ihr den Kontakt zur Schwester erneut untersagte? Wie würde sie die Äbtissin dann nur davon überzeugen, die Schwester trotz des ewigen Gelübdes sprechen zu dürfen?
Als sich die Klostertür einen Spalt öffnete, zog sich Uta reflexartig die Kapuze ihres wollenen Umhangs tiefer ins Ge-

sicht. Arnold stand hinter ihr. »Wir bitten um eine Übernachtungsmöglichkeit«, sagte sie höflich. Auf diese Weise wären sie wenigstens schon einmal im Kloster. Dort könnte sie immer noch überlegen, wie sie sich Hazecha am besten nähern konnte.

»Ihr seid Eheleute?«, fragte die Pförtnerin und schaute den Mann hinter der Frau fragend an.

Unsicher blickte Uta zu Arnold, der immer noch niesen musste. Waren sie etwa nicht überzeugend genug aufgetreten? Doch wenn sie jetzt abgewiesen werden würden, war alles umsonst gewesen. Als Uta die Frage schon stellvertretend für Arnold bestätigen wollte, ergriff dieser das Wort. »Das sind wir, Schwester.«

»Wartet hier«, sagte die Pförtnerin und erschien eine Weile später mit einer zweiten Schwester. »Der Herrgott scheint mit Euch zu sein. Ich bin Schwester Edda«, grüßte die Frau und winkte sie hinein. »Wir haben die letzte Gästezelle noch frei. Die wollen wir einem gottesfürchtigen Ehepaar wie Euch gerne anbieten.«

Erleichtert schaute Uta zu Arnold. Sie folgten Schwester Edda, deren Atmung lauter rasselte, als ihre Schritte auf dem Gang hallten. Uta erkannte, dass sie sich in jenem Gebäudeteil befanden, über dem die Zellen der Stiftsdamen lagen. In Erinnerung an Äbtissin Hathui sprach sie ein stummes Gebet. Schwester Edda führte sie in die freie Gästezelle und erklärte ihnen die Hausregeln. Sie durften die Zelle nur zu den Mahlzeiten verlassen und sich nur im Erdgeschoss aufhalten. Das vermeintliche Ehepaar versicherte, die Regeln einhalten zu wollen.

»Unsere Äbtissin erlaubt, dass gutsituierte Gäste«, dabei schaute Edda auf Utas Gewand, welches unter dem wollenen Umhang hervorlugte, »im Speisesaal der Stiftsdamen an den

Mahlzeiten teilnehmen dürfen. Findet Euch nach dem Abendgebet dort hinten ein.« Sie deutete durch die Tür hinaus auf den Eingang zum Saal.

Hoffentlich trafen sie nicht auf Äbtissin Adelheid, bevor ihr ein Einfall gekommen war, wie sie zu Hazecha gelangen konnte, wünschte sich Uta inständig. »Wir nehmen das Angebot gerne an«, sagte sie schließlich und bemerkte, dass die Schwester Arnold ausgiebig musterte.

»Sagt«, kam es Uta nun etwas vorsichtiger über die Lippen, »Eure Äbtissin, nimmt sie auch an den Mahlzeiten teil?«

Verwundert darüber, dass in dieser Ehe anscheinend die Frau das Wort führte, wandte sich Edda wieder Uta zu, betrachtete diese aber gleichfalls eine Weile, bevor sie schließlich sagte: »Sofern sie im Hause weilt, ja. Aber wir erwarten Äbtissin Adelheid erst morgen aus Quedlinburg zurück – sie wollte dem Kaiser auf der Durchreise huldigen. »Wir danken Euch für die Auskunft«, übernahm Arnold und deutete Uta vorsichtig an, zurückzutreten, was diese auch tat.

Nachdem Schwester Edda die Zelle verlassen hatte, streifte sich Uta die Kapuze vom Kopf. »Ich gebe mir Mühe, mich in Eurer Gegenwart noch weiter zurückzunehmen«, versprach sie. »Ansonsten zweifelt die Schwester noch daran, dass Ihr mein Gatte seid.«

»Wir spielen ein gefährliches Spiel, Gräfin«, sagte Arnold mit einer Offenheit, die er in dieser Situation durchaus für angebracht hielt.

»Ich spiele es für meine kleine Schwester«, antwortete Uta überzeugt und begann, in der Zelle auf und ab zu laufen. Hoffentlich würden die Glocken bald zum Abendgebet läuten!

»Und wenn Euch jemand von früher wiedererkennt, Gräfin?«, gab Arnold, der sich an Ernas besorgtes Gesicht in der Schmiede erinnerte, vorsichtig zu bedenken.

»Ich werde zum Essen meinen dünneren Umhang tragen und mir die Kapuze tief ins Gesicht ziehen«, sagte Uta und setzte ihren Einfall sofort in die Tat um.

Als die Glocken zum Abendgebet läuteten, beschleunigte sich Utas Herzschlag. Jeden Moment könnte sie die Schwester wiedersehen. Nach dreizehn Jahren. Während sie nunmehr fünfundzwanzig Jahre zählte, musste Hazecha im achtzehnten Lebensjahr stehen.

Bevor sie die Gästezelle verließen, hielt Uta Arnold am Ärmel fest und meinte: »Ich danke Euch für all Eure Mühen.«

Arnold lächelte.

»Nun folgt mir, bitte.« Sie zögerte. »Nein, ich folge Euch.« Sie überprüfte den Sitz ihrer Kapuze und begab sich dann hinter Arnold in den Speisesaal.

Eine Sanctimoniale, die Uta ebenso wenig von früher kannte wie die Pförtnerin, wies ihnen einen Platz am Gästetisch zu, der am unteren Ende der Tafel aufgestellt worden war. Bereits an ein Dutzend edel gekleideter Gäste hatte dort Platz genommen. Uta und Arnold ließen sich auf den letzten freien Hockern nieder. Vor Aufregung drehte Uta das Kräutersäcklein, das Erna ihr für Arnold mitgegeben hatte und das am Gürtel ihres Kleides hing, unentwegt zwischen ihren Fingern. Nachdem die Glocken der Stiftskirche das Ende des Abendgebets eingeläutet hatten, betraten die Gernroder Sanctimonialen und Schwestern den Speisesaal. Die meisten waren in farbenfrohe Gewänder gekleidet und trugen noch die gleiche Art von Flechtfrisuren wie einst. Uta zählte lediglich vier Frauen, die noch den Schleier und das schwarz-weiße Gewand trugen, wie es unter Äbtissin Hathui Pflicht gewesen war. Während unter den Sanctimonialen leises Getuschel einsetzte, nahmen die verschleierten Schwestern schweigend um Schwester Edda herum Platz. Zu Utas Bestürzung schien Hazecha nicht unter ihnen zu sein. Was mochte der Schwester Schreckliches passiert sein? Auch Alwine konnte sie nirgendwo entdecken.

Eine hochgewachsene Schwester stieg auf das Vorlesepult gegenüber dem Gästetisch, schlug die *Institutio Sanctimonialium* auf und tonierte: »Jetzt haben wir zu den Jungfrauen zu sprechen, für die wir umso größere Sorge hegen, je erhabener ihr Ruhm ist. Sie sind die Blüte am Stamm der Kirche, die Zierde und der Schmuck der geistlichen Gnade, die erfreuliche Begabung, das reine und unversehrte Werk des Ruhmes und der Ehre, das der Heiligkeit des Herrn entsprechende Ebenbild Gottes, der erlauchteste Teil der Herde Christi.«[24]

»Ihrer erfreut sich«, sprach Uta die Worte aus der Erinnerung leise weiter, und es kam ihr so vor, als habe sie die Sätze erst gestern das letzte Mal gehört. »In ihnen erblüht üppig der ruhmreiche Schoß der Mutter Kirche; und je mehr die Schar der Jungfrauen an Zahl zunimmt, desto größer wird die Freude der Mutter.« Nachdem die Vorleserin auch den zweiten Absatz beendet hatte, wurden die Speisen aufgetragen. Zuerst erhielten die Gäste Fisch und Gemüse, danach wurden die Schalen der Schwestern gefüllt.

Aufgewühlt nagte Uta an einem Stück Forelle, das Arnold ihr auf eine Scheibe Brot gelegt hatte, und gab eine Portion Kräuter aus Ernas Säcklein in Arnolds Becher. Ihr Blick streifte die vier Verschleierten. Es sah ganz so aus, als ob eine von ihnen mit einem Essverbot belegt worden war und nur Wasser zu sich nehmen durfte. Erschrocken fuhr Uta auf. Die Art wie die Schwester nach dem Becher gegriffen hatte! Das war Hazecha! Nur um einiges älter als Uta sie in Erinnerung behalten

---

24 Zitiert aus: Institutio Sanctimonialium, http://www.geldria-religiosa.de, Kapitel IV. – Kurzer Auszug aus dem Brief des Caecilius Cyprianus über das (richtige) Verhalten der Jungfrauen.

hatte. Ihre Gesichtszüge hatten ihre Kindlichkeit verloren, die Schwester war zu einer jungen Dame herangereift.

Die Gäste neben ihnen blickten vom Essen auf. Auch Schwester Edda kam nun zu ihr hinübergeeilt. »Ist Euch nicht gut, Frau?«, fragte sie besorgt.

Uta senkte den Kopf, weil sie Aufmerksamkeit um jeden Preis vermeiden musste. Zu groß war das Risiko, dass jemand sie erkannte und als Gattin Ekkehards von Naumburg ansprach – zuletzt waren so viele Pilger und Pilgerinnen auf die Baustelle gekommen.

»Es ist schon wieder gut, Frau«, sprang Arnold ein. Dann erklärte er Schwester Edda und den Gästen neben ihnen: »Es war nur eine Fischgräte. Ihr Magen hat so seine Mühe mit Fischigem.«

Beruhigt ließ Edda sich wieder an der Tafel nieder, und auch die Gäste wandten sich nach und nach wieder ihren Gesprächen zu, so dass Uta aufatmen konnte. Dankbar nickte sie Arnold zu, aber schon ihr nächster Blick galt wieder Hazecha, die sie in ihrer Hast auf den ersten Blick nicht sofort erkannt hatte. Doch jetzt war sie mit ihr im selben Saal. In Fleisch und Blut. Am liebsten wäre Uta auf Hazecha zugestürmt, um sie fest zu umarmen. Doch sie bezwang den Impuls und flüsterte Arnold stattdessen nur zu: »Sie lebt, und ich muss zu ihr. In die Krankenkammer.«

Uta überlegte nur kurz, dann zog sie sich ihre Kapuze erneut tief ins Gesicht – und sprang ein zweites Mal erschrocken auf. Die Augen der Gäste richteten sich sofort auf sie. Und Uta nutzte die Aufmerksamkeit. Sie schloss die Augen, entspannte all ihre Muskeln und legte sich stöhnend die Hand auf die Stirn. Dann ließ sie sich zu Boden fallen – so wie sie es einst bei einem der Zimmerleute beobachtet hatte, der mitten auf der Baustelle ohnmächtig geworden war. Dazu gab sie noch

einige Würgegeräusche von sich. Beim Gedanken an Schwester Margit, die sie jedoch wohl schnell als Simulantin entlarvt hätte, zweifelte sie augenblicklich am Gelingen ihres Plans.
Doch da sprang Arnold auch schon auf und rief: »Eine Krankenschwester, mein Weib benötigt eine Heilkundige!«
Sofort waren Edda und zwei heilkundige Schwestern zur Stelle.
»Wahrscheinlich steckt ihr eine Fischgräte im Hals!«, vermutete Arnold und blickte gespielt nervös um sich, was ihm offenbar gut gelang.
»Rasch, Knechte!«, befahl Edda und lugte kurz unter die Kapuze der Hilfsbedürftigen. Dann traten die beiden Heilkundigen neben sie, und eine von ihnen sagte mit einer Uta wohlvertrauten Stimme: »Legt die Frau auf eine Trage und bringt sie in unsere Krankenkammer. Wir müssen ihr einen Spültrunk bereiten, Schwester Domenica, und einen Trank, der ihren Rachen zuvor betäubt«, diagnostizierte Hazecha an die Schwester neben sich gewandt.
Uta erschauderte, denn Hazechas Stimme glich der der Mutter bis ins kleinste Detail. In der Krankenkammer wurde Uta an einem Regal vorbeigetragen, in dem sie *Von der Materie der Medizin* des Dioskurides stehen sah. Sie befand sich nun also tatsächlich in Hazechas Reich. Aus der Ferne vernahm sie Glöckchengebimmel.
Auf Anweisung von Schwester Domenica legten die Knechte sie auf das hinterste der fünf Betten. Die anderen vier waren leer. Als Uta die leinenen Bettlaken unter sich spürte und die weißgetünchten Wände erblickte, verlor sie sich in der Vergangenheit. Vor dreizehn Jahren hatte sie auf eben jenem Bett gelegen, zusammengekrümmt vor Angst, die Mutter könnte sie für ein leichtes Mädchen halten, das vom Reinigungseid überführt worden war. In jenem Bett hatte sie auch vom an-

geblichen Fleckfieber der Mutter erfahren und geschworen, dieser Gerechtigkeit zu verschaffen.
»Ihr müsst nicht mehr würgen?«, fragte da Schwester Domenica an Utas Lager.
Uta hustete ein paar Mal. »Ich bin mir nicht sicher«, flunkerte sie mit gebrechlicher Stimme, um ihre Anwesenheit auf der Krankenstation zu verlängern.
»Dann trinkt das«, wies Schwester Domenica sie an und stützte Utas Kopf. »Dieser Trank betäubt Euren Rachen, damit Euch der Spültrunk beim Entfernen der Gräte keinen allzu großen Schmerz verursacht.«
Während Uta trank, blinzelte sie möglichst unauffällig immer wieder in Richtung der Tür. »Ich spüre auch plötzlich einen Schmerz in dieser Gegend«, sagte sie, nachdem Hazecha noch immer nicht erschienen war, und zeigte auf ihre Brust.
»Euch schmerzt das Herz?«, fragte Schwester Domenica. In diesem Moment trat Hazecha ein.
Uta hielt die Luft an.
»Schwester Hazecha, unsere Patientin klagt über Schmerzen in der Brust.« Unruhig ging Domenica ihrer Lehrmeisterin entgegen, denn sie wusste, dass Herzkrankheiten meistens tödlich verliefen. »Wie können wir ihr helfen?«
Unverzüglich eilte Hazecha zum hintersten Krankenlager, um eine eingehende Untersuchung vorzunehmen. Als sie ihrer Patientin jedoch in die Augen blickte, fiel ihr die Pinzette aus der Hand.
Uta streckte den Arm nach der Schwester aus und sagte, so ruhig es ihr in dieser Situation möglich war: »Hazecha, Schwester.«
Doch wider alle Erwartung wich Hazecha vor ihr zurück.
Utas Herz zog sich schmerzhaft zusammen. »Ich bin hier, weil ich mir Sorgen um dich mache«, begann sie behutsam.

»Ich hatte solche Angst, dass dir etwas passiert sein könnte.«
Uta beobachtete, wie Hazecha eine Träne über den kleinen braunen Fleck unterhalb des linken Auges lief.
Dann betrachteten sie einander lange, ohne ein Wort zu sagen.
»Ich hole die Pinzette unter dem Bett hervor, Schwester«, unterbrach Domenica die Stille und blickte irritiert von Hazecha zu der Patientin. »Und ihr Herz?«, stammelte sie.
Hazecha antwortete nicht, und Uta hörte die Worte der anderen Schwester schon längst nicht mehr, viel zu sehr war sie auf Hazecha konzentriert, der sie am liebsten über jenen braunen Fleck gestreichelt hätte, der alle vier Ballenstedter Kinder mit der Mutter verband. Als sich Schritte auf dem Gang näherten, nahm Uta all ihren Mut zusammen und flüsterte Hazecha zu: »Können wir uns ungestört unterhalten? Heute noch?«
Doch schon schob sich Schwester Edda in Utas Blickfeld. »Euer Gemahl sorgt sich um Euch!«, meinte sie und an Hazecha gewandt fragte sie: »Wie geht es ihr?«
Hazecha war wie versteinert.
»Ist Euch nicht gut, Schwester Hazecha? Ihr seid so bleich wie die Wände dieser Kammer!«, meinte Edda besorgt und betrachtete gleichzeitig die Patientin auf dem Bett vor sich.
Da kam Domenica wieder unter dem Bett hervor. »Wir mussten die Gräte mit den Fingern herausziehen«, erklärte sie der Klostervorsteherin und ließ augenblicklich die Pinzette hinter ihrem Rücken verschwinden. »Die Frau ist davon noch ganz erschöpft.«
Zur Bestätigung dieser Schwindelei schloss Uta sofort die Augen und hüstelte etwas.
»Dann lassen wir sie diese Nacht besser hier schlafen, oder was meint Ihr, Schwester Hazecha?«, fragte Edda.
Geistesabwesend nickte Hazecha.

»Wir werden ein Gebet für sie sprechen«, bestimmte Edda und faltete die Hände. »Dann wird sie bald weiterreisen können. Lasst uns ihren Gatten verständigen, dass er sie morgen früh hier abholen kann. Schwester Hazecha, übernehmt Ihr die Nachtwache?«
»Ja, Schwester Edda«, murmelte Hazecha und vermochte den Blick nicht von Uta zu lösen, die mit geschlossenen Augen scheinbar ruhig dalag. Nur am heftigen Auf und Ab des Brustkorbs erkannte sie, wie aufgeregt Uta war. Und auch mir ist so, als wolle sich mein Herz überschlagen, dachte Hazecha.
Gemeinsam mit den beiden Schwestern verließ sie die Krankenkammer. Auf dem Weg in den Speisesaal nahm sie Domenica zur Seite. »Du brauchst nicht für mich zu lügen.«
Enttäuscht senkte Domenica daraufhin den Kopf.
»Dennoch danke«, fügte Hazecha hinzu und strich der Lernschwester mit zitternden Händen über den Arm.

Als die Schritte der Gernroder Schwestern verklungen waren, öffnete Uta die Augen. Zumindest war es ihr gelungen, die Schwester wiederzusehen. Jetzt konnte sie nur noch hoffen, dass Hazecha, nachdem sie so erschrocken auf ihr Wiedersehen reagiert hatte, auch mit ihr sprechen würde. »Ich halte es nicht so lange aus.« Uta erhob sich. »Ich muss mich ablenken.« Sie zog das zweite der Medizinbücher des *Dioskurides* vom Regal, das sie einst auf dem Umritt Kaiser Konrads für Hazecha abgeschrieben hatte, und blätterte die ersten Seiten durch. Mit einem Federkiel in der Hand hatte sie damals auf einem Höckerchen vor dem kurzbeinigen Pult in ihrem Wagen gesessen und hatte, wann immer es ihr möglich gewesen war, geschrieben. Uta lächelte angesichts dieser Erinnerung und schlug das Buch zu. Dann sank sie erschöpft auf das Lager und schlief mit dem *Dioskurides* auf dem Bauch ein.

Als im Traum ein riesiges helles Licht auf sie zuraste, öffnete sie die Augen und erkannte nun auch am Ende der Krankenkammer ein Licht. Dahinter Hazecha, die nun ganze vier Betten entfernt von Uta stehen blieb.
Uta musste sich räuspern, um überhaupt einige Worte herauszubringen: »Sch… sch… schön, dass du gekommen bist.«
Hazecha blickte auf das Buch in Utas Schoß und flüsterte: »Ich kann es auswendig.«
Uta legte das Buch beiseite und fasste Mut. »Ist es so, dass du den Text nur ein einziges Mal laut lesen musst und ihn danach in deinem Kopf immer wieder hören kannst?« Außer der Mutter und sich selbst hatte Uta bislang niemanden gekannt, der diese Fähigkeit besaß.
Hazecha nickte vorsichtig.
»Diese Gabe hat die Mutter uns beiden geschenkt.« Zuversichtlich rutschte Uta auf der Bettkante nach vorne und nahm erfreut wahr, dass Hazecha nun langsamen Schrittes näher kam. Mit aller Kraft versuchte sie, sich auf ihre Worte zu konzentrieren, sie ohne Haspeln und Stottern liebevoll vorzutragen, um die Schwester nicht weiter zu verschrecken. »Im vergangenen Jahr haben wir in Naumburg den Schleier der heiligen Plantilla in den Chor eingebettet«, begann sie deswegen mit einem unverfänglichen Thema. Es war das Erste, was ihr eingefallen war. »Die Mauern des Ostchores sind schon dreißig Fuß hoch«, fuhr Uta ruhig fort, obwohl ihr Herz jeden Moment auszusetzen drohte, so heftig schlug es. »Sogar Vitruvs Polyspastos ist schon hinter ihnen verschwunden. Als Nächstes fertigen wir das Lehrgerüst für das Dach über dem Ostchor.«
»Du baust wirklich an einer echten Kathedrale mit«, hauchte Hazecha und legte während dieser Worte die letzten Schritte bis zu Utas Lager zurück. »Wie du es mir geschrieben hast.«

Sie erinnerte sich an Utas letzten Brief, in dem sie diese über ihre Absicht, nach Gernrode zu kommen, unterrichtet hatte. Uta betrachtete die Schwester liebevoll. »Gemeinsam mit Markgraf Hermann, Meister Tassilo, den Gewerkmeistern und fünfhundert Arbeitern bauen wir die Kathedrale der Kämpfer.« Dann merkte sie, dass sie nur von sich sprach und fragte: »Wie geht es dir hier?«
»Ich fühle mich hier gut aufgehoben«, entgegnete Hazecha kaum hörbar, wobei sie mehr zu sich selbst als zu Uta sprach.
»Ist Äbtissin Adelheid nett zu dir?«, fragte Uta. »Ich hatte mit ihr einige Probleme.« Sie lächelte Hazecha an.
»Da haben wir etwas gemeinsam«, erwiderte Hazecha und lächelte ebenfalls. »Aber die Äbtissin weilt nur selten bei uns. Schwester Edda trägt hier die Verantwortung.«
Uta nickte zustimmend. »Schwester Edda war sehr bemüht um mein Wohl. Ich werde sie in meine Gebete mit einschließen.«
Hazecha schaute wieder auf das Buch des *Dioskurides* und ließ sich neben Uta auf der Bettkante nieder. »Die Asche der gebrannten Flusskrebse in der Gabe von zwei Löffeln«, begann sie leise zu sprechen, »und einem Löffel Enzianwurzel mit Wein drei Tage hindurch getrunken ...« Uta fiel in ihre Worte mit ein, so dass sie gemeinsam sprachen: »... hilft kräftig den vom tollen Hunde Gebissenen.«[25]
Einen Augenblick lächelten sie einander an. Ermutigt wagte Uta zu fragen: »Du bist immer noch so leidenschaftlich bei der Heilkunde?«
»Schwester Edda hat mich zur Leiterin der Krankenkammer ernannt.«

---

25 Zitiert aus: Dioskurides: De Materia Medica, in der Übersetzung von Julius Berendes, 1902, http://www.pharmawiki.ch/materiamedica/images/Dioskurides.pdf, S. 117.

Uta nickte der kleinen Schwester aufmunternd zu.
»Und die Kranken gesunden so schnell, seitdem ich ...«, Hazecha stockte.
Uta horchte auf. »Seitdem du ...?«
»Seitdem ich«, Hazecha zögerte, »seitdem ich mein Versprechen halte.«
An den unruhig umherirrenden Augen erkannte Uta, dass Hazecha dieses Versprechen unangenehm war, und sie entschied sich dafür, das Thema zu wechseln. »Esiko erzählte mir, dass er dich hier besucht hätte.«
»Esiko«, murmelte Hazecha, rutschte von der Bettkante und trat an das Fußende der Bettstatt.
Gedankenversunken blickte Uta vor sich hin und flüsterte: »Er hat mir vorgeworfen, dass der Herrgott die Mutter für meine Vergehen elendiglich hat verrecken lassen.« Das Klappern von Hazechas Zähnen holte Uta in die Gegenwart zurück. »Was ist mit dir?«, fragte sie und streichelte der Schwester die Handgelenke, die unter dem Benediktinerinnengewand hervorkamen und mit Gänsehaut überzogen waren.
»Elendiglich verrecken lassen«, wiederholte Hazecha den Vorwurf des Bruders. »Ich will ihn nie mehr sehen!«
Uta wagte die folgenden Worte kaum auszusprechen: »Hat er dir etwas angetan, als er hier war?«
»Mir?«, fragte Hazecha, ergriff das Bettleinen und zwirbelte es unruhig zwischen den Händen. Dann schüttelte sie den Kopf. Tränen liefen ihr die Wangen hinab. »Ich wünschte«, schluchzte sie und klammerte sich weiter an das Leinen, »er hätte es nicht ihr, sondern mir angetan!«
»Nein! Niemals darf er die Hand gegen dich erheben, hörst du?«, forderte Uta empört. Wie konnte sie der Schwester helfen, und was verbarg sich nur hinter ihren letzten Worten?

Uta war verwirrt und wischte sich die von der Aufregung feuchte Stirn.

Da löste Hazecha wie von einer fremden Macht geleitet auf einmal ihre Hände vom Leinen und schaute Uta an. Mit zitternder Stimme sagte sie: »Esiko hat die Mutter auf dem Gewissen.«

»Du irrst dich!« Vehement schüttelte Uta den Kopf. »Der Vater hat die Mutter ermordet!«

Hazechas Blick erstarrte. »Hat unser Bruder dir das erzählt?« Uta wusste nicht, worauf die Schwester hinauswollte. »Erna hat es mir gesagt.«

»War Erna dabei, als es geschah?«, fragte Hazecha.

»Nein«, entgegnete Uta. »Sie berichtete mir aber von den Schreien der Mutter und dass der Vater gewaltsam gegen sie vorgegangen ist.«

Hazechas Stimme glich einem Windhauch. »Aber ich war dabei.« Uta glaubte plötzlich, keine Luft mehr zu bekommen. »Du warst dabei, als der Vater die Mutter ermordet hat?«

Hazecha schüttelte den Kopf und ergriff Utas Hände. »Ich war dabei, als Esiko die Mutter ermordet hat.«

Uta erstarrte bei diesem Geständnis.

»Ich hatte mich vor Gertrud in der Truhe versteckt, in der die Mutter ihre Gewänder aufzubewahren pflegte«, begann Hazecha flüsternd und schaute an Uta vorbei in die Ferne. »Vielleicht erinnerst du dich noch, wie sehr ich mich immer gefreut habe, wenn Gertrud in der ganzen Burg nach mir suchen musste. Und ich liebte den Geruch von Mutters Gewändern.«

Gebannt folgte Uta dem Bericht der Schwester.

»Auf einmal betrat Esiko die Kemenate der Mutter«, berichtete Hazecha weiter und fühlte sich in diesem Moment in jenen Nachmittag zurückversetzt. »Ich wollte den Deckel der Truhe gerade aufschlagen und Esiko zuwinken, weil Gertrud

mich ein weiteres Mal nicht hatte finden können, als er schimpfend ein Kissen auf das Gesicht der Mutter drückte.« Hazecha sackte in die Knie und schlang ihre Arme schützend um den Kopf – so wie sie es auch damals getan hatte. »Ich wagte lediglich, den Deckel der Truhe einen Spalt aufzustemmen, als ich die Schreie der Mutter hörte.«
Zu Tode erschrocken presste sich Uta an die Wand und starrte auf die zusammengekrümmte Schwester zu ihren Füßen.
»Er bemerkte mich nicht und schimpfte, dass sie eine Ungehorsame sei, bis die Kraft aus ihren Armen wich und sie sich nicht mehr wehrte«, schilderte Hazecha mit zitternder Stimme. Schließlich löste sie ihre Arme wieder vom Kopf und schaute zu Uta hinauf. »Danach ließ er sich auf der Truhe nieder, bis kein einziger Laut mehr von der Bettstatt zu hören war. Ich spürte, dass etwas Schlimmes mit der Mutter geschehen sein musste, war aber in der Dunkelheit der Truhe gefangen, die nach dem Narzissenduft der Mutter und meinem Urin roch. Ich hatte solche Angst, Uta. Ich wagte kaum noch zu atmen. Am nächsten Morgen fand Gertrud mich in der Truhe. Keinen halben Tag später sah ich die Mutter im Sarg zum allerletzten Mal.«
»Gott, erbarme dich unserer Familie«, murmelte Uta und sank neben Hazecha in die Knie. Zu wissen, dass die Mutter erstickt worden war und sie selbst während der vergangenen dreizehn Jahre einem Trugschluss aufgesessen war, zog ihr den Boden unter den Füßen weg. Sie hatte den Vater verachtet und dabei stets versucht, den tatsächlichen Mörder der Mutter für sich zu gewinnen, ihn zuletzt sogar um Eideshilfe bitten wollen. »Unser Bruder ist des Teufels«, sagte sie tonlos. Dann schaute sie auf das zerbrechliche und doch so starke Wesen vor sich, das sie vorsichtig am Arm berührte. »Von einem M-Ö-R-D-E-R«, sagte Uta langsam und beide zuckten

bei diesem Wort zusammen, »lassen wir uns nicht unterkriegen.«

»Aber er kommt immer wieder her und macht mir Angst«, erwiderte Hazecha weinerlich. »Vor eintausendfünfhundertsiebenunddreißig Tagen verbot er mir den Kontakt zu dir, und als Schwester Margit mich ermutigte, dir wieder zu schreiben, kam plötzlich diese schreckliche Krankheit über Gernrode. Ich bin mir sicher, Gott wollte mich bestrafen, weil ich im Begriff war, mein Versprechen an Esiko zu brechen.«

Jetzt verstand Uta alles. Esiko war zu Hazecha geritten und hatte ihr jeden Kontakt mit ihr verboten, und deshalb war keine Rückantwort mehr von der Schwester gekommen, während der Bruder ihr selbst nichts anderes als Lügenmärchen über die angeblich stumme Schwester aufgetischt hatte.

»Wir dürfen keine Angst vor ihm haben.« Uta erhob sich. »Schließlich sind wir die Töchter der Hidda von der Lausitz!«

Hazecha stand nun ebenfalls auf, und Uta tupfte ihr mit der Fingerspitze eine Träne von dem kleinen braunen Fleck. »Er will uns einschüchtern, weil wir stark sind. Gemeinsam noch mehr als jede für sich allein. Und seine einzige Chance, unsere Stärke zu brechen, besteht darin, uns voneinander fernzuhalten.«

Vorsichtig wagte Hazecha, das Lächeln der Schwester zu erwidern. »Schließlich sind wir die Töchter der Hidda von der Lausitz«, wiederholte sie mit zarter Stimme und spürte neuen Mut in sich aufsteigen.

»Ich werde in Ballenstedt am Grab der Mutter beten und sie um Verzeihung für ihren von Gott verlassenen Sohn bitten«, sagte Uta schließlich.

»Ich werde dich begleiten.« Hazecha straffte die Schultern. »Ich möchte mit dir gemeinsam am Grab der Mutter beten.

Wir machen es genauso wie in deinem Traum, von dem du mir einst geschrieben hast.«
Uta strich der Schwester liebevoll über den Schleier. »Und Äbtissin Adelheid?«
»Ich finde eine Entschuldigung, außerdem beachtet sie mich sowieso nur, wenn sie ein Leiden hat, von dem ich sie kurieren soll«, entgegnete Hazecha. »Die Krankenstube ist leer, und der neuen Patienten kann sich Schwester Domenica annehmen.«
Uta sah, dass die Tränen in den Augen der Schwester getrocknet waren. »Dann reiten wir gemeinsam nach Ballenstedt?« Mit der Schwester an der Seite wäre sie stärker und würde auch Beweise finden, die die Anklage gegen Graf, Herzog, Heerführer und Muttermörder Esiko von Ballenstedt rechtfertigten. »Wir müssen dich nur aus dem Kloster schleusen, ohne dass es jemand bemerkt.«
»Vor dem Morgengebet bin ich bereit«, entgegnete Hazecha. Ihre Augen leuchteten, denn sie wusste schon einen Weg hinaus. Sie würde das steinerne Tor nehmen, durch das die Stiftsdamen mit den Glöckchen regelmäßig in den Wald verschwanden.

Meister Tassilo legte das Schnitzwerk auf das Pergament, das auf dem sandigen Boden vor ihm ausgebreitet war, und ließ prüfend seinen Blick darübergleiten. Die Schnitzerei stellte das räumliche Abbild eines Bogens dar, der mehrfach aneinandergereiht ein Rundbogenfries ergab, der eines Tages die Fassade des Langhauses zum Dach hin schmücken sollte. »Ihr müsst die Formen exakt von der Zeichnung abnehmen«, wies er die drei umstehenden Zimmerburschen an. »Seht her!« Er zeigte auf das Pergament. »Euer Bogen ist noch zu breit. Solange ihr bei genauer Auflage des Holzes auf das Pergament

meine Risse nicht erkennen könnt, müsst ihr noch Material wegnehmen. Es muss exakt übereinstimmen.«
Die Zimmerburschen nickten.
»Meister, schenkt mir kurz Eure Aufmerksamkeit!« Der Burgherr war an ihn herangetreten. »Wo ist Uta von Ballenstedt?«, fragte er mit gedämpfter Stimme, so dass ihn keiner der Umstehenden verstand. Er hatte sie drei Tage lang nicht mehr gesehen.
Tassilo bedeutete den Zimmerburschen, die Arbeit wieder aufzunehmen, und wandte sich dann seinem Gesprächspartner zu. »Nach unserer morgendlichen Besprechung mit den Gewerkmeistern, es war an jenem Morgen, an dem Ihr den Streit am Rödel schlichten konntet, bat sie darum, ihre Arbeit für zehn Tage ruhen lassen zu dürfen.«
»Ihre Arbeit ruhen lassen zu dürfen? Für so viele Tage?«
»Ja, Markgraf«, entgegnete Tassilo. »Es schien mir so, als habe sie eine wichtige Reise im Sinn, von der abzuhalten mir nicht zustand.«
»Eine wichtige Reise?«, fragte der erneut verwundert. »Haben die zwei Bewaffneten oder wenigstens ihr Kammermädchen sie begleitet?«
Während Tassilo auf den frischen Mörtel blickte, trat er einige Schritte von der Chorwand weg. »Eine Begleitung erwähnte sie nicht, Herr«, sagte er nachdenklich.
»Hat sie denn gesagt, wohin sie will? Erinnert Euch, Meister!«
Tassilo blickte auf. »Sie sagte etwas von einem Kloster.« Während er berichtete, erschien auch ihm die Situation mit einem Mal ungewöhnlich. »Mir war, als wolle sie kein Aufsehen erregen.«
»Ein Kloster?«, wiederholte Hermann. Alleine zu einem Kloster reiten! Was war nur in sie gefahren, dass sie sich solchen

Gefahren aussetzte? Der Winter konnte jeden Tag hereinbrechen; schon jetzt war es viel zu unwirtlich für eine Reise.
Tassilo war verzweifelt. »Was hätte ich tun sollen?«
»Sie zurückhalten, Meister! Es herrscht Krieg an der Ostgrenze, und das Heer zieht zur Genüge Schurken und Gauner an«, entgegnete er ungehalten und blickte zum Himmel hinauf. Eine geschlossene, dunkelgraue Wolkenschicht schob sich über den Burgberg.
»Wie kann ich helfen, Markgraf?«, fragte Tassilo und schalt sich einen Narren, Uta so einfach gehen gelassen zu haben.
»Betet, dass ich sie einhole, bevor die Schurken in den Wäldern es tun!« Mit diesen Worten verließ er die Baustelle und eilte zu den Stallungen der Hauptburg. Er würde mehrere Pferde mit sich führen, damit er durchreiten konnte, und es gab nur ein Kloster, das ihm beim Gedanken an sie einfiel. Die Kaiserin hatte Utas Erziehung im Kloster Gernrode einst betont, als es um die Vermählung mit Ekkehard gegangen war.

Das Glockengeläut, das den Beginn der Morgendämmerung anzeigte, holte Uta aus einem unruhigen Schlaf. Arnold hatte zuerst nur kurz gebrummt, als sie ihn in der Gästezelle wach gerüttelt hatte, um ihn von den weiteren Reiseplänen in Kenntnis zu setzen, dann aber hatte er sich zielstrebig, wenn auch wankend, erhoben. Uta legte sich die beiden Umhänge um und zog sich die Kapuze wieder tief ins Gesicht.
Kurz darauf standen sie vor der Pförtnerin. Arnold verabschiedete sich, dankte für die höfliche Aufnahme und ließ dann die Pferde bringen. Als er und Uta die Tiere durch das Stiftstor führten, kam Schwester Edda auf sie zugelaufen.
»Wartet!«
Uta hielt die Luft an. Arnold wagte ebenfalls keine Regung und unterdrückte den aufkommenden Hustenreiz.

»Schwester Hazecha hat Euch noch etwas Gesundes für die Reise vorbereitet«, meinte Edda schwer atmend und hielt Arnold ein Säckchen mit Kräutern hin. »Und etwas Wegzehrung aus der Klosterküche. Fischfrei auch für die Gattin!«
»Danke«, entgegnete Arnold und schaute erleichtert zu Uta.
»Herr«, sagte Edda weiterhin. »Ihr solltet Euch schonen und die weitere Reise so kurz wie möglich halten. Sucht in der nächsten Ortschaft ein gutes Lager und gewährt Eurem Körper Ruhe.«
Arnold nickte, derweil Eddas Blick den Weg hinabwanderte, der vom Kloster zur königlichen Handelsstraße führte. »Die Äbtissin«, sagte sie und trat wenig später einem Gefährt entgegen, das von einer mittelgroßen Reisegesellschaft begleitet wurde.
Uta gab Arnold ein Zeichen und saß sofort auf. Sie zog sich die Kapuze noch tiefer ins Gesicht und presste die Beine fest gegen den Bauch ihrer Stute, die daraufhin sogleich zum Galopp ansetzte. Arnold folgte ihr.
»Hattet Ihr eine angenehme Reise, Äbtissin Adelheid?«, wollte Edda wissen, als die Angesprochene aus dem Wagen stieg.
»Über Stock und Stein, wie soll das denn angenehm sein!«, gab die Äbtissin mürrisch zurück und schaute den beiden Reitern prüfend nach. Eine Frau, die breitbeinig auf dem Pferd sitzt?, sinnierte sie, nahm dann aber den Kelch mit Wein entgegen, der ihr zur Erfrischung gereicht wurde. Solange die Reiterin dem Stift nur eine einträgliche Spende überlassen hat, dachte Adelheid beim Anblick des edlen Kleides, das der Wind unter dem Umhang der Reiterin freilegte, kann sie meinetwegen auch im Handstand reiten. »Nun nehmt schon das Gepäck und bringt es in meine Zelle, Schwester!«, befahl sie Edda und trank einen Schluck Wein. »Ich werde mich jetzt erst einmal von den Strapazen der Reise erholen.«

Als sie außer Sichtweite waren, zügelte Uta ihre Stute und lenkte sie in das Dickicht nahe der östlichen Klostermauer. Schon hörte sie Äste knacken, und Hazecha kam auf sie zu. Sie trug einen langen schwarzen Umhang, unter dessen Kapuze der weiße Schleier hervorschaute.
»Ich habe dem Kloster nicht auch noch ein Pferd entwenden wollen«, erklärte sie und fasste bei dem Gedanken an die bevorstehende Reise in die Innentasche ihres Umhangs nach ihrem Talisman.
»Komm.« Uta reichte Hazecha die Hand. »Steig auf und reite mit mir.«
Mühelos saß Hazecha auf.
»Arnold kennst du ja schon aus dem Speisesaal«, sagte Uta, woraufhin der Koch Hazecha zunickte. »Er ist mein und nun auch dein Reisebegleiter.«
Hazecha grüßte kurz, dann sagte sie: »Lasst uns vor dem Aufbruch noch ein kurzes Gebet sprechen.« Sie waren lediglich zu dritt und damit für Räuber eine leichte Beute, weshalb sie den Herrn, auch wenn Ballenstedt keinen Tagesritt von Gernrode entfernt lag, um seinen Schutz bitten wollte.
Danach traten sie ihre Reise an.
Sofort nach dem Sonnenaufgang belebten sich die Wege. Zwischendurch mussten sie einen Bauern nach dem Weg fragen, der sie weiter auf einsamen Pfaden nach Osten schickte. Keine einzige Landmarke erinnerte Uta an den Weg, den sie damals unter Schmerzen vom Gernroder Stift zurück nach Ballenstedt genommen hatte.
Doch wenn sie straff weiterritten, würden sie den heimatlichen Burgberg noch vor dem Mittag erreichen. Während einer kurzen Pause an einem Bächlein redeten sie kaum. Jeder war in Gedanken versunken. Uta dachte an den Vater. Sie hatte ihn all die Jahre für den Mörder der Mutter gehalten und

ihn deswegen gehasst, sogar noch nach seinem Tod. Uta zog den wollenen Umhang enger um sich. Die Tage waren kälter geworden, und sie hoffte, ihre Stute auf dem Rückweg nicht durch hohen Schnee treiben zu müssen.

Noch bevor die Sonne ihren Höchststand erreicht hatte, tauchte der Ballenstedter Burgberg in der Ferne auf. An dem Buchenforst, in dem Uta einst von dem Hardagauer Gewalt angetan worden war, ritten sie zu ihrer Linken vorüber.

»Uta, ist alles in Ordnung?«, fragte Hazecha, als sie sah, dass Utas Augen feucht wurden.

Uta schob die traurigen Gedanken beiseite und nickte bestätigend. »Auf zur Mutter!«, sagte sie, schlug die Kapuze zurück und trieb ihre Stute an.

Auf der Zugbrücke saßen sie ab.

»Warum ist die Brücke heruntergelassen?«, fragte Arnold verwundert, der ihren Ritt bisher stumm begleitet hatte. Mit der Hand am Knauf seines Messers trat er vor die beiden Schwestern, die daraufhin die Kapuzen wieder über den Kopf zogen.

Gefolgt von den Grafentöchtern betrat Arnold den Hof. Uta schaute an den sie umgebenden Gebäudemauern hinauf und sah, dass das Gestein vom Wasser durchweicht war und an manchen Stellen bröckelte.

»Willkommen, willkommen!«, wankte da ein Wamsträger aus dem Gebäude. »Wir haben endlich mal wieder Gäste«, näselte er und zog mit einigen Anlaufschwierigkeiten sein Schwert aus der verrosteten Scheide.

Uta trat hinter Arnold hervor. »Wer seid Ihr?«, fragte sie und spähte zum Burgsaal hinüber, aus dem Gegröle und Stimmengewirr zu ihnen drangen.

»Gestattet: von Spungnitz!« Der hochgewachsene Mann mit stoppeligem Bart und fettigem Haar verbeugte sich und ließ

sein Schwert sinken, um nach dem Weinschlauch an seinem Gürtel zu greifen. »Ich bin der Verwalter dieser Burg hier.« Er machte mit der freien Hand eine einladende Bewegung und rülpste dabei. »Verzeiht, schöne Frau.«
Die scheinen unverdünnten Wein wie Wasser zu trinken!, dachte Uta und tauschte einen fragenden Blick mit Hazecha. »Wo ist Esiko von Ballenstedt?«, fragte sie dann, um sicherzugehen, die Burg ohne Gefahr betreten zu können.
»Der Herr ist im Kampf. Er war schon ein ganzes Jahr nicht mehr hier«, antwortete von Spungnitz amüsiert. »Und sein Weib bevorzugt die Burg in Schwaben.«
Uta rechnete zurück und kam zu dem Ergebnis, dass Esiko vermutlich das letzte Mal zur Bestattung des Vaters auf Burg Ballenstedt gewesen war.
»Und wer seid Ihr?«, fragte von Spungnitz und nahm sie – so gut ihm das in seinem Zustand möglich war – in Augenschein.
»Zwei schöne Frauen und ein Mann. Da würde ich aber weit mehr strahlen als Ihr«, meinte er an Arnold gerichtet und grinste anzüglich.
Uta überlegte kurz, dem Verwalter ihre wahre Identität zu offenbaren und ihn dann auf seine Pflichten gegenüber der Ballenstedter Grafenfamilie hinzuweisen, doch schon im nächsten Augenblick verwarf sie den Gedanken wieder.
»Wir sind Pilgerinnen«, entgegnete Hazecha da auch schon, »und hoffen, dass es hier eine Kapelle gibt, in der wir ein Gebet sprechen können.«
»Beten? Hier?« Von Spungnitz kicherte wie ein Kleinkind. »Selbst der Pfaffe hat die Burg längst verlassen. Aber die Kapelle benutzen dürft Ihr.« Er sog an seinem Weinschlauch, dass es blubberte, und erklärte dann, als ob dies das Normalste auf der Welt wäre: »Gegen entsprechende Münze natürlich.«

Uta wollte ob dieser neuen Unverschämtheit gerade auffahren, als Arnold beschwichtigend fragte: »Bietet Ihr uns dann auch eine saubere Kammer für die Nacht?«
Uta ging zu ihrer Satteltasche und holte eine Münze heraus. Von Spungnitz ließ seinen Weinschlauch sinken und biss mit seinen Vorderzähnen auf das Metall. Das Ergebnis seiner Prüfung zauberte erneut ein Grinsen in sein ungewaschenes Gesicht. »Dafür dürft Ihr sogar in unseren besten Kammern nächtigen.« Er brüllte nach einem Wolfgang und wankte dann wieder in Richtung Burgsaal zurück.
Daraufhin erschien ein zweiter Verwahrloster, in dessen Bart noch die letzten Essensreste hingen.
»Zeige den herrschaftlichen Pilgern die Kapelle und geleite sie anschließend in die guten Kammern hinauf.« Von Spungnitz ließ den Silberpfennig in der matten Wintersonne aufblitzen. Der mit Wolfgang Angesprochene deutete auf die Burgkapelle neben den Wohngebäuden für das Gesinde, die Uta sofort wiedererkannte, obwohl ihr jetziges Erscheinungsbild nur mehr wenig mit dem früheren gemein hatte: Moos überzog die Außenmauern, und als sie das Gebäude betraten, entdeckten sie direkt über dem Altar ein Loch im Dach. Einige Deckenbalken ragten ins Innere der Kapelle. »Bitte lasst uns alleine«, bat Uta den Betrunkenen und reichte ihm ebenfalls eine Münze, während ihr Arnold gleichzeitig bedeutete, dass auch er im Hof warten würde.
Seufzend zog Uta die Kapellentür hinter sich und Hazecha zu. Was war nur aus der elterlichen Burg geworden? Verlassen, heruntergekommen und von Trunkenbolden für ihre Gelage missbraucht. Als Utas Blick einen verrotteten Dachbalken ausmachte, der auf eine Stelle im Boden zu weisen schien, griff sie nach Hazechas Hand. »Das dort muss die letzte Ruhestätte des Vaters sein«, sagte sie und deutete auf eine Grab-

platte an der Seitenwand der Kapelle. »Und das Grab der Mutter?«
Hazecha zuckte mit den Achseln. »Ich kann mich nicht mehr daran erinnern, wo wir ihren Sarg eingelassen haben. Es ist zu lange her, und ich hatte damals auch die meiste Zeit über die Augen zugekniffen.«
Uta nickte verständnisvoll. Da es üblich war, Ehepaare nebeneinander zu bestatten, trat sie zunächst vor das Grab des Vaters. Bei dem Gedanken, ihre letzte Ruhe nahe Ekkehard zu finden, wo es doch Menschen gab, die ihr sehr viel näher standen, fröstelte sie. Tatsächlich entdeckte sie neben der väterlichen Grabplatte auch die der Mutter. Sie beugte sich hinab und fuhr mit den Fingern über die, bis auf die Lettern des Namens, schmucklose Steinplatte. »Das Grab der Mutter«, flüsterte sie und winkte Hazecha neben sich. Ein Schauer erfasste Utas Glieder.
Gemeinsam ließen sie sich vor den Gräbern nieder und falteten die Hände. Um der Mutter ganz nah zu sein, knieten sie auf deren Grabplatte nieder. »Mutter, wir sind bei Euch«, begann Hazecha und berührte dabei ihren Talisman, den sie seit der Abreise aus Gernrode unverändert in der Innentasche ihres Gewandes trug.
»Verzeiht mir meinen einstigen Ausritt entgegen der Anweisung des Vaters. Ich wollte nicht allein mit dem Hardagauer reiten, ich wollte Erna mitnehmen, konnte sie aber nirgendwo finden«, sprach Uta weiter. »Wir wissen, dass Esiko Euch Schlimmes angetan hat, und wir bitten Euch und den Allmächtigen auch dafür um Verzeihung. Lasst uns wissen, was wir tun können, um Esiko den richtigen Weg zu weisen und ihn zur Reue zu bewegen.« Hazecha fuhr fort: »Wir werden Eure Gedanken weiterführen. Danke für Eure Liebe und Zuneigung, Mutter. Ihr lebt in uns weiter.«

Uta öffnete die Augen und schaute die jüngere Schwester an. Sie war wunderbar. So mutig und aufrichtig. Sie war ein Familienmitglied, auf das sie wahrhaft stolz war.
Dann trat jede der beiden in ihren eigenen stummen Dialog mit der Mutter, berichtete von ihrem bisherigen Leben und von der überraschenden Begegnung in Gernrode.
»Hazecha!«, hielt Uta da auf einmal inne, nachdem sie bemerkt hatte, dass die Grabplatte unter ihren Knien nachgab. »Sieh doch, die Platte lässt sich bewegen!« Erstaunt rutschte Uta zur Seite und schob den Stein mit aller Kraft ein Stück weiter von sich fort.
»Ihr Grab ist nicht verschlossen.« Hazecha fasste mit an, und gemeinsam bewegten sie den Stein so weit, dass sie in das Grab hineinschauen konnten. Doch alles, was sie zu erkennen vermochten, war, dass es leer war.«
Die Schwestern starrten einander fassungslos an.
»Was kann das bedeuten?«, fragten sie dann gleichzeitig.
»Vielleicht hat man sie umgebettet, weil die Burgkirche und damit auch das Grab hier dem Wetter ausgesetzt sind.« Hazecha deutete hinauf zu dem großen Loch in der Decke der Kapelle.
»Und die Ruhestätte des Vaters?«, fragte Uta.
Hazecha zuckte mit den Schultern, dann machte sie sich mit Utas Hilfe daran, dessen Grabplatte zu bewegen.
»Die Platte sitzt fest«, sagte Hazecha. »Dann sollten wir sie auch nicht mit Gewalt verschieben.«
»Du hast recht. Sicherlich wurden unsere Eltern gemeinsam umgebettet und nur Wind, Staub und Dreck haben die Grabplatte des Vaters wieder verschlossen.« Uta erhob sich. »Lass uns morgen den Verwalter fragen. Vielleicht weiß er etwas«, schlug sie vor, nachdem sie durch das Loch im Dach erkannt hatte, dass es bereits Abend geworden war.

»Und wenn er nichts weiß«, fügte Hazecha hinzu, »machen wir unseren einstigen Burggeistlichen ausfindig.«
Bevor sie das Gotteshaus mit einem doppelten Kreuzzeichen verließen, schoben sie die Steinplatte wieder über das Grab der Mutter, so dass es erneut verschlossen war. Als sie den Burghof betraten, lehnte Arnold offensichtlich erschöpft an der Wand der Kapelle, straffte sich aber, als er die beiden Frauen kommen sah. »Ich geleite Euch hinauf, Gräfin.« Aus einer Halterung im Mauerwerk nahm er einen Feuerspan und führte die Frauen die Außentreppe hinauf in den Wohnturm. Aus der offenen Tür des Burgsaales drangen nach wie vor Gelächter und derbe Sprüche nach draußen. Uta vernahm die Stimmen von Frauen, die der abendlichen Feier ebenso beizuwohnen schienen.
»Dann werden wir uns jetzt zur Ruhe begeben«, sagte Uta, als sie vor ihrer einstigen Kemenate angekommen waren, und wies Arnold die kleinere Mägdekammer daneben zu.
»Aber Ihr solltet nicht alleine bleiben«, gab Arnold zu bedenken. »Ich traue dem Verwalter nicht.«
»Ihr seid doch gleich nebenan.« Uta winkte ab. »Wir rufen, wenn wir Eure Hilfe benötigen. Überdies denke ich, dass der Verwalter in seinem Zustand für niemanden mehr eine Gefahr darstellt.«
»Wie Ihr wünscht, Gräfin«. Mit diesen Worten entfernte Arnold sich und sank müde auf das harte Dielenlager, das die kleine Kammer ihm bot.
Uta war mulmig zumute, als sie die Tür zu ihrer Kemenate aufschob, doch die Anwesenheit Hazechas bestärkte sie. Irritiert schauten sie sich an: Die Kammer war leer. Keine Möbel, keine Gewänder. Nichts, was auf ihre ehemaligen Vorbesitzerinnen hingewiesen hätte. »Hier können wir nicht schlafen. Es gibt ja nicht einmal ein Bett«, stellte Uta fest und trat vor

das Fenster, an dem das Fensterleder in Fetzen vom Rahmen herabhing. Sie blickte in den Burghof hinunter und beobachtete, wie mehrere Saufbolde zwei nackten, beleibten Weibern hinterherliefen. Verständnislos schüttelte sie den Kopf.
»Und in der Kammer der Mutter kann ich nicht schlafen«, sagte Hazecha.
Uta nickte. »Und im Ehegemach der Eltern wage ich auch kein Auge zuzumachen.«
»Dann lass uns schauen, ob wir in Esikos Kammer vielleicht einen Strohsack oder eine Decke finden, die wir hierherschaffen können.« Esikos Kammer hatte sich einst im oberen Geschoss gleich neben dem Gemach der Eltern befunden. Doch die Tür zur Kammer des Bruders ließ sich nicht öffnen.
»Tritt kurz zurück, Hazecha«, bat Uta und stemmte sich dann mit ihrer ganzen Körperkraft gegen die Tür. Doch erst als Hazecha mithalf, sprang die Tür auf und sie traten ein. Esikos Kammer war aufgeräumt, der Kamin reinlich gefegt, der lederne Stuhl neben dem Bett poliert, das Schlafmöbel ordentlich mit einem seidenen Tuch bedeckt. Das gleiche seidene Tuch war auch noch über ein seltsam aufragendes Bündel zu Füßen der Bettstatt gezogen worden.
»Warte hier«, bat Uta die jüngere Schwester, ging ans Fußende der Bettstatt und schlug das Tuch über dem Bündel zur Seite.
»Nein!« Es war Hazecha, die als Erste aufgeschrien hatte und nun neben Uta sprang.
»Das war einmal ein Mensch«, sagte Uta entsetzt.
Von Neugier getrieben, beugte sich Hazecha zu den knochigen Überresten hinab, an dem auf den ersten Blick weder Fleisch noch Haut oder Haare auszumachen waren – an der einen oder anderen Stelle jedoch noch Stoffreste. Sie konnten

die Bein- und Fußknochen, die Rippen und den Schädel deutlich erkennen. »Da stecken Nägel in den Knochen«, flüsterte sie, als sei es allein schon eine Sünde, das Erblickte mit Worten zu beschreiben.
Nur mit aller Anstrengung gelang es Uta, ihren Würgereiz zu unterdrücken. »S... s... sieh doch, die Person muss gekniet haben.«
Vorsichtig stieg Hazecha auf die Bettstatt und betrachtete das daran lehnende Knochengerüst von vorne. »Diesem Menschen wurden die Hände zum Gebet zusammengenagelt.«
Fassungslos schüttelte Uta sich. »Du meinst wie zu einer Anbetung?«
»Ich erkenne die Beckenknochen einer Frau.« Hazecha zitterte, während sie nickte. »Die Person schaut aber nicht zum Herrn oder demütig zu Boden. Sie hat ihren Blick geradeaus aufs Bett gerichtet oder auf denjenigen, der hier oben liegt.«
Mit entsetztem Gesichtsausdruck stieg Hazecha von der Bettstatt und stellte sich wieder an Utas Seite.
Nun trat auch Uta an das Skelett heran und erkannte im nächsten Moment den Stoff wieder, der in Fetzen über einem der Knochen hing. »Das war unsere Mutter«, sagte sie mit bebender Stimme und erinnerte sich an die lockere Grabplatte in der Kapelle. »Die Mutter wurde nie umgebettet.«
Erschüttert klammerte Hazecha sich an die Schwester. »Wer kann so etwas nur tun?«
Uta antwortete ihr nicht, obwohl sie ahnte, wer dazu imstande war.
»Wir müssen jetzt stark sein, Hazecha«, sagte Uta stattdessen und hob Hazechas Kinn an. »Für unsere Mutter.«
Hazecha nickte und biss sich auf die Lippen, um die Tränen zurückzuhalten. Dann aber fielen sich die Schwestern schluchzend in die Arme. So standen sie lange, bis Uta sich

jäh aus der Umarmung löste. »Hol Arnold«, bat sie. »Er soll eine große Kiste mitbringen. Schnell!«
Hazecha folgte der Bitte.
Unterdessen wickelte Uta das Betttuch um die sterblichen Überreste der Mutter. Kurz darauf erschienen auch schon Hazecha und Arnold mit einer Holzkiste.
»Sagt nichts«, wandte sich Uta ihrem Reisebegleiter zu. »Helft uns nur, sie in die Kiste zu legen. Aber vorsichtig.«
»Was hast du mit unserer Mutter vor?«, wollte Hazecha wissen, worauf Arnold sofort entsetzt das Kreuzzeichen machte.
Konzentriert hob Uta das Knochenbündel mit Arnolds Hilfe, der sich inzwischen wieder gefangen hatte, in die Kiste. »Wir können sie doch nicht hier an diesem Ort zurücklassen«, erklärte Uta und schloss den Deckel. »Sie hat ein würdiges Grab verdient!«
Hazecha pflichtete ihr bei.
»Dann brauchen wir einen Karren für den Transport«, sagte Arnold. »Zu dritt auf zwei Pferden und dann noch eine ...«, mitten im Satz verstummte er.
Hazecha trat vor die Kiste und strich mit der Hand darüber, während Uta überraschend klar plante. »Ich schlage vor, dass wir diese Nacht zur Ruhe nutzen, ansonsten reichen unsere Kräfte nicht für den schweren Rückweg. Morgen früh reisen wir dann über Gernrode nach Naumburg zurück.«
»Bis Sonnenaufgang besorge ich uns einen Karren«, versprach Arnold und nahm sich vor, in aller Frühe gleich einmal in den Stallungen nachzusehen.
»Einverstanden, und jetzt helft uns, die Kiste in eine der leeren Kemenaten zu tragen. Die Mutter soll keinen Augenblick länger hier verweilen ...!« Uta hatte den Satz noch nicht beendet, da bückte sich Arnold bereits.
In der Kemenate angekommen, setzten sie die Kiste ab.

»Nun gönnt auch Ihr Euch etwas Ruhe, Arnold«, bat Uta.
»Soll ich Euch mein Messer hierlassen, Gräfin?«, bot der Koch an.
»Nein, danke. Wen soll es schon auf diese Burg ziehen!«
Arnold nickte und verschwand in Richtung seines Dielenlagers.
Nachdem Uta ihren wollenen Umhang auf dem Boden ausgebreitet hatte, bedeutete sie der Schwester, sich darauf niederzulassen, und legte sich dann zu ihr. Als Decke verwendeten sie Hazechas Umhang, die ihren Schleier bereits abgenommen hatte.
Einander zugewandt, betrachteten sie sich.
»Ich liebe dich, Hazecha.« Mit diesen Worten streichelte Uta der Schwester durch das dunkle lange Haar.
Hazecha lächelte und fuhr Uta über den braunen Fleck, einen Fingerbreit unter dem linken Auge. »Ich liebe dich auch. Unser Wiedersehen ist wie ein Traum.«
Uta schloss die Augen und genoss die warmen Finger der Schwester auf ihrer Wange. »Mein schönster bisher.«
»Ich schreibe dir, sobald die Äbtissin es wieder zulässt. Aber vielleicht fällt ihr meine Abwesenheit ja nicht einmal auf.«
»Du bist unersetzbar in der Krankenstube. Das weiß Äbtissin Adelheid, auch wenn sie dir wahrscheinlich nie dafür danken wird.«
»Wahrscheinlich ist es so«, entgegnete Hazecha und zog den Wollumhang fester um ihre Körper.
»Wir haben das gleiche Haar, die gleiche Nase und den gleichen festen Willen«, flüsterte Uta noch immer mit geschlossenen Augen. »Wir sind eins.«
»Niemand soll unser Band je wieder lösen können«, gab Hazecha zurück und schmiegte sich noch enger an die Schwester. »Wir sind die Töchter der Hidda von der Lausitz.«

»Esiko muss für seine schrecklichen Taten bestraft werden«, sagte Uta und öffnete die Augen. »Hazecha«, begann sie und schaute die Schwester eindringlich an. »Ich arbeite seit dreizehn Jahren daran, den Mord an der Mutter zu rächen. Ich brauche Beweise für eine Anklage oder zumindest Eideshelfer.«
Hazecha verstand. »Meine Augen und meine Erinnerung sollen dein Beweis sein.«
Uta lächelte und umarmte die Schwester. »Gemeinsam sorgen wir für Gerechtigkeit. Gemeinsam bringen wir Esiko vor das kaiserliche Gericht.« Als sie der Worte der Kaiserin gedachte, die sie ermahnt hatte, nur anzuklagen, wenn jeder Zweifel beseitigt war, drückte Uta die Schwester noch fester an sich. Eid, Gottesurteil, Befragung und Urkunde, erinnerte sie sich der zugelassen Beweismittel vor dem königlichen Gericht König Clothars I. Hazecha war Augenzeugin gewesen, ihr Bericht würde alle Zweifel zerstreuen. Ihre Befragung würde endlich Gerechtigkeit bringen. Sie lächelte selig: Mit ihrer Reise nach Gernrode hatte sie nicht nur die Schwester, sondern auch eine Zeugin für ihre Anklage gefunden. »Aber sag mir, warum fand ich Alwine nicht im Kloster vor. Ich hatte gehofft, auch sie wiederzusehen.«
»Vor eineinhalb Jahren ist Alwine über die Alpen gezogen«, erklärte Hazecha. »Sie wollte die Heilkunde in der Stadt Salerno lernen und hoffte, dort vielleicht auch ihre Familie zu finden.«
Ein Knarren auf der Zugbrücke ließ die Schwestern aufhorchen. Uta erhob sich und spähte zwischen den Fetzen des Fensterleders in den Hof hinunter. Hazecha setzte sich erschrocken auf. »Esiko?«, fragte sie wie versteinert.
Im Dunkel der Nacht machte Uta einen Reiter mit mehreren Pferden aus, auf dessen Gambeson sie einen Adler mit ausgebreiteten Schwingen erkannte. »Nein, nicht Esiko«, beruhigte

sie die Schwester augenblicklich. »Warte kurz. Es ist ein Ritter aus der Mark Meißen.« Sie legte ihre Seite des wollenen Umhangs um Hazechas zierlichen Körper. »Wir lassen Arnold schlafen. Es besteht keine Gefahr.« Sie eilte die Treppe in den Hof hinunter.
Als sie den nächtlichen Eindringling, der inzwischen abgestiegen war, nun mit absoluter Gewissheit erkannte, machte ihr Herz einen Sprung. Mit der Begrüßung: »Markgraf«, stürzte Uta auf ihn zu. Die winterliche Kälte der Nacht vermochte ihr nichts anzuhaben.
»Seid Ihr wohlauf?« Nur mit Mühe widerstand Hermann dem Wunsch, seine Arme auszubreiten und Uta an sich zu drücken – auch wenn ihn jeder Knochen in seinem Körper nach dem unerbittlichen Ritt schmerzte.
»Ja«, bestätigte Uta und schaute ihn nun, nachdem sie in seinen Augen keine Freude las, zurückhaltender an.
»Was tut Ihr hier?«, fragte Hermann besorgt.
»Kommt mit hinauf«, sagte sie und bedeutete ihm, sich ruhig zu verhalten. »Ich erkläre es Euch oben.«
Er folgte ihr in die Kemenate.
Als Hermann Hazecha sah, schaute er irritiert zu Uta.
»Meine Schwester Hazecha«, stellte Uta die jüngere Schwester vor. »Und das ist Markgraf Hermann, mein Schwager«, fügte sie an Hazecha gewandt hinzu.
Hermann nickte höflich, erinnerte sich jedoch im nächsten Moment daran, weswegen er Hals über Kopf die Baustelle verlassen hatte und die vergangenen Tage und Nächte durchgeritten war. »Warum habt Ihr die Burg so fluchtartig verlassen? Ich war in Sorge um Euch, Uta von Ballenstedt.«
»Ich spürte, dass es meiner Schwester schlechtging«, entgegnete Uta und schaute ihn um Verständnis bittend an. »Ich musste sie endlich wiedersehen.«

Doch Hermanns Augen sprangen weiterhin unruhig umher. »In Gernrode sagten sie mir, dass ein Weib, auf das meine Beschreibung passte, mit ihrem Gatten früh die Gästezelle verlassen hätte. Ballenstedt war der einzige Umweg, der mir in Bezug auf Euch einfiel. Wer ist der Mann, der Euch ins Kloster begleitete?«, fragte Hermann drängend.

»Das ist Arnold«, erklärte Uta.

»Unser Küchenmeister?«, fragte Hermann.

»Ja. Er schläft in der Kammer nebenan. Erna hat ihn mir als Beschützer mitgegeben.«

»Als Euren Beschützer?«, fragte Hermann ernst. Er war zu aufgewühlt und brachte die um Uta ausgestandene Angst nicht länger mit der Freude, sie unversehrt gefunden zu haben, zusammen. »Ich habe nur ...«, er zögerte, »ach, es ist nicht weiter wichtig.« Mit diesen Worten wandte er sich zum Gehen.

Da trat Hazecha vor ihn. »Esiko hat unsere Mutter umgebracht.« Sofort ließ Hermann die Hand vom Türriegel sinken.

»Er hat ihren Leichnam aus dem Grab gerissen«, fuhr Hazecha fort. »Dann ihre Knochen zusammengenagelt und sich so von ihr in seinem Bett anbeten lassen. Wir wollen ihre Überreste nun an einen friedlicheren Ort bringen.«

Erschrocken blickte Hermann zuerst zu Hazecha und schließlich zu Uta. Er schaute in ihre grünen Augen. »Dann bettet sie in die neue Kathedrale«, schlug er nach einer Weile vor.

Erleichtert darüber, dass er sich wieder beruhigt zu haben schien, trat Uta auf Hermann zu und blickte ihm tief in die Augen, während Hazecha ans Fenster trat und nach draußen schaute. »Die Kathedrale ist noch nicht fertiggebaut. Wir müssten dann mit der Beerdigung noch einige Jahre warten.« Der Ge-

danke, dass er bereit war, ihrer Mutter ein würdiges Grab zu verschaffen, wärmte Uta, obwohl die Kälte der Nacht an ihr hing und ihr eine Gänsehaut auf die Arme gezaubert hatte.
»Da mögt Ihr recht haben«, entgegnete Hermann, der einmal mehr in ihren leuchtenden Augen zu versinken glaubte.
»Dann bringen wir sie nach Gernrode«, schlug Hazecha vor und reichte Uta den Wollmantel vom Boden. »Im Kräutergarten unseres Klosters wird Esiko die Überreste der Mutter sicherlich nicht vermuten.«
»Bis die Kathedrale vollendet ist, soll die Mutter in Gernrode ruhen.« Nur widerstrebend löste Uta ihren Blick von Hermann und wandte sich Hazecha zu. »Bis dahin haben wir unsere Anklage gegen Esiko vor dem Kaiser vorgetragen und können die Mutter ganz offiziell in die Kathedrale umbetten.«
Hermann horchte auf. Uta wollte vor dem Kaiser Anklage erheben? »Mit der Kiste werdet Ihr auffallen«, sagte er dann und trat auf sie zu. »Vielleicht wird man Fragen stellen.«
»Dann reiten wir am besten sofort los«, schlug Uta vor, die sich seit Hermanns Ankunft wieder gestärkt fühlte.
Hermann nickte. »Bei Dunkelheit kommen wir zwar langsamer, dafür aber ungesehen von hier fort.«
»Wir?«, fragten die Schwestern wie aus einem Mund.
»Ihr denkt doch nicht wirklich«, setzte Hermann stirnrunzelnd zu einer Erwiderung an, »dass ich zwei Damen und einen Koch alleine durch die Nacht schicke?«
»Danke«, sagte Hazecha und sah Uta selbst dann noch auf die Tür blicken, als Hermann von Naumburg schon längst hinter ihr verschwunden war.

Noch vor Mitternacht verließen vier Reiter den Ballenstedter Burgberg, derweil der Verwalter seinen Rausch ausschlief. Da sie mit dem Karren, der an eines der vier Pferde Hermanns

gebunden war, langsamer als auf der Hinreise vorankamen, erreichten sie Gernrode erst nach der Morgendämmerung.
Hazecha dankte zuerst Arnold, der mit Ermüdungserscheinungen zu kämpfen hatte, für seine Unterstützung und wandte sich dann an Hermann, der dabei war, die Kiste vom Karren zu heben. »Stellt sie dort bei der Tanne ab, direkt neben das Seitenportal. Um diese frühe Zeit wird es noch nicht benutzt.«
Mit den Worten: »Ich helfe Euch, Markgraf«, eilte Arnold zu Hermann, und gemeinsam trugen sie die Kiste bis zu der genannten Stelle.
Dann war Hazecha bei Uta. »Ich bitte den Knecht, die Kiste mit meinen neuen Arzneien direkt in den Kräutergarten zu tragen.« Sie lächelte verwegen.
Da ergriff Uta Hazechas Hände. »Deine Augen und deine Erinnerung werden Esiko seiner gerechten Strafe zuführen. Gleich nach meiner Rückkehr werde ich ein Schreiben an die Kaiserin aufsetzen und mit dir als Augenzeugin darum bitten, Anklage erheben zu dürfen. Sobald ich Rückantwort erhalten habe, schreibe ich dir und wir bringen es gemeinsam zu Ende.«
»Sofern der Äbtissin meine Abwesenheit aufgefallen ist, wird sie mich vielleicht nicht mehr aus den Augen lassen«, gab Hazecha zu bedenken. »Deine Briefe aus Naumburg wird sie abfangen und in ihren Kamin werfen.«
»Da magst du recht haben.« Angestrengt dachte Uta nach. »Ich habe einen Einfall! Sobald die Kaiserin mir geantwortet hat, sende ich einen Boten nach Gernrode, der als Kranker mit der Bitte um Heilung Einlass in deine Krankenstation wünschen wird. Ich schicke dir unseren jungen Stallburschen – er ist der schnellste Reiter, den ich je gesehen habe. Er wird nach Luft ringen und angeben, von der Tollkirsche gegessen zu haben!«

»Oh ja. So machen wir es. Gemeinsam sorgen wir für Gerechtigkeit«, wiederholte Hazecha Utas Worte der vergangenen Nacht und lächelte. »Wenn dein Bote bei mir war, werde ich einen Weg finden, auch ein zweites Mal ungesehen zu entkommen, und zu dir eilen, damit wir die Anklage vortragen können.«

»Das wünsche ich mir so sehr.« Uta bemühte sich, die Tränen zurückzuhalten. »Im Herzen gehören wir zusammen. Lass dir deshalb nie wieder etwas anderes einreden. Versprichst du mir das?«

Hazecha nickte und griff in die Innentasche ihres Gewandes. »Mein Talisman«, flüsterte sie und streckte die flache Hand mit dem einzigen Erinnerungsstück, das sie aus Ballenstedt mit ins Kloster genommen hatte, vor der Schwester aus.

Uta strahlte: »Meine Lieblingsspange!«

»Ich habe sie damals im Burgsaal aufgehoben und wollte sie dir wiedergeben, sobald du wieder gesund wärst«, erklärte Hazecha.

Nun flossen die Tränen doch. Uta ergriff die Spange und hielt sie gegen das Licht der aufgehenden Sonne, so dass die Steine in den vielfältigsten Grüntönen funkelten. »Mutter sagte immer«, begann sie und musste sich zusammenreißen, damit ihr die Stimme nicht versagte, »dass sie meine Augen zum Leuchten bringt, und strich mir dabei über das Gesicht.« Im nächsten Moment spürte sie Hazechas Hand auf ihrer Wange und schmiegte sich an sie.

»Mutter wäre so stolz, wenn sie ›ihre Herrin der Kathedrale‹ jetzt sehen könnte‹, flüsterte Hazecha ihr ins Ohr. »Und ich bin es auch. Nimm die Spange mit und denke dabei an die Kraft, die Hidda von der Lausitz ihren Töchtern verliehen hat.«

Uta umarmte die kleine Schwester. »Das will ich tun!«

Mit dem einsetzenden Nieselregen lösten sich die Schwestern widerstrebend voneinander. Uta brachte Hazecha noch bis vor das steinerne Seitentor der Klostermauer. Dort drückte sie sie ein letztes Mal und winkte ihr zum Abschied.
Nachdem Hazecha durch den Seiteneingang verschwunden war, betrachtete Uta das Schmuckstück mit den hellgrünen Vierkantsteinen erneut. Es sah wirklich wunderschön und ja: kraftvoll aus. Sie steckte sich die Spange über dem rechten Ohr an den Schleier – weit weg von der Klammer mit den Initialen E und U, die über ihrem linken Ohr den Schleier hielt – und ging zu ihren Begleitern zurück.

Einen halben Tag ritten sie nun schon durch die düsteren Wälder des Harzes. Während Hermann und Arnold das Wetter anhand der Wolken zu deuten versuchten, wanderten Utas Gedanken zurück zur elterlichen Burg. Sie fragte sich, wie es so weit hatte kommen können, dass ihr ehemals so schönes Zuhause zu einer Geisterburg verkommen war. Sie sah das große Loch im Dach der schäbigen Kapelle, den betrunkenen Verwalter, der anscheinend alles andere tat, als die Burg zu verwalten, und entsann sich schließlich wieder ihrer ehemaligen Kemenate, die völlig leer gewesen war und nicht einmal mehr ein anständiges Leder am Fenster hängen gehabt hatte.
»Wenn es weiter so regnet, müssen wir eine Rast einlegen, sonst brechen uns die Tiere zusammen. Der Schlamm macht ihnen sehr zu schaffen. Außerdem friert Ihr und müsst Euch unbedingt ausruhen!« Hermann, der vorangeritten war, während Arnold den Schluss ihrer Gruppe bildete, hatte sich zu Uta zurückfallen lassen und sah nun ihre Hände zittern.
Obwohl ihre Gliedmaßen immer steifer wurden, überging Uta seine Sorge um sie. »Bis zur Dämmerung schaffen wir es noch zum Flüsschen Wipper«, sagte sie. »Dort gibt es sicher-

lich ein Gehöft, wo wir nächtigen können.« Nieselregen durchdrang ihren wollenen Umhang und ließ ihn bleischwer an ihrem Körper hinabhängen.
Als die Dämmerung hereinbrach und die Wipper noch immer nicht in Sicht war, fielen Uta die Augen zu. Da war Hermann erneut an ihrer Seite und griff nach den Zügeln ihrer Stute.
»Ihr seid ja völlig erschöpft!«
Ruckartig öffnete Uta die Augen und blickte sich desorientiert um.
»Wir rasten auf dem Hof dort drüben!«, befahl Hermann mit einem sorgenvollen Blick. »Die Wipper erreichen wir dann morgen. Ich reite schon einmal voraus und besorge eine Schlafgelegenheit mit einem Dach über dem Kopf für uns!«
Als sich Uta und Arnold der Einzäunung des Gehöftes näherten, kam Hermann ihnen bereits zu Fuß entgegen. »Sie geben uns zwei Kammern.«
Im Bauernhaus kam von einer Feuerstelle in der Mitte des Raumes eine Kinderschar zur Tür gerannt, um die edlen Fremden anzuschauen oder sogar anzufassen. Das Bauernpaar begrüßte die Reisenden freundlich und bat sie ans Feuer, an dem bereits ein Mann mit gebeugtem Rücken und faltigem Gesicht sowie eine ebenso alte Frau, wahrscheinlich sein Weib, saßen, die geduldig eine Schar Gänse fütterten. Ohne die Gäste nach ihren Namen zu fragen, teilten die Bauersleute ihr Schlachtfleisch mit ihnen.
Uta war so erschöpft, dass sie meinte, nicht einmal mehr aufrecht sitzen zu können. Während sich Arnold und Hermann bereits zum zweiten Mal am Fleisch bedienten, ließ Uta sich ihre Kammer zeigen, die, wie sie von der Bäuerin erfuhr, sonst von ihren zwei Söhnen bewohnt wurde, die dieser Tage jedoch beim Lehnsherrn auf der Burg aushelfen mussten.

Bevor die Bäuerin verschwand, dankte Uta ihr noch für das Richten des Strohsacks in der ansonsten leeren Kammer. Dann entledigte sie sich ihres Umhangs und nahm den Schleier und die Eheklammer ab. Einzig die grüne Vierkantspange ließ sie im Haar. Sie lächelte kurz, weil sie meinte, die Fingerspitzen Hazechas wieder auf ihrer Wange zu spüren, und ließ sich schließlich auf dem Strohlager nieder. Das Mondlicht, das durch das kleine Fenster in die Kammer fiel, erinnerte sie an das Strahlenbündel, das in der elterlichen Kapelle durch das Loch im Dach den Altar beschienen hatte. Wie Blitze tauchten nun die Bilder vor ihr auf: Zuerst sah sie den Bruder, wie er der Mutter ein Kissen auf den Kopf drückte. Dann erschien ihr Hazecha und wie deren kindlicher Körper ohnmächtig in der Gewandtruhe lag, und zuletzt meinte sie wieder Esiko zu erkennen, wie er auf seinem Bett lag und sich von den Knochen der Mutter anbeten ließ.

Selbst nachdem die Geräusche im Erdgeschoss verstummt waren, drehte sich Uta auf dem Strohsack noch immer unruhig von einer Seite auf die andere. Würde ein Spaziergang sie vielleicht beruhigen? Uta erhob sich, öffnete die Tür und horchte in den Flur. Lediglich das Schnarchen der Bewohner und das Rascheln der Gänse im Stroh drangen zu ihr hinauf. Und so ergriff sie ihren Wollumhang, stieg in ihr Schuhwerk und lief die Treppe hinab. Auf dem Hof angelangt, hielt sie auf den Stall zu, wo neben einigen Ochsen und zwei Ackergäulen auch ihre Pferde dösten. Matsch und Stroh klebten unter ihren Schuhen, als sie sich ihrer Stute näherte. Sie strich dem Tier über den Hals und lehnte sich gegen seine warme Flanke. »Ach Mutter«, seufzte sie. Nun – wo Hazecha nicht mehr an ihrer Seite weilte – fühlte sie sich erneut mutlos und ausgelaugt. Sie begann zu weinen und ließ sich auf den feuchten Boden sinken. Der Anblick des knienden Skeletts, das

Wissen um Esikos Schändung, das verkommene Heim und ihre Erschöpfung im Kampf um Gerechtigkeit hatten ihr alle Kraft geraubt.
Da legten sich von hinten zwei Arme um sie. »Wein dich aus«, sprach eine rauhe, tiefe Stimme. Zärtlich hob er sie hoch und trug sie hinter den Schuppen, wo ein Feuer knisterte.
Kraftlos, wie sie war, ließ sie es geschehen.
Am Feuer setzte er sie auf einen gefällten Baumstamm, ließ sich neben ihr nieder und streichelte ihr mit der Hand über Kopf, Schultern und Rücken. Unter seinen Berührungen ging ihr Weinen in ein Schluchzen über. Als es beinahe ganz verstummt war, wiegte er sie in seinen Armen.
»Ich bewundere dich, Uta von Ballenstedt«, sagte Hermann und strich ihr durch das offene Haar, das einzig an der rechten Seite noch von der grünen Spange gehalten wurde. »Ich bewundere dich, seit ich dir das erste Mal begegnet bin.« Er glaubte einen Hauch von Gänseblümchen zu riechen.
Die vertraute Anrede gab Uta das Gefühl von Geborgenheit. Ohne auch nur eine einzige Handbreit Abstand zwischen ihnen zuzulassen, schaute sie mit verweinten Augen zu ihm auf. Sein Haar war zu dieser späten Stunde schon etwas wirr, und im Schein des Feuers glaubte sie, die hellbraunen Punkte in seinen Augen tanzen zu sehen. All die Sanftheit in seinem Gesicht, die leicht gebogene Nase, die Fältchen um seine Augen und die Bartstoppeln, beruhigten sie auf eine ihr bisher unbekannte Weise.
»Du bist mutig, neugierig, klug und gleichermaßen bezaubernd«, fuhr er fort, während seine Hand wieder über ihren Rücken strich. »Die Anklage vor dem Kaisergericht wird dir gelingen.«
Uta löste sich aus seiner Umarmung. »Die Mutter hat es verdient, dass ich ihr zur Gerechtigkeit verhelfe«, sagte sie nach

einem Moment der Stille. Dann ließ sie den Kopf an seine Schulter sinken. »Sie liebte Narzissen«, fügte sie hinzu.
»Du wirst es schaffen, für Gerechtigkeit zu sorgen«, sagte Hermann, während er Uta wieder im Arm wiegte.
Sie fühlte sich unendlich geborgen. »Ihr seid mein Beschützer, Hermann von Naumburg.« Er war es schon damals, dachte sie, im Buchenforst von Burg Ballenstedt, im Schlamm in den Alpen. Dann in Rom im Krankenhaus und schließlich beim Bau der Kathedrale. Kein anderer als er hätte sich getraut, einer Frau die Arbeit am Reißbrett oder die Anwerbung von Handwerkern zu übertragen.
Gedankenversunken hielt Hermann in seiner Streichelbewegung inne. »Ich bringe dir nur Unglück«, sagte er plötzlich mit veränderter Stimme und schob sie vorsichtig von sich. »Verzeih!« Er erhob sich und trat vor das knisternde Feuer.
Irritiert meinte Uta: »Was soll ich Euch verzeihen?«
»Was du mir verzeihen sollst?«, fragte er, während er scheinbar geistesabwesend ins Feuer starrte. Er war verwirrt und konnte nicht mehr beurteilen, was richtig oder falsch, was tödlich und was erfüllend war. Er drehte sich wieder zu Uta um, und sie fühlte, wie sein Blick ihr Gesicht streichelte.
Sie erhob sich und trat vor ihn.
»Dass ich dir zugetan bin«, sagte er und konnte nicht anders, als seine Lippen auf die ihren zu drücken.
Zaghaft erwiderte Uta seinen Kuss, genoss seine Zärtlichkeiten und seine Wärme. Es war ihr erster Kuss und sie wollte nicht, dass er endete. Sie fühlte sich wie in einem Kokon, in dem all das Leid der vergangenen Tage keinen Platz fand.
Berauscht löste Hermann die Lippen von ihren und nahm ihren Kopf zwischen seine Hände. Glücklich und voller Verlangen betrachtete er ihre feinen Gesichtszüge: die geschwungenen Brauen, die wundervollen Augen mit den unendlich lan-

gen Wimpern, die zierliche Nase mit ihrem kräftigen Rücken und den kleinen Mund mit den vollen Lippen. Niemals würde er genug davon bekommen können.
»Warum hast du deinem Bruder damals den Vortritt gelassen?«, fragte Uta zaghaft. Ganz selbstverständlich war auch ihr nun die vertraute Anrede über die Lippen gekommen.
Widerstrebend ließ Hermann ihren Kopf los und blickte betreten zu Boden.
»Verzeih, wenn ich ...«, wollte Uta ihre Frage zurücknehmen. Doch Hermann schüttelte den Kopf, zog sie mit dem Rücken vor seine Brust und legte von hinten seine Arme um sie. Gemeinsam blickten sie in das Feuer, während er sprach: »Es begann mit Reglindis. Sie war jung, fröhlich und gesund.« Er räusperte sich, weil er noch nie jemandem zuvor von seiner Angst erzählt hatte.
Uta erinnerte sich, dass der Vogt ihr bei der Einführung in den Burghaushalt kurz von Hermanns erster Gattin erzählt hatte. Sie schloss die Augen, legte ihren Kopf an seine Schulter und lauschte seinen Worten. Hermann küsste ihre grüne Spange und erzählte weiter: »Dann trug sie mein Kind unter dem Herzen und starb bei der Niederkunft.«
Uta spürte, wie Hermann sie fester an sich drückte.
»Sie war so lebensfroh und unschuldig und brachte so viel Licht in unsere düsteren Mauern. Ich würde es nicht ertragen, wenn dich das gleiche Schicksal ereilte.«
Ohne sich aus seiner Umarmung zu lösen, wandte Uta sich zu ihm um. »Du hast Angst, dass ich sterbe?«
Hermann nickte betroffen. »Dass ich dich verliere.«
Daraufhin schloss sie die Augen und führte ihren Mund ganz nahe vor seinen, bis sie seinen Atem spürte. Sie küsste ihn vorsichtig, als seien seine Lippen zerbrechlich, und spürte ein Kribbeln, als seine Zungenspitze ihre Unterlippe berührte.

Sie hatte noch nie zuvor einen Mann geküsst und war berauscht von der Intensität ihrer Gefühle. Sie genoss es und erwiderte sein Verlangen, indem sie ihre Hände über seine Oberarme hinauf zu seinem Hals gleiten ließ.
Während sie vorsichtig Zärtlichkeiten austauschten, war die Feuerstelle weiter heruntergebrannt. Behutsam löste Hermann die Umarmung und bedeutete Uta, wieder auf dem Baumstamm vor der Feuerstelle Platz zu nehmen. Bedächtig legte er Holz nach, dann sagte er wie nebenbei: »Ich möchte dich nicht weiter in Verlegenheit bringen.« Sein Blick hielt dem ihren nur kurz stand.
In Verlegenheit bringen? Uta versuchte, seinen Blick wieder einzufangen.
Doch da fügte Hermann schon erklärend hinzu: »Du bist eine verheiratete Frau, und auf Ehebruch steht der Tod. Dieser Gefahr möchte ich dich nicht aussetzen, auch wenn ich mir nichts mehr wünsche als ...« Ihm brach die Stimme – noch nie zuvor hatte er eine Frau so sehr begehrt, allein schon ihre Küsse ... doch es durfte nicht sein, auch wenn es ihn dabei innerlich schier zerriss.
Unweigerlich verschränkte Uta ihre Arme hinter dem Rücken. Seit der Vater ihr nach dem Eklat im Ballenstedter Buchenforst vorgeworfen hatte, eine Sünderin zu sein, hatte sie stets alles unternommen, um diesen Verdacht nie mehr auf sich zu ziehen. Und dennoch verspürte sie diesen unbändigen Drang zurück in seine Arme.
Aufgeregt begann sie in Gedanken das Protokoll des einstigen Paderborner Hoftags zu überfliegen, gemäß dem Oda von Wandersleben des Ehebruchs für schuldig befunden worden war. Nicht eines Kusses oder einer Umarmung wegen, entsann sich Uta, sondern weil sie außerhalb ihrer Ehe die geschlechtliche Vereinigung vollzogen hatte.

»Eine Umarmung zwischen zwei einander verbundenen Menschen ist keine Sünde«, erklärte sie daraufhin. »Nur wohltuend, vielleicht sogar heilend, meint Ihr nicht?«, fügte sie mit einem verträumten Blick ins Feuer und dann zu Hermann hinzu.
Ein Lächeln huschte über Hermanns Gesicht, und er setzte sich wieder neben sie. Ohne seine Antwort abzuwarten, legte Uta den Kopf an seine Schulter. Sie schloss die Augen und träumte sich noch enger an seinen Körper heran und in seine Gedanken hinein. Träume konnten ebenfalls keine Sünde sein.
Hermann wiederum legte den Arm um sie und sog erneut ihren Duft ein. Seine überbordenden Gefühle für diese Frau, die ihn auf so vielfältige Weise berührte, zurückzuhalten, kostete ihn mehr Kraft, als es die zurückliegenden Feldzüge ins polnische Grenzgebiet in der Summe getan hatten.
Derart aneinandergeschmiegt verharrten sie, bis die Hähne bei Tagesanbruch zu krähen begannen. Als die Geschäftigkeit auf dem Bauernhof einsetzte, erhoben sie sich, lächelten sich vertraut zu und gingen wortlos zurück ins Haus. Gemeinsam aßen sie mit Arnold einen Morgenbrei und einige der Fleischreste vom Vorabend, bedankten sich danach bei der Bauernfamilie und entlohnten sie für ihre Gastfreundschaft.
»Wir sollten weiter!«, sagte Hermann, tätschelte seine Pferde und saß auf dem vordersten auf. Dabei blickte er wehmütig zu der kargen Scheune zurück und dann zu Uta, die im Begriff war, ihr Bündel am Sattel ihrer Stute zu befestigen.
Arnold war inzwischen von seiner Erkältung genesen und legte trotz der anhaltend matschigen Wege ein mächtiges Tempo vor. Am zweiten Tag ihrer Rückreise kamen sie bis zu einem schmalen See, der sich an die letzten Ausläufer des unteren Harzes schmiegte. Das dortige Kloster bot ihnen eine Über-

nachtung. Der Abt, der vom Schleier der heiligen Plantilla gehört hatte, hielt Hermann die gesamte Nacht mit Auskunftsersuchen zur Reliquie von der Rückkehr in seine Zelle ab.
Auch Uta hatte keinen Schlaf finden können. Sie träumte davon, dass Hermann ihren Mund, ihre Halsbeuge und die Innenseiten ihrer Arme liebkoste. *Es gibt Punkte am Körper einer Frau, die, wenn man sie ganz sacht berührt, vor Freude anschwellen.* In Erinnerung an die Weisheiten von Mechthild und Adriana lächelte sie.
In der Nacht des dritten Tages, sie hatten ein Lager im Anwesen des mit Hermann befreundeten Grafen von Nebra gefunden, lag Uta erneut schlaflos danieder. Ihre Gedanken kreisten um die baldige Ankunft in Naumburg: Sie wusste, dass sie in ihr Leben mit Ekkehard zurückkehren musste. Natürlich wollte sie wieder an das Reißbrett und gemeinsam mit Meister Tassilo und Hermann den Bau betreuen, doch der Preis dafür war hoch. Sie würde in Naumburg auf die Zweisamkeit mit Hermann – auf die Geborgenheit, die er ihr schenkte – verzichten müssen.
Am vierten und letzten Tag brach der Winter herein, und gemeinsam mit den ersten Schneeflocken erreichten sie am Abend die heimatliche Vorburg, die bis auf wenige Wachhabende leer war. Als sie vor der Scheune der alten Schmiede hielten, drangen Kinderstimmen zu ihnen.
Als Erster saß Arnold ab und klopfte an die Tür.
»Arnold?« Uta zögerte, stieg dann aber ebenfalls vom Pferd und trat neben den Küchenmeister. Das Rot seiner Haare schien ihr während der gemeinsam verbrachten Tage verblasst zu sein. »Das werde ich Euch nie vergessen. Ich danke Euch von Herzen.« Kurz drehte Uta sich Hermann zu, der Arnold bestätigend zunickte, und fuhr fort: »Ohne Euch hätten wir das alles nicht geschafft.«

»Gerne, Gräfin!« Ein zufriedenes, wenn auch erschöpftes Lächeln zog über das Gesicht des Küchenmeisters.
»Arnold! Uta!« Mit einem Talglicht war Erna vor die Tür der Schmiede getreten. Als Nächstes erblickte sie Hermann und verbeugte sich. »Markgraf.«
»Papa ist zurück, Papa ist zurück!«, riefen Luise und Selmina, liefen auf ihren Vater zu und klammerten sich an dessen Beine. Derweil schloss Uta Erna in die Arme und flüsterte ihr ins Ohr: »Du hast einen guten Mann.«
Erna löste sich aus der Umarmung und beäugte Uta überrascht. »Du hast recht«, sagte sie dann stolz und zog Arnold und die Kinder mit sich ins Haus.
Hermann saß nun ebenfalls ab und fasste die Pferde an den Zügeln. Nebeneinander gingen sie gedankenversunken zwischen den Ständen der Zimmerer vorbei auf die Hauptburg zu.
»Hörst du das?«, fragte Hermann. »Es klingt wie die Stimme eines Kindes.«
Uta lauschte. »Da weint jemand, und es kommt von der Baustelle. Wir müssen helfen.«
Gemeinsam betraten sie die Kathedrale an der Südseite.
Da streckte Hermann seinen Arm aus und bedeutete ihr mit der Hand, nicht weiterzugehen. »Bischof Hildeward«, flüsterte er, woraufhin Uta nickte.
Entsetzt beobachteten sie den befremdlichen Ritus des Bischofs, der sich vollkommen nackt mit ausgebreiteten Armen auf den Glasschrein des heiligen Schleiers gelegt hatte und dabei vor sich hin murmelte. Weil seine Worte von Schluchzern unterbrochen und verzerrt wurden, verstanden sie nur einige Satzfetzen wie Entsagung, Entblößung und Sünde.
Uta wandte sich augenblicklich ab. »Während unserer Abwesenheit hat sich nichts verändert.«

»Manches ändert sich auch nie.« Hermann deutete auf den Ausgang. »Lass uns die Pferde unterstellen. Die Knechte sollen sie gleich abreiben.«
Vor den Stallungen leitete Hermann die Verabschiedung ein und schaute sie dabei liebevoll an. »Ruh dich aus, die vergangenen Tage waren sehr anstrengend.« Dann wischte er ihr zärtlich eine Schneeflocke von der Wange.
Uta lächelte und erwiderte seinen Blick. »Vielen Dank, dass du gekommen bist. Es war wunderschön.« Dann holte sie die Spange des Gatten aus der Tasche ihres Umhanges hervor, befestigte sie an der gewohnten Stelle über dem linken Ohr und verabschiedete sich.
Traurig schaute Hermann ihr nach.

Erschöpft und in durchnässten Gewändern betrat Uta ihre Kemenate. »Die Kammer ist schon beheizt?«, wunderte sie sich, doch sicher hatte Katrina ihre Ankunft bereits bemerkt. Uta legte den Wollumhang ab und trat an den Kamin, um sich die Hände zu wärmen.
»Das also habt Ihr all die Mondumläufe getan, während ich in Polen mein Leben riskierte! Ihr weiltet außerhalb der Burg und habt damit Eure Pflichten hier vernachlässigt!«
Erschrocken zog Uta ihre Hände zurück und drehte sich in Richtung der Stimme am Fenster: Hinter ihrem Schreibpult stand Ekkehard.
»Euch scheint eine Auflösung unserer Ehe willkommen, könnte ich meinen. Ihr lasst die Chance verstreichen, mit mir das Bett zu teilen. Ich bin seit zwei ganzen Tagen wieder in Naumburg.«
»Ich wusste nicht, dass Ihr früher zurückkehren würdet. Ihr hattet Eure Heimkehr für das Fest Christi Geburt ankündigen lassen.« Und dies lag noch einen ganzen Mondumlauf entfernt.

»Unser Vormarsch stieß nirgends auf ernsthaften Widerstand. Trotz des Umstands, dass Böhmenherzog Udalrich uns seine Unterstützung kurzfristig versagte, konnten wir den Feind endlich aufspüren und von Osten und Westen kommend in unserer Mitte zusammenquetschen.« Ekkehard unterstrich das Gesagte, indem er Mittelfinger und Daumen aufeinanderpresste. »Mieszko hat daraufhin um Waffenruhe gebeten.«
Uta versuchte, dem Gatten aufmunternd zuzulächeln. »Dann herrscht nun Frieden an der Ostgrenze?«
»Sehr wohl! Der Pole hat sofort alle Bedingungen akzeptiert. Sein Bruder Bezprym wird nun die Macht in Polen übernehmen! Er hat an der Seite von Großfürst Jaroslaw für unseren Kaiser gekämpft.«
»Aber dann gibt es ja einen Grund für ein Festmahl«, sagte Uta.
Mit einem strengen Blick entgegnete Ekkehard: »Das hatte ich bis zu diesem Moment auch vorgehabt. Aber Ihr habt mir die Lust darauf gründlich verdorben!«
»Ich wünsche keine Auflösung unserer Ehe«, rechtfertigte Uta sich und beobachtete mit dem nächsten Atemzug nervös, mit welcher Grobheit Ekkehard die leicht zerbrechlichen Pergamente auf dem Schreibpult befingerte.
»Wo wart Ihr?«, fragte Ekkehard harsch.
»Ich war in Gernrode bei meiner Schwester.« Im Weiteren sann Uta darüber nach, ob sie Ekkehard ihren Kampf um Gerechtigkeit offenbaren musste, schließlich waren sie vor Gott vereint worden. »Meiner Schwester ging es sehr schlecht«, meinte sie dann aber nur.
»So, so, Eure Schwester also«, kommentierte Ekkehard und hob eines ihres Pergamente vom Pult, um es ausgiebig zu betrachten. »Und Ihr wolltet in der Stunde ihres Dahinschei-

dens ihre Hand halten?«, fragte Ekkehard spöttisch. »Dann habt Ihr Eure Schwester also zu Grabe getragen?«
»Nein, Hazecha lebt!«, entgegnete sie energisch. Während der Gatte sie im Schein des flackernden Feuers betrachtete, schaute Uta auf das Pergament in seinen Händen. Sie erkannte eine Detailzeichnung für die Gewölbe der Seitenschiffe.
»Es ist Eure Pflicht«, erhob Ekkehard seine Stimme, »dass Ihr mir uneingeschränkt zur Verfügung steht! Schwester hin oder her!«
»Ihr hättet einen Boten schicken können«, versuchte Uta den Gatten zu besänftigen, »dann hätte ich den Besuch in Gernrode anders eingerichtet.«
»Einrichten möchte sich meine Gattin also!«, entgegnete er empört. »Vom heutigen Tag an erwarte ich, dass Ihr mich für jeden Gang, der Euch außerhalb der Burgmauern führt, um Erlaubnis bittet!«
»Für jeden Gang außerhalb der Burg?«, wiederholte Uta und hatte Mühe, die Ruhe zu bewahren. »Aber es ging um meine Familie. Versteht das doch!« Bei dem Wort Familie musste Uta unwillkürlich an Alwine denken, die, so hatte Hazecha ihr auf ihre Frage hin berichtet, nun auf dem Weg nach Italien war, um dort Mutter und Vater zu finden.
»Ich soll Euch verstehen?«, fragte Ekkehard und trat hinter dem Schreibpult hervor. »Ein Mann soll sein Weib verstehen? So weit kommt es noch!« Er hielt das Pergament mit dem Gewölbestein vor Utas Augen. »Es wäre besser, wenn Ihr verstündet, dass Eure Unterstützung beim Bauzeichnen in meiner Hand liegt!« Ungeachtet des nahen Kamins, ließ er die Zeichnung zu Boden fallen. »Ich bin es müde, Eure Pflichten einzufordern«, setzte er nach und verließ die Kemenate.
Uta hob das Pergament auf, legte es zurück auf das Schreibpult und schaute aus dem Fenster in den nächtlichen Himmel.

Tatsächlich hatte sie die drohende Verstoßung während der Reise ganz vergessen. Dabei lag die Lösung auch dieses Problems in der Anklage des Bruders! Wenn Ekkehard erkannte, dass sie, genauso wie er es an der Ostgrenze tat, für Gerechtigkeit kämpfte, würde er ganz bestimmt von der Auflösung der Ehe absehen.
Uta atmete tief durch. Ihr Glück und ihr Seelenheil standen und fielen mit der Anklage!

»Gräfin?«, fragte Meister Tassilo und schaute von seinem Schreibtisch auf. »Können wir Euren Teil der Materialplanung für den dritten Bauabschnitt morgen besprechen?«
Uta schaute auf die Unterlagen vor sich und überschlug die Zeit, die sie noch brauchen würde. Seit ihrer Rückkehr aus Ballenstedt vor zwei Mondumläufen hatte sie weitere Zeichnungen fertiggestellt und über der Planung für den dritten Bauabschnitt gesessen. Neben der Beschaffung von Arbeitskräften war sie nun auch noch für die rechtzeitige Bereitstellung der Baumaterialien für die Westtürme verantwortlich. Die Beschaffung der Baumittel für den Westchor plante dagegen Meister Tassilo und die für die Osttürme Hermann. »Einen Tag werde ich noch benötigen, Meister«, resümierte Uta schließlich und beugte sich tiefer über ihren Schreibtisch. Doch die Zahlen auf der vor ihr liegenden Wachstafel verschwammen und formten auf einmal Hermanns Gesicht. Zudem meinte sie, seine Stimme zu hören. Erst gestern hatte er vor der versammelten Runde im Burgsaal gestanden und von seinem Bittschreiben an den Kaiser gesprochen, in dem er diesen um Zins- und Handelsfreiheit für nach Naumburg zuziehende Kaufleute bat. Er hatte von einem Markt gesprochen, der direkt auf der Dombaustelle erwachsen sollte. Ein kleiner Markt zunächst nur, für den während der Bauzeit ein-

mal pro Mondumlauf Steingut weggeschafft werden sollte, um den Handel zu ermöglichen. Lächelnd erhob sich Uta und trat vor das Fenster. Wie sanft die Natur doch ist, dachte sie, als sie eine Schneeflocke erblickte, die sich auf dem Glas zwischen zwei Fensterverstrebungen niedergelassen hatte. Uta neigte den Kopf und meinte, sogar die kristallenen Strukturen zu erkennen. Um die Flocke besser betrachten zu können, führte sie ihre Hand vor die Fensterscheibe. Die Flocke jedoch schmolz noch vor ihrer Berührung. Mit einem sehnsüchtigen Blick schaute Uta über die abendliche Baustelle zum Mond hinauf, der einen vollen Kreis zeigte. Dann griff sie nach dem Stückchen Pergament in ihrem Gewand, das ihr Katrina am Morgen überbracht hatte, und vergewisserte sich, dass Meister Tassilo ihr und dem Pergament keine Aufmerksamkeit schenkte. Zum unzähligsten Male faltete sie es, mit dem Rücken zu den Schreibtischen, auseinander und las lautlos: »Darf ich dich zu Vollmond in die kleine Burgkirche bitten? Lass uns dort gemeinsam beten. *Dies diem docet.*«

Und ebenfalls zum unzähligsten Male fragte sie sich, ob sie Hermann in die Kirche folgen sollte. Seit ihrer Rückkehr aus Ballenstedt hatte sie ihn oft nur aus der Ferne auf der Baustelle gesehen. Sofern er für die Materialplanung oder die morgendlichen Besprechungen in der Turmkammer erschien, war stets auch Meister Tassilo zugegen. Anstatt Hermanns Nähe genießen zu können, hatte sie in den vergangenen Wochen den launischen Gatten, der nun an den Kaiserhof aufgebrochen war, ertragen müssen.

»Macht doch einmal eine Pause, Gräfin«, empfahl Tassilo, der Uta ebenso liebevoll anschaute wie ein Vater seine Tochter oder ein Meister seinen Schützling. »Es ist ja schon Nacht. Vielleicht tut Euch etwas Abstand von der Planung gut. Tretet doch vor die Tür und atmet ein wenig frische Luft.«

Verwundert schaute Uta den Meister an und ließ den Pergamentschnipsel unauffällig wieder in ihrem Gewand verschwinden. Ob er ahnte, was sie eben noch in ihren Händen gehalten hatte? Dann nickte sie Tassilo kurz zu und trat mit pochendem Herzen ins Freie. Es war eine klare Winternacht, die Kältewölkchen vor ihrem Mund aufsteigen ließ. Warum soll ich **nicht** gemeinsam mit ihm beten?, dachte sie und ging durch das seltsamerweise noch geöffnete innere Tor in die Vorburg und schaute zum fernen Ostchor hinter der Burgkirche hinauf. Ihr Gang beschleunigte sich wie von selbst.
Die Hand an der Tür der kleinen Kirche, hielt sie inne und lauschte. Der Wind trug ein Flehen von der Kathedrale zu ihr hinüber – das ist Bischof Hildeward, war sie sich sicher. Selbst im Winter schien er jeden Abend vor dem Schleier zu beten. Solange er sich jedoch in der Kathedrale aufhielt, konnte er wenigstens nicht neben den Zeichentischen stehen und mit Argusaugen die Arbeiten in der Turmkammer überwachen. Verständnislos schüttelte sie den Kopf und öffnete schließlich die Tür. In der kleinen Burgkirche herrschte vollkommene Stille. Nicht einmal das Säuseln des Windes war hier drinnen zu hören. Uta blickte sich um. Die Kirche war menschenleer. Sie kniete nieder, machte das Kreuzzeichen und sprach ein kurzes Gebet für die Mutter, für Hazecha und für die Kathedrale. Dann schritt sie auf den Altar zu. Als sie dort auf den hellen Treppen, die zur Krypta führten, ein Licht flackern sah, stieg sie hinab.
»*Dies diem docet*, Uta von Ballenstedt«, trat ihr Hermann sogleich entgegen. »Schön, dass du meiner Bitte gefolgt bist.«
Uta blickte auf und antwortete ihm mit einem Lächeln.
»Lass uns gemeinsam beten«, sagte er und führte die vertrauliche Anrede, zu der sie in ihrer Nacht am Feuer übergegangen waren, wie selbstverständlich fort.

Sie traten vor die Wand mit dem steinernen Jesuskreuz, das links und rechts von Säulen geziert wurde, die dem ansonsten schmucklosen Raum etwas Eigentümliches verliehen. Keine Handbreit voneinander entfernt falteten sie die Hände und hielten Zwiesprache mit dem Herrn.
»Mutter«, begann Uta ihr stummes Gebet. »Stellt Euch vor, ich habe einen Brief an die Kaiserin verfasst, mit der Bitte, meine Anklage gegen Esiko vorbringen zu dürfen. Wenn sie von meiner Augenzeugin liest, wird sie meinem Begehr bestimmt zustimmen.« Davon, dass Hazechas Zeugenaussage keinen Zweifel an der Schuld des Bruders ließ, hatte sie der Mutter bereits wenige Tage nach ihrer Rückkehr aus Ballenstedt berichtet.
»Wie geht es dir?«, fragte Hermann schließlich und öffnete die Augen.
»Die Planung für den dritten Bauabschnitt kommt voran«, entgegnete sie, während das Licht der Fackel, das die kleine Krypta schwach erhellte, ihr Gesicht mit einem samtenen Schimmer überzog. »Morgen schon will Meister Tassilo sie besprechen.«
»Und mit deiner Familienangelegenheit?«, setzte er nach, amüsiert über den Umstand, dass sie stets zuerst vom Kathedralbau sprach.
»Ich habe heute Morgen einen Boten zur Kaiserin geschickt«, erklärte Uta mit gesenkter Stimme, »mit einem Schreiben, das meine Bitte zur Anklage enthält. Wenn sie zustimmt, und ich bete innig, dass sie dies bis zum Ende des Sommers tun wird, werden Hazecha und ich die Anklage im kaiserlichen Winterlager im Speyergau vortragen.«
»Kennt dein Bruder eure Pläne?«
Sie schüttelte den Kopf. »Niemand weiß davon, außer Hazecha, dir, der Kaiserin und mir.«

»Wie kann ich dir helfen?«, fragte Hermann und verspürte eine Woge des Glücks in sich aufsteigen, weil sie ihn noch vor der Kaiserin aufgezählt hatte. »Graf Esiko lässt sich sicherlich nicht ohne Widerstand vor dem Gericht des Kaisers anklagen. Er wird einen Weg suchen, dies zu verhindern oder zumindest zurückzuschlagen. Und inzwischen reicht sein Einfluss auch weit bis in die Kreise des Kaisers.«

»Ich kenne meinen Bruder«, sagte Uta und ihre Miene verfinsterte sich. »Ich bin mir bewusst, dass ich jedes Wort und jeden Schritt sorgfältig überlegen muss.«

»Versprich mir, meine Hilfe anzunehmen, wenn du sie benötigst, und versprich mir außerdem, vorsichtig zu sein.«

Utas Gesicht entspannte sich auf seine Worte hin. Sie fühlte sich wieder geborgen. »Ich verspreche es.«

Er nickte und ging auf die Treppe zu. Uta folgte ihm und ergriff seine Hand. Begleitet von einem behaglichen Seufzer seinerseits schmiegte sie ihre Hand in die seine, gerade so, als wären es ihre Körper. Mit dem ersten Schritt in die Halle der Burgkirche lösten sie ihre Hände wieder voneinander. Ein flüchtiger, sehnsüchtiger Blick folgte. Und als Uta in die Turmkammer zurückgekehrt war, schien es ihr bis zum nächsten Treffen unendlich lange. Doch mehr als ein Beisammensein zu Vollmond durften sie nicht riskieren, wollten sie ihrer Gefühle noch Herr bleiben und keinerlei Aufmerksamkeit auf sich ziehen.

»Alles Nichtigkeiten!«, kommentierte Aribo und zerbröselte das Pergament des Naumburger Bischofs – das achte seiner Art – mit den Fingern. Fensterbögen, die rund wie die Brüste einer Frau geformt sind; Steinmetze, die in betrunkenem Zustand hölzerne Schablonen vor den Altar geworfen hatten. Aribo von Mainz benötigte mehr, um den Bau der Naumburger Kathedrale ins Wanken zu bringen. »Sucht mir das Pergament des Meißener Markgrafen heraus«, befahl er seinem Kaplan.

»Das Bankett kann jeden Augenblick beginnen«, erinnerte Wipo ihn und reichte ihm das gewünschte Pergament aus dem Stapel vor sich. Alle Bittschreiben an den Kaiser durchliefen die Schreibstube der Hofkanzlei und damit auch Aribos Schreibpult. »Der Großfürst Jaroslaw von Kiew schreitet bereits auf den großen Saal zu, Exzellenz.«

Aribo schaute vom Pergament auf. »Habt Ihr Euch persönlich überzeugt, dass alles für das Fest gerichtet ist, Kaplan?« Es war ein kluger Schachzug gewesen, den russischen Herrscher nach den jüngsten Vorkommnissen hier in Mainz unter seiner Führung mit dem Kaiser zusammenzubringen: Das durch die Bedingungen der Waffenruhe stark verkleinerte Herzogtum Polen hatte sich seines neuen Herrschers Bezprym nur kurz erfreuen können – er war vor kurzem ermordet worden. Und Mieszko trat dem Kaiser derart gestärkt entgegen, dass er die vor keinem Jahr zugesicherten Friedensbedingungen nun als unannehmbar zurückwies. Aribo schnalzte mit der Zunge.

»Es wird für zweihundert erlesene Gäste aufgedeckt«, erklärte Wipo. »Wir haben keine Kosten gespart, wie Euer Exzellenz befohlen haben.«

Aribo nickte knapp und konzentrierte sich wieder auf das Pergament in seinen Händen. Darin bat der Meißener Markgraf den Kaiser, Kaufleute aus Gene umgehend zur Übersiedlung nach Naumburg bewegen zu dürfen, indem er ihnen mit kaiserlicher Vollmacht Grund und Boden mit Zinsfreiheit, freiem Verfügungsrecht sowie Handelsfreiheit gewährte. Zudem fragte Hermann von Naumburg das Marktrecht nach. Er schrieb von der vorteilhaften Nähe der Stadt zur königlichen

Handelsstraße, die von Mainz kommend, vorbei an seiner Burg, in die slawischen Reichsgebiete führte. Der Transport von Waren würde damit auf direktem und viel begangenem Weg sichergestellt sein. »Ihr könnt jetzt gehen«, forderte Aribo, ohne von dem Schreiben aufzusehen.
Nachdem sein erster Kaplan die Arbeitskammer verlassen hatte, trank Aribo einen Schluck vom bereitgestellten Wein und sank zurück in seinen Stuhl. »Wenn ich schon den Heiligen Vater in den Griff bekommen habe, sollte mir das Gleiche erst recht mit dem Naumburger Markgrafen gelingen«, murmelte er vor sich hin, nachdem die Angelegenheit um den Entzug seines Palliums nun erst einmal wieder in den tiefen Wassern des Vatikans ruhte. Endlich!, dachte Aribo. Doch er würde weiterhin vorsichtig sein müssen. Neuer Papst war nun Theophylakt. Gerade zehn Jahre alt und wieder aus dem Hause der Tusculaner. Der Neffe seines Vorgängers. Aribo trank aus und erhob sich. Besonnen legte er seine rote, festliche Dalmatika um, die ansonsten jedoch so schlicht gehalten war, dass sie seinem Pallium, das Aribo nunmehr im Begriff war, sorgfältig zu plazieren, keinesfalls die Aufmerksamkeit stehlen konnte.
Doch bevor er sich zur Runde der Herrscher gesellte, überließ er das Bittschreiben des Naumburger Markgrafen erst noch dem alles verzehrenden Feuer seines Kamins.

Teil IV – die Krone aller Anstrengung

Die Jahre 1032 bis 1038

11. Vollmond

Mehr als wollene Decken können wir vielen unserer Patienten als Lager derzeit nicht bieten. Schaut dort drüben, Gräfin.« Schwester Margit deutete auf eine Reihe von Kranken, die dicht gedrängt nebeneinander auf dem Boden lagen, und sagte: »Bitte folgt mir auch in den hinteren Raum.« Dort angekommen, beugte sie sich zu einem Patienten mit entstelltem Gesicht hinab und strich ihm zur Beruhigung über den Kopf. »Wir möchten niemanden abweisen, der sich Heilung von der heiligen Plantilla wünscht; erst recht nicht, wo nun ein weiterer Zug nach Osten ansteht«, erklärte sie Uta und bedeutete einer Schwester, sich des Mannes anzunehmen.

»Über wie viele zusätzliche Betten reden wir, Schwester Margit?«, fragte Uta mit besorgtem Blick auf die vielen Kranken, obwohl sie der Gedanke an den dritten Feldzug gegen Mieszko weitaus stärker beschäftigte: Was mehr konnten Menschen denn noch tun, als Frieden zu verhandeln und sich auf die Zusage des anderen verlassen. Ein Geruchsgemisch aus Eiter und Kräutern stieg ihr in die Nase.

»Über zwanzig Betten, Gräfin.« Margit tupfte sich mit einem Tuch den Schweiß von der Stirn und reichte einem Patienten frisches Wasser zum Trinken. »Und einen, nein, besser zwei große Räume, in denen wir die Betten aufstellen können.«

Die beiden Frauen traten in den Garten. »Dies ist die Außenmauer der Krankenstation«, erklärte Margit. »Wenn wir für die zwei neuen Räume ein Stück Garten abgeben, haben unsere Pflanzen und das Gemüse immer noch Platz genug. Auch

die letzten Ruhestätten wären davon nicht betroffen.« Unweit der Kräuterbeete ragten Holzkreuze aus dem Boden. Uta schirmte die Augen zum Schutz vor der gleißenden Sonne mit der Hand ab und begann, die Schritte bis zur Außenmauer der Klosteranlage abzuzählen. »Sechsundfünfzig!«, rief sie Schwester Margit zu und eilte dann wieder an deren Seite. »Wenn wir die Hälfte davon für die Erweiterung Eurer Krankenstation hergeben, sollte das ausreichen.«
»Schwester Margit!«, kam da eine Schwester auf sie zugestürzt.
»Nicht so eilig, Schwester Johanna!«, mahnte Margit. »Der Herr hat uns Ruhe aufgetragen.«
»Verzeiht«, entschuldigte sich die Angesprochene, die ungefähr in Utas Alter war. Hastig verbeugte sie sich vor den Frauen. »Als ich gerade unseren Honigwein prüfte, ist mir aufgefallen, dass er eine seltsame Farbe angenommen hat. Wir benötigen im Kelterkeller Eure Hilfe Schwester Margit, sonst könnte das Getränk verderben.«
»Welche Farbe zeigt er denn?«, fragte Margit und erklärte Uta noch im selben Atemzug: »Wir erproben uns gerade darin, unserem Honigwein einmal eine andere, leicht fruchtigere Note zu geben. Einer der verwundeten Kämpfer an der Ostgrenze verstand sich vortrefflich auf die Herstellung von Honigwein und hat mir die Zugabe von Pflaumen empfohlen.«
»Er färbt sich blutrot. Wir müssen etwas unternehmen!«, drängte Schwester Johanna ängstlich. »Eilt Euch!«
»Ich komme, sobald ich kann«, schüttelte Margit den Kopf, während Uta unwillkürlich schmunzeln musste. »Ich bin gespannt auf Euer neues Getränk. Bringt mir doch eine Kostprobe, sobald es fertig ist.«
»Gerne, Gräfin«, bestätigte Margit und wandte sich noch einmal Schwester Johanna zu. »Ich habe mit der Gräfin noch

einiges zu besprechen. Nach dem Mittagsgebet komme ich in den Kelterkeller hinunter und schaue mir unseren Versuch genauer an.«
»Nach dem Mittagsgebet?«, fragte Schwester Johanna und begann, unruhig an ihren Nägel zu kauen. »Da wolltet Ihr doch schon Schwester Erwina helfen, einen neuen Choral zu proben.«
Margit wischte sich mit der Hand über die Stirn. »Eins nach dem anderen. Wir schaffen das schon.«
Mit einer erneuten Verbeugung verließ Schwester Johanna den Garten.
»Ihr kümmert Euch auch um den Weinkeller?«, fragte Uta erstaunt. »Habt Ihr nicht mit der Leitung der Krankenstation alle Hände voll zu tun? Und dann ist da ja noch der Chor, dessen Ihr Euch angenommen habt.«
»Die Äbtissin wünscht es so«, erklärte Margit mit einem hilflosen Schulterzucken und deutete mit dem Kinn auf das Hauptgebäude des Moritzklosters.
Utas Blick fiel auf ein Fenster im zweiten Geschoss direkt über der Krankenstation. Ihr war, als ob dort eben noch die Umrisse Notburgas von Hildesheim zu sehen gewesen wären: mit nur von einem Band gehaltenem offenem Haar, das ihr – gleich dem einer Jungfrau – über Brust und Hüften fiel. Unauffällig befühlte Uta den Sitz ihres Schleiers und führte ihren Blick wieder zu Schwester Margit zurück.
»Verzeiht die Störung, Gräfin«, bat Margit. »Ihr spracht gerade von …«, sie überlegte angestrengt, doch ihr gingen einfach zu viele Dinge gleichzeitig im Kopf herum.
»Wir sprachen von den zwei neuen Kammern für die Krankenstation.« Uta lächelte verständnisvoll. »Sechsundfünfzig Fuß misst Euer Garten in der Breite. Gut dreiundzwanzig Fuß könnten wir davon für den Anbau abtrennen. Ich schät-

ze, dass eine Mauerdicke von einem Fuß ausreichen wird, weil kein gewaltiges Dach darauf lasten wird.«
Margit nickte erstaunt über die Leichtigkeit, mit der Uta vermaß und plante.
»Wir haben noch Gestein von den Fundamenten des Lang- und Querhauses übrig, das wir für die unteren Mauern der Kathedrale nicht verwenden können. Was haltet Ihr davon, wenn wir es für die Erweiterung der Krankenstation nehmen? Der Bau der Kathedrale schreitet schnell voran – vielleicht wird uns Meister Tassilo daher auch ein paar Maurer ausleihen können. In diesem Fall würden die zwanzig neuen Betten noch bis zum Winter ein Dach über dem Kopf bekommen.«
Margit atmete erleichtert auf. »Das wäre ein großes Geschenk für unsere Patienten, Gräfin«, entgegnete sie.
»Dankt später den Handwerkern. Sie freuen sich über Euren Zuspruch und ein Gebet in ihrem Sinne«, empfahl Uta und schaute sich erneut im Garten um. »Sicherlich werden wir auch einiges vom Holzbestand auf der Baustelle verwenden können. Gleich morgen werde ich die Vorräte prüfen lassen.«
»Habt erneut Dank, Gräfin, dass Ihr Euch immer wieder unserer Belange annehmt«, entgegnete Margit.
»Ich stimme mich zügig mit Meister Tassilo ab und lasse Euch und die Äbtissin wissen, wann wir mit der Arbeit beginnen können«, schlug Uta dann vor.
»Gräfin!« Katrina kam schwer atmend in den Klostergarten gerannt. »Die Außenmauer des Gartens misst genau neunzig Fuß!«, verkündete sie das Ergebnis ihres Auftrages, die Länge des Gartens zu vermessen.
»Woher wusstet Ihr …?«, fragte Margit verdutzt.
Uta lächelte. »Dann könnten wir die beiden Kammern viermal so lang wie breit machen«, erklärte sie und verfiel erneut in Grübelei über die Ausführung der Bauarbeiten.

»Während der Vermessung vor der Außenmauer habe ich außerdem einen Boten in die Vorburg einreiten sehen, Gräfin«, berichtete Katrina. »Er trug ein Banner mit der kaiserlichen Krone.«
Daraufhin blickte Uta in die Ferne. »Entschuldigt mich, Schwester!«
»Gott segne Euch, Gräfin, und Gott segne Euch, Fräulein Katrina. Wir schließen die Kämpfer in unser tägliches Gebet mit ein«, verabschiedete sich Margit, nachdem sie die beiden hinausbegleitet hatte und Schwester Kora auf sich zuhalten sah.

Uta eilte über die Zugbrücke der Vorburg an den Unterständen für die Holzvorräte vorbei auf das Tor der Hauptburg zu, wo sie auch schon den Boten sah, dessen Banner tatsächlich die kaiserliche Krone mit der Form eines Oktogons, besetzt mit farbigen Edelsteinen, zeigte.
Nachdem die beiden Wachen in Utas Richtung zeigten, wendete der Bote sein Pferd und ritt ihr entgegen. »Ihr seid Uta von Ballenstedt, die Herrin dieser Burg?«
Uta nickte und erstarrte zugleich, als der Bote ein gesiegeltes Schreiben aus der Satteltasche seines Pferdes hervorholte. »Gibt es schlimme Nachrichten vom dritten Feldzug? Ist dem Grafen etwas ...«
»Eine Nachricht der Kaiserin für Euch.«
Ungeduldig ergriff Uta das Pergament und ließ es in ihrem Gewand verschwinden. »Habt Dank«, sagte sie schließlich. »Wenn Ihr Euch nach der langen Reise etwas stärken wollt, begebt Euch in die Burgküche.« Uta deutete auf die Wirtschaftsgebäude in der Hauptburg.
Nachdem der Reiter dankbar genickt hatte und erneut auf die Wachen der Hauptburg zuritt, ergriff Uta Katrinas Hand. »Begleite mich zur kleinen Burgkirche«, bat sie.

Dort angekommen, ließ sie Katrina im Erdgeschoss zurück und stieg die Treppen zur Krypta hinab. Dieses Mal ohne Begleitung – der nächste Vollmond war erst in einigen Tagen. Mit jedem Schritt hinab meinte sie, seine Hand um die ihre zu spüren. Jeder Vollmondabend war zum Tag ihres gemeinsamen Gebetes geworden.
Uta trat in die Mitte der Krypta. In zwei der Ecken brannte ein Talglicht, das ausreichend Helligkeit bot. Aufgeregt zog sie das Pergament unter dem Gewand hervor. »Das Siegel der Kaiserin«, hauchte sie und strich mit dem Daumen über die unvergleichlich weiche Oberfläche des Pergamentes, das zuvor noch niemals beschrieben worden war. Dann erbrach sie das Siegel und begann, das Pergament zu entfalten. Es war ungewöhnlich dick und ließ sich nur schwer glätten. Das Schriftbild, das sich ihr zeigte, war überaus fein, ohne die geringsten Verläufe oder Verwischungen. Utas Augen flogen über die schwarzen Buchstaben:

Treue Uta, Gräfin von Naumburg.

Mit Wohlwollen und Erschrecken zugleich habe ich Eure Nachricht aufgenommen. Zuerst möchte ich mein Entsetzen angesichts Eurer Schilderung mitteilen.
Danach gelten meine Gebete den Leidenden. Der Allmächtige legt jedem von uns eine Prüfung auf, die es zu bestehen gilt. Die Berichte der kaiserlichen Boten aus den Gegenden des polnischen Herzogtums sprechen von einem schwierigen Vorankommen, aber bisher gibt es keine Verluste zu beklagen. Man berichtete uns sogar, dass der selbstgekrönte König Mieszko nicht einmal mehr tausend Männer hinter sich hat.

Zuversichtlich blickte Uta auf. Würde nun endlich dauerhafter Frieden eintreten? Dann hätte die Kathedrale ihren größten Auftrag erfüllt. Aufgeregt las sie weiter:

Der Grund meines Schreibens ist, dass ich Euch hiermit wissen lasse, dass Kaiser Konrad und ich gedenken, das kommende Fest der Geburt Jesu Christi bei Euch auf dem Burgberg der Kämpfer-Kathedrale mit einer heiligen Messe zu begehen. Dort sollt Ihr auch Gelegenheit finden, Euer Anliegen, für das Ihr mich um Eideshilfe gebeten habt, vor dem kaiserlichen Gericht vorzutragen.
Gott beschütze Euch und die Euren.

Gegeben bei Magdeburg am Fest der Gottesmutter Anna, im Jahre 1032 nach des Wortes Fleischwerdung.
Von Gott erwählte Kaiserin, Gisela von Schwaben

Überwältigt fiel Uta auf die Knie. Endlich war es so weit! Am Tag von Christi Geburt durfte sie vor dem kaiserlichen Gericht Anklage erheben. Lange verharrte sie einfach nur reglos in ihrer Haltung und vermochte ihr Glück nicht zu fassen. Dann kam ihr Hazecha in den Sinn: Ihr musste sie sofort Nachricht senden, dass sie noch vor dem Fest nach Naumburg kommen sollte, um den Kampf um Gerechtigkeit gemeinsam mit ihr zu Ende zu bringen. Wie vor den Mauern des Gernroder Klosters besprochen, würde sie ihr den Stallburschen schicken, der sich an der Pforte nach Luft ringend Zutritt zur Krankenstation verschaffen sollte.
Bis die Schwester eintraf, wollte Uta die Anklage Wort für Wort vorbereiten. Selbst an der Festigkeit ihrer Stimme würde sie arbeiten, damit während ihres Vortrages an dem Wahrheitsgehalt ihrer Worte keinerlei Zweifel aufkommen konnten.

»Ihr seid zurück, Graf?«
»Es herrscht wieder einmal Waffenstillstand im Osten. Ich bin auf der Durchreise!« Esiko betrachtete seinen Verwalter abschätzig. »Du stinkst schärfer als ein Ziegenstall, bleib mir vom Leib!«, brummte er und nahm dann drei Stufen auf einmal, woraufhin von Spungnitz sich entspannt auf der Außentreppe des Wohnturmes niederließ und seinen Weinschlauch vom Gürtel nestelte.

Am oberen Ende der Treppe hielt Esiko inne und warf einen Blick in den Gang, der zu seiner Kammer führte. Hier war er als Kind oft mit Uta um die Wette gelaufen. Verbittert kniff er die Augen zusammen. Auch wenn er stets Erster gewesen war, hatte sie die mütterliche Anerkennung erhalten. Anerkennung, die Hidda von der Lausitz, ihm hätte zollen müssen. Bisher hatte er es noch keinen Augenblick lang bereut, sie – die Wurzel allen Übels, seines Übels – beseitigt zu haben. Dem Vater war es nur recht und danach ein Leichtes gewesen, Gerüchte über das Fleckfieber zu streuen.

Bevor Esiko auf seine Kammer zuging, warf er einen wütenden Blick nach unten auf die Tür der Kemenate, die seine beiden Schwestern einst bewohnt hatten. Die Vorstellung, Uta könnte ihm auch im Erwachsenenleben den Vorrang streitig machen, hatte ihn all die Jahre über dazu angetrieben, seine Stellung auszubauen und Macht zu gewinnen.

Wenn weiterhin alles nach Plan verläuft, dachte er, die Hand bereits am Türschloss, werde ich Uta wieder auf die Ballenstedter Burg zurückholen – als verstoßene Gräfin – ohne Pfründe und ohne jeden Glanz, der dann noch von ihm abzulenken vermochte. Er wäre dann derjenige, der der Familie zu höchster Ehre gereichte. Bald, sehr bald schon würde sie vor ihm knien und bereuen, und zwar an jenem Ort, dessen Riegel er in diesem Moment umlegte: in seiner Kemenate. Als er

die Kammer betrat und zur Bettstatt schaute, stockte ihm jedoch der Atem. Der Platz davor war leer! Aufgeregt schritt er umher und starrte dabei immer wieder auf die leere Stelle. Urplötzlich riss er das Fensterleder beiseite und brüllte nach dem Verwalter. »Von Spungnitz!«
Erschrocken fuhr der Angesprochene zusammen und wankte die Treppen hinauf, so dass ihm der Weinschlauch entglitt und sich die kostbare Flüssigkeit im Hof vergoss.
»Wer verdammt war hier oben?«, rief Esiko erzürnt.
Von Spungnitz zuckte mit den Schultern und wollte schon wieder nach unten gehen, um seinen Schlauch zu retten, als Esiko rief: »Beweg dich sofort zu mir herauf!«
»Was gibt es?«, fragte er, als er nach einer Weile endlich taumelnd die Kammer betrat.
Augenblicklich zerrte Esiko ihn vor die Bettstatt. »Warst du hier oben?«
Von Spungnitz wusste nicht, wie ihm geschah, und schüttelte den Kopf, als er die wutentbrannten Augen seines Herrn auf sich gerichtet sah. »Niemand war hier«, meinte er.
»Du lügst!« Esiko verschärfte seinen Griff um den Hals des Verwalters.
Mit derart zugedrückter Kehle kam von Spungnitz die Erinnerung wieder. Immerhin lag es beinahe ein ganzes Jahr zurück. »Da waren nur Pilger«, antwortete er kleinlaut.
»Pilger?«, schrie Esiko aufgebracht.
Von Spungnitz nickte hastig. »Die waren lange in der Kapelle und nur eine Nacht hier.«
Esiko warf den Mann auf die Bettstatt und setzte sich anschließend auf ihn. »Du hast sie hier heraufgelassen, du Idiot?«
»Sie haben extra bezahlt für die Kammer, Herr«, versuchte dieser sich zu rechtfertigen, als er auf einmal eine Klinge an seiner Kehle spürte.

»Extra bezahlt?«, kommentierte Esiko höhnisch und begann im nächsten Augenblick, die mit Entzündungen übersäte, großporige Haut des Trinkers abzuschaben. »Ich hatte dir doch ausdrücklich befohlen, hier niemanden heraufzulassen!«

Unter den kratzenden Geräuschen des Messers verzog von Spungnitz schmerzverzerrt das Gesicht. »Habt Erbarmen, Herr. Wolfgang und ich, wir hatten nichts mehr zu essen und brauchten die Münzen.«

»Waren während meiner Abwesenheit noch andere Pilger oder Reisende da?« Esiko erinnerte sich, die Burg zuletzt vor mehr als zwei Jahren besucht zu haben.

»Nein, Herr«, jammerte von Spungnitz und krümmte sich zusammen, als ihm Esiko das Knie in den Schritt rammte. Der durchdringende Schmerz ließ ihn sein blutiges, brennendes Gesicht vergessen. »Bitte Herr, seid gnädig!«, flehte er zitternd mit verzerrtem Gesicht. »Ich will auch alles tun, was Ihr verlangt.«

»Beschreib sie mir!«, herrschte Esiko ihn an und nahm unter den angstvollen Blicken des Verwalters das Blut von dessen Wangen mit der warmen Klinge auf, um es im nächsten Moment genüsslich abzulecken. »Spuck endlich aus, wer die Pilger waren, du elender Säufer!«

»Drei waren es«, versicherte von Spungnitz und atmete heftiger. »Zwei Weiber, ein Mann.«

»Geht es etwas genauer?«, setzte Esiko nach und wischte seine blutbefleckte Hand abschätzig am zerschlissenen Wams des Verwalters ab.

»Der Kerl war breitschultrig«, beeilte sich von Spungnitz zu sagen. »Die Weiber klein und zierlich. Später kam noch ein vierter dazu, ein wahrhaft stattliches Mannsbild. Alle waren ziemlich gut gekleidet.«

»Zwei Weiber?«, fragte Esiko und horchte auf.

»Die sahen sich ähnlich.« Von Spungnitz' Stimme gewann an Kraft. »Waren sehr schön. Sie erinnerten mich an ...« Er stockte.

»An wen?«, fragte Esiko ungeduldig und zerrte erneut an seinem Opfer. Ihm fielen nur zwei Weiber ein, die es nach Ballenstedt ziehen konnte.

»Sie erinnerten mich an Euch, Herr«, entgegnete von Spungnitz und schaute Esiko, der sich wieder auf ihn gesetzt hatte, mit ängstlichen Augen an.

»Verdammt!«, spie Esiko aus und ließ vom Körper seines Opfers ab. Sollten seine Schwestern ihm die Mutter gestohlen haben, während er in diesem verdammten Grenzland bis zu den Oberschenkeln im Morast versunken war? Der faulige Geruch der dortigen Wälder hing ihm noch immer in der Nase! Nachdenklich trat er vor das Fußende der Bettstatt. Er sah Hazecha vor sich und wie er sie einst im Speisesaal des Stifts zum Schweigen gebracht hatte. Danach erschien ihm Uta und ihr angsterfülltes Gesicht vor beinahe zwei Jahren, als er ihr zur Chorweihe den Tod der Mutter angelastet hatte.

»Das, meine lieben Schwestern, werde ich euch heimzahlen!«, sprach er zu sich selbst und zog ruckartig den verwunderten Verwalter nach oben. »Hazecha soll als Erste erfahren, was es heißt, ein an Esiko von Ballenstedt gegebenes Versprechen zu brechen! Denn wer Zusagen an einen Esiko von Ballenstedt nicht einhält, wird ...!« Im nächsten Moment rammte er von Spungnitz seine Klinge tief in die Brust, so dass dieser taumelte und nach ihm griff. Angewidert stieß Esiko ihn von sich. Als der Kopf des Verletzten mit einem dumpfen Laut auf dem Boden aufschlug, machte Esiko einen großen Schritt über ihn hinweg und stieg die Treppe zum Burghof wieder hinab.

»Kaiserliche Hoheiten, Ihr müsst einige Tage auf meine

Dienste verzichten. Ich habe noch eine dringende Familienangelegenheit zu klären!« Mit einem Satz sprang er auf sein Pferd und gab ihm die Sporen.

»Geliebte Mutter, auch heute finde ich den Weg zu Euch.« Hazecha kniete vor einem Beet und zupfte einige Unkräuter, die sich zwischen den gepflanzten Sträuchern auszubreiten drohten. Noch am Tag ihrer Rückkehr aus Ballenstedt hatte sie die Gebeine der Mutter mit Hilfe eines schweigsamen Knechtes unbemerkt im Stiftsgarten begraben können. Um nur ja kein Aufsehen zu erregen, hatte sie die Erde über der Grabstatt mit Andorn bepflanzt, der ihr bei der Behandlung von Kranken gute Dienste leistete. Seitdem bot sich ihr bei der täglichen Arbeit, zu der auch die Pflege und das Ernten von Kräutern gehörten, die Möglichkeit, der Mutter nahe zu sein. »Er ist nicht, wie er scheint, der Andorn«, sprach sie leise, als sie sich an die Zeilen im *Hortulus* erinnerte. »Sein Geschmack, scharf und brennend im Munde, unterscheidet sich von seinem süß duftenden Geruch. Besonders hilft er, wenn man ihn heiß vom Feuer trinkt. Und wenn einmal feindselige Stiefmütter Gifte zusammensuchen und sie dir ins Getränk mischen, so unterdrückt ein sogleich genommener Trank des heilsamen Andorn die drohende Lebensgefahr.«[26] Sanft fuhr Hazecha mit der Hand über die Pflanzen, die ihre weißen Blüten der Sonne entgegenreckten, und seufzte. »Auch wenn seit Eurem Tod viele Tage vergangen sind, jetzt, wo Ihr mir so nahe seid, vermisse ich Euch noch um vieles mehr als früher. Aber bald ist es so weit. Zum Fest von Christi Geburt werden Uta und ich vor das kaiserliche Gericht treten. Die Kaiserin hat es gestattet, berichtete mir Utas Bote.«

26 Frei zitiert aus: Walahfrid Strabo: Liber de cultura hortorum / Über den Gartenbau, Hrsg.: Schönberger, Otto, erschienen 2002 im Reclam-Verlag, S. 21.

»Besuch für Euch, Schwester Hazecha!«, rief Äbtissin Adelheid von der Tür des Hauptgebäudes aus, die sich am anderen Ende des Klostergartens befand.
Einige Pflänzchen Unkraut zwischen den Fingern blickte Hazecha auf. Da trat der Besucher auch schon hinter Adelheid hervor. »Schwesterlein, wie schön dich wiederzusehen.« Beim Anblick des Bruders erstarrte Hazecha in der Hocke.
»Kann ich sonst noch etwas für Euch tun, Graf?«, fragte die Äbtissin auf ihr Lilienszepter gestützt und blickte zu Hazecha hinüber.
»Eure Information über die Abwesenheit meiner Schwester hat mir bereits genug geholfen«, entgegnete er, »und habt Dank für den köstlichen Wein, Äbtissin.«
Adelheid deutete eine Verbeugung an. »Dann lasst den Kaiser meine ergebenen Grüße wissen!«
Esiko nickte knapp und trat dann auf Hazecha zu, die noch immer wie gelähmt vor dem Kräuterbeet hockte. Eine Armlänge vor ihr entfernt kam er breitbeinig zum Stehen. »Freust du dich gar nicht über meinen Besuch?«, fragte er gespielt verwundert, um sie darauf – entgegen seiner sanft klingenden Worte – grob an den Armen hochzuziehen. »Mir ist zu Ohren gekommen, dass du dich nicht an unsere Abmachung hältst«, fuhr er in scharfem Ton fort. »Was hast du zu deiner Verteidigung vorzubringen?«
Hazechas Blick glitt über das Kräuterbeet zu ihren Füßen.
»Sieh mich an, wenn ich mit dir rede!«, drohte er und schüttelte sie. »Bruder und Schwester halten sich an Abmachungen. Wir gehören doch zusammen. Möchtest du das Band der Familie durch deine Unehrlichkeit zertrennen?«
Hazecha schaute den Bruder an. Der Form und der Farbe nach glichen seine Augen denen Utas, doch ihrem Ausdruck nach konnten sie unterschiedlicher nicht sein.

»Wo ist die Mutter?«, drängte Esiko und rüttelte erneut ihren schmächtigen Körper, ohne dass sich Hazecha in irgendeiner Form dagegen wehrte. »Ich weiß, dass ihr beide in Ballenstedt gewesen seid!«
Wir sind die Töchter der Hidda von der Lausitz!, drang Utas Stimme an Hazechas Ohr. »Ich weiß nicht, wovon du sprichst«, entgegnete sie so bestimmt, wie es ihr nur möglich war, und doch bebte ihre Stimme.
Fest entschlossen, ihm nichts zu verraten, befreite sie sich aus seinem Griff und kniete wieder vor dem Kräuterbeet nieder. »Ich benötige reichlich Andorn für Schwester Hiltruds Trank«, murmelte sie und zupfte klopfenden Herzens erneut Unkraut aus.
Irritiert trat Esiko hinter die Schwester. »Was sagst du da?«
»Zwei Blätter Andorn«, wiederholte Hazecha und spürte ihre Hände zittern.
»Ich rede mit dir!«, stieß Esiko empört hervor. Und als die Schwester sich darauf immer noch nicht rührte, zog er ihr wütend den Schleier vom Kopf.
Hazecha zuckte zusammen, zeigte aber keinerlei Reaktion, was Esiko nur noch mehr aufbrachte. »Was hattet ihr in Ballenstedt zu suchen? Das wart doch ihr, du und Uta!«
»Salbei habe ich noch genug«, fuhr Hazecha fort und legte unbeeindruckt von den Haarsträhnen, die ihr nun ins Gesicht fielen, zwei Blätter Andorn ordentlich in eine Schale. »Schwester Luisa hat ebenfalls Schmerzen in der Brust. Auch ihr wird das Kraut helfen.« Ohne den Bruder weiter zu beachten, pflückte Hazecha mutig weiter.
»Sieh an, sieh an«, höhnte Esiko und entschied sich dafür, seine Strategie zu ändern. »Mein Hazechalein will nun auch noch die Sünde des Ungehorsams auf sich laden!«
Das Zittern ihrer Hände war inzwischen auf ihren ganzen

Körper übergegangen. In einem lautlosen, hastigen Gebet bat Hazecha um Widerstandskraft.
Esiko drehte sich um, um zu sehen, ob die beiden Sanctimonialen, die in einiger Entfernung mit Glöckchen in den Händen die letzten Strahlen der Herbstsonne genossen, nicht schon auf ihn aufmerksam geworden waren. Dann beugte er sich im Schutze des dicken Haselnussbaumes zu Hazecha hinab und zog sie an den Haaren zu sich heran. »Du wirst Uta immer ähnlicher!«
Hazecha ließ es geschehen, nicht einmal der Schmerz entlockte ihr einen Laut.
»Zum Glück braucht die Mutter dieses Elend nicht mehr mit anzusehen!« Zur Bestärkung seines Missfallens ließ er sie los und trat kraftvoll auf den Andorn.
Schützend hielt sich Hazecha die Hände vor das Gesicht. Als sie sich in der Hoffnung erhob, er würde von dem Beet ablassen, war er sofort bei ihr. »Für dein Schweigen wirst du büßen, Hazechalein«, kündigte er an.
Hazecha schluckte, blieb aber stumm. An Christi Geburt ist es so weit!, machte sie sich Mut. Und danach würde sie nie mehr Angst vor ihm haben müssen. Langsam hob Hazecha den Kopf. Entschlossen blickte sie den Bruder an. »Ich weiß nichts!«
Esiko lächelte.
Dann griff er nach einer lange Strähne ihres Haares und zwirbelte sie spielerisch zwischen den Fingern.
Atemlos ließ sie es geschehen. Ganz starr stand Hazecha vor dem Bruder und glaubte, dass er ihr die Kehle damit zuschnüren wurde.
»Zuerst aber ist deine ältere Schwester dran, und dafür muss ich mir nicht mal selber die Hände schmutzig machen!«, sagte er mit gesenkter Stimme. Bis zur Verstoßung Utas war es nur

noch drei Mondumläufe hin, und Esiko war sich sicher, dass es schon mit dem Teufel zugehen musste, wenn seine Schwester jetzt noch schwanger werden würde.
»Wir sehen uns wieder Hazechalein«, verabschiedete er sich. Kurz vor dem Klostergebäude wandte er sich noch einmal zu ihr um und sah, wie sie den dreckigen Schleier vom Boden aufhob. »Miststück, schwesterliches!«

Ganze zehn Tage nach Esikos Besuch hatte auch Äbtissin Adelheid Gernrode wieder verlassen. Endlich war es so weit. Im Dunkel des Schlafsaales legte Hazecha sich den Umhang um und ließ ihre Wachspuppe darunter verschwinden. Nach Alwines Anleitung hatte sie diese vor vielen Jahren geschnitzt, ihr die Gesichtszüge Utas gegeben und sogar noch deren Vierkantspange im wächsernen Haar detailgetreu nachgebildet. Anstelle von Edelsteinen hatte sie winzige, glänzende Steinchen verwendet. Weiterhin griff sie nach Schleier und Schuhwerk. Ihre Fußsohlen berührten weich wie die Pfoten eines Kätzchens den Boden, lautlos schlich sie sich in den Kreuzgang. Die Kälte des Steinbodens kroch ihr die Beine hoch, doch sie spürte sie nicht. Das Herz schlug ihr unvermindert heftig in der Brust.
Begleitet vom Licht des Halbmondes ließ sie den Kreuzgang und die Stiftskirche hinter sich. Ihr Ziel war das Klosterportal, welches nachts nicht bewacht, sondern nur verriegelt war. Als ein Käuzchen rief – Hazecha schritt gerade über den Hof –, hielt sie inne und schaute noch einmal zur Krankenkammer zurück. Domenica hatte sich zu einer umsichtigen Heilerin entwickelt und würde sich auch alleine um die Patienten kümmern können.
»Schwester Hazecha?«
Erschrocken fuhr sie herum und blickte in die fragenden Au-

gen von Schwester Edda, die, was Hazecha nicht wusste, gleich nach Esikos Besuch von Äbtissin Adelheid mit dem Hinweis auf absolut geltende Schweigepflicht dazu angewiesen worden war, den Portaldienst nun die gesamte Nacht hindurch zu versehen.

»Ich, ich …«, begann Hazecha, wusste jedoch nicht, wie sie ihr ungewöhnliches Vorhaben gegenüber der Einzigen, der sie sich im Kloster anvertrauen zu können glaubte, erklären sollte.

»Sie wird Euch einsperren, wenn sie davon erfährt«, meinte Edda da nur und bedeutete Hazecha, zu ihr in den Schutz des Portals zu treten.

»Ich tue es für meine Familie«, begründete Hazecha ihre Flucht. »Kann Gott diese Liebe für verwerflich halten?«

Edda bedachte sie mit einem gütigen Blick. »Wer nicht liebt, der kennt Gott nicht, denn Gott ist Liebe. Und Eure Schwester erwidert Eure Liebe.«

»Aber woher wisst Ihr …?«, fragte Hazecha erstaunt und erinnerte sich dabei an das Wiedersehen mit Uta auf der Krankenstation.

Edda lächelte. »Wie ein Ei dem anderen gleicht Ihr Euch.«

»Ihr wusstest, dass die Frau, der die Fischgräte im Hals stecken geblieben war, in Wirklichkeit meine Schwester ist?«

Edda nickte. »Als sie um Unterkunft bat, habe ich sofort die Ähnlichkeit zwischen Euch gesehen. Dass der Gefährte an ihrer Seite nicht ihr Angetrauter war, entging meinen müden Augen ebenfalls nicht – er trug graues Leinen, sie war in edles Blau gehüllt. Und jetzt sehe ich«, flüsterte Edda weiter, »dass Ihr Eurer Schwester, auch was den Mut angeht, in nichts nachsteht. Denn Ihr wisst, Hazecha, wenn Ihr jetzt das Stift verlasst, ist eine Rückkehr ausgeschlossen.«

Hazecha nickte betroffen und spürte Tränen in ihre Augen treten.

Statt weiterer Worte umarmte Edda ihren Schützling.
Hazecha erwiderte die Umarmung so fest, wie sie es zuletzt bei der Mutter und Uta getan hatte.
»Ihr sollt Euch nun auf den Weg machen«, meinte Edda schließlich nach einer Weile.
»Gewiss«, entgegnete Hazecha mit brüchiger Stimme und wischte sich mit dem Umhang eine Träne ab.
»Meidet auf jeden Fall die Wälder. Jetzt, mit Beginn des Herbstes, findet Ihr auch am Rand des Waldes Beeren«, empfahl Edda besorgt. »Schlaft fern der wilden Wölfe und schließt Euch alsbald einer Reisegemeinschaft an. Und betet, so wie ich es für Euch tun werde!«
Plötzlich war ein Krachen am anderen Ende des Hofes zu hören.
»Schnell!« Edda öffnete das Portal und schob Hazecha hindurch.
Die griff noch einmal nach der vertrauten Hand und drückte sie fest. »Danke, Schwester Edda. Für alles.«
Schon war das Portal zum Stift Gernrode wieder verschlossen, und Edda nahm schwer atmend auf dem Hocker Platz, der einer gewissenhaften Portaldienstlerin am Ende einer langen Nacht zustand.

»Schwerste Verbrechen durch Beschädigung des Lebens eines Delinquenten zu sühnen ist königlich-kaiserliches Vorrecht«, trug sie mit männlich klingender Stimme vor und trat, eine Wachstafel in den Händen, feierlich um das Pult herum. Dabei musste sie über sich selbst und ihre angenommene Rolle lächeln, rief sich aber im nächsten Moment wieder zur Konzentration. »Niemandem sonst steht es zu, das von Gott geschenkte Leben zu richten, sofern der Kaiser ihn nicht dazu benannt hat.«

Mit einem tiefen Atemzug sog Uta die frische Morgenluft ein, die durch das geöffnete Fenster in ihre Kammer strömte, und schloss die Augen. »Als Erstes wird Uta von Ballenstedt angehört«, sprach sie weiter und gab sich nun vollends ihrem Tagtraum hin. Sie sah sich und Hazecha im Ostchor der neuen Kathedrale. Vor dem Altar desselben standen Kaiser Konrad und Kaiserin Gisela. Dahinter Hofkaplan Wipo, der das Gesprochene Wort für Wort protokollierte. Einige Schritte entfernt von ihnen, auf gleicher Höhe und von einem dunklen Schatten umgeben, stand Esiko in Kettenhemd und lederner Hose. Das verschwitzte, strähnige Haar klebte ihm wie nach einem Kampf an Hals und Schläfen. Dunkle Ringe lagen unter seinen Augen, und tiefe Falten zogen sich durch sein Gesicht.

»Tretet vor mich!«, sprach sie die erwarteten Worte des Kaisers und schritt mit geschlossenen Augen vor den Kamin ihrer Kemenate, der in diesem Moment den Altar des Ostchores darstellte. Ihr Atem ging heftiger, obwohl sie wusste, dass alles nur ein Traum war. »Meine Anklage lautet auf Totschlag, hinterhältigen Totschlag, Kaiserliche Hoheit«, begann sie die Worte, die sie zuvor sorgsam gewählt und dann auf einer Wachstafel niedergeschrieben hatte, vorzutragen. Einleitend berichtete sie von dem Tag, an dem die Mutter so schlimm zugerichtet worden war – wofür sie Ernas Bericht und ihre eigenen Erinnerungen zusammengefasst hatte. »Es begann mit mir, die einer Anweisung des Vaters zuwiderhandelte und den Schutz der Mutter dafür erfuhr.« Uta berichtete zudem von den Schreien der Mutter und dass diese nicht einmal mehr imstande gewesen war, die ihr von Erna gereichte Suppe zu essen.

»Als Beweismittel trägt nun Hazecha von Ballenstedt ihre Zeugenaussage vor«, sprach sie weiter und tauschte in Gedanken einen Blick mit der jüngeren Schwester. Die Eideshilfe, hatte Uta sich während der vergangenen Tage überlegt, würde sie nur für den Fall ins Spiel bringen, dass nach der Zeugenaussage noch Zweifel bestünden. Ihr vornehmlichster Wunsch war es, das Gericht aus eigener Kraft und ohne Fürsprache der Kaiserin zu überzeugen.

Als Nächstes bat der Kaiser in ihrem Traum Hazecha darum, zu sprechen. Ohne ein einziges Mal zu Esiko hinüberzuschauen, trat sie festen Schrittes vor. »Es war am frühen Abend«, begann Hazecha. »Und ich war keineswegs müde, als ich die Kammer meiner kranken Mutter, der Gräfin Hidda von der Lausitz, betrat, ihr zuerst die Hand streichelte und danach in deren Gewandtruhe schlüpfte, um mich zu verstecken. Das tat ich oft, denn es freute mich, wenn meine Amme Gertrud in der ganzen Burg nach mir suchte.« Den Hauptteil, die Beobachtung und die Bedrängnis der kleinen Schwester in der Truhe, übersprang Uta, denn diesen schrecklichen Teil des Berichtes wollte sie erst wieder am Tag von Christi Geburt hören müssen – wenn es unabdingbar war. »Er schimpfte, dass sie eine Ungehorsame sei, bis die Kraft aus ihren Armen wich und sie sich nicht mehr wehrte«, schloss sie Hazechas Aussage.

Daraufhin vernahm sie die befreienden Worte des Kaisers: »Die kaiserliche Hoheit entscheidet, dass Graf Esiko von Ballenstedt schuldig des Totschlags an seiner Mutter, Gräfin Hidda von der Lausitz, ist.« Langsam öffnete Uta die Augen und begann, in der Kemenate auf und ab zu gehen. »Der Verurteilte wird bis an sein Lebensende Buße tun, in einem Kloster im Süden des Reiches! Weit entfernt von seinen Schwestern! Er soll sein Leben fortan der Gottgefälligkeit und Rettung seines Seelenheils widmen!« Uta atmete tief durch und ließ sich mit einem »Geschafft!« auf die Bettstatt fallen.

Im nächsten Moment ermahnte sie sich erneut dazu, mit Bedacht vorzugehen – darum hatte auch Hermann sie gebeten. Esiko war unberechenbar, auch wenn er nun erst einmal im fernen Burgund weilte. Dorthin war der Kaiser nämlich aufgebrochen, hatte Ekkehard ihr schreiben lassen. Nach dem plötzlichen Tod des Burgunderkönigs Rudolf III. drängte es den Kaiser, die burgundische Krone vor Ort und ohne auch nur einen einzigen Tag Zeit zu verlieren, entgegenzunehmen und damit sein Recht aus dem Erbvertrag geltend zu machen. Dafür hatte er sogar den polnischen Feldzug abgebrochen und mit dem stark bedrängten Mieszko einen Waffenstillstand geschlossen.

Die nächsten Tage würde Ekkehard noch an der Spitze der grenzsichernden Truppen im Osten weilen, bevor er zur Messe zu Allerheiligen mit seinen Kämpfern auf die heimatliche Burg zurückkehren würde. Bis dahin waren es noch mehr als zwanzig Tage.

Zumindest was den Gatten anging, hatte Uta keine Befürchtungen mehr: Ekkehard musste einfach von der Auflösung der Ehe absehen, wenn er erkannte, mit welcher Anstrengung sie für die Gerechtigkeit kämpfte – setzte er seine ganze Kraft doch ähnlich vehement östlich der Elbe im Kampf gegen Mord, Überfall und Brandschatzung ein. Uta schaute auf die Wachstafel in ihren Händen und seufzte. »Hazecha, hätten wir das kaiserliche Gericht doch nur schon überstanden!« Sie setzte sich auf und fasste sich mit beiden Händen an den Kopf. Die linke ertastete die Klammer mit den Initialen E. und U. Mit der rechten Hand strich sie zärtlich über die Steine ihrer Vierkantspange und löste sie schließlich vom Schleier. »Wir sind die Töchter der Hidda von der Lausitz!«, sagte sie und betrachtete das Schmuckstück mit leuchtenden Augen. »Ich schwöre vor Gott und allen Heiligen, dass ich frei von

Schuld bin«, begann sie und erhob sich, als sie Aufregung in sich aufsteigen spürte. »Ich habe weder gegen die Gebote Gottes noch gegen die Gebote meines diesseitigen Herrn, seines irdischen Vertreters, gehandelt.«
Bald wird alles gut werden, sagte sie sich und atmete erleichtert auf.
Nachdem Uta die Wachstafel sorgfältig in der Gewandtruhe verstaut hatte, befestigte sie die Spange wieder am Schleier und verließ die Kemenate. Zu Sonnenaufgang war sie mit Meister Tassilo und Hermann zur Besprechung der Dachkonstruktion des Langhauses verabredet.
Uta ging über den Hof der Hauptburg und hielt auf die Turmkammer zu. Mit den Gedanken noch beim Kaisergericht stieg sie die Stufen des Turmes hinauf. »Wir werden dafür sorgen, Mutter, dass Euch Gerechtigkeit widerfährt«, versprach sie. »Wir werden Euren Mörder seiner Strafe zuführen! Das schwöre ich bei meinem Leben!«
»Euer Leben, Gräfin?«, fragte Tassilo, der sie auf der Treppe eingeholt hatte.
»Guten Morgen, Meister«, sagte Uta lächelnd. »Habt Ihr gut geschlafen?«
»Bestens! Jeder Morgen, an dem ich alle meine Gliedmaßen noch spüre, ist ein guter Morgen«, scherzte er gut gelaunt, anstatt auf einer Antwort auf seine Frage zu bestehen.
»Jeder Morgen, an dem die Sonne aufgeht, ist ein guter Morgen«, entgegnete Uta froh darüber, mit einem so unkomplizierten Werkmeister wie Tassilo zusammenarbeiten zu dürfen.
In der Turmkammer ließ Tassilo sich hinter dem größeren der beiden Schreibtische nieder und begann, die Unterlagen der vergangenen Nacht zu sortieren. Hermann stand bereits hinter dem Pult und blätterte in seiner Pergamentsammlung, die

von dem weißen Ledereinband zusammengehalten wurde. Er schaute erst auf, als er Uta gut gelaunt vor sich stehen sah.
»Guten Morgen«, sagte er in neutralem Tonfall und blickte ihr kurz in die Augen. Es waren noch fünf Tage bis zum nächsten Vollmond.
»Guten Morgen ... Markgraf«, erwiderte Uta ebenfalls um eine unverfängliche Begrüßung bemüht. Es fiel ihr schwer, ihn in der Öffentlichkeit wieder förmlich ansprechen zu müssen.
Tassilo schmunzelte und ergriff zwei Zeichnungen, die er näher begutachten wollte.
Als Hermann das Rascheln der Pergamente vom nahen Schreibtisch wahrnahm, räusperte er sich. »Wir wollten die Decke des Langhauses besprechen«, eröffnete er die Zusammenkunft an Meister Tassilo gewandt, der inzwischen in eine der Zeichnungen vertieft war.
»Meister?«, sprach Hermann ihn erneut an und trat, als dieser immer noch nicht reagierte, zusammen mit Uta vor dessen Tisch.
Tassilo schaute auf und drehte die Zeichnung zu ihnen um. »Ich bin vielleicht auf ein Problem gestoßen.«
Wie auf ein Stichwort hin betrat Bischof Hildeward in diesem Moment die Turmkammer.
»Guten Morgen, Exzellenz«, begrüßte ihn Hermann freundlich. »So früh am Morgen schon unterwegs?«
»Guten Morgen, Markgraf«, erwiderte der Angesprochene. Tassilo und Uta bedachte er mit einem knappen Nicken. »Ihr spracht von Problemen?«
Unschlüssig wiegte Tassilo den Kopf. »Für das Dach des Ostchores arbeiten wir mit Bindern«, erklärte er und begab sich zu Hermann und Uta vor den Schreibtisch. »Binder werden die tragenden Teile einer Dachkonstruktion genannt – in un-

serem Fall also eine aus einem Tragbalken und zwei Sparrenbalken bestehende Dreiecksform«, fügte er für den Bischof hinzu. »Wir hatten uns einst für einen größeren Abstand zwischen den Bindern entschieden – weil wir so Holz und auch Arbeitskraft einsparen konnten. Doch da Schnee, wie ich jüngst von der Baustelle in Speyer habe verlauten hören, schwerer wiegen kann als bisher angenommen, bin ich zu der Ansicht gelangt, dass wir das Dach über dem Chor noch stabiler bauen müssen. Der Schnee könnte in harten Wintern die Dachlast um ein Vielfaches erhöhen.«
»Dann seid Ihr dabei, das Dach des Ostchores gefährlich instabil zu bauen, Meister!«, stellte Hildeward fest. »Die Menschen meiner Diözese könnten womöglich beim Gebet erschlagen werden!«
»Wir werden es zusätzlich verstärken müssen, bevor der nächste Schnee fällt«, versuchte Hermann, den Bischof zu besänftigen.
Dieser jedoch hob beschwörend die Hände, als müsse er sich bereits hier und jetzt vor dem Einsturz des Daches schützen.
»Der Schnee kam im vergangenen Jahr schon kurz nach dem Allerheiligenfest. In kaum dreißig Tagen könnte es also wieder so weit sein! Wie wollt Ihr den Dachstuhl so schnell umbauen, dass er sicher ist?«
»Wir arbeiten an einer Lösung, Exzellenz«, redete nun auch Tassilo auf den aufgeregten Geistlichen ein. »Wir werden die Dachkonstruktion verstärken, indem wir zwischen die bereits vorhandenen Binder zusätzlich noch ein paar weitere setzen, was natürlich bedeutet, dass wir mehr Holz und mehr Arbeitskräfte benötigen.«
»Und mehr Geld!«, bemerkte Hildeward spitz. »Da wird es in der Kasse knapp werden!«
»Das ist wahrlich ein Problem«, entgegnete Hermann. »Denn

Geld für weitere Arbeiter haben wir derzeit nicht. Fünfhundert Leute sind die Obergrenze, alles, was über diese Anzahl hinausgeht, können wir nicht bezahlen. Die Verpflegung des Heeres, das von Allerheiligen bis zum Fest von Christi Geburt hier weilt, und der Besuch des Kaisers kosten uns zusätzlich.« Besorgt trat er hinter sein Pult. »Zudem hat seine kaiserliche Hoheit noch nicht auf meine Anfrage, uns das Marktrecht zu verleihen und weitere Kaufleute mit Zins- und Handelsfreiheit nach Naumburg holen zu dürfen, reagiert. Unsere Planung geht jedoch mit Beginn des kommenden Jahres von nicht unwesentlichen Einnahmen durch das Abhalten eines Marktes aus.«

Da meldete Uta sich zu Wort. »Sofern wir noch mehr Binder einbauen, wird dadurch der gesamte Dachstuhl schwerer. Der Kniestock wird deshalb nachträglich breiter gemauert werden müssen, um die zusätzliche Last tragen zu können. Bisher zeigen die Wände in Höhe des Traufgesimses eine Stärke von vier Fuß. Wir müssten mindestens einen weiteren Fuß nachmauern. Auch das kostet zusätzlich«, endete sie mit unsicherer Stimme – sie wollte die Probleme nicht noch verschlimmern.

»Ihr habt recht.« Obwohl die Kosten immer weiter anstiegen, lächelte Hermann hingerissen. An Tagen wie diesen, an denen sie mit ihren wertvollen Hinweisen und ausgewogenen Vorschlägen ihre Dreiergruppe vervollständigte, fragte er sich, wie er seit ihrem Kuss nur jemals davon hatte Abstand nehmen können, sie darüber hinaus zu begehren.

Tassilo nickte bedächtig und ergänzte dann: »Dies wiederum bedeutet, dass wir mehr Steinmaterial benötigen und zusätzliche Maurerarbeiten anfallen. Außerdem werden wir nicht nur den Kniestock, sondern auch die beiden Aussteifungsbalken anpassen müssen, wenn noch mehrere Binder hinzukommen.« Wieder an den Bischof gerichtet, meinte er erklärend:

»Das sind die Balken, Exzellenz, die die Binder an den Füßen der Sparren längs miteinander verbinden und die Tragwirkung erhöhen.«

»Und wie gedenkt Ihr, das Loch in der Kasse zu füllen?«, fragte Hildeward unbeirrt kritisch an Hermann gerichtet, der bereits am Rechnen war und dabei vor sich hin murmelte. Je länger Hermann rechnete, desto mehr entspannten sich die eingefrorenen Gesichtzüge des Gottesmannes.

»Uns bleibt keine Alternative zur ausschließlichen Verwendung von Vollbindern«, sagte Tassilo mit einem Schulterzucken. »Wir dürfen die Sicherheit der Kirchgänger nicht aufs Spiel setzen.«

»Dann verzögert sich der Bau, bis Ihr weitere Mittel aufzubringen vermögt, nehme ich an!« In Gedanken sah sich Hildeward bereits ein Schreiben aufsetzen, das Erzbischof Aribo die freudige Nachricht übermitteln würde.

»Exzellenz«, begann Uta zaghaft und trat einen Schritt auf den Geistlichen zu. »Könntet Ihr Euch vorstellen, dass wir einen Teil der Spenden für den heiligen Schleier unter diesen Umständen für die Ausbesserungsarbeiten verwenden?«

Hildeward erbleichte bei diesen Worten, was Uta aber nicht davon abhielt, ihren Gedanken weiter auszuführen. »Seit der Chorweihe vor zwei Jahren strömen die Gläubigen unvermindert zum Schleier und geben neben persönlichen Geschenken wie Ringen, Holzkreuzen und Gewändern auch Münzen. Sicherlich sind sie gerne dazu bereit, auf diese Weise auch den Bau zu unterstützen.«

»Das ist unfassbar!«, fuhr Bischof Hildeward auf, so dass Uta erschrocken schwieg. »Die Spenden stehen allein dem Schleier zu, nicht der Kathedrale!«

»Exzellenz«, trat Hermann zwischen den Geistlichen und Uta. »Beruhigt Euch! Der Schleier benötigt dieses Geld nicht.

Mehr als eine Verwahrstätte fordert er nicht. Bitte denkt darüber nach. Wollt Ihr nicht genauso wie wir, dass die Kathedrale rechtzeitig vollendet wird?«

»Die Spenden stehen dem Schleier zu und der Vorbereitung der entsprechenden heiligen Messen, Markgraf!«, wiederholte Hildeward unnachgiebig.

»Exzellenz, es wäre ja nur für einen gewissen Zeitraum. Bis wir vom Kaiser das Marktrecht erhalten«, beeilte sich Hermann hinzuzufügen.

Hildewards wütender Blick richtete sich nun auf Uta. »Und Ihr werdet die Ersten sein!«, stieß er zornbebend aus und verließ die Kammer.

Hermann, Tassilo und Uta setzten sich um den Schreibtisch zusammen. »Er muss dem zustimmen«, sagte Tassilo und fasste sich grübelnd ans Kinn. »Schließlich ist es auch seine Kathedrale!«

»Ich spreche noch einmal mit ihm und werde ihm deutlich machen, dass die zeitgerechte Fertigstellung nunmehr auch von ihm abhängt«, sagte Hermann und stand auf.

»Dann werde ich die entsprechende Materialplanung ergänzen. Zuerst muss ich aber Zimmermeister Jan fragen, ob wir überhaupt genug Holz für das Dach des Ostchores aufbringen können, ohne die anderen Arbeitsgänge zu verzögern.«

»Danke, Meister«, entgegnete Hermann und verließ die Turmkammer.

»Ich hoffe, der Bischof kommt zur Einsicht.« Kopfschüttelnd nahm Uta wieder hinter ihrem Arbeitstisch Platz.

In der Kammer herrschte eine angenehme Kühle, ihr Leib dagegen kochte. Sie presste ihre nackten Brüste auf das harte Holz, reckte ihrem Gast das weiße Hinterteil entgegen und ließ ihr Becken kreisen.

Mit gierigem Blick betrachtete der die gespreizten Pobacken und fuhr ihr mit der Hand die Wirbelsäule hinauf. Als er bei den Schultern angelangt war, von hinten ihre Brüste umfasste und ihre aufgerichteten Brustwarzen fühlte, verlor sein steifes Glied die ersten Tropfen, noch bevor es in ihren feuchten, warmen Spalt eindringen konnte.

Dass dies nicht Bestandteil der Gebote des heiligen Benedikt war, wusste Notburga von Hildesheim. Dazu machte es zu süchtig und schenkte ihr viel zu große, willenlose Freude. Aber ihren Verstoß würde sie an anderer Stelle mit verstärkter Frömmigkeit auszugleichen wissen. Im Leben ist alles ein Summenspiel, und es kommt ausschließlich auf das Endergebnis an, dachte sie und fühlte nach dem nächsten Stoß eine lustvolle Welle durch ihren Körper strömen. Sie schrie und drückte ihm ihr Becken kraftvoll entgegen. Als sie vor Erregung fordernd mit der Hand auf die Tischplatte schlug, stieß er sein Glied noch tiefer in sie hinein und ergoss sich vollends in ihr.

Während sie noch immer zuckte, ließ er schon wieder von ihr ab. »Ihr kennt Euren Auftrag?«, fragte er bestimmt.

»Aber ja doch!«, versicherte Notburga und richtete sich auf, um Esiko erneut zu sich heranzuziehen. Sie und der Heerführer des Kaisers, von dem sie sich unter anderem auch Fürsprache am kaiserlichen Hof erhoffte, hatten ein gemeinsames Ziel. Bevor Esiko ihren Kuss zuließ, ließ er seine Blicke prüfend über ihren Körper schweifen. Mit ihren schmalen Hüften und vollen Brüsten war sie durchaus begehrenswert. Sein eigenes Weib war ihm inzwischen so sehr zugetan, dass es ihn langweilte, sich ihrer überhaupt anzunehmen. Von den zahlreichen Geburten war ihr Körper außerdem erschlafft und nur noch wenig ansehnlich. Esiko hasste langweilige Weiber mit erschlafften Körpern. Was auf die Äbtissin nicht zutraf. Zudem war es ein Leichtes gewesen, sie auf seine Seite zu ziehen: Er war geradewegs in ihre Zelle getreten, hatte sie ein wenig umgarnt und seine Vorstellungen geäußert. Nachdem er ihren Blick auf seinem Gemächt bemerkte hatte, hatte er sie ohne viele Worte einfach gepackt und dem Ziel ihrer Sehnsucht entgegengeführt.

»Von heute an, Äbtissin, haben wir beide ein Geheimnis«, sagte er, fuhr mit der Hand in ihr Haar und zog sie zu sich heran. »Ich spüre, dass ich mich auf Euch verlassen kann.«

Die wohlklingenden Worte schmeichelten Notburga. Sie war noch nie von einem kaiserlichen Heerführer begehrt worden und auch noch nie von einem Mann seiner Statur. Sie nickte bereitwillig. »Wann werde ich Euch wiedersehen, Graf?« Begleitet von ihrem hoffungsvollen Blick legte Esiko sich den Waffengürtel um.

Als Erstes wollte er die Verstoßung der Schwester miterleben – in kaum mehr als zwei Mondumläufen. War sie erst einmal verstoßen, würde er sie zum Reden bringen und sich ihrer und der geraubten Mutter annehmen. Doch bis dahin sollte Uta sich in Sicherheit wiegen. Und für den Fall, dass sich die Dinge noch einmal anders entwickeln würden, hatte er sich mit der Äbtissin verbündet. Zufrieden über diese Fügung trat er vor sie, öffnete ihre Oberschenkel mit seinem Knie und rieb ihr Geschlecht, bis sie aufstöhnte. »Je schneller Ihr Informationen für mich habt, Äbtissin, desto intensiver wird unser Wiedersehen ausfallen. Spätestens zum Fest von Christi Geburt werden wir uns hier wiedersehen.«

»Wohin zieht Ihr?«, fragte sie heftig atmend.

»Nach Burgund, um dem Kaiser bei der Krönung zum König von Burgund zur Seite zu stehen. Er erwartet mich schon!« Mit diesen Worten drehte er sich um und verließ die Äbtissinnenkammer des Moritzklosters.

Kaiser, König, Krönung? Gierig blickte Notburga Esiko hinterher. So stand sie noch eine Weile da und genoss den letzten Rest Wärme seines Samens an ihren Oberschenkeln. Dann ließ sie das schwarze Gewand sinken, das sie sich für den Akt bis über die Brüste hochgeschoben hatte, glättete es und griff nach ihrem Haarband.
Dass der Graf darauf versessen war, der Ballenstedterin zu schaden, kam auch ihr gelegen. Wenn Uta damals in Quedlinburg nicht gewesen wäre, hätte die Kaiserin sicherlich sie zu ihrer Hofdame erwählt. Aber es war anders gekommen, und so hatte sie nie für die Kaiserin arbeiten, Feste feiern und das Burgvolk anweisen dürfen. Notburga schritt vor das Fenster und blickte in den Klostergarten, wo sie einem Dutzend Maurer dabei zusah, wie es die neuen Wände für den zweiten Raum der Krankenstation hochzog. Ohne ein plausibles Gegenargument hatte sie dem Vorschlag der Feindin, mit der Vergrößerung der Krankenstation sofort zu beginnen, zustimmen müssen.
Der Preis für ihre Absprache mit dem Grafen und vor allem für seine mehr als angenehmen Besuche erschien ihr aus diesem Grund mehr als gering: Die Ballenstedterin beobachten sollte sie. Sie direkt ansprechen, würde Notburga sicherlich nicht, weil sie um die eigene Schwäche, ihre Gefühle nur schwer verbergen zu können, wusste. Stattdessen würde sie sich der Ballenstedterin über den jüngeren der Naumburger Burgherren nähern, von dessen Vorliebe für den süßen Honigwein sie wusste. Dass die Feindin ihrem Gatten nur wenig zugeneigt war, hatte Notburga bereits während des Festmahls anlässlich der Chorweihe mitbekommen. Damals hatte Uta zwar pflichtbewusst an seiner Seite gesessen und getafelt, sich aber so gut wie nur mit dem Werkmeister und dem Markgrafen unterhalten. Zufrieden entwirrte Notburga ihr Haar, warf es über die Schultern nach hinten und zog ihr Haarband zu-

recht. Diese Uneinigkeit zwischen Uta von Ballenstedt und dem Gatten hielte sicherlich auch noch bis zu Allerheiligen in einem halben Mondumlauf an – eine Uneinigkeit, die sie sich fraglos zunutze machen würde.

Sie musste schon mehr als zwanzig Tage unterwegs sein. Der Weg erschien ihr unendlich lang. Nachdem Hazecha Gernrode verlassen hatte, hatte sie immer wieder nach dem Weg fragen müssen. Zuerst hatte ihr ein Herumtreiber die falsche Richtung gewiesen. Und als ob dies nicht schon genug Verzögerung wäre, hatte sie anschließend noch mehrere Tage und Nächte fieberkrank in der Hütte eines unfreien Ehepaares gelegen. Danach war sie dann einige Tage bis zur Pfalz in Allstedt im Schutz einer Pilgergruppe gereist.
Ihren Schritt mäßigte sie nur dann, wenn ihre Beine so stark zitterten, dass sie zu stürzen drohte. »Geliebte Mutter, steht mir bei.« Ihre Worte verloren sich im Wind, der über die Felder wehte. Es war Herbst geworden, und ihre schwarz-weiße Nonnentracht hielt sie unter einem dicken grauen Umhang verborgen.
Nachdem sie die Pilgergruppe verlassen hatte, war ihr von einem Tuchhändler ein Platz auf seinem Fuhrwerk angeboten worden. Doch seitdem sie den Ort Memleben erreicht hatten, war sie wieder allein unterwegs, hatte Wälder gemieden, von Beeren gelebt oder tageweise gehungert. »Uta, ich bin auf dem Weg zu dir«, sprach sie sich Mut zu, wenn sie meinte, nicht mehr weiterzukönnen. »Ich bringe Gerechtigkeit.«
An jenem Abend, an dem sie von weitem den Zusammenfluss von Saale und Unstrut erkannte, war sie sich sicher, nie wieder vor Esiko einzuknicken. Dabei umschlossen ihre kalten Finger die Wachspuppe in der Tasche ihres Umhangs. »Schwester, ich werde dir beistehen«, schwor sie und lenkte

die wunden Füße auf einen Pfad, der wieder belebter war. Da waren Kaufleute, Berittene auf wahrhaft riesigen Pferden, Pilger und anderes Volk, von denen einige im Gehen die heilige Plantilla anriefen.

Die Nacht war längst hereingebrochen, als Hazecha erschöpft auf einem Hügel stehen blieb und am Fuße des Burgbergs unzählige Zelte und Feuerstellen erblickte. Sie vernahm Lärm und auch Lieder, die wohl im Überschwang oder dank erhöhten Weinkonsums gesungen wurden.

Obwohl es sie wahrscheinlich ein Viertel des Abends kosten würde, entschied sie sich, einen weiten Bogen um das Lager herum zu machen, um nicht Gefahr zu laufen, aufgehalten zu werden oder – noch schlimmer – derart geschwächt auf Esiko zu stoßen.

Vor Kälte zitternd erreichte Hazecha den Burggraben, über dem tagsüber die Zugbrücke lag. »Lasst mich ein!«, rief sie mit heiserer Stimme. Ihr Hals brannte, und ihr Kopf drohte vor Hitze zu zerspringen.

Nachdem sich nichts hinter dem Tor rührte, sank Hazecha auf die Knie. Das ferne Lager der Kämpfer im Rücken blickte sie zum Mond hinauf. Morgen ist Vollmond, dachte sie, und das Allerheiligenfest war damit keine zwei Tage mehr entfernt. »Bitte, lasst mich doch ein. Ich bin auf dem Weg zu meiner Schwester Uta und bringe Gerechtigkeit«, flehte sie und barg die eiskalten Hände im Schoß.

»Wir lassen kein Bettlervolk mehr ein!«, rief da jemand aus einer Luke über dem Tor. »Schon gar nicht um diese Zeit!«

Froh darüber, doch noch bemerkt worden zu sein, erhob sich Hazecha und trat an den Burggraben. »Ich muss mit Gräfin Uta sprechen.« Als sie sich der Luke entgegenreckte, drohten ihr die Beine wie Strohhalme wegzuknicken. »Ich bin die Schwester der Burggräfin.«

»Die Schwester der Herrin?«, hörte sie den Mann raunen, der daraufhin mit einem weiteren, den Hazecha durch die Luke hindurch jedoch nicht zu sehen vermochte, in eine Diskussion verfiel.

»Ich bin Hazecha von Ballenstedt und Schwester nach den Geboten des heiligen Benedikt«, versicherte sie und faltete die Hände zum Gebet. Als Nächstes vernahm sie ein Rattern und sah erleichtert, wie sich die Zugbrücke langsam senkte und schließlich vor ihren Füßen aufsetzte. Wankend betrat sie die hölzernen Dielen der Brücke. Sie war müde und am Ende ihrer Kraft. »Ich komme aus dem Kloster in Gernrode und werde wegen Eurer Großzügigkeit ein Gebet für Euch sprechen.«

Die zwei Wachen in metallenen Hemden und einfachen Beinkleidern traten ihr am Tor entgegen. Als sie die zierliche Frau aus der Nähe betrachteten, ließen sie ihre Waffen sinken. »Die gleiche Gestalt wie die der Burgherrin«, raunte der eine, während Hazecha zwischen ihnen hindurch in die Vorburg spähte. »Ist das die Kathedrale?«, fragte sie, als sie die Baustelle erblickte, auf der selbst noch zu dieser späten Stunde Gehämmer zu hören war.

»Rechts seht Ihr unsere Kathedrale. Links das fromme Haus der heiligen Maria«, erklärte der größere der beiden Wachhabenden, dessen Gesicht sie bereits in der Torluke gesehen hatte.

»Schwester, Ihr reist alleine?«, fragte der Kleinere verwundert, weil er hinter Hazecha weder Reiter zu ihrem Schutz noch ein Pferd oder einen Esel erblickte. »Soll ich Euch begleiten? Ihr seht erschöpft aus«, bot er an. Als Hazecha verneinte, wies der Wachhabende in die Burganlage: »Zur Herrin haltet auf das innere Tor zur Hauptburg zu, direkt hinter der Baustelle, Schwester.«

»Habt Dank. Der Herr sei mit Euch.« Bei jedem Wort spürte Hazecha ein Stechen im Hals, als säße ihr ein Messer im Rachen. »Uta und ich, wir finden uns auch so«, hauchte sie und wankte davon.
Die Wachhabenden zuckten mit den Schultern und eilten sogleich zu den Winden am Torhaus, um die Zugbrücke wieder hochzuziehen. Das Rattern der Brückenketten nahm Hazecha schon nicht mehr wahr, ebenso wenig wie das Licht, das von den Kienspänen ausging, welche die letzten Arbeitsschritte des Tages im Kathedralinneren ausleuchten sollten. Nach wenigen Schritten gaben ihre schwachen Beine und ihr ausgezehrter Körper den Anstrengungen der vergangenen Tage nach. Hazecha wurde schwarz vor Augen, und sie brach erschöpft zusammen.
Im Schummerlicht der Kienspäne fiel einen Augenblick später ein mächtiger Schatten über Hazecha. »Das ist doch …!«, meinte er, beugte sich zu dem regungslosen Körper hinab und schulterte ihn.

Deutlich sichtbar trug Notburga den Krug im Arm und lächelte angriffslustig. Mit erhobenem Haupt betrat sie zielstrebig den Gang, auf dem die Kemenate des jüngeren Burgherrn lag. Während sie an Utas Kammer, aus der kein Laut drang, vorbeiging, fing sie unvermittelt zu kichern an. Spielte ihr die Erinnerung einen Streich, oder roch es hier tatsächlich nach Pferdeäpfeln? Im selben Moment sah sie die Bettstatt der Feindin in deren Gernroder Zelle wieder vor sich, auf der sie damals zwei große Fuhren stinkender Rossknödel ausgebreitet hatte. Aber wer so etwas Dummes wie die Pferdepflege als eheliche Pflicht ansah, erinnerte sie sich der Unterrichtsstunde und Utas Antwort in Gernrode, der hatte auch nichts anderes verdient.

»Entschuldigt, darf ich Euch helfen, ehrwürdige Äbtissin?«
Notburga fuhr herum und blickte einem Mann in die Augen, den der Adler auf seinem Wams als Angestellten der Burg auswies. Widerstrebend fixierte sie den Mann und überlegte kurz, wie sie ihn loswerden konnte. Am liebsten hätte sie dem nur mit einem Messer Bewaffneten den Inhalt des Kruges ins Gesicht geschüttet, entschied sich jedoch für eine freundlichere Methode. »Ich bin auf dem Weg zu Graf Ekkehard«, erklärte sie und reckte dem Mann das Gefäß entgegen.
Mit einem ausgedehnten »Mmmmmh« roch dieser genüsslich in den Krug hinein. »Das muss aber ein guter Honigwein sein.«
»Da täuscht Euch Eure Nase nicht. Aber lasst mich vor der Übergabe an den erlauchten Grafen noch ein ruhiges Gebet sprechen und das Getränk segnen«, log sie und verspürte tiefe Befriedigung über ihren spontanen Einfall.
»Da wird sich der Herr aber freuen«, meinte der Wachhabende und fuhr sich mit der Zunge durstig über die Lippen.
Notburga nickte dem Mann freundlich lächelnd zu und war erleichtert, als er endlich am Ende des Ganges verschwunden war. Anstatt den Wein zu segnen, eilte sie auf Ekkehards Kammer zu. Mit der freien Hand strich sie sich das an diesem Tag extra frisch gewaschene Haar hinter das linke Ohr und lauschte dann an der Tür, ob der Burgherr allein und nur für sie zu sprechen war.
»Kann ich Euch helfen, Äbtissin?«, trat da auf einmal Katrina, mit einem Gewand von Uta über dem Arm, von hinten an sie heran.
Erschrocken wandte sich Notburga ein zweites Mal um, so dass etwas Wein aus dem Krug auf ihre Hand schwappte. »Was fällt dir ein, dich so an mich heranzuschleichen?«, fuhr sie auf und verzog schon im nächsten Augenblick angewidert

das Gesicht, als sie das Mädchen genauer anschaute und dabei die Hasenscharte an dessen Oberlippe entdeckte, die ihr bisher noch nie aufgefallen war.

»Sucht Ihr Gräfin Uta, Äbtissin?«, fragte Katrina höflich.

»Wen ich suche, geht dich überhaupt nichts an!« Notburga starrte noch immer auf die Missbildung. »Aber deine Herrin ganz gewiss nicht!«

»Verzeiht, Äbtissin.« Mit einem Knicks trat Katrina von der Kammer des Grafen weg und verließ den Gang.

»Dass diese Missgeburt von Kammerweib mir nun auch noch über den Weg laufen muss!«, zischte Notburga. Sie spürte den Wein an ihrer Hand kleben und leckte ihn ab. »Gar nicht so übel, Schwester Margit«, stellte sie schon besser gelaunt fest.

Nach einem Klopfen und der Aufforderung einzutreten, öffnete Notburga die Tür. »Ich bringe Euch unseren frischen Honigwein«, erklärte sie und trat lächelnd vor Ekkehard, der auf einem Stuhl nahe dem Fenster saß.

»Frischer Honigwein?«, wiederholte er angetan und bot ihr an, ihm gegenüber Platz zu nehmen.

»Dieses Mal habe ich ihn noch etwas fruchtiger gemacht. Eine neue Zusammensetzung, der ich viel Zeit geopfert habe, Graf«, ergänzte Notburga, nachdem sie sich gesetzt hatte, und schenkte Ekkehard einen Becher ein.

»Ungewohnt, wenn auch nicht schlecht«, würdigte Ekkehard den ersten Schluck des ihm gereichten Getränkes. »Die hohe Kunst des Kelterns ist in Eurem Kloster wahrhaft unübertroffen.«

»Es ist mir eine Ehre, mein Getränk für Euch stets zu veredeln«, entgegnete Notburga mit dem charmantesten Lächeln, das sie aufzusetzen vermochte. »Für einen Grafen, der als Gefährte des Thronfolgers höchstes Ansehen beim Kaiser genießt, ist das Beste gerade gut genug!«

Ekkehard nickte und nahm einen weiteren tiefen Zug, den er – anstatt ihn hinunterzuschlucken – lange mit der Zunge verkostete. Wer weiß schon, wie lange ich die Gunst des Kaisers noch genieße, grübelte er. Uta war eine Vertraute der Kaiserin; das Christusfest und damit ihre Verstoßung keine zwei Mondumläufe mehr entfernt. Zwar gedachte er, der Gattin morgen an Allerheiligen eine letzte Chance zu geben, indem er sich zu ihr legte. In Wahrheit jedoch war er wenig zuversichtlich, dass der ihm inzwischen lästig gewordene Beischlaf den erhofften Erben hervorbringen würde. Ekkehard schluckte den inzwischen erwärmten Honigwein hinunter und ließ sich mit geistesabwesendem Blick einen zweiten Becher von Notburga füllen, die ihm aufrecht gegenübersaß.
»Ist es wahr, dass keine Gefahr mehr von König Mieszko ausgeht? Ist Euch dieses Wunder tatsächlich gelungen?« Notburga schenkte ihm einen schmeichlerischen Blick, hatte sie doch nur wiedergegeben, was seit der Ankunft des Heeres auf der Burg in aller Munde war.
Über Ekkehards Gesicht huschte ein stolzes Lächeln. »Es ist wahr. Wenige Tage nach dem Waffenstillstand hat sich Mieszko ergeben, ihm fehlte der Rückhalt bei seinen Männern. Polnische Adelssippen haben sich gegen seinen Machtanspruch zur Wehr gesetzt – weshalb er nun erst einmal mit denen fertigwerden muss. Seine öffentliche Unterwerfung vor dem Kaiser wird im kommenden Jahr stattfinden.«
»Gott segne Euch für Euren Mut«, sprach Notburga und fühlte bei dem Gedanken an Esiko ein angenehmes Kribbeln im Schoß. Aber auch darüber hinaus war sie froh, so viele Kämpfer und stattliche Ritter für eine Weile auf der Burg zu haben. »Sicherlich wird mir Kaiser Konrad bald gänzlich die Verantwortung für die ritterliche Erziehung seines Sohnes Heinrich übertragen«, führte Ekkehard weiter aus und über-

spielte seine Zweifel an der kaiserlichen Treue nach Auslauf des Ultimatums mit einem weiteren kräftigen Schluck Wein. »Ungarn, Böhmen und Polen wird Heinrich bald alleine verantworten.« Und wäre der Thronfolger erst einmal Kaiser, stünden ihm noch weitere Tore offen.

Ein angestrengtes Lächeln ließ die Sehnen an Notburgas Hals hervortreten. »Dann werde ich mir wohl etwas Besonderes einfallen lassen müssen, um den Honigwein Euren gewachsenen Ansprüchen anzupassen«, sagte sie bedeutungsvoll, bevor sie den Becher in seine Richtung hob. Über die Jahre hinweg hatte sie gelernt, dass Zustimmung und Bewunderung der Schlüssel zur Seele eines jeden Menschen waren. Und wenn Graf Ekkehard wie ein König behandelt werden wollte, war sie gern bereit, ihm diesen Gefallen zu tun.

»Da habt Ihr wahrlich recht!«, erwiderte Ekkehard. »Ich werde dann auch eine größere Burg benötigen. Wahrscheinlich lasse ich das Wohngebäude hier vergrößern oder verlege meinen Sitz gleich ganz auf unsere Burg nach Meißen.«

Die Vorstellung, wie sich Esiko von Ballenstedt über sie hermachte, ermutigte Notburga, dem Naumburger eine persönlichere Frage zu stellen. »Verzeiht, Graf«, begann sie vorsichtig, »aber konnte ich Euren Ausführungen soeben Bedenken entnehmen?«

Ekkehard umfasste seinen Becher fester. »Ein Berater des Kaisers mit Zweifeln? Wo denkt Ihr hin, Äbtissin!«

»Verzeiht meinen Vorstoß«, beteuerte Notburga sofort und füllte den Becher ihres Gegenübers erneut.

»Mittlerweile habe ich sogar meinen Bruder an politischem Einfluss überholt. Was kann ich da mehr wollen?«, fügte Ekkehard hinzu. Nur warum wollte dann, wo doch alles so ausgezeichnet lief, keine Freude in ihm aufkommen?

Während Notburga ihnen beiden nachschenkte, fiel ihr auf,

dass Ekkehard müde wirkte und weit mehr Falten auf Stirn und Hals aufwies als der ältere Bruder. Das lockige Haar war von grauen Strähnen durchzogen, das Gesicht aufgedunsen und der Leib alles andere als ansehnlich. Notburga beobachtete eine Weile, wie der Burgherr vor sich hin sinnierte, und wagte dann einen zweiten Versuch. »Sagt, Graf, dürfen wir bald mit einer frohen Botschaft rechnen? Trägt Eure Gattin inzwischen den Erben Eurer Macht in ihrem Leib?« Sie kannte die Antwort auf ihre Frage bereits, sah sie der Ballenstedterin bei jeder ihrer Begegnungen doch als Erstes auf den Bauch. Aber sie wollte unbedingt herausfinden, ob es tatsächlich der ausbleibende Nachkomme war, der den Burgherrn sorgte, oder etwas anderes. Darüber hinaus könnte es für Esiko außerdem von Nutzen sein zu wissen, ob die langjährige Feindin vom Gatten lediglich geduldet wurde – ein Umstand, der sie Utas Stellung als Burgherrin um einiges besser ertragen lassen würde als bisher!.

»Mein Chor würde zur Taufe gerne einen Gesang vorbereiten«, setzte sie heuchlerisch nach und genoss dabei die Leichtigkeit, die der Honigwein in ihr auslöste.

»Sie trägt keinen Erben unter dem Herzen«, entgegnete Ekkehard trocken. »Aber die Kathedrale wächst, und der Vater wird eine würdige Grablege erhalten!«

»In gewisser Weise gibt es Ähnlichkeiten zwischen uns, Graf«, sagte Notburga und beugte sich etwas über den Tisch.

»Ich bin ein Mann und Ihr eine Frau, wie kann es da Ähnlichkeiten zwischen uns geben, Äbtissin?« Ekkehard nahm einen weiteren Schluck.

»Fühlt Ihr Euch nicht manchmal einsam?«, fragte Notburga nahezu sinnlich und registrierte zufrieden, dass ihr Gegenüber sich durchaus irritiert von ihrer Frage zeigte.

»Worauf wollt Ihr hinaus?«, fragte Ekkehard ungehalten. Seit

seiner Rückkehr vor ein paar Tagen begegnete er seiner Gattin lediglich, wenn sie mit dem Bruder, dem Werkmeister und einigen seiner Waffenbrüder gemeinsam das Abendmahl einnahmen. Tagsüber hielt er sich überwiegend beim Heer auf der Wiese zu Füßen der Burg auf.
»Einsamkeit ist etwas von Gott Gegebenes«, erklärte Notburga und war sich in diesem Moment sicher, dass die Ballenstedterin von Ekkehard nur geduldet wurde. »Wenn Ihr es wünscht, werde ich Euch auch den nächsten Krug Honigwein wieder persönlich vorbeibringen.«
»Tut das Äbtissin, tut das«, erwiderte Ekkehard und ließ sich tiefer in seinen Stuhl sinken.
Jetzt drängte es auch Notburga nach Entspannung. Für das anstehende Abendgebet hatte sie Schwester Margit bereits angewiesen, sie zu vertreten. Auch hatte sie bereits verlauten lassen, während der morgigen Messe zu Allerheiligen nicht bei den Sängerinnen zu stehen, sondern entspannt im Chorgestühl Platz zu nehmen. »Graf Ekkehard, stets zu Euren Diensten!«, verabschiedete sie sich. Sie hatte mehr erfahren, als sie für möglich gehalten hatte – der Tag des Vollmondes würde von nun an ihr bevorzugter werden.

Hazecha schlug die Augen auf und blickte auf eine Wand, die mit Ruß verschmiert war.
»Warum liegt Tante Uta in deinem Bett, Mama?«, hörte sie eine Kinderstimme flüstern. »Warum trägt Tante Uta denn so ein langes schwarzes Kleid?«, fragte eine zweite Stimme, nicht minder jung.
»Das ist nicht Tante Uta, das ist Tante Hazecha«, sagte Erna mit gesenkter Stimme. »Die Schwester von Tante Uta.«
»Schwester?«, wollte Selmina nun ungeduldig wissen und kicherte. »So wie Luise und ich?«

Als Erna den Finger auf den Mund legte, um den Kindern zu bedeuten, leise zu sein, hob Hazecha den Kopf. »Erna? Erna vom Ballenstedter Burgberg?«

»Ja, ich bin's«, sagte Erna, froh, Hazecha bei Bewusstsein zu wissen, nachdem sie vergangene Nacht schon das Schlimmste befürchtet hatte.

»Es geht mir schon viel besser.« Hazecha lächelte Erna an, die daraufhin an die Lagerstatt trat und ihren Mann mit sich zog.

»Das ist mein Mann Arnold«, stellte Erna ihn vor.

»Arnold!« Hazecha erkannte ihn augenblicklich wieder und stützte sich mühsam auf beiden Ellbogen auf. »Schön, Euch wiederzusehen.«

»Stimmt!«, erinnerte sich jetzt auch Erna. »Ihr kennt Euch ja bereits aus Ballenstedt.«

»Geht es Euch gut?«, wollte Hazecha an Arnold gewandt wissen.

»Sicher«, bestätigte der, »aber Ihr, konntet Ihr ...?« Arnold überlegte, wie er es am besten ausdrücken sollte. »Konntet Ihr Eure Mutter friedlich unter die Erde bringen?«

»Sie ist in Sicherheit.« Hazecha schaute gedrückt zu Boden.

»Das sind Luise und Selmina. Vier Jahre sind sie bereits«, wollte Arnold Hazecha auf andere Gedanken bringen und deutete auf die beiden Mädchen, die sich schüchtern hinter den Beinen der Eltern versteckten.

Nach einem liebevollen Blick zu den Kindern hielt Hazecha inne. »Sagt, wie komme ich eigentlich in Euer Haus?«

»Als ich gestern Abend über die Baustelle ging, habe ich einen Menschen reglos auf dem Boden liegen sehen und wollte helfen. Eure Augen waren geschlossen, aber ich erkannte Euch sofort wieder«, erklärte Arnold und strich dabei den Mädchen über die Köpfe.

»Als ich Arnold mitten in der Nacht mit Eurem reglosen

Körper in den Armen durch die Tür traten sah«, meinte Erna besorgt, »habe ich Euch sofort die Bettstatt hergerichtet. Und gleich nach Sonnenaufgang habe ich einen Boten in die Hauptburg geschickt«, fuhr Erna aufgeregter fort. »Er überbringt Uta die Nachricht, dass Ihr erschöpft bei uns liegt, und bittet sie herzukommen.«

»Das war sehr umsichtig von Euch, Erna.« Als Hazecha dankbar nickte, lugte Selmina neugierig zwischen Arnolds Beinen zu ihr hinüber, während sich Luise nun unsicher hinter Erna hervortraute, sich aber am nächsten Stuhl festkrallte. »Habt Dank, Arnold. Ohne Euch wäre mir gar noch am Ziel meiner Reise Schlimmes widerfahren«, sagte Hazecha, setzte sich auf und streckte den Arm nach Luise aus. Die hielt sich noch immer an der Stuhllehne fest und war, befand Hazecha, mit ihren frechen abstehenden Löckchen ein wahrer Blickfang. »Hast du gewusst, dass Pferde reden können?«, fragte sie das Mädchen und spürte, dass ihre Stimme mit jedem Wort mehr Kraft gewann.

Luise schüttelte den Kopf, löste aber einen Arm von der Stuhllehne.

»Soll ich es dir erklären?« Die Sprache der Pferde war eine der wenigen Erinnerungen, die Hazecha an die gemeinsame Kindheit mit Uta besaß.

Luise schaute zum Vater auf, der ihr einen Schubs gab, woraufhin das Mädchen zögernd auf Hazecha zutrat. Die zog sie langsam zu sich heran und begann, ihr etwas ins Ohr zu flüstern. Dabei hellte sich Luises Gesicht mehr und mehr auf. Mit vor Staunen geweiteten Augen schaute sie immer wieder kurz zu Selmina hinüber, die nun ebenfalls hören wollte, was Hazecha ihrer Schwester erzählte. Ihre Spannung wuchs noch, als Hazecha zusätzlich auch noch Bewegungen mit der Hand machte.

»Pferde erzählen uns etwas, Mama!«, erklärte Luise nach einer Weile stolz. »Sie sagen uns, wenn sie spielen und essen wollen, sieh mal!« Die Kleine tänzelte von einem Bein aufs andere, dann drehte sie sich, während sie gleichzeitig versuchte zu wiehern. Daraufhin kam auch Selmina hinter Arnolds Beinen hervor und drehte sich hüpfend im Kreis.
»Nun ist aber gut ihr zwei«, ging Erna amüsiert dazwischen und warf Arnold einen auffordernden Blick zu.
»Bevor ihr uns das Haus noch zum Einstürzen bringt, wollen wir Tante Hazecha lieber gesund pflegen«, übernahm Arnold daraufhin. »Kommt ihr beiden, wir machen unserem Gast jetzt erst einmal eine kräftige Suppe zum Abendbrot. Tante Hazecha ist noch schwach und muss sich stärken.«
Als sich Erna mit Hazecha alleine wusste, setzte sie sich neben die Bettstatt und ergriff Hazechas Hände. »Wie schön zu sehen, dass es Euch gut ergangen ist.« Mütterlich strich sie Hazecha eine dunkle Haarsträhne aus dem Gesicht. »Als ich Euch das letzte Mal sah, wart Ihr sieben Jahre alt – es war der Tag, an dem sie Euch nach Gernrode schickten.« Betreten senkte Erna den Kopf. »Der Heimgang der Gräfin tut mir leid. Ich habe es nicht verhindern können.«
»Ich auch nicht«, sagte Hazecha traurig. Nach einem Moment der Stille deutete sie dann in Richtung der Baustelle. »Mutter wäre stolz auf Uta gewesen – genauso wie ich es bin.« Sogar in Gernrode hatten die vorbeiziehenden Handelsleute von der Kathedrale in Naumburg gesprochen. »Uta hat mir geschrieben, wie viel Kraft ihr die Arbeit am Bau gibt«, fuhr Hazecha gedankenversunken fort.
Erna nickte nachdenklich. »Uta erzählte mir, dass auch Ihr mit der Heilkunde im Kloster Eure Bestimmung gefunden habt.«
»Du brauchst mich nicht anzureden, als wäre ich deine Her-

rin«, sagte Hazecha lächelnd. »Du bist eine der schönen Erinnerungen aus Ballenstedt.«
Ergriffen zog Erna sich die Haube vom Kopf und schneuzte hinein. Als ihre Nase wieder frei war, fragte sie: »Dann ist also die Krankenstation in Gernrode deine Bestimmung?«
»Aus dem Stift und der Krankenstation bin ich geflohen«, antwortete Hazecha in einem Ton, der kaum Bedauern offenbarte. Allein die Trennung von Schwester Edda war ihr schwergefallen. Sie erinnerte sich wieder an die Strafe, die Äbtissin Adelheid ihr wegen ihres Ausflugs nach Ballenstedt auferlegt hatte: Ein halbes Jahr lang hatte sie von morgens bis abends den Mägden des Stifts bei der Verrichtung einfacher Arbeiten wie Kochen und Reinemachen zur Hand gehen und nebenbei weiterhin die Kranken versorgen müssen.
»Einfach weglaufen? Aber warum denn? Noch dazu den ganzen Weg hierher ohne Reittier?«, fragte Erna fassungslos.
Hazecha setzte sich auf die Bettkante. »Ich möchte Uta warnen und ihr gegen Esiko beistehen. Außerdem haben wir ein Anliegen vor dem Kaiser vorzutragen. Gemeinsam.« Ihre Stimme klang entschlossen. »Am besten gehe ich gleich zu ihr hinüber.«
Besorgt schüttelte Erna den Kopf und ließ ihre schmutzige Haube auf den Boden sinken. »Du bist entkräftet und benötigst noch Ruhe. Lass uns warten, bis Uta kommt.«
»Mir geht es schon viel besser, Erna. Der Hals tut mir kaum noch weh«, versicherte Hazecha ihr mit einem angestrengten Lächeln, auch wenn sie als Heilkundige einen Patienten in ihrem Zustand niemals fortgelassen hätte. »Wie lange lag ich bei Euch?«, wollte Hazecha wissen.
»Eine Nacht bisher, und die nächste Nacht ist nicht mehr weit.« Erna versuchte ihre Verunsicherung darüber zu verbergen, dass Uta noch immer nicht in der Schmiede erschie-

nen war. Der Bote musste ihr die Nachricht von Hazechas Ankunft längst überbracht haben. »Hab etwas Geduld und schlaf dich gesund, Hazecha. Wenn es dir morgen bessergeht, kannst du vielleicht sogar schon die Messe im neuen Chor mit uns besuchen. Ein Teil des kaiserlichen Heeres wird auch dabei sein. Sie lagern bereits auf der Wiese zu Füßen des Burgbergs. Gemeinsam wollen wir feiern, dass die Gefahr an der Ostgrenze des Reiches nun endlich gebannt ist.«

»Sie alle sind wegen der Kathedrale hier?«, fragte Hazecha erstaunt und erinnerte sich an das Lager, das sie mühsam umrundet hatte. »Nein, ich darf Uta nicht länger warten lassen«, insistierte sie nun vehementer.

Erna beobachtete sorgenvoll, wie sich Hazecha mit kleinen Schweißperlen auf der Stirn vom Bett erhob und langsam nach ihrem Umhang griff. »Der heilige Schleier soll an Allerheiligen ein neues Kästchen erhalten, eines, das mit Edelsteinen besetzt ist«, fuhr sie in der Hoffnung fort, Hazecha doch noch davon überzeugen zu können, hierzubleiben und auszuruhen. »Dazu haben sie den Schleier gestern Mittag aus dem gläsernen Schrein genommen und setzen ihn morgen wieder feierlich zurück.«

»Die Messe besuchen wir gemeinsam. Versprochen! Schlaf gönne ich mir, nachdem ich bei Uta war«, erklärte Hazecha und legte sich den Schleier an. Als sie bemerkte, dass Erna nicht reagierte, beugte sie sich zu ihr hinab. »Mach dir keine Sorgen um mich. Ich bin stärker, als es den Anschein hat. Und Erna, danke für alles.« Hazecha zog sich die Kapuze des Umhangs über den Kopf und verließ die Kammer.

»Eben eine echte Ballenstedterin!«, schickte Erna bewegt hinterher.

Im Untergeschoss angelangt, kamen die Kinder sofort auf Hazecha zugestürzt. Luise hielt einen hölzernen Löffel und

Selmina eine leere Schale in der Hand. »Du willst gehen?«, fragte Luise sichtlich enttäuscht.
Derweil beeilte Selmina sich, die Schale vom Vater, der in einem Kessel über der Feuerstelle rührte, mit Suppe befüllt zu bekommen, und trat mit der Schüssel stolz vor ihren Gast. »Ob Pferde die auch mögen?«
Hazecha schaute zur Tür und dann in die blauen Augen, die unter der Schale zu ihr aufblickten.
»Der ist für dich«, unterstützte Luise ihre Zwillingsschwester und hielt Hazecha den Löffel entgegen.
Hazecha griff zu und löffelte folgsam die ihr gereichte Schale aus. »Eine weitere Portion der guten Suppe esse ich, wenn ich zurück bin«, erklärte sie und strich den Kindern über die Köpfe. »Arnold, wir sehen uns morgen zur Messe«, ergänzte sie, als sie bereits an der Tür war, und trat dann aus der Schmiede. Sie hatte selten Kinder erlebt, die in diesem Alter bereits einen solch großen Wortschatz besaßen.

Der Weg zum Wohngebäude in der Hauptburg führte Hazecha an arbeitenden Handwerkern vorbei, von denen sich einige lautstark Anweisungen zuriefen. Andere liefen geschäftig über den Platz, wieder andere zogen Bretter hinter sich her oder schoben Karren mit Steingut an ihr vorbei. »Utas Kathedrale!«, hauchte sie ergriffen, als sie an der Marien-Pfarrkirche vorbei vor der Kathedrale angelangt war, deren Mauerwerk den Bau wie die Flügel einer Fledermaus zu umspannen schien. »Ein wirklich mächtiges Gotteshaus!«
»Wartet erst, wenn Ihr das Innere seht!«, sagte ein Steinmetz, der mit einem Bündel Werkzeugen gerade auf dem Weg dorthin war.
»Sagt, Herr, wie gelange ich zu Uta von Ballenstedt?«, rief sie dem Mann hinterher.

»Die Gräfin ist in Balgstädt und hat ihre Rückkehr erst für die Zeit nach Sonnenuntergang angekündigt, Schwester«, entgegnete er freundlich und hielt auf eine Öffnung in der Mauer des Bauwerks zu. »Ich fürchte, Ihr müsst Euch daher bis morgen gedulden, außer, Ihr wollt Euer Anliegen Graf Ekkehard vortragen«, meinte er noch, bevor er hinter der Mauer verschwunden war.

Bis morgen gedulden? Hazecha wollte weder so lange warten noch ihr Anliegen dem Schwager vortragen. Stattdessen nahm sie sich vor, die Schwester nach Sonnenuntergang am Tor zur Hauptburg abzupassen, womit ihr noch etwas Zeit blieb, das Wunderwerk der Kathedrale genauer zu betrachten. Im nächsten Augenblick richtete sie ihre Aufmerksamkeit auch schon auf den Ostchor, dessen Mauern in luftiger Höhe von einer Vielzahl von Holzgestellen umspannt waren und der bereits ein Dach besaß.

Wie magisch angezogen betrat sie das Innere, und sofort fiel ihr Blick auf ein riesig anmutendes Gerät mit einem langen Arm, der in den Himmel zu ragen schien und an dessen Ende ein hölzerner Balken hing. Hazecha hörte jemanden Kommandos rufen, und ihr Blick glitt den sagenhaften Arm wieder zurück zur Erde, wo in einem ebenerdigen Rad zwei Männer liefen und angestrengt schnaubten.

»Schwester!«, ertönte da eine Stimme hinter ihr. Hazecha drehte sich um und sah einen grobschlächtigen Mann mit hängendem Kinn auf sich zukommen.

»Ihr solltet nicht auf der Baustelle umherlaufen, während gearbeitet wird. Das ist gefährlich. Besonders wenn es dunkel wird«, mahnte er und wies auf die einsetzende Dämmerung am Himmel.

Hazecha nickte. »Verzeiht, aber es muss der Herrgott gewesen sein, der mich hierhergeführt hat.«

»So ergeht es nicht nur Euch, Schwester.« Auf dem Gesicht des Mannes machte sich ein freudiger Ausdruck breit. »Aber bitte geht nicht zu nahe an die Baugerüste oder an den Radkran. Erst vor kurzem wurde ein Pilger von einem herunterstürzenden Mörteltrog erschlagen. Und unser Tragbalken da«, er zeigte auf das lange Holz am Ende des Kranarmes, »der auf dem Dach mit weiteren Balken zu einem Binder zusammengesetzt wird, erwischt schon ab und an gleich zwei Menschen auf einmal.«

»Schmied Werner, das Essen steht auf dem Tisch. Schluss für heute«, rief da ein junger Mann zu ihnen herüber.

Der Schmied blickte daraufhin zum Dach des Ostchores hinauf, wo Tassilo gerade einen Aussteifungsbalken prüfte. »Der Meister wollte mich noch sprechen. Aber was soll's!«, entschied er, nachdem ihm schon der Magen knurrte. »Morgen ist auch noch ein Tag. Ich werde ihn gleich nach Sonnenaufgang darauf ansprechen. Es wird bald Nacht. Also, seid vorsichtig, Schwester«, wandte sich der Schmied noch einmal an Hazecha und verließ dann die Kathedrale.

Hazecha blickte sich um und sah, wie auch die anderen Gewerke ihre Arbeit für heute beendeten. »Habt Dank für Euren Hinweis«, rief sie dem Mann noch hinterher und legte ihre Kapuze zurück. Es dauerte nicht lange, bis auch alle anderen Handwerker die Baustelle verlassen hatten. Pilger waren ebenfalls nicht mehr zu sehen. Hazecha war allein und trat schon im nächsten Moment neugierig in den Ostchor. Sie fasste ihr Gewand, wie sie es früher auf den Blumenwiesen um Burg Ballenstedt herum getan hatte und drehte sich unbeschwert im Kreis. Nach ein paar Runden blieb ihr Blick erneut staunend am Dach des Ostchores hängen. Solch ein hohes Gotteshaus hatte sie noch nie zuvor gesehen, geschweige denn betreten. »Die neue Bischofskirche«, sagte sie und taste-

te mit den Augen Balken für Balken und Stein für Stein ab. Wie wunderschön die Kathedrale doch wurde, an der Uta mitbaute. Mit klopfendem Herzen glitt ihr Blick vom Mauerwerk auf die gelbe Wachspuppe in ihren Händen. »Mutter **ist** stolz auf dich, Uta«, sagte sie lächelnd und strich der Puppe sanft über das Gesicht. »Wir sind eins. Wir sind die Töchter der Hidda von der Lausitz.«
Fasziniert von dem Wunderwerk menschlicher Baukunst trat sie vor den Altar und erkannte den gläsernen Schrein. Ein neues Kästchen mit Edelsteinen sollte der Schleier zur Aufbewahrung erhalten, erinnerte sie sich an Ernas Worte, kniete nieder und faltete die Hände zum Gebet. »Lieber Herrgott«, begann sie. »Segne meine Familie. Und bitte sorge dafür, dass es Schwester Edda und den anderen Schwestern in Gernrode gutgehen möge.« So verharrte sie, bis die Sonne untergegangen war und der Vollmond begann, seine geheimnisvolle Schönheit zu offenbaren.
Sie war in eine göttliche Welt eingetaucht.

Seit nunmehr neun Mondumläufen sehnte er den Vollmond mehr herbei als den Frieden an der Ostgrenze. Und nun war beides da!
Hermann blickte in den wolkenverhangenen Himmel. Dann betrat er die kleine Burgkirche. Die mit Baustellenstaub beschmutzten Hände wischte er sich unruhig an den Beinkleidern ab und wartete sehnsüchtig. Obwohl er gerade erst gekommen war, schien es ihm, als hätte er die Krypta schon vor einer Ewigkeit betreten.
Sein Herz machte einen Satz, als er schließlich die bekannten Schritte über sich vernahm. Sie näherte sich stets derart leichtfüßig, dass er meinte, sie schwebe über den Steinboden zur Krypta hinweg. Erneut rieb er sich die Hände an den Bein-

kleidern ab und musste an sich halten, um Uta nicht entgegenzulaufen. Acht Stufen, zählte er, ihre acht Stufen auf der Treppe der Zärtlichkeit.

Uta war die Erste, die sprach, nachdem sie sich in gewohnter Manier zwischen die Säulen vor dem steinernen Kreuz zum Gebet nebeneinandergestellt hatten. »Meine Anklage steht, und ich kann es kaum erwarten, am Christusfest meine Schwester wiederzusehen. Außerdem hat die Prüfung der Holzvorräte mit Meister Jan ergeben, dass wir spätestens in einem halben Jahr weitere Vorräte aufgetan haben sollten. Der Vogt erwähnte neulich noch zwei Höfe, die zuliefern könnten.« Sie war gerade erst aus Balgstädt zurückgekommen und so unauffällig wie möglich direkt in die kleine Burgkirche geeilt.

»Das freut mich«, entgegnete Hermann und kämpfte gleichzeitig mit seinem Verlangen, das nichts mit Utas Anklage gegen Esiko zu tun hatte, aber sehr wohl mit Gerechtigkeit. »Ich, ich …«, begann er nervös und spürte den Schweiß zwischen seinen Fingern. Stumm sprach er sich Mut zu. Er musste es ihr einfach sagen, ansonsten verging er mit jedem Atemzug ein Stück mehr. »Ich möchte dich an meiner Seite wissen«, brachte er schließlich hervor und strich sich die Haare aus dem Gesicht. Dann trat er vor sie und fühlte bereits seine Stimme beben, obwohl die Worte seinen Mund noch gar nicht verlassen hatten. »Ich liebe dich, Uta von Ballenstedt. Ich liebe dich für deine Zärtlichkeit, für deine Ängste und für deinen Mut. Ich spüre ein Vertrauensband zwischen uns, das ich in dieser Intensität noch nie zuvor gespürt habe.« Mit ihrem unvergleichlichen Willen, für eine Sache zu kämpfen, hatte sie ihm den Mut gegeben, das Wagnis einzugehen – zum zweiten Mal einer Frau seine Liebe zu schenken.

Uta schaute ihn an und versuchte, seinen unruhigen Blick

festzuhalten. Noch nie hatte ein Mann ihr so viel Geborgenheit gegeben, so viel Liebe und Respekt gezeigt. Sie dachte an ihren Kuss auf dem Bauernhof, ihre Zweisamkeit hier in der Krypta und seine Blicke in der Turmkammer, wenn er meinte, Meister Tassilo merke es nicht. Er war der Mann ihrer Wahl, sofern sie denn eine besäße. »Ich kann das Band auch spüren«, flüsterte sie überwältigt.
Hermann, der verfolgt hatte, wie der Ausdruck in ihrem Gesicht von anfänglicher Überraschung zu Freude gewechselt war, küsste sie daraufhin forscher, als er es einst getan hatte.
»Aber wie ... ich meine ... Ekkehard ...«, wandte Uta ein, nachdem sie sich von seinen verlangenden Lippen gelöst hatte. Hermann legte seine Fingerkuppen auf ihren Hals und fuhr über die Haut ihres Dekolletés, sein Blick war voll zärtlichen Verlangens. Dann nahm er ihren Kopf zwischen die Hände. »Sobald er dich freigibt, möchte ich um dich werben.«
»Freigeben?«, wiederholte Uta irritiert.
»Ich spüre, dass du es auch willst«, sagte Hermann und blickte sie erwartungsvoll an.
»Gibt es denn wirklich eine Möglichkeit, ohne Sünde miteinander leben zu können?«, beeilte sie sich zu fragen und zog den Kopf aus seinen Händen.
»Bitte nimm dir Zeit, darüber nachzudenken«, bat er gefasster. Im Rausch der Verliebtheit war er einzig seinem Verlangen gefolgt. »Wenn wir beide es wollen, findet sich ein Weg.«
Uta hob ihren Blick und erwiderte sein zärtliches Lächeln. Dann ergriff sie seine Hand und legte sie an ihre Wange.
So standen sie lange ohne ein weiteres Wort, bis sich der Vollmond klar von der Schwärze der Nacht abhob. Als sie auf die Kryptatreppe zutraten, streckte Hermann ihr die leicht geöffnete Hand entgegen. Und Uta schmiegte die ihre noch sehnsuchtsvoller als bei allen bisherigen Treffen in die seine. Im

Erdgeschoss der Burgkirche lösten sie wie immer die Hände voneinander.

»Ich will noch sehen, ob Meister Tassilo mit der Prüfung der Aussteifungsbalken fertig geworden ist«, erklärte Hermann, nachdem er Uta noch bis vor das Wohngebäude geleitet hatte, und ließ sich von den Wachhabenden einen Kienspan reichen. »Damit es morgen während der Messe nicht zu unerwünschten Zwischenfällen kommt.«

Uta nickte.

»*Dies diem docet*, Uta von Ballenstedt«, sagte Hermann leise und schritt in Richtung der Vorburg. »Dies diem docet, Hermann von Naumburg«, hörte er sie erwidern und fühlte sich darin bestätigt, sie keinen einzigen Augenblick mehr an seiner Seite missen zu wollen.

Überschwenglich betrat er die Kathedrale durch den Eingang an der südlichen Langhauswand. Mit einem Lächeln auf den Lippen ging er auf den Ostchor zu. Als er meinte, in der Nähe des Altars eine Stimme zu hören, spähte er flüchtig in die nächtliche Schwärze des Chores, wischte aber den unleidlichen Gedanken an Bischof Hildeward sofort beiseite.

»Meister Tassilo?« Hermann leuchtete hinauf. »Seid Ihr da?«

»Ich bin hier, beim zweiten Tragbalken«, entgegnete Tassilo, trat an die Steighilfe und leuchtete hinab.

»Ich komme zu Euch hinauf«, erklärte Hermann, verlor sich dann aber erneut in Gedanken. Trotz der Tatsache, dass Uta seine Frage nicht sofort bejaht hatte, fühlte er sich erleichtert. Es waren ihre Gesten gewesen, die ihm die Angst über den ungewissen Ausgang seines Anliegens genommen hatten. Noch immer konnte er ihr Gesicht in seiner Hand spüren.

»Kommt Ihr, Markgraf?«, hörte er Tassilo da rufen.

Mit einem zärtlichen Lächeln, als stände sie noch immer mit leuchtenden Augen vor ihm, löste sich Hermann aus seinen

Gedanken. »Ich bin unterwegs, Meister!«, rief er, klemmte den Span in seiner Hand in eine der schmiedeeisernen Halterungen, die für die morgige Messe angebracht worden waren, und stieg die hölzernen Sprossen hinauf.
Tassilo begrüßte ihn mit einer freudigen Botschaft: »Der Kniestock ist nun ganze fünf Fuß breit. Genau wie auf unseren Zeichnungen.« Er reichte Hermann seinen Span und deutete auf ein Pergament zu ihren Füßen, das neben einer Vielzahl anderer Zeichnungen lag. »Auch die Aussteifungsbalken habe ich bereits vermessen. Sie wurden exakt nach unseren Vorgaben verstärkt.«
»Sehr gut.« Hermann leuchtete in Richtung der vollständig aufgestellten Binder. »Damit sollte für morgen, wenn der Schleier in seine neue Schatulle niedergelassen wird, alles bereit sein. Die Kämpfer haben es sich verdient.«

Vielleicht sollte sie besser versuchen, ihren Herzschlag etwas zu beruhigen, indem sie ein Schreiben aufsetzte? Uta schob die Liste mit den Speisewünschen des Hofstaates für das kaiserliche Weihnachtsmahl beiseite und blickte auf ein weiteres Pergament auf ihrem Pult. Das Bittschreiben über das ausstehende Marktrecht, von dem sie wünschte, dass es die Kaiserin noch erreichte, bevor sie aus Burgund in Naumburg eintreffen würde, enthielt gerade einmal einen einzigen, nichtssagenden Satz. Auch musste sie auf die Briefe Wipos und ihres Bruders Wigbert antworten – doch die Sicherstellung der Wintervorräte für den kaiserlichen Hof, der sich mit zweihundert Personen angekündigt hatte, sowie die Versorgung des Heeres hatten zuletzt all ihre freie Zeit verschlungen.
Uta zog ein leeres Pergament hervor und nahm den Federkiel auf. »Ach Wigbert, Bruder, es sind so viele, schwerwiegende Entscheidungen zu treffen.« Jäh ließ sie das Schreibgerät sin-

ken. Durfte sie sich, ohne ihr Seelenheil zu gefährden, überhaupt einem anderen Mann hingeben? Uta drehte den Kopf und blickte zum Fenster.
Als sie eine große Rauchwolke am Himmel stehen sah, ließ sie den Federkiel fallen und trat näher ans Fenster. Überrascht schaute sie in den mit einem Mal menschenüberfüllten Haupthof hinab und hörte Schreie. Sofort raffte sie ihr Gewand und stürzte die Treppen des Wohngebäudes hinab. Mit pochendem Herzen drängte sie sich mit den anderen Burgbewohnern in Richtung der Baustelle. Ein deutlicher Brandgeruch und ein starkes Knistern wiesen den Weg zum Feuer. Entsetzt blickte Uta zu den lodernden Flammen hinauf, die vom Dach des Ostchores aufstiegen. Plötzlich spürte sie, wie eine Hand nach der ihren griff. Katrina! Sie zog das Mädchen zu sich heran und ließ sich dann mit ihm zusammen von der Menschenmenge bis zur Burgkirche schieben.
In den starken Rauchschwaden, die sich nicht nur durch herabgestürzte Dachbalken, sondern auch durch alles Brennbare auf dem Boden gebildet hatten, meinte Uta, Geselle Matthias zu erkennen, der geistesgegenwärtig Anweisungen gab. »Schnell Männer, bildet zwei Ketten, um Eimer mit Wasser durchzureichen! Das Dach des Chores können wir nicht retten, dort können wir nicht mehr hoch. Aber wir müssen verhindern, dass das Feuer auf die umliegenden Häuser und Stände überspringt. Der Wind peitscht die Flammen nach Süden. Reicht die Eimer auch auf den Dachumlauf der Marienkirche hinauf.« Matthias begann zu husten, sprach aber weiter. »Die erste Schutzkette bilden wir vom Brunnen der Hauptburg bis zu den Unterständen für das Baumaterial an der Nordmauer. Die zweite Kette soll vom Brunnen in der Vorburg«, er wies hinter den Werkstand der Zimmerer, »bis zur Marien-Pfarrkirche gehen!«

Um Uta und Katrina herum setzte Gewusel ein. Aufgescheuchte Hühner und Schweine mischten sich unter die Menge und schürten mit ihrem erschreckten Gequieke Aufregung und Angst. Während sich die beiden Wasserketten bildeten, schaute Uta zu den lodernden Flammen des Daches hinauf. »Heilige Plantilla, beschütze die Menschen hier«, betete sie inbrünstig.

»Vitruvs Polyspastos!«, rief da Katrina, deren Gesicht vom Qualm bereits geschwärzt war. Sie deutete auf den Kranarm, hinter den halbhohen Mauern des südlichen Langhauses.

»Der brennt wie Zunder!«, riefen einige neben ihnen, die durch Katrinas Fingerzeig ebenfalls auf den Polyspastos aufmerksam geworden waren.

»Schneller, wir brauchen mehr Wasser!«, kamen Schreie aus der anderen Richtung.

Utas Blick folgte dem Feuer, das nun gierig die Gerüste an den Außenmauern des Ostchores verschlang und sie nach und nach zusammenbrechen ließ. Dann sah sie, wie die Flammen plötzlich nach oben schossen und eine Funkenwolke nach Süden in Richtung von Ernas Schmiede trieben.

Inzwischen waren die Menschenketten im Vorhof unermüdlich dabei, Wasser zu den Brandherden durchzureichen, während die Löschhelfer jeden Eimer, der verfügbar war, ja sogar jede Suppenschüssel und jeden Topf immer wieder neu mit Wasser füllten. Ein jeder wollte mit anfassen, niemand floh vor dem immer wieder niedergehenden Feuerregen.

Nachdem das gesamte Holz verbrannt war, erlosch das Feuer allmählich. Der Chor, der eben noch ein einziges Flammenmeer gewesen war, wurde nun von dichten Rauchschwaden umhüllt. Der Übertritt des Feuers auf das Langhaus hatte verhindert werden können.

Hermann!, durchfuhr es Uta da. Hatte er ihr vorher nicht

noch gesagt, er wolle mit Meister Tassilo eine letzte Prüfung des Daches vornehmen? Augenblicklich ließ sie Katrinas Hand los und drängelte sich durch die Menschenmenge hindurch zum Eingang des Gotteshauses.
Während draußen Gebete erklangen und Kommandos gebrüllt wurden, war es im Inneren der Kathedrale still. Uta tat zwei Schritte zur Mitte des Langhauses. Als weder Hermann noch Tassilo irgendwo zu sehen war, erfasste sie tiefer Schmerz. Darüber hinaus bot sich ihr ein Bild der Zerstörung: ein Gewirr aus verkohlten Holzteilen. Sie blickte am Mauerwerk des Ostchores hinauf. Doch die größte Befürchtung jedes Werkmeisters – der Einsturz – war nicht eingetreten. In den Schuttbergen auf dem Boden um den Altar herum gab es noch einzelne Brandnester. Erschöpft wischte sie sich die feuchte Stirn, der Schleier hing ihr am Hinterkopf, einzig die grüne Spange über dem rechten Ohr hielt den Stoff noch am Haar. Die Eheklammer musste sie im Gedränge verloren haben.
In Begleitung des Bischofs betrat Ekkehard die Kathedrale.
»Gattin!«
Noch immer auf der Suche nach Hermann und Meister Tassilo blickte Uta an Ekkehard vorbei zu den Gewerkmeistern, die nun ebenfalls das Langhaus betreten hatten.
»Ihr solltet nicht hier sein!« Ekkehard ergriff Utas Arm.
»Schaut doch!«, rief Zimmermeister Jan angstvoll, trat in den Chor und zeigte auf eine Hand, die unter zwei verkohlten Balken hervorragte.
»Nein!«, kam Hermann da auf einmal in die Kathedrale gestürzt und lief auf den Zimmermeister zu, der gerade dabei war, die Balken anzuheben, nun aber erschrocken innehielt.
Uta fiel ein Stein vom Herzen. Dann aber bemerkte sie besorgt die Schrammen in Hermanns Gesicht und das Blut auf

seinem aufgerissenen Wams. Unruhig beobachtete sie, wie er im Ostchor vor der verkohlten Hand niedersank.

»Gott, lass es nicht Meister Tassilo sein!«, bat er verwirrt und griff nach der Hand, welche sich ihm entgegenzustrecken schien. »Ich sah doch eben noch, wie Ihr Euch neben mir aus dem Chor abgeseilt habt, nachdem wir die ersten Flammen entdeckt hatten.«

»Die Hand trägt den Siegelring derer von Enzingen, wenn ich es richtig erkenne«, bemerkte Bischof Hildeward, der über einige Steine hinweg neben Hermann getreten war und nun beschwörend die Hände hob. »Gott sei gedankt, dass der heilige Schleier für die morgige Messe zuvor in sichere Hände übergeben wurde.« Seitdem die Reliquie wieder hinter dem Wandteppich in seiner Kammer verwahrt war, spürte Hildeward erneut unendliche Kraft durch seine nahezu fleischlosen Glieder fließen.

Reglos beobachtete Uta, wie der Mann, den sie liebte, entmutigt den Kopf über dem Leichnam senkte. Ihre Erleichterung angesichts seines Erscheinens hatte wegen des Verlusts von Meister Tassilo kaum länger als zwei Atemzüge gehalten.

»Und was ist das hier?« Bischof Hildeward, der als Einziger nicht vom Ruß geschwärzt war, stupste einen gelben Gegenstand mit seiner Sandale an, der im Schutz des Altarsteines anscheinend vom Feuer verschont geblieben war.

Uta erschrak, als sie eine Puppe aus Wachs erkannte. »Lasst sie mich sehen!« Sie befreite sich aus dem Griff des Gatten und fasste danach. Die Puppe war aus dem gleichen Wachs gemacht, das Alwine ihr einst gegeben hatte. »Hazecha, nein, bitte nicht«, hauchte Uta. Als sie die drei winzigen Steinchen am Kopf der Puppe sah, füllten sich ihre Augen mit Tränen.

»Das kann nicht Hazecha sein!« Hermann erhob sich schwankend. »Schnell, wir räumen das verkohlte Holz fort. Sicherlich sind wir einer Verwechslung aufgesessen.«

»In dem Aschehaufen findet Ihr doch niemanden mehr lebend«, stellte Bischof Hildeward trocken fest und trat zurück.
Uta stand reglos da und streichelte die Wachspuppe. Als sie jedoch sah, wie unter den verkohlten Bohlen ein zierlicher Körper in den Fetzen eines Gernroder Stiftsgewandes zum Vorschein kam, stürzte sie auf die Schwester zu und legte das Ohr auf deren Brust. »Ich höre keinen Herzschlag! Hazecha!«, sagte sie verzweifelt und begann vor den Augen der Versammelten zu schluchzen.
»Hazecha?«, fragte da ein Mann mit zitternder Stimme, dessen Wams den markgräflichen Adler zeigte, und trat vor Uta. »Endlich finde ich Euch, Gräfin.«
Trostlos blickte Uta auf, worauf der Mann zu erklären begann: »Ich sollte Euch heute Morgen die Botschaft überbringen, dass eine Hazecha in der alten Schmiede darniederliegt und Euren Besuch erwartet.« Mitleidig schaute er auf den leblosen Körper. »Aber Ihr hattet die Burg bereits verlassen. Ich wartete eine Zeitlang im Flur zu Eurer Kemenate, doch als sie mir von Eurem Ritt nach Balgstädt berichteten, musste ich meine Mission vertagen. Die Frau des Küchenmeisters sagte mir, dass die Nachricht vertraulich sei. Deswegen wagte ich nicht, sie jemand anders als Euch zu übermitteln.«
Hazecha war schon hier, während ich in Balgstädt Holzvorräte prüfte? Uta fühlte sich wie in einem Alptraum gefangen.
»Das arme Kind wird von einem Balken erschlagen worden sein«, erklärte Hildeward den Umstehenden und unterbrach damit die für ihn unnötigen Erklärungen.
»Holt die Schwestern des Moritzklosters«, wies Hermann mit zitternder Stimme an. »Wir wollen die Verstorbenen bergen und dann ein Gebet sprechen.« Er fühlte sich schrecklich

hilflos. »Warum nur, warum?«, drang Utas Flüstern an seine Ohren. Er wollte sie in den Arm nehmen und ihr Trost spenden, doch war ihm dies im Beisein des Bruders verwehrt.
»Stellt Wachen vor den Eingang«, wies Ekkehard da an. »Wir wollen die Verstorbenen ohne Zaunvolk bergen.«
Im nächsten Moment betraten Schwester Margit und Äbtissin Notburga gefolgt von zwei weiteren Benediktinerinnen die Kathedrale. Sofort lief Margit auf Uta zu, deren Gesicht leichenblass geworden war, und nahm sich ihrer an. Die beiden Benediktinerinnen luden derweil Hazechas leblosen Körper auf eine der mitgebrachten Bahren.
»Wie konnte das Feuer nur ausbrechen?«, fragte Bischof Hildeward und trat mit verschränkten Armen vor Hermann.
»Ich weiß es nicht«, entgegnete der, während sein verzweifelter Blick auf Uta ruhte, die andauernd Hazechas Namen vor sich hin sagte.
»Meister Tassilo und ich waren oben auf dem Dach, um nochmals die Aussteifungsbalken zu prüfen, damit keinerlei Gefahr für die morgige Messe besteht«, begann Hermann unruhig zu erklären, und trat vor den schmiedeeisernen Spanhalter an der Chorwand. »Meinen Span hatte ich zuvor hier hineingesteckt.«
Notburga hatte sich zuerst nicht entscheiden können, ob sie ihre Aufmerksamkeit der gebrochenen Ballenstedterin auf dem Boden oder lieber dem Gespräch zwischen Markgraf und Bischof zuwenden sollte. Nun schob sie sich durch die Gewerkmeister hindurch und trat wichtigtuerisch vor Bischof Hildeward. »Verzeiht, Euer Exzellenz, aber wie es aussieht«, sie tippte an die Halterung, »ist diese Spanhalterung lose. Vielleicht, und die Betonung liegt dabei auf vielleicht, Markgraf«, fuhr Notburga anmaßend fort, »habt Ihr ja vergessen, den festen Sitz der Halterung zu überprüfen, so dass

Euer Span herausrutschen konnte und damit den verheerenden Brand verursacht hat.«
Hermann wurde nachdenklich. Konnte es sein, dass er den Brand verursacht hatte, weil er in seiner Verliebtheit einen Moment lang nicht aufmerksam genug gewesen war und die lockere Halterung übersehen hatte?
»Bruder!«, trat Ekkehard erschrocken vor.
Hermanns Blick glitt zu den zwei Benediktinerinnen, die im Begriff waren, Tassilos Leichnam auf eine Bahre zu legen. Dann schaute er zu Uta, die sich von Schwester Margit gestützt gerade erhob. Für den Bruchteil eines Lidschlags trafen sich ihre Blicke.
Dann schloss sie die Augen.
Schuldbewusst senkte Hermann den Kopf. »Das ist nicht auszuschließen. Ich werde dafür sühnen«, sagte er mit feuchten Augen in Utas Richtung und verließ die Kathedrale.
»Nein!«, rief Uta noch einmal, als sie Hazechas Gesicht unter einer Decke auf der Bahre verschwinden sah. Hazecha durfte nicht von ihr gehen! Sie waren doch die Töchter der Hidda von der Lausitz, die niemand trennen durfte! Auf wackeligen Beinen ließ sie sich von Schwester Margit vor die Bahre führen. Zärtlich strich sie der Schwester über die Wangen. Als die Fingerkuppe ihres Zeigefingers den kleinen Fleck unter Hazechas linkem Auge berührte, verlor sie kurz das Bewusstsein, so dass Schwester Margit sie erneut stützen musste. Begleitet von einem Tränenstrom legte sie Hazecha die Wachspuppe stumm auf die Brust und faltete deren Hände darüber. »Du bist ein Teil von mir. Mit dir geht ein Stück meines Herzens.«
Schwester Margit stimmte ein Gebet an, in das die Versammelten mit einfielen. Von Decken verhüllt wurden die Toten schließlich hinausgetragen.

Bald werden Esiko und ich es geschafft haben, die Ballenstedterin niederzuringen, dachte Notburga und schaute dem Leichenzug zufrieden hinterher. Wie sehr ihr dieser Brand doch gelegen kam. Ihren Liebhaber würde es auch erfreuen. Graf Esikos Sieg würde auch ihr Triumph sein. Notburga erbebte vor Wollust bei dem Gedanken daran, wie ihr der mächtigste aller Heerführer seine Dankbarkeit beweisen würde. Gleichzeitig mahnte sie sich jedoch zur Vorsicht. Zu offen durfte sie ihre Abneigung gegen die Ballenstedterin auch jetzt nicht zeigen.
»Solange der Chor unter Asche liegt, verbleibt der heilige Schleier in meiner Obhut«, ergriff Bischof Hildeward noch einmal das Wort. »Die morgige Messe wird ersatzweise in der Marien-Pfarrkirche gelesen.«

Der Himmel spannte sich wie ein dunkelgraues Zelt über dem Burgberg. Arnold blickte besorgt nach oben, umfasste Ernas Schulter und trat mit ihr aus der Schmiede. An Ernas linker Hand lief Luise, die wiederum Selmina festhielt.
Der Hof der Vorburg war sowohl mit Arbeitern wie mit Bewohnern dicht gefüllt und dennoch seltsam still. Die Familie des Burgkochs mischte sich unter die stumme Menge, die auf die Marien-Pfarrkirche zuhielt, um nach der Messe zu Allerheiligen, die aus Platzgründen den Kämpfern vorbehalten gewesen war, nun in der Kirche zu beten.
Erna schluchzte auf, als sie an den aufgeräumten Ständen der Zimmerer vorbeikamen. Noch vor zwei Tagen hatte sie dort unbekümmert Grütze und dünnes Bier an Meister Jan und seine Gesellen ausgeteilt. Weshalb nur war es ihr nicht gelungen, Hazecha so lange in der Schmiede festzuhalten, bis Uta gekommen war?
»Warum sind die Schneeflocken auf Selminas Kopf so grau?«,

fragte Luise und starrte befremdet auf die dunklen Eiskristalle, die sich auf den Locken der Schwester absetzten.
»Psst!«, machte Erna und zog ihre Tochter an der Hand zu sich heran.
»Grau?«, fragte Selmina und strubbelte sich mit den Fingern über das Haar. »Ich habe schon mal gelben Schnee gesehen. Du auch Luise?« Die Zwillinge kicherten in kindlicher Unbekümmertheit.
»Zügelt Euch, Kinder!«, tadelte sie Erna, und sofort senkten die Mädchen, die den Brand der vergangenen Nacht verschlafen hatten und noch nicht wussten, dass Hazecha tot war, beschämt den Kopf. »Gott stellt uns auf eine harte Probe«, fügte Erna hinzu und konnte nicht verhindern, dass ihr Tränen die Wangen hinabliefen. »Hazecha war eine ganz besondere Person«, schluchzte sie an Arnold gewandt, der daraufhin zustimmend nickte. Auch in seinen Augen standen Tränen.
»Lass uns erneut für die Aufnahme ihrer Seele in den Himmel beten.« Arnold drückte seine Frau fest an sich und verlangsamte seinen Schritt. Er hatte Schmerzen im rechten Knöchel, seitdem er mit einer Gruppe Steinmetze und zwei mit Wasser gefüllten Eimern die Treppe zum Dachlauf der Marienkirche hochgehetzt war, um zu verhindern, dass das Feuer übersprang.
Nur wenige Schritte von der Tür der Marienkirche entfernt hielt Erna inne und bedeutete Arnold und den Kindern, auf sie zu warten. Sie wollte das Gespräch zweier Kämpfer verfolgen, die neben ihnen standen.
»Sie liegt wohl krank darnieder«, sagte der eine, woraufhin der andere nach einer langen Pause erwiderte: »Wenn der Herrgott jetzt auch noch die Gräfin zu sich holt, ist das endgültig ein Zeichen. Und warum hat uns der Markgraf zu Allerheiligen nicht die Ehre erwiesen?« Auf diese Frage hin

zuckte sein Freund mit den Schultern. »Da hilft auch die schönste Edelsteintruhe für den Schleier nicht, um das Unheil von diesem Ort zu nehmen.«
Unheil? Unsicher streifte Ernas Blick das ferne Wohngebäude in der Hauptburg, dann zog sie Arnold und die Kinder weiter. »Hast du gewusst, dass Uta bettlägerig ist, seit …?« Sie zögerte, die grausamen Worte auszusprechen.
»Ich war seit dem Brand nicht mehr in der Hauptburg«, antwortete Arnold. »Erst heute Abend bereite ich das nächste Mahl für die Herrschaften zu.«
»Ich muss zu Uta und sie trösten.« Unruhig zog Erna ihre Haube vom Kopf. »In solch einer schwierigen Situation sollte niemand alleine …«
»In solch einer Situation«, unterbrach Arnold seine Frau, setzte ihr die Haube wieder auf und strich ihr beruhigend über den Arm, »kann Besinnung und Einsamkeit auch heilend wirken. Vielleicht möchte sie gern Zeit für sich haben, um in Ruhe Abschied nehmen zu können.«
Erna blickte den Gatten verwundert an. So einfühlsam hatte sie nur selten einen vom anderen Geschlecht reden gehört. »Ich werde Katrina suchen und sie fragen, wie es Uta geht«, beschloss sie. »Das wirst du mir doch sicher erlauben?«
Arnold nickte. »Aber lass uns zuerst ein Gebet für Hazecha sprechen.«
Sie betraten die überfüllte Marien-Pfarrkirche, und Erna war froh, dem grauen Schneegeriesel entkommen zu sein, das sich seit dem Brand wie ein Grabtuch auf den Burgberg gelegt hatte.

»Gegen den Verlust eines geliebten Menschen hilft Ablenkung am besten«, sagte Notburga mit unüberhörbarer Ironie in der Stimme und schob sich das Gewand über die Knie. Als

Esiko sie begehrlich zu sich zog, rieb sie ihren Körper an seinem und begann zu schnurren.

»Ich bin untröstlich über den Verlust meiner Schwester! Und froh, so schnell hergekommen zu sein.« Genüsslich lachte er auf und zog das schwarze Gewand über den Kopf der Hildesheimerin, die sich daraufhin an seinen Beinkleidern zu schaffen machte. »Wartet!«, sagte er dann, packte sie grob an den Handgelenken und zog sie nackt vor das Fenster der Äbtissinnenkammer. Solch einen Anblick würde er so schnell nicht wieder geboten bekommen. Angezogen vom Geschehen im Klostergarten der Benediktinerinnen, in dem sich neben einigen Kräuterbeeten und Holzkreuzen seit neuestem auch eine Grabplatte befand, befahl er: »Kniet nieder!«

Amüsiert senkte Notburga den Blick. Mit einem: »Stets zu Diensten, mein Graf und kaiserlicher Heerführer, schön, Euch früher als erwartet wiederzusehen«, ließ sie sich vor ihm nieder und befreite mit geschickten Handgriffen sein steifes Glied aus Beinlingen und Bruche.

»Das Leben hält so manche Überraschung bereit. Für alle von uns. Und heute habt Ihr Euch eine besondere Belohnung verdient. Nun öffnet Eure hübschen Lippen.« Mit diesen Worten steckte Esiko sein geschwollenes bestes Stück in ihren Mund, über den sie bisher vermutlich nur Speis und Trank aufgenommen hatte.

Erfreut über dieses gar ungöttliche Tun, benötigte Notburga einige Bewegungen, um sich dem Rhythmus seines Beckens anzupassen. Schließlich gefiel es ihr und sie stöhnte auf.

Esiko schaute erneut aus dem Fenster. Ein tiefes Gefühl von Befriedigung, das seine Lust noch steigerte, durchfuhr ihn, als er Uta mit apathischem Blick vor dem Grab der verstorbenen Schwester stehen sah.

»Dein Weiß gleicht glänzendem Schnee«, flüsterte Uta und

schaute auf die Grabplatte mit Hazechas Namen, der vor ihren Augen verschwamm. »Der süße Duft deiner Blüte gleicht den Wäldern von Saba. Nicht übertrifft der parische Marmor an Weiße die Lilien, nicht übertrifft sie die Narde an Duft.«[27] Als ihre Stimme erstarb, traten Erna und Schwester Margit neben sie – die zwei einzigen Menschen, die sich Uta bei der Grablegung Hazechas gewünscht hatte. Die beiden wollten Uta gerade unter den Armen fassen und stützen, als die an das Kopfende der Grabstelle trat und leise mit geschlossenen Augen den Vers aus dem *Hortulus* weitersprach: »Selbst wenn eine arglistige Schlange mit angeborener Tücke gesammeltes Gift aus verderblichem Maul spritzt und grausamen Tod durch kaum sichtbare Wunden ins innerste Herz sendet, dann zerstößt man am besten Lilien mit einem schweren Mörser und trinkt den Saft mit Falerner.«[28] Uta versuchte in Gedanken an die Schwester zu lächeln, vermochte es aber nicht. So öffnete sie die Augen und starrte auf die Steinplatte, unter der Hazechas sterbliche Hülle ruhte.

Noch in der Brandnacht hatte Hazecha die letzte Ölung erhalten. Die darauffolgende gestrige Totenwache in der Kapelle des Moritzklosters hatte Uta auf ihren ausdrücklichen Wunsch hin allein gehalten. Nur für die Dauer von Meister Tassilos Beisetzung auf dem Gottesacker des Georgsklosters hatte sie die Totenwache an Schwester Margit übergeben. Der Brand hatte ihr nicht nur Hazecha, sondern auch den ihr zum väterlichen Freund gewordenen Werkmeister genommen. Doch noch weniger ertrug sie es, dass das Feuer sie des Mannes beraubt hatte, mit dem sie sich ein gemeinsames Leben

---

27 Zur besseren Lesbarkeit modifiziert auf der Basis von: Walahfrid Strabo: Liber de cultura hortorum / Über den Gartenbau, Hrsg.: Schönberger, Otto, erschienen 2002 im Reclam-Verlag, S. 25.

28 Ebda., S. 25.

auszumalen begonnen hatte, der sich aber nun in die Einsamkeit des Georgsklosters zurückgezogen hatte, um seine Schuld zu sühnen. Sie hatte alles verloren, was ihr lieb und teuer war.
»Was will Gott uns mit all dem Leid sagen?«, fragte sie mit brüchiger Stimme.
»Was Gott uns damit sagen will?« Erna schaute mit verweintem Gesicht auf und schüttelte hilflos den Kopf.
Schwester Margit schluckte. Was die Bibel dazu ausführte, half den Zurückgebliebenen in ihrem Schmerz nur selten.
»Hazecha ist jetzt bei Gott. Dort wird es ihr gutgehen.«
Mit rotverweinten Augen schaute Uta Schwester Margit lange an. Ohne ein weiteres Wort wandte sie sich jäh von ihr ab und verließ den Klostergarten. Als sie nach einigen Schritten ins Stolpern kam, wollte Erna ihr nachlaufen, doch Margit bedeutete ihr, die Trauernde gehen zu lassen.

Uta betrat die Vorburg, die wie leer gefegt war, und hielt auf ihre Kemenate in der Hauptburg zu. Als sie die Baustelle passierte, hielt sie den Blick streng auf den Boden gesenkt. Der Wind wirbelte noch immer Asche auf.
In ihrer Kemenate angekommen, holte sie Hazechas Briefe unter der Bettstatt hervor und drückte sie fest an ihre Brust. Sie umklammerte die Pergamente derart, dass die Knöchel an ihren Händen weiß hervortraten. »Ich möchte bei dir sein, Hazecha, Lilie meines Lebens.« Uta schluckte und meinte, keine Luft mehr zu bekommen. Diese Welt hier war nicht mehr die ihre. Wie hatte der Herrgott nur so kurz vor ihrem Wiedersehen entscheiden können, die Töchter der Hidda von der Lausitz für immer voneinander zu trennen?
Uta legte die Briefe zurück in den schmucklosen Einband. Dann löste sie ihre grüne Spange aus dem Haar und betrachtete sie. Doch statt der vier Steine sah sie die Schwester wieder

vor dem Seiteneingang des Gernroder Klosters stehen, wo sie sich zuletzt voneinander verabschiedet hatten. »Wenn ich dich nicht in meinen Kampf um Gerechtigkeit hineingezogen hätte, Hazecha, wärst du heute noch am Leben.«
Uta erhob sich und trat vor ihre Gewandtruhe, zog von ganz unten die in ihr verwahrte Wachstafel hervor und ging dann zum Schreibpult, um den zugehörigen Griffel zu holen. Beim Blick auf die Tafel schüttelte sie den Kopf. Der erste Satz, der auf ihr geschrieben stand, las sich wie blanker Hohn: »Schwerste Verbrechen durch Beschädigung des Lebens eines Delinquenten zu sühnen ...« Sie vermochte den Satz nicht zu Ende zu sprechen. Stattdessen drehte sie den Griffel um und begann mit seiner stumpfen Seite, das Wachs zu glätten.

Die Arme an den Körper gepresst, den Kopf demütig gesenkt, fiel Hermann auf die Knie. »Herr, aus der Tiefe rufe ich zu dir. Herr, höre meine Stimme. Lass deine Ohren die Stimme meines Flehens vernehmen.« Er beugte sich so weit hinunter, dass seine Stirn den steinernen Zellenboden berührte. »Wenn du, Herr, Sünden anrechnen willst – Herr, wer wird da bestehen? Denn bei dir ist die Vergebung, dass man dich fürchte. Meine Seele wartet auf dich, Herr, mehr als die Wächter auf den Morgen«[29], führte er den Bußpsalm weiter, wie er es die vergangenen Tage jeweils bei Sonnenaufgang, -höchststand und -untergang getan hatte. Hermann legte sich nun bäuchlings auf den Boden des Georgsklosters. Mit einem tiefen Atemzug und im Bewusstsein, dass die Kälte des steinernen Bodens nun in jede Faser seines Fleisches kriechen würde, streckte er die Arme von sich. Sein Gesicht zeigte in Richtung der kahlen Wand, vor der nichts als ein Strohsack lag. Obwohl er wusste,

---

29 Psalm 130, hier und folgend frei zitiert aus: http://www.klosterkirche.de/zeiten/herbst/22-trinitatis.php.

dass sich sein Kiefer durch die Schieflage und von der Kälte des frühen winterlichen Frosteinbruchs bald wie betäubt anfühlen würde, drehte er den Kopf und drückte die linke Wange auf den Boden. »Meine Seele wartet auf den Herrn«, sprach er weiter – auch als es klopfte.
»Bruder?«, kam es da von der anderen Seite der Zellentür.
Hermann presste die Wange noch fester auf den Boden.
Da war Ekkehard auch schon eingetreten. »Bruder?«, fragte er ein zweites Mal, als ob er sich erst vergewissern müsste, wer dort mit ausgebreiteten Armen vor ihm lag.
»Erhöre mein Gebet«, sprach Hermann weiter. »Vernimm mein Flehen um deiner Wahrheit willen, erhöre mich um deiner Gerechtigkeit willen.«
»Bitterkalt ist es hier drinnen«, merkte Ekkehard an. »Warum befiehlst du dir kein Kohlebecken her? Na ja, auf der Baustelle gibt es bald wieder gute Suppe. Die wird dich sowieso besser wärmen als ein paar brennende Kohlen.« Erst als Ekkehards Blick vom Strohsack zurück zu Hermann glitt, fiel ihm dessen veränderte Gewandung auf. »Du trägst den Chormantel der Benediktiner?«
Hermann erhob sich. »Ekkehard, ich komme nicht mehr auf die Baustelle. Abt Pankratius wird mich in wenigen Tagen in die Gemeinschaft hier aufnehmen. Ich werde mich von nun an ausschließlich dem Beten und Arbeiten widmen. *Ora et labora.*«
»Du willst wirklich als Ordensbruder ins Georgskloster eintreten?«, fragte Ekkehard fassungslos. Er hatte schon von Frauen gehört, die *den Schleier genommen hatten,* weil sie nicht heiraten wollten oder von ihren Männern verstoßen worden waren. Aber ein Markgraf, der freiwillig Macht und Titel abgab und in ein Kloster eintrat, war ihm noch nie begegnet. Das Leben im Kloster, so fand er, taugte doch eh nur

für diejenigen, die es weder auf dem Schlachtfeld noch in der Politik jemals zu etwas bringen würden. »Sind denn vier Tage am Stück nicht genug, um Buße zu tun?«, meinte Ekkehard verunsichert.

Hermann schüttelte den Kopf. »Vier Tage für zwei Menschenleben?« Wovon das eine der Schwester meiner großen Liebe und das andere meinem Freund gehört hat, fügte Hermann in Gedanken hinzu. Zudem hatte er den Menschen den Glauben an die Kämpfer-Kathedrale genommen, sie entweiht. Der Brand, wenn auch durch seinen Span entfacht, war ein Zeichen Gottes an alle Gläubigen gewesen, dass die Kathedrale nicht mehr gesegnet war und Gott ihrem Wachstum Einhalt geboten hatte.

»Du musst die Bautätigkeiten wieder aufnehmen, Bruder!«, insistierte Ekkehard. »Ich habe die Gewerkmeister bereits gebeten, mit den Aufräumarbeiten zu beginnen, und ihnen zugesagt, dass du in wenigen Tagen die Arbeiten wieder persönlich überwachen wirst. Außerdem wünscht der Kaiser unsere Unterstützung. Es gibt Probleme in Burgund. Graf Odo von Blois-Champagne ist dabei, große Teile des Königreiches in Besitz zu nehmen – unter dem Vorwand, er und nicht der Kaiser wäre der rechtmäßige König.«

Doch Ekkehards Worte über die Reichspolitik besaßen für Hermann kein Gewicht mehr. Immer wieder tauchte Uta vor ihm auf, und wie sie ihn in der Brandnacht angesehen hatte. Er war schuld an ihrem Schmerz. Die zweite Frau, die er liebte und deren Unglück er zu verantworten hatte.

»Wir brauchen dich auf der Baustelle«, wiederholte Ekkehard und erinnerte sich an ihr letztes Gespräch bei der Jagd auf den Zwölfender. »Bruder, wir haben den Kämpfern eine Kathedrale versprochen«, brachte er diejenigen Argumente an, mit denen der Ältere einst ihn überzeugt hatte.

Hermann trat vor das Fenster und schaute verloren hinaus. Ja, das hatten sie versprochen, aber damals waren die Umstände noch andere gewesen.

»Und der Vater braucht eine würdige Grablege«, fuhr Ekkehard fort, weil er meinte, dass der Bruder in seinem Inneren mit sich rang. »Wegen der Kathedrale blickt das gesamte Reich auf uns – die Meißener Markgrafenfamilie. Wir dürfen jetzt nicht aufgeben, ansonsten verbindet man mit unserem Namen auf ewig Versagen!«

Hermann wandte sich Ekkehard zu. »Unserem Namen wird Versagen angeheftet?«, fragte er verständnislos. »Im Moment haften unserem Namen Tod und Verderben an! Davon sollten wir uns zuallererst reinwaschen. Nein, nicht wir«, korrigierte er sich, »ich sollte es tun.«

Verdrossen senkte Ekkehard den Blick. Wollte der Bruder die Baustelle denn wirklich wegen der Buße den Bach hinuntergehen lassen?

»Ich habe bereits ein Schreiben an den Kaiser schicken lassen, indem ich ihn bitte, die Markgrafenwürde aus meiner Hand zurückzunehmen und sie dir zu übertragen. Akzeptiere meine Entscheidung«, bat Hermann und fiel wieder auf die Knie.

Ekkehard wich zurück. »Ich, Markgraf?«

Hermann, die Augen bereits geschlossen, meinte eine Spur von Zuversicht aus der eben noch verzweifelt klingenden Stimme des Bruders herausgehört zu haben. »Meine Seele wartet darauf, dass du, oh Herr, mich anleitest«, sprach er und senkte demütig den Kopf. Dann beugte er den Oberkörper vornüber und presste die Stirn auf den Steinboden. »Nimm mein Leben in deine Hände, gestalte es nach deinem Wohlgefallen. Bis an mein irdisches Ende und darüber hinaus«, bat Hermann weiter und wusste dennoch nicht, wie er den Rest

seines Lebens ohne das *Dies diem docet* der Uta von Ballenstedt durchstehen sollte. Zugleich war er sich sicher, dass ihr Seelenheil nur dann außer Gefahr war, wenn er von ihr abließ. »Herr, aus der Tiefe rufe ich zu dir.«
Unschlüssig richtete Ekkehard sein Gewand. Mit einem Gefühl von Einsamkeit verließ er das Georgskloster.

12. Merseburger Entscheidungen

Im Inneren der Kathedrale konnten sie sie nicht finden«, sagte Katrina und trat vor ihre Herrin. »Sie suchen nun noch den Weg zur Hauptburg ab.«
»Ach, es ist auch schon viel zu lange her«, entgegnete Uta mit abwesendem Blick und fasste sich an die Stelle über dem linken Ohr, über dem bis zum Tage des Brandes noch die Klammer mit den Initialen E. und U. gesteckt hatte. Dann zuckte sie mit den Schultern. »Sag den Mägden, sie sollen sich wieder an ihre Arbeit in Küche und Kemenaten machen. Der zurückliegende Winter hat die Klammer längst an einen fernen Ort getragen.« Im nächsten Moment strich sie über die grüne Vierkantspange am Schleier.
»Aber was wird der Herr Graf dazu …?«, wollte Katrina fragen, als Uta sich abwandte. Mit dem Rücken an die Wand gelehnt saß sie in der Fensternische ihrer Kemenate und starrte das Leder an, das sie jüngst vor das Fenster hatte nageln lassen. Auch wenn der Brand bereits mehrere Mondumläufe zurücklag, wollte sie die Baustelle nicht sehen. »Ist Graf Ekkehard denn schon wieder aus Burgund zurückgekehrt?« Sie seufzte.
Katrina nickte. »Herrin, es wäre gut, wenn Ihr etwas vom Brei esst«, gab sie vorsichtig zu bedenken und ergriff die Schale, die sie zu Sonnenaufgang gebracht und auf dem Tisch neben der Bettstatt abgestellt hatte.
Uta schaute auf den Hirsebrei. Die roten Mohnblätter, die Katrina liebevoll auf den Rand der Schale drapiert hatte, sah sie nur verschwommen. »Gib es jemandem, der wirklich Hunger hat.« Uta spürte Tränen über ihre Wangen hinablau-

fen – wie nahezu jeden Tag seit dem Brand – und umklammerte das Bündel Briefe in dem leinenen Band auf ihrem Schoß.

Enttäuscht drehte Katrina sich um, ließ die Schale aber auf dem Tischchen stehen. Bald, so hoffte sie, würde die Herrin wieder Nahrung zu sich nehmen, sonst bräche sie irgendwann zusammen. Mit einem Gebet machte sie sich an die Reinigung der Bettstatt und verließ dann die Kammer.

Seit nunmehr acht Mondumläufen zog sich Uta zur Mittagszeit in ihre Kemenate zurück, setzte sich in die Nische des Fensters, presste Hazechas Briefe – ohne sie jemals zu lesen – vor die Brust und ließ den Tränen freien Lauf, die sie den Vormittag über, während sie sich der Organisation des Burghaushaltes widmete, mühevoll zurückdrängte. Wenn sie abends erschöpft in die Bettstatt sank, quälten sie Alpträume. So sah sie Ernas Kinder von einem Tretrad erschlagen, Arnold aufgespießt auf einer Schaufel hängen und Erna eingemauert in einem Mörteltrog liegen – ähnlich wie Hazecha erstarrt in der Kiste gehockt haben musste, um vom Bruder in der mütterlichen Kemenate nicht entdeckt zu werden. Am schrecklichsten war jedoch der Gedanke, dass sie schuld war. Wenn sie die kleine Lilie nicht mit in ihren Kampf um Gerechtigkeit hineingezogen hätte, wäre sie heute noch am Leben. Dieser Gedanke steckte wie ein Dolch in Utas Brust und fraß sich Tag für Tag mehr in ihr Herz.

Uta starrte auf das Fensterleder neben sich und vernahm die längst vergessenen Worte des Vaters, die er während des Besuchs des alten Meißener Markgrafen durch seine schmalen, farblosen Lippen gepresst hatte: *Ich bezweifle, dass ein Weib Kriegsführung und Politik tatsächlich so zu erlernen vermag, wie uns Gott dieses Vermögen von Geburt an mitgegeben hat.* Und mit einem *Niemals!* hatte Esiko diese Behauptung bestä-

tigt. *Sonst würde die von Gott gewollte Ordnung ja auch vorsehen, dass Weiber lernfähig sind.* Nachdenklich erhob sie sich von der Fensterbank. »Die von Gott gewollte Ordnung?«, wiederholte sie und legte das Briefbündel an seinen neuen, sichereren Platz in der Gewandtruhe zu der leeren Wachstafel. Sollte die von Gott gewollte Ordnung tatsächlich nicht vorsehen, dass eine Frau Wissen erlangte? Und blieb es einer Frau deswegen versagt, den Bau eines Gotteshauses zu unterstützen? Verzweifelt barg Uta das Gesicht in den eiskalten Händen. Indem sie sich Wissen angeeignet hatte, hatte sie versucht, die von Gott gewollte Ordnung zu verändern! Dies erklärte all das Unglück, das über Naumburg gekommen war und ihr schließlich auch Hermann genommen hatte. »Meister Tassilo, verzeiht mir«, hauchte sie und ihre Tränen flossen heftiger. In ihrer Blauäugigkeit hatte sie gehofft, in den Büchern Antworten auf ihre Fragen zu finden. Aber Fragen, das wurde ihr in diesem Moment klar, wurden nicht durch Geschriebenes, sondern durch das Leben selbst beantwortet, und ihr Leben spie die Antwort förmlich aus: Du wolltest dir Wissen aneignen, um Gerechtigkeit herbeizuführen, und hast dafür rücksichtslos zwei Menschen geopfert und damit auch den Traum Hermanns zerstört!
Sowieso war alles anders gekommen. Es hatte weder ein kaiserliches Gericht noch eine Anklage vor diesem gegeben. Der Kaiser war zum Fest von Christi Geburt nicht nach Naumburg gereist, die Durchsetzung des mit König Rudolf III. geschlossenen Erbvertrages, so hatte er per Boten mitgeteilt, hielten ihn noch immer in Burgund. Die Mehrzahl der Kämpfer hatte Naumburg gleich nach der Messe zu Allerheiligen verlassen. Die meisten waren über den Winter zu ihren Familien zurückgekehrt, einige von ihnen dem Kaiser nach Burgund gefolgt. Die Baustelle war seitdem verwaist. Nachdem Her-

mann in den Kreis der Benediktinerbrüder im Georgskloster aufgenommen worden war, hatten Ekkehard und Bischof Hildeward gemeinsam entschieden, die Aktivitäten am Bau ruhen zu lassen, so dass die Handwerker mit Beginn des Frühjahrs zu anderen Baustellen im Reich aufgebrochen waren.
Verzweifelt raufte Uta sich die Haare. All dieses Unheil hatten ihr Streben nach Wissen und ihre Mithilfe am Bau heraufbeschworen. Wegen dieser Sünden würde sie keine weitere Unterstützung mehr von Gott erhalten. Kälte ist mein Los!, durchfuhr es sie, denn die Aussicht auf Wärme und eine friedliche Seele war damit endgültig verwirkt.
»Wunscht Ihr etwas zu trinken, Gräfin?« Katrina war erneut mit einem Becher Milch vor Uta getreten, die deren Verschwinden nicht einmal bemerkt hatte. »Der Herr Arnold lässt sie Euch aus der Küche schicken. Sie ist frisch aus dem Stall.«
»Die von Gott gewollte Ordnung ...«, wiederholte Uta gedankenverloren und legte die grüne Vierkantspange zu Hazechas Briefen in der Gewandtruhe, um sie nicht noch wie die Eheklammer zu verlieren.
Katrina lächelte Uta aufmunternd zu, als sie deren gerötete Augen sah. »Und Erna lässt Euch ausrichten, dass Luise und Selmina ihrer Tante gerne ihren ersten selbstgewundenen Blumenkranz schenken wollen.«
Uta ergriff den Becher und trank einen Schluck. »Blumenkranz?« Uta sah Ernas lebensfrohe Zwillinge gemeinsam auf einer Wiese herumspringen und daneben sich und Hazecha in gleicher Verbundenheit. »Ich möchte bei dir sein, Hazecha«, flüsterte sie, befestigte den Schleier mit schmucklosen Ersatzklammern im Haar und trat einen Schritt auf Katrina zu. »Ich bin bei ...«, begann sie.
Das Kammermädchen nickte sogleich, um ihrer Herrin das

Wort *Grab* zu ersparen. »Ich weiß«, entgegnete sie und schaute Uta, die in den Gang getreten war, besorgt nach.

Am Eingang zum Garten des Moritzklosters stiegen Uta erneut Tränen in die Augen. Das Grab der Schwester sah sie von weitem. Sie schritt vorbei an den anderen Ruhestätten, einige davon lediglich mit Holzkreuzen versehen. Vor der Grabplatte der Schwester sank sie in die Knie. »Hazecha«, schluchzte sie, »ich bin schuld an deinem Tod. Ich habe Gott erzürnt.«
Den Blick starr auf die steinernen Buchstaben gerichtet, hatte sie nicht bemerkt, dass Ekkehard von Schwester Margit in den Garten geleitet worden war.
Ekkehard betrachtete seine Gattin vor dem Grab. Ihre kraftlose Gestalt und die dunklen Ringe unter ihren Augen erinnerten ihn an einen Ritter nach einer verlorenen Schlacht. Flüchtig streifte sein Blick die Grabplatte zu ihren Füßen und die Buchstaben darauf: HAZECHA VON BALLENSTEDT. In diesem Moment wusste er, dass er richtig gehandelt hatte, als er Utas Verstoßung zum vergangenen Fest Christi Geburt auf einen späteren Zeitpunkt verschoben hatte. Es wäre ansonsten einer Situation gleichgekommen, in der er hoch zu Ross und mit Schild und Langschwert in den Händen auf einen Unbewaffneten auf dem Boden eingehoben hätte.
»Unsere kaiserliche Hoheit bittet uns nach Merseburg«, sagte er nach einem ausgedehnten Räuspern. »In Merseburg soll ein Hoftag abgehalten werden.« Sein Blick fixierte die Ersatzklammer am Schleier über dem linken Ohr der Gattin.
Mühevoll erhob sich Uta. »Ich bin im Moment nicht imstande, einem Hoftag beizuwohnen«, entgegnete sie mit zitternder Stimme.
Ekkehard schwieg betroffen, als sie ihn dabei mit leerem Blick anschaute.

»Ohne den Garten hier fühle ich mich noch verlorener«, setzte Uta nach und schaute auf die Grabplatte.
»Der Kaiser hat Eure Anwesenheit erbeten«, entgegnete Ekkehard mit nahezu einfühlsamer Stimme. »Uta, ich bitte Euch, mich zu begleiten.«
Uta blickte auf. In den zurückliegenden Jahren ihrer Ehe hatte er sie noch nie bei ihrem Namen genannt.
»Exzellenz Bischof Hildeward ist heute bereits vorausgeritten. Wir würden morgen mit den Getreuen nachziehen.« Ekkehard zögerte kurz, dann legte er seine Hand auf ihre Schulter. »Ich verstehe Euren Schmerz und bedaure ebenfalls, dass der Bau nun stillsteht und ich damit dem Vater die Grablege versage«, fügte er hinzu und wandte sich zum Gehen.
»Der Brand hat Euch nicht die Grablege für den Vater, sondern den Bruder genommen«, kam es ihr über die Lippen, obwohl sie die Worte ursprünglich nicht hatte aussprechen wollen.
Ekkehard hielt in seiner Bewegung inne. »Ich treffe Euch morgen bei Sonnenaufgang im Hof der Hauptburg«, entgegnete er unsicher. Bevor er aus der Klosteranlage trat, warf er noch einen nachdenklichen Blick auf seine Gattin, die wieder vor der Grabplatte niedergekniet war.

Zum Schutz vor den Strahlen der Sommersonne legte Konrad die Hand über die Augen und schaute sich um. Auch die Nachhut schien sich wieder in Gang gesetzt zu haben. Sie waren mit kleinem Gefolge, mit kaum mehr als dreihundert Getreuen, unterwegs. Auf der weiteren Reise nach Merseburg würden noch einmal weitere einhundertfünfzig zu ihnen stoßen – die Fürsten, Äbte und Grafen seines ostfränkischen Reiches. Konrad gab seinem Hengst die Sporen und holte zu Gisela auf, die begleitet von ihren Hofdamen und einem hal-

ben Dutzend Leibwachen in der Mitte des Zuges ritt. »Haben wir eine Auflistung aller Teilnehmer?«, fragte Konrad und schaute auf das Pergament in Giselas Satteltasche, auf dem der Ablauf der kommenden fünf Tage in Merseburg detailliert festgehalten war.
Besorgt wandte Gisela sich dem Gatten zu.
»Er wird also nicht erscheinen?«, interpretierte Konrad ihren Gesichtsausdruck. »Erst lässt sich Hermann von Naumburg dazu hinreißen, dem Bau der Kathedrale zu entsagen, dann bittet er mich, die Markgrafenwürde noch zu seinen Lebzeiten auf den jüngeren Bruder zu übertragen, und jetzt folgt er unserer Einladung zum Hoftag nicht!«
»Beruhigt Euch, Gemahl«, versuchte Gisela ihn zu besänftigen und gab den Leibwachen ein Zeichen, Abstand zu halten. Die Augen dennoch aufmerksam auf das Herrscherpaar und die nähere Umgebung gerichtet, ließen die sich daraufhin auf Höhe der Hofdamen zurückfallen.
»Aber er tut das alles ohne unsere Zustimmung!«, beharrte Konrad. »Dabei habe ich den Bau nur auf seinen Wunsch hin ermöglicht, die Sitzverlegung beim Papst erwirkt und zur Grundsteinlegung aufgerufen!«
»Seid nachsichtig mit dem Meißener Markgrafen. Trauer und Schmerz haben sein Gemüt verdüstert.« Gisela lenkte ihre Stute ganz nah an das Pferd des Gatten. Beide Tiere waren diese Nähe längst gewohnt und ließen sich dadurch nicht aus dem Rhythmus bringen. »Man erzählt sich, dass er selbst den Brand verursacht hat«, sagte Gisela leiser, nachdem sie Konrad besänftigend über die Brust gestrichen hatte. Bevor sie weitersprach, versicherte sie sich erneut, dass niemand sie hören konnte. »Wir sollten uns auf Burgund konzentrieren, Gemahl. Eure Krönung dort liegt gerade einmal einen Mondumlauf zurück, und wir müssen noch einige der dortigen Adli-

gen hinter uns bringen. Graf Odo akzeptiert den Erbvertrag immer noch nicht und hat bereits Niederburgund in Besitz genommen. Hier im Osten ist der Feind hingegen unterworfen.«

Konrad ballte die rechte Hand zur Faust. »Dabei hatte in Burgund alles so einfach ausgesehen!«

»Da sprecht Ihr wahre Worte. Ich hatte auch geglaubt, dass wir einfach dort einreiten, uns krönen und uns huldigen lassen könnten, nachdem Rudolf von Burgund verstorben war«, stimmte Gisela zu. Doch die Rückeroberung Niederburgunds aus den Händen Graf Odos von Blois-Champagne war bisher nicht geglückt.

»Die Bauarbeiten an der Kämpfer-Kathedrale müssen unbedingt wiederaufgenommen werden«, brachte Konrad vor und lüftete den Kragen seines geschlossenen Gewandes. »Das Bauwerk hat meinem Heer Kraft gegeben und wird dies auch für die anstehenden Kämpfe mit Graf Odo und alle nachfolgenden tun.«

»Ihr habt recht, denn nach Burgund werden wir die Kämpfer auch noch für Italien benötigen«, ergänzte Gisela. »Ich denke, wir kommen nicht umhin, ein zweites Mal über die Alpen zu ziehen. Ihr erinnert Euch an die Schreiben des Aribert von Mailand?«

Konrad legte die Stirn in Falten. »Wir müssen Hermann von Naumburg erklären, dass er sich den Reichsinteressen unterordnen muss. Schließlich haben wir dem Heer eine fertige Kathedrale in nur zehn Jahren versprochen. Uns verbleiben noch fünf Jahre, unser Versprechen einzulösen.« Bei diesen Worten dachte Gisela unwillkürlich an ihre frühere Hofdame, die einst voller Begeisterung von den Bauarbeiten gesprochen hatte. In Utas Briefen, die seit dem Brand jedoch ausgeblieben waren, hatte sie zuletzt von der Materialbeschaffung für die

Türme und von Zeichnungen für die Gewölbe der Seitenschiffe gelesen.

»Zumindest hat uns Ekkehard von Naumburg seine Teilnahme am Hoftag versichert. Mit ihm können wir die Fertigstellung besprechen«, brummte Konrad.

»Erscheint er mit seiner Gattin, wie wir ersucht hatten?«, fragte Gisela ungewöhnlich ungehalten, da es Usus war, Frauen auf der Liste der Teilnehmer nicht zu vermerken.

»Entschuldigung, Kaiserliche Hoheit«, ritt da eine der Leibwachen an Konrads Seite. »Heerführer Graf Esiko wünscht Euch in einer dringenden Angelegenheit zu sprechen.«

Fragend schaute Konrad zu Gisela, die daraufhin knapp nickte.

»Kaiserliche Hoheit, ich grüße Euch«, schloss Esiko kurz darauf zum Kaiser auf und klopfte seinem Pferd, das vom anstrengenden Ritt erschöpft war, beruhigend den Hals. Esiko kam aus Augsburg, wo er einen Kaufmann getroffen hatte, der alljährlich über die Alpen zog und ihm von den Zuständen im südlichen Reichsteil berichtet hatte. Nach dessen Worten begehrten die adeligen Vasallen in Mailand, Cremona und Piacenza gegen die Macht der Bischöfe auf, die die Stützen der kaiserlichen Macht vor Ort bildeten. Der italienische Nieder- und Hochadel forderte Rechte ein, die der Adel im Ostfrankenreich bereits besaß. Der Kaiser würde vermitteln müssen, ohne sich eine der beiden Gruppen zum Feind zu machen. Wahrhaft eine Herausforderung, dachte Esiko und sprach weiter: »Ich danke Euch für die Möglichkeit, Euch noch vor den Toren von Merseburg in dieser vertrauten Runde sprechen zu dürfen.« Nun neigte er den Oberkörper galant am Kaiser vorbei in Richtung Gisela.

»Was ist Euer Begehr, Graf?«, fragte Konrad und bedeutete den Leibwachen erneut, Abstand zu halten.

»Ich habe vernommen, dass Hermann von Naumburg seiner Mark nicht länger als Markgraf vorsteht«, kam Esiko ohne Umschweife auf den Kern seines Anliegens zu sprechen und musste dabei unwillkürlich an Uta denken, die seit dem Kathedralbrand – glaubte er den Berichten der Äbtissin des Moritzklosters – zurückgezogen lebte. Anstatt mit Männern beim Kathedralbau zu wetteifern, schien sich die Schwester schließlich doch noch unterworfen zu haben. Für mich fügen sich die Dinge von ganz allein, dachte er und blickte zufrieden zum Kaiser. »Da Ekkehard von Naumburg als erster Erbberechtigter der Markgrafenschaft keinen Erben vorweisen kann, wollte ich mich Euch für die Mark Meißen empfehlen, Kaiserliche Hoheit. Meine männliche Erbfolge ist bereits zweifach gesichert.« Esiko versuchte, Gisela von Schwaben mit einem einnehmenden Lächeln für sich zu gewinnen, die Kaiserin hielt ihren Blick jedoch geradeaus auf die vor ihr reitenden Bewaffneten gerichtet und schien dem Gespräch nicht zu folgen.

»Habt Dank für Euren Mut, das Erbe der Naumburger antreten zu wollen«, entgegnete Konrad. »Einem Heerführer wie Euch, Graf Esiko, traue ich diese Aufgabe durchaus zu. Ich werde darüber nachdenken.«

»Für Euer Vertrauen bin ich Euch zu tiefem Dank verpflichtet«, erwiderte Esiko salbungsvoll. »Ich bin Euch stets zu Diensten, auch auf dem Weg nach Burgund und nach Italien!«

»Dafür danke ich Euch, Graf«, gab Konrad ehrlich zurück. Der Ballenstedter dachte voraus, und das ermutigte ihn in diesen unruhigen Zeiten. »Während der Tage in Merseburg nehmt Euch bitte der Bestärkung der dem Heer zugehörigen Adligen an. Es gilt, sie nach den zurückliegenden Feldzügen für die nächsten Kämpfe zu motivieren.«

Esiko nickte und verneigte sich. Dann zog er die Zügel seines

Pferdes an, gab ihm die Sporen und preschte an die Spitze des Zuges.

»Was meint Ihr zu Heerführer Esiko?«, fragte Konrad Gisela, die noch immer auf die Vorausreitenden blickte.

»Ihr gedenkt, die erbliche Übertragung der Markgrafenwürde außer Kraft zu setzen?« Verwundert wandte sie sich nun dem Gatten zu.

»Er könnte der Richtige sein, um die Mark in Zukunft zu beschützen«, entgegnete Konrad. »Obendrein ist er ein hervorragender Kämpfer und Stratege. Ekkehard von Naumburg würde ich diese Fähigkeit gleichfalls nicht absprechen, doch fehlt es ihm tatsächlich an einem Erben. Das Risiko, einen womöglich unfähigen Verwandten aus einer weit entfernten Nebenlinie als Markgrafen einzusetzen, dürfen wir dieser wichtigen Mark nicht aufbürden.«

»Seht doch, die Pfalz ist in Sicht!«, erwiderte Gisela und deutete auf einen langgestreckten Hügel, der sich in der Ferne aus der flachen Landschaft heraushob. Seine höchsten Punkte lagen jeweils an seinen Enden im Norden und Süden, während sich die Pfalz exakt mittig in seiner Senke befand.

Unter den Blicken der Mitreisenden nahm Konrad den Kopf seiner Gattin zwischen seine Hände und gab ihr einen Kuss auf die Stirn. »Ich schätze Euren Rat sehr, Gisela.«

Ein ungewöhnlicher Ort, dachte Notburga von Hildesheim, als sie die Pfalz von weitem erblickte. Normalerweise war der höchste Punkt einer Anlage dem Herrscher und keinem einfachen Kloster vorbehalten. Ein ungewöhnlicher Ort für ungewöhnliche Begegnungen. Sie spürte sogleich, wie sie zwischen den Beinen feucht wurde. Den Schauer, der darauf ihren ganzen Körper erfasste, kostete sie genüsslich aus, während sie im Zug des Grafen Ekkehard von Naumburg auf die Merseburger Pfalz zutrabte. Sie ritt im hinteren Drittel des Gefolges, das aus kaum mehr als vier Dutzend Mannen bestand, die vor zwei Tagen aus Naumburg aufgebrochen waren. Einige Ritterliche, Waffenbrüder und Adlige aus dem Naumburger Umkreis, zudem der Burgvogt, der zu Notburgas Rechten ritt und auf Anordnung Ekkehards als Zeuge der urkundlichen Übertragung der Markgrafenwürde ebenfalls mit zum Hoftag anreiste.

Ganze fünf Pferdelängen vor sich fixierte Notburga immer wieder die Ballenstedterin, die mit hängenden Schultern neben Graf Ekkehard ritt. Sie schien ihr die gesamte Reise über in Gedanken versunken zu sein. Dahinter machte sie das Kammermädchen aus, das wie eine Klette am Gewandzipfel seiner Herrin klebte. Beim Anblick Ekkehards erinnerte Notburga sich an ihren letzten persönlichen Besuch vor einem Mondumlauf. Nach einigen Bechern Honigwein hatte er von der Übertragung der Markgrafenwürde auf ihn gesprochen, über die der Kaiser auf dem Hoftag entscheiden würde. Als Graf reise er nach Naumburg an, hatte Ekkehard nach guten drei Bechern verkündet, und als Markgraf reise er wieder ab, genau wie es die Erbfolge vorsehe. Notburga war es ein Leichtes gewesen, den berauschten Grafen von der Notwendigkeit ihrer Begleitung zum Hoftag zu überzeugen. Dort würde sie endlich einmal wieder auf die kaiserliche Hofgesellschaft treffen, und wer wusste schon, wem sie dort auffallen würde.

Dass Notburga tonlos ironische Dankesworte in seine Richtung schickte, merkte Ekkehard von Naumburg nicht. Ihm gingen in diesem Moment Erinnerungen an den Bruder durch den Kopf: Wie sie gemeinsam das politische Handwerk ausgeübt hatten, wie Hermann ihm so oft mit Rat und Tat zur Seite gestanden und ihn stets ebenbürtig behandelt hatte. Ek-

kehard lächelte kurz und schaute dann zu Uta, die die Zügel kraftlos in den Händen hielt.
Uta wiederum sah Hazecha und sich in der heruntergekommenen Burg Ballenstedt zugedeckt mit ihren Umhängen nebeneinanderliegen und einander in die Augen schauen. Dann dachte sie an Hermann und seinen traurigen Blick nach dem Brand. Würden sie nach seinem Eintritt ins Kloster nun wirklich den Rest ihres irdischen Lebens getrennt voneinander verbringen müssen? Für einen kurzen Moment tauchte sein Gesicht vor ihr auf: das bis zu den Schultern reichende Haar, die große, etwas schiefe Nase und seine warmen, braunen Augen mit den darin tanzenden Punkten.
»Wir erreichen Merseburg!«, pflanzte sich der Ruf der Reiter aus den vorderen Reihen durch den gesamten Zug fort, der bald darauf vor den Palisaden Merseburgs zum Stehen kam. Ein kaiserlicher Geleitbrief sicherte den Naumburgern sofortigen Einlass. Vorbei an Steinbauten ritten sie auf die Königshalle zu und saßen schließlich ab. Die Anlage war voller Menschen, die in Grüppchen zusammenstanden und sich unterhielten oder zwischen den zahlreichen Gebäuden hin und her liefen und in ihnen verschwanden. Doch Uta hielt unter ihrem Schleier, den sie sich trotz der Hitze tief ins Gesicht gezogen hatte, den Blick gesenkt. So bemerkte sie nicht, dass eine in beste Gewänder gehüllte Abordnung zielstrebig auf sie zuhielt.
»Herrschaften!«, begrüßte sie der Geistliche an der Spitze der Abordnung, der sich ihnen als Bischof Bruno von Merseburg vorstellte. Hinter ihm standen der Kopfbedeckung nach zwei weitere Geistliche und mehrere Lakaien.
Während Uta nur flüchtig aufschaute, erwiderte Ekkehard die Begrüßung wortreich. Der Bischof erklärte ihnen daraufhin die Örtlichkeiten und die Planung für die kommenden

Tage. »Wenzel«, winkte er dann einen seiner Lakaien heran. »Bitte geleite den Grafen und die Gräfin in ihre Gemächer.«
Ekkehard nickte und bedankte sich.
»Uta von Ballenstedt?«, fragte da der Merseburger Bischof, »beinahe hätte ich es vergessen. Die Kaiserin wohnt nur wenige Gemächer von Euch entfernt.« Er deutete auf eines der Nebenhäuser der Königshalle. »Sie möchte Euch gerne noch für diesen Abend auf ein Gespräch einladen.«
Auch wenn der Ritt kaum mehr als zwei Tage gedauert hatte, wollte Uta sich ausruhen. »Exzellenz, bitte entschuldigt mich bei der Kaiserin. Aber mir ist nicht wohl nach der anstrengenden Reise.« Mit diesen Worten verbeugte sie sich und spähte über den Platz. »Katrina?«
»Gräfin, ich bin hier!«, rief das Kammermädchen und trat hinter den Pferden hervor.
»Bitte bringe mein dunkles Obergewand für den morgigen Tag in unser Gemach.«
»Sehr wohl«, entgegnete Katrina und schaute ihrer Herrin, die nun auf eines der Nebengebäude zuging, sorgenvoll nach.

Erst nachdem der Großteil der geladenen Gäste – mehr als zwanzig Dutzend – bereits im Obergeschoss der Königshalle den ihm zugewiesenen Platz eingenommen hatte, stieg Uta an der Seite des Gatten die Treppen hinauf. Katrina, deren ungewöhnliche Bitte, Uta zu den Gesprächen begleiten zu dürfen, erhört worden war, folgte ihr in ihrem neuen dunkelblauen Kleid, das feiner war als alle Gewänder, die sie je besessen hatte.
Als sie die Halle betraten, die sich über die gesamte Länge des Gebäudes erstreckte und damit mindestens viermal so groß wie der Burgsaal in Naumburg war, glitt Utas Blick über die

Köpfe der Versammelten hinweg und blieb an den verbleiten Glasscheiben der Fenster zu beiden Längsseiten der Halle hängen. Die sich in ihnen brechenden Lichtstrahlen trafen sich in der Mitte des Saales, wo sie sich wie Schwerter kreuzten. Dann bemerkte sie den edlen Teppich zu ihren Füßen, der vom Eingang bis zur Empore verlief und zu dessen beiden Seiten die Gäste standen. Das schwarze Schuhwerk, das auf dem edlen Gewebe nun auf sie zuhielt, gehörte einem kaiserlichen Kaplan, der ihnen den Weg vor die Empore am Kopfende der Halle wies, von der aus das Kaiserpaar jeden Teilnehmer des Hoftages persönlich begrüßte.
Ekkehard verbeugte sich zuerst vor König Heinrich und trat danach mit Uta vor das Herrscherpaar, das vor seinem Sohn und Erzbischof Aribo von Mainz auf zwei prächtigen Stühlen thronte.
Während Kaiser Konrad, der Krone und Szepter trug, Ekkehard zu sich heranwinkte, erhob sich Gisela und trat vor Uta, deren Anblick sie erschreckte. Nichts an der verhärmten Gestalt, an der das dunkelgraue Gewand wie ein Sack herabhing, erinnerte noch an die schöne Gräfin, die zuletzt auf der Chorweihe in Naumburg wie ein Juwel aus der Masse herausgestochen hatte. Nichts an Utas Erscheinung konnte Gisela mehr mit der Tatkraft verbinden, die ihr die Briefe aus Naumburg vermittelt hatten und mit der die Gräfin sie vor kurzer Zeit noch um Eideshilfe gebeten hatte. »Ich freue mich, dass Ihr nach Merseburg gekommen seid«, sagte Gisela mit einem aufmunternden Blick.
Uta bedankte sich mit einem schwachen Lächeln. »Ich grüße Euch, Kaiserliche Hoheit.«
»Weicht der Welt nicht aus«, fuhr die Kaiserin leiser und mit vertrauter Stimme fort. »Wir brauchen Euch, Uta.«
Das Reich brauchte sie? Nein, das Reich brauchte sie nicht,

sie brauchte Hermann, die Mutter und Hazecha, deren Briefe sie gut verwahrt in einer Truhe mit nach Merseburg genommen hatte! Als Uta wankte, trat Katrina vor und wich ihr erst wieder von der Seite, als Ekkehard vom Kaiser entlassen wurde und sich Utas annahm. Dann gingen sie zu dem einzigen noch leeren Platz an der linken Längswand der Halle, der ihnen von einem der Kapläne laut Protokoll zugewiesen worden war. Die meisten Teilnehmer hatten bereits am Morgen die Möglichkeit genutzt, den Kaiser zu begrüßen, und warteten seitdem auf den offiziellen Beginn des Hoftages.
Erleichtert darüber, dass sich niemand an ihrer Anwesenheit zu stören schien, stand Katrina dicht hinter Uta, um sofort zur Stelle zu sein, sollte ihre Herrin straucheln.
Uta erkannte verschwommen einige ihr bekannte Gesichter, darunter das von Bischof Hildeward, der Notburga von Hildesheim und natürlich das luchsartige von Bischof Aribo von Mainz, das am oberen Ende von einer Mitra begrenzt und von einem Pallium gerahmt wurde.
»Dank unserer treuen Kämpfer, die von den mutigsten Heerführern unseres Reiches angeführt werden, ist es uns gelungen, die Ostgrenze endlich zu sichern«, leitete Konrad nun die Zusammenkunft ein und schaute dabei zu Esiko von Ballenstedt und den Herzögen von Kärnten und Oberlothringen, die darauf, in der ersten Reihe auf der rechten Seite der Halle stehend, leicht die Köpfe neigten. Nachdem Konrad im nächsten Moment auch wohlwollend auf die linke Seite zu Ekkehard geschaut hatte, fuhr er fort: »Werte Gäste des Merseburger Hoftags, es ist mir ein Angenehmes zu verkünden, dass es uns gelungen ist, die Aufständischen um König Mieszko zu unterwerfen und die Oberherrschaft des Reiches über Polen wieder sicherzustellen.« Mit diesen Worten deutete er auf die Tür, durch die nun Mieszko in Begleitung zweier sei-

ner Heerführer, die die Waffen am Eingang hatten abgeben müssen, die Halle betrat.

Unter dem Getuschel der Umstehenden sah Uta einen sehnigen Mann über den Teppich schreiten, der ungefähr in Hermanns Alter sein musste. Anstelle einer wohlgeformten Nase saß im Gesicht des einstigen Aufrührers jedoch ein knochiges, adlerähnliches Nasenbein. Und anstelle des gestutzten Barthaares hingen ihm verfilzte graue Flechten vom Kinn bis auf die Brust. Wie es Hermann wohl im Kloster erging?

Ob er sie ebenfalls so sehr vermisste und wie sie in so manch schlafloser Nacht die Sichel des Mondes betrachtete und den Vollmond nur mit Schmerz ertrug? Gedankenverloren betrachtete sie ihr Hände und erinnerte sich daran, wie sie stets zusammen die Treppe der Zärtlichkeit hinaufgestiegen waren. Als Mieszko zusammen mit seinen Heerführern vor der Empore niederkniete und schwor, auf die Königswürde zu verzichten und sich in die Gewalt des Kaisers zu begeben, zeichnete sich auf den Gesichtern der Umstehenden Erleichterung ab.

»Wir werden das polnische Unterreich in drei Teile aufteilen«, erklärte Konrad. »Für jedes der drei Teilherzogtümer setze ich einen Regenten ein, dessen erste Aufgabe es sein wird, sich in den friedlichen Dienst unseres Imperiums zu stellen.« Die Aufteilung des polnischen Reiches war schon im Vorfeld des Hoftages vielfach diskutiert worden, und viele Adelige waren beim Kaiser vorstellig geworden, um sich für die Verwaltung der neuen Lehen zu bewerben. »Der erste Teil, die beiden Lausitzen, soll Machtgebiet von **Herzog** Mieszko bleiben«, fuhr Konrad fort und machte damit unmissverständlich klar, dass Mieszko ab heute nicht mehr König war.

Mit einem Gemisch aus seiner eigenen sowie der kaiserlichen

Landessprache – des Lateinischen war er nicht mächtig – dankte Mieszko dem Kaiser.

»Die an der Oder gelegenen polnischen Reichsteile gebe ich in die Hände von Graf Dietrich von Wettin«, erklärte Konrad weiter. Herzog Mieszko warf daraufhin einen scharfen Seitenblick auf den genannten Grafen, hielt den Kopf jedoch gesenkt, wie es von einem Unterworfenen erwartet wurde.

»Die Gebiete um die Weichsel soll Otto, Sohn des Boleslaw, erhalten.« Otto war der jüngste Halbbruder Herzog Mieszkos und nach dessen einstiger Königskrönung gemeinsam mit Bezprym ins Exil geflohen. »Ihr, Herzog Mieszko, sollt zudem die Funktion eines Verwaltungstreuhänders zugesprochen bekommen. Euch untersteht damit die Gesamtaufsicht über das polnische Reich.«

Zwei polnische und ein deutscher Adliger würden damit von nun an das Herzogtum verwalten.

Auf eine Armbewegung des Kaisers hin traten die Grafen Dietrich und Otto vor, um nun auf gleicher Höhe neben Herzog Mieszko niederzuknien. Woraufhin Bischof Meinwerk von Paderborn den drei Herrschern den Lehnseid abnahm. Als ihnen danach König Heinrich die Rechte und Pflichten der neuen Herrschaftsordnung erläuterte, drehte Uta den Kopf und verfolgte den Weg der einfallenden Lichtstrahlen nach draußen. Ob sie wohl bis nach Naumburg reichten? Zu gerne hätte sie jetzt vor dem Grab Hazechas gekniet.

Um den kaiserlichen Beschluss in einer Urkunde zu bezeugen, traten nun Sigbert von Minden, Egilbert von Freising und Humfried von Magdeburg an die Seite des Paderborner Bischofs, der nur wenige Schritte neben der Empore stand. Während Bischof Sigbert das Siegelwachs erwärmte, wurde der Urkundentext verlesen.

Als eine Uta bekannte Stimme das Gesagte nun – in einen

Urkundentext gefasst – verlas, ließ sie vom fernen Licht ab. Es war Wipos Stimme! Für einen Wimpernschlag lang leuchteten ihre Augen auf, verblassten aber gleich darauf wieder und wandten sich erneut den Lichtstrahlen über den Köpfen der Anwesenden zu.
Als Herzog Mieszko den Lehnseid als Erster siegelte, setzte ein Raunen ein. Würde er sich dieses Mal an den Eid halten, den er schon einmal gebrochen hatte? Unter den Augen des Kaiserpaares und der bischöflichen Zeugen setzten danach auch Otto und Dietrich ihren Schriftzug unter die Urkunde und gaben mit einem Schöpfer Wachs darunter, in das sie ihre Ringe fest hineindrückten. Die vier Bischöfe siegelten den Eid ebenfalls. Als Letzter presste der Kaiser seinen Ring in die braune Flüssigkeit.
Begleitet von den verächtlichen Blicken einiger Versammelter verließ Herzog Mieszko mit seinen Getreuen die Halle.
»Der Frieden an der Ostgrenze wird Bestand haben. Wir werden die Regenten streng überwachen!«, versicherte Konrad den Anwesenden und ließ sich wieder auf seinem Thron nieder. »Lasst uns nun in den Westen und Süden des Reiches schauen. Zunächst steht die Festigung meiner Krone in Burgund aus. Und im nächsten oder spätestens übernächsten Jahr werden wir ein zweites Mal über die Alpen ziehen. Unser Zug mit zehntausend Kämpfern wird der mächtigste sein, den die Italiener je gesehen haben!«
Der Herzog von Oberlothringen, der nach all den Jahren des gemeinsamen Kampfes das Vertrauen des Kaisers genoss, schaute wenig begeistert. »Zehntausend?«, erhob da neben ihm Heerführer Adalbero von Kärnten das Wort, der sich sonst gewöhnlich im Hintergrund hielt. »Im Moment weilen unsere Kämpfer noch bei ihren Familien. Sie haben sich etwas Zeit und Ruhe erbeten, bevor der nächste Kampf beginnt.

Das werden die anderen Heerführer bestätigen«, sagte er mit einem auffordernden Nicken in Richtung der Herren neben sich. Während Esiko nachdenklich schwieg, bejahte der Oberlothringer. Auch Ekkehard auf der gegenüberliegenden Seite stimmte zu.

Konrad nickte. Er wusste, dass sein Heer noch geschwächt war, er für den anstehenden Feldzug nach Burgund und Italien aber starke, glaubensfeste Kämpfer benötigte.

Aller Augen richteten sich nun auf die Kaiserin, die sich daraufhin in ihrem purpurnen Gewand mit den weit auslaufenden Ärmeln gewohnt elfenhaft erhob. Die Edelsteine ihres goldenen Gürtels glitzerten dabei mit denen ihrer Krone um die Wette. Giselas Blick glitt über die links und rechts des Teppichs stehenden Gäste. »Es gibt eine Möglichkeit, die erschöpften Seelen unserer Kämpfer zu heilen«, begann sie und fixierte nun die Heerführer zu ihrer rechten Seite. »Wir müssen die Naumburger Kathedrale fertigbauen.«

»Innerhalb von zehn Jahren wollten wir eine Kathedrale in Naumburg errichten«, übernahm Konrad das Wort. »Dieses Versprechen müssen wir halten, denn die Kathedrale ist das Symbol für die Stärke Gottes!«

»Und damit auch für die Stärke unserer Kämpfer!«, ergänzte Gisela und nickte dabei kaum merklich Erzbischof Humfried von Magdeburg zu. »Sie wird uns alle, die wir auf ihren Schutz angewiesen sind, kräftigen!«

Während die versammelten Grafen, Bischöfe und Äbte nun untereinander zu murmeln begannen, beobachtete Esiko zunächst die Schwester, die an der Seite des Gatten seltsam verloren wirkte. Dann glitt sein Blick auf die zierliche Gestalt hinter Uta. Er fühlte Hitze in sich aufsteigen, als er mit den Augen sorgsam ihre Rundungen, die von einem dunkelblauen Gewand umhüllt wurden, abtastete. Doch sein Glied er-

schlaffte jäh, als er den stolzen Blick Notburgas von Hildesheim auf sich ruhen fühlte und ihr mit einem verkrampften Lächeln zunickte.
»Die Bürde, die uns der Herrgott jedoch mit auf den Weg gegeben hat, ist die Zeit«, verkündete Konrad weiter. »Uns verbleiben noch fünf Jahre, um das Gotteshaus zu vollenden. Schaffen wir dies nicht, überführen wir uns selbst der Lüge. Vor dem Heer und vor allen, die bisher an die Kraft der Kathedrale und der heiligen Plantilla geglaubt haben.«
Stille erfasste den Raum.
Als neuer Markgraf werde ich als Allererstes dieses Gejammer um den Schleier zu unterbinden wissen, dachte Esiko.
»Wir brauchen einen fähigen Werkmeister, der genau dort fortfährt, wo Markgraf Hermann und Meister Tassilo aufhörten«, erklärte der Kaiser weiter.
»Das wird kaum möglich sein«, meldete sich Erzbischof Aribo von Mainz zu Wort und trat dabei neben den Thron des Kaisers. »War es nicht so, dass der rasche Baufortschritt unter Markgraf Hermann und Bischof Hildeward auf zahlreichen Zeichnungen beruhte? Zeichnungen, die während des Brandes teilweise vernichtet wurden? Und einer Planung, die so komplex ist, dass kaum jemand sie durchschaut?«
»Und dennoch ist es möglich, Euer Kaiserliche Hoheit«, widersprach da Erzbischof Humfried und trat vor die Empore. »Wir müssten lediglich jemanden finden, der die Zeichnungen bereits kennt und den Bau in gleicher Manier fortzuführen versteht.«
»So jemanden gibt es nicht, Euer Kaiserliche Hoheit.«
Esikos Feststellung wurde vom Rascheln der Kleider Giselas begleitet, die bedächtig die Stufen der Empore hinabschritt und vor Ekkehard von Naumburg zum Stehen kam.
»Ich?«, fragte Ekkehard verwundert. »Ich kenne keine der

Bauzeichnungen, Kaiserliche Hoheit«, erwiderte er unsicher. Auch hatte er nie vorgehabt, Werkmeister zu werden. Seine Berufung waren das Schlachtfeld und die politische Strategie.
»Euch meine ich auch nicht, Graf«, konnte Gisela gerade noch ein Schmunzeln unterdrücken. »Ich meine Eure Gattin.«
Getuschel setzte ein, doch Gisela wusste die Menge mit einer einzigen Handbewegung zum Verstummen zu bringen. Dutzende Augenpaare ruhten nun auf ihr und Uta, die erschrocken in die ernsten Augen der Kaiserin blickte. »Gräfin Uta«, begann Gisela für jedermann laut vernehmbar, um nicht der Kungelei bezichtigt werden zu können, »habt Ihr schon ein mal daran gedacht, Euch des Markgrafen Nachlass anzunehmen?«
Beim Wort *Nachlass* kämpfte Uta gegen die Tränen an. »Die Finanzen sind geklärt«, entgegnete sie mit brüchiger Stimme. »Graf Ekkehard hat sich um sie gekümmert. Zudem wurden die Handwerker gebührend entlohnt. Die Messen für die Pfarrei werden in der Marienkirche gelesen.«
»Das meinte ich nicht, Gräfin«, beharrte Gisela. »Ihr kennt die Zeichnungen doch genauso gut wie der Verstorbene Tassilo von Enzingen und Markgraf Hermann. Einige habt Ihr gar selbst erstellt und …«
»Das ist nicht Euer Ernst, Hoheit!«, unterbrach Aribo von Mainz die Kaiserin und wandte sich hilfesuchend dem Kaiser zu.
Bischof Hildeward, der bisher hinter Bischof Meinwerk aus Paderborn dem Gespräch beiläufig gefolgt war, fühlte sich durch den Seitenblick des Mainzers veranlasst einzugreifen: »Ich als Bauherr und geistlicher Vorsteher der Kathedrale verweigere mich diesem Vorhaben. Ein Weib sollte kein Gotteshaus errichten dürfen!« Obwohl der heilige Schleier seit

dem Brand wieder ganz und gar ihm gehörte, wollte er dennoch jede Sünde, die sich diesem näherte, bekämpfen.
»Warum sollte ein W-E-I-B das nicht dürfen oder können?«, fragte Gisela Bischof Hildeward darauf in ruhigem Ton.
»Sie kennt jeden Stein und jede Mauer. Außerdem beherrscht sie nicht nur die Gesetze der Architektur, sondern weiß auch in der Materialkunde Bescheid«, unterstützte sie Erzbischof Humfried.
Ungläubig war Uta den Ausführungen des Magdeburger Erzbischofs gefolgt. Sprach er tatsächlich von ihr? Und woher wusste er überhaupt von ihren Kenntnissen?
»Tretet vor, Gräfin Uta«, wies der Kaiser sie an. »Seid Ihr in der Lage, die Bauplanung Hermanns von Naumburg fortzuführen?«
Als Uta zögerlich vor die Empore schritt, spürte sie Hunderte Augenpaare auf sich. »Ich hatte gemeinsam mit dem Markgrafen und mit ...«, sie stockte, »und mit dem Werkmeister«, fuhr sie mit zitternder Stimme fort, »begonnen, die Planung für den dritten Bauabschnitt zu erstellen.«
»Gräfin Uta«, sagte Gisela, nachdem sie sich wieder neben dem Kaiser niedergelassen hatte. »Ihr seid die Einzige, die es uns ermöglichen kann, den Bau in den verbleibenden fünf Jahren zu vollenden.«
»Ich?«, wiederholte Uta entgeistert. »Aber, ich ... ich bin doch schuld an all dem Unglück.«
»Ihr solltet schuld sein?«, fragte Gisela erschrocken. »Ihr habt den Bau doch ebenso leidenschaftlich vorangetrieben wie Hermann von Naumburg und Tassilo von Enzingen. Ohne Euch wäre die Kathedrale doch nie so weit fortgeschritten. Der Herrgott hat Euch nicht die Rolle der Schuldigen, sondern die der Erlöserin zugedacht!«
Notburga von Hildesheim sog scharf die Luft ein und warf

Esiko einen ungeduldigen Blick zu, dem Schweiß auf die Stirn trat, als Gisela erneut zu sprechen ansetzte. »Ihr seid es uns allen, die bisher ihre Kraft und ihren Glauben in das Gotteshaus gesteckt haben, schuldig, Gräfin Uta«, sagte Gisela fordernder. In einer Situation, in der der Glaube an das Reich auf dem Spiel stand, musste sie Druck ausüben.

Uta blickte zur Kaiserin auf, während ihr viele Gedanken gleichzeitig durch den Kopf schwirrten. Sie sah Meister Tassilo, wie er neben ihr am Schreibtisch gesessen, ihr das Zeichnen von Bauplänen und aus diesen die Ableitung des Materialbedarfs erklärt hatte. Bis dahin hatte sie sich niemals vorzustellen vermocht, dass ein Haufen Zeichnungen und beschlagener Steine ihr so viel Freude und gleichzeitig so viel Schmerz bereiten könnten: Denn niemals hatte sie Hazecha so früh an den Allmächtigen übergeben wollen. Sie zögerte mit einer Antwort, blickte stattdessen hilflos in die Runde.

»Gräfin, was ist?«, setzte der Kaiser nach. Als er dann zu Ekkehard schaute, um sich von dessen Seite einer Antwort zu versichern, sah er neben dem Naumburger ein ihm unbekanntes Mädchen hervortreten.

Katrina spürte ihr Herz bis zum Hals schlagen, als sie vor die Empore trat. Unter den fragenden Blicken des Kaiserpaars und der umstehenden Geistlichen ergriff sie die kraftlose Hand ihrer Herrin und brachte ihren Mund nahe an deren Ohr. »Sie würde sich bestimmt freuen«, flüsterte sie und drückte Uta einen Gegenstand in die Hand.

Uta fühlte etwas Kantiges zwischen ihren Fingern und führte die Hand auf Augenhöhe. »Hazechas Talisman«, flüsterte sie.

»Was soll dieses Theater!«, unterbrach Aribo die Stille. »Warum wurde einer wir ihr«, er zeigte anklagend auf Katrina, »der Zugang zum kaiserlichen Hoftag überhaupt gestattet?« Er winkte den Wachen, das Mädchen zu entfernen. Doch da

fuhr Konrad vehement dazwischen und brachte seinen Erzkaplan zum Verstummen und die Wachen zum Abwarten.
»Erna hat mir erzählt«, fuhr Katrina unbeirrt fort, »dass Eure Schwester in der Nacht vor dem Brand, die sie in der Schmiede verbrachte, sehr stolz auf Euch war.«
Uta schluckte, während ihr eine Träne die Wange hinablief. Beim Anblick ihrer Lieblingsspange, die Katrina aus der Gewandtruhe genommen und für sie mitgebracht haben musste, sah sie Hazecha wieder vor dem Tor des Gernroder Klosters stehen.
Nimm die Spange mit und denke dabei an die Kraft, die Hidda von der Lausitz ihren Töchtern verliehen hat, hatte die jüngere Schwester beim Abschied gefordert, bevor Uta sie ein letztes Mal umarmt hatte.
Uta richtete den Blick auf das Kaiserpaar. »Fünf Jahre?«, fragte sie und umfasste die Spange.
»Diese Ruine in fünf Jahren fertigzustellen ist unmöglich!«, kam Aribo einer Antwort der Kaiserin zuvor und schaute den Kaiser neben sich herausfordernd an. »Dieser Bau verbraucht nur Kapazitäten an Holz und Stein, die uns auf anderen Baustellen des Reiches fehlen werden, oder wollt Ihr bei Eurer Grabeskirche in Speyer etwa auf Steine und Arbeitskräfte verzichten?«
»Da habt Ihr nicht ganz unrecht, Exzellenz«, entgegnete der Kaiser grübelnd. »Auf Kosten aller anderen Gotteshäuser dürfen wir dieses eine nicht bauen.«
»Was genau ist denn noch zu tun?«, meldete sich König Heinrich da zu Wort, der das Gespräch hinter den Thronstühlen der Eltern bislang interessiert verfolgt hatte.
Auf ein Nicken des Magdeburger Erzbischofs hin traten nun vier Männer vor die Empore und verbeugten sich. Sofort erkannte Uta die entlassenen Gewerkmeister: Maurermeister

Joachim, Schmied Werner, den Steinmetzmeister und Zimmerermeister Jan. Die vier waren erst vor wenigen Tagen auf Geheiß der Kaiserin nach Merseburg gebeten worden, nachdem sie zuletzt an Klosterkirchen und kleineren Burgbauten gewirkt hatten.

»Meister Joachim, bitte sprecht«, forderte der Kaiser den Handwerker zu seinen Füßen auf. »Wie steht es um die Arbeiten Eures Gewerkes?«

Joachim richtete sich aufgeregt aus seiner Verbeugung auf – noch nie zuvor hatte er vor dem Kaiser sprechen dürfen. Von den vielen auf ihn gerichteten Augen verunsichert, antwortete er schließlich: »Kaiserliche Hoheit, die unteren Wände des Langhauses sowie der Seitenschiffe stehen bereits. Ebenso die Wände des Ostchores. Der gemauerte Kniestock für das Dach des Ostchores hat den Brand überstanden.« Mit einem Nicken an Schmied Werner übergab er an diesen das Wort.

»Für den Westchor und die Türme hatten wir zuletzt – bevor uns Graf Ekkehard wegschickte – neues Werkzeug hergestellt und den Bauplatz vorbereitet. Als Nächstes könnte mit den Fundamenten begonnen werden.«

»Wir haben noch einiges zu tun, Kaiserliche Hoheiten«, übernahm der Steinmetzmeister. »So fehlt im Inneren noch die gesamte Feingestaltung. Die bisher nur grob zugehauenen Säulen müssen Kapitelle und Basen erhalten, ebenso steht die Fertigung der Holzportale und der Gesimsbänder aus.«

»Zuerst aber müsst Ihr Schutt und Asche aus dem Ostchor schaffen, um die Innenarbeiten dort überhaupt ausführen zu können!«, gab Esiko zu bedenken und maß die Gewerkmeister mit einem abschätzigen Blick. »Es steht noch viel Arbeit an, Kaiserliche Hoheit. Das wird in fünf Jahren nicht zu schaffen sein!«, urteilte er abschließend und vernahm zustimmendes Gemurmel um sich herum.

»Aber Graf«, mahnte die Kaiserin. »Die Kathedrale war einst das Wahrzeichen des kaiserlichen Heeres, dem Ihr vorsteht. Wollt Ihr, dass aus diesem ein Haufen entseelter Kämpfer wird? Ihr wisst, wozu die Kathedrale fähig ist – und dass menschliche Worte der Ermutigung dies bislang nicht zuwege gebracht haben.« Gisela lächelte diplomatisch und nickte dann den Meistern zu, die sie mit einer Geste darum gebeten hatten, erneut sprechen zu dürfen.

»Ich kann nur für mein Gewerk sprechen«, erklärte Maurermeister Joachim, der den ersten Schock überwunden zu haben schien. »Aber wenn wir die gleiche Anzahl an Arbeitern bekommen, schaffen wir es vielleicht.«

»Vielleicht?«, kommentierte Aribo. »Das genügt nicht, wenn es um den Glauben geht! Sicherlich sind die Handwerker bereits im ganzen Reich verstreut. Es dauert zu lange, bis erneut fünfhundert von ihnen zusammenkommen. Es ist besser, rechtzeitig aufzuhören, als sich fünf Jahre lang zum Gespött des Reiches zu machen.«

Maurermeister Joachim senkte betreten den Kopf.

»Die Baustelle besaß einst eine funktionierende Planung, Kaiserliche Hoheit!«, entgegnete Erzbischof Humfried aufgebracht. »Die benötigten Arbeitskräfte und Werkstoffe wurden bereits im Voraus berechnet. Die Baustelle arbeitete wie ein System von mehreren Zahnrädern, die zuverlässig ineinandergriffen. Wenn wir diese Art von Planung fortführen und den Gewerken damit sowohl die Bauvorgaben als auch das notwendige Material pünktlich liefern, können wir wie bisher an mehreren Stellen parallel bauen und haben damit eine Chance!«

Uta nickte zustimmend.

»Gräfin, könnt Ihr weiterzeichnen und die Planung des Markgrafen wie soeben beschrieben fortführen?«, fragte Konrad.

»Nicht nur das kann sie, Kaiserliche Hoheit«, fasste sich Zimmerermeister Jan ein Herz und erhob das Wort erneut. »Ich habe gesehen, wie sie die Materialbestände führte und diese mit dem Vogt abstimmte. Sie versteht sich auf die Materialplanung wie sonst niemand von uns. Für Gräfin Uta und für die Kathedrale werden wir«, er zeigte erst auf sich und dann auf die drei Gewerkmeister neben sich, die inzwischen hinter Uta getreten waren, »und unsere Männer Tag und Nacht arbeiten. Nur ungern haben wir die Naumburger Baustelle nach dem Brand verlassen.«

Uta ignorierte ein lautes Zischen aus Esikos Richtung und schenkte den Gewerkmeistern ein Lächeln, das erste, das ihr seit dem Unfall über das Gesicht huschte. Dann sagte sie mit fester Stimme: »Ich werde zeichnen und planen, Kaiserliche Hoheit«, und befestigte die grüne Vierkantspange an ihrem Schleier. Mit der Fertigstellung der Kathedrale würde sie nicht nur Hazecha stolz machen, sondern für Gott auch einen Gerichtssaal schaffen, in dem sie vor dem Kaiser den Mörder der Mutter anklagen konnte.

»Seid Ihr damit einverstanden, Graf Ekkehard?«, wandte sich Konrad an den Naumburger.

Ekkehard schaute nachdenklich zu Uta. Sollte er die Gattin tatsächlich wieder die Arbeit eines Mannes übernehmen lassen? Anderseits würde der Vater auf diese Weise doch noch eine würdige Grablege erhalten und der Name der Familie wieder von Tod und Verderben – wie Hermann es genannt hatte – reingewaschen. Der Preis dafür war allerdings der Verzicht auf Utas Verstoßung, denn eine Werkmeister**in**, die im Auftrag des Kaisers baute, würde er niemals mehr in ein Kloster schicken können. Ekkehard dachte an den Bruder im Georgskloster und trotz all der Menschen um sich herum fühlte er sich plötzlich einsam. Ob die Kathedrale auch ihm, im Kreise der Familie, einmal letzte Ruhestätte sein würde? Mit dieser Aussicht vor Augen nickte er Kaiser Konrad schließlich zu.

»Verzeiht, Kaiserliche Hoheit«, warf in diesem Moment Aribo von Mainz mit schneidender Stimme ein. »Bevor wir die Wiederaufnahme der Bautätigkeiten beschließen, wäre es noch von einigem Interesse zu erfahren, ob überhaupt genügend Mittel vorhanden sind, um dies alles zu bezahlen! Zuletzt war von Engpässen in der markgräflichen Kasse die Rede.«

»Mit Verlaub, Exzellenzen, Kaiserliche Hoheiten«, trat da der Naumburger Vogt auf einen Wink von Gisela vor und verneigte sich tief.

»Klärt uns auf Vogt«, befahl der Kaiser. »Wie ist es bestellt um die Finanzen?«

»Mit Verlaub, doch es stimmt, dass die markgräfliche Kasse nahezu erschöpft ist. Im Rahmen der weiteren Planung von Einnahmen und Ausgaben ist Markgraf Hermann vom Abhalten eines Marktes in Naumburg ausgegangen«, führte der Vogt aus und wischte sich den Schweiß von der Stirn. »Da uns das Marktrecht jedoch bisher versagt blieb, würde es nun knapp werden, fünfhundert Arbeiter zu bezahlen.«

Gisela schaute fragend zu Wipo, der hinter seinem Stehpult ratlos die Schultern hob. Er konnte sich diesen Vorfall nicht erklären. Vor ziemlich genau einem Jahr hatte er die Anfrage des Meißener Markgrafen dem Erzbischof vorgelegt.

»Mit welcher Begründung wurde der Stadt das Marktrecht denn verwehrt?«, hakte Gisela nach.

»Dieses Ansinnen wurde nie an mich herangetragen«, fuhr Konrad dazwischen, während Erzbischof Aribo keine Miene verzog.

»Damit die Fertigstellung der Naumburger Kathedrale nicht an fehlenden Münzen scheitert, gewähre ich Naumburg hiermit das Marktrecht.« Unter den missbilligenden Blicken Aribos nickte Konrad Wipo zu, der daraufhin den Federkiel aufs Pergament setzte und schrieb.

»Kaiserliche Hoheit«, hob Uta vorsichtig die Stimme, »Markgraf Hermann bat zudem um Grundstücke mit Zinsfreiheit und freiem Verfügungsrecht für die anzusiedelnden Kaufleute.«

Gisela lächelte zufrieden. »Auch die seien Euch gewährt.«

»Wenn diese Gräfin«, Aribo deutete mit dem ausgestreckten Finger auf Uta, »sich so sicher ist, die Kathedrale in nur fünf Jahren fertigbauen zu können, Hoheit, habt Ihr doch sicherlich nichts dagegen, die Vergabe des Bischofssitzes an diese Bedingung zu knüpfen. Versagt sie, wird der Bischofssitz wieder zurück nach Zeitz verlegt. Dort steht bereits ein Gotteshaus, das sich als würdig erwiesen hat.«

Uta erbleichte. Damit wäre sie dafür verantwortlich, dass Naumburg Bischofsstadt bleiben würde!

Bevor Gisela dem Gatten ein Zeichen geben konnte, nickte der auch schon einvernehmlich. Sollte das Vorhaben in Naumburg tatsächlich nicht gelingen, würde er den Makel zügig vergessen machen müssen. Immerhin hatte er selbst bei der Grundsteinlegung der Kathedrale auf Gottes Beistand verwiesen. »Gräfin Uta wird die Bauleitung in Zusammenarbeit mit seiner Exzellenz Bischof Hildeward übernehmen«, verkündete Konrad dann. »Dem Heer wird zum nächsten Fest von Christi Geburt in Naumburg eine Messe gelesen. Bis zu diesem Zeitpunkt möchte ich über die Baufortschritte unterrichtet werden.«

In nur sechs Mondumläufen? Uta schaute die Gewerkmeister an, die ihr jedoch beruhigend zunickten. »So werden wir es halten, Kaiserliche Hoheit«, bestätigte sie und wollte nach einer Verbeugung gerade auf ihren Platz zurücktreten, als Aribo von Mainz erneut das Wort ergriff.

»Außerdem schlage ich vor, dass wir der Gräfin zusätzlich

einen richtigen Werkmeister zur Seite stellen. Er soll sich in die Planung und die Zeichnungen einarbeiten und dafür sorgen, dass wir keine bösen Überraschungen erleben. Seht ihn als eine Art Absicherung für unser aller Seelenheil an.«
Gisela und Erzbischof Humfried tauschten einen irritierten Blick aus, als Aribo auch schon fortfuhr: »Ich kann Meister Falk von Xanten empfehlen. Der Mann leistet gerade noch beste Dienste auf den Baustellen in Mainz.«
Nachdem derzeit Burgund und Italien an meinem Seelenheil nagen, sollte nicht auch noch Naumburg hinzukommen – eine zusätzliche Absicherung kommt da sehr gelegen, dachte der Kaiser und nickte seinem Erzkanzler zu, der daraufhin mit einem Ausdruck von Genugtuung über die schwarzen Seidenkreuze auf seinem Pallium strich. »Es soll geschehen, wie von Exzellenz Aribo von Mainz vorgeschlagen«, verkündete Konrad und bedeutete Uta, Katrina und Erzbischof Humfried, auf ihre Plätze zurückzutreten. »Das letzte Anliegen des heutigen Tages betrifft die Markgrafenwürde, die Hermann von Naumburg zu Lebzeiten abgab.«
Notburga, die Katrina gerade noch mit einem angewiderten Blick abgestraft hatte, richtete nun aufgeregt ihr Haarband. Wenn ihr Geliebter Markgraf werden würde, wäre die Ballenstedterin endlich vom Thron gestürzt.
Notburga sah zu Esiko, der bei den Worten des Kaisers an sein Schwert gefasst hatte und nun erwartungsvoll, wenn auch mit einem nachdenklichen Seitenblick auf die Kaiserin, zur Empore schaute.
»Was die Neuvergabe der Markgrafenwürde angeht, habe ich mich entschlossen«, gab der Kaiser bekannt, »vorläufig selbst die Hoheit über die Mark Meißen zu übernehmen.«
Den Blick nunmehr direkt auf die Kaiserin gerichtet, versteinerte Esikos Miene.

»Aber die Markgrafenwürde wird doch innerhalb der Erbfolge meiner Familie weitergereicht«, brachte Ekkehard mehr als verwundert hervor.

»Das Schicksal der Kathedrale ist eng mit der Meißener Markgrafenschaft verwachsen. Nehmt diese Herausforderung an«, begegnete Konrad diesem Einwand und nickte Ekkehard wohlwollend zu. »Wer neuer Markgraf wird, werde ich daher erst nach Fertigstellung der Kathedrale verkünden.«

Als Konrads Blick auf Esiko fiel, hob der Ballenstedter siegessicher den Kopf. Wenn er dem Kaiser als oberster Heerführer nach Italien folgte – das Problem mit Burgund wäre sicher in absehbarer Zeit gelöst –, würde ihm niemand mehr das Wasser reichen können. Niemand stünde ihm dann bei der Übernahme der Markgrafenschaft noch im Weg – selbst wenn die Kathedrale rechtzeitig fertig werden würde.

»Und was ist mit dem heiligen Schleier, Kaiserliche Hoheit?«, fragte Bischof Hildeward und schob sich zwischen den anderen Bischöfen hindurch auf den purpurnen Teppich. »Wir sollten ihn nicht erneut der Gefahr aussetzen, auf der Baustelle beschädigt zu werden. Das würde uns die heilige Plantilla nie verzeihen. Denkt nur an die Pilger, Kaiserliche Hoheit, die aus dem ganzen Reich nach Naumburg strömen und dann erfahren müssen, dass dem Schleier etwas zugestoßen ist«, sagt er und verzog dabei das Gesicht, als leide er bereits bei der bloßen Vorstellung unsägliche Schmerzen.

Konrad tauschte einen Blick mit seinem Erzkanzler, der zustimmend nickte. »Was schlagt Ihr also vor, Exzellenz?«

»Der Schleier benötigt einen besonderen Schutz, Kaiserliche Hoheit, den ich ihm seit dem Unfall angedeihen lasse und für den ich mich auch weiterhin verbürge.«

»Ist er in Eurer Obhut wirklich sicher, Bischof?«, wollte nun auch Erzbischof Humfried wissen.

Hildeward umfasste den Schlüsselring am Finger seiner linken Hand. »Er ist das Heiligste, was ich je beschützt habe.«
»Dann sollt Ihr ihn bis zur Weihe der Kathedrale weiterhin beschützen, Exzellenz«, entschied Konrad, »auf dass er auch uns und dem Bau weiterhin Segen beschere.«
Bei diesen Worten schloss Hildeward verzückt die Augen, während Kaiser Konrad nun das Zeichen zur Auflösung der Versammlung gab. Daraufhin drängten die Menschen an Hildeward vorbei auf das Portal zu, von dem aus sie über die Treppe in einen kleineren Saal ins Erdgeschoss gelangten, in dem reichlich Essen und Getränke aufgetafelt wurden.
»Er gehört nicht in dieses Haus, das von sündiger Frauenhand geschaffen wird«, flüsterte Hildeward vor sich hin. »Gott wird uns alle strafen und die da draußen«, er deutete auf Ekkehard und Uta, die gerade den Saal verließen, »werden die Ersten sein.«
»Und was habt Ihr dagegen getan?«, fragte Aribo, nachdem er sich versichert hatte, dass außer ihnen niemand mehr in der Halle war. »Zwanzig Briefe in drei Jahren voll mit Nichtigkeiten! Euer Seelenheil ist noch lange nicht gesichert, Hildeward!«
»Aber Euer Exzellenz … ich habe …«, druckste Hildeward herum.
»Wenn Ihr schon nicht fähig seid, einen so einfachen Auftrag zu erledigen, dann nehmt zumindest diesen stumpfsinnig verklärten Ausdruck aus dem Gesicht!« Mit den Gedanken bei Falk von Xanten begab sich Aribo von Mainz zu den Tafelnden. Auch wenn sich die Machtverhältnisse in Rom wieder deutlich zu seinen Gunsten entwickelt hatten, musste er den Einfluss des Magdeburger Erzbistums unter Kontrolle halten.

Die Sonne war bereits untergegangen, als Uta in Begleitung von Katrina auf das Nebengebäude der Königshalle zuhielt, in der Ekkehard und viele der anderen Gäste noch dem Wein zusprachen.

»Auf ein kurzes Wort, Gräfin«, trat da der Hofkaplan von hinten an sie heran.

»Kaplan Wipo.« Uta ging ein paar Schritte auf den Geistlichen zu. »Wie schön, Euch außerhalb der Hofgesellschaft zu begegnen.«

»Bevor Ihr abreist, wollte ich Euch um etwas bitten«, begann Wipo und holte unter seiner Kutte einen Stapel Pergamente hervor. »Das sind *Die Taten Konrads.*«

Uta erinnerte sich. »Ihr habt den Bericht bis zum heutigen Tag fortgeführt?«

Wipo nickte und reichte Uta den Stapel. »Die ersten Jahre der kaiserlichen Herrschaft habe ich bereits fertig. Sie enden mit seiner Teilnahme an der Grundsteinlegung Eurer Kathedrale. Nun stehen die Jahre ab 1029 noch an. Und Eure Meinung darüber würde mich interessieren.«

Utas Augen weiteten sich überrascht, dann lächelte sie. »Das mache ich gerne. Aber gebt mir etwas Zeit dafür.«

»Eure neue Aufgabe, ich weiß«, entgegnete Wipo.

»Ich berichte Euch schriftlich, wie gewohnt«, versicherte Uta und griff nach den Pergamenten. »Sagt Kaplan, woher wusstet Ihr, dass ich nach Merseburg reisen würde? Gewöhnlich begleite ich den Gatten nicht zu Hoftagen.«

Wipo antwortete leiser: »Ich ahnte, dass der Kaiser, nun wo er nach Italien ziehen will und Burgund unruhig ist, die Kathedrale nicht unvollendet lassen wird.«

Uta zog fragend die Augenbrauen nach oben.

Nun war es an Wipo zu lächeln. »Und wer, wenn nicht Ihr, vermag dies zu verrichten«, entgegnete er nach einer kurzen

Pause. »Wir sehen uns in Naumburg wieder, zur Weihe.« Mit diesen Worten verabschiedete er sich.
Mit einem Lächeln schaute Uta ihm nach und grübelte bereits, wie sie die Rückholung der Handwerker möglichst schnell bewerkstelligen konnte. Sie wollte Reiter aussenden und auf allen Marktplätzen im Reich werben. Zudem musste Hermanns Planung fortgeschrieben und mussten die Materialbestände überprüft und angeglichen werden. Sie faltete die Hände zum Gebet: »Hazecha, kleine Lilie, begleite mich auf unserem gemeinsamen Weg. Wir werden der Mutter Gerechtigkeit verschaffen!«

Nach dem Hoftag in Merseburg hatte sich die Kunde des wiederaufgenommenen Kirchenbaus rasch im Reich herumgesprochen. Nicht zuletzt auch dank des Werbens des Magdeburger Erzbischofs. Ein Großteil der nach dem Brand entlassenen Handwerker war inzwischen bereits wieder auf die Baustelle nach Naumburg zurückgekehrt, obwohl andere Baustellen ebenso um erfahrene Handwerker geworben hatten. Es waren sogar einige Kämpfer gekommen, die den Bau mit ihrer Hände Arbeit unterstützen wollten.
Die Strahlen der Sonne vermochten noch nicht recht zu wärmen, brachten die Knospen an den Bäumen aber dennoch zum Aufblühen. Geselle Matthias griff nach einigen zusammengerollten Pergamenten und ging damit auf Uta zu, die mit Maurermeister Joachim, dem Steinmetzmeister und einigen anderen Handwerkern beisammen stand.
»Gräfin«, sagte er mit einer Verbeugung und lächelte, »Ihr hattet sie vor der Hütte vergessen.« Er deutete zu der Stelle, an welcher Uta am Morgen noch mit Schmied Werner die Werkzeuge geprüft hatte, die für die Einpassung der Wasserableitungen am Ostchor benötigt wurden.

»Hab Dank, Matthias. Ich werde sie wohl demnächst an meinen Gürtel klemmen müssen, damit ich sie nicht immer wieder liegenlasse.« Sie begann, das Pergament zu entrollen, auf dem sie festgehalten hatte, wann die einzelnen Arbeitsschritte aller drei Bauabschnitte abgeschlossen werden mussten, um die Kathedrale in den kommenden vier Jahren fertigzustellen.
»Lasst mich Euch helfen«, bot Falk von Xanten an, der wie aus dem Nichts auf einmal neben ihr aufgetaucht war, so dass sie verdutzt aufschaute. Der Mann mit dem glatten braunen Haar und dem freundlichen Gesichtsausdruck hatte bisher kaum über seine Arbeit gesprochen. Uta war sich jedoch sicher, dass er sehr viele Steinbauten errichtet haben musste. Denn seit seinem ersten Tag in Naumburg war er unentwegt auf der Baustelle im Einsatz und hatte zügig gelernt, die Bauzeichnungen zu deuten. Ihre erste gemeinsame Baubegehung hatte sie in den von Asche gereinigten Ostchor geführt. Uta war zuversichtlich, ihm die Überwachung der Bauten aus dem dritten Bauabschnitt bald übertragen zu können. Damit bliebe ihr mehr Zeit für die Planung und Erstellung der Zeichnungen.
Falk von Xanten nahm das Pergament aus Utas Händen, entrollte es so weit wie möglich und hielt es schließlich vor sie hin.
»Danke, Meister«, sagte Uta und nahm sich gleichzeitig vor, zukünftig besser auf die Pergamente achtzugeben. Erst neulich waren einige davon verschwunden und im Gewimmel auf der Baustelle nicht wieder auffindbar gewesen.
Falk von Xanten erwiderte die Höflichkeit der Burgherrin mit einem Lächeln und legte dabei zwei makellose, strahlend weiße Zahnreihen frei. Uta konzentrierte sich auf die vielen Zahlen und Hinweise auf dem Pergament und hörte dabei die Stimme Meister Tassilos wieder in ihrem Kopf. *Ich habe Er-*

fahrung mit Bauplänen, ihre Verwendung in dem von uns geplanten Ausmaß ist zwar nicht sehr verbreitet, aber sie vermindern Transport- und Ressourcenknappheiten und erlauben uns somit Engpässen vorzubeugen. An den Bauplänen wollte sie auf jeden Fall festhalten. »Wir müssen uns mit dem Dach des Querhauses beeilen«, erklärte sie und blickte zu den Bindern hinauf, die noch im vergangenen Jahr aufgestellt worden waren.
Falk von Xanten studierte das Pergament. »Wie kommt Ihr mit den Rundbögen für die oberen Fenster im Langhaus voran?«, fragte er dann Maurermeister Joachim.
»Wir müssen jeden Stein keilförmig behauen, das ist sehr aufwendig«, erklärte ihm der Steinmetzmeister, woraufhin der Maurermeister bestätigend nickte. »Zusätzlich kommen pro Bogen noch zwei besonders gearbeitete Abschlusssteine hinzu.«
Uta seufzte stumm und erinnerte sich an die wenig schmeichelhaften Worte des Mainzer Erzbischofs: *Versagt sie, wird der Bischofssitz wieder zurück nach Zeitz verlegt. Dort steht bereits ein Gotteshaus, das sich als würdig erwiesen hat.* Wie gern hätte sie jetzt Hermann und Meister Tassilo an ihrer Seite gehabt. Die hätten sofort gewusst, wie die Arbeiten beschleunigt werden konnten, was nach der langen Ruhezeit am Bau bitter nötig war. Uta seufzte, als sie sich an Hermanns rauhe, tiefe Stimme erinnerte, die dennoch so sanft geklungen hatte, und unterdrückte den jäh aufkommenden Schmerz. Würde die Sehnsucht nach ihm denn nie vergehen? Eine winzige Hoffnung sah sie allerdings: Die anstehende Arbeit vermochte sie vielleicht von ihren Gefühlen abzulenken. Nachdenklich richtete Uta ihren Schleier, den seit Merseburg wieder die Vierkantspange über dem rechten Ohr hielt. »Wir haben geplant, die oberen Wände des Langhauses bis zum

Fest von Christi Geburt fertigzuhaben. Aber auch wenn uns die Zeit im Nacken sitzt, müsst Ihr bei den Rundbögen besonders sorgfältig arbeiten, damit der Druck des aufliegenden Mauerwerks tatsächlich zu ihren Seiten nach unten hin abgeleitet wird.«

»Ansonsten bricht uns der Bogen zusammen«, fügte Falk von Xanten hinzu.

»Gräfin«, beteuerte der Steinmetzmeister, »wir tun unser Möglichstes, alle Zeitvorgaben einzuhalten.« Zur Demonstration stieß er einen gellenden Pfiff aus und augenblicklich beschleunigte sich der Rhythmus der nahen Bossiereisen.

»Der neue Glasermeister ist gestern eingetroffen«, erklärte Meister Joachim. »Er hat sich bereits der Gestaltung der Fenstermotive angenommen, und wir kümmern uns um die Wasserableitungen für den Ostchor.«

»Dann seid Ihr in wenigen Mondumläufen bereits mit den Feinarbeiten im Inneren des Chores beschäftigt«, sagte Uta hoffnungsvoll und glich diese Angaben mit den Vorgaben auf ihrem Pergament ab.

»Lasst mich Euch nun den Fortschritt am Westchor zeigen«, schlug Falk von Xanten vor und führte Uta von der Runde fort. »Wir haben gestern endlich die Geradlinigkeit der Fundamente gemessen.«

»Matthias«, drehte sich Uta da noch einmal um, »richte deinem Meister aus, dass wir für seine Genesung beten und hoffen, dass er bald wieder auf die Baustelle zurückkehren kann. Und lass Schwester Margit wissen, wenn er neue Kräuter für seine Wunde benötigt.«

»Danke Gräfin, sein Bein wird schon wieder«, entgegnete Matthias und schaute der Burgherrin in dem dunkelroten Gewand verträumt hinterher.

»Die Fundamente sind noch nicht fertig?«, fragte Uta nervös, als sie vor der Grube für die geplante Westmauer zum Stehen kam, die vom Regen kniehoch geflutet worden war.

»Macht Euch keine Sorgen«, ging Falk von Xanten über die Zeitverzögerung hinweg. »Wir werden das Wasser bis zu Allerheiligen aus den Gruben geschöpft haben und dann damit beginnen, das untere Mauerwerk aufzusetzen.«

Uta atmete auf und blickte erneut auf das Pergament, das ihr Falk von Xanten noch immer vorhielt. »Mein Wunsch ist es, dass Ihr die Wände für die Türme recht bald hochzieht. Sie sollen von beiden Seiten kommend in einer Linie in die Westwand übergeben. Wenn es zeitlich eng wird, holt noch einige Karrendienstler zu Hilfe. Sie sind nun schon so viele Jahre auf unserer Baustelle, dass sie dafür erfahren genug sind.« Uta dachte dabei an Michel und seine Truppe, die sich sicherlich freuen würde, die Baustelle wieder einmal weiter als bis zum Tor der Vorburg betreten zu können.

Uta schaute zur Südwand der Kathedrale, vor der in vierzehn Tagen der zweite Markttag abgehalten werden sollte und dieses Mal nicht in einem heillosen Durcheinander von Baumaterial und feilgebotener Ware enden durfte. Sie würde den Platz zwei Tage vorher aufräumen lassen, auch auf die Gefahr hin, dass sich der Bau dadurch verzögerte. Schließlich waren sie alle auf die Markteinnahmen angewiesen, und sie wollte die jüngst in Naumburg angesiedelten Kaufleute auf keinen Fall enttäuschen. Zudem hoffte sie, dass sich für diesen Markttag auch Händler von weiter auswärts anmelden würden. Sie nahm sich vor, gleich heute Abend die Organisation des Markttages noch einmal mit dem Vogt durchzusprechen.

»Gräfin?«, fragte Falk von Xanten.

»Verzeihung!« Uta richtete ihren Blick wieder auf die Grube, über die sich Falk von Xanten nun prüfend beugte. »Alles

korrekt, wie auf den Zeichnungen«, bestätigte er nach Augenmaß und schaute sich suchend um.
»Was benötigt Ihr?«, wollte Uta helfen.
»Bitte reicht mir drei Messhölzer aus der Werkzeugkiste dort drüben«, bat er. »Ich möchte Euch zeigen, dass das Fundament hier *in Waage* ist.«
Gerade als sich Uta umdrehen und bücken wollte, hielt ihr schon jemand die Hölzer hin. Ohne ihrem Helfer einen Blick zu schenken, griff Uta nach ihnen und reichte sie weiter.
Im Folgenden beobachtete sie, wie Falk von Xanten in die unter Wasser stehende Grube stieg und die langen Hölzer, an denen zahlreiche Einkerbungen angebracht waren, an drei Stellen vor der Fundamentmauer in den Boden rammte. Wo die Wasseroberfläche endete, ritzte er mit dem Messer jeweils eine weitere Kerbe in die Hölzer und auf Höhe der Fundamentmauer noch eine zweite. Nachdem er damit fertig war und alle Hölzer wieder herausgezogen hatte, sprang er leichtfüßig aus der Grube. Vor Uta legte er die Hölzer exakt an der unteren Kerbe ausgerichtet nebeneinander. »Seht her«, sagte er zu Uta und verwies nun auf die obere Kerbe an den Messhölzern. »Sie liegen auf gleicher Höhe.«
Da jede Wasseroberfläche unabhängig vom Untergrund stets *in Waage* ist – das hatte ihr Meister Tassilo bereits an den Fundamenten des Ostchores erklärt –, waren die Fundamente und die gesamte Mauer folglich nur dann gerade, wenn die obere Kerbung an allen drei Hölzern den gleichen Abstand zur Wasseroberfläche, also der unteren Kerbe, aufwies. »Sehr gut«, stellte Uta fest. »Die Maurer haben wunderbare Arbeit geleistet!« Prompt hellte sich ihr Gesicht auf. Die Arbeit an den Türmen und am Westchor konnte sie getrost Falk von Xanten überlassen. Da trat der junge Mann, der ihr gerade noch die Hölzer gereicht hatte, direkt vor sie hin. Ungläubig

riss Uta die Augen auf. Auch wenn sie ihn zuletzt im Alter von zwei Jahren gesehen hatte, wusste sie sofort, wen sie vor sich hatte, denn auch er besaß den kleinen braunen Fleck einen Fingerbreit unter dem linken Auge. »Wigbert!«
Der Angesprochene lächelte scheu.
»Du bist hochgewachsen«, sagte Uta und ergriff den Arm des Bruders, der ihr nicht minder groß als Esiko zu sein schien.
»Und du bist genauso, wie ich dich mir anhand deiner Briefe vorgestellt habe«, entgegnete Wigbert zurückhaltend.
»Du kommst aus Fulda? Alleine?« Uta schaute sich um, als ob sich noch jemand hinter dem Bruder verbergen könnte. »Und geht es dir gut?«
»Ich bin zufrieden. Meine Mitbrüder sind mir zur Familie geworden, und die Arbeit für den Herrn entspricht dem, wonach meine Seele verlangt«, sagte er. »Es hat einige Zeit gedauert, bis mir das Geschrei vom Ballenstedter Burgberg aus dem Kopf ging.«
Uta betrachtete Wigbert nachdenklich. »Entschuldigt mich, Meister Falk«, bat sie dann an den Werkmeister gewandt und wies dem Bruder den Weg zu der kleinen Burgkirche, die sie seit Hermanns Liebesgeständnis nie wieder betreten hatte. Dort würden sie ungestört miteinander reden können.
»Es war mutig von dir, aus Ballenstedt fortzugehen, obwohl der Vater dich auf der Burg zum Ritter ausbilden lassen wollte.« Auch wenn sie Wigbert dies bereits geschrieben hatte, wollte sie es ihm auch noch einmal gesagt haben.
Wigbert lächelte leise.
»Du hast deine graue Augenfarbe behalten«, sagte Uta und strich ihm über den Arm. »Die wurde dir vermutlich von unserer Großmutter Frederuna mitgegeben.«
Sie betraten die Burgkirche und setzten sich auf eine der Bänke.

»Ich bin wegen Hazecha hier«, kam Wigbert vorsichtig auf den Anlass seines Besuches zu sprechen.

»Hazecha?« Uta atmete tief durch. Noch immer hatte sie die Briefe der Schwester nicht wieder zu lesen vermocht. »Ihr Grab ist im Moritzkloster«, sagte sie gefasst.

Wigbert faltete die Hände vor seinem schwarzen Benediktinergewand. »Ich habe viel für ihre Seele gebetet.«

Uta schaute den Bruder fragend an. »Wollen wir gemeinsam zu ihr gehen?«

Wigbert nickte. »Dann müssen wir das noch vor heute Abend machen. Der Abt wies mich an, unverzüglich wieder nach Fulda zurückzukehren, und ich möchte ihn nicht enttäuschen.« Darauf fasste Wigbert in sein Gewand und zog ein Pergament hervor. »Dieses Schreiben ist der eigentliche Grund meines Besuches, Schwester.«

Uta wurde warm ums Herz, weil er sie Schwester genannt hatte, im nächsten Augenblick erstarrte sie jedoch. Das Siegel des ihr gereichten Pergaments zeigte die Ansicht des Klosters Gernrode. Uta erbrach es. Während ihre Augen über die Buchstaben flogen, liefen ihr die Tränen die Wange hinab. Dann schaute sie auf. »Danke, dass du den weiten Weg von Fulda hierher auf dich genommen hast. Lass uns heute Abend gemeinsam speisen, damit du genügend Kraft für die Heimreise hast. Außerdem kann ich dich vor deiner schnellen Rückreise dann noch einmal in die Arme schließen.«

»Reich mir nur etwas Brot und Wasser«, entgegnete Wigbert. »Das wird mich ausreichend stärken.«

Uta nickte und strich liebevoll über das Schriftbild des Pergaments.

»Gräfin Uta!«, drang da eine Stimme vom Eingang zu ihr. Die Geschwister wandten sich um, und Uta erkannte einen der Lehrjungen von Schmied Werner, der zum Portal herein-

lugte. »Die Wasserableitungen am Ostchor machen Probleme. Bitte kommt schnell!«, brachte der Junge aufgeregt hervor und trat ungeduldig auf der Stelle. »Meister Falk verlangt nach Euch.«
»Verzeih, Wigbert«, bat sie und ergriff seine Hände. »Wir sehen uns bei Sonnenuntergang.« Dann faltete sie das Pergament zusammen, klemmte es unter den Gürtel ihres Gewandes und eilte aus der kleinen Burgkirche.
Wigbert trat vor den Altar. Unruhig flackerte das Licht der Talgschale darauf.

Es ist eine gute Idee gewesen, die Lieferung des neuen Honigweins zu begleiten, dachte Notburga und ging voller Vorfreude vor dem Tisch auf und ab. Vier Krüge hatten ihr die Mägde in den kühlen Keller des Wirtschaftsgebäudes getragen, in dem nicht nur Getränke und Nahrung für die Bewohner der Burg, sondern auch Lebensmittel zur Verpflegung der Handwerker lagerten. Mannshohe Krüge, zu denen sie auch ihren Honigwein hatte stellen lassen, reihten sich vor der Wand. Ihnen gegenüber befand sich ein langes Regal mit allerlei Körben.
Die Tür wurde aufgestoßen, und umgehend verbeugte Notburga sich leicht. »Ihr wünschtet mich zu sprechen, Heerführer.«
»Es freut mich zu sehen, wie flink Ihr zur Stelle seid, Äbtissin.« Esiko ging an Notburga vorbei auf das Regal zu, griff sich einen Pfirsich aus einem der Körbe, biss ein Stück davon ab und warf den Rest auf den Boden. »Viel zu sauer!«, brummte er. Dann fiel sein Blick auf das Dörrfleisch, das an Seilen von der Decke hing. »Welchen Aufwand mein Schwesterlein betreibt, um das Handwerkerpack zu verköstigen.« Mühelos riss er einen Schweineschenkel von der Decke und

lachte genüsslich auf, als dieser mit einem lauten Klatschen auf dem Boden auftraf.
Notburga zuckte kurz zusammen, reckte dann aber ihre Brust hervor. Ihr Graf schien schlecht gelaunt zu sein, doch sie würde ihn mit ihren zahlreichen Talenten schon wieder zu besänftigen wissen.
»Warum hat man Euch eigentlich als Äbtissin eingesetzt?«, fragte Esiko. »Wärt Ihr nicht besser die Gattin eines weltlichen Herrn geworden?« Mit diesen Worten trat er um sie herum und streifte ihr das Gewand von den Schultern.
Notburga schloss genüsslich die Augen. »Der Herrgott hat vorgesehen, dass ich auf Erden eben nicht nur einem Mann diene.«
Esiko umfasste ihre nackten Brüste. Mit den Fingerspitzen fuhr er dabei über ihre harten Brustwarzen, bis sie aufstöhnte. »Ich hätte mir denken können, dass ein Mann allein Euch nicht genügt.«
Notburga lächelte ertappt und presste ihren Leib gegen seinen. »Macht weiter Graf«, forderte sie erregt.
Daraufhin riss Esiko ihr das seidene Band aus dem Haar und legte sie rücklings auf den Tisch, nachdem er zuvor die Kräuter, die zum Trocknen darauf ausgebreitet waren, mit einer Armbewegung hinuntergewischt hatte. »Der Herrgott hat recht«, stöhnte er, nachdem er sich seiner Beinlinge entledigt hatte, sein Glied in sie schob und heftig zustieß. »Euch nur einem Manne dienen zu lassen wäre reine Verschwendung!«
Mit ihren Fingern fuhr Notburga Esiko unter das wattierte Hemd, während seine Stöße immer heftiger und schneller wurden. Da sank Esiko begleitet von einem lauten Stöhnen auch schon über ihr zusammen.
Notburga wollte gerade ihre Arme um ihn schlingen, als er

sich schon wieder aufrichtete, sich von ihr abwandte und seine Gewänder anlegte.
»Ich habe einen Auftrag für Euch«, erklärte er nun ernst.
»Lasst mich raten.« Notburga streichelte sich über die nackte Brust und trat unbekleidet vor den Korb mit den Pfirsichen. »Es geht um Eure …«, sie stockte und drehte sich zu Esiko um, »… werte Schwester?«
Esikos Miene verfinsterte sich. »Geht in ihre Kemenate und sucht nach Beweisen!«
»Beweise wofür?«, fragte Notburga, lehnte sich gegen den Tisch und biss genüsslich in den ausgewählten Pfirsich.
»Beweise für ihre Sündhaftigkeit. Was sonst!«, erklärte Esiko aufgebracht. »Jeden Abend, so habt Ihr mir selbst berichtet, arbeitet sie noch lange in der Turmkammer. Nutzt diese Zeit, um Euch in ihrer Kemenate umzuschauen. Solange ich beim Heer weile, sorgt dafür, dass ich diese nach meiner Rückkehr …«
Notburga nickte und ließ die Zunge lustvoll über die weiche Haut des Pfirsichs gleiten. »Wann werdet Ihr wieder zurück sein, Graf?«
»Das werdet Ihr noch früh genug erfahren.« Nachdenklich strich Esiko ihr über den Hals. Wer davon ausging, dass sich die Neuvergabe der Meißener Markgrafenwürde hier in Naumburg entscheiden würde, lag gänzlich falsch. Er würde an der Seite des Kaisers als erster Heerführer glänzen, sich diesem unentbehrlich machen und damit den Schwager ausstechen. Seine Hand glitt über ihre Brüste. »Ich erinnere mich dunkel, dass meine Schwester ihre Geheimnisse stets unter der Bettstatt aufzubewahren pflegte.«
»Geheimnisse unter der Bettstatt?«, wiederholte Notburga und lachte spöttisch auf. »Wer ist nur so dumm, seine Geheimnisse derart offen …«

Abrupt unterbrach Esiko die Streicheleinheiten. »Dann sollte es ja kein Problem für Euch sein, Euch dieser Aufgabe anzunehmen, Äbtissin!«
Notburga nickte beflissen. »Ich werde alles zu Eurer Zufriedenheit erledigen, Graf.«
»Ich weiß, dass ich mich auf Euch verlassen kann«, sagte Esiko und verließ den Vorratsraum, um sich zu seinen Waffenbrüdern zu gesellen, die im Burghof zum Aufbruch bereit auf ihn warteten.

Aus der Mark und den angrenzenden Gebieten waren sie nach Naumburg gekommen, um zum kaiserlichen Sammellager nach Augsburg zu reiten. Auf dem Hof der Hauptburg scharrten bereits Dutzende Schlachtrösser mit den Hufen. Deren Reiter hatten auch die Kunde nach Naumburg gebracht, dass sowohl Herzog Mieszko als auch die Grafen Otto und Dietrich gestorben waren. Damit drohte dem Kaiser so schnell keine Gefahr mehr aus Polen. Nichtsdestotrotz war zur nachhaltigen Sicherung der Ostgrenze ein Teil des Heeres unter der Führung von König Heinrich und Graf Esiko vom Italienheer abgespalten worden. Nach einem zügigen Grenzritt sollte es spätestens in Mailand wieder zum Heeresteil des Kaisers stoßen.
»Wo sie uns wohl einholen werden?«, fragte Ekkehard und gab seinem Knappen das Zeichen, sein Ross vor dem Abritt noch einmal zu tränken. Seine Enttäuschung, dass nicht er den jungen König als Heerführer an die Ostgrenze hatte begleiten dürfen, stand ihm buchstäblich ins Gesicht geschrieben. Stattdessen würde er mit dem Großteil des Heeres direkt nach Italien ziehen.
»Das wird sich weisen«, sagte einer seiner Kampfesgefährten. Ekkehard überschlug den Weg nach Augsburg kurz in Ge-

danken. »Sollten die Wege trocken bleiben, können wir das Sammellager in einer Woche erreichen.« Forsch ergriff er die Zügel seines Pferdes und saß auf.

Uta, die mit Katrina zur Verabschiedung in den Burghof gekommen war, beobachtete nun, wie Ekkehard lange in Richtung der nördlichen Burgmauer schaute, hinter der sich das Georgskloster befand. Uta trat näher an Ekkehards Pferd. »Euer Bruder wird für Euer Wohl beten.« Obwohl sie Hermann seit dem Brand nicht wieder begegnet war, war sie sich sicher, dass er in Gedanken bei der Familie weilte. Oder war es lediglich ihre Sehnsucht, die sie dies denken ließ?

»Erfüllt Ihr derweil Eure Aufgabe hier und sichert die Grablege für meinen Vater«, erwiderte Ekkehard, nachdem er sich ihr zögernd wieder zugewandt hatte.

»Werdet Ihr mir Bericht schicken?«, fragte Uta. Wenn sie zeitig genug wüsste, wann der Gatte und seine Waffenbrüder zurückkamen, könnte sie das Willkommensmahl entsprechend vorbereiten. Außerdem wollte sie erfahren, ob die Beruhigung des aufständischen italienischen Adels gelang.

»Ich werde sehen.« Ekkehard hob die Schultern und ließ sich von seinem Knappen das Schwert reichen. Schild, Rüstung und Axt waren auf ein zweites Tier geladen worden. »Auch für einen Boten ist der Weg über die Alpen beschwerlich.« Nach diesen Worten begab sich Ekkehard zu seinen Mitstreitern und wies sie an, die Pferde zu besteigen.

Während Uta bereits wieder auf die wachsenden Mauern der Kathedrale schaute, setzte sich der Zug in Bewegung. Beim Anblick des Baus gingen ihr erneut die scharfen Worte des Mainzer Erzbischofs durch den Kopf: *Versagt sie, wird der Bischofssitz wieder zurück nach Zeitz verlegt. Dort steht bereits ein Gotteshaus, das sich als würdig erwiesen hat.*

Die Reiter verließen die Hauptburg, und Uta wollte gerade

auf die Turmkammer zuhalten, da entschied sie sich um. Vielleicht würde ein besonderes Gebet an einem besonderen Ort helfen. »Komm, Katrina!«, sagte sie und ging mit ihr auf das kleine Gotteshaus zu, das schon bald hinter der Kathedrale verschwunden sein würde.

Im Inneren der Burgkirche war es angenehm kühl. Uta bedeutete Katrina, im Erdgeschoss auf sie zu warten, und stieg dann die Stufen zur Krypta hinab. In der Mitte des kleinen Raumes angekommen, faltete sie ihre Hände zum Gebet. »Geliebte Mutter«, begann sie zu flüstern, »auch wenn es bereits ein Jahr zurückliegt, dass Wigbert mich aufgesucht hat, denke ich doch so gut wie täglich an meine jüngeren Geschwister. Ich spüre, dass sie mich in meinem Tun bestärken. Bitte gebt auch Ihr mir Kraft, denn ich möchte Euch Gerechtigkeit bringen sowie die Kathedrale in den verbleibenden drei Jahren fertigstellen.« Uta öffnete die Augen und schaute auf das steinerne Jesuskreuz an der Wand. Als sie sich im nächsten Moment erheben wollte, erkannte sie hinter der Säule zur Linken des Kreuzes etwas Helles, das dort vor dem Brand noch nicht gelegen hatte. Neugierig zog sie einen weißen Ledereinband hervor und erkannte ihn sofort wieder. In ihm hatte Hermann all seine Zeichnungen verwahrt. Und tatsächlich blickte ihr, als sie den Einband aufschlug, gleich zuoberst eine Zeichnung der fertigen Kathedrale mit ihren vier Türmen zusätzlich des mit Ständen und Händlern gefüllten Marktplatzes entgegen. Hermanns Vision!, durchfuhr es Uta. Und sein Bautagebuch, welches er stets bei sich getragen und in der Turmkammer auf dem Pult verwahrt hatte. »Hermann?«, rief sie in die Dunkelheit der Krypta hinein.

Als keine Antwort kam, schaute sie wieder auf die Zeichnung. Die Vision des Marktes ist inzwischen Wirklichkeit geworden, dachte sie. Bereits sechsmal war er erfolgreich abgehalten

worden. Tuche waren verkauft worden, zudem allerlei Krämereien, Wein in großen Mengen und sogar Leder und Wolle. Dann blätterte sie weiter. Über einer Zeichnung in brauner und roter Tinte hielt sie inne. Es war der Grundriss der Kathedrale, wie er auf dem großen ledernen Gemälde an der Wand der Turmkammer hing. Hermann musste den Grundriss der Kathedrale so fest im Kopf und eine so sichere Hand beim Zeichnen gehabt haben, dass das Vorzeichnen von Blindrillen nicht notwendig gewesen war. Auf der nächsten Seite las sie, mit welchen Materialien jeder einzelne Bauabschnitt zu planen war und mit wie vielen Arbeitern gerechnet werden musste, um den Bau in zehn Jahren bewältigen zu können. Sie blätterte durch die nächsten Seiten und sah weitere Zeichnungen, die mit zahlreichen Beschreibungen und Notizen versehen waren. Eines der hinteren Pergamente offenbarte einen wunderschönen blauen Himmel, den viele goldene Sterne zierten. »Die Altarwand in Gernrode!« Ergriffen blickte Uta auf. Er musste sie gesehen haben, als er ihr nach Gernrode zu Hazecha gefolgt war. Hermann hatte tatsächlich jede Idee, jeden Planungsschritt und jede Erfahrung, die er während seiner vierjährigen Baubegleitung gemacht hatte, festgehalten. Die Informationen in seinem Baubuch würden ihr helfen, die verschwundenen Zeichnungen, zu deren Duplikation sie bisher noch nicht gekommen war, schneller als gedacht zu ersetzen. Was für ein kostbares Vermächtnis er ihr damit doch hinterlassen hatte, bevor er ins Kloster gegangen war!
»*Dies diem docet*, Hermann von Naumburg«, sagte sie leise, drückte den Einband gegen ihre Brust und ging auf die Treppe zu.
Vor der ersten Stufe stoppte sie, nahm eine Hand vom Buch und ließ sie am Körper hinabsinken. Dann schloss sie die Augen und atmete tief durch. In diesem Moment meinte sie, ihn

zu spüren. Erst tasteten nur seine Fingerspitzen nach ihr, dann seine ganze Hand.

Mit geschlossenen Augen schritt sie nun Stufe für Stufe die Treppe hinauf, so sicher, als wäre sie erst gestern zum letzten Mal hier gewesen.

13. Gottes Urteil

Noch nie zuvor hatten sie auch im Winter die Nächte durchgearbeitet. Doch die Arbeit hatte Uta mit jedem Tag mehr Kraft gegeben, anstatt sie ihr zu nehmen. Trotz der vielen Aufgaben habe ich an einigen Abenden sogar noch Muße gefunden, in Wipos Entwürfen zu lesen, dachte Uta, als sie mit einem Talglicht in der Hand die Stufen des Ostturmes hochstieg, den wollenen Umhang fest um die Schultern gezogen.

»Das Gerüst für diesen Glockenstuhl müsste doch längst stehen«, sagte sie verwundert, als sie unter dem Dach des nördlichen der beiden Osttürme angekommen war, wo sie Zimmermeister Jan bereits erwartete. Sie grüßte freundlich und ging sofort auf die Schallöffnungen zu, die Maurermeister Joachim auf ihren Wunsch in die Wände des Turmes hatte einarbeiten lassen. »Damit der Klang der Glocke, nachdem er sich in der Glockenstube gesammelt hat, gebündelt in die Ferne fliegen kann«, murmelte sie die Worte aus Hermanns Bautagebuch vor sich hin, und ihr Atem bildete dabei Kältewölkchen in der Luft. Uta fuhr mit der Hand über die Mauer. Wie rauh sich doch die Steine im Vergleich zu Hermanns Haut im Gesicht und an den Armen anfühlten, ging es ihr durch den Kopf. Und wie unvergleichlich zart und weich seine Hände doch über ihre Wangen gestrichen hatten, obwohl sie über unzählige Kämpfe hinweg das Schwert geführt hatten. Heiß hatte sie sein Atem damals nach ihrem Kuss gestreift … daran erinnerte sie sich noch so genau, als wäre es gestern gewesen.

»Gräfin, das Holz ist erst vor zwei Wochen bei uns eingetroffen«, unterbrach sie der Zimmerermeister in ihren Gedanken. »Aber nun kommen die Arbeiten gut voran.«

Uta ließ das Talglicht sinken und schaute sich im Halbdunkel des Glockenturmes um. Für sie grenzte es bereits an ein Wunder, dass die Osttürme überhaupt so schnell hatten hochgezogen werden können. Die Westtürme hingegen waren lediglich bis zur Hälfte gemauert, und der Westchor besaß noch kein Dach. »Die Glocken für die Türme werden gerade gegossen, Meister. Schafft Ihr es, sie bis zur Weihe einzuhängen?«
Der Mann rieb sich das Kinn, meinte dann aber im nächsten Moment mit einem Blick in die erwartungsvollen Augen der Burgherrin: »Ich denke schon.«
»Sehr gut, ich vertraue auf Euch und Eure Männer. Lasst es mich rechtzeitig wissen, wenn Probleme auftauchen, damit wir sie gemeinsam beheben können. Wie dürfen den geplanten Fertigstellungstermin auf keinen Fall aufs Spiel setzen.«
Vor zwei Tagen erst hatte Kaiserin Gisela sie über einen Boten aus dem fernen Italien wissen lassen, dass sie und der Kaiser gedächten, mit großem Gefolge zur Weihe anzureisen. Nach dem überraschenden Bruch mit dem Mailänder Erzbischof Aribert wäre Italien nun wieder befriedet und der aufständische Vasallenadel durch Zugeständnisse beruhigt worden. Für die Weihefeierlichkeiten innerhalb der Burgmauern sei mit vierhundert Gästen zu rechnen. Weitere Hundertschaften von Kämpfern würden auf den Wiesen zu Füßen der Burg unterkommen, benötigten aber ebenfalls Verpflegung. Der Bote der Kaiserin berichtete weiterhin von der Vermählung des jungen Heinrich mit der dänischen Königstochter Gunhild, die dem Reich erst vor wenigen Tagen eine Tochter geboren hatte – was Uta unmittelbar daran denken ließ, dass sie Ekkehard noch immer nicht den ersehnten Erben geschenkt hatte.
»Wir schaffen das, Gräfin!«, versuchte Zimmerermeister Jan, Uta aufzumuntern, nachdem er bemerkt hatte, wie ihr erwar-

tungsvoller Blick in einen sorgenvollen übergegangen war. »Uns bleiben noch ganze sechs Mondumläufe und die Türen, eine zweiflügelige für den Eingang an der südlichen Querhauswand und weitere, einfachere für den Zutritt zu den Türmen und zur Krypta, stehen schon zum Einbau bereit. Das Chorgestühl für den Ostchor habe ich mit Matthias' Unterstützung ebenfalls bereits fertigstellen können.«
»Ich danke Euch, Meister. Auch dafür, dass Ihr gleich nach dem Hochfest wieder die Arbeit aufgenommen habt«, entgegnete Uta. Die Messe zur Geburt des Herrn war erst gestern gefeiert worden. »Und setzt weiterhin einen Fuß achtsam vor den anderen. Die harten Winterböden, Ihr wisst, was ich meine.«
»So ein Missgeschick wird mir nicht noch einmal passieren!«, entgegnete Meister Jan und klopfte sich gegen das Bein, an dem er sich vor knapp drei Jahren mit einem Sägeblatt eine Wunde quer über den Oberschenkel bis tief auf den Knochen gerissen hatte.
»Gebt mir Bescheid, sofern Ihr zusätzliche Arbeitskräfte benötigt, die Euch hier oben unterstützen.« Mit diesen Worten raffte Uta ihr Kleid samt Umhang und stieg die Treppen des Ostturms wieder hinab.
In der Vierung wurde sie von Erna empfangen. »Ich dachte du kommst nie mehr herunter«, sagte diese und reichte Uta einen Becher mit dampfendem Kräuteraufguss.
Uta stellte das Talglicht zu ihren Füßen ab und trank einen großen Schluck. »Danke, du bist die Beste.«
Erna, die in den vergangenen drei Jahren etwas fülliger geworden war, aber dadurch nicht weniger ansehnlich wirkte, lächelte. »Ich wollte dir den Becher endlich wieder einmal persönlich in die Hand drücken. Außerdem tut es gut, wenn ich mir bei dieser Kälte die Füße ein wenig vertrete. Jetzt, wo ich tat-

kräftige Unterstützung habe.« Sie deutete ins südliche Seitenschiff, wo Luise und Selmina, die inzwischen zehn Sommer zählten, warme Getränke an die Handwerker ausschenkten.
»Schade, dass das alles hier bald vorbei sein wird«, fügte Erna wehmütig hinzu.
»Es ist schade, dass ich seit der Übernahme der Arbeiten nur noch so wenig Zeit für die Menschen um mich herum gefunden habe«, entgegnete Uta. »Ich kann mich noch erinnern, wie die beiden zu krabbeln begonnen haben, ihre ersten Schritte machten und mit Katrina zusammen Spaziergänge unternahmen«, sie deutete mit dem Kopf in Richtung der Zwillinge, bei denen sich mehr als zwei Dutzend Handwerker in Form von verdünntem Bier oder Kräuteraufguss ihre abendliche Ration Wärme abholten.
»Selmina ist ruhiger geworden, Luise aber dafür umso frecher. Auch wenn sie sich wie ein Ei dem anderen gleichen, sind sie doch verschieden.« Erna blickte stolz zu ihren Töchtern hinüber, die das rote Haar zu Zöpfen geflochten trugen. Während Luise gerade dabei war, mit Michel zu scherzen, übergab ihm Selmina schüchtern einen Becher. »Wie schön, dass Katrina dir noch immer treu ergeben ist. Und du hast ihr wirklich erlaubt, das Werben des Grafen von Eichenau abzulehnen?«
»Sie soll niemanden an ihrer Seite haben, dem sie nicht zugetan ist.« Nachdenklich glitt Utas Blick in die Ferne. Noch immer schmerzte die Erinnerung an Hermann unvermindert stark. »Katrina bat mich, mir auch weiterhin zur Seite stehen zu dürfen«, überging sie den darauffolgenden Gedanken an den Gatten, der, seitdem er vor mehr als zwei Jahren nach Augsburg aufgebrochen war, keine Nachricht mehr geschickt hatte. »Sie hat bereits begonnen, mir bei der Organisation der Nahrungsvorräte und Unterkünfte für die Weihe zu helfen.«

»Sie kann jetzt auch rechnen?«, fragte Erna verwundert.
Uta nickte.
»Wenn Luise und Selmina davon erfahren, werden sie Katrina erst recht nicht mehr loslassen. Luises Temperament ist manchmal schwer zu bändigen.« Scherzhaft warnend hob Erna den Finger. »Wir sollten es ihnen erst nach der Weihe erzählen, sonst könnte es zu Verzögerungen bei der Nahrungsbeschaffung für den kaiserlichen Hof kommen.«
Uta schmunzelte, war dann aber verblüfft. »Die Mädchen interessieren sich für das Schreiben und Rechnen?«
»Du weißt also nicht, dass Katrina ihnen schon gezeigt hat, wie sie einen Federkiel halten müssen und wie die wichtigsten Buchstaben aussehen?«
Gab es denn Buchstaben, die wichtiger waren als andere? Uta drückte die Freundin an sich. »Ich vermisse euch alle, aber bis zur Weihe sind es nur noch sechs Mondumläufe. Danach habe ich wieder mehr Zeit für euch.«
»Das Blau ist himmlisch!«, schwärmte Erna, löste sich aus der Umarmung und lenkte Utas Blick auf die Altarwand im Ostchor.
Als diese den azurblauen Himmel mit feinsten goldenen Sternen erblickte, vergaß sie vor Faszination die vielen noch anstehenden Aufgaben. Zwar war ihr zugetragen worden, dass die Malerei, die nahezu die gesamte Altarwand einnahm, bereits fertiggestellt worden war, aber sie war noch nicht dazu gekommen, sie abzunehmen. Nun sah sie das Werk aus Hermanns Bautagebuch vor sich und war entzückt. Die Malerei ließ die Schönheit von Gottes Reich erahnen und würde dafür sorgen, dass die Menschen, die hierherkamen, sich anstrengen würden, einst dorthinzugelangen. Die beiden Himmelswände in Gernrode und Naumburg ließen Uta unwillkürlich auch an Alwine denken. Ob sie im fernen Italien inzwischen ihre

Familie gefunden hatte? Wie schön es doch wäre, sie einmal wieder in die Arme schließen zu können. Und wie es wohl Adriana mit ihrem bulgarischen Grafen fern des Kaiserhofes erging?
»Und schau dir das an!« Erna zeigte auf die Mauern des Langhauses und auf die Gewölbe der Seitenschiffe. »Oder dort! Alles wächst so schnell um uns herum!« Die Wände des Westchores waren hochgezogen und hatten jene innere Wölbung erhalten, von der ihr Hermann einst in Vercelli erzählt hatte.
»Ich hoffe, wir schaffen alles pünktlich zur Weihe. Zwei halbe Türme und den Westchor müssen wir noch vervollständigen. Er hat noch kein Dach. Dann noch Hunderte von Feinheiten schaffen und die Glocken einhängen«, sagte Uta und nickte den Handwerkern zu, die neben sie getreten waren, um das Altarbild nun ebenfalls zu bestaunen.
»Das schaffen wir!«, bestätigten die und tranken genüsslich die warme Flüssigkeit in ihren Bechern.
»Maurermeister Joachim!« Wie vom Blitz getroffen schlug sich Uta gegen die Stirn. Den Meister hatte sie über dem Gespräch mit Erna ganz vergessen. Der hatte sie noch vor Sonnenuntergang sehen wollen, um die Ausgestaltung des Steinbodens im Westchor mit ihr zu besprechen. »Hab Dank für den Aufguss, liebe Erna«, sagte sie und übergab der Freundin den leeren Becher. Dann drückte sie Erna noch einmal innig, griff nach der Talglampe und machte sich auf den Weg.
»Wenn du Nachschub möchtest, wir stehen noch eine Weile hier und vor dem Unterstand der Steinmetze«, rief Erna ihr hinterher und winkte dabei mit dem Becher. »Ab Mitternacht übernimmt Arnold die Versorgung hier drinnen.«
»Grüß ihn von mir!«, rief Uta zurück und war sogleich durch das Portal der Südwand verschwunden.
Ehrfurchtsvoll glitt Ernas Blick die Mittelwand des Langhau-

ses hinauf, die von einfachen Pfeilern getragen wurde. Was für grazil gerundete Fenster, dachte sie, und wie schön, dass das Leuchten in die Augen der Freundin zurückgekehrt war.

»Meister Joachim?«, rief Uta in die Dämmerung hinein und trat aus der Kathedrale, als ihr vom rauhen Wind das Talglicht ausgeblasen wurde. Das Wetter schien mit jedem Tag unwirtlicher zu werden. Der jüngste Schnee war pünktlich zum Tag von Christi Geburt gefallen. Die beiden Wachen, die Uta nach wie vor unbeirrt bei jedem ihrer Gänge außerhalb des Wohngebäudes folgten, stießen in diesem Moment zu ihr.
»Meister Falk?«, fragte sie und blickte sich suchend um. Mit ihm musste sie ebenfalls noch heute über die Aufstellung eines neuen Kranes zur Anhebung der Glocken sprechen.
»Meister Joachim kniet vor der Westwand, Gräfin.«
Uta hatte Michels Stimme erkannt und hielt daraufhin auf die Westwand zu. Der abendliche Wind schnitt ihr beißend ins Gesicht.
»Meister Joachim, endlich«, begrüßte sie den Mann, der nun vor der Westmauer der Kathedrale aufsprang und drei seiner knienden Gesellen mit hochzog. »Ihr seht blass aus«, stellte sie fest, nachdem sie den Span eines der Bewaffneten gegriffen und damit vor den Maurermeister getreten war. »Macht Euch die Kälte zu schaffen?«
Der Meister schüttelte den Kopf. Er trug einen zerschlissenen Umhang, der mit Fellen verstärkt war.
»Wollen wir in den Boden des Westchores in der kurzen Zeit, die uns nach dessen Fertigstellung noch bleibt, wirklich ein Muster legen?«, kam sie ohne Umschweife auf den Grund ihres Hierseins zu sprechen.
Meister Joachim bedeutete seinen Gesellen, sich anderen Arbeiten zuzuwenden, und schwieg. Dann gab er mit einem

Schritt nach links den Blick auf die Wand hinter sich frei und wies ohne ein Wort auf die Stelle an der Außenwand des Westchores, die er eben noch inspiziert hatte.
Uta leuchtete das Mauerstück knapp über dem Boden an. »Wie konnte …!«, rief sie im nächsten Augenblick aus, hielt dann aber inne.
Betreten senkte der Maurermeister den Kopf.
»Wieso reißt das Mauerwerk? Was ist passiert, Meister?« Uta glitt mit den Fingern über den Riss, der offensichtlich unterhalb des Erdbodens begann und ihr bis zur Hüfte reichte.
»Ich kann es noch nicht sagen«, beschied der Meister betroffen.
»Ist das die einzige Stelle?« Ohne seine Antwort abzuwarten, leuchtete sie die Westwand in Richtung der beiden Türme weiter ab.
»Auch das weiß ich noch nicht. Wir haben den Riss eben erst entdeckt.«
Uta schritt an der Westmauer entlang. Einige Arbeiter traten neugierig heran und beobachteten ihr Tun.
»Hier ist noch einer, mindestens vier Fuß lang vom Boden aus gerechnet!«, rief sie und lief danach aufgeregt die Wand vom nördlichen bis zum südlichen Westturm entlang. »Und noch einer«, setzte sie nach. »Lasst Meister Falk kommen«, befahl sie einem der inzwischen zu Dutzenden hinzugekommenen Handwerker.
»Wir müssen sämtliche Mauern abgehen«, sagte Uta beunruhigt. »Ihr, Meister, umgeht die Kathedrale von hier aus nach Süden. Und vergesst die inneren Wände nicht. Ich umgehe die Kathedrale im Norden. Am Ostchor treffen wir uns wieder.«
Meister Joachim nickte. »Wir brauchen mehr Licht!«
Ohne zu zögern, ergriffen die umstehenden Handwerker

Kienspäne, entzündeten sie und teilten sich in zwei Gruppen um die Burgherrin und den Maurermeister auf.
Dann schritten sie prüfend die Kathedralwände ab. Zuerst entlang der Türme bis hin zum Querhaus. Uta hätte am liebsten die Augen geschlossen, um das Unheil nicht sehen zu müssen, doch ihr Pflichtbewusstsein zwang sie dazu, ganz genau hinzuschauen.

Zu Mitternacht trafen sich die beiden Gruppen am Ostchor.
»Die Risse sind nur an der äußeren Westwand«, berichtete Meister Joachim im Kreis seiner Begleiter vor Uta.
»Also sind die Mauern im Langhaus, im Querhaus und am Ostchor verschont geblieben?«, fragte sie.
»Nur die Westwand scheint gerissen.« Meister Joachim verfiel ins Grübeln.
»Das Gleiche bei mir. Keine weiteren Risse. Damit ist tatsächlich«, Uta lächelte resigniert, bevor sie das erste Wort des folgenden Satzes über die Lippen brachte, »nur die Wand zwischen Westchor und den Westtürmen betroffen.«
Zurück an jener Westwand begutachteten sie die Risse erneut.
»Ich verstehe das nicht. Die unterste Fundamentmauer hier war *in Waage.*« Sie erinnerte sich an jenen Tag vor über drei Jahren, an dem Wigbert auf der Baustelle erschienen war und ihr die Hölzer gereicht hatte. »Das habe ich mit eigenen Augen gesehen, und auch das darauf aufliegende Mauerwerk habe ich gemeinsam mit Meister Falk geprüft. Es war genauso stabil wie das im Ostchor. Was können wir nur tun, um die Wand zu sichern? Wie können wir verhindern, dass der Chor und die Türme einstürzen und dadurch vielleicht sogar noch das Langhaus in Mitleidenschaft gezogen wird?«, fragte Uta verzweifelt und presste die Lippen zusammen.
Meister Joachim deutete auf den Boden vor der Mauer: »Wir

müssen den Boden aufgraben und dort nach Gründen suchen.«

Uta blickte in den sternenklaren Himmel. Mussten die Risse ausgerechnet jetzt auftauchen, wo der Winter die Arbeit sowieso schon erschwerte? Sie konnte den Handwerkern und Helfern nicht noch mehr Einsatz abverlangen, als diese mit der Nachtarbeit schon erbrachten. Und weitere heiße Kräuteraufgüsse oder warmes Bier würden auch nicht helfen, um sie noch weiter anzuspornen.

Meister Joachim trat vor Uta und deutete auf den Boden vor der Mauer. »Wir müssen es tun, Gräfin!«

Niedergeschlagen trat Uta vor die Handwerker. »Wir werden unverzüglich damit beginnen«, verkündete sie, »die Fundamente der Westwand freizulegen.«

Die Augen der Handwerker weiteten sich.

»Aber der Boden ist gefroren und so hart wie Stein, das macht keinen Sinn«, warf da Falk von Xanten ein, der auf einmal zwischen den Handwerkern erschienen war.

Überrascht blickte Uta den Werkmeister an. »Es gibt keine andere Möglichkeit, um die Ursache für die Risse herauszufinden«, erklärte sie und wünschte sich, Meister Tassilo und Hermann wären an ihrer Seite, um ihr in dieser schlimmen Nacht beizustehen.

Unter den Blicken aller Versammelten trat Falk von Xanten daraufhin vor Uta und Maurermeister Joachim: »Das kann ich den Leuten hier nicht zumuten. Sie sind ja jetzt schon völlig erschöpft.« Zustimmung heischend drehte er sich zu den Handwerkern hinter sich um.

»Ihr wollt bis zum Frühjahr warten?«, fragte Uta irritiert. »Aber dann schaffen wir es niemals bis zum Fest des heiligen Petrus und Paulus!«

»Kommt Männer«, meinte Joachim, als Falk von Xanten dar-

auf keine Entgegnung hervorbrachte. »Ein jeder greift sich eine Spitzhacke. Die rechtzeitige Fertigstellung der Kathedrale steht auf dem Spiel! Wenn wir jetzt verzagen, waren mehr als neun Jahre Arbeit umsonst!«
Daraufhin schauten die Handwerker zuerst Falk von Xanten und dann Meister Joachim an.
Uta hielt die Luft an. Sollte es hier und jetzt zu einer Verweigerung kommen, war alles verloren, und der Bischofssitz würde nach Zeitz zurückverlegt werden. Und so stellte sie sich im Flackerlicht der Kienspäne an die Seite von Meister Joachim und sah den zuvorderst stehenden Handwerkern hoffnungsvoll in die Augen. Einer nach dem anderen setzte sich darauf in Gang und trat an Falk von Xanten vorbei auf den Maurermeister zu.
Erleichtert atmete Uta auf. »Ich werde weitere Karrendienstler herschicken«, versicherte sie und nickte Meister Joachim dankbar zu. Sollten sie aufgrund des gefrorenen Bodens jedoch nicht an die Fundamente herankommen, würde ihnen nur noch ein Wunder helfen.

»Gräfin? Ich bringe Euch das Frühmahl.« Katrina beugte sich mit einer Schüssel in der Hand hinab und strich Uta über die Schulter, die inmitten eines Bergs von Pergamenten schlafend auf dem Boden lag.
»Haltet die Wand!«, fuhr Uta auf ihre Berührung hin erschrocken hoch und blickte sich orientierungslos um. Ihr Atem ging heftig.
»Ihr seid in der Turmkammer«, versuchte Katrina sie zu beruhigen und wies auf die beiden Schreibtische hinter ihnen.
Verschlafen schaute Uta sich um und nickte schließlich. Beim Anblick der Pergamente seufzte sie. Sie wünschte sich, die nächsten Mondumläufe bereits überstanden zu haben, und

dachte an die jüngsten Ereignisse zurück: Vierzig Männer hatten fünf Tage lang das gefrorene Erdreich vor den Fundamenten der Westwand aufgeschlagen. Das Ergebnis ihrer Mühen hatte sich noch gestern Abend wie ein Lauffeuer auf dem Burgberg herumgesprochen: Der Boden, auf den die Fundamente für den Westchor und die Westtürme gesetzt worden waren, bestand nicht wie beim Rest der Mauern aus felsigem Untergrund, sondern lediglich aus Lehm. Niemals sollte ein Werkmeister die Steine direkt auf einen solchen Untergrund setzen. Eine der ersten Regeln, die Meister Tassilo sie gelehrt hatte, besagte, dass erdige Böden nach einer zusätzlichen Stutze des Fundaments mittels Holzpfählen verlangten, die ähnlich einer Palisade in den Boden gerammt wurden, und dass erst auf diese die Steinschicht aufgesetzt werden durfte.
»Bitte stell die Schüssel ab, Katrina«, bat sie, erhob sich und lehnte sich nachdenklich an den kleineren Schreibtisch. Sie hätte die Überwachung des dritten Bauabschnittes niemals ausschließlich in die Hände Falks von Xanten legen dürfen, während sie gezeichnet und geplant hatte. Ein einziger Werkmeister vermochte Dinge zu übersehen, zwei hingegen ergänzten sich in ihrem Wissen – das wurde ihr in diesem Moment klar. Und was sie wusste, war: Prüfe die Beschaffenheit des Untergrundes für jedes Bauteil einzeln, bevor du über die Art des Fundamentes entscheidest. Für das Fundament der Westwand waren ganz klar verstärkende Holzpfähle notwendig. Am besten aus hartem Erlenholz, doch das wollte erst einmal beschafft sein. Uta seufzte erneut, denn in den Wäldern, für die sie das Rodungsrecht besaßen, gab es weit und breit keine einzige Erle. Selbst wenn sie diese von irgendwo herbekämen, bestünde die nächste Herausforderung darin, die Holzpfähle mittels eines Stützgerüstes nachträglich unter das Mauerwerk zu setzen.

Frustriert griff Uta nach einem der Pergamente zu ihren Füßen. »Woher soll ich nur in so kurzer Zeit all die Arbeiter dafür hernehmen?«, fragte sie sich und umkreiste dabei mit dem Zeigefinger die Zahlen auf dem Pergament, die sie über Nacht errechnet hatte und die einen erschreckenden Ausblick auf die zusätzlich benötigten Materialien und Handwerker offenbarten.

»Was ist das?«, fragte Uta, als sie Rufe zu hören glaubte.

»Die kommen von draußen, Gräfin«, meinte Katrina und öffnete das Fenster, durch das sofort eisige Kälte in die Turmkammer drang.

Uta blickte an den schneebedeckten Burgmauern entlang. »Warum ist das äußere Tor am helllichten Tage verschlossen?«, fragte sie dann irritiert und vernahm beim nächsten Atemzug erneut Rufe, die aus Richtung der Zugbrücke zu kommen schienen. »Ich werde nachsehen!«, erklärte sie kurz entschlossen und lief hinaus. Katrina griff nach Utas wollenem Umhang, legte sich den eigenen um und folgte ihr.

Vor den Winden, auf denen die Ketten der Zugbrücke aufgewickelt waren, war ein heftiges Wortgefecht in Gange. Als Uta sich näherte, löste sich die Gruppe von Wachhabenden und Handwerkern widerstrebend auf.

»Öffnet das Tor! Wir wollen helfen!«, erklangen fordernde Rufe von der anderen Seite.

»Matthias, was ist hier los?«, fragte Uta und legte sich den von Katrina hingehaltenen Umhang um.

»Sie sollen die Zugbrücke herunterlassen!«, forderte Matthias aufgewühlt und warf dem Torwächter einen wütenden Blick zu.

»Aber Meister Falk wies uns an, niemanden hereinzulassen, damit nicht zu viele Menschen auf der Baustelle herumlaufen. Er wollte ungestört arbeiten«, rechtfertigte sich dieser.

»Öffnet das Tor! Wir wollen helfen!«, wurde der Chor vor den Mauern der Vorburg immer lauter.
»Wo ist Meister Falk?«, fragte Uta streng. Mussten jetzt auch noch Streitigkeiten unter den Burgleuten die angespannte Situation belasten?
Ahnungslos zuckten die Umstehenden die Schultern.
»Öffnet das Tor!«, wies Uta daraufhin an.
Unter dem Quietschen der Ketten wurde die Zugbrücke heruntergelassen.
»Wir wollen helfen!«, tönte es weiter von den vermeintlichen Störenfrieden, die durch das Tor an Uta vorbei in die Vorburg drängten.
Uta war sprachlos, als sie mehr und mehr Menschen sah, die über die Zugbrücke liefen und nun auf die Kathedrale zuhielten. Wie Ameisen verteilten sie sich auf Meister Joachims Anweisungen hin an der Westwand. Uta meinte unter ihnen Männer in feinen Gewändern, Alte und sogar Kinder auszumachen.
Da trat Matthias neben sie. »Sie wollen es nur für Gotteslohn tun, Gräfin.«
Das war das Wunder, nach dem sie verlangt hatte! Uta lächelte und folgte der nicht enden wollenden Menschenschar auf die Baustelle.

Mit einer eleganten Handbewegung legte sich Notburga ihr hüftlanges Haar vom Rücken über die Schultern. Die Aussicht, dem kaiserlichen Heerführer beizuwohnen, trieb sie ungeduldig auf die Gästekemenaten des Wohngebäudes zu. Doch ungeduldig schien dieser Tage ein jeder auf dem Burgberg zu sein. Das gesamte Reich versammelte sich in Naumburg: das Kaiserpaar, die Hofkanzlei, der Hofstaat, unzählige Mitren- und Haubenträger. Notburga meinte sogar, dass sich

ein Hauch kaiserlichen Glanzes in jeder noch so kleinen Kammer und engen Ritze auf dem Burgberg, einschließlich ihres Klosters, ausgebreitet hatte. Sie war mehr als froh, der allgemeinen Geschäftigkeit der Chorproben, Kelterei und Wundversorgung entkommen zu sein, die von der tatkräftigen Schwester Margit nur noch verstärkt wurde.
»Pass doch auf, du Dummchen, mein Haar!«, fuhr sie eine junge Magd an, die an ihr vorbeieilte und sie dabei mit einem mit Hühnerkeulen beladenen Tafelbrett an der Schulter streifte. Sofort überprüfte Notburga, ob ihr Haar und Gewand unbeschmutzt geblieben waren, und stellte erleichtert fest, dass weder das eine noch das andere Schaden genommen hatte.
Einem jungen Küchenhelfer, der zwei volle Weinkrüge durch den Gang balancierte, stieß sie in den Rücken. »Bursche«, belehrte sie ihn, »wenn du in diesem Tempo weitergehst, wird der Wein nie die Becher der edlen Gäste erreichen. Spute dich endlich!«
»Sehr wohl, verehrte Äbtissin«, entgegnete der Junge, der kaum älter als acht Jahre war. Verängstigt beschleunigte er seinen Gang und vermochte dabei nicht zu verhindern, dass mit jedem seiner Schritte Wein über den Rand des Kruges schwappte und sein leinenes Hemd an den Ärmeln dunkelrot färbte.
»Geht es nicht etwas schneller!«, drängte Notburga boshaft. »Oder soll deinem Herrn etwa zu Ohren kommen, dass du, anstatt deine Dienste zu verrichten, auf dem Burggang schläfst?«
Der junge Küchenhelfer hatte von Arnold noch nie eine Strafe erhalten, aber die strenge Stimme der Äbtissin schüchterte ihn derart ein, dass er nochmals schneller lief.
»Na bitte, es geht doch!« Notburga bog rechter Hand in den Gang ab, während der Küchenjunge geradeaus auf die Treppe ins Erdgeschoss zulief. »Vielleicht erhalte ich heute schon

meine Belohnung, nachdem wir die letzten Punkte unseres Vorhabens besprochen haben«, sagte sie hoffnungsvoll zu sich selbst, als die Tür vor ihr auftauchte, hinter der sie Esiko von Ballenstedt in diesem Mondumlauf bereits zum vierten Mal erwartete – er war als einer der Ersten aus Italien zurückgekehrt. Angetan schaute sie an sich hinab und zog den Gürtel, der ihr schwarzes Gewand wie eine zweite Haut an ihren Körper zwang, noch enger um ihre Taille. Damit glich ihr Gewand – zumindest der Form nach – wenigstens nicht mehr dem einer verstockten Gottesfrau! Sie wollte gerade an die Tür klopfen, als aus der Kammer nebenan aufgeregte Stimmen in den Gang drangen.
»Wie dumm von Euch, hierherzukommen!«, hörte sie einen Mann verärgert sagen.
»Euer Exzellenz«, entgegnete da ein zweiter Mann, dessen Stimme sanfter, beinahe wohlwollend, klang. »Seid versichert, dass mich niemand auf dem Weg hierher beobachtet hat. Sie sind alle mit den Vorbereitungen für die Weihe beschäftigt.«
Eine Exzellenz! Notburga sog scharf die Luft ein und zog ihre Hand, mit der sie soeben noch hatte anklopfen wollen, zurück. Sie spähte den Gang hinab und legte dann, nachdem weit und breit niemand zu sehen war, ihr Ohr vorsichtig an die Tür, hinter der die Stimmen zu hören gewesen waren.
»Ich wollte Euch persönlich erklären, warum ich sie noch nicht aufhalten konnte«, erklärte die sanftere Stimme weiter.
»Und? Warum konntet Ihr sie noch nicht aufhalten?«, fragte die erste Stimme in scharfem Stakkato.
Die zweite Person schwieg eine Weile. »Die Handwerker folgen ihr blind«, sprach sie dann leiser weiter, woraufhin Notburga ihr Ohr noch fester gegen die Tür presste.
»Ich hatte mir extra die Fundamente ausgesucht, weil sich deren Instabilität erst Jahre später zeigt. Pünktlich zur Weihe

wollte ich die Risse als Gottesfluch präsentieren. Das Mauerwerk reagierte aber zu früh, und sie scheint alle Bewohner dieses verfluchten Burgberges oder gar der Mark in ihren Bann gezogen zu haben! Wie aus dem Nichts kamen sie urplötzlich von überall her, um zu helfen!«
»Bann? Was redet Ihr denn da für einen Unsinn! Mit Euch habe ich bewusst einen Mainzer auserwählt, damit ich mich nicht immerzu mit diesem Naumburger Verrückten umgeben muss, wenn es um die Kathedrale geht! Aber nun muss ich erkennen, dass Ihr ebenfalls einer seid!«
Notburgas Mundwinkel hoben sich. Die Risse im Mauerwerk waren also das Ergebnis einer langfristig angelegten Intrige gewesen! Einer Intrige gegen die Kathedrale der von ihr so hochgeschätzten Gräfin. Sie, Notburga, und Esiko waren also nicht die Einzigen.
»Was Ihr bisher in der Sache geleistet habt, ist alles andere als zufriedenstellend!«, stellte die scharfe Stimme fest.
»Exzellenz, Ihr solltet mich besser kennen. Ich habe bereits einen neuen Plan«, hielt der zweite Mann dagegen. »Ich nehme der Kathedrale ihr Heiligstes, so dass eine Weihe unmöglich sein wird!«
»Und das Heiligste gedenkt Ihr dann einfach in Eurer Gewandtasche nach Mainz zu tragen?«, fragte die schneidende Stimme spöttisch.
»Natürlich habe ich bereits ein sicheres Versteck gewählt. Es wird von jenem Vogel bewacht, der das Sinnbild des Aufstieges darstellt. Es ist so nah bei Ihnen, dass sie nicht auf den Gedanken kommen werden, dort nachzuschauen.«
»Dann können der Gräfin in der Tat weder Hundertschaften von Handwerkern noch eifrige Gewerkmeister helfen«, gestand der erste Mann ein.
Innerlich jubelte Notburga vor Freude. »Ihr werdet dieses

Mal keine bösen Überraschungen erleben, Exzellenz. Vertraut mir!«
»Überraschungen werden wir einzig der kleinen Hofdame zuteilwerden lassen«, hörte Notburga die Exzellenz sagen.
Sie trat von der Tür weg und nickte zufrieden. Die Exzellenz und der Unbekannte würden also zu verhindern wissen, dass die Kathedrale in zwei Tagen geweiht würde. In Kombination mit der Überraschung, die Graf Esiko und sie von langer Hand vorbereitet hatten, wäre die Ballenstedterin dann endgültig erledigt. »Sie wird sang- und klanglos untergehen und es anfänglich nicht einmal merken!« Zunehmend glaubte sie auch zu wissen, um welche Exzellenz es sich handelte. Notburga erschauerte mit jeder Faser ihres sehnigen Körpers. Voller Vorfreude strich sie sich mit der Hand über ihr Haarband, in das sie jüngst, dem kaiserlichen Besuch angemessen, mehrere Goldfäden hatte einweben lassen.

Hildeward hob die rechte Hand. Den mittleren Finger knickte er zuerst ein. Danach verschwanden auch Ringfinger, Zeigefinger und Daumen. Einzig der kleine Finger mit dem Stiftring zeigte nun noch auf den Wandteppich neben der Tür. Wie jeden Abend verzichtete er bei diesem Ritual auf das Entzünden eines Lichtes. Das, was er tat, musste er nicht sehen, sondern fühlen.
»Heiligkeit, heute wird hoffentlich nicht unsere letzte Zusammenkunft sein«, flehte er und trat mit ausgestreckter Hand vor den Wandteppich mit dem Gekreuzigten. Er schob das Webstück andächtig beiseite, um das bronzene Schränkchen dahinter zu öffnen. »Ich spüre, dass Ihr, heilige Plantilla, bereits einen Ausweg ersonnen habt. Weist uns den Weg, der uns für immer zusammenführt.« Als der Schlüsselring im Schloss des Kästchens einrastete, klopfte es.

»Nicht jetzt!«, rief Hildeward, der unter keinen Umständen gestört werden wollte, zog aber vorsichtshalber seinen Ring wieder aus dem Schloss heraus.
Keinen Augenblick zu früh, denn trotz seines Rufes wurde die Tür zu seiner Kammer nun geöffnet, woraufhin Hildeward hastig und wütend hinter dem Wandteppich hervortrat.
Einen dampfenden Krug in der linken und zwei Becher in der rechten Hand stand Falk von Xanten in der Bischofskammer.
»Exzellenz, verzeiht meine späte Störung.« Seine makellosen Zähne leuchteten in der Dunkelheit.
»Warum dringt Ihr unaufgefordert in meine Kammer ein?«, fuhr Hildeward empört auf. »Ich verlange, dass meine Nachtruhe respektiert wird, Meister!«
»Exzellenz, verzeiht ein weiteres Mal«, entgegnete Falk von Xanten und blickte sich in der kargen Kammer um, »aber als Werkmeister der Kathedrale, deren Weihe mit dem nächsten Sonnenaufgang ansteht, dachte ich, dass es endlich an der Zeit wäre, Euch in Eurer Funktion als Bauherr zu danken.«
Ungläubig betrachtete Hildeward den gutgekleideten Mann, der nun Becher und Krug auf den Schreibtisch stellte, kurzerhand das Talglicht daneben entzündete und die Tür schloss.
»Ohne Euch wäre der Bau an Sünde vergangen. Ist dies jemals schon gewürdigt worden?« Falk von Xanten schaute den Bischof eindringlich an. »Ihr habt den wichtigsten Teil zur Fertigstellung beigetragen: die Verhinderung von Gottes Donner und Blitz hier auf dem Burgberg!«
»Würdigung?«, zischte Hildeward. »In diesem Sündenpfuhl?«
»Seht Ihr, dieses Unrecht habe ich sehr wohl bemerkt und bin deshalb gekommen, es zu mildern.«
Unter den verwunderten Blicken Hildewards begann Falk von Xanten, die mitgebrachten Becher zu füllen. »Ein einzig-

artiges Webstück«, bemerkte er, während er den Krug noch in den Händen hielt, und zeigte auf den Teppich neben der Tür. Hildeward warf einen sehnsuchtsvollen Blick zu ihm hinüber, erinnerte sich aber im nächsten Moment seines Gastes und schritt unverzüglich auf die Wand mit dem Holzkreuz zu, vor dem er betend niederkniete.

Falk von Xanten lehnte, zwei gefüllte Becher in den Händen, augenscheinlich entspannt am Schreibtisch. »Ich möchte Euch meiner Ehrfurcht versichern, Exzellenz«, bekundete er und reichte Hildeward einen Becher hinab. »Frisches Wasser mit dem Saft eines Pfirsichs vermischt, Exzellenz. Würdet Ihr etwas anderes als Wasser trinken, hätte ich Euch als Zeichen meiner Wertschätzung den Honigwein aus dem Moritzkloster angeboten.«

Hildeward erhob sich und blickte in den Becher, der mit einer gelblichen Flüssigkeit randvoll gefüllt war.

»Exzellenz zögern?« Falk von Xanten griff nach seinem Becher. »Lasst uns auf die reine Seele trinken und darauf, dass die Richtigen bestraft werden.«

»Diese Sünder, pfui! Herr gib uns Kraft, sie zu überkommen!«, murmelte Hildeward, blickte dabei mit schmerzverzerrtem Gesicht zum Wandteppich und setzte den Becher an die Lippen.

Es war der Tag des heiligen Petrus und Paulus, als sich das an der hölzernen Trageachse befestigte Seil dank der Kraft mehrerer Hände straffte. Die Achse gab der Zugkraft des Seiles nach und übertrug sie über an ihr angebrachten Aufhängeeisen auf einen bronzenen Mantel, der sich daraufhin in Bewegung setzte. Unter dem bronzenen Mantel, an einer Lederaufhängung, begann ein Klöppel zu schwingen. Der berührte den Schlagring des Mantels genau in dem Moment, als dieser

schon wieder in die entgegengesetzte Richtung zurückschwang. Zuerst ertönte der dunkle Ton der Glocke des südlichen Ostturms, kurz darauf schwangen vier weitere Hände das Seil im nördlichen. Der Klang der Glocken entwich durch die Schallöffnungen des Turmes und umhüllte die Anwesenden zu ebener Erde mit kräftigen Tönen.
Die Burgbewohner, Kaufleute, Arbeiter, Kämpfer und Pilger waren zur Weihe der Kathedrale gekommen und hielten ehrfürchtig während des mächtigen Läutens inne. Es schien zu ihnen zu sprechen, ihnen die Geschehnisse der vergangenen zehn Jahre zu erzählen. Und ein jeder von ihnen verband seine eigenen Bilder damit. Der eine sah die Kraft, die der Bau verschlungen hatte, der andere die Leidenschaft, mit der er geholfen hatte. Wieder ein anderer dachte in diesem Moment an das eigene Seelenheil oder an das der Familie.
Vor einem Mondumlauf waren die zwei bronzenen Glocken pünktlich geliefert und aufgehängt worden. Uta stand vor dem Eingang der Kathedrale und blickte zu den Osttürmen hinauf. Mutter! Hazecha!, dachte sie. Unser Tag ist gekommen! Kaiserin Gisela hatte ihr noch am Vorabend bestätigt, dass im Anschluss an die Weihe die Möglichkeit bestände, vor den kaiserlichen Richter zu treten. Uta atmete tief durch und schaute auf die dickbauchige Kerze in ihren Händen, die sie soeben unter den Blicken aller Umstehenden entzündet hatte.
Die Kerze der Erinnerung. Sie ließ Uta zuerst des immer noch wichtigsten Mannes in ihrem Leben gedenken: Hermann. Auch wenn er seit beinahe sechs Jahren im Kloster lebte, war die Kathedrale doch aus seiner Vision, seinem Traum, erwachsen.
Und er hatte sie stets an diesem Traum teilhaben lassen! Dass die neue Kathedrale das Zentrum des vorderen Burgbereichs werden wird, hatte er ihr damals in der Turmkammer erklärt.

Mit nur einer Armeslänge Abstand zwischen sich hatten sie vor dem Fenster gestanden und in den Hof hinabgeschaut. Ob er sich ihre Begegnungen noch ab und an ins Gedächtnis rief, dort drüben in der Einsamkeit des Georgsklosters? Insgeheim wünschte sie sich nichts anderes – denn auch sie tat es, und nicht nur bei Vollmond.
Ihr nächster Gedanke galt Meister Tassilo, der für den Bau sein Leben gelassen hatte.
Kaiser Konrad gab der kleinen Prozession das Zeichen, auf das Portal in der Südwand des Kirchenhauses zuzuschreiten. Die Menschen, welche keinen Platz mehr in der Kathedrale gefunden hatten und die Vorburg füllten, bildeten eine Gasse. Hände streckten sich nach den an ihnen Vorüberziehenden aus. Auf den Märkten und in den Klöstern der Mark hatte man von kaum etwas anderem mehr als von der Weihe gesprochen. Uta führte den Prozessionszug an, in dem neben dem Kaiserpaar und König Heinrich auch Ekkehard, Bischof Hildeward und Erzbischof Humfried gingen.
Der Prozessionszug betrat das Querhaus. Ergriffen von der andächtigen Stille, blickte Uta in das Langhaus. Es war voller Kämpfer. Darunter auch Esiko, der in der ersten Reihe breitbeinig neben den anderen Heerführern stand und sie mit einem kühlen, herausfordernden Blick bedachte. Utas Puls beschleunigte sich. Ja, dachte sie, du bist hier, um angeklagt zu werden! Dann aber nahm sie sich vor, ihn zumindest während der Weihehandlungen aus ihrem Kopf zu verbannen, und ließ ihren Blick wieder über das Meer von Kämpfern gleiten. Dicht an dicht drängten sie sich und machten damit den größten Teil der Weihebesucher aus. Uta schätzte, dass es mehr als fünfhundert Mann waren, die nun in Gedanken an ihre toten Gefährten für die Verhinderten und Verletzten beten wollten. Als das Läuten der Glocken nur noch nachhallte, setzte der

erhabene Gesang der Benediktinerinnen ein, die hinter dem Altar aufgereiht standen und mit ihren engelsgleichen Stimmen schon einmal geheilt hatten. Angeführt von Uta schritt die Prozession durch die Vierung, vorbei an Handwerkern, die den Bau die gesamten zehn Jahre über begleitet hatten, vorbei an Naumburger Kaufleuten, dem Vogt, den Brüdern des Georgs- und den Schwestern des Moritzklosters sowie schließlich an einigen Äbtissinnen, die dem Kaiser die Ehre erwiesen. Unter den bewundernden Blicken aller Anwesenden schritt Uta die Stufen zum Ostchor hinauf. Dabei legte sie die linke Hand schützend um die Flamme der Kerze, bevor sie sie behutsam auf dem Altar abstellte.

Im Ostchor angekommen, löste sich der Prozessionszug auf und stellte sich zur linken und rechten Seite des Altars auf, wobei nur das Kaiserpaar in prächtigen Stühlen Platz nahm. Mit einem Nicken begrüßte das Herrscherpaar Erzbischof Aribo von Mainz und die geistlichen Würdenträger aller weiteren Erzbistümer, die sich im nördlichen Chorgestühl eingefunden hatten, während die geistlichen Würdenträger aus dem Erzbistum Magdeburg, Erzbischof Humfried und Bischof Hildeward, nun neben Uta und Ekkehard an die rechte Seite des Altars traten.

»Wir haben Frieden im Land, und das haben wir unserer Kathedrale zu verdanken!«, richtete Konrad nun das Wort an die Versammelten. »Ihr habt das Symbol für den Kampf um die Ostgrenze des Reiches geschaffen. Jeder mit seinen eigenen Möglichkeiten: mit Kämpfen, mit Gebeten, mit seiner Hände Arbeit, mit Spenden, mit Fürsorge und mit Aufmunterung. Wir befriedeten das Herzogtum Polen und sicherten gemeinsam die Krone in Burgund. Zuletzt glichen wir die Interessenskonflikte in Italien aus. Unser dreiteiliges Reich steht nun auf gestärkten Beinen.«

Während die Kämpfer und Helfer ergriffen von den goldenen Sternen auf der Altarwand zum Kaiser schauten, glitt Utas Blick über die Massen. Im nördlichen Querhaus erkannte sie Falk von Xanten und die Gewerkmeister, die in der ersten Reihe gebannt der Rede des Kaisers folgten. Im nächsten Augenblick lächelte sie Erna, Arnold und den Zwillingen zu. Luise und Selmina hatten Katrina in ihre Mitte genommen und sich bei ihr eingehakt. Mit offenen Mündern schauten die drei zum Kaiser, der allen Beteiligten Dank aussprach.

Uta war froh, Katrina auch weiterhin in ihrer Nähe zu wissen, denn das Mädchen stärkte sie auf seine ganz eigene Art: durch Treue, Aufrichtigkeit und wortlose Unterstützung. Nie würde sie vergessen, wie Katrina ihr auf dem Hoftag neue Kraft verliehen hatte, indem sie ihr die grüne Spange gereicht und ihr Mut zugesprochen hatte, in einer Zeit, in der Uta alles, was ihr lieb und teuer gewesen war, für immer verloren geglaubt hatte. Trotz der versammelten Kämpfer fand sie, dass ihr Kammermädchen vielleicht die Mutigste von allen war.

Liebevoll lächelte Uta Katrina zu und sah nun neben Arnold auch Wigbert stehen, der erneut aus Fulda nach Naumburg gekommen war. Sie nickte dem jüngeren Bruder zu, sie war ihm dankbar dafür, dass er ihr damals das Pergament überbracht hatte, das sie heute bei sich trug. *Schwerste Verbrechen...*, zitierte sie in Gedanken und spürte, wie sich die Härchen an ihren Armen aufrichteten. Zur Beruhigung strich sie sich über den neuen, seidenen Schleier, der ein Geschenk der Kaiserin war und zusammen mit der Vierkantspange ausnehmend gut zu dem Gewand passte, das sie sich für diesen lang herbeigesehnten Tag hatte nähen lassen. Das Unterkleid mit den weit auslaufenden Ärmeln war weiß – die Farbe der Lilie. Das ärmellose Oberkleid strahlte im Gelb der Narzissen und stand in reizvollem Gegensatz zum kräftigen Braun ihres bis zu den Hüften reichenden Haares, welches schimmernd unter dem Schleier hervorschaute.

»Durch eine fortschrittliche Planung konnten wir sie in nur zehn Jahren erstellen«, verkündete der Kaiser in diesem Moment. »Und dank der Verwendung dieser festen Steine«, er deutete auf die Wände um sich herum, »wird sie auch noch Generationen nach uns im Reich beschützen!«

»Fortschritt?«, hörte Uta den Naumburger Bischof da neben sich murmeln.

Das Vorhaben, das der Kaiser gerade pries, ist weder fromm noch gottesfürchtig umgesetzt worden!, dachte Hildeward und schaute in das Querhaus zu Falk von Xanten. Es war ihm nur recht gewesen, dass er am gestrigen Abend nach dem Becher Pfirsichwasser gleich eingeschlafen war. Erst heute Mittag war er wieder zu sich gekommen, als Erzbischof Humfried persönlich das Kästchen mit dem Schleier abgeholt hatte, um es noch vor der Messe in den gläsernen Schrein hinabzulassen. Falk von Xanten hatte recht gehabt: Sie alle hier waren ungerecht, ihm noch nicht gedankt zu haben, dabei hatte einzig und allein er mit seinen Gebeten bislang Schlimmeres verhindert. Bis gestern! Heute spürte er, dass etwas Bedrohliches, gar die Strafe oder Rache des Herrn bevorstand: Seit er die Kathedrale betreten hatte, meinte er, sein Kopf würde ihm zerspringen. Als die Worte des Kaisers erneut im Chor hallten, griff sich Hildeward an die Schläfen.

»Ein jeder soll erfahren, welch gottesfürchtige Leistung hier von Euch vollbracht wurde! Wir werden den Bericht über die pünktliche Weihe Eurer Kathedrale im gesamten Reich verkünden lassen.«

Auf ein Zeichen des Kaisers trat Erzbischof Humfried einige Schritte vor, damit er von allen Anwesenden gut gesehen werden konnte. »Mit aller Kraft habt Ihr, Graf und Gräfin«, er

wandte sich wohlwollend Uta und Ekkehard neben dem Altar zu, »diese Kathedrale zum Leben erweckt.«
Der Erzbischof hat mir damals auf dem Hoftag in Merseburg sein Vertrauen ausgesprochen und es während der vergangenen Jahre nie verloren, dachte Uta. Als sie seine Geste freundlich erwidern wollte, entdeckte sie Wipo, der im Chorgestühl hinter dem Mainzer Erzbischof saß und ihr zunickte. Bereits jetzt freute sie sich auf die Dispute, die sie im Anschluss an die Weihe endlich wieder mit ihm würde führen können. Er war der hagere Mönch in der knielangen Kutte geblieben. Obwohl Krankheit und Alter ihm in den vergangenen Jahren schwer zugesetzt hatten, strahlte er dennoch Wärme aus – was ihr früher nie aufgefallen war.
Hingegen war es alles andere als Wärme, was Esiko von Ballenstedt empfand, als sein Blick über die Schwester und den Schwager glitt. Doch wenigstens deuteten alle Zeichen darauf hin, dass der Kaiser die Meißener Markgrafenwürde auf ihn, den nunmehr ersten kaiserlichen Heerführer, übertragen würde. Schließlich hatte **er** den letzten Aufruhr Graf Odos von Blois-Champagne im Königreich Burgund vor einem Jahr niedergeschlagen. Auch der Feldzug nach Italien war erfolgreich gewesen, selbst wenn sie den plötzlich aufständischen Aribert von Mailand – einst Kaiser Konrads wichtigster Verbündeter in der Lombardei – im Felde nicht hatten besiegen können. In den Schlachten bei Mailand, Pavia und Cremona waren **er,** Ekkehard und König Heinrich es gewesen, die das zweiflügelige Heer angeführt hatten. Und **sein** Flügel, rief sich Esiko mit Befriedigung in Erinnerung, war nicht kläglich im italienischen Pfeilhagel untergegangen. Der Kaiser würde sich deswegen zweifelsohne für ihn als Markgrafen aussprechen. Dennoch durfte er den Einfluss der Kaiserin auf die Entscheidungen der Reichspolitik nicht unter-

schätzen, obwohl ... mit dem Beweis, den er vorzulegen gedachte, konnte auch Kaiserin Gisela sich nicht mehr länger der Wahrheit verschließen. Esiko blickte in das südliche Querhaus zu Notburga, die an der Seite der Gernroder Äbtissin erwartungsvoll zu ihm herüberschaute. Er nickte ihr kurz zu, worauf sie bestätigend einen in ein Leinentuch gewickelten Gegenstand an ihre Brust drückte.

»*Qui conflavere me, cunctos Christe tuere* – Christus schütze all jene, die mich haben gießen lassen«, sprach Erzbischof Humfried und zitierte damit die Inschrift der beiden bronzenen Klangkörper. »Und so sollen die Glocken nicht nur jene beschützen, die sie haben gießen lassen, sondern alle, die den Bau der Kathedrale vorangebracht haben. Am Jüngsten Tag«, fuhr der Magdeburger fort und blickte von den Gewerkmeistern zu den Kämpfern ins Langhaus, »werdet Ihr dafür die Belohnung erhalten.«

Nach diesen Worten stimmten die Benediktinerinnen einen Choral an. Ihr Gesang hatte den Kämpfern einst ihren Mut zurückgegeben, heute stiftete er Sicherheit und Vergessen. Das Vergessen abgehackter Hände, von Oberarmstümpfen mit getränkten Hautlappen und eiternder Füße – die Rache König Heinrichs für Graf Odos Erbschaftsansprüche. Mehr noch: Der Gesang bestätigte die Hoffnung der Kämpfer und der Bewohner des Burgbergs, dass schlussendlich Frieden herrschen würde.

Als Erzbischof Humfried vor den gläsernen Schrein trat, in den er am Morgen das Kästchen aus der Kammer des Bischofs eingelassen hatte, beobachtete Uta, wie Hildewards Kiefer zu mahlen begannen.

»Nun lasst uns diese Kathedrale weihen. Am heutigen Tag geben wir der Kathedrale den Schleier der heiligen Plantilla zurück.« Auf ein Zeichen des Magdeburger Erzbischofs hin er-

hob sich einer der Domherren aus dem Chorgestühl, gleichzeitig trat Bischof Hildeward vor.
»Die Gemeinde ist der Leib Christi«, formten Hildewards Lippen, als der Domherr vor ihm zum Stehen kam und die Hand nach dem Schlüsselbund für den gläsernen Schrein ausstreckte. »Wer das für das Mahl nicht bedenkt, zieht Gottes Strafe auf sich. Deswegen sind so viele krank und schwach und sterben früh.« Mit zitternder Hand holte Hildeward die Schlüssel unter seinem Gewand hervor und übergab sie, den Blick dabei starr auf den Glasschrein gerichtet.
Um die zehn Schlösser, die das fußdicke Glas des Deckels auf die schmiedeeiserne Umfassung pressten, zu öffnen, kniete der Domherr nieder. Es knackte, als die Schlösser nacheinander aufsprangen. Zwei weitere Domherren schlugen den Deckel des Schreins zurück und beugten sich in das Erdloch hinab, um nach den Seilen zu greifen, an denen das Kästchen herabgelassen worden war. Dann zogen sie es hoch und übergaben es Erzbischof Humfried. Der hielt es unter den gespannten Blicken aller Anwesenden in Richtung der Kämpfer und schlug den Deckel auf.
Ein Raunen ging durch die Reihen.
»Euer Exzellenz!«, rief Esiko. »Eure Kiste ist leer!«
Erzbischof Humfried schaute in das Kästchen und ließ es gleich darauf fassungslos sinken.
Bischof Hildeward schlug erschrocken die Hände vor das Gesicht. »Deswegen sind so viele krank und schwach und sterben früh!«, jammerte er und deutete auf Uta, die entsetzt auf das Kästchen blickte. Sie sah, wie sich der Magdeburger Erzbischof mit fragendem Blick dem Kaiserpaar zuwandte, das sich in diesem Moment jedoch auch nur ratlos anzuschauen vermochte. Aus dem Langhaus drangen aufgeregte Stimmen, die immer lauter wurden.

Falk von Xanten hingegen grinste vor sich hin, so dass seine makellosen Zähne zum Vorschein kamen. Zufrieden schaute er zum Chorgestühl hinauf, in dem sich gerade Erzbischof Aribo von Mainz erhob. »Kaiserliche Hoheit«, ergriff der das Wort. »Ohne den Schleier können wir dieses Kirchenhaus nicht unter den Schutz Gottes stellen. Die Weihe kann nicht vollzogen werden!«
Während Maurermeister Joachim ängstlich die Schulter seiner Frau umfasste, schlug sich Schmied Werner erschrocken die Hände vor den Mund. Uta war wie gelähmt. Wie konnte das sein? Sollten sie sich zehn Jahre umsonst gemüht haben? Und wenn die Weihe nun doch nicht stattfand, würde dann der Bischofssitz nach Zeitz zurückverlegt werden? Im nächsten Moment spürte sie Esikos Blick auf sich, der nun ebenfalls, ohne sie dabei aus den Augen zu lassen, vortrat. Ruhig verneigte er sich vor Kaiser und Kaiserin sowie vor den erzbischöflichen Exzellenzen im Chorgestühl und baute sich vor den Kämpfern auf. »Wie kann ein Schleier abhandenkommen, der von zehn Schlössern beschützt wird? Oder seht Ihr irgendwo Spuren eines Diebstahles?«
Betroffene Stille herrschte.
Uta wurde heiß und kalt zugleich, als darauf Erzbischof Aribo aus dem Chorgestühl vor den Schrein trat und Falk von Xanten bedeutete, diesen nach Spuren von Gewalt abzusuchen. Der Werkmeister trat aus dem Querhaus in den Ostchor und verneigte sich vor dem Kaiserpaar. Dann fuhr er den Rand des Schreins mit den Fingern ab, prüfte die Schlösser und die schmiedeeiserne Umfassung. »Ich kann keinerlei Zeichen einer gewaltvollen Öffnung feststellen, Kaiserliche Hoheiten«, verkündete er das Ergebnis seiner Begutachtung.
Daraufhin wandte sich Aribo von Mainz den Kämpfern zu. »Das ist ein Zeichen Gottes an Euch!«

Sofort machten die Kämpfer das Kreuzzeichen. Niemand wagte zu sprechen, stumme Beklemmung lähmte sie.
Da nickte Esiko von Ballenstedt der Äbtissin des Moritzklosters zu und erhob erneut das Wort. »Ich kann Euch sagen, warum der Schleier nicht mehr hier weilt. Gott hat ihn uns entzogen, und ich weiß auch, warum der Allmächtige dieser Kathedrale seinen Schutz verwehrt.«
»Dann tragt uns den Grund vor, Graf!«, forderte der Kaiser, während Erzbischof Humfried Esikos Auftritt ungläubig verfolgte. Falk von Xanten hingegen schob sich die Ärmel seines Gewandes gelassen über die Ellbogen.
»Hoheit, Ihr habt eine Sünderin damit beauftragt, Eure Kathedrale fertigzustellen!«, erklärte Esiko. »Und den Bau einer Sünderin beschützt Gott nicht!«
»Wer hat gesündigt, Graf?«, wollte der Kaiser wissen.
»Uta von Ballenstedt, Kaiserliche Hoheit!«, erklärte Esiko laut und deutlich, so dass es auch die Kämpfer im Langhaus vernehmen konnten.
Aller Augen waren nun auf Uta gerichtet. Die blickte fassungslos zum Bruder.
»Wie kommt Ihr zu dieser Behauptung, Graf?« Kaiserin Gisela erhob sich.
»Es ist die Wahrheit, Kaiserliche Hoheit. Die Äbtissin des Moritzklosters wird den Beweis für meine Worte erbringen.«
Uta beobachtete, wie Notburga von Hildesheim mit einem Leinentuch in der Hand die Treppen hinauf zum Ostchor schritt und sie mit einem überlegenen Blick bedachte, bevor sie sich ehrerbietig zuerst vor dem Kaiser, dann vor der Kaiserin verneigte.
»Bitte Äbtissin, berichtet uns«, forderte der Kaiser sie auf.
Notburga wickelte den Stoff auseinander und entnahm ihm eine Schale.

Das ist meine Kräuterschale!, erschrak Uta.
Notburga trat zunächst vor das nördliche, dann vor das südliche Chorgestühl und zeigte die Schale herum. Sie genoss es, dass die Blicke aller auf sie gerichtet waren. Dann kam sie vor der sprachlosen Uta zum Stehen, fixierte sie herablassend und trat schließlich wieder vor das Kaiserpaar. »Kaiserliche Hoheiten, in dieser Schale seht Ihr ein gar ungöttliches Kraut, genannt die Herrgottsgnade.«
»Äbtissin Notburga, dann bitte sagt uns«, bat Gisela, »was dieses Kraut mit der Kathedrale zu tun hat.«
»Natürlich.« Notburga richtete sich mit der freien Hand das Haarband. »Die Herrgottsgnade ist ein Kraut, das wider die göttliche Natur wirkt. Es verhindert, dass eine Frau empfangen kann. Man nennt es auch das Witwenkraut. Und sie«, Notburga zeigte mit dem ausgestreckten Finger auf Uta, »sie hat es all die Jahre genommen, um Graf Ekkehard einen Erben vorzuenthalten!«
Die Aufmerksamkeit der Weihebesucher konzentrierte sich nun schlagartig auf Uta.
»Ist das wahr?« Empört richtete Ekkehard den Blick auf Uta, die verneinend den Kopf schüttelte. »Nie... nie... niemals wollte ich Euch einen Erben vorenthalten.«
Esiko lächelte, als er Uta stottern hörte.
»Du streitest ab, dieses Kraut genommen zu haben?«, fragte er.
»Nein, das bestreite ich nicht«, entgegnete Uta leiser, worauf allgemein Gemurmel einsetzte.
»Ihr habt was, Gattin?«, fuhr Ekkehard ungehalten fort und griff nach Utas Arm. »Ich hatte Euch vertraut!«
»Aber ich habe das Kraut nicht genommen, um eine Schwangerschaft zu verhindern«, sagte sie mit zitternder Stimme.
»Alles Lüge!«, spie Esiko aus.

Da löste sich eine Benediktinerin aus dem Chor vor der Altarwand.

»Schwester!«, zischte Notburga und schickte ein beruhigendes Lächeln in Richtung des Kaiserpaares. »Ich hatte Euch nicht rufen lassen. Verschwindet!«

Doch ungeachtet dieser Aufforderung trat die Benediktinerin an ihrer Äbtissin vorbei vor den Kaiser. »Ich bin Schwester Margit von der Krankenstation des Moritzklosters, Eure Kaiserlichen Hoheiten. Es geht um die Klärung eines heilkundigen Sachverhalts, genauer gesagt, um Kräuter, die ich ausgegeben habe.«

»Wir haben den Sachverhalt längst geklärt«, wandte Esiko ein. »Ihr dürft gehen, Schwester!«

»Sie soll bleiben!«, ordnete Gisela an und trat vor Margit. Sie kannte die aufopferungsvolle Schwester vom Polenfeldzug. »Was habt Ihr uns zu sagen, Schwester?«

»Aber sie ist nur …«, wollte Notburga gerade aufbegehren, als Gisela sie mit einer Handbewegung zum Schweigen brachte. »Es geht um die Herrgottsgnade, die ich Gräfin Uta wegen ihrer Unterleibsschmerzen gab«, erklärte Schwester Margit.

»Also doch!«, sagte Ekkehard wütend.

»Ja«, bestätigte Margit. »Sie hatte Unterleibsschmerzen, die durch allzu grobe«, sie sprach leiser weiter, »durch allzu grobe körperliche Vereinigung verursacht wurden.«

»Was?«, fuhr Ekkehard auf. »Das kann nicht sein!«

Gisela schenkte ihm jedoch keine Beachtung, stattdessen nickte sie Margit aufmunternd zu.

»In den geringen Mengen, in denen ich der Gräfin von der Herrgottsgnade gab«, erklärte Margit nun wieder lauter, »wirkt sie lediglich schmerzlindernd. Hinzu kommt, dass wenn das Kraut einmal geschnitten ist, es rasch verwelkt und an Kraft verliert. Die Gräfin war zudem bei mir, um sich eine

Wurzel für die Zeugungsfähigkeit geben zu lassen. Sie trank diese als Aufguss mit Wasser. Immer dann, wenn Graf Ekkehard seine Rückkehr angekündigt hatte.«

Uta spürte Erleichterung in sich aufsteigen und blickte Esiko an, der die Hildesheimerin gerade mit einem vernichtenden Kopfschütteln bedachte.

Dieser Angriff ist misslungen, dachte Notburga und schaute niedergeschlagen auf Esiko, der ihr bereits den Rücken zugedreht hatte. Nach einem hasserfüllten Blick zu Uta schritt sie erhobenen Hauptes wieder an die Seite von Äbtissin Adelheid zurück. Derweil dankte Gisela Schwester Margit für die Erläuterungen und bat sie, sich wieder hinter den Altar zu den anderen Schwestern des Moritzklosters zu begeben.

Gisela schritt vor Uta. »Stimmt das, Gräfin?«, fragte sie. »Ihr habt Euch eine Wurzel für die Zeugungsfähigkeit geben lassen?«

Uta nickte. Giselas Stimme hatte wie einst auf den Hügeln Roms geklungen – ein wenig unsicher, aber dennoch ernst.

»Ich habe keine Sünde begangen, Kaiserliche Hoheit.«

»Dann wollen wir uns nun wieder der Weihe …«, begann Erzbischof Humfried, wurde aber jäh von dem aufgebrachten Esiko unterbrochen: »Du bist sündig, seitdem du vor zwanzig Jahren im Wald deine Jungfernschaft hergegeben hast!«, schrie er und trat wütend auf Uta zu. Dabei erinnerte er sich, wie er den Vater mit der Jagdgesellschaft einst in den nördlichen anstatt in den südlichen Buchenforst gedrängt hatte. Eigentlich hatte er im Stall nur seine Kurzaxt für die bevorstehende Jagd schärfen wollen, als er Utas Bitte an den Stallmeister vernommen hatte. Worauf er kurzerhand seine nur an einer Schneidseite geschärfte Axt in der Satteltasche verstaut hatte, um den Ereignissen einen von ihm gelenkten Lauf zu geben. Er wusste noch gut, wie sehr es ihn ein Jahr nach die-

sem Vorfall befriedigt hatte, Volkard aus dem Hardagau in einem lapidaren Gefecht dafür als Dankeschön den Kopf vom Rumpf zu trennen.
»Das ist eine Lüge.« Utas Blick blieb auf dem Bruder haften.
»Eine Lüge?«, entgegnete Esiko abwertend. »Du machst uns allen hier doch nur etwas vor! Spielst Bauzeichnerin, versagst deinem Gatten den ersehnten Erben und stürzt auch noch die Kathedrale des kaiserlichen Heeres in Unehre!« Mit diesen Worten deutete er auf die Kämpfer im Langhaus.
»Das ist nicht wahr!«, wehrte sich Uta und merkte, wie ihr Puls heftiger schlug.
»Du kannst uns deine Unschuld nicht beweisen! Damit bist du so gut wie verurteilt.« Esiko grinste triumphierend. Jetzt konnte er endlich vollenden, was er lange zuvor begonnen hatte: Er würde seine Schwester, die ihm die Liebe der Mutter gestohlen hatte, besiegen.
Uta spürte, dass ihr die Situation entglitt. Dabei hatte doch **sie** den Bruder anklagen wollen und nicht umgekehrt. Nun stand sie selbst als Angeklagte da und verzweifelte. Was war das nur für eine Welt, in der einem kaiserlichen Heerführer die Möglichkeit zur beweislosen Anklage ohne weiteres zugestanden wurde, während ihr als Frau nur der Rückzug oder die Unterwerfung blieb? Sollte Gerechtigkeit nicht für jedermann in gleicher Weise gelten und jede Anklage grundsätzlich mit Beweisen belegt werden müssen?
»Sprich den Reinigungseid!«, forderte Esiko kühl.
Uta erstarrte. Den Eid sollte sie sprechen?
»Die Verweigerung des Reinigungseides ist erst recht ein Gottesurteil«, fuhr er fort. »In diesem Fall bist du schuldiger, als es ein gewöhnlicher Sterblicher überhaupt sein kann.«
Das sind einst auch die Worte des Vaters gewesen!, schoss es Uta durch den Kopf. Verunsichert versuchte sie, Wigbert in

der Masse auszumachen, doch die Gesichter der Gäste im Querhaus verschwammen ihr vor den Augen.

»Sprecht den Reinigungseid, Gräfin«, schloss sich der Kaiser Esikos Forderung an. Als gerechter Herrscher vertraute Konrad auf das Urteil Gottes.

»A... a... aber ich habe nicht gesündigt«, verteidigte Uta sich.

»Ob du eine Sünde begangen hast, entscheidest nicht du, Schwesterlein!«, sagte Esiko gehässig.

»Bitte sprecht den Eid«, forderte der Kaiser erneut und nickte Uta auffordernd zu. Kaiserin Gisela war empört ob dieses Vorgehens, ließ sich dies aber nicht anmerken, weil sie die Anweisung ihres Gatten nicht vor den Augen aller anzweifeln konnte.

Mit dem folgenden Herzschlag sah Uta wieder den Ballenstedter Buchenforst, das Kästchen mit der Schneerose und Volkard vor sich. Als Nächstes hörte sie die Stimme des Vaters: *Sprich den Eid!* Dann sah sie sich blutend auf dem Boden im Burgsaal liegen. Uta schaute auf. Wie hatte der Eid nur gelautet? Nur ein einziges falsches Wort, ein Räuspern oder Zögern würde sie verurteilen. Hilfesuchend blickte sie sich im Ostchor um. Viele nickten ihr auffordernd zu: die Kaiserlichen, einige Geistliche in den Chorgestühlen und schließlich auch Ekkehard.

»Tretet in die Vierung, Gräfin, und wendet Euch den Versammelten zu«, forderte der Kaiser die Zögernde auf, während in der Kathedrale atemlose Stille herrschte. Er wies in Richtung des Langhauses.

Mit weichen Knien, die ihr jeden Moment einzuknicken drohten, stieg Uta die Stufen in die Vierung hinab und sah dabei ein Meer von Augenpaaren auf sich gerichtet. Ihr Blick streifte die ergraute Äbtissin Adelheid im südlichen Quer-

hausflügel, die mit dem Lilienszepter in der Hand eher zufrieden als nervös zu ihr hinaufschaute. Anders die Kämpfer und Gewerkmeister. Die blickten sie unsicher, aber auch hoffungsvoll an.
Erna ergriff ängstlich Arnolds Hand, während sie den Herrn um seinen Schutz für die Freundin bat, Luise und Selmina schmiegten sich erschrocken an Katrina.
Lautlos begann Uta, die Silben vor sich hin zu sprechen.
»Uta, wir verstehen dich nicht«, hallte Esikos Stimme durch die Kathedrale. »Du musst lauter sprechen!«
Doch anstatt sich dem älteren Bruder zuzuwenden, suchte Utas Blick den des jüngeren. Wigbert lächelte und zeigte auf den kleinen braunen Fleck unter seinem linken Auge. Daraufhin holte Uta tief Luft und schloss die Augen. Sie sah die Mutter auf sich zutreten und ihr mit der Hand über die Wange streichen. »Ich, Uta von Ballenstedt«, begann sie zaghaft, »schwöre vor Gott und allen Heiligen, dass ich frei von Schuld bin.«
Unvermittelt erhob sich Wipo im Chorgestühl und schaute angespannt auf Utas blasses Gesicht, das mit jedem Wort mehr Farbe zu bekommen schien.
»Ich habe weder gegen die Gebote Gottes noch gegen die Gebote meines diesseitigen Herrn, seines irdischen Vertreters, gehandelt«, fuhr Uta mit geschlossenen Augen fort. Sie sprach nun so klar und deutlich, dass ihre Worte bis in den entfernten Westchor drangen. »Der Allmächtige möge die Unschuld seines Erdlings in mir offenbaren.«
Die Stille hielt an.
Langsam öffnete Uta die Augen. Sie blickte in die Gesichter der Kämpfer, die sie nun heiter anstrahlten. Dann schaute sie zu Erna, die Arnold vor Freude umarmte und ihm einen Kuss auf die Nase drückte. Auch Katrina war erleichtert und ließ

die Fäuste sinken, die sie zuvor angestrengt vor der Brust zusammengepresst hatte.
»Gott hat sein Urteil damit verkündet!«, erklärte Konrad in die Stille hinein. »Graf Esiko, wenn Ihr Euch nun für die ungerechtfertigten Behauptungen entschuldigen wollt!«
Ein Raunen und Tuscheln ging durch die Kathedrale. Esiko blieb stumm.
»Wollt Ihr Euch etwa einer kaiserlichen Anordnung widersetzen«, fügte Konrad schärfer hinzu. Er deutete mit der Hand auf Uta, die noch immer in der Vierung stand. Ekkehard schaute mürrisch zu seinem Schwager, dessen Gesicht sich vor Wut rot färbte und der sich nun langsam in Bewegung setzte.
Uta sah die hasserfüllten Augen des Bruders und straffte sich. »Du, Esiko von Ballenstedt«, begann sie leise, »hast die Mutter getötet.« Als er bis auf Armlänge an sie herangekommen war, ging sie an ihm vorbei die Stufen in den Chor hinauf auf das Kaiserpaar zu, bevor er die geforderte Entschuldigung vorbringen konnte. Dort kniete sie nieder und erhob die Stimme: »Ich, Uta von Ballenstedt, klage Esiko von Ballenstedt hiermit vor Eurer Kaiserlichen Hoheit an, unsere Mutter, Gräfin Hidda von der Lausitz, getötet und ihren Leichnam geschändet zu haben!«
Der Kaiser bedeutete ihr aufzustehen. »Ihr ruft die kaiserliche Rechtsprechung an, Gräfin?«
»Das tue ich, Kaiserliche Hoheit. Aus vollstem Herzen und mit aller Überzeugung, die sich die vergangenen zwanzig Jahre angesammelt hat.«
Daraufhin winkte der Kaiser Wipo zu sich und befahl ihm, zu protokollieren. »Schwerste Verbrechen durch Beschädigungen des Lebens eines Delinquenten zu sühnen ist königlich-kaiserliches Vorrecht«, begann er.

»Niemand hat die Mutter ermordet!«, rief Esiko und trat nun mit einem verächtlichen Blick auf die Schwester seinerseits vor den Kaiser. »Sie ist am Fleckfieber gestorben, und der Schuldige, der es auf die Burg eingeschleppt hat, wurde bereits vor Jahren dafür hingerichtet!«
»Kaiserliche Hoheit, ich habe einen Beweis«, entgegnete Uta mit fester Stimme und zog ein Schreiben aus ihrem Umhang. Sie faltete es auseinander und begann laut zu lesen. »Ich, Hazecha von Ballenstedt, Leiterin der Krankenkammer des Stifts zum heiligen Cyriakus in Gernrode, begebe mich morgen nach Naumburg.«
»Was soll das schon zu sagen haben!«, unterbrach Esiko schroff.
Daraufhin reichte Uta dem Kaiser ihr Pergament. »Wollen Kaiserliche Hoheit selber lesen?«
Der Kaiser ergriff das Schreiben und begann: »Ich möchte meine Schwester Uta vor unserem Bruder Esiko von Ballenstedt warnen. Esiko hat vor wenigen Tagen wütend das Stift verlassen. Er ist heute noch genauso grausam wie vor vierzehn Jahren. Damals scheute er nicht zurück, unserer Mutter das Leben zu nehmen, und ich spüre, dass er auch uns etwas antun wird.« Kaiser Konrad hielt inne und betrachtete zuerst Uta, dann Esiko, der sich sofort zu sprechen aufgerufen fühlte. »Hazecha ist von den ganzen Kräutern um sie herum verrückt geworden!«
»Graf, reißt Euch zusammen!«, mahnte Gisela. »Ihr steht vor dem kaiserlichen Richter! Wir lesen weiter.«
»In der Gewandtruhe in der Kammer der Mutter versteckt habe ich beobachtet, wie Esiko der Mutter ein Kissen auf das Gesicht drückte, bis sie leblos auf der Bettstatt lag«, fuhr Konrad fort. »Der Weg nach Naumburg ist ein beschwerlicher für mich, eine Frau allein auf Reisen.«

»Ihr wollt den Behauptungen einer verirrten Nonne, die noch dazu ihrer Gemeinschaft den Rücken kehrte, Glauben schenken, Euer Kaiserliche Hoheit?«
Konrad gebot Esiko zu schweigen. »Sollte ich die Stadt nicht erreichen, lieber Wigbert, lass unserer Uta diese Zeilen zukommen. Sie sollen Beweis sein, ihr Ansinnen vor einem Richter vorzutragen. Gegeben einem Boten zum Kloster Fulda. Hazecha von Ballenstedt.«
Uta wischte sich eine Träne aus dem Auge. »Kleine Lilie«, flüsterte sie, so dass niemand sie verstehen konnte, »hab vielen Dank für deine Umsichtigkeit.«
»Hazecha von Ballenstedt ist schon lange tot!«, verteidigte sich Esiko. »Den Brief hat Uta selbst verfasst!«
Utas Gesicht verfinsterte sich. »Wie kannst du es wagen, das Erbe deiner Schwester so zu beschmutzen!«, entfuhr es ihr ungehalten.
»Ich bin bereit, einen Eid für die Aufrichtigkeit Utas von Ballenstedt zu leisten«, ging Gisela ungewohnt aufgebracht dazwischen.
Mit einem dankbaren Blick in Richtung der Kaiserin fuhr Uta, mit fester Stimme an Esiko gewandt, fort: »Wie kannst du deine Unschuld beweisen, Bruder?«
»Durch mein Wort, das Wort Eures obersten Heerführers, Kaiserliche Hoheit!«, antwortete Esiko keinen Atemzug später und schaute erwartungsvoll zum Thron. »Das Wort desjenigen, der Euch zweimal treu über die Alpen folgte, das Königreich Burgund für Euch sicherte und schließlich«, Esiko drehte sich mit ausgebreiteten Armen zu den Kämpfern im Langhaus, »für Frieden an der Ostgrenze sorgte.«
Der Kaiser nickte bestätigend. »Es steht Wort gegen Wort. Und damit gibt es nur einen, der diese Sache gerecht zu entscheiden vermag – der Allmächtige«, entschied der Kaiser in

dieser schwierigen Situation. Ein zweiter Reinigungseid? Nervös blickte Uta vom Kaiser zur Kaiserin.

»Graf Esiko, ich ordne an, dass Gott in einem Zweikampf den Lügner aufdecken soll. Der Allmächtige möge den Unschuldigen mit dem Leben belohnen.«

»Es ist mir eine Ehre, Kaiserliche Hoheit«, entgegnete Esiko und zog sein Schwert, das er als Heerführer auch während der Messe bei sich tragen durfte.

»Aber eine Frau ist zum Kampfe nicht berechtigt!«, wandte Ekkehard ein.

»Die Gräfin wird natürlich nicht selber kämpfen«, erklärte der Kaiser daraufhin. »In Fällen wie diesen ist ein männlicher Vertreter vorgesehen.« Auffordernd blickte er seinen zweiten Heerführer neben dem Altar an.

Hier und jetzt ein Schwertkampf? Unsicher schaute Ekkehard vom Kaiser zum Schwager, der ihn siegessicher angrinste. Esiko war ein kräftig gebauter Mann, dem er nie im Kampf begegnet war. Sie hatten stets miteinander, nicht gegeneinander das Schwert geführt. Aber Ekkehard fühlte sich seit dem Italienfeldzug entkräftet und sein Leben geben für … betreten blickte er zu Boden.

Uta sah den Gatten entsetzt an. Da trat die Kaiserin in die Vierung hinab und blickte ins Langhaus. »Wer nimmt für die Gräfin den Kampf gegen den Grafen von Ballenstedt auf?«

Getuschel setzte ein, Finger zeigten mehrfach umher.

Doch niemand trat hervor.

»Das ist ein Zeichen meiner Unschuld, Kaiserliche Hoheit!«, sagte Esiko beruhigt. »Dem Allmächtigen ist diese Streitfrage nicht einmal einen Kampf wert.« Surrend ließ er sein Schwert in die Scheide zurückgleiten.

»Sofern niemand bereit ist, das Gottesurteil auszufechten,

müsst Ihr, Gräfin Uta, die Anklage fallenlassen«, verkündete der Kaiser daraufhin.
Utas Finger krallten sich in den Stoff ihres Gewandes. Nach zwanzig Jahren hatte sie es endlich geschafft, den Mörder der Mutter mit einem Beweis vor dem kaiserlichen Gericht anzuklagen, und nun sollte alles vorbei sein, nur weil Ekkehard nicht zu ihr hielt? Niedergeschlagen schaute sie zu der Kerze auf dem Altar. »Kaiserliche Hoheit, dann muss ich hiermit ...«
»Ich kämpfe für Uta von Ballenstedt!«, drang da eine Stimme aus einer der hinteren Reihen im Langhaus, die auch die Kaiserin, die sich gerade fassungslos an ihren Gatten wenden wollte, innehalten ließ.
Die Anwesenden wandten sich um und schauten auf einen Mann, der einfache Beinkleider und ein leinenes Obergewand trug. Das dunkle Haar reichte ihm weit über die Brust.
»Hermann?«, ungläubig formten Utas Lippen seinen Namen. Hermann trat durch die Schneise der Kämpfer, die ihn seit seinem Eintritt ins Georgskloster nicht mehr zu Gesicht bekommen hatten. Immer mehr schienen ihn zu erkennen und sprachen seinen Namen aus. Einige senkten sogar ehrerbietig das Haupt vor ihm. In der Vierung angelangt, verbeugte sich Hermann vor der Kaiserin und trat dann die Stufen in den Ostchor hinauf, um das Gleiche vor dem Kaiser zu tun. Ekkehard überging er. Stattdessen kam er vor Uta zum Stehen.
»*Dies diem docet*, Uta von Ballenstedt.«
Utas Gesicht hellte sich auf. »Dies diem docet, Hermann von Naumburg«, erwiderte sie und fühlte ihr Herz noch heftiger schlagen, als es dies angesichts der bedrückenden Situation ohnehin schon getan hatte.
»Du hast mir meinen Traum erfüllt«, sagte er leise und schaute sie, ungeachtet der aufmerksamen Augenpaare um sie her-

um, sehnsuchtsvoll und vertraut wie einst an. »Jetzt unterstütze ich dich bei deinem.«
Unter Ekkehards ungläubigem Blick nickte Uta. Der war hin- und hergerissen bei dem Gedanken, entweder das Leben seines Bruders oder das eigene aufs Spiel setzen zu müssen, doch Esikos siegessichere Ausstrahlung ließ seinen kurz entflammten Mut auch schon wieder sinken. »Aber Bruder, du hast seit sechs Jahren kein Schwert mehr geführt ...«, setzte er an, als Hermann bereits zum Kaiser sagte: »Ich bin bereit«, und sich dann zu Esiko umdrehte.
»Der Zweikampf wird mit dem Schwert geführt«, ließ der Kaiser daraufhin wissen und wies einige Bewaffnete an, den Platz in der Vierung frei zu machen und zu umstellen. Hermann, der unbewaffnet zur Weihe gekommen war, wurde ein Langschwert gereicht. Esiko trat die Treppen des Ostchores hinab in die Vierung. Als sein Blick über die im Lang- und Querhaus dichtgedrängten Menschen glitt, entdeckte er Katrina. Wenn das alles hier vorbei ist, dachte er, würde er sich ihr endlich annehmen. Grinsend wandte er sich an Uta. »Ich werde dir zeigen, dass die Mutter den Tod verdient hat«, sagte er leise, während alle anderen auf Hermann schauten, der sich nun ebenfalls in die Vierung begab.
Dass der eigene Bruder so rachsüchtig sein konnte, ließ Uta in ihrem tiefsten Inneren erschaudern – doch nach außen hin ließ sie sich nicht das Geringste anmerken. Stattdessen nickte sie zum Zeichen der Bereitschaft, Gottes Urteil über ihr eigenes Schicksal wie auch das des Bruders hinzunehmen.
»Es wird mit dem langen Schwert gekämpft«, erklärte Konrad die Regeln und nahm mit Gisela wieder auf dem Thron Platz. »Zugeschlagen werden darf mit dem Knauf, dem Griff, der Schneide und der Parierstange.« Mit einer Armbewegung gab er das Zeichen für den Beginn des Kampfes.

Als Erster zog Esiko sein Schwert und bewegte sich, seinen Gegner taxierend, auf Hermann zu. Beide Kämpfer umfassten den Griff ihrer Waffen mit zwei Händen, um hart zuschlagen und fest abwehren zu können. In der Mitte der Vierung prallten die Klingen ein erstes Mal aufeinander. Der Tanz des Todes hatte begonnen.
Zunächst versuchte Esiko mit mehreren Ober- und Unterschlägen, die Armkraft seines Gegners einzuschätzen. Schon nach einigen Hieben wusste er, dass Hermann ihm diesbezüglich eindeutig unterlegen war. Kaiserpaar und Thronfolger beobachteten den Kampf aufmerksam. König Heinrich war anzusehen, dass ihn die Leichtigkeit, mit der sich Esiko über den steinernen Boden bewegte und gleichzeitig zuhieb, beeindruckte. Hermanns Bewegungen erschienen dagegen ungelenk. Ängstlich beobachtete Uta, wie Esiko das Schwert über den Kopf hob und einen wuchtigen Oberschlag führte. Sie atmete aus, als Hermann das gegnerische Schwert mit der kurzen Schneide beiseiteschob und mit einem Knaufschlag in die Blöße des Bruders überraschend konterte. Trotz des Treffers zeigte Esiko kaum Schmerzen. Kurz darauf setzte Hermann zu einer schnellen Serie von abwechselnden Ober- und Unterhieben an. An den Rand des Kampffeldes in den nördlichen Flügel des Querhauses gedrängt, stöhnte Esiko auf und trat mit dem Schwert der angreifenden Klinge seitlich entgegen, um sie mit der Parierstange von sich wegzustoßen und auf diese Weise in die Mitte des Kampfplatzes zurückzugelangen. Sein wütender Gegenhieb traf Hermann an der Wade.
Einige der Zuschauer schrien dabei wie im Chor auf. Zimmerermeister Jan war zusammengezuckt, während Matthias neben ihm entsetzt den Kopf schüttelte. Und ein Seitenblick zu Ekkehard verriet Uta, dass der mit dem Bruder in der Vierung mitlitt.

Hermann blickte kurz auf sein Bein, das ihm unter der Wucht des Schlages wegzuknicken drohte, fing sich dann aber wieder. Es schien nicht mehr als eine Fleischwunde zu sein. Als Esiko einen Oberhau antäuschte und Hermann versuchte, die gegnerische Klinge zu binden, indem er sein Schwert hob, führte Esiko seine Waffe im letzten Moment über der Schulter in Schräglage und traf den gegnerischen Oberarm. Das aus der Wunde spritzende Blut färbte Hermanns leinenes Obergewand dunkel.

Erschrocken lief Uta auf die Vierung zu, doch die Bewaffneten versperrten ihr den Weg. Sie zwang sich weiter zuzuschauen, auch wenn sie es kaum ertragen konnte, dass Hermann zweifach verletzt war. Nur wenige Fuß hinter den Bewaffneten verfolgte sie nun, wie Esiko gestärkt auf Hermann zustürmte und ihn in den südlichen Querhausflügel abdrängte. Er presste Hermann mit dem Rücken an eine der vier Säulen, die die Vierung markierten, und trat ihm mit aller Kraft in den Unterleib, so dass Hermann aufstöhnte. Esiko schien süchtig danach, seine Überlegenheit auszukosten. Er wollte noch mehr Blut fließen und Hermann leiden sehen. »Ich werde all Euren Besitz übernehmen«, raunte er Hermann zu, der sich unter seinen Tritten krümmte und kaum noch Luft bekam.

Erschüttert schaute Uta zu Hermann. Sie wollte nicht, dass er wegen ihr solche Schmerzen erleiden musste, und versuchte ein weiteres Mal erfolglos durch die Kette der Wachhabenden hindurchzugelangen, um dem Spuk hier und jetzt ein Ende zu bereiten. Mit schmerzverzerrtem Gesicht schaute Hermann auf allen vieren zu ihr hinüber und sah die Angst in ihren Augen. Irritiert folgte Esiko Hermanns Blick zu Uta. In diesem Moment kam Hermann ruckartig auf die Beine und setzte zu einem kräftigen Hieb an. Nur knapp gelang es Esiko, mit dem

Schwert unter das gegnerische zu schlagen. Er lenkte es seitlich nach oben ab, löste eine Hand vom Schwertgriff und brachte Hermann durch einen Hieb gegen den Schwertarm aus dem Gleichgewicht. Als Hermann zu taumeln begann, rammte Esiko ihn unter Einsatz seines gesamten Körpergewichts und brachte ihn zu Fall. Mit einem Klirren schlitterte Hermanns Schwert über den Boden.
Verunsichert trat nun auch Ekkehard vom Altar an die Stufen zur Vierung. Während Äbtissin Adelheid und Äbtissin Sophie die beiden Kämpfer aufmerksam beobachteten, wandten Hermanns Mitbrüder aus dem Georgsklosters ihren Blick vom Geschehen ab. Schwester Erwina aus dem Moritzkloster, die seit einigen Tagen nichts als krächzende Laute hervorbrachte und deswegen ein dickes Tuch um den Hals trug, hielt sich erschrocken die Hände vors Gesicht.
Triumphierend schaute Esiko seiner Schwester in die Augen. »Jeder bekommt, was er verdient!«, rief er ihr zu und reckte sein Schwert in Siegerpose in die Luft. In diesen Moment sprang Hermann erneut auf, entriss Esikos das Schwert und stieß in einer flinken Bewegung mit dem Knauf zu. Esikos Nasenbein knackte und beim nächsten Atemzug blieb ihm fast die Luft weg. Ein stechender Schmerz fuhr durch seinen Kopf, doch er fasste sich rasch und hob den Kopf wieder an. Daraufhin stieß Hermann erneut mit dem Schwertknauf zu. Und noch einmal.
»Verdammter Hurensohn!«, zischte Esiko und machte zwei Schritte rückwärts, um mit blutverschmiertem Gesicht nach der gegnerischen Waffe auf dem Boden zu greifen. Doch da schnellte Hermann auch schon vor und trat Esiko völlig überraschend gegen das linke Bein, das darauf unter ihm wegknickte.
Unsanft landete er auf dem Rücken, doch da war Hermann

auch schon neben ihm und rammte Esiko dessen eigenes Schwert tief in die Brust. Den Blick auf die blutende Wunde gerichtet, zog Hermann die Waffe wieder aus der Brust, legte sie neben dem Besiegten nieder und trat einen Schritt zurück. Kaiser und Thronfolger hatten sich längst erhoben, während Gisela den Kampf von ihrem Stuhl aus verfolgt hatte. Auch Erzbischof Humfried und Bischof Hildeward waren an die Stufen des Ostchores getreten und sahen nun mit an, wie der erste kaiserliche Heerführer röchelnd und mit zuckenden Gliedmaßen am Boden lag.

Ein spitzer Schrei aus dem Munde Notburgas von Hildesheim, die in Richtung des Ausgangs stürzte, war der einzige Laut, der in der Kathedrale zu hören war.

Uta beobachtete das Geschehen reglos. Da trat die Kaiserin neben sie, legte die Hand auf ihre Schulter und führte sie vor den Bruder, der sich ihr mit letzter Kraft zuwandte. »Schwesterlein!«, hauchte er und tat mit diesem Wort seinen letzten Atemzug.

Unschlüssig betrachtete Uta das Gesicht des toten Bruders, dessen Augen noch immer auf sie gerichtet waren. Dann gab sie sich einen Ruck. »Ich werde ein Gebet für ihn sprechen. Auf dass Gott sich seiner Seele erbarme«, sagte sie, beugte sich hinab und schloss Esiko mit der rechten Hand Augen und Mund. »In Ballenstedt soll er neben der Grabstätte des Vaters seine letzte Ruhe finden.« Dann wandte sie sich Hermann zu. »Ich weiß nicht, wie ich dir jemals dafür danken kann«, flüsterte sie.

Die vertraute Anrede ließ Hermann augenblicklich seine Schmerzen vergessen, und einmal mehr verlor er sich in ihrem Anblick: die zarten Konturen ihres Gesichts mit den grünen, leuchtenden Augen und den geschwungenen Brauen, die schmale Nase und der kleine Mund mit den vollen Lippen ...

»So wird es geschehen«, bestätigte da die Kaiserin Utas vorangegangene Worte und nickte dem Gatten zu, der daraufhin ebenfalls in die Vierung trat. »Gott hat erneut ein Urteil gesprochen«, verkündete er, nachdem er vor dem Toten zum Stehen gekommen war. Auf sein Zeichen hin wurde der Leichnam auf eine Bahre gelegt. Thronfolger Heinrich betrachtete Uta und Hermann derweil nachdenklich.
»Der Allmächtige hat Euch, Uta von Ballenstedt«, sagte der Kaiser mit einem auffordernden Blick zu Wipo, der darauf erneut Kiel und Pergament zurechtrückte, »Recht zugesprochen. Esiko von Ballenstedt wurde im Zweikampf überführt, seiner Mutter – Gräfin Hidda von der Lausitz – das Leben genommen zu haben. Die Zeugenaussage der Hazecha von Ballenstedt wurde als Beweismittel anerkannt.«
»Ich danke Euch, Kaiserliche Hoheit«, sagte Uta und verneigte sich. Danach beobachtete sie schweigend, wie sich die Gasse, die die Kämpfer im Langhaus für die Bahre mit dem Toten bis zum Ausgang gebildet hatten, wieder schloss.
»Was die Hinterlassenschaften des Grafen von Ballenstedt angeht«, erhob Gisela das Wort, »bestimmen wir, dass ein Teil seiner Besitztümer dem Stift in Gernrode vermacht wird.«
Begleitet von den irritierten Blicken ihrer Schwester Sophie trat Adelheid mit kleinen Schritten vor die Kaiserin. Mit dieser unverhofften Schenkung würde sie endlich den Kamin in ihrer Arbeitskammer in Quedlinburg mit reichen steinernen Ornamenten versehen lassen können.
»Das Geld, das Euch aus den Besitzungen zufließt, verehrte Äbtissin, soll erstens zum Ausbau der Krankenkammer in Gernrode und zweitens für eine jährliche Messe zum Schutze des Seelenheils der Hazecha von Ballenstedt verwendet werden.«
Ungläubig blickte Adelheid auf. Ihre inzwischen mehr als

sechzigjährigen Augen ließen sie ihre Umgebung nur noch durch einen milchig weißen Schleicher hindurch wahrnehmen.

»Außerdem wünsche ich, dass die Gernroder Schreibstube vergrößert wird«, ergänzte Gisela und schaute vor den nächsten Worten zu Uta, auf deren Gesicht sich ein Lächeln abzeichnete. »Lasst Regale und Truhen aufstellen, in denen alle Schriften übersichtlich abgelegt werden können. Jede Eurer Sanctimonialen soll die Möglichkeit erhalten, Pergamente einzusehen und aus ihnen zu lernen.«

Adelheid umkrallte ihr Lilienszepter und nickte verbissen.

»Dafür danken wir Euch«, endete Gisela und schmunzelte, als sie sah, wie sich die Äbtissin daraufhin verstockt zurück an ihren Platz begab.

»Dann fahren wir jetzt mit der Weihe fort«, verkündete Kaiser Konrad vom Thron aus und bedeutete Gisela, sich wieder neben ihn zu setzen.

»Aber was ist nun mit dem Schleier, Kaiserliche Hoheit?«, fragte Hildeward und umfasste dabei den Ring an seinem kleinen Finger.

Aribo von Mainz, der den Zweikampf ungerührt verfolgt hatte, richtete sein Pallium und erhob sich. »Ohne den heiligen Schleier der Plantilla können wir die Weihe dieses Gotteshauses nicht vollziehen, Hoheit! Lasst uns die Feierlichkeiten an dieser Stelle abbrechen.«

»Kaiserliche Hoheit!«, zog da eine weibliche Stimme in der Nähe des Portals die Aufmerksamkeit auf sich.

»Ich habe, wonach Ihr sucht, Kaiserliche Hoheit!«, rief Notburga, die sich nach Esikos Tod nun wenigstens das Wohlwollen des Kaiserpaares sichern wollte, und schritt erhobenen Hauptes auf den Ostchor zu. »Ein Dieb muss den Schleier entwendet und versteckt haben. Der Herrgott wies mir den

Weg dorthin. Man könnte aber auch sagen, dass die Reliquie mich gefunden hat.«
In den Fingern der Hildesheimerin erkannte Uta nun tatsächlich das wertvolle Überbleibsel, welches der Kathedrale einst zur Grundsteinlegung übergeben worden war.
»Er wurde von jenem Vogel bewacht, der das Sinnbild des Aufstieges darstellt«, erklärte Notburga stolz und verbeugte sich tief vor dem Kaiserpaar. Es hatte eine Weile gedauert, bis Notburga das Rätsel gelöst und das Versteck des Schleiers im Burgsaal – unterhalb des Naumburger Wappenfreskos mit dem Adler – ausfindig gemacht hatte. Überheblich blickte sie zu Falk von Xanten, dessen Mundwinkel bei ihren Worten abrupt nach unten gesackt waren. Angewidert spie Aribo von Mainz in das Chorgestühl.
»Das ist mein Schleier!«, rief Bischof Hildeward ungeachtet dessen panisch und lief auf Notburga zu.
»Nehmt Eure Finger von mir!«, wies Notburga den Bischof zurecht, der nach dem Schleier griff.
»Gebt ihn mir, er gehört zu mir!«, forderte Hildeward und versuchte weiterhin, den Schleier an sich zu bringen. »Ich habe dieses Feuer doch nicht umsonst gelegt!«
»Kaiserliche Hoheit, Euer Schleier«, wich ihm Notburga aus und verneigte sich unbeeindruckt ein weiteres Mal vor dem Kaiserpaar.
»Was sagtet Ihr da gerade, Exzellenz?« Uta war vor den Bischof getreten. »Von welchem Feuer sprecht Ihr?«
Statt einer Antwort kniete Hildeward auf dem Boden nieder und begann mit weinerlicher Stimme Klageverse zu murmeln.
»Das Feuer, das Meister Tassilo und die Schwester der Gräfin tötete!«, rief da Maurermeister Joachim zu der Runde hinüber, die starr vor Entsetzen auf den Naumburger Bischof blickte.

Uta suchte Hermanns Blick, der sich gerade bekreuzigt hatte und nun fassungslos neben den hageren Geistlichen trat. »Bischof Hildeward!«, brachte er erschüttert heraus.

»Ich will meinen Schleier zurück. Er gehört zu mir«, jammerte Hildeward weiter.

»Also hattet Ihr, Markgraf, den Kienspan fest genug in die Halterung gesteckt!«, schlussfolgerte Uta.

»Ich will ihn zurück!«, wiederholte Bischof Hildeward, doch Hermann fasste ihn entschlossen am Arm. »Sprecht die Wahrheit, oder der Schleier wird Euch diesen Ungehorsam nie verzeihen!«

»Exzellenz Hildeward, der Markgraf«, Erzbischof Humfried korrigierte sich, »Hermann von Naumburg hat recht. Ihr macht es nur noch schlimmer, wenn Ihr schweigt!«

»Gebt es zu!«, rief einer der Kämpfer aus dem Langhaus.

»Ihr seid ein Dieb!«, setzte ein Zweiter enttäuscht hinzu.

»Ich war es«, winselte Hildeward und blickte hilfesuchend zu Erzbischof Aribo, der ihn jedoch nur mit einem vernichtenden Blick strafte.

»Ihr wagtet es, die Fertigstellung der kaiserlichen Kathedrale zu sabotieren!«, sagte der Kaiser wütend und erhob sich.

»Ich tat es für den heiligen Schleier. Ich musste ihn doch beschützen!«

»Beschützen?«, fragte Hermann fassungslos. »Der Schleier wurde doch bereits am Vortag der Allerheiligenmesse zur Verwahrung aus dem Schrein genommen und in Eure Obhut gegeben. Wieso habt Ihr die Kathedrale dann noch angezündet?«

Noch immer auf Knien meinte Hildeward zu Hermann: »Wer eine so mächtige Kathedrale in nur zehn Jahren fertigstellt, muss mit dem Teufel im Bunde sein! Und dann noch ein Weib dabei!« Er wies anklagend mit zitternden Fingern auf Uta.

»In ein derartig sündiges Gotteshaus darf ein solch heiliger Schleier nicht gebettet werden!«

»Hier ist kein Teufel am Werk«, erklärte der Kaiser, nachdem Hermann sich schützend vor Uta gestellt hatte. »Eine durchdachte Planung und der Allmächtige haben es ermöglicht!«

»Die Gemeinde ist der Leib Christi. Wer das für das Mahl nicht bedenkt, zieht Gottes Strafe auf sich«, verlor sich Hildeward erneut in seinem Gemurmel.

»Deswegen sind so viele krank und schwach und sterben früh«, ergänzte Hermann dessen Worte ungehalten. »Lauten Eure Zeilen nicht so?«

Mit leerem Blick nickte Hildeward.

»Ihr seid als Bischof dieser Diözese der Kopf dieser Gemeinde«, setzte Hermann nun etwas gefasster nach. »Habt Ihr das für das Mahl nicht bedacht?«

Irritiert hörte Hildeward damit auf, seinen Schlüsselring zu befingern.

»Ihr habt gesündigt, nicht Eure Gemeinde!«, ergriff nun der Kaiser wieder das Wort. »Dadurch, dass Ihr Feuer in der Kathedrale gelegt habt, seid Ihr für den Tod zweier unschuldiger Menschen verantwortlich!«

Sehnsüchtig schaute Hildeward zu Notburga, die den Schleier noch immer an ihre Brust presste.

»Hildeward, Bischof von Naumburg, Ihr seid damit Eures Amtes als Bischof und Hüter dieser Kathedrale enthoben!«, verkündete Konrad so laut, dass seine Worte bis in die hintersten Reihen des Langhauses drangen. »Euer weiteres Schicksal lege ich in die Hände des Heiligen Vaters in Rom. Man nehme ihn in Gewahrsam!«

Begleitet von den entsetzten Blicken der Kämpfer wurde Bischof Hildeward fortgeschafft.

»Nun lasst uns endlich vollziehen«, sagte Konrad »weswegen wir uns heute hier eingefunden haben.«
Erzbischof Humfried nickte und trat an Notburga heran. »Verehrte Äbtissin«, begann er und hatte, bevor sie sich versah, den Schleier aus ihren Händen genommen, um ihn in das neue Kästchen zu betten.
»Exzellenz!«, fuhr Notburga gekränkt auf.
»Habt Ihr etwas dagegen, verehrte Äbtissin, dass wir mit der Weihe fortfahren?«, fragte Gisela.
»Natürlich nicht, Hoheit«, entgegnete Notburga kleinlaut und trat mit gesenktem Kopf die Stufen des Ostchores hinab und zurück an die Seite von Äbtissin Adelheid.
»Dann wünsche ich«, verkündete Gisela, »dass die Exzellenzen Humfried von Magdeburg und Aribo von Mainz die Kathedrale nun gemeinsam weihen.«
Aribo von Mainz erstarrte. Als ob es nicht schon demütigend genug wäre, dass dieses verdammte Gotteshaus überhaupt Bischofskirche geworden war, sollte er jetzt auch noch die Weihehandlungen dafür vornehmen? Hätte er sich nur jemand Fähigeren als diesen Falk von Xanten ausgesucht! Gerade als Aribo sich dem Werkmeister zuwenden wollte, um ihm mit der Hand am Hals zu verstehen zu geben, was ihn in Mainz erwartete, sah er, dass der Platz des Mannes, auf den er sich dummerweise verlassen hatte, leer war.
»Das ist ein guter Vorschlag«, stimmte der Kaiser seiner Gattin zu und vernahm zufrieden, dass Humfried, der bereits vor dem Altar stand, ebenfalls damit einverstanden war. »Exzellenz Aribo von Mainz, bitte tretet auch Ihr vor.« Mit der Hand wies ihnen Konrad den Weg vom Chorgestühl zum Altar.
Langsam erhob sich der Mainzer, trat mit undurchsichtiger Miene neben seinen geistlichen Widersacher und nahm miss-

mutig das gereichte Gefäß mit dem Weihwasser entgegen. Erzbischof Humfried empfing ihn mit einem wohlwollenden Lächeln. Auf eine Geste des Kaisers hin gingen sie gemeinsam durch den Chor. Beeindruckt beobachteten die Gewerkmeister, wie die beiden Erzbischöfe nun zu ihnen in das südliche Querhaus kamen. Der eine besprenkelte missmutig die Innenwände mit heiligem Wasser, der andere trug zufrieden das neue Kästchen mit dem heiligen Schleier neben ihm her. Als sie auf die gegenüberliegende Seite des Querhauses traten, machte Abt Pankratius vom Georgskloster ein Kreuzzeichen und senkte zufrieden den Kopf.
Uta schloss gegen Ende der Zeremonie die Augen. Sie wollte einfach nur erspüren und fühlen, wie die Heiligkeit des Schleiers auf die Kathedrale überging.
»Der Schleier der Plantilla half uns, unser Land im Osten zurückzuerobern«, sprach Erzbischof Humfried, als sie bei der Segnung der Wände im Langhaus angekommen waren. »In nur zehn Jahren wurde die Kathedrale fertiggebaut – Gottes Zeichen an Euch, das schneller zu Stein wurde als je ein anderes Kirchenhaus dieser Größe!«
Uta öffnete die Augen und sah, dass Ekkehard zu ihrer Rechten den Blick starr auf den Kaiser gerichtet hielt. Hermann, der zu ihrer Linken stand, schaute ihr dagegen direkt ins Gesicht. »Es ist so schön, dass du gekommen bist«, flüsterte Uta ihm zu und spürte das Verlangen, ihn zu berühren.
»Ich konnte mir die Weihe **unserer** Kathedrale doch nicht entgehen lassen«, gab er mit gesenkter Stimme zurück. Er deutete mit dem Kinn auf Erzbischof Humfried, der den Schleier nun unter reichlichen Segenssprüchen wieder in den Schrein vor dem Altar hinabließ.
Es ist vollbracht!, dachte Uta. Die neue Bischofskirche hatte ihre erste gottesdienstliche Nutzung nach Fertigstellung aller

Bauabschnitte erfahren. Glücklich blickte sie zur Kerze auf dem Altar, deren Licht noch immer brannte.
»Wir sprechen nun ein Gebet für unsere neue Bischofskirche, die wir hiermit zum Leben erwecken«, presste Aribo von Mainz zwischen den Zähnen hervor.
Die Anwesenden schauten fasziniert auf die Mauern, die sie umgaben, und sprachen das Gebet. Als dessen letzter Ton verklungen war, trat Uta auf ein Nicken des Kaisers vor. In der Mitte des Ostchores kam sie in ehrfürchtiger Stille zum Stehen.
»Wenn trockene Zeiten weigerten etwa den Segen des Taus«, begann sie mit ruhiger Stimme aus dem *Hortulus* vorzutragen, mit dem ihr Leben fern der elterlichen Burg vor zwanzig Jahren begonnen hatte, »dann fürchtete ich, die zarten Wurzelfasern könnten vor Durst vertrocknen. Die Liebe zu meinen Pflanzen trieb mich an, mit viel Eifer und Mühe reines Wasser herbeizutragen, und mit eigenen Händen goss ich es tropfenweise an.«[30] Deutlich hallten ihre Worte durch das Gotteshaus. »Auch wir haben den Bau unserer Kathedrale auf trockenem Boden begonnen. Einer Pflanze gleich haben wir sie mit jedem Jahr ein Stück wachsen lassen.« Uta hielt einen Moment inne, ließ ihren Blick über die erwartungsvollen Gesichter vor ihr gleiten und fuhr dann fort. »Und es dauerte nicht lange, da bekleidete sich die gesamte Fläche mit zarten Keimen. Und mag auch ein Teil unter einem hohen Dach trocken stehen und einstauben, und mag ein anderer Teil in dauerndem Schatten liegen und die Sonne entbehren, so hat doch der Garten nichts zuvor Anvertrautes ohne Aussicht auf Wachstum unfruchtbar im Boden verschlossen. Vielmehr hat

---

30 Frei zitiert und mit einigen Auslassungen aus: Walahfrid Strabo: Liber de cultura hortorum / Über den Gartenbau, Hrsg.: Schönberger, Otto, erschienen 2002 im Reclam-Verlag, S. 9.

er die Pflänzchen neu belebt, voll grünender Kraft wiederhergestellt und die Aussaat mit zahlreichen Früchten belohnt.«[31]
Uta drehte sich zum Kaiserpaar und deutete vom Dach auf den Boden der Kathedrale. »So haben wir es mit dem Schutz des heiligen Petrus und des heiligen Paulus geschafft, diesen einst trockenen Boden zu bewässern und eine Pflanze zu ziehen, die nunmehr in den Status einer Bischofskirche gehoben wurde. Unsere Kathedrale hat uns neben dem Frieden an der Ostgrenze einen weiteren Frieden, einen von ganz besonderer Art, gebracht.« Uta lächelte nun zu Wipo hinüber, der ihr darauf angetan zunickte. »Es ist der Frieden der Seele, der uns – wie ich einst gelehrt wurde – die Aufnahme in den Staat Gottes ermöglicht. Ein Friede, für den es Gottes Lenkung bedarf, die wir während des Baus in vielfältiger Hinsicht erfahren durften.« Uta hielt erneut inne. Nicht nur durch die Lenkung des Herrn, sondern auch dank der Hilfe ihr zugetaner Menschen – ihr Blick streifte erneut Kaplan Wipo und das Kaiserpaar, dann Erna, Arnold, Katrina und zuletzt Hermann – hatte sie ihren Frieden gefunden. Sie schaute an sich hinab, öffnete leicht die Arme und genoss die Wärme, die durch jede Faser ihres Körpers floss. »Ich wünsche Euch allen«, fügte sie nach diesem Moment der Besinnung hinzu, »dass auch Eure Seelen diesen Frieden finden mögen.«
Nach ihren Worten und mit einsetzendem Glockengeläut brandete befreiender Jubel auf, und der Kaiser befahl seinen Wachen, die Weihebesucher der ersten Reihen nicht davon abzuhalten, sich dem Ostchor bis an die Treppen zu nähern. »Ein Hoch auf die Herrin der Kathedrale!«, stimmte da eine Gruppe von Arbeitern an, und Uta lächelte verlegen. Sogleich schlossen sich Zimmerermeister Jan und Meister Matthias

---

31 Ebda., S. 9.

den Rufen ihrer Leute an. »Ein Hoch auf Gräfin Uta!«, rief nun auch Meister Joachim, so laut er konnte, und umarmte dabei seine Frau. Als Uta sah, dass sogar Schwester Erwina zu jubeln versuchte, dann aber die Hand an den schmerzenden Hals legte und sich damit begnügte zu klatschen, musste sie schmunzeln. »Abschließend möchten wir Euch, werte Naumburger, werte Gäste zu Speis und Trank in unsere Vorburg einladen«, verkündete sie und nickte dem Kaiser und der Kaiserin, die sich bei den ersten Jubelrufen ebenfalls erhoben hatten, dankend zu.

Als daraufhin der Gesang der Benediktinerinnen einsetzte und die ersten Menschen aus der Kathedrale strömten, trat der Kaiser zu Ekkehard neben den Altar, während die Kaiserin sich mit Uta zu ihnen gesellte. »Nach den jüngsten Vorkommnissen sind wir umso überzeugter, die Markgrafenwürde auf Euch zu übertragen, Graf Ekkehard, Gräfin Uta«, erklärte Konrad, obwohl er sah, dass Uta zwei Armlängen entfernt vom Gatten zum Stehen gekommen war. »Wir werden die formale Übertragung vornehmen, sobald die Feierlichkeiten beendet sind. Morgen oder übermorgen, schätze ich.«

Mit geschwellter Brust nickte Ekkehard, während Uta sich suchend nach Hermann umblickte, der im Begriff war, die Kathedrale zu verlassen.

»Ich wusste, dass ich damals in Quedlinburg die Richtige ausgewählt hatte.« Gisela strich Uta mütterlich mit der Hand über den Schleier. »Wir sind stolz auf unsere Kathedrale und auf ihre Gräfin.«

»Habt Dank, Kaiserliche Hoheit«, ergriff Ekkehard das Wort, dem das Glück doppelt ins Gesicht geschrieben stand: Er würde Markgraf werden, und der Bruder hatte gesiegt. »Meine Gattin und ich, wir werden auch weiterhin ...«

»Entschuldigt Ihr mich kurz?«, meinte Uta da mit einer Verbeugung und lief dann, ohne die kaiserliche Antwort abzuwarten, auf den Ausgang zu. Noch an den Stufen zur Vierung wurde sie von hinten angesprochen. »Erlaucht?« Als sie sich umdrehte, sah sie eine mittelgroße verschleierte Frau mit dunklem Haaransatz und olivfarbener Haut. »Alwine!« Überrascht schloss sie die Freundin in die Arme. »Ich habe dich unter den Weihegästen gar nicht gesehen. Du bist also wieder zurück aus Italien.«
»Wir hatten uns vor neunzehn Jahren in Gernrode versprochen, einander wiederzusehen«, sagte Alwine. »Ich habe viele neue Heilmethoden kennengelernt und meine Mutter ausfindig machen können.«
»Das ist schön und freut mich sehr für dich«, entgegnete Uta. »Und nun suchst du eine neue Herausforderung nördlich der Alpen?«
Alwine wiegte unschlüssig den Kopf hin und her.
»Ich wüsste jemanden, der sich über deine Unterstützung freuen würde: Schwester Margit!«, schlug Uta begeistert vor. »Bitte überleg es dir.«
»Ich werde darüber nachdenken.« Alwine nickte. »Eine schöne Weihe war das, und ein noch schöneres Gotteshaus hast du da gebaut.«
Nun gesellten sich auch Erna, Arnold, die Kinder, Katrina und Wigbert zu ihnen. »Tante Uta! Tante Uta!«, rief Luise mit Selmina an der Hand und umarmte Uta. »Sogar der Berti ist aus Fulda gekommen«, sagte Erna und zog dem jungen Mönch spaßeshalber die Kapuze vom Kopf.
»Heute haben wir sie nicht gebraucht«, fügte Katrina hinzu und deutete auf Utas grüne Spange am Schleier.
Uta umarmte das Kammermädchen. »Was würde ich bloß ohne dich machen.«

»Und ohne uns!«, ergänzte Luise und brachte damit die Runde zum Lachen. Uta schaute möglichst unauffällig zum Portal. »Nun folge ihm schon«, stupste Erna sie in die Seite, worauf sich Utas und Hermanns Blicke trafen. Dann sagte sie entschlossen: »Ich danke Euch allen, dass Ihr gekommen seid und mir Kraft gegeben habt.«
»Das klingt ja wie eine Verabschiedung«, stießen da Schwester Margit und Schwester Kora zu der Gruppe. »Ihr feiert doch mit uns, Gräfin, nicht wahr?«, fragte Kora forsch und biss sich im nächsten Moment auf die Lippen.
»Natürlich feiere ich mit Euch«, entgegnete Uta fröhlich. »Doch vorher gibt es noch eine Sache, die ich erledigen muss.« Sie ging auf Hermann zu.
»Ich möchte dir etwas zeigen«, sagte er inmitten einer Traube von Weihebesuchern, die nach draußen drängten.
»Und die Feier?« Uta deutete mit dem Kinn zum Hof der Vorburg, wo sich bereits die ersten Kämpfer und Gäste versammelten.
»Wir stoßen später dazu«, sagte Hermann und bedeutete ihr, ihm zu folgen.

Unbeobachtet, seine Hand um die ihre, betraten sie den Garten des Moritzklosters. Nach wenigen Schritten blieb Uta gerührt stehen. »Mutter?«, fragte sie Hermann dann und lief auf eine neue Grabplatte neben Hazechas Grab zu. »Ist die schön!« Sie beugte sich hinunter und fuhr mit den Fingerspitzen über den Stein, der mit nichts als einer gemeißelten Narzisse verziert war.
»Nachdem Äbtissin Adelheid zur Weihe abgereist war«, berichtete Hermann, »war es ein Leichtes, Schwester Edda davon zu überzeugen, mir den Inhalt des Andornbeetes zu überlassen. Ich habe ihr nichts von Hazechas Tod erzählt. Sie

hätte es nicht verwunden.« Hermann trat zurück, als er sah, dass Uta vor der neuen Grabplatte niederkniete.

»Mutter«, sagte sie und spürte Tränen in sich aufsteigen. »Ich habe es geschafft, Euren Mörder verurteilen zu lassen. Möget Ihr nun in Frieden ruhen.« Als Nächstes griff sie sich an den Schleier und löste die grüne Spange. »Hazecha«, fuhr sie liebevoll fort und hielt das Schmuckstück mit den hellgrünen Vierkantsteinen gegen die untergehende Sonne, so dass es geheimnisvoll schimmerte. Dann zog sie ihren Schleier vom Kopf und steckte mit der Spange eine wilde Strähne über der rechten Schläfe fest. »Schön, sie nun auch hier zusammen zu wissen und nicht nur in meinem Herzen.« Mit diesen Worten erhob sie sich und trat vor Hermann.

»Ich bewundere deinen Mut, Uta von Ballenstedt, heute sogar noch mehr als einst auf der Rückreise von Ballenstedt«, kam er ihren Dankesworten zuvor.

Uta schaute ihm zuerst in die Augen und küsste ihn dann von ihren Gefühlen überwältigt auf den Mund. Sie genoss die Zärtlichkeit, mit der er ihr begegnete und von der sie in unzähligen Nächten während der vergangenen sechs Jahre geträumt hatte. Jetzt, wo die Last der Anklage von ihr abgefallen war und er mit nichts anderem als seiner Liebe vor ihr stand, spürte sie, dass sie das Band zwischen ihnen nie wieder lösen wollte.

»Was meinst du?«, fragte Uta ernster. »Gemeinsam haben wir eine Kathedrale gebaut, schaffen wir das Gleiche auch mit unserer Liebe?«

Hermann nahm ihr Gesicht in seine Hände und küsste sie zärtlich.

»Heißt das, wir wollen versuchen, für unsere Liebe zu kämpfen?«, unterbrach Uta sein wortloses Bekenntnis.

Hermann schaute sie eindringlich an und nickte. »Wenn wir beide es wollen, finden wir einen Weg.«

»Das wollen wir.« Glücklich schweifte Utas Blick über den Umriss der Kathedrale. Sie spürte Wärme durch ihren Körper fließen, als sie dahinter noch die Spitze der kleinen Burgkirche aufragen sah. Mit ihr hatte das Leben an der Flusskreuzung von Saale und Unstrut einst begonnen.

Nachwort

Kaum eine Frau wird so häufig als Idealbild einer Herrscherin dargestellt wie **Uta von Ballenstedt,** die Meißener Markgräfin. Gleichzeitig gibt es so gut wie keine Fakten über ihr Leben und Wirken. Als wir Uta jedoch vor dem Hintergrund ihrer Zeit betrachteten, formte sich ihre Entwicklung innerhalb des Romans beinahe wie von selbst: Das elfte Jahrhundert war ein Zeitalter, in dem die Ansicht verbreitet war, dass das Streben nach Bildung Frauen unfruchtbar machen würde. Im Gegensatz dazu war zu kaum einer anderen Zeit die Ehefrau des Herrschers so sehr als politische Ratgeberin gefragt wie damals. So konnte die historische Uta zu ihren Lebzeiten zwei Kaiserinnen beobachten, die eine aktive Rolle in der Politik spielten. Die Gattin von Kaiser Heinrich II., Kaiserin Kunigunde – deren Ehe kinderlos blieb –, stellte nach Heinrichs Tod sogar sicher, dass das Kaisertum im Jahr 1024 reibungslos von den Ottonen auf die Salier übergehen konnte. Kaiserin Gisela zeichnete Urkunden als Mitregentin und besaß einen noch größeren Einfluss auf die Herrschaft von Kaiser Konrad II. als Kunigunde auf die ihres Gatten. Der Chronist Wipo beschrieb Gisela in seiner Chronik *Die Taten Konrads* einst wie folgt: »Alle Berater des Königs übertraf sie, die geliebte Gemahlin des Königs, an Klugheit und Rat.«
Uta von Ballenstedt erlebte damit Frauen, die ihre Rolle nicht nur auf Kinder, Kirche und Küche (Letzteres im Sinne der Burgverwaltung) beschränkten, sondern auch das politische Leben aktiv mitgestalteten.
Auch in anderer Hinsicht stellte das elfte Jahrhundert eine Zeit des Umbruchs dar: Das neue Jahrtausend war ohne den

erwarteten Weltuntergang eingetreten, und die Menschen hatten, trotz ihrer anhaltenden Sorge um das ewige Seelenheil, neuen Mut gefasst. Es war dieser politische und gesellschaftliche Hintergrund, der uns dazu brachte, Utas Streben nach Selbstverwirklichung und das Verfolgen eigener Ziele als durchaus realistisch einzuschätzen und in seiner Entwicklung herauszuarbeiten. Zudem wollten wir der besonderen Mystik romanischer Sakralbauten einen Platz einräumen.
Nun zu geschichtlichen Fakten und Fiktion im Roman. Vermutet wird, dass die historische Uta um das Jahr 1000 herum geboren wurde. Als gesichert gelten kaum mehr als die folgenden vier Punkte:

1. Uta war mit dem Markgrafen Ekkehard von Meißen vermählt.
2. Die Ehe von Uta und Ekkehard blieb kinderlos.
3. Uta starb an einem 23. Oktober.
4. Als Erbe des Ekkehardiner Vermögens hatte Gatte Ekkehard Kaiser Heinrich III. eingesetzt, der das Vermögen an die Kirche übergab.

Insgesamt stellte die überschaubare Anzahl an historischen Fakten eine wunderbare Ausgangslage für uns dar (Sachbuchautoren mögen uns dies verzeihen), weil sie unserer Fantasie viel Raum ließ. Um einen historisch realistischen Werdegang zu erzählen, waren uns Anhaltspunkte aus Utas familiärem Umfeld hilfreich: Überliefert ist zum Beispiel, dass Utas jüngere Schwester Hazecha lange Zeit im Stift Gernrode verbrachte und Äbtissin desselbigen wurde. Es ist daher durchaus vorstellbar, dass die historische Uta vor ihrer Verheiratung ebenfalls einige Jahre dort gelebt haben könnte. Im Mittelalter war es üblich, adlige Töchter, die für die Ehe bestimmt waren, im Kloster erziehen zu lassen. Damenstifte wie Gernrode und Quedlinburg nahmen dabei eine ganz besondere Rolle ein: Sie boten Frauen beste und größtenteils von der Männerwelt unabhängige Karrieremöglichkeiten, denn die Machtfülle einer Äbtissin kam der eines Fürsten oder sogar eines Landesherrn oftmals gleich. Insgesamt war das Kloster im Mittelalter für unverheiratete Frauen eine attraktive, alternative Lebensform. Es bot Ruhe und Gelehrsamkeit und zudem die Möglichkeit, seine Lebensansprüche enorm heraufzusetzen. Der Ehealltag hingegen wurde von Unterwerfung, Gebärzwang und Willkür bestimmt.

Nach dem Gernroder Stift gelangte unsere Roman-Uta an den Hof von Konrad und Gisela – dem späteren Kaiserpaar. Auch dieser Lebensabschnitt könnte durchaus der Wahrheit entsprechen, denn wahrscheinlich war die erste Ehefrau Esikos von Ballenstedt, Mathilde, eine Vollschwester Kaiserin Giselas. Wenn nicht über Utas besondere Kombinationsgabe für die Zählweise von Nah-Ehen, so kann sie also zumindest über die genannte verwandtschaftliche Beziehung zur Kaiserin an deren Hof gelangt sein.

Vermutlich starb die historische Uta vor ihrem Gatten. Hinweise darauf liefert die Nachlassregelung, in welcher Ekkehard Uta nicht als Erbin einsetzte, was, hätte Uta zu diesem Zeitpunkt noch gelebt, zumindest äußerst ungewöhnlich gewesen wäre. Einen Anhaltspunkt für ihr Todesjahr könnte das Jahr 1043 liefern, in dem Hazecha unter königlicher Fürsprache in Gernrode zur Äbtissin ernannt wurde. Vorstellbar ist, dass Uta in eben jenem Jahr verstorben ist und ihr Heiratsgut dem Kloster in Gernrode mit der Bitte stiftete, Hazecha zur Äbtissin zu befördern. Den Werdegang von Utas jüngerer Schwester haben wir im Roman aus dramaturgischen Gründen (wenn auch schweren Herzens) modifiziert. Wahrscheinlich überlebte Hazecha im wahren Leben ihre ältere Schwester und nicht umgekehrt.

Die Ehe von Uta und Ekkehard blieb kinderlos. Das ist ebenso verbürgt wie **Ekkehards** rauhbeiniges Wesen. In der Chronik des Thietmar von Merseburg (über der wir unsere Roman-Uta in Vercelli einnicken lassen) wird er verdächtigt, seinen Schwager Dietrich von Wettin ermordet zu haben. Politisch war Ekkehard in den späten Jahren wohl erfolgreicher als sein Bruder Hermann. Heinrich III., der seinem Vater Kaiser Konrad II. im Jahre 1046 auf den Kaiserthron folgte, nannte Ekkehard in einer Urkunde einen seiner Treuesten, dem er keine Bitte abschlagen konnte.

Anhand von Urkunden ist außerdem belegt, dass die Brüder Hermann und Ekkehard von Naumburg politisch häufig gemeinsam auftraten. Brüderliche Konflikte, wie sie bei mittelalterlichen Geschwistern regelmäßig dann auftraten, wenn es um Erbangelegenheiten ging, sind zwischen ihnen nicht überliefert. Da Hermann vier Jahre älter als Ekkehard war, könnte er nach dem frühen Tod ihres Vaters im Jahre 1002 (Ekkehard war damals gerade siebzehn Jahre) tatsächlich dessen weitere Erziehung übernommen haben. Es wird angenommen, dass das Bruderpaar seinen Wohnsitz in Meißen hatte und Naumburg als Bistumsstadt lediglich Regierungssitz war. Mit dem Tod Ekkehards im Jahre 1046 – vermutlich erstickte er – starb das einflussreiche Geschlecht der Ekkehardiner aus.

Wie **Hermann** seine letzten Lebensjahre verbrachte, liegt im Dunkel der Vergangenheit. Verwirrung stiftet regelmäßig die Tatsache, dass er den Markgrafentitel bereits im Jahre 1032 auf Ekkehard übertrug, sein Todesjahr in den Annalen jedoch mit 1038 vermerkt ist. Hinzu kommt eine ungewöhnliche Eintragung im Naumburger Kirchenregister, in dem Hermann als Kanoniker des Georgsklosters ausgewiesen wird.

Dieser Eintrag legt die Vermutung nahe, dass Hermann 1032 ins Georgskloster eingetreten ist. Allerdings könnte er auch nur ein Ehrenkanonikat besessen haben, dem ein Leben außerhalb der Klostermauern nicht entgegenstand. Gleichfalls umstritten ist, ob Hermann nach dem frühen Tod seiner ersten Frau Reglindis wieder heiratete. Einige Historiker schreiben ihm eine zweite Ehe mit der Schwiegermutter seiner älteren Schwester zu.

Außerdem gibt es keine Hinweise darauf, dass es eine Übergangsperiode zwischen der Übertragung der Markgrafenwürde von Hermann auf Ekkehard gab, in der der Kaiser vorübergehend einsprang. Mit dieser Maßnahme wollten wir unserem Roman-Esiko nur ein zusätzliches Handlungsmotiv verleihen.

Die **Liebesgeschichte** zwischen Hermann und Uta entstammt unserer Fantasie und wurde maßgeblich durch die gotischen Stifterstandbilder in der Naumburger Kathedrale beeinflusst. Wir empfehlen dem Leser, dort im Westchor unter dem Schlussstein des Chorpolygons Aufstellung zu nehmen und Hermanns herzzerreißendem Blick in Richtung Uta zu folgen. Vielleicht haben dem Naumburger Meister, der die Standbilder zweihundert Jahre nach dem Ableben der Ekkehardiner schuf, Dokumente vorgelegen, die der Nachwelt nicht mehr erhalten sind und eben jene Liebe preisgaben.

Utas Familiengeschlecht der Askanier ist in der Nebenlinie derer von Anhalt bis heute existent. Utas Bruder, **Esiko von Ballenstedt,** ist der Stammvater der Askanier. Der Name dieses Grafengeschlechts leitet sich von der lateinischen Schreibweise ihrer Burg »Aschania« her, dem heutigen Aschersleben, unserer Heimat im Harzvorland. Der Stammsitz der Askanier könnte sich in Ballenstedt befunden haben. Esikos Urenkel war Albrecht von Ballenstedt, als Albrecht der Bär in die Ge-

schichte eingegangen, der die Mark Brandenburg von den Slawen zurückeroberte und einen ausgedehnten Machtbereich hinterließ. Esikos Tod haben wir im Roman etwas vorverlegt. Wahrscheinlich starb er erst um 1060. Über sein Wesen und einen möglichen Geschwisterneid ist nichts überliefert.
Thietmar von Merseburg, die Äbtissinnen Hathui, Adelheid und Sophie, Erzbischof Aribo von Mainz, der Zeitzer Bischof Hildeward, Wipo und natürlich die diversen politischen Würdenträger, allen voran Kaiser und Könige, haben tatsächlich im elften Jahrhundert gewirkt. Köchin Erna mit Familie, die neidischen Hildesheimer Schwestern, Krankenschwester Alwine, das Hardagauer Grafengeschlecht, Katrina, Schwester Margit sowie die Werkmeister Tassilo von Enzingen und Falk von Xanten sind unserer Fantasie entsprungen. Anmerken möchten wir zudem, dass wir das Leben des Zeitzer Bischofs Hildeward aus dramaturgischen Gründen deutlich verlängert haben. Er erlebte wohl gerade noch die Verlegung des Bischofssitzes mit. Bereits 1030 wurde sein Nachfolger Kadeloh ordiniert, den der Kaiser später sogar zu seinem Kanzler für Italien machte. Ähnlich großzügig sind wir mit der Lebenszeit von Aribo von Mainz und Markgraf Ekkehard von Meißen, Hermanns und Ekkehards Vater, verfahren. Der historische Mainzer Erzbischof starb bereits im Jahre 1031 auf der Rückreise einer Pilgerfahrt aus Rom, wo er versucht hatte, das Verhältnis zum Papst wieder zu verbessern. Einer der Gründe für Aribos Konflikte mit dem Heiligen Stuhl war tatsächlich sein Alleingang im Hammersteiner Ehestreit.
Kaiser Konrad II. begründete das Königshaus der Salier und wird als Bewahrer und Fortsetzer der Politik seiner karolingischen und ottonischen Vorgänger angesehen. Sein Enkel war Kaiser Heinrich IV., der den bekannten Gang nach Canossa antrat. Konrads Regierungszeit war eine Zeit ohne große Er-

schütterungen oder Umbrüche, sei es im politischen, sozialen oder kulturellen Bereich. Wahrscheinlich aufgrund der ungewöhnlichen Ruhe während seiner Herrschaft und der vergleichsweise kurzen Regierungszeit von fünfzehn Jahren (1024 bis 1039) fand Konrad II. in der modernen Geschichtsforschung wenig Beachtung. Zusammen mit seiner Frau Gisela von Schwaben gelang es Konrad, das dreiteilige Reich (das ostfränkische, italienische und burgundische), unter der Herrschaft des deutschen Königs und Kaisers zusammengefasst, zu formen. Dabei hat bereits Konrads Amtsvorgänger Kaiser Heinrich II. mit den östlichen Nachbarn (Polen, Böhmen, Ungarn) in Kämpfen gelegen. Als Herzogtum war Polen dem Kaiser des deutsch-römischen Reiches unterstellt und tributpflichtig. Die Menschen östlich von Elbe und Oder kämpften seit der Jahrtausendwende für ihre Unabhängigkeit und einen eigenen König. Nach mehreren, wechselvollen Feldzügen gelang Konrad II. schließlich die Unterwerfung von König Mieszko; der Hoftag zur formalen Besiegelung der polnischen Vasallenschaft fand – wie im Roman dargestellt – im Jahre 1033 in Merseburg statt. Bezüglich des Verlaufs dieser Kämpfe, des gemeinsamen Vorgehens mit den Liutizen und der Verbrüderung mit Mieszkos Bruder Bezprym haben wir uns an historischen Fakten orientiert, wobei auch hier kleinere dramaturgische Kniffe notwendig waren.
Im elften Jahrhundert vollzog sich **Rechtsfindung** außerhalb des Kirchenrechts selten durch die Anwendung von Gesetzen bzw. Rechtsnormen. Die lagen nämlich weder für alle benötigten Regelungsbereiche vor, noch waren sie schriftlich fixiert. Rechtsfindung vollzog sich durch den Konsens der Urteilenden darüber, was im Einzelfall bzw. entsprechend der althergebrachten, gültigen Lebensordnung als richtig empfunden wurde. Eine Anklage wurde demnach subjektiv ent-

schieden. Gottesurteile waren als richterliches Mittel der Urteilsfindung an der Tagesordnung. In einer Wasserprobe, einem Reinigungseid oder einem Zweikampf zeigte sich Gottes Richterspruch, der in der Regel dann zur Anwendung kam, wenn das Gericht, zum Beispiel nach einer Zeugenbefragung, zu keiner eindeutigen Einschätzung gelangen konnte. Das Königsgericht war das höchste Gericht. Da der König jedoch nicht in der Lage war, das gesamte Reich mit seinem Gericht zu bedienen, delegierte er die Gerichtsbarkeit an weltliche (Markgrafen, Grafen etc.) sowie geistliche Herrscher (insbesondere Bischöfe). Insgesamt war es also eine herausfordernde Situation, vor allem für ein weibliches und damit rechtloses Opfer, in einer Welt ohne allgemeingültiges Gesetz und damit ohne eine einheitliche Auffassung von Recht und Unrecht eine Anklage überhaupt vorzubringen und dann auch noch Recht zugesprochen zu bekommen.

Von der ersten **Naumburger Kathedrale**, die unsere Roman-Uta baute, sind heute nur noch Fundamente erhalten, um die herum der gotische Nachfolgebau errichtet wurde. Bauhütten mit schriftlich fixiertem Detailwissen und Ordnungen entstanden zunehmend erst im zwölften, dreizehnten Jahrhundert. Wir müssen daher für die Mehrheit der romanischen Baustellen von einer deutlich einfacheren und pragmatischeren Baustellenorganisation und Planung als beschrieben ausgehen. Sofern jedoch ein progressiver Werkmeister die Notwendigkeit zum Bauzeichnen erkannte – Zeichnungen sakraler Bauten auf Pergament sind bereits seit dem neunten Jahrhundert erhalten – und zudem eine wissbegierige Bauzeichnerin und ein verträumter Markgraf zur Stelle waren, könnte eine romanische Baustelle, wie in unserer Geschichte beschrieben, auch schon damals auf Basis einer vorausschauenden Detailplanung funktioniert haben und die erste Naumburger Kathedrale so oder zumindest ähnlich entstanden sein. Vielleicht sind die Kämpferherzen und der Plantilla-Schleier ja noch irgendwo im Naumburger Erdreich vergraben. Aber auch ohne Schaufel ist die Stadt der steinernen Wunder, wie Naumburg aufgrund des Westchores und der Stifterfiguren in der Kathedrale genannt wird, auf jeden Fall einen Besuch wert.

Verzeichnis der zitierten Literatur und Internetquellen

Dioskurides: De Materia Medica, in der Übersetzung von Julius Berendes, 1902, http://www.pharmawiki.ch/materiamedica/images/Dioskurides.pdf.

Hrabanus Maurus: Expositiones in Leviticum, Dessau, Anhaltische Landesbücherei, Wissenschaftliche Bibliothek und Sondersammlungen, Bruchstück 3 r, http://www.stift-gernrode.uni-goettingen.de/Lesen.htm.

Hrotsvit von Gandersheim: »Sündenfall und Bekehrung des Vicedominus Theophilus« aus: Sämtliche Dichtungen, erschienen 1966 im Winkler-Verlag.

Institutio Sanctimonialium, http://www.geldria-religiosa.de.

Klaus Berger (2002): Paulus, Verlag C. H. Beck.

Marcus Vitruvius Pollio »Vitruv«: Zehn Bücher über Architektur, erschienen als Übersetzung 2009 im Marix Verlag.

Päpstliche Bulle von Johannes XIX., RI III,5,1 n. 108, in: Regesta Imperii Online, URI: http://www.regesta-imperii.de/id/1028-12-00_1_0_3_5_1_108_108.

Publilius Syrus, Bibliotheca Augustana, www.hs-augsburg.de/~harsch/Chronologia/Lsante01/Publilius/pub_sent.html.

Walahfrid Strabo: Liber de cultura hortorum/Über den Gartenbau, Hrsg.: Schönberger, Otto, erschienen 2002 im Reclam-Verlag.

Wipo: Taten Kaiser Konrads II., bearb. von Werner Trillmich, in: Quellen des 9. und 11. Jahrhunderts zur Geschichte der hamburgischen Kirche und des Reiches.

http://www.klosterkirche.de/zeiten/herbst/22-trinitatis.php